Lilliane Köckritz

Machtwechsel

Bibliografische Information der Deutschen Nationalbibliothek:
Die Deutsche Nationalbibliothek verzeichnet diese Publikation in der
Deutschen Nationalbibliografie. Detaillierte bibliografische Daten sind
im Internet über dnb.dnb.de abrufbar.

TWENTYSIX - Der Self-Publishing-Verlag
Eine Kooperation zwischen der Verlagsgruppe Random House
und BoD - Books on Demand

Herstellung und Verlag:

BoD - Books on Demand, Norderstedt

ISBN: 9783740771355

*Ich widme dieses Buch
Sir David Attenborough,
der uns die Schönheit, aber auch Fragilität der Erde
und ihrer Bewohner nahegebracht und nie aufgehört hat,
einen fürsorglichen, verantwortungsbewussten
Umgang mit der Natur anzumahnen.*

Der Hof im Wald

Dunkelheit, immer wieder Dunkelheit, seit vielen Jahren. Tagsüber schlief sie; das war sicherer. Erst wenn am Abend die kühleren Winde in die Höhle drangen und sie weckten, witterte sie vorsichtig in den Wald hinein, um sicherzugehen, dass keine Gefahr drohte. Ihre scharfen Augen durchdrangen mühelos die Dämmerung, sahen selbst in der Nacht fast ebenso deutlich, als würde die Sonne hoch am Himmel stehen. Das war schon immer so gewesen und sie stellte dies nicht in Frage, auch wenn ihr nicht entgangen war, dass andere Menschen dazu offenbar nicht in der Lage waren. Sie war hier noch nicht vielen Menschen begegnet, doch stolperten diese gewöhnlich in der Dunkelheit durch den Wald, als wären sie blind. Wohl deshalb trugen sie stets diese grell leuchtenden Lampen bei sich, wenn sie nach ihr suchten.

Das geschah nicht oft, denn nur im Winter war sie manchmal gezwungen, ihren Hunger in ihren Ställen zu stillen. Dann blieb die Jagd nicht selten über viele Tage hinweg erfolglos, da sie der tiefe Schnee behinderte und ihre Beute dazu zwang, sich schutzsuchend in Höhlen und Löchern zu verbergen, wo sie nur schwer aufzustöbern war. Frisch gefallener Schnee löschte ihren Geruch, und sie suchte dann oft vergeblich ihre Witterung. Selbst eine erfahrene Jägerin wie sie versagte an solchen Tagen und dann blieb manchmal nur der Gang hinunter ins Tal, zu den Höfen der Menschen. Sie verstand ihren Zorn, wenn sie ihnen ein Huhn oder Kaninchen stahl, doch hatte sie zu solchen Zeiten keine andere Wahl, wollte sie nicht verhungern.

Bisher hatte sie es vermeiden können, von ihnen gesehen zu werden. Auch verwischte sie stets sorgfältig ihre Spuren. Sie mussten glauben, ein Fuchs oder Marder hätte sie heim-

1

gesucht, und sie gab sich die größte Mühe, sie in diesem Glauben zu belassen. Zu schmerzhaft waren ihre Erinnerungen an Zusammenstöße mit Menschen, die sie fürchteten oder sogar hassten. Verschwommen waren diese Erinnerungen, aus ihren ersten Lebensjahren, doch hatte sich das Gefühl von Ablehnung, ja Abscheu, das ihr entgegengebracht worden war, in ihr Gedächtnis gebrannt wie heißes Eisen. Indem sie die Menschen mied, wich sie auch dem Schmerz der Zurückweisung aus, der Gefahr, erneut um ihr Leben fürchten zu müssen.

Sie hockte bewegungslos in dem gut verborgenen Höhleneingang und sog die Luft tief ein. Keine fremde Witterung lag in ihr, nur der Geruch von Erde, Bäumen und vertrauten Tieren. Nur selten verirrten sich Menschen in diese abgelegene Gegend, weshalb sie sie zu ihrer Heimat gemacht hatte. Sie witterte erneut, dann huschte sie lautlos durch das Gebüsch, das die Höhle tarnte, und tauchte in den Schatten der Bäume ein. Immer wieder blieb sie stehen, um zu lauschen und zu wittern, bis sie endlich eine vielversprechende Fährte fand. Nur kurze Zeit später durchbohrten ihre Krallen das zappelnde Opfer, ein junges, noch unerfahrenes Kaninchen, und ein Biss ihrer scharfen Zähne tötete es. Gierig schlang sie das noch warme Fleisch hinunter, bevor der Geruch frischen Blutes andere Raubtiere anlocken konnte, und nur wenige Minuten später ließ sie die abgenagten Knochen zu Boden fallen. Auch wenn ihre Kraft mit fortschreitendem Alter zunahm, so war sie doch einem Wolf oder gar Bären noch nicht gewachsen. Sie hätten ihr mühelos ihre Beute streitig machen können.

An einem Bach löschte sie ihren Durst. Sie genoss das gute Gefühl der Sättigung, und nachdem sie nochmals in die Runde gewittert hatte, ohne eine Gefahr ausmachen zu können, ließ sie sich im Gras nieder, den Rücken an den Stamm einer alten Buche gelehnt. Gedankenverloren leckte sie noch einmal ihre Krallen ab, bevor sie sie in die im Handrücken liegenden Hülsen zurückgleiten ließ. Drei dolchartige Krallen waren es an jeder Hand, die zwischen den Knöcheln der Hände hervorkamen, sobald sie die Hände zu Fäusten ballte. In entspanntem Zustand schienen es normale menschliche Hände zu sein, mit Fingernägeln und gut verborgenen Hülsenöffnungen; nur die Hülsen selbst wölbten sich leicht aus der Haut hervor wie dicke Adern, was aber nur bei genauem Hinsehen auffiel. Achtete sie ebenfalls darauf, den Mund nicht zu weit zu öffnen, sodass ihre Reißzähne verborgen blieben, schien sie ein ganz normales Mädchen zu sein. Doch sie war nicht normal, das war ihr nur allzu bewusst, weshalb sie dieses verborgene Leben fernab von den Menschen führte.

Über ihr funkelte ein prächtiger Sternenhimmel, und sie überlegte, ob sie diese glitzernde Pracht wohl berühren konnte, wenn sie auf einen hohen Baum klettern würde. Sie hatte nie eine Schule besucht; woher sollte sie wissen, dass diese schimmernden Punkte weit entfernte Sonnen waren, die der Mensch vielleicht niemals würde erreichen können. Die Erinnerungen aus den ersten Jahren ihres Lebens, die sie noch unter Menschen verbracht hatte, drehten sich um die Welt ihres Stiefvaters und dessen Söhne, die sie von sich gestoßen und schließlich beschlossen hatten, sie zu töten. Nur der Instinkt des Tieres, das in ihr lebte, hatte sie gerade noch rechtzeitig fliehen lassen.

Eine Brise trug einen neuen Geruch zu ihr. Prüfend sog sie die Luft ein und schnaubte unwillkürlich. Eindeutig ein Mensch, männlich, schon älter, aber noch gesund. Ihre Gedanken waren nie sehr komplex, eher Bilder und Gefühle, doch ihr Geruchssinn übertraf selbst den der besten Spürhunde. Der Mann war noch weit entfernt, auf der anderen Seite des Baches, und ohne Eile zog sie sich in ein dichtes Gebüsch zurück, das hinter der Buche wuchs. Dort hockte sie mit funkelnden Augen und wartete auf den Eindringling, der ihre Ruhe störte.

Die Laute der nachtaktiven Tiere erfüllten die Niederung, durch die der Bach floss, doch als sich Schritte näherten, verstummten viele von ihnen. Die gleiche Anspannung und Nervosität, die sie erfüllten, war auch bei den Tieren des Waldes zu spüren. Ein Mensch bedeutete Gefahr; selbst wenn er kein Gewehr trug, reichte seine bloße Anwesenheit aus, die Tiere fliehen oder sich verbergen zu lassen. Dass der Mann, der nun sichtbar wurde, alt, klein und von wenig beeindruckender Statur war, hatte dabei keine Bedeutung. Nur große Raubtiere würden einen solchen Menschen eher als Beute denn als Gefahr begreifen; alle anderen Tiere zogen es vor, sich zurückzuziehen.

Der Alte hockte sich am Bach nieder und trank lange und ausgiebig. Dann ließ er sich im Gras nieder und sah sich prüfend um. Sein Blick glitt auch über das Gebüsch, doch bemerkte er die darin verborgene Beobachterin nicht. Diese fletschte verärgert die Zähne und hoffte, der Mensch würde möglichst schnell wieder verschwinden. Ihre Nerven bebten und ihre Angriffslust wuchs mit jedem Moment, den der Eindringling in ihrem Revier verbrachte. Doch neben dem Zorn wuchs auch die Neugier in ihr; der Mann sah ganz anders aus als alle anderen Menschen, denen sie bisher in dieser Gegend begegnet war. Die Haut hatte eine andere Farbe, die Augen eine andere Form, als sie es von den Menschen im Tal her kannte.

Ein leises Fauchen entrang sich unwillkürlich ihrer Kehle und ließ den alten Mann hochschrecken. Jetzt war sein Blick auf das Gebüsch gerichtet, in dem sich seine Beobachterin verbarg, doch blieb er ruhig sitzen und wartete, ob sich das noch unsichtbare Wesen zeigen würde. Dieses bleckte zwar die Zähne, beschloss aber, kein Risiko einzugehen. Vielleicht besaß der Mann doch ein Gewehr oder eine andere Waffe, die ihr gefährlich werden könnte. Da war es besser abzuwarten, was der Mensch tun würde.

Auch der Alte wartete, doch als sich in den Büschen nichts rührte, stand er nach einer Weile auf und ging langsam den Weg zurück, den er gekommen war. Seine Beobachterin atmete erleichtert auf, und als der Mann zwischen den Bäumen verschwunden war, verließ sie ihre Deckung. Neugierig sah sie dem Alten hinterher. Der Fremde hatte keinerlei Aggressivität oder Furcht ausgestrahlt, sondern einen Frieden, wie er ihr bei Menschen noch nie begegnet war. Als würde sie an einem unsichtbaren Band gezogen, begann sie, dem alten Mann zu folgen, jeden Schritt vorsichtig setzend und immer wieder witternd verharrend. Sie glaubte, nur sichergehen zu wollen, dass der Fremde ihr Revier auch wirklich verließ, doch der wahre, ihr nicht bewusste Grund war die in ihr brennende Sehnsucht nach genau diesem Frieden, den sie in dem alten Mann gespürt hatte, nach Nähe, die ohne Schmerz, Hass und Furcht war.

Bald erreichten sie die Grenze ihres Reviers und sie zögerte, dem Fremden weiter zu folgen. Doch schließlich huschte sie weiter von Baum zu Baum, vergrößerte etwas den Abstand, ohne den alten Mann dabei aus den Augen zu verlieren. Dieser trat für einen Menschen erstaunlich leise und behutsam auf, als wollte er es vermeiden, den Frieden des nächtlichen Waldes zu stören. Auch ging er trotz fortgeschrittenen Alters leicht und mühelos über den unebenen Waldboden; seine Bewegungen waren eher die eines jungen Mannes, was seine Verfolgerin in Erstaunen versetzte. Zugleich erhöhte diese Beobachtung ihre Wachsamkeit; sie würde sich nicht vom Alter des Fremden täuschen lassen dürfen, was die von ihm möglicherweise ausgehende Gefahr betraf. Auch alte Wölfe und Bären konnten tödlich sein.

Bald war sie weiter von ihrem Revier entfernt als je zuvor, und ihre Wachsamkeit nahm mit jedem Schritt zu. Sie überlegte gerade, doch lieber umzukehren, da erreichten sie eine Senke, in der sich eine kleine Hofstelle befand. Ein massiv wirkendes Wohnhaus war von einigen kleinen Schuppen und Ställen umgeben, alles aus Holz erbaut, weshalb es aussah, als sei der Hof Teil des Waldes. Ein Hof der Menschen mitten im Wald? Sie sog die Luft ein und prüfte die von den Gebäuden herüberwehenden Gerüche. Kein weiterer Mensch, nur der alte Mann, der jetzt auf das Wohnhaus zuging und kurze Zeit später die Tür hinter sich schloss. Zwei Ziegen, ein Schwein, einige Hühner, eine Katze, das war alles, was sie wahrnehmen konnte. Vorsichtig schlich sie zum Wohnhaus hinüber, aus dessen Fenstern jetzt Licht drang, und duckte sich unter einem Fensterbrett hindurch, um nicht gesehen zu werden. Doch bevor sie weiter zu den Ställen schleichen konnte, ließ sie ein lautes Fauchen zusammenzucken und unwillkürlich in Angriffsstellung gehen. Die Katze hockte auf einem Sims über dem Fenster, das sie gerade hinter sich gelassen hatte, und ihre Augen glühten in der Dunkelheit zu ihr hinunter. Gereizt fauchte sie zurück; dieses Tier bedeutete keine Gefahr für sie, war ihr nur lästig. Ein großer Hund hätte eher ein Problem bedeutet.

Womit sie nicht gerechnet hatte, war die augenblickliche Reaktion des alten Mannes auf das Fauchen. Bevor sie sich verstecken konnte, war der Alte aus dem Haus getreten und stand jetzt nur wenige Meter von ihr entfernt. Er hielt eine

Laterne in der Hand, deren Licht den Hof in gelbliches Licht tauchte, und sah die unerwartete Besucherin forschend an. Diese duckte sich zum Sprung, die langen scharfen Krallen ausgefahren und die Reißzähne im Licht der Lampe weiß schimmernd, doch bevor sie tatsächlich angreifen konnte, senkte der Alte die Lampe und lächelte ihr freundlich zu. Verwirrt verharrte sie, weiter bereit zum Angriff, doch schien hierfür keine Notwendigkeit zu bestehen. Die Katze sprang jetzt vom Sims herab und strich dem Alten schnurrend um die Beine, gab vor, den späten Gast zu ignorieren, doch sie wusste, dass die Katze sie keinen Augenblick aus den Augen ließ. So hätte sie sich jedenfalls verhalten und sie ging davon aus, dass dieses kleine Raubtier nicht anders handeln würde.

„Du bist mir schon die ganze Zeit über gefolgt", stellte der Alte mit weicher angenehmer Stimme fest. Trotz seines fremdartigen Aussehens verwendete er die Sprache der Talbewohner. „Hast dich gut versteckt, aber ich habe deine Anwesenheit gespürt. Du warst sehr geschickt, doch um mich alten Fuchs überlisten zu können musst du noch viel lernen." Er schmunzelte, als er den Zorn in den Augen seiner Besucherin sah; nun wusste er, dass diese ihn verstand. „Willst du nicht hereinkommen? Ich habe gerade Teewasser aufgesetzt und etwas zu essen habe ich auch für dich übrig."

Die Freundlichkeit des Alten tat ihr gut, besänftigte ihren Zorn und weckte zugleich ihr Misstrauen. Weshalb sollte ihr Nahrung angeboten werden? Was führte der Alte im Schilde? Argwöhnisch sah sie zum Haus hinüber, versuchte abzuschätzen, welche Gefahren dort auf sie warten mochten, doch spürte sie nichts, das sie bedrohte. Der Alte schien es ehrlich zu meinen mit seiner freundlichen Einladung. Gewöhnlich konnte sie Lügen und Falschheit erkennen; in ihrem Elternhaus hatte sie viel Gelegenheit gehabt, diese Gabe zu üben.

Langsam senkte sie die Hände, entspannte sich aber nicht völlig; auch die Krallen ließ sie ausgefahren. Nahrung, die sie nicht erst erjagen oder stehlen musste, war ein verlockendes Angebot, und sie hoffte, dass sie nicht als Köder für eine Falle diente. Doch etwas in ihr wollte dem Alten glauben, der ihr aufmunternd zulächelte und dann ins Haus zurückkehrte, wobei er die Tür einen Spalt weit offen stehen ließ. Die Katze folgte ihm mit geschmeidigen Schritten und huschte in die einladende Wärme des Hauses, die bis auf den Hof hinausstrahlte und das Mädchen mit ihrer Gastlichkeit einlud, sich ihr ebenfalls anzuvertrauen.

Immer noch zögerte sie, witterte nervös zum Haus hinüber. Menschen bedeuteten ihrer Erfahrung nach nicht nur Gefahr, sondern auch viel Kummer. Doch dieser alte Mann strahlte eine Wärme und Güte aus, wie sie ihr bisher nie begegnet waren, und ihre Sehnsucht, sich diesem fremden Empfinden zu nähern, stieg von Minute zu Minute. Als schließlich der köstliche Geruch bratenden Specks zu ihr drang, hielt sie es nicht mehr aus, und sie huschte ebenfalls durch den Spalt ins Haus hinein, ließ die Tür aber offen stehen, damit sie schnell wieder fliehen konnte, sollte hierfür die Notwendigkeit bestehen.

Ein schlicht, aber behaglich eingerichteter Raum erwartete sie, ein flackerndes Kaminfeuer und Geschirr auf einem robusten Holztisch. Der Geruch von Tee war ihr nicht fremd; auch ihre Mutter hatte ihn gelegentlich getrunken, während ihr Stiefvater Kaffee vorzog. Doch der Duft von Speck und Eiern, die der Alte in einer Pfanne auf einem gusseisernen Herd briet, ließ ihr das Wasser im Mund zusammenlaufen. Vorsichtig näherte sie sich dem Tisch, auf dem bereits eine große Kanne Tee und Brot standen. Zwei Teller standen dort, luden sie ein, sich am Tisch niederzulassen, und zögernd setzte sie sich auf einen der Stühle, die den Tisch umgaben. Ihre Blicke huschten zwischen dem alten Mann, der jetzt zu ihr herüber kam und aus der Pfanne eine große Portion Eier und Speck auf ihren Teller schaufelte, und der offenen Tür hin und her. Nachdem er auch sich selbst bedient und der Katze, die vor dem Kamin hockte, einen Futternapf hingestellt hatte, brachte der Alte die Pfanne zurück zum Herd und setzte sich ebenfalls an den Tisch.

„Greif ordentlich zu", ermutigte der alte Mann sie und brach sich selbst ein Stück Brot ab. Auch schenkte er sich und seinem Gast Tee ein. „Falls du nicht deine Krallen zum Essen benutzen willst – hier ist eine Gabel. Ich weiß, man sagt uns Chinesen nach, wir essen alles mit Stäbchen, aber für diese Art von Nahrung sind Messer und Gabel viel praktischer." Er winkte dem Mädchen mit seiner eigenen Gabel zu und demonstrierte ihr, wie sie den Speck zu schneiden und dann aufzuspießen hatte. Zögernd ahmte ihn das Mädchen nach, und als sie den ersten Mundvoll Speck schmeckte, fiel endlich die Anspannung von ihr ab. Sie schlang das Essen hinunter, als würde sie befürchten, der Alte könnte es ihr wieder fortnehmen, was dieser schmunzelnd beobachtete. „Nimm auch Brot", lud er sie ein. „Und lass den Tee nicht kalt werden. Es wäre schade um ihn. Es ist gar nicht einfach, in dieser Wildnis guten chinesischen Tee zu bekommen. Der Händler in der Siedlung gibt zwar sein Bestes, doch nicht immer kann er mir den Tee besorgen, den ich am liebsten mag. Manchmal muss ich mit indischem Tee vorlieb nehmen. Pah, indischer Tee! Und dazu in Beuteln! Aber was nimmt man nicht alles in Kauf für seine kleinen Schwächen."

Es klang empört, als sei dies eine Zumutung, doch das Mädchen bemerkte den Humor in seinen Worten. Vorsichtig nippte sie an ihrer Tasse und beschloss, schon nach dem ersten Schluck, dass sie dieses Getränk mochte. Der Alte kaute langsam und genüsslich, und erst, nachdem er seinen Teller geleert hatte, lehnte er sich zufrieden zurück und sah zu dem Mädchen hinüber, das Brot in sich hineinstopfte und es mit Tee hinunterspülte. Er ahnte, dass sein Gast nicht immer Nahrung fand und deshalb die gute Gelegenheit nutzte, sich richtig satt zu essen. „Hast du einen Namen?" fragte er nach einer Weile freundlich und schenkte dem Mädchen Tee nach. „Ich heiße Liu Fong. Du kannst mich entweder Herr Liu oder Onkel Fong nennen." Nachdenklich kratzte er sich hinter dem Ohr, dann lächelte er verschmitzt. „Ich glaube, Onkel Fong wäre mir lieber. Dieses ‚Herr' klingt so förmlich und steif."

Jetzt war es an dem Mädchen, nachdenklich die Stirn kraus zu ziehen. Name? Sie kannte ihren Körper, ihre Fähigkeiten und Gefühle, doch was war Name? Da sie beim besten Willen kein Brot mehr hinunter bekam und ihr Bauch von dem vielen Tee bereits gluckerte, lehnte auch sie sich zurück und dachte angestrengt über die Frage des Alten nach. Da sie mehrere Jahre ohne die Last intensiven Denkens gelebt hatte, stiegen die Erinnerungen, die eine Antwort bergen mochten, nur langsam und zäh in ihr auf. Ihr erster Versuch, nach Jahren ohne menschlichen Kontakt wieder zu sprechen, erzeugte vorerst nur ein Gurgeln, doch nach einer Weile bekam sie die Stimmbänder besser in den Griff. „Vieh?" fragte sie mit einem deutlich knurrenden Unterton. Als der Alte sie nur verwundert ansah, versuchte sie andere Wörter, an die sie sich erinnern konnte, Wörter, die einen Bezug zu ihr zu haben schienen. „Ungeheuer?" Die Verwunderung des Alten nahm deutlich zu, nun jedoch vermischt mit Trauer und Mitgefühl. Das Mädchen schloss die Augen, um sich besser erinnern zu können. Bisher schien das Gesuchte noch nicht gefunden worden zu sein, wenn sie die Reaktion des alten Mannes richtig deutete. Auch bereitete ihr das Sprechen noch immer Probleme; vielleicht sprach sie die Worte falsch aus? „Unglück?" versuchte sie es erneut, „Dämon?" Offenbar war sie nicht in der Lage, dem alten Mann eine befriedigende Antwort zu geben, und so gab sie es schließlich auf, nach weiteren Wörtern zu suchen. Das Nachdenken war mühsam und ihr Kopf hatte zu schmerzen begonnen. Im Wald, in ihrer Höhle musste sie nie viel denken, konnte sich ganz auf ihre scharfen Sinne und Instinkte verlassen. Sie hatte ganz vergessen, wie schwer es sein konnte, ein Mensch zu sein, und sie war sich nicht sicher, ob sie in ein solches Leben zurückkehren wollte.

„Wenn es dir recht ist, nenne ich dich Mei." Die sanfte Stimme des alten Mannes strich wie ein warmer Wind über sie hinweg. „Meine leider bereits verstorbene Schwester trug diesen Namen. Ich möchte dich nicht immer nur Mädchen nennen müssen." Der Alte stand auf und begann, den Tisch abzuräumen, wobei er sich bemühte, das Mädchen sein tiefes Mitgefühl nicht sehen zu lassen. Aus was für einem Hause musste sie stammen, dass dies die einzigen Worte waren, an die sie sich erinnern konnte? Sie war ein ungewöhnliches Kind und ihre natürlichen Waffen konnten einem schon Angst einjagen, doch zumindest ihre Mutter hätte doch für sie eintreten müssen. Kein Wunder, dass sie offenbar fortgelaufen war und sich wohl schon seit Jahren in der Wildnis verbarg.

Nachdem der alte Mann das Geschirr in die Spüle geräumt hatte, wies er auf den Kamin, in dem das Holz zwar herabgebrannt war, die Asche aber noch immer eine wohlige Wärme ausstrahlte. „Ich lege dir einige Felle und Decken hierher, auf denen du schlafen kannst. Das ist sicher behaglicher als im kühlen Wald, zumal es gerade begonnen hat zu regnen. Ich schließe die Tür nicht ab; du kannst also jederzeit gehen, wenn du es möchtest. Ich würde mich aber freuen, wenn du noch eine Weile bleibst."

Verunsichert sah das Mädchen zu ihm hinüber. Weshalb war dieser alte Mann, Onkel Fong, so freundlich zu ihr? Die wenigen Menschen, denen sie bisher begegnet war, hatten sie stets mit Abscheu und Furcht betrachtet oder sogar fortgejagt. Ihr Stiefvater hielt sie wie eine Gefangene, die die Nachbarn nicht zu Gesicht bekommen sollten, und die Menschen im Tal jagten sie, weil sie ihre Hühner und Kaninchen stahl. Das Verhalten der Talbewohner konnte sie verstehen, aber es war doch nicht ihre Schuld, dass sie mit Krallen und Reißzähnen sowie außergewöhnlich scharfen Sinnen geboren worden war. Onkel Fong schien dies nicht zu stören; er beachtete es nicht einmal. Auch strahlte er weder Furcht noch Abscheu aus, ganz im Gegenteil. Das verunsicherte das Mädchen zutiefst und ließ sie unschlüssig auf ihrem Stuhl verharren.

Als der alte Mann das Zögern seines Gastes bemerkte, legte er einige weiche Felle und Decken vor den Kamin, bevor er die Tür schloss, um die Kälte und Nässe der Nacht auszusperren. Das warnende Knurren des Mädchens ignorierend ging er auf eine Tür im hinteren Bereich des Raumes zu, um sich zur Ruhe zu begeben, wandte sich aber noch einmal in der offenen Tür nach dem Mädchen um. „Schlafe gut, Mei. Morgen früh sprechen wir darüber, ob du wieder in den Wald zurückkehren oder lieber mir altem Mann Gesellschaft leisten und vielleicht das eine oder andere von mir lernen möchtest. Die Tür ist nicht abgeschlossen, wie ich es versprochen habe. Solltest du morgen fort sein weiß ich, dass du dich für dein altes Leben im Wald entschieden hast. Bist du noch da, sprechen wir über deine mögliche Zukunft." Er lächelte verschmitzt, als er fortfuhr. „Auf jeden Fall kann ich dir ein gutes Frühstück versprechen." Mit diesen Worten verschwand er in seiner Schlafkammer und ließ ein verwirrtes Mädchen zurück, deren Blicke zwischen der nun geschlossenen Schlafzimmertür und der Haustür hin- und herwanderten.

Die Decken, der Kamin, die Aussicht auf ein gutes Frühstück – wollte sie darauf verzichten? Würde sie jetzt zu ihrer Höhle zurückkehren, wäre sie völlig durchnässt, bevor sie ihr auch nur nahe gekommen war. In der Höhle erwarteten sie Kälte und Einsamkeit und bald auch wieder der Hunger. Vor allem die Einsamkeit – bisher hatte sie gar nicht bemerkt, wie sehr sie sich nach freundlicher Gesellschaft gesehnt hatte. Mit einem letzten Blick auf die Haustür kuschelte sie sich in die Felle vor dem Kamin, zog die Decken über sich und beschloss, das Risiko einzugehen, vielleicht erneut von einem Menschen betrogen zu werden. Sollte der alte Mann sich letztendlich doch als ihr Feind entpuppen, nun, sie hatte immer noch ihre Krallen und Zähne sowie sehr viel Kampferfahrung. Mit diesem tröstlichen Gedanken schlief sie schließlich ein, geborgen in der Wärme des gastlichen Hauses, während draußen der Regen auf den Wald niederprasselte und ihn zu einem sehr ungemütlichen Ort machte, den sie vielleicht nie wieder ihr alleiniges Zuhause würde nennen müssen.

Onkel Fong

Am Morgen des darauffolgenden Tages regnete es noch immer, wie Mei sofort beim Erwachen feststellte. Die Katze lag neben ihr, an ihren warmen Körper geschmiegt, und räkelte sich behaglich. Ihre gelben Augen musterten sie prüfend, dann erhob sie sich und ging zur Schlafzimmertür hinüber, um maunzend ihr Frühstück einzufordern. Ein lautes Gähnen war zu hören, dann erschien Onkel Fong mit zerstrubbeltem Haar und einem alten Morgenmantel, den er über seinen Pyjama gezogen hatte. Er lächelte still in sich hinein, als er das Mädchen vor dem Kamin sah. Das Kind wirkte heute viel entspannter und schien zu zögern, die Wärme der Decken zu verlassen. Wie lange sie wohl schon allein lebt? fragte Fong sich. Sie hat lange nicht gesprochen; sie stolperte förmlich über die ersten Worte, bevor sie sie klar artikulieren konnte. Doch Sprechen gelernt hat sie. Sie muss also zumindest einige Jahre lang unter Menschen gelebt haben.

Er gähnte erneut, während er den Wasserkessel füllte und auf den Herd setzte. Nachdem er auch die Glut im Kamin geschürt und durch einige Holzscheite das Feuer wieder entfacht hatte, wurde der Raum schnell behaglich warm. Bald standen Geschirr, Brot, Butter, Käse und Wurst sowie ein Glas Honig auf dem Tisch und Fong stellte auch noch etwas Obst dazu, knackige Äpfel und sogar ein paar Bananen. „Willst du dich erst waschen, Mei?" fragte er zum Kamin hinüber. Als von dort keine Antwort kam, schaute er nach, ob das Mädchen überhaupt noch im Raum war, und sah zu seinem Erstaunen die Tür offen und das Kind im Regen stehen. Sie hatte die wenigen Fetzen Kleidung, die sie trug, abgelegt und ließ sich den Schmutz vom Körper spülen. Reinlich ist sie, dachte Fong zufrieden, doch sie braucht unbedingt bessere Kleidung. Vielleicht kann ich ihr erst einmal einige meiner Sachen kürzen, sodass sie ihr passen.

Als Mei die zerfetzte Kleidung, die viel zu groß für sie war, sodass Fong annahm, sie musste sie irgendwo gefunden oder gestohlen haben, wieder anziehen wollte, winkte ihr Fong mit einer Hose, um ihr zu zeigen, dass sie diese überziehen sollte statt ihrer alten Lumpen. Das Mädchen verstand und ließ die alte Kleidung einfach im Regen liegen. Neugierig hielt sie die dunkle, wenig getragene Hose in den Händen, fuhr sachte über den weichen Stoff und schlüpfte schließlich hinein. Mit sichtlichem Wohlbehagen drehte sie sich hin und her, um den Sitz zu prüfen, was dem alten Mann ein Lächeln entlockte, dann brummte sie missbilligend, weil die Beine ein wenig zu lang waren und sie drohte, über sie zu stolpern. „Das ändern wir noch", beruhigte sie Fong augenblicklich. „Und für den zu weiten Bund gibt es ja Gürtel. Hier hast du einen. Jetzt rutscht dir die Hose sicher nicht mehr herunter. Brauchst du auch ein Hemd oder ist dir warm genug? Du bekommst noch eines von mir, doch ich wollte es lieber zuerst deiner Größe anpassen. Und später sehen wir uns in der Siedlung nach geeigneter Kleidung für dich um."

Das im Kamin flackernde Feuer erwärmte den Raum, sodass sie nicht fror, und deshalb schüttelte sie den Kopf. Schnuppernd näherte sie sich dem Tisch; obwohl sie am Abend zuvor eine große Portion Brot, Eier und Speck verspeist hatte, war ihr anzusehen, dass sie erst vom Tisch aufstehen würde, wenn dieser keine Nahrung mehr bereit hielt oder ihr der Bauch platzte. Gierig sah sie zu der Kanne Tee hinüber, die neben dem Stuhl des Alten stand, und Fong schenkte ihr einen großen Becher Tee ein. „Vorsicht", mahnte er das Mädchen, das sofort nach der Tasse griff. „Der Tee ist noch sehr heiß. Mit verbrannter Zunge kannst du das Frühstück nicht wirklich genießen." Er wies auf die Köstlichkeiten, die den Tisch bedeckten. „Lang ordentlich zu. Du siehst aus, als könntest du es brauchen."

Mei war von erschreckender Magerkeit, ein deutliches Zeichen für ihr hartes Leben im Wald. Sie mochte etwa zehn Jahre alt sein, doch war dies schwer zu schätzen, zumal ihr Körper noch keinerlei weibliche Rundungen aufwies. Sollte Fongs Vermutung zutreffen war sie klein für ihr Alter, wohl ebenfalls eine Folge der Härten eines Lebens in der Wildnis. Das dichte blonde Haar war struppig und ungepflegt, Schrammen und andere Blessuren bedeckten das schmale Gesicht und den Oberkörper, doch die bernsteinfarbenen Augen waren wach und intelligent und ließen die Umgebung keinen Augenblick unbeobachtet, selbst als sie ein vor Honig triefendes Stück Brot hinunterschlang und bereits nach dem Käse griff, der ebenfalls ein Opfer ihres Heißhungers zu werden drohte. Hat einiges nachzuholen, dachte Fong voller Mitgefühl. Und das nicht nur im Hinblick auf die Nahrung. Wie ein Nachgedanke kam ihm in den Sinn, dass Mei trotz der für einen Menschen ungewöhnlichen Farbe sehr schöne ausdrucksvolle Augen hatte. Sie verrieten dem alten Mann, was das Mädchen nicht aussprach und wahrscheinlich auch gar nicht artikulieren konnte: dass sie vielleicht zum ersten Mal in ihrem Leben gut und freundlich behandelt wurde.

„Langsam, langsam", mahnte Fong mit sanfter Stimme und nahm Mei eine geräucherte Wurst aus der Hand, in die das Mädchen gerade beißen wollte. „Du hast schon jetzt mehr gegessen als ein erwachsener Waldarbeiter. Dein Magen wird darüber nicht besonders glücklich sein. Oder willst du dich übergeben? Das Essen läuft dir nicht fort; in einigen Stunden werden wir zu Mittag essen, wieder einige Stunden später zu Abend. Du kannst dir also Zeit lassen."

Mei knurrte warnend, als der alte Mann ihr die Wurst fortnahm, doch ließ Fong sich davon nicht beeindrucken. „Trink noch etwas Tee", fuhr der alte Chinese fort. „Und dann überlegen wir gemeinsam, was du die nächste Zeit tun möchtest. Ich lebe hier allein, gemeinsam mit meinen Haustieren, und es wäre noch Platz für ein Mädchen wie dich vorhanden. Du würdest von mir immer genügend zu essen, gute Kleidung und einen Platz zum Schlafen bekommen. Auch könnte ich dir das Lesen und Schreiben und noch andere Dinge, die vielleicht für dich interessant sind, beibringen. Ich lebe zwar auf einem kleinen abgelegenen Hof, doch bin ich ein gebildeter Mann, der lange in der Welt herumgereist ist und dir von diesen Reisen erzählen kann. Du könntest mir auf dem Hof und bei meiner Arbeit helfen. Ich werde nicht jünger, und ein starkes Mädchen wie du wäre mir sehr willkommen. Und wenn du dich eingelebt hast, kannst du auch zur Schule gehen und noch mehr lernen, als ich dir vielleicht beibringen kann. Du willst doch sicher später einmal einen interessanten Beruf ergreifen und dafür brauchst du einen guten Schulabschluss."

Mei starrte den alten Mann mit offenem Mund und deutlichem Misstrauen an. Sie konnte nicht glauben, was sie gerade gehört hatte. Dieser Mann bot ihr nicht weniger als ein Zuhause an, ein Heim, in dem sie willkommen war. Kein Wort hatte er fallen lassen über das, was ihr Stiefvater und dessen Söhne „Missbildung" genannt hatten. Für ihn war Mei ein ganz normales Mädchen, das er zu sich holen wollte. Allein dieser Punkt war so unglaublich, dass Mei unwillkürlich nach finsteren Plänen, bösen Hintergedanken, irgendeiner Grausamkeit in den Worten des alten Mannes suchte. Doch ihr Gefühl sagte ihr, dass Onkel Fong es ehrlich mit ihr meinte, und das verwirrte sie am meisten. Nie war sie irgendwo willkommen gewesen und doch gab es nichts, wonach sie sich mehr sehnte. Ihre kranke Mutter war ihr zwar zugetan gewesen, hatte sie aber nicht gegen ihren Mann und dessen ältere Söhne verteidigen können; sie lebte selbst in ständiger Angst vor der Brutalität dieses Mannes. Das hatte sicher mit zu ihrem frühen Tod beigetragen, der schließlich Mei auch den letzten Schutz entzogen hatte, sodass sie hatte fliehen müssen. Und dieser alte Mann wünschte sich sogar, mit ihr zusammen zu leben. Was sollte sie nun tun? Konnte sie Onkel

Fong wirklich vertrauen? Würde er sie nicht ihrem Stiefvater ausliefern, damit dieser sie doch noch töten konnte? Die Aussicht auf ein erstes wirkliches Zuhause ließ sie vor Sehnsucht und Aufregung zittern, aber sie musste erst sicher sein, dass dies keine Falle war.

„Stiefvater, Brüder", stotterte sie, sich mühsam an die Menschensprache erinnernd. „Du wissen?" Fong sah sie verwundert an, dann begriff er. „Du meinst sicher, ob ich deine Familie kenne. Das ist sehr unwahrscheinlich. Wenn ich deinen Dialekt richtig deute, wurdest du irgendwo an der Westküste Kanadas geboren. Ich habe dort zwar einige Städte besucht, doch nur kurz, und ich habe in der Gegend keine Bekannten, nicht einmal unter den dort lebenden Chinesen."

Als er den prüfenden, immer noch misstrauischen Blick des Mädchens bemerkte begriff Fong plötzlich, dass Mei diese Frage keineswegs aus dem Wunsch heraus gestellt hatte, ihre ursprüngliche Familie wiederzusehen, ganz im Gegenteil. „Du bist vor deiner Familie geflohen, nicht wahr?" hakte er behutsam nach. „Haben sie dich schlecht behandelt?"

Mei fletschte die Zähne und knurrte tief und kehlig, eine deutlichere Antwort als alle Worte, die sie hätte formulieren können. Fong nickte ihr voller Verständnis zu. „Keine Sorge, hier werden sie dich bestimmt nicht finden. Wir sind hier weit von der Westküste entfernt, mitten in den Wäldern der kanadischen Rockys." Der alte Chinese legte den Kopf schief und zwinkerte dem Mädchen zu. „Wir beiden werden es uns hier richtig gemütlich machen und es uns wohl ergehen lassen. Na, was hältst du davon? Oder lebst du doch lieber weiter allein im Wald?"

Mei schnupperte in Richtung Tür und zog die Nase kraus, als sie den Regen roch, der den Boden draußen aufweichte und alles in triefende Nässe hüllte. Hier im Haus war es warm und trocken, und allein das war schon ein Grund, das Risiko einzugehen, erneut betrogen zu werden. Als sie in die warmen freundlichen Augen des alten Mannes sah, erlosch der Wunsch in ihr, in ihre Höhle und das einsame Leben, das sie jahrelang geführt hatte, zurückzukehren, und sie nickte dem Alten ihr Einverständnis zu. Doch warnten ihr scharfer intensiver Blick und die im Ansatz entblößten Reißzähne den alten Mann, kein falsches Spiel mit ihr zu treiben, und Fong verstand. Er würde das Mädchen behutsam an ein Leben unter Menschen gewöhnen und alles vermeiden müssen, was ihr Misstrauen erneut schüren konnte. Keine leichte Aufgabe, doch eine, die es Fong wert erschien, dafür einige Mühen auf sich zu nehmen. Sein Vorhaben war nicht ganz ohne Eigennutz: In den letzten Jahren hatte er schon mehrfach daran gedacht, die Einsamkeit des Hofes zu verlassen und in die Siedlung zu ziehen und hiermit seinem fortgeschrittenen Alter Rechnung zu tragen. Er liebte seinen Hof, doch der Gedanke, irgendwann hilflos im Haus zu liegen, ohne Unterstützung und Gesellschaft, hatte etwas Erschreckendes. Ein Umzug war nun nicht mehr erforderlich; im Notfall würde ihm das Mädchen helfen können. Dafür würde das Kind von Fong alles erhalten, was es benötigte. Vom Zusammenleben profitierten beide, sodass sich Fongs schlechtes Gewissen in Grenzen hielt. Der alte Mann hob lächelnd seine Teetasse wie zum Salut empor und sagte feierlich: „Auf uns zwei. Mögen uns die Götter vor allem bewahren, das unsere friedlichen Kreise stört. Und sollte doch ein Bösewicht hier auftauchen, so sollen sie ihm kräftig in den Hintern treten." Meis erstes zögerndes Lächeln war dem alten Mann wie Sonnenschein, der den dichten Regen durchbrach und sein Haus in warmes Licht hüllte.

Banditen

„Es geht mir schon viel besser, Doc." Der große breitschultrige Mann dehnte vorsichtig die Rückenmuskeln und verzog leicht das Gesicht, als Schmerz wie ein Blitz hindurch fuhr. „Langsam, Ben", mahnte der alte Mann seinen Patienten und rieb ihm die Muskeln mit einer Salbe ein, die er selbst hergestellt hatte. „Du hattest einen ziemlich schweren Unfall. Gib deinem Körper ausreichend Zeit, sich davon wieder zu erholen."

Ben brummte zustimmend und legte sich vorsichtig wieder auf die Couch, nachdem der alte Chinese seine Behandlung beendet hatte. „Verdammter Baum", sagte er zornig und ballte die großen Fäuste. „Hat mich voll erwischt. Ich dachte schon, jetzt ist es aus. Hörte förmlich die Knochen brechen. Wenn du nicht gewesen wärst, Doc, ich könnte meinen Job an den Nagel hängen."

„Nun, den Baum hat es endgültig erwischt", erwiderte Fong gemächlich und stellte die Salbendose auf den Tisch. „Er kann sich nicht wieder erholen. Aber ich sollte mich wohl besser nicht beschweren, schließlich wohne ich in einem aus Baumstämmen erbauten Haus. Doch dieses massenhafte Abschlachten der Wälder muss mir deshalb ja nicht gefallen. Vielleicht rächen sich die Bäume auf diese Weise."

„Du bist schon ein komischer Kauz." Der Waldarbeiter schüttelte amüsiert den Kopf. „Redest über Bäume, als seien das Lebewesen wie du und ich. Na ja, leben tun sie natürlich schon irgendwie, aber doch nicht so wie wir. Das Schreien, wenn sie gefällt werden, wäre dann ja nicht auszuhalten."

Beide Männer lachten, wenn auch aus verschiedenen Gründen, und der alte Chinese machte sich bereit zum Gehen. „Noch nichts heben, Ben", mahnte er den großen Mann. „Du brauchst noch mindestens eine Woche vollständige Schonung. Anderenfalls werden die gerade erst frisch verheilten Knochen wieder brechen, und ob du dann nochmals um einen Krankenhausaufenthalt herum kommst weiß ich nicht. Deinen Job kannst du frühestens in einem Monat wieder ausüben."

„Erst in einem Monat?" Ben verzog unwillig das Gesicht.

„Wirklich nicht eher?" Als Fong energisch den Kopf schüttelte, seufzte der Waldarbeiter ergeben auf. „In Ordnung, du bist der Arzt. Kannst du mir noch etwas von der Salbe anrühren? In dieser Dose ist ja nur noch ein kleiner Rest. Cynthia könnte mir den Rücken damit einreiben."

„Mache ich." Fong zog sich seine Jacke über und nahm die Tasche auf. „Ich schicke Ragna mit ihr vorbei. Sagen wir morgen?"

„Danke, Doc." Ben legte sich vorsichtig auf die Seite, um den alten Mann besser ansehen zu können. „Dieses Zeug hilft mir wirklich." Ein verschmitztes Lächeln überzog das bärtige Gesicht. „Und Hank wird sich freuen, dein Mädchen zu sehen." Er zögerte kurz, dann fragte er neugierig: „Wieso nennst du sie jetzt eigentlich anders als früher?"

Fong zuckte leicht mit den Schultern. „Als sie älter wurde, konnte sie sich plötzlich erinnern, dass ihre Mutter kurz vor dem Tod mit ihr über ihren leiblichen Vater gesprochen hatte, dem Ragna nie begegnet ist. Er hatte ihre Mutter offenbar noch vor Ragnas Geburt verlassen. Es dauerte sogar einige Zeit, bis sie wieder wusste, dass sie Ragna heißt. Offenbar war ihr leiblicher Vater skandinavischer Abstammung, und deshalb erhielt sie einen nordischen Vornamen. Ich möchte dem Mädchen nicht ihre Wurzeln nehmen und ihr einen chinesischen Namen aufpfropfen, deshalb rufe ich sie jetzt bei ihrem Geburtsnamen und sie ist bei den Behörden mit dem

Familiennamen Olson eingetragen. An den Familiennamen ihres leiblichen Vaters konnte sie sich nur vage erinnern, Olson scheint dem aber am nächsten zu kommen. Den Mädchennamen ihrer Mutter kennt sie nicht und den Familiennamen ihres verhassten Stiefvaters wollte sie um nichts in der Welt annehmen."

Ben nickte nachdenklich und legte sich etwas bequemer hin. „An dem Mädchen hast du wirklich ein gutes Werk getan. Wer weiß, was sonst aus ihr geworden wäre." Er lächelte dem Arzt zu. „Wäre Ragna weniger ernst und zurückhaltend, jeder junge Bursche aus der Siedlung wäre hinter ihr her, nicht nur mein Sohn Hank. Ragna ist zwar keine Schönheit wie Maggie Denison, doch irgendwie was Besonderes. Wenn sie auftaucht, benehmen sich alle Kerle, als wären sie besoffen, selbst ein alter Esel wie ich. Kommt ihr beide denn zum Tanz am nächsten Samstag? Bisher habt ihr euch ja meistens vor sowas gedrückt, doch wir würden uns wirklich darüber freuen."

„DU tanzt noch nicht, Ben", mahnte Fong ihn eindringlich. „Diesmal muss Cynthia mit jemand anderem das Tanzbein schwingen. Wenn du vorsichtig bist, kannst du am Rande sitzen, aber lass die Finger noch vom Alkohol. Das würde die Heilung verzögern." Nachdenklich sah Fong zum Fenster hinaus. „Du weißt, dass mir derartige Vergnügungen nicht liegen. Aber wenn das die einzige Möglichkeit ist, Ragna zur Teilnahme zu bewegen, begleite ich sie. Rechnet aber nicht fest mit uns. Ich werde versuchen, das Mädchen zu überreden. Seit sie letztes Jahr ihren Schulabschluss gemacht hat, verlässt sie die Gegend um den Hof kaum noch. Eine 19-jährige Frau sollte nicht wie eine Eremitin leben; selbst ihre ehemaligen Schulkameradinnen trifft sie nicht mehr."

Der Waldarbeiter nickte beifällig und Fong wollte sich schon verabschieden, um zu seinem Hof zurückzukehren, da kam ihm eine Frage wieder in den Sinn, die er dem Holzfäller hatte stellen wollen. „Sind die verschwundenen Touristen eigentlich wieder aufgetaucht? Sie werden jetzt seit gut fünf Tagen vermisst. Habt ihr sie gefunden oder zumindest eine Nachricht von ihnen erhalten?"

„Nein, nichts", antwortete Ben bedrückt. „Die Jungs haben den ganzen Wald in der Umgebung abgesucht, Phil hat sogar seinen Hund mitgenommen, der Erfahrung bei der Suche nach Vermissten hat. Das Einzige, was wir sicher wissen ist, dass diese Idioten trotz unserer Warnungen in den Canyon runter sind. Bis zum Pfad in die Schlucht waren noch Spuren von ihnen zu sehen, doch im Canyon selbst überhaupt keine. Die Jungs sind allerdings nicht weit reingegangen; dort liegt jede Menge Geröll und die Büsche haben richtig fiese Dornen. Die Leute aus der Gegend gehen da nicht gerne hin. Dort verschwinden immer wieder Menschen und tauchen nie wieder auf. Phils Hund hat sich geweigert, da runterzugehen, hat sich mit allen vier Pfoten in den Boden gestemmt und laut gejault, als Phil ihn zwingen wollte, mit der Suchmannschaft in den Canyon hinunterzusteigen. Sie mussten das Tier schließlich an einem Baum festbinden, während sie die Schlucht abgesucht haben."

Fong sah ihn nachdenklich an. „Der Canyon zieht sich über viele Meilen hin und ist schwer begehbar, da hast du recht. Man kann leicht stürzen und den Weg verlieren. Es wäre aber gut gewesen, wenn die Suchmannschaft in die zahlreichen Höhlen geschaut hätte, die es dort ebenfalls gibt, zumindest in die Eingänge, ob dort Spuren zu finden sind. Seit einigen Tagen ist das Wetter alles andere als angenehm, manchmal sogar stürmisch; die Touristen könnten dort Schutz gesucht haben."

„Ich weiß", seufzte Ben. „Aber du musst auch die Leute verstehen. Viele der Höhlen sind verdammt tief und abschüssig; manchmal steht man sogar plötzlich vor einem Abgrund. Dort kann man leicht abstürzen und auf Nimmerwiedersehen im Dunkeln verschwinden. Der alte Matthew schwört sogar, dort furchtbare Monster gesehen zu haben, und du weißt, wie abergläubisch manche von uns sind. Sie wollten einfach nicht ihren Hintern für Fremde riskieren, die zu blöd waren, auf uns zu hören."

„Matthew ist selten nüchtern", antwortete Fong kopfschüttelnd. „Die Monster werden Felsblöcke oder Büsche gewesen sein. Habt ihr denn wenigstens die Polizei oder die Ranger informiert? Die staatlichen Stellen haben ganz andere Möglichkeiten, nach den Verschwundenen zu suchen."

„Haben wir sofort nach Abbruch der Suche getan." Es war Ben anzusehen, dass ihm das Verhalten seiner Nachbarn zwar ein wenig peinlich war, er aber Verständnis dafür hatte. „Die stapfen jetzt dort draußen durch den Regen und drehen jeden Stein um in der Hoffnung, die Touristen doch noch zu finden, bisher allerdings ebenfalls ohne Erfolg." Er grinste plötzlich und schnalzte mit der Zunge. „Deren Suchhunde haben sich übrigens auch geweigert, in den Canyon zu gehen. Ganz so dumm sind wir Eingeborenen offenbar doch nicht, wenn wir die Schlucht für unheimlich halten."

Fong schüttelte amüsiert den Kopf, verabschiedete sich und ging langsam den Weg zum Wald entlang, tief in Gedanken versunken. Touristen waren oft leichtsinnig und hörten nicht auf den Rat der Einheimischen. Häufig waren es abenteuerlustige Großstädter, die keinerlei Erfahrung mit den Gefahren der Berge hatten und sich über die Warnungen nur lustig machten. Diese Touristen, eine fünfköpfige Gruppe aus Toronto, waren nicht die ersten, die spurlos verschwanden, wobei sich die meisten Vermissten offenbar in Richtung Canyon bewegt hatten. Die Einheimischen hatten inzwischen viel Erfahrung mit erfolglosen Suchaktionen.

Ragna mied den Canyon; sie sagte, sie würde sich dort nicht wohlfühlen. Was sie in der Schlucht wahrnahm, wollte sie nicht sagen; vielleicht war es einfach nur ein allgemeines Gefühl von Gefahr. Trotz Fongs Erziehung und der Bildung, die der alte Chinese ihr hatte angedeihen lassen, vertraute die junge Frau weiterhin ihren Instinkten; diese hatten sie viele Jahre in der Wildnis überleben lassen. Fong wusste, dass der Grund für Ragnas Zurückhaltung ihre Furcht war, in Anwesenheit anderer Menschen ihre wilde Seite nicht ausreichend kontrollieren zu können. Die Holzfäller waren raue Burschen; die Gefahr, dass Ragna sich bedrängt oder sogar angegriffen fühlte und das Raubtier in ihr die Kontrolle übernahm, konnte nicht ausgeschlossen werden. Auch in der Highschool, die sie vor einem Jahr abgeschlossen hatte, war sie im Umgang mit ihren Mitschülern zurückhaltend geblieben, hatte sich aus Streitigkeiten und anderen Konflikten herausgehalten, um nicht vielleicht ungewollt auf eine Weise zu reagieren, die für ihre Kontrahenten fatal und für sie äußerst folgenschwer gewesen wäre. Noch immer prägten die Grausamkeit und Verachtung, die sie durch ihren Stiefvater und dessen Söhne erfahren hatte, sowie die nicht minder schweren Jahre allein im Wald ihr Verhalten. Das hatten Fongs Liebe und Fürsorge zwar mildern, aber nicht völlig ausgleichen können. Nur auf Fongs Hof und im angrenzenden Wald konnte Ragna ganz sie selbst sein, was wohl der Hauptgrund für ihr zurückgezogenes Leben war.

Es begann wieder zu regnen und Fong beschleunigte seine Schritte. Ragna würde bereits das Abendessen zubereitet haben und der alte Mann wollte sie nicht länger als nötig warten lassen. Er lächelte unwillkürlich, als er an Bens Sohn Hank dachte, der jedesmal, wenn Ragna in die Siedlung kam, alles Mögliche versuchte, um ihre Aufmerksamkeit zu wecken. Und damit stand er keineswegs allein da. Die strengen Züge ihres edel geschnittenen, wenn auch ein wenig herben nordischen Gesichts, verbunden mit einer energischen Ausstrahlung, schützten Ragna zwar vor unerwünschter Zudringlichkeit, doch zogen ihre attraktive Erscheinung, das dichte blonde Haar, das ihr bis auf den Rücken fiel sowie die anmutigen Bewegungen ihres hochgewachsenen schlanken Körpers die jungen Männer der Siedlung an wie das Licht die Motten. Eine echte Tigerin, dachte Fong versonnen. Kraftvoll, charismatisch und sehr gefährlich. Das schienen auch ihre Verehrer unbewusst zu spüren, denn in ihrer Gegenwart erlaubte sich keiner von ihnen irgendwelche Frechheiten. Es würde Ragnas Aufgabe sein, den ersten Schritt zu machen, sollte sie jemals Interesse an einem der jungen Männer zeigen.

Es war bereits dunkel, als er das Haus im Wald erreichte. Der köstliche Duft gebratenen Fleisches erfüllte die Lichtung und Fong beeilte sich, den Regen hinter sich zu lassen. Er nickte Ragna einen Gruß zu und schlüpfte schnell aus seiner nassen Kleidung, bevor er sich im Morgenmantel an den gedeckten Tisch setzte. Ragna stellte eine Platte mit gebratenem Reh sowie Schalen mit Gemüse und Reis in die Mitte des Tisches. Beifällig nickte ihr der alte Mann zu. „Die Jagd war offenbar erfolgreich", sagte er und tauchte eine kleine Kelle in die vor ihm stehende Gemüseschüssel. „Reh hatten wir schon seit einer Weile nicht mehr. Hast du lange gebraucht, das Tier zu erbeuten?"

„Nein", erwiderte Ragna und legte sich eine Scheibe Rehfleisch auf ihren Teller. „Die Spur war noch frisch und ich erriet, wo es entlanggehen würde. Es war noch jung und unerfahren, keine schwere Aufgabe für eine erfahrene Jägerin."

„Die du zweifelsfrei bist", lobte der alte Mann. Dann lächelte er der jungen Frau verschmitzt zu. „Hank lässt dich grüßen. Er würde sich freuen, wenn du ihn am kommenden Samstag zum Tanz begleitest."

„Tanzen?" Ragna wirkte geradezu entsetzt. „Ich kann nicht tanzen. Er soll lieber eine andere Frau fragen; davon gibt es ja ausreichend in der Siedlung." Plötzlich stutzte sie, als wäre ihr erst jetzt etwas bewusst geworden, was ihr Pflegevater gesagt oder zumindest angedeutet hatte. „Was willst du mir eigentlich wirklich sagen? Dass Hank mir nachläuft wie ein heißblütiger Kater und etwas ganz anderes im Sinn hat wie tanzen?"

Fong lachte laut auf. „Du hast es erfasst. Aber bitte nenne ihn nicht in seiner Gegenwart einen heißblütigen Kater; das könnte er falsch verstehen und du musst vielleicht grob werden. Mit den biologischen Gegebenheiten bist du offenbar vertraut, was mich doch sehr beruhigt. Nur wie du damit umzugehen hast, das ist dir noch ein Rätsel. Oder irre ich mich?"

„Ich bin nicht blind", murrte Ragna und häufte Reis und Gemüse auf ihren Teller. „Und der Geruch der jungen Männer, wenn ich an ihnen vorbeigehe, spricht ebenfalls eine deutliche Sprache. Auch in der Schule empfanden mich manche Jungs als attraktiv und versuchten, meine Aufmerksamkeit auf sich zu ziehen. Ich hatte einige Mühe, sie davon zu überzeugen, dass meinerseits kein Interesse besteht." Sie schwieg kurz, dann fuhr sie leise fort. „Ich würde einem männlichen Partner gegenüber meine Andersartigkeit nicht verbergen können. Glaubst du, er würde das so einfach akzeptieren? Das müsste schon ein sehr besonderer Mann sein. Nein, da bleibe ich lieber allein."

Fong wusste, dass sich Ragna nicht nur hinsichtlich einer möglichen Partnerschaft oft wünschte, eine normale junge Frau zu sein und keine menschliche Raubkatze, die in ständiger Furcht vor der Entdeckung ihrer Andersartigkeit lebte. „Ich verstehe deine Sorge, was deine natürlichen Waffen betrifft", erwiderte Fong daher mitfühlend. „Solltest du doch irgendwann einen Partner wünschen, musst du ihn unbedingt vorwarnen, bevor es zu einer tieferen Bindung kommt. Anderenfalls könnten sich ernsthafte Probleme ergeben." Er schnitt sein Fleisch klein, sah aber nach einer Weile erneut zu seiner Pflegetochter hinüber. „Was ich dich schon lange fragen wollte: Weißt du eigentlich, von wem du diese Besonderheit geerbt hast?"

„Meine Mutter war ganz normal", erwiderte Ragna widerstrebend. „Sie hatte weder Reißzähne noch Krallen. Anderenfalls hätte sie sich besser gegen diesen Scheißkerl von Ehemann wehren können. Ich habe versucht, sie gegen ihn zu verteidigen, war aber noch zu klein und schwach. Meine Reißzähne sind erst nach dem Verlust der Milchzähne gewachsen, wobei mein Zahnwechsel deutlich früher erfolgte, als dies bei menschlichen Kindern üblich ist, wohl aus einer biologischen Notwendigkeit heraus. Oder weil ich eben anders bin. Und die neuen Zähne sind noch eine Weile gewachsen, haben sich dem ebenfalls wachsenden Gebiss angepasst. Sonst hätte ich jetzt überall Lücken im Gebiss. Ziemlich schräg, oder?"

Sie starrte traurig auf ihre Hände, die neben dem Teller auf dem Tisch lagen. „Meine Krallen waren während meiner ersten Lebensjahre noch relativ kurz. Ich konnte meinem Stiefvater nur einige tiefe Kratzer zufügen, wofür er mich fast totgeschlagen hat. Und meine Mutter musste es dann ausbaden. Danach habe ich mich verkrochen, wenn er wieder mal besoffen auf sie losgegangen ist, um ihr Weinen und Flehen nicht hören zu müssen." Ihre Augen brannten nun förmlich, und Fong wusste, würde dieser Mann jetzt vor ihr stehen, sie hätte ihn ohne zu zögern in Stücke gerissen. „Das muss von meinem leiblichen Vater gekommen sein", fuhr sie nach kurzem Zögern fort. „Oder zumindest von seiner Seite. Mutter wusste jedenfalls nicht, weshalb ich so anders bin. Vater war offenbar auch normal und in der Familie meiner Mutter ist sowas nicht vorgekommen. Zumindest sagte sie das." Sie schnaubte zornig. „Mein leiblicher Vater war offenbar ebenfalls ein ziemlicher Mistkerl, auch wenn Mutter ihn noch immer liebte. Das konnte ich spüren, wenn sie, was selten geschah, von ihm sprach. Sie lebte damals in Vancouver, er war Fischer. Angeblich wusste er nicht, dass sie schwanger war, als er sie bei Nacht und Nebel verließ. Allein mit einem Kind war sie verzweifelt genug, diesen Scheißkerl zu heiraten, um versorgt zu sein. Glaub mir, Onkel Fong, wenn ich meinem leiblichen Vater jemals begegnen sollte, der würde das ziemlich bald bedauern."

Ragna verstummte und widmete sich schweigend ihrem Essen. Fong tat es ihr gleich und die Stille des Hauses wurde nur durch das Knacken der Holzscheite im Feuer und den Regen, der auf das Dach prasselte, unterbrochen. Glücklicherweise ist es recht unwahrscheinlich, dass sie ihrem leiblichen Vater jemals begegnen wird, dachte Fong voller Unbehagen. Es würde vielleicht nicht bei Vorhaltungen bleiben. Und sie hätte sogar recht damit; dieser Mann hat ihre Mutter in einer prekären Lage allein gelassen und sie und ihre Tochter damit in eine schlimme Situation gebracht. Ich hätte sogar Verständnis dafür, wenn sie ihm ihre Krallen überziehen würde. Muss ein egoistischer Mistkerl gewesen sein, wenn auch bei Weitem nicht so schlimm wie Ragnas Stiefvater.

Unwillkürlich sah Fong zum Kamin hinüber, doch die Katze war im letzten Jahr von einem Luchs gerissen worden. Sie fehlte dem alten Mann, der sie von klein an aufgezogen hatte. Jetzt habe ich eine große Katze im Haus, dachte er und lächelte still vor sich hin. Eine etwas widerspenstige Raubkatze, die ich aber noch weniger missen möchte als die alte Katze. Sein Lächeln vertiefte sich, als er an die zurückliegenden Jahre dachte, die nicht immer leicht, aber von Wärme und Zuneigung erfüllt gewesen waren. Ragna war dem alten Mann wirklich eine Tochter geworden und er, wie er wusste, dem Mädchen ein Vater.

Als er Ragnas Blick auf sich ruhen fühlte, sah er verwundert hoch. Die Augen seiner Pflegetochter spiegelten die Wärme wider, die er selbst fühlte. „Ich liebe dich auch, Onkel Fong", flüsterte Ragna und lächelte zaghaft. „Du hast viel mehr für mich getan, als du damals versprochen hast. Ohne dich wäre ich wohl irgendwann als ein wildes Tier verendet."

Fong erwiderte ihr Lächeln und aß schweigend weiter. Wärme erfüllte ihn, aber auch ein leichtes Unbehagen. Ich müsste mich eigentlich inzwischen daran gewöhnt haben, dass Ragna die Gefühle anderer Menschen wahrnehmen kann, dachte er. Und doch löst dieses Wissen immer noch Befangenheit in mir aus. Es ist irgendwie unheimlich, vor dem Mädchen nichts verbergen zu können. Sie nimmt die Welt mit soviel schärferen Sinnen wahr, dass ihr praktisch nichts verborgen bleibt; sie weiß mit Gewissheit auch, was jetzt gerade in mir vorgeht. Und wenn ich schon so empfinde, wie würde es erst anderen Menschen ergehen, die nicht mit den Eigenarten dieser außergewöhnlichen jungen Frau vertraut sind? Zum Glück ist das Mädchen so klug gewesen, ihre Fähigkeiten in der Schule und vor den Menschen der Siedlung zu verbergen. Sie halten sie für eine ganz gewöhnliche, wenn auch zurückhaltende junge Frau.

Als er nach einer Weile bemerkte, dass von Ragna keine Essgeräusche mehr kamen, sah er verwundert hoch. Seine Pflegetochter saß wie erstarrt auf ihrem Stuhl, lauschend und witternd und sichtlich angespannt. Als Fong sie fragen wollte, was denn los sei, winkte Ragna ihm zu, still zu sein. Also blieb er unbewegt sitzen und wartete schweigend auf eine Erklärung. Ragna erhob sich lautlos und schlich zur Tür, die sie vorsichtig einen Spalt öffnete, ohne dabei ein Geräusch zu verursachen. Sie witterte in den Regen hinaus, dann flüsterte sie so leise, dass Fong sich anstrengen musste, sie überhaupt zu hören: „Drei Männer, bewaffnet. Sie nähern sich gerade dem Stall."

Fong nickte als Zeichen, dass er verstanden hatte, und erhob sich ebenfalls, um sein Gewehr zu holen. Es war nicht das erste Mal, dass irgendwelche Strolche glaubten, mit einem alten Mann und seiner Pflegetochter, die weit abseits der Siedlung lebten, leichtes Spiel zu haben. Jedesmal waren sie recht bald eines Besseren belehrt worden. Mit ruhiger Hand lud er die großkalibrige Büchse und ging dann zum Fenster hinüber, um Ragna beizustehen, sollte dies notwendig werden. Gewöhnlich wurde die junge Frau allein mit Angreifern fertig, doch Fong hasste es, nur untätig zuzusehen. „Ich gehe hinaus", flüsterte Ragna und öffnete die Tür etwas weiter. „Bleib du hier im Haus und hindere die Männer daran, es zu betreten." Mit diesen Worten schlüpfte sie hinaus und zog die Tür hinter sich zu.

Lautlos wie eine Katze huschte sie zum Stall hinüber, kauerte sich in den Schatten hinter dem dort aufgeschichteten Holzstapel und wartete darauf, dass die Männer herankamen. Trotz des Regens hörte sie ihre Schritte so deutlich wie Trommelschläge, obwohl die nächtlichen Besucher sich sichtlich bemühten, leise zu sein, kein gutes Zeichen, was ihre möglichen Absichten betraf. Die Schritte verharrten, als die drei Männer den Stall erreichten, dann kamen sie leise um das Gebäude herum und sahen zum Haus hinüber. „Der Alte ist offenbar zu Hause", flüsterte eine raue Stimme. „Das Mädchen wohl auch. Wir machen kurzen Prozess mit beiden und dann ran an den Speck. Der Alte gehört sicher zu der Sorte, die ihr Geld zu Hause horten." Er schwieg kurz, dann fuhr er mit einem lüsternen Unterton in der Stimme fort. „Obwohl, wenn ich es richtig bedenke, fällt mir für das Weibsstück etwas Besseres ein als eine durchschnittene Kehle, zumindest vorläufig. Anschließend sollten wir aber auch sie kalt machen, da sie uns der Polizei beschreiben kann."

Ein boshaftes Lachen antwortete ihm, dann näherte sich einer der Angreifer dem Holzstapel, ein hochgewachsener Mann mit einem Durchschnittsgesicht und trügerisch weichem Mund. Doch Ragna konnte die in ihm verborgene Grausamkeit fühlen. Dies waren Mörder, die vorhatten, ihr und Onkel Fong keine Chance zu geben, und der Gedanke, von diesen Banditen vergewaltigt zu werden, ließ ihr Blut kochen. Kurz überlegte sie, sie nur niederzuschlagen und zu fesseln. Seit ihrer ersten Begegnung mit Onkel Fong war sie deutlich gewachsen und maß jetzt gut 1,75 m, doch die kräftige Statur der Banditen barg das Risiko, dass sie in einem offenen Kampf unterlag und selbst überwältigt oder erschossen wurde. Jeder der Männer hielt ein Gewehr in der Hand und sie machten den Eindruck, damit auch umgehen zu können. Das war ein Risiko, das sie nicht eingehen konnte, wollte sie Onkel Fong und sich nicht in ernsthafte Gefahr bringen. Es gab allerdings noch einen weiteren Grund für ihre Entscheidung, die Angreifer zu töten: Sie hasste Männer wie diese; sie erinnerten sie an ihren Stiefvater und dessen Söhne, die sie behandelt hatten wie ein Stück Dreck, mit dem sie machen konnten, was sie wollten, und Ragna hatte sich geschworen, so etwas nie wieder zuzulassen.

Sie machte sich mit ausgefahrenen Krallen zum Sprung bereit, vergewisserte sich aber vorher noch des Standorts der beiden anderen Männer, die jetzt vorsichtig auf das Haus zuschlichen, sodass sie damit in ihren Rücken geriet. Gut, dachte sie zufrieden, während das Blut in Erwartung des Kampfes schneller durch ihre Adern floss und ihre bernsteinfarbenen Augen förmlich glühten. Die Männer würden im Licht stehen, das aus den Fenstern auf den Hof fiel, sie dagegen im Schatten bleiben können. Außerdem würde der starke Regen leise Geräusche übertönen und ihr zusätzlich Deckung bieten.

Ein schneller Sprung, und schon hatte sie dem ihr am nächsten stehenden Mann die Kehle aufgeschlitzt, ohne dass dieser noch einen Laut von sich geben konnte. Sie fing den fallenden Körper auf und ließ ihn lautlos zu Boden gleiten, dann schlich sie hinter den beiden Männern her, die sich ahnungslos dem Haus näherten. Bevor sie die Tür erreichen konnten, riss sie einen von ihnen im Sprung zu Boden, zerbiss ihm mit einer schnellen Bewegung die Kehle und warf sich anschließend sofort auf den letzten Angreifer, der wie erstarrt auf ihre bluttriefenden Reißzähne und Krallen sah, ohne zu begreifen, was geschehen war. Es war schnell vorbei; auch er starb ohne Gegenwehr, da Ragna ihm nicht die Zeit ließ, sich von seinem Schock zu erholen. Vorsichtig stieß sie die drei Männer mit einem Fuß an, doch sie rührten sich nicht mehr. Dann gab sie dem alten Mann ein Zeichen, dass er nun gefahrlos das Haus verlassen konnte.

„Kennst du sie, Onkel Fong?" fragte die junge Frau ihren Pflegevater, als der eine Laterne hochhielt und damit die Gesichter der Toten beleuchtete. Noch immer pulsierte die Erregung des Kampfes in ihr, ließ ihre Augen brennen und ihren Atem schneller gehen, während das Blut der Banditen von ihren Krallen und Reißzähnen tropfte. Könnte einer ihrer Verehrer sie jetzt sehen, er würde wohl entsetzt zurückweichen und so bald nicht wieder aufhören zu rennen, schoss es Fong voller Unbehagen durch den Kopf, das ihn immer dann befiel, wenn Ragna ihre wilde Seite von der Leine ließ. Es war notwendig gewesen, daran bestand für ihn keinerlei Zweifel, denn diesbezüglich vertraute er seiner Pflegetochter, doch würde er sich wohl nie wirklich daran gewöhnen. „Ich habe sie noch nie gesehen", antwortete er nach einer Weile. „Und du hast gehört, dass sie wussten, wer hier wohnt?" Noch einmal hob er die Laterne, um den Schauplatz des Kampfes in helles Licht zu tauchen und dessen Spuren zu betrachten. „Ja", erwiderte Ragna mit einem Knurren in der Stimme. „Sie nannten keine Namen, sprachen aber von einem alten Mann und einem Mädchen, die sie töten wollten, um dann unseren Besitz zu stehlen." Dass die Männer mit ihr noch etwas anderes vorgehabt hatten, verschwieg Ragna lieber; ihr Pflegevater machte sich auch so schon zu viele Sorgen um sie. Auch war ihr sein Unbehagen angesichts ihres blutverschmierten Gesichtes nicht entgangen und sie wollte ihm keinen Grund geben, an ihren Motiven zu zweifeln.

„Vielleicht haben sie in der Siedlung von uns gehört und glaubten, dass sich hier eine gute Gelegenheit für einen Raub bieten würde. Nun, sie haben sich geirrt." Fong ging zum Schuppen hinüber und übergab kurz darauf Ragna Hacke und

Schaufel. „Wir begraben sie besser gleich, bevor der Blutgeruch Raubtiere anlockt. Außerdem möchte ich unserer Polizei nicht gerne ihre ungewöhnlichen Wunden erklären müssen. Hoffentlich vermisst sie niemand und sucht nach ihnen."

Während Fong zusah, wie Ragna ein Stück in den Wald hinein eine tiefe Grube aushob, seufzte er traurig. Es widerstrebte ihm, den Vorfall nicht den Behörden zu melden, doch der Schutz seiner Pflegetochter hatte für ihn Vorrang. Was den alten Mann aber zunehmend beunruhigte, war die Selbstverständlichkeit, mit der Ragna Angreifer tötete, sobald sie spürte, dass sie das Gleiche mit ihnen beiden planten. Fong war bewusst, dass das Leben dem Mädchen in seinen ersten Lebensjahren nichts geschenkt hatte; wohl deshalb neigte sie zu einer gewissen Mitleidlosigkeit Gewalttätern gegenüber. Und war das Raubtier in ihr erst einmal entfesselt, ließ es sich erst nach dem Erlegen der Beute wieder bändigen. Doch sollte Ragna jemals beim Töten von Angreifern beobachtet werden, selbst wenn dies in Notwehr geschah, drohten ihr gewaltige Probleme.

Bald waren die Männer verscharrt und Ragna hatte sich gewaschen und umgezogen, da etwas von dem Blut der Banditen auf ihre Kleidung getropft war. Sie saßen wieder am Abendbrottisch, doch Fong war der Appetit vergangen. „Ich muss mit dir sprechen", begann er strenger als beabsichtigt. „Ich weiß es zu schätzen, dass du uns und unser Heim erfolgreich schützt, aber dabei solltest du dich nicht den Angreifern gleich machen. Sie töten ohne Zögern, weshalb sie außerhalb des Gesetzes stehen. Willst du wie sie sein, erbarmungslos und ohne Skrupel?"

Verärgert sah Ragna von ihrem Teller auf. Es war nicht das erste Mal, dass sie über dieses Thema sprachen, und sie gab die gleiche Antwort wie zuvor. „Sie hätten uns getötet, Onkel Fong. Ich war nur schneller als sie."

„Du hättest auch versuchen können, sie nur kampfunfähig zu machen und der Polizei zu übergeben. Sie mögen größer und kräftiger gewesen sein als du, doch deine Schnelligkeit und Gewandtheit sowie deine natürlichen Waffen machen dich den meisten Menschen überlegen, wie du sehr wohl weißt."

Ragna ließ die Gabel sinken und sah dem alten Mann zornig in die Augen. „Müssen wir jedes Mal erneut darüber diskutieren? Die Männer waren, wie du ja selbst gesagt hast, größer und kräftiger als ich, dazu in der Überzahl und mit Gewehren bewaffnet. Das Risiko wäre hoch gewesen, dass sie mich überwältigt und getötet hätten, dich dann anschließend wohl auch. Das konnte ich nicht zulassen." Sie schwieg kurz, dann fuhr sie mit rauer Stimme fort. „Vielleicht hätte ich sie tatsächlich nur kampfunfähig machen können, doch auch dafür hätte ich meine natürlichen Waffen verwenden müssen. Ich glaube nicht, dass diese Verbrecher gegenüber der Polizei verschwiegen hätten, auf welche Weise sie überwältigt wurden."

„Das verstehe ich", erwiderte Fong besänftigend. „Ich mache dir auch keine Vorwürfe. Vielleicht war es tatsächlich die einzige Möglichkeit, uns vor dem Tod zu bewahren. Aber solltest du jemals außerhalb dieser Wälder unter Menschen leben wollen, wird dich ein solches Verhalten in große Schwierigkeiten bringen."

Ragna spürte die tiefe Sorge des alten Mannes und gab sich daher Mühe, ihren Zorn zu zügeln. „Ich habe weder die Absicht, von hier fortzugehen noch mich in absehbarer Zeit in einen psychopathischen Killer zu verwandeln. Das Raubtier in mir habe ich besser im Griff, als du offenbar denkst;

auch töte ich nur, wenn es nicht anders geht, und passe schon auf, dass niemand außer dir sieht, wie ich mit Banditen umzugehen pflege, die uns angreifen. Du musst dir also keine Sorgen machen."

Nachdenklich starrte Fong auf den vor ihm stehenden Teller, ohne ihn wirklich zu sehen. „Vielleicht solltest du tatsächlich mehr kennenlernen als bisher", sagte er schließlich, als hätte er Ragnas Worte nicht gehört. „Andere Orte, andere Menschen, das Leben in seiner ganzen Vielfalt und nicht auf das beschränkt, was du bisher kennengelernt und erfahren hast. Du hast einen hervorragenden Abschluss an der Highschool gemacht, einem Studium stünde also nichts im Weg."

„Studieren?" fragte Ragna verblüfft. Der Gedanke war ihr bisher nicht in den Sinn gekommen. Sie wusste sehr wohl, dass dem alten Mann dieser Vorschlag nicht leicht gefallen war, doch war dies nicht der einzige Grund für ihren Widerstand. Es würde in ungewohnter Umgebung, unter fremden Menschen, deutlich schwerer sein, das in ihr lebende Raubtier im Zaum zu halten. Außerdem würde ihr Pflegevater zunehmend Unterstützung benötigen. Fong war nun fast 80 Jahre alt, und obwohl noch recht beweglich und gesund, war Ragna bewusst, dass sich dies sehr plötzlich ändern konnte. So schüttelte sie ablehnend den Kopf und sah Fong fest in die Augen. „Du wirst mich brauchen. Wenn ich irgendwo weit entfernt an einer Universität studiere, kann ich nicht einfach mal schnell herüberkommen und dir helfen. Außerdem weiß ich nicht, woher ich das Geld zum Studieren nehmen soll. Deine Ersparnisse sind nicht hoch und ich weigere mich strikt, sie anzunehmen. Du wirst sie noch brauchen, wenn du hilfsbedürftig geworden bist. Also lassen wir das Thema besser fallen. Ich werde hierbleiben und mich vor Ort nützlich machen."

„Ich werde in einem Jahr 80 Jahre alt", erwiderte Fong leise, doch mit fester Stimme „Du hast dein Leben noch vor dir.
Wenn du glaubst, ich lasse zu, dass du eine dir mit einem
Studium mögliche Zukunft wegwirfst, nur um mich alten
Mann noch einige Jahre lang zu pflegen, dann kennst du mich
schlecht. Es stimmt, dass es schwierig werden könnte, dir ein
Studium zu finanzieren, doch bei deinem guten Abschluss
müsste es möglich sein, für dich ein Stipendium zu bekommen. Und ich werde in die Siedlung ziehen; dort bin ich nicht
allein und habe im Notfall ausreichend Unterstützung." Er
schwieg kurz, dann sah er Ragna ernst in die Augen. „Willst
du dich für den Rest deines Lebens in dieser abgelegenen
Gegend verstecken aus Furcht, dich nicht ausreichend kontrollieren zu können? Du irrst dich: Diesbezüglich vertraue
ich dir mehr, als du offenbar glaubst. Du bist eine kluge und
attraktive Frau und solltest unter Gleichaltrigen leben, nicht
auf einem abgeschiedenen Hof gemeinsam mit einem alten
Mann und gemeinsame Interessen mit anderen jungen Leuten
teilen. Außerdem braucht dein wacher Geist Beschäftigung,
will lernen, neue Erfahrungen machen, auch wenn du das
vielleicht nicht wahrhaben willst. Wenn du dem nicht Rechnung trägst, wird deine Unzufriedenheit von Jahr zu Jahr
stärker werden und irgendwann genau dem Raum geben, was
du jetzt – in meinen Augen grundlos – befürchtest. Wirke
dem rechtzeitig entgegen. Ein Studium wird dich derartig
beanspruchen, dass du weder die Zeit noch Energie haben
wirst, deinen Raubtierneigungen nachzugehen."

„Aber Onkel Fong…" wollte Ragna einwenden, doch der
alte Mann hob ungewöhnlich gebieterisch die Hand. „Ein
Freund, der mir noch einen Gefallen schuldet, lebt in London.
Er könnte dir helfen, dort Fuß zu fassen, und mit einem Stipendium müsstest du eigentlich alle Gebühren und deinen

Lebensunterhalt bestreiten können. Notfalls arbeitest du neben dem Studium. Mein Freund wird alles für dich arrangieren, du brauchst dich also nur zu bewerben. Ich denke, es wäre gut, wenn du außerhalb Kanadas studierst, da ich anderenfalls befürchte, dass du hier alle Nase lang auf der Matte stehen und nach mir sehen wirst." Bevor Ragna erneut protestieren konnte, erhob Fong sich und ging zu einem kleinen Tisch hinüber, auf dem sich Schreibpapier befand. Das digitale Zeitalter war auf dem Waldhof noch nicht angekommen, wobei Ragna daran zweifelte, dass Fong dies überhaupt gewollt hätte. „Ich werde gleich schreiben, und du überlegst dir inzwischen, was du gerne studieren würdest."

Ragna war bewusst, dass es nicht ganz so einfach sein würde, wie Fong sich das offenbar vorstellte, und traurig sah sie auf ihren noch halb vollen Teller. In ihr sträubte sich alles dagegen, von hier fortzugehen, und sie wusste, auch Fong war es alles andere als leicht gefallen, ihr diesen Vorschlag zu machen. In der Sache hatte der alte Mann natürlich recht: Er würde wohl nicht mehr allzu lange leben und dann stand Ragna allein da, ohne einen Beruf erlernt, ohne eine vielversprechende Zukunft vor sich zu haben. Wenn sie ehrlich war, reizte sie ein Studium nicht wenig, auch wenn sie die Vorstellung, in einer großen Stadt unter ganzen Menschenmassen leben zu müssen, geradezu in Panik versetzte. Sie stand an einem Scheideweg: Entweder blieb sie in den vertrauten Wäldern, versteckte sich hier und versuchte, irgendwie zu überleben, oder sie stellte sich der Herausforderung und bemühte sich, ihrem Leben eine neue Richtung zu geben. In der Siedlung wäre für Fong gesorgt, das wusste sie, doch der Gedanke, den alten Mann vielleicht für lange Zeit nicht mehr zu sehen, schnürte ihr das Herz zusammen. An dem kleinen Tisch war Fong eifrig damit beschäftigt, seinem Freund einen

Brief zu schreiben, war dabei, für seine Pflegetochter ein vielleicht letztes Mal den Weg zu ebnen. Zukünftig würde Ragna für sich selbst sorgen müssen, doch das war ihr geringstes Problem. Sie würde unter fremden Menschen in einer unvertrauten Umgebung leben und alles daran setzen müssen, ihre Andersartigkeit zu verbergen. Ragna konnte nur inständig hoffen, dass ihr das gelang.

Exkursion

Wenn ich je ein Land gesehen habe, das Trauer trägt, dann ist es dieses, dachte Ragna versonnen, während sie über die kargen Weiden, die kaum diesen Namen verdienten, und die dunklen Moore blickte. Einige Schafe versuchten, zwischen den Felsen ausreichend Gras zu finden, zwei Kaninchen waren vorbeigehoppelt, während sie hier oben auf dem Hügel stand, und ein Schwarm Möwen trieb im Wind über dem Meer; ansonsten wirkte das Land wie ausgestorben, abweisend und unfruchtbar. Die Mitglieder der Exkursion hatten sich in das Wirtshaus des einzigen Dorfes der Halbinsel zurückgezogen, wo sie ihren Missmut über das unbeständige Wetter und die trostlose Landschaft in reichlich Bier ertränkten. Ragna konnte es ihnen nicht verdenken; trotz ihrer gefütterten Jacke war sie nass bis auf die Haut und der kühle Wind trug noch dazu bei, dass sie sich unbehaglich fühlte und zunehmend fror, während sie auf dem Hügel stand, das Meer im Rücken, den Blick auf die felsige Landschaft gerichtet, die vor ihr ausgebreitet lag. Weshalb sie ausgerechnet bei diesem kühlen nassen Wetter einen Spaziergang hatte machen müssen, war ihr selbst ein Rätsel. Vielleicht war es der Wunsch gewesen, der zwar freundlichen, aber manchmal recht anstrengenden Gesellschaft ihrer Kommilitonen für eine Weile entfliehen zu können. Selbst ihre Freundin Sally hatte sie im Wirtshaus zurückgelassen; die Freundin zog es wie die anderen Exkursionsteilnehmer vor, die feuchte Enge der Zelte zumindest kurzzeitig mit der warmen und trockenen Enge der kleinen Gaststube zu vertauschen und sich Mut anzutrinken, erneut in die Steilwand zu steigen, um die Gesteine dieser Halbinsel näher zu untersuchen.

Zu ihrer eigenen Überraschung war es Ragna erstaunlich leicht gefallen, in London Fuß zu fassen, auch wenn sie die Größe der Stadt zuerst überwältigt hatte. Doch bald entdeckte sie, dass die Metropole eigentlich aus vielen kleinen Städten bestand, die irgendwie zusammengewachsen waren, und die zahlreichen ruhigen Ecken, Parks und Grünanlagen machten das Leben in der großstädtischen Hektik erträglich. Auch war es noch zu keiner Situation gekommen, die das Raubtier in ihr hätte reizen können, die Herrschaft über ihr Handeln zu übernehmen, was Ragna mit tiefer Erleichterung erfüllte. Das Stipendium kam für die Studiengebühren und eine Grundversorgung auf; daneben hatte Ragna einen der wenigen und äußerst begehrten Plätze als studentische Mitarbeiterin am Geowissenschaftlichen Institut ergattern können, sodass sie keine Not litt. Sie hatte sich für die Geowissenschaften entschieden, da sie seit Langem die Entstehung und der Aufbau der Erde und die Entwicklung des Lebens auf diesem Planeten interessierten und sie mehr darüber lernen wollte. Auch trug dieses Studienfach ihrer engen Verbundenheit mit der Natur Rechnung; dies war kein reines Schreibtischstudium, ganz im Gegenteil. Sie befand sich jetzt im 6. Semester und hatte manchmal das Gefühl, schon in jedem Steinbruch Großbritanniens herumgekrochen zu sein. Diese Exkursion nach Irland war die erste in ein anderes Land, an der sie teilnehmen konnte, doch aufgrund ihres Jobs am Institut war es ihr diesmal möglich gewesen, die erforderlichen Mittel aufzubringen, und sie genoss den Aufenthalt hier trotz des schlechten Wetters.

Ihr geliebter Pflegevater würde nicht mehr erleben, dass sie ihr Studium beendete und ins Berufsleben eintrat. Er war vor einem Jahr nach einer kurzen, aber heftigen Krankheit verstorben, und Ragna hatte nur noch sein Grab besuchen können. Wann immer ihre Gedanken Onkel Fong und ihr gemeinsames Leben auf dem Waldhof streiften, fühlte Ragna einen brennenden Schmerz und auch Schuld, nicht bei ihm gewesen zu sein, als der alte Mann starb. Ben hatte sie zwar gleich verständigt, dass Fong schwer krank sei, und Ragna hatte das nächste Flugzeug Richtung Kanada bestiegen, doch war sie trotzdem zu spät gekommen. Sie wusste, dass Fong stolz auf sie war, weil sie das Leben in der Großstadt sowie das Studium so gut meisterte, und doch hätte Ragna es vorgezogen, bei Fong in dessen letzter Stunde zu sein. Seufzend setzte sie sich auf einen Felsen und strich sich das nasse Haar aus der Stirn. Das war nun nicht mehr zu ändern und sie musste in die Zukunft blicken. Doch wie viel lieber hätte sie diese mit Onkel Fong geteilt!

Sie fröstelte und wischte sich erneut die Feuchtigkeit aus der Stirn. Sie wollte Prof. Weatherbys Entscheidung, diese karge Halbinsel aufzusuchen, nicht in Frage stellen, zumal die hiesigen Gesteinsformationen tatsächlich sehr interessant waren, doch bot die Gegend neben Felsen und Moor nur noch penetranten Regen und kühlen Wind, was inzwischen selbst den ansonsten recht zähen Geologiestudenten auf die Nerven ging. Immer wieder mussten die Ausflüge in die steinigen Täler und steilen Hänge abgebrochen werden, da das Wetter zu schlecht geworden war. Die wenigen wortkargen Bewohner der Halbinsel, denen Ragna bisher begegnet war, schienen völlig unempfindlich gegenüber den Unbilden des Wetters oder der Trostlosigkeit ihrer Heimat zu sein, und die junge Frau konnte sie nur dafür bewundern, nicht schon längst in erfreulichere Gegenden ausgewandert zu sein. Doch spiegelte ihre zurückhaltende, ein wenig schroffe Art die abweisende Atmosphäre der Halbinsel wider, und dem Handeln der Exkursionsteilnehmer standen sie eher desinteressiert gegenüber. Nur der Inhaber des Pubs war freundlich und hilfsbereit; er machte in diesen Tagen wahrscheinlich mehr Umsatz als den Rest des Jahres.

Ragnas suchender Blick wanderte über die zahlreichen Hügel und Felsspitzen, die sie umgaben. Wo sich wohl der Berg oder Felsen befand, der den Namen Carracán, was Felsriese bedeutete, rechtfertigte? Der gesprächige Wirt hatte ihnen die Bedeutung des Namens der Halbinsel erklärt, ohne allerdings seinen Ursprung zu benennen. Ragna konnte nichts entdecken, das hierfür in Frage kam. Der Regen, der für kurze Zeit ausgesetzt hatte, begann wieder zu fallen und Ragna zog fröstelnd die Schultern hoch. Es wurde Zeit, in die Geborgenheit des Gasthauses zurückzukehren und sich mit einer Kanne heißen Tees wieder aufzuwärmen. Die Zelte, in denen die Studenten wohnten, konnten noch warten; bei diesem Wetter war es alles andere als angenehm, in ihnen zu übernachten. Noch einmal glitt ihr Blick über die durchaus beeindruckende Felskulisse, und sie bedauerte plötzlich, dass hier nichts zu finden war, das Touristen hätte interessieren und den Bewohnern der Halbinsel ein zusätzliches Einkommen hätte bescheren können, keine Steinkreise oder andere Zeugnisse alter Kulturen, keine spektakulären Naturschauspiele wie Wasserfälle oder außergewöhnlich geformte Felsen. Die sie umgebende Landschaft konnte nur ausgeprägte Asketen ansprechen, aber sicher keine Urlauber, die etwas erleben oder doch zumindest schöne Landschaften bewundern wollten.

Die Schwermut des Landes schien sich auch auf ihre Seele legen zu wollen, ein Gefühl von Verlust und Leid, das sie unwillkürlich erschaudern ließ und ihre Gedanken ungewollt auf Onkel Fong und dessen Tod lenkte. Bevor sie die Düsternis überwältigen konnte, richtete sie ihren Blick wieder auf die trostlose Landschaft, die unter ihr ausgebreitet lag, und folgte ihr über die kargen Moore hinweg bis zu einer landeinwärts gelegenen Felsformation, die sich in einiger Entfernung erhob. Eine schmale Schlucht führte in die Felsen hinein, und für einen Moment glaubte sie, an ihrem Ende eine Höhle zu sehen. Ihr Eingang schien zu wabern, nicht fest zu sein, dann verschwand das Bild wieder und nur graue Felsen blieben zurück. Verwirrt schüttelte Ragna den Kopf; hatte sie ein Trugbild genarrt, hervorgerufen durch Regen und Kälte, oder war die Höhle real gewesen? Die Schlucht wies nun keinerlei Öffnungen im Gestein mehr auf, und doch war Ragna sicher, dort zuvor etwas gesehen zu haben, eine Art tiefere Dunkelheit inmitten des grauen Gesteins. Ein eiskalter Schauer lief über ihren Rücken; ihr Instinkt, geschärft durch viele Jahre Überleben in der Wildnis, schien sie vor etwas warnen zu wollen, ohne dass Ragna erkennen konnte, worauf sich diese Warnung bezog. Sie kniff die Augen zusammen, um vielleicht doch noch etwas in der Schlucht erkennen zu können, doch da war nichts Ungewöhnliches zu sehen, nur nacktes graues Gestein, aus dem die gesamte Felsformation bestand.

Abrupt wandte sie sich dem steilen Pfad zu, der auf den Hügel hinaufführte, auf dem sie sich befand, um ins Dorf zurückzukehren, und riss überrascht die Augen auf. Dort, wo der Pfad begann, stand ein großer, kräftig gebauter Mann, der sie offenbar schon längere Zeit beobachtet hatte. Auf dem dichten schwarzen Haar saß eine Schirmmütze und eine lange gefütterte Wachsjacke schützte ihn vor dem Regen. Ragnas Überraschung resultierte vor allem aus der Tatsache, dass sie den Mann weder gehört noch auf andere Weise wahrgenommen hatte, was sie angesichts ihrer scharfen Sinne nicht wenig erstaunte. Hat mich diese merkwürdige Vision so sehr abgelenkt? fragte sie sich, verärgert über ihre Unachtsamkeit. Wäre ihr dies in der Wildnis der Rockys passiert und der Mann ein Berglöwe gewesen, sie hätte allen Grund gehabt, ihre Geistesabwesenheit zu bereuen.

„Richtiges Mistwetter." Die Stimme des Mannes klang rau, aber angenehm, und sein ausgeprägter irischer Akzent machte es Ragna nicht leicht, ihn zu verstehen. Doch hatte sie sich inzwischen ausreichend in die hierzulande übliche Sprechweise eingehört, dass sie dem Fremden bestätigend zunicken konnte. Der Mann lächelte ein wenig zögernd, dann wies er auf die felsige Ebene, die sich unterhalb des Hügels erstreckte. „Besser, wir verschwinden von hier. Es gibt bald Sturm."

Auch das noch, dachte Ragna seufzend und folgte dem Mann den Hügel hinunter, wobei sie sich mehrmals suchend nach der Felsformation umsah, die aber vom Pfad aus nicht zu sehen war. Achselzuckend verbannte sie das Bild aus ihrem Geist und konzentrierte sich auf den Abstieg. Das wird die Untersuchungen des Hangs weiter verzögern, dachte sie verärgert. Und wir haben nur noch wenige Tage, bis wir wieder nach London zurückfahren müssen. Da sie sich nicht häufig Auslandsexkursionen würde leisten können versetzte sie dieser Gedanke in eine mürrische Stimmung, und so trottete Ragna mit einer deutlichen Leidensmiene hinter dem Fremden her, der mit sicheren Schritten dem Pfad folgte. Bald hatten sie den Fuß des Hügels erreicht. „Bist ganz schön nass geworden", stellte der Mann fest und wies auf Ragnas dicke Jacke, die von der Nässe dunkel verfärbt war. „Was hältst du von einem Tee? Mein Hof liegt gleich da hinten. Meine Molly und ich haben gerne Besuch."

Dieses erste Zeichen von nicht ökonomisch bestimmter Gastfreundschaft zauberte ein dankbares Lächeln auf Ragnas Gesicht und sie stimmte erfreut zu. Der Bauer war ihr sympathisch und wirkte vertrauenswürdig; auch war ihr seine Gesellschaft derzeit angenehmer als die der gewöhnlich recht lebhaften und zu dieser Zeit des Tages sicherlich nicht mehr nüchternen Kommilitonen. So folgte sie dem Mann über mehrere Erhebungen hinweg, bis sie einen breiten Weg erreichten, der zwar teilweise unter Wasser stand, aber doch eine deutliche Richtung wies, was ansonsten nicht eben die Regel war in diesem Land. Sie mussten zahlreichen Pfützen ausweichen, doch nach etwa zehn Minuten kam ein kleiner Hof in Sicht, der in einer Talsenke lag und sicherlich schon längst in den hier offenbar üblichen Wasserfluten untergegangen wäre, hätten ihn nicht zahlreiche geschickt angelegte Entwässerungsgräben umgeben. Das Haus war das in den ländlichen Gegenden Irlands nicht seltene Steinhaus, das wirkte, als sei es aus rohen Felsen erbaut worden, was häufig tatsächlich der Fall war. Neben dem Wohnhaus standen zwei niedrige Ställe, wohl für Schafe gebaut, denn die niedrigen Türen hätten Rindern oder anderen großen Weidetieren nicht unerhebliche Probleme bereitet. Einige niedrige Stechginsterbüsche und ein schiefer Zaun ergänzten das Bild, das auf Ragna in keiner Weise pittoresk wirkte, sondern in ihren Augen von Armut und Genügsamkeit der Bewohner kündete.

Der Bauer öffnete seinem Gast die Tür, die in eine Diele führte und nicht, wie Ragna erwartet hatte, gleich in einen

Wohnraum. Der Mann nahm ihr die nasse Jacke ab und hängte sie auf einen an der Wand angebrachten Haken, dann führte er die junge Frau in die angrenzende Wohnstube. Schlichte dunkle Holzmöbel waren sparsam über den Raum verteilt, und der Bauer überließ Ragna den einzigen Sessel, der hier zu finden war. Kaum hatte die junge Frau dort Platz genommen, rief eine Frauenstimme dem Mann von einem Nebenraum aus etwas Ragna Unverständliches zu, und dieser antwortete in der gleichen, Ragna unbekannten Sprache. „Entschuldigung", sagte er gleich darauf zu seinem Gast. „Molly wusste nicht, dass ich jemanden mitgebracht habe, der kein Irisch versteht. Sie wird jetzt auch Englisch mit dir sprechen."

Der Bauer schürte das Feuer und legte einige Scheite auf die Asche, sodass die Flammen bald wieder loderten und angenehme Wärme verbreiteten. Er schaute zur Diele hinüber und holte dann kurz entschlossen Ragnas Jacke, um sie über das Kamingitter zum Trocknen zu hängen. Anschließend zog der Mann sich einen Stuhl heran und nahm Ragna gegenüber Platz. „Ich bin Liam Connolly", stellte er sich vor und reichte der jungen Frau die Hand, die diese gerne ergriff, während sie dem Bauern ihren Namen nannte. „Du gehörst zu den Geologen, stimmt's?" Liams blaue Augen funkelten schelmisch. „Ihr macht Frank richtig glücklich. So viele Einnahmen ist er gar nicht gewohnt."

„Ich nehme an, Frank ist der Inhaber des Gasthauses", antwortete Ragna lächelnd. Als Liam bestätigend nickte, lehnte sich die junge Frau in dem Sessel zurück und sah nachdenklich ins Feuer. „Die hier vorhandenen Basaltsäulen sind zwar nicht so eindrucksvoll wie der Giant's Causeway, aber ihre Einbettung in die hier ansonsten vorherrschenden Kreidefelsen ist außergewöhnlich, ein geologisches Phänomen. Deshalb hat unser Professor beschlossen, die diesjährige

Auslandsexkursion hierher zu machen. Wenn das Wetter besser wäre, wären wir sicher alle begeistert, aber allein die Aussicht, heute Abend in ein durchweichtes Zelt und in ebenso durchweichte Schlafsäcke kriechen zu müssen, mindert unseren Enthusiasmus doch deutlich."

Ein angenehmes Lachen ließ Ragna herumfahren, und ihr Blick fiel auf eine hübsche zierliche Frau, die ein Tablett mit einer Teekanne, drei Tassen und einem Teller Kekse hereingetragen hatte, das sie jetzt auf einem Tisch neben dem Sessel abstellte. Ihre feingliedrigen Hände schenkten den Tee ein und mit einem warmen Lächeln reichte sie Ragna eine Tasse, die sie mit einem dankbaren Nicken annahm. Alle ihre Sinne erbebten unter der Herzlichkeit und Güte dieser Frau, die sie umgaben wie helles Licht und sich auch in ihren braunen Augen widerspiegelten, die neugierig auf ihr ruhten. Sie hatte sich ebenfalls einen Stuhl herangezogen und saß ihr nun gegenüber, eine Tasse Tee in der Hand und ein feines Lächeln um den vollen Mund.

„Ja, unsere Heimat ist nicht gerade ein Urlaubsparadies", sagte sie nach einer Weile, da ihr Gast offenbar mit Stummheit geschlagen war. „Doch wir Einheimischen lieben sie. Vielleicht muss man hier geboren worden sein, um auf diese Weise zu empfinden."

„Studierst du schon lange Geologie?" fragte Liam neugierig. „Ich hatte noch keine Gelegenheit, eure Gruppe zu treffen, da auf dem Hof immer viel zu tun ist und die Zeit meistens für kaum etwas anderes reicht."

„Unser Hiersein scheint ganz allgemein nicht auf das Interesse der Ansässigen zu stoßen", antwortete Ragna betont freundlich, damit ihre Worte nicht als Vorwurf missdeutet werden konnten. „Aber das tut es auch sonst nur selten. Na ja, ein paar in den Felsen herumkletternde Studenten, die den ganzen Tag darin herumhämmern, locken eben keinen Hund hinter dem Ofen hervor."

„Da hast du recht", stimmte Liam ihr zu. „Man muss wohl Geologe sein, um das spannend zu finden. Wir Einheimischen leben mit unseren Felsen, studieren sie aber nicht. Sie waren schon immer da und werden es auch dann noch sein, wenn wir schon längst den Löffel abgegeben haben."

Er stand auf und ging zum Kamin hinüber, wo er das Feuer erneut schürte, bevor er zu seinem Stuhl zurückkehrte. Er zögerte, das anzusprechen, was ihm auf dem Herzen lag, doch dann räusperte er sich und sah seinen Gast neugierig an. „Ich habe dich beobachtet dort oben auf dem Hügel. Du warst verwirrt, hast irgendwas gesucht."

„Gesucht?" antwortete Ragna zurückhaltend. „Was hätte ich suchen sollen? Hier gibt es ja nur Felsen und Moor. Waren wohl nur die Kälte und Nässe. Da guckt niemand fröhlich aus der Wäsche." Alles in ihr sträubte sich dagegen, über ihre Vision zu berichten, auch wenn das Ehepaar ihr vielleicht hätte sagen können, ob es in der Schlucht tatsächlich eine Höhle gibt. Noch immer verspürte sie Unbehagen allem Ungewöhnlichen gegenüber, das mit ihr zusammenhing. „Es war wirklich nichts", bekräftigte sie noch einmal, und ihre Gastgeber bohrten nicht weiter nach, da sie erkannt hatten, dass die Sache der jungen Frau unangenehm war.

Geschickt wechselte Molly das Thema. „Dein Name ist ungewöhnlich für eine Engländerin", sagte sie und schenkte Ragna Tee nach. „Ihr kommt doch aus London, oder? Ragna Olson klingt skandinavisch. Stammst du aus Norwegen oder Schweden?"

„Weder noch", antwortete Ragna. „Ich bin Kanadierin. Allerdings hatte mein Vater offenbar skandinavische Vorfahren, daher der Name." Sie schwieg kurz und überlegte, ob sie überhaupt darüber sprechen sollte, doch dann hob sie den Blick und sah Molly offen an. „Ich habe ihn nie kennengelernt. Er verließ meine Mutter, bevor ich geboren wurde, und ich habe nie versucht, ihn zu finden. Weshalb auch? Er war offenbar nicht an einer Familie und damit wohl auch nicht an einer Tochter interessiert. Trotzdem habe ich seinen Familiennamen angenommen; den meines Stiefvaters wollte ich um keinen Preis der Welt tragen. Bis zum Tod meiner Mutter wuchs ich bei ihr und ihrem Mann, also meinem Stiefvater, auf, anschließend bei einem Pflegevater, da mein Stiefvater mich verabscheute und nicht länger in seinem Haushalt dulden wollte." Sie lächelte traurig in Erinnerung an Onkel Fong, aber auch der Schmerz der harten ersten Jahre ihres Lebens war ihr anzusehen, und die Connollys verstanden, dass Ragna ihren Pflegevater als ihren wahren Vater betrachtete. Taktvoll verzichteten sie auf weitere Nachfragen; sie ahnten, dass Ragnas Leben zumindest zeitweilig alles andere als leicht gewesen war, und wollten sie nicht unnötig daran erinnern. Molly drückte ihr nur herzlich den Arm; Ragna spürte ihr tiefes Mitgefühl und Verständnis und erkannte, dass sie diesem Paar zu Recht vertraut hatte. Sie fragte sich zwar immer noch, weshalb sie dies überhaupt erwähnt hatte, doch vielleicht mussten diese Worte endlich einmal ausgesprochen werden, und gegenüber Fremden fiel dies oft leichter als in Gegenwart vertrauter Menschen.

Sie plauderten noch eine Weile über allerlei Belanglosigkeiten, dann verabschiedete Ragna sich von den Connollys und dankte ihnen für ihre Gastfreundschaft, die sie sehr genossen hatte. Sie bedauerte es, die behagliche Wärme des alten Bauernhauses und die Gesellschaft dieses freundlichen Paares verlassen zu müssen, doch wollte sie ihre Gastfreundschaft auch nicht ausnutzen. Mit eingezogenem Kopf stapfte sie durch den Regen in Richtung Dorf, und obwohl sie sich beeilte, dieses zu erreichen, benötigte sie eine gute halbe Stunde, bis die ersten Häuser in Sicht kamen. Endlich im Wirtshaus angekommen begrüßten sie ihre sichtlich angeheiterten Kommilitonen lautstark. „Hallo nasser Pudel", rief ihr Dongyiel, der darauf bestand, Doyle genannt zu werden, entgegen. Der Koreaner gehörte zu Ragnas engsten Freunden und bewohnte das Zelt gleich neben dem von Ragna und Sally. „Wie kann man nur so verrückt sein, bei dem Wetter draußen herumzulaufen. Reicht es denn nicht, dass wir schon bald in unsere nassen Zelte zurück müssen?"

„Wir haben auch noch zwei Gästezimmer frei", teilte ihnen der Wirt beflissen mit. „Ihr Professor hat ja nur einen meiner drei Räume belegt. Das wäre bestimmt gemütlicher, als in einem Zelt zu schlafen."

„Lieb gemeint, aber von uns zukünftigen Geologen wird erwartet, dass wir sogar auf einem Gletscher oder in einem Vulkankrater schlafen können." Eine stämmige junge Frau griff mit einem spöttischen Grinsen nach ihrem Bierglas und nahm einen großen Schluck. Sally und Ragna waren die einzigen weiblichen Exkursionsteilnehmer, eine Situation, die sie inzwischen gewohnt waren. „Sie wollen uns doch wohl nicht verzärteln oder gar Bequemlichkeit anbieten? Das wäre gegen die Prinzipien unserer Fakultät."

Lautes Lachen erfüllte den Raum und selbst der Wirt musste schmunzeln. Verrückte Engländer, dachte er belustigt. Allerdings konnte er sich auch nicht den Gedanken verkneifen, dass es schön wäre, wenn häufiger so spleenige Haufen hierher kommen würden und das nicht nur wegen des Geldes, das sie mitbrachten. Im Gegensatz zu den übrigen eher selbstgenügsamen Bewohnern der Halbinsel hatte er gerne Betriebsamkeit um sich und freute sich über die lebhaften jungen Leute, die sein Gasthaus besuchten. Leider würden sie schon bald wieder abreisen und dann kehrte die Friedhofsruhe, wie Frank es für sich nannte, zurück.

Ragna genoss das lebhafte Treiben ihrer Kommilitonen ebenso wie der Wirt, wenn auch aus einem anderen Grund. Sehnte sie sich auch gelegentlich nach Ruhe und Abgeschiedenheit, was sie dann zu einsamen Spaziergängen selbst bei starkem Regen verleitete, so fühlte sie sich im Kreis ihrer Studienkollegen erstaunlich wohl, ja geradezu geborgen. Der Umgang mit Menschen, die ihre Interessen teilten und ähnliche Ziele verfolgten, tat ihr gut, und ihre manchmal raue, aber gewöhnlich gut gemeinte Kameradschaft half ihr dabei, sich an der Universität heimisch zu fühlen und die problematischeren Teile ihres Wesens unter Kontrolle zu halten. Hatte sie an der Highschool noch darauf verzichtet, dauerhafte Beziehungen zu Mitschülern zu knüpfen, verband sie jetzt nicht nur mit Sally eine herzliche Freundschaft, auch wenn sie nach wie vor darauf achtete, ihre Andersartigkeit selbst vor den Freunden zu verbergen. Zu tief saß ihre Furcht, sie wieder zu verlieren, würden sie jemals ihre fremdartigen Seiten zu Gesicht bekommen.

Es wurde spät, da keiner der Studenten viel Wert darauf legte, die gemütliche Wärme der Gaststube früher als unbedingt nötig zu verlassen. Die wenigen Einheimischen, die das Gasthaus aufsuchten, blieben unter sich und warfen nur gelegentlich tadelnde Blicke in Richtung der Studenten, wenn diese besonders laut wurden. Schließlich kam Prof. Weatherby herunter, da ihn der Lärm beim Einschlafen störte, und scheuchte die jungen Leute aus dem Haus. Ragna, die sich ein Zelt mit Sally teilte, kroch müde in ihren feuchten Schlafsack und versuchte, warm zu werden. Sally schnarchte schon bald leise vor sich hin; sie hatte deutlich mehr Bier getrunken als

Ragna und das wirkte bei ihr wie ein Schlafmittel. Ragna dagegen gingen zu viele Gedanken durch den Kopf, vor allem die merkwürdige Vision, die sie vom Hügel aus gesehen und die ihr Angst eingeflößt hatte, ohne dass sie einen Grund hierfür hatte erkennen können. Gut, dass Liam und Molly nicht weiter nachgebohrt hatten; sie fühlte Unbehagen bei dem Gedanken, dass sie jemand für unnormal halten könnte. Doch schließlich ließ sie ihre Müdigkeit in einen unruhigen Schlaf gleiten, während der von Liam angekündigte Sturm an der Plane zerrte und der Regen auf das Zeltdach prasselte und kleine gluckernde Bäche rund um den Zeltplatz bildete.

Der folgende Tag offenbarte ebenso schlechtes Wetter wie der vorangegangene, und mürrisch stocherten die Studenten in ihrem Frühstück herum, das sie im Gasthaus einnehmen durften. „Wenn es nicht bald besser wird müssen wir aufgeben", knurrte Stan, der Assistent des Professors, der die Gruppe begleitete. Er köpfte sein Ei so heftig, als wollte er jemanden umbringen mit diesem Schlag. „Es ist zu gefährlich, bei diesem Regen auf den Felsen herumzuturnen. Da sind Unfälle vorprogrammiert."

„Ihr seid viel zu zimperlich", schimpfte Prof. Weatherby verärgert. „Ich bin in einen Vulkankrater gestiegen, obwohl die Gefahr eines Ausbruchs mit jeder Minute stieg, und habe Erdbebenmessungen in einer Spalte gemacht, während mir die Steine um die Ohren flogen, weil die Erde gerade rumpelte. Regen und Wind sind dagegen nun wirklich harmlos."

„Unser Held", flüsterte Sally mit theatralisch verdrehten Augen, was leises Kichern in ihrer Umgebung erzeugte. Prof. Weatherby hatte offenbar die Ohren eines Luchses, denn er wandte sich mit strenger Miene der jungen Frau zu. „Lästern Sie ruhig, Ms. Harris. Aber wenn Sie jemals eine gute Geologin werden wollen, woran ich derzeit noch meine Zweifel habe, werden Sie hart im Nehmen sein müssen. Geologie ist kein Blümchenfach, sondern oft Knochenarbeit."

Sally war gemeinsam mit Ragna und einem recht abenteuerlich aussehenden Studenten, der den klangvollen Namen Benjamin Cheswick trug, die Beste ihres Jahrgangs, sodass sie den Tadel nicht sonderlich ernst nahm. Doch verzichtete sie lieber auf eine ihrer scharfzüngigen Entgegnungen und wandte sich wieder ihrem Porridge zu, das sie mit zahlreichen Früchten angereichert hatte. Die übrigen Studenten diskutierten noch lange darüber, ob es heute möglich sein würde, in die Wand zu steigen, und schließlich ließ sich Prof. Weatherby auf den Kompromiss ein, noch bis zum Mittag abzuwarten und erst dann eine Entscheidung zu treffen.

Ragna lauschte ihren Gesprächen nur mit halbem Ohr; der Traum der vergangenen Nacht beunruhigte sie noch immer. Sie hatte in der Schlucht gestanden, die sie in der Ferne gesehen hatte, und diesmal verschwand der Höhleneingang nicht wieder, sondern riss immer weiter auf, bis er einen dunklen Schlund bildete, der tief in die Felsen hineinführte. Aus der Dunkelheit klangen Geräusche zu ihr herüber, die sie furchterfüllt vom Eingang zurückweichen ließen, vor allem ein merkwürdiges Schnarren, Grollen und gelegentliches Kreischen, das sie nie zuvor gehört hatte und das ihr die Haare zu Berge stehen ließ. Ragna stellte sich notfalls selbst gefährlichen Raubtieren wie Berglöwen oder Bären zum Kampf, doch diese unheimlichen Laute und ein Gefühl tödlicher Kälte, die aus der Tiefe der Höhle herüberdrangen, schienen ihren Magen mit Eis zu füllen. Dann näherte sich ein großer Schatten dem Höhleneingang, verharrte aber in der Dunkelheit, sodass Ragna keine Einzelheiten erkennen konnte. Doch spürte sie den Blick unsichtbarer Augen auf sich ruhen, brennend vor unversöhnlichem Hass. Nach einer Weile tastete ein mit dichtem dunkelbraunem Fell bedeckter Arm nach ihr, dessen Hand an einen großen Primaten erinnerte, auch wenn sie Krallen statt Fingernägel trug. Ragnas Angst erreichte einen neuen Höhepunkt und endlich gab sie ihr nach und floh vor dem Schrecken, der sie aus der Höhle heraus anzuspringen drohte. Sie war mit einem Schrei erwacht und sehr froh über Sallys festen Schlaf, denn die Freundin rührte sich nicht und schnarchte friedlich weiter.

Die junge Frau atmete tief ein, um etwas ruhiger zu werden. Noch immer klopfte ihr das Herz bis zum Hals, sobald sie an den Traum dachte. Weshalb hatte sie in diesem trostlosen Land derartige Visionen und Träume? Der Canyon nicht weit entfernt vom Waldhof, dem die Einheimischen den Namen Teufelsschlucht gegeben hatten, fiel ihr plötzlich ein. Dort hatten sie ihre Instinkte davor gewarnt, in die Tiefe hinabzusteigen, genährt durch ein unerklärliches Gefühl von Gefahr, deren Ursprung sie nicht benennen konnte. Die im Traum gefühlte Angst erinnerte sie an die Furcht, die der Canyon in ihr hervorgerufen hatte; sie war ebenso intensiv und geradezu lähmend gewesen. Verwirrt schüttelte Ragna den Kopf und versuchte, die Bilder und Eindrücke der vergangenen Nacht zu verdrängen, doch mit wenig Erfolg. Sie hafteten an ihr wie Teer und schienen sie in den Abgrund ihres Traumes ziehen zu wollen.

Prof. Weatherby ließ plötzlich die Hand auf den Tisch knallen, sodass die jungen Leute erschrocken hochsahen. „Mir reicht es", rief er zornig aus. „Wenn ich eure Trauermienen sehe und euer Gemurre höre, wird mir schlecht. Packt die Sachen zusammen, wir reisen ab und verbringen die letzten drei Tage auf dem Burren. Dort ist es, geologisch gesehen, auch sehr interessant. Mich stört das Wetter nicht, doch da ich offenbar mit lauter Weicheiern zusammen bin, brechen wir hier ab."

Lauter Jubel erklang; die Studenten hatten es nun eilig, ihr Frühstück zu beenden und zum Zeltplatz zurückzukehren. Kurze Zeit später traf die Gruppe erneut vor dem Gasthaus ein, wo sie neben gepackten Rucksäcken darauf wartete, dass der Bus, den Prof. Weatherby bestellt hatte, ankam, und schon bald fuhr der Bus die Straße entlang, die von der Halbinsel herunterführte. Ragna starrte stumm aus dem Fenster, musterte die felsige Landschaft und ihre karge Vegetation, beobachtete die wenigen Schafe, die hier ihr Leben fristeten, und fragte sich, weshalb ihr Geist sie mit solchem Spuk behelligt hatte. Als sie die Halbinsel verließen, gelang es ihr endlich, die Erinnerungen an den Traum so weit zu verdrängen, dass sie sich wieder an den Gesprächen der Studierenden beteiligen und die düstere Vision zumindest für eine Weile vergessen konnte.

Sie verbrachten drei angenehme Tage im Burren, einer großartigen und überwiegend recht öden Karstlandschaft im County Clare, und die Exkursionen lenkten Ragna erfolgreich von den merkwürdigen Erlebnissen auf der Halbinsel ab. Als wollten die Wettergötter den vielen Regen dort wieder ausgleichen, schien die restliche Zeit ihres Irlandaufenthalts meistens die Sonne. Bei ihrer Rückkehr nach London waren die Erlebnisse auf der Halbinsel von Ragna in einen hinteren Winkel ihres Gedächtnisses verbannt worden und der Traum wiederholte sich zu ihrer Erleichterung nicht. Als schließlich die Vorlesungen wieder begannen, konnte sie unbelastet von Horrorgeschichten und bangen Gefühlen ihre Studien fortführen und die verwirrende Episode in Irland schließlich vergessen.

Schiffbruch

„Ragna!" Ungeduldig hämmerte Doyle an die Zimmertür seiner Freundin und trat von einem Fuß auf den anderen. „Nun lass mich schon herein, du Streberin. Ich habe großartige Neuigkeiten."

Ein gequältes Seufzen erklang hinter der Tür, dann wurde ein Schlüssel herumgedreht und Ragnas müdes Gesicht erschien in der Öffnung. „Was ist denn los?" fragte sie mürrisch. „Meine Masterarbeit liegt in den letzten Zügen und ich muss noch viel lesen, um sie abschließen zu können. DU solltest eigentlich an deiner eigenen Arbeit sitzen und nicht hier herumschreien und andere ablenken."

„Ich sagte es ja, Streberin", erwiderte Doyle gut gelaunt und betrat das Zimmer, bevor Ragna ihn davon abhalten konnte. Demonstrativ ließ er sich auf Ragnas Bett fallen, was darauf schließen ließ, dass er so bald nicht wieder gehen würde. „Nun leg mal das Buch weg und hör zu", fuhr er fröhlich fort. „Ich habe meinen Vater herumgekriegt, nicht nur mir, sondern auch dir die Teilnahme an der großen Atlantikexkursion zu bezahlen. Nachdem ich habe durchblicken lassen, dass ich ohne deine Hilfe das Studium wohl nicht geschafft hätte, hat er zwar furchtbar auf mich unwürdigen Sohn geschimpft, dann aber eingesehen, dass ein Dankeschön angebracht wäre. Also hat er das Geld auch für dich rausgerückt, mal ganz abgesehen davon, dass er genug davon hat. Er hat zwar nicht verstanden, weshalb ich nun unbedingt an dieser Exkursion teilnehmen will, aber als Belohnung für ein nun ziemlich sicher erfolgreich abgeschlossenes Studium fand er es dann doch angemessen."

Ungläubig starrte Ragna den Freund an. „Wir können beide mitfahren?" fragte sie mit rauer Stimme. Als Doyle bestätigend nickte, sprang sie jubelnd auf und fiel dem Koreaner um den Hals. „Das… das ist einfach super!" rief sie enthusiastisch aus. „Wir werden der Geburt einer neuen Insel beiwohnen, kannst du dir das vorstellen? Seit ich davon gehört habe, dass die Spitze bald aufgrund starker vulkanischer Aktivität an dieser Stelle die Meeresoberfläche durchstoßen wird, habe ich mir sehnlichst gewünscht, dabei sein zu können. Du weißt ja, meine Masterarbeit hat Vulkanismus zum Thema und ich möchte später auch auf diesem Gebiet arbeiten. Diese Exkursion ist für mich wie ein Hauptgewinn im Lotto."

Schmunzelnd sah Doyle in das vor Freude gerötete Gesicht seiner Freundin. „So oft, wie du mir den Hals gerettet hast während des Studiums, ist das ja wohl das Mindeste, was ich für dich tun kann. Mir ist klar, dass die Teilnahme an der Exkursion für deine bescheidenen Mittel viel zu teuer ist, also habe ich Daddys Freude darüber, dass ich das Studium erfolgreich abschließen werde, zu deinen Gunsten ausgenutzt. In einigen Tagen geben wir unsere Abschlussarbeiten ab, und während wir auf die Ergebnisse warten geht es hinaus auf den Atlantik."

„Eine neue Insel über dem Mittelatlantischen Rücken", sagte Ragna träumerisch. „Und das weitab von Island, wo etwas Ähnliches ja vor nicht allzu langer Zeit passiert ist. Wir werden zwar mehrere Tage brauchen, bis das Schiff die Stelle erreicht hat, aber dann können wir dieses sicher überwältigende Schauspiel aus nächster Nähe beobachten. Danke Doyle, das ist total lieb von dir. Du ahnst nicht, wie sehr ich mich darauf freue."

„Doch, tue ich", grinste Doyle sie an. „Ich brauche bloß in deine leuchtenden Augen zu schauen. Ich muss gestehen, dass ich aus reiner Neugierde mitfahre, da ich ja ein anderes Spezialgebiet habe, aber entgehen lassen wollte ich mir das auch nicht. Es ist die aufregendste Exkursion, die dieses Jahr angeboten wird, da darf Indiana Doyle natürlich nicht fehlen. Unser Genie Benny und die scharfzüngige Sally fahren übrigens auch mit."

Ragna wusste, dass Doyle ihr diese Möglichkeit nicht nur wegen ihrer gelegentlichen Hilfe während des Studiums verschafft hatte; Sally und Benny hatten dem Koreaner mindestens ebenso häufig unter die Arme gegriffen. Sie spürte seine Zuneigung, sein Verlangen, ihr näherkommen zu können, doch da er für sie ein guter Freund, aber nicht mehr war, gab sie sich alle Mühe, ihm keine falschen Hoffnungen zu machen. Auch wenn sie diesmal das Wagnis eingegangen war, sich Freunde unter den Kommilitonen zu suchen und bisher von diesen auch nicht enttäuscht worden war, so vermied sie weiterhin alles, das einen der jungen Männer ermutigt hätte, sich intensiv um sie zu bemühen. Bewerber gab es mehr als genug; obwohl nicht im herkömmlichen Sinne schön, bewirkte ihre charismatische Ausstrahlung auch hier in London, dass die jungen Männer sich von ihr angezogen fühlten. Da sie aber alle mehr oder weniger deutlich abwies und die Männer spürten, dass es keine gute Idee gewesen wäre, sie zu sehr zu bedrängen, beschränkten sie sich schließlich auf ein rein freundschaftliches Verhältnis, was Ragna mit großer Erleichterung erfüllte. Abgesehen von ihrer Sorge, sich in einer Partnerschaft mehr öffnen zu müssen, als ihr lieb sein konnte, verspürte sie derzeit auch kein Verlangen nach einer solchen Beziehung. Deshalb blieb sie Doyle gegenüber betont sachlich, obwohl die Freude in ihr brodelte wie ein Vulkan kurz vor dem Ausbruch.

„Die Exkursion wird von der Universität Bristol aus organisiert", sagte sie. „Sie hat ein Schiff gechartert, das direkt von Bristol ausläuft, wohl um keine weiten Wege für den Transport der empfindlichen Messinstrumente zu haben. Wir müssen dann zwar an der gesamten Westküste Großbritanniens hochschippern, bis wir endlich Kurs in den Atlantik hinaus nehmen können, doch sollte das mit einem guten Schiff schnell zu schaffen sein. Ich glaube, neben unserer ist noch die Universität von Edinburgh mit beteiligt. Weißt du, welcher unserer Professoren mitfährt?"

„Hammersmith, sein Assistent Benson und außer uns beiden noch drei weitere Studenten unserer Universität. Also aus London insgesamt sieben Teilnehmer, wobei ich den Verdacht habe, dass die gesalzenen Teilnahmegebühren der mitfahrenden Studenten die Exkursion nicht unerheblich mitfinanzieren. Wohl deshalb erlauben sie so viele Studenten an Bord. Ich glaube, Edinburgh tritt in ähnlicher Stärke an, aus Bristol werden es vielleicht mehr sein." Doyle schwieg einen Moment, bevor er mit geringschätzig verzogenem Mund fortfuhr. „Ausgerechnet Hammersmith, der selbsternannte ‚schönste Mann von London', zumindest seiner Meinung nach. Der wird jede halbwegs attraktive Frau an Bord anbaggern. Weatherby wäre mir lieber gewesen trotz seiner Macho-Masche. Na ja, ist unsere letzte Möglichkeit, an einer Exkursion teilzunehmen, da müssen wir halt nehmen, was kommt."

„Hammersmith ist ein arroganter Kotzbrocken, aber wir werden ihn schon überstehen", erwiderte Ragna mit Nachdruck. „Benson hat es nicht leicht bei ihm. Bei so vielen Teilnehmern brauchen sie natürlich ein halbwegs großes Schiff und hochseetüchtig muss es auch sein. Nun, für die zu erwartenden Turbulenzen beim Auftauchen der Insel ohnehin. Ich bin gespannt, womit sie uns dorthin schippern werden."

Der Rest ihrer Arbeit schien sich nun von selbst zu schreiben; Ragna hatte offenbar diese Motivation gebraucht, um endlich zum Schluss zu kommen. Schließlich wollte sie die Abfahrt nicht verpassen, sich dieses große geologische Abenteuer nicht entgehen lassen. Als sie die gebundene Arbeit im Prüfungsamt abgab, entfuhr ihr ein erleichterter Seufzer. Nun konnte sie ans Packen denken und sich nur noch auf die Fahrt in den Atlantik konzentrieren. In zwei Tagen würde es losgehen.

Alle Teilnehmer trafen sich in Bristol und gingen gleich an Bord, um sich die Übernachtung in Hotels zu sparen. Die Aufregung war allen anzusehen; angeregt miteinander plaudernde Gruppen standen den Seeleuten, die das Gepäck und die Kisten mit den Messinstrumenten verstauten, überall im Weg herum. Zu Ragnas Erstaunen stellte sich das Schiff als ehemaliger Stückgutfrachter von knapp 130 m Länge heraus, und viele der Exkursionsteilnehmer mussten mit Hängematten vorliebnehmen, die in Teilen des ehemaligen Frachtraums aufgehängt worden waren. Doch auch das konnte ihre Vorfreude nicht trüben, und so stiegen Ragna und Doyle in den Frachtraum hinunter, verstauten die Rucksäcke und Schlafsäcke und suchten sich eine Hängematte aus.

„Da hat die Universität Bristol aber sparen wollen", maulte Doyle. „Wenn ich bedenke, was wir für unser Hiersein zahlen müssen, hätte ich etwas Besseres erwartet. Die Fahrt auf diesem alten Frachter dürfte alles andere als bequem werden, und die Hängematten sind auch nicht gerade neu."

„Lass stecken", erwiderte Ragna lachend. „Wo ist denn Indiana Doyle geblieben? Der würde über derartige Äußerlichkeiten lachen. Außerdem macht der Frachter trotz seines Alters einen seetüchtigen Eindruck. Zugegeben, er hat schon

bessere Tage gesehen, doch wäre ein richtiges Forschungs-
schiff wohl zu teuer geworden. Du weißt ja, wie schlecht es
mit der finanziellen Ausstattung unseres Instituts steht, da
wird es denen aus Bristol auch nicht besser gehen. Wenn du
an der Universität Geld bekommen willst, musst du schon
Genforschung oder etwas Ähnliches betreiben, das die Verwaltung für zukunfts- sprich einnahmeträchtig hält. Reine
Wissenschaft nur um der Erkenntnis willen und ohne dass sie
Gewinn in Form von klingender Münze abwirft, ist immer
weniger gefragt."

„Wie wahr", kam es vom Niedergang her und ein schwerer
Rucksack plumpste auf den Boden. Mit gerunzelter Stirn sah
Sally sich um und ging dann zielstrebig auf eine Hängematte
in der Mitte des Decks zu. „Die finanzieren die Fahrt nicht
unwesentlich durch uns, bleibt ihnen wohl gar nichts anderes
übrig. Nur deshalb nehmen die wahrscheinlich überhaupt
Studenten mit und nicht nur ausgebildete Wissenschaftler.
Finanziell gesehen hat sich dieser Kahn sicher geradezu angeboten. Wer außer uns dreien und Benny ist eigentlich noch
dabei?"

„Hammer-George", antwortete Doyle grinsend. „Alles
Leute mit reichen Eltern, wie du sicher bemerkt hast, sieht
man mal von dir und Ragna ab. Und ihr beide seid natürlich
wieder die einzigen Frauen, sozusagen die Hennen im Korb.
Allerdings habe ich bei den beiden anderen Gruppen auch
Frauen gesehen."

„Pro Gruppe gerade mal eine", erwiderte Sally mit ironisch verzogenem Mund. „Wohl die Quotenfrauen. Insgesamt
sind es, wenn ich richtig gezählt habe, 22 Exkursionsteilnehmer. Ich glaube, die haben nur deshalb ausschließlich Studenten der höheren Semester genommen, um wissenschaftliches
Personal zu sparen. Also geht lieber davon aus, nicht bloß

Zuschauer sein zu dürfen, sondern richtig arbeiten zu müssen. Na ja, ich hätte gar nicht mitfahren können, wäre mein Stipendiengeber nicht ausnahmsweise mal großzügig gewesen. Ich sollte also besser nicht meckern."

„Das Schiff wird ja wohl die Mannschaft führen", mischte sich Benny ein, der seine adlige Herkunft unter einem wilden Haarwust und einem dichten Bart verbarg, um möglichst draufgängerisch auszusehen. Er war ein netter anständiger Kerl, dem es deshalb nicht schwerfiel, Freunde zu finden. „Bei den wissenschaftlichen Arbeiten helfe ich gerne. Dabei können wir sicher viel lernen."

„Sehe ich genauso", stimmte Ragna ihm zu. „Ich habe übrigens schon schlechter geschlafen als in einer solchen Hängematte. Davon sollten wir uns die Laune nicht verderben lassen."

„Ich liebe Hängematten", sagte in diesem Moment George Carruthers, das fünfte studentische Mitglied aus London. Seinen Spitznamen „Hammer-George" hatte er erhalten, weil er bei jeder sich bietenden Gelegenheit seinen Geologenhammer bei sich trug, als sei er ein Orden oder Verbindungsabzeichen. Er war der jüngste Spross eines wohlhabenden Londoner Bankers, und er hatte nur deshalb nicht die gleiche Laufbahn wie sein Vater einschlagen müssen, weil dies seine beiden älteren Brüder übernommen hatten, sodass der Vater zufrieden war und dem jüngsten Sohn bei der Berufswahl mehr Freiheiten zubilligte. Er warf sich in eine Hängematte neben der von Benny und seufzte wohlig. „Wir laufen in Kürze aus. Wollt ihr dabei zusehen?"

Das wollten natürlich alle, und so standen kurze Zeit später sämtliche Teilnehmer der Exkursion an Deck, um dem Ablegen beizuwohnen, obwohl es leicht regnete. „Wer ist denn das?" fragte George erstaunt und wies auf eine elegant gekleidete Frau, die so wenig in diese Gesellschaft passte wie ein heruntergekommener Obdachloser in eine Versammlung des Oberhauses.

„Hey", rief Doyle überrascht aus, „das ist Mandy Wilson, Moderatorin bei BBC. Macht gute Sendungen, soll aber ziemlich extravagant und schwierig sein. Das scheint zu stimmen: Sie sieht nicht so aus, als wäre sie auf eine Seereise eingestellt."

Alle fünf Studenten sahen neugierig zu der brünetten Frau hinüber, die einen Schirm hielt, anstatt auf eine Regenjacke zurückzugreifen, was der Situation wesentlich angemessener gewesen wäre. Bei ihr standen drei Männer, wahrscheinlich die Kameraleute und Techniker, und eine junge, ebenfalls modisch gekleidete Latina, die sich allerdings ein Regencape übergeworfen hatte. „Na ja, Sir David Attenborough können wir wohl kaum erwarten", meinte Sally abfällig. „Wir müssen eben mit dieser Modepuppe vorliebnehmen. Hauptsache, sie versteht ihr Geschäft und bekommt eine gute Dokumentation hin. Außerdem wird BBC wohl einiges zu den Kosten der Expedition beitragen." Sie verzog spöttisch den Mund. „Die haben ja richtig Geld; also eigentlich hätte Bristol etwas Besseres chartern können als diesen alten Kahn. Aber weshalb sollen wir Expeditionsteilnehmer es bequem haben, wo wir doch die Gnade erfahren, überhaupt an dieser Fahrt teilnehmen zu dürfen."

Ihre Freunde lachten laut auf, schwiegen aber und warteten ungeduldig darauf, dass es losging. Endlich wurden die Leinen losgeworfen, das Schiff verließ den Hafen und die Fahrt in Richtung Mittelatlantischer Rücken hatte begonnen. Doch der erste Tag erwies sich dann als eher langweilig. Das alte Motorschiff bot praktisch keinen Komfort und war noch langsamer, als alle befürchtet hatten, obwohl Prof. Wakefield, der Organisator der Exkursion, diese Tatsache herunterspielte und meinte, so hätten doch alle mehr von dem Ausflug. Es zeichnete sich bald ab, dass sie bei dieser Geschwindigkeit drei bis vier Tage bis zum Geburtsort der neuen Insel brauchen würden. Ragna und ihre Freunde saßen zusammen in einer Ecke des Decks, wo sie die Seeleute nicht störten, und unterhielten sich angeregt, um sich die Zeit zu vertreiben. Die Geologen beschäftigten sich mit der Ausrüstung, besprachen das Vorgehen am Zielort und fragten die Studenten, ob sie die eine oder andere Aufgabe übernehmen könnten, was diese natürlich gerne taten. Nur die Filmcrew blieb weitgehend für sich, auch wenn die Kameraleute und der Techniker versuchten, dies nicht zu offensichtlich werden zu lassen.

Mandy Wilson hatte es sich offenbar in den Kopf gesetzt, der Crew sowie dem Exkursionsleiter Prof. Wakefield auf die Nerven zu fallen; ständig hatte sie Sonderwünsche, beschwerte sich über ihre Unterbringung, obwohl sie eine der wenigen Gastkabinen bekommen hatte, und schimpfte auf das Essen. Ihren Begleitern war dies sichtlich peinlich, doch wagte keiner von ihnen, der Moderatorin zu widersprechen. „Die will sich bloß wichtig machen", war Sallys abfälliger Kommentar. „Eine richtige Diva, diese Frau. Ihr ist wohl der Erfolg zu Kopf gestiegen." Ihre Freunde konnten nur bestätigend nicken. Doyles anfängliche Begeisterung über die Anwesenheit der bekannten Moderatorin war längst verflogen und er ließ durchblicken, dass er schon mehr als einmal in Versuchung gewesen sei, Mandy Wilson einen Stoß zu versetzen, der sie über Bord befördert hätte. „Was wäre das für eine himmlische Ruhe an Bord", ergänzte er noch, was seine Freunde mit lautem Lachen quittierten, in das auch Studenten der beiden anderen Universitäten mit einstimmten, die Doyles Bemerkung gehört hatten.

Schließlich passierten sie die Hebriden und das Schiff nahm Südkurs auf. Das Land war bereits eine ganze Weile außer Sicht, da bot die See ihnen schließlich die ersehnte Abwechslung, aber eine, auf die sie gerne verzichtet hätten: Dunkle Sturmwolken zogen bedrohlich schnell heran und verschlangen bald das wenige Blau, das sie bisher zumindest zeitweilig begleitet hatte. Sie waren noch gut zwei Tage vom Zielort entfernt und nirgendwo war Land in Sicht, das ihnen einen Hafen oder auch nur eine geschützte Bucht hätte bieten können.

Der Sturm fiel so unvermittelt über das Schiff her, dass mehrere Passagiere zu Boden stürzten, während das alte Schiff in allen Fugen ächzte und stöhnte. Regen strömte sturzbachartig auf sie herab und der Atlantik verwandelte sich binnen kürzester Zeit in einen Hexenkessel, der das Schiff wie eine Nussschale hin- und herwarf. Ragna bewunderte die Crew, die erstaunlich ruhig blieb und das Schiff sicherte, so gut es möglich war. Der Steuermann lenkte es behutsam in die Wellentäler hinein und ließ es die steilen Wasserberge wieder emporklimmen. Die Passagiere blieben lieber unter Deck, wo ein Großteil schon bald von der Seekrankheit geplagt wurde und sich wünschte, nie diesen alten Kahn betreten zu haben. Ragna und Sally blieben verschont von der allseits herrschenden Übelkeit, doch Doyle, Benny und George lagen stöhnend in ihren Hängematten und wünschten die ganze Welt zum Teufel, ihre Freundinnen eingeschlossen, die es bald aufgaben, sie aufmuntern zu wollen und lieber trotz des Unwetters an Deck flohen, um dem Gejammer zu entgehen. Die beiden Frauen waren die Einzigen, die sich freiwillig dem Toben der Elemente auslieferten, doch ließen sie lieber Sturm und Regen über sich ergehen als das Stöhnen und die

Klagen unter Deck. Um nicht nutzlos im Weg herumzustehen, fassten sie mit an, wo Hilfe gebraucht wurde, was ihnen schon bald die Sympathie der Crew einbrachte, zumal sie unempfindlich gegen die Unbilden des Wetters zu sein schienen. Der Kapitän erlaubte ihnen schließlich, ihm auf der Brücke Gesellschaft zu leisten, was den Passagieren ansonsten verboten war. Doch nur Ragna nahm das Angebot an, während Sally sich nun doch unter Deck verzog, um dort zu lesen. Der Kapitän war offenbar der Ansicht, dass die jungen Frauen eine Belohnung für ihr Zupacken verdienten.

Stunde um Stunde kämpfte sich das Schiff durch das Unwetter, wobei es sich ebenso wie die offensichtlich an derartiges Wetter gewöhnte Crew tapfer schlug. Doch entging Ragna nicht, dass die Miene des Kapitäns immer besorgter wurde, und als sie ihn nach dem Grund fragte, gab er nach einigem Zögern zu, dass sie bereits weit von ihrem ursprünglichen Kurs abgetrieben worden waren. Die Wellen ließen es nicht zu, auf Kurs zu bleiben, und da die altersschwachen Geräte bei diesem Wetter nur unzulänglich arbeiteten und auch schon mal zeitweise ausfielen, wusste der Kapitän nicht, wo sie sich derzeit befanden. „Ich hoffe, es klart bald wieder auf", rief er Ragna durch das Heulen des Sturms hindurch zu. „Dann arbeiten die Geräte hoffentlich wieder störungsfrei. GPS habe ich mir nie zugelegt; ich habe kein Vertrauen zu Satelliten. Notfalls kann ich auf herkömmliche Weise unseren Standort bestimmen. Ich habe das noch gelernt; die jungen Leute verlassen sich viel zu sehr auf die Technik."

So wie er das sagte, war Ragna geneigt, ihm zu glauben. Gary Fielding bot den Anblick eines alten Seebären, und offensichtlich pflegte er dieses Image auch mit viel Liebe zum Detail, vom Seemannsbart über die kurze Pfeife bis hin zur speckigen Schiffermütze. Doch an seiner Tüchtigkeit beim

Führen seines Schiffes war nicht zu zweifeln, und Ragna beobachtete interessiert, wie er dem Steuermann Anweisungen erteilte und durch die Sprechanlage laute Flüche in den Maschinenraum hinunterrief, weil er das Gefühl hatte, der Motor würde nicht mit voller Leistung laufen. „Wo sind denn Ihre Freunde?" fragte er schließlich mit einem anzüglichen Lächeln. „Seit der Sturm begann, habe ich abgesehen von Ihnen und diesem Mädel, an dem ein Seebär verloren gegangen ist, keinen von ihnen mehr gesehen."

„Bis auf Sally seekrank", erwiderte Ragna achselzuckend. „Sie ist die Tochter eines Fischers aus dem Norden und oft auf dem Boot ihres Vaters mitgefahren; das hat sie offenbar abgehärtet. Sie ist also wirklich eine Seebärin, die nichts so leicht erschüttert, auch nicht dieser Sturm. Die anderen haben uns quasi rausgeworfen. Bei dem ganzen Gestöhne und Gespucke da unten bin ich lieber hier herauf geflüchtet. Sally hat sich in die Messe zurückgezogen und dort in ein Buch vertieft. Sie hat offenbar keine Lust, Krankenschwester zu spielen, ich übrigens auch nicht."

Der Kapitän schüttelte lachend den Kopf und sog genussvoll an seiner Pfeife. „Landratten", sagte er ein wenig abfällig. „Die fallen doch jedesmal um, sobald die See ein bisschen rauer als üblich ist." Dass auch zwei Männer seiner Crew unter der Seekrankheit litten, überging er großzügig.

Fielding ließ Kaffee auf die Brücke bringen und reichte auch Ragna einen Becher an. „Können wir jetzt wohl alle gut gebrauchen", brummte er und nahm einen großen Schluck. Ragna hätte zwar Tee vorgezogen, wollte den Kapitän aber nicht beleidigen und nippte ebenfalls an dem starken Gebräu, das ihr zwar nicht schmeckte, sie aber gut durchwärmte, weshalb sie den Becher schließlich doch leerte. Der neben ihr stehende Matrose schenkte ungefragt nach und verschwand dann mit der inzwischen leeren Kanne wieder unter Deck. Ragna überlegte, ob sie doch noch einmal nach ihren seekranken Freunden schauen sollte, doch wusste sie, dass sich die beiden Stewarts, die der Kapitän zur Versorgung der Passagiere angeheuert hatte, um die Seekranken kümmerten. So blieb sie lieber auf der Brücke, wo es wenigstens nicht nach Erbrochenem stank.

„Sie sind recht zäh für eine Frau", sagte der Kapitän plötzlich. „Ihre Freundin auch, aber die hat das ja, wie Sie sagen, in die Wiege gelegt bekommen. Der Professor karrt öfters mal seine Kollegen und Studenten mit meinem Kahn durch die Gegend, und die meisten von denen sind die reinsten Mimosen."

Die letzte Bemerkung traf zwar nach Ragnas Erfahrung keineswegs auf die ihr bekannten Geologen zu, doch da dieses schlimme Wetter selbst einige der zähesten von ihnen niedergeworfen hatte, widersprach sie nicht. „Danke", erwiderte sie nur kurz und wandte ihren Blick wieder der kochenden See zu. „Bin eben kein Stadtkind, sondern auf dem Land groß geworden. Das Meer und Schiffe sind mir zwar eher fremd, doch auch in den kanadischen Rockys kann das Wetter sehr extrem sein."

Der Kapitän nickte ihr wohlwollend zu. „Ist wohl das Wikingerblut in Ihren Adern, Ragna Olson. Ich stamme von den Shetlands, einem alten Wikingerland mit oft rauem Wetter, und fahre seit meiner Jugend zur See. Ich vertraue meinem Kahn, aber er ist nicht mehr der Jüngste und dieses ständige Wellenbombardement bekommt ihm nicht besonders. Die Lady knackt in allen Nähten und nimmt mehr Wasser auf, als mir lieb ist." Er reckte seine steifen Glieder und wies dann nach unten. „Lust auf Abendbrot? Der Koch wird inzwischen aufgetragen haben."

69

Hungrig folgte Ragna ihm unter Deck und setzte sich zu den Crewmitgliedern, die gerade Freiwache hatten und bereits ordentlich zulangten. Von den Exkursionsteilnehmern waren nur acht von der Seekrankheit verschont geblieben, unter ihnen Ragna und Sally; auch sie aßen mit großem Appetit. Der deftige Eintopf war ganz nach ihrem Geschmack, und Ragna ließ sich den Teller vom Stewart bis zum Rand füllen. Zahlreiche Scherze auf Kosten der seekrank in ihren Kojen oder Hängematten liegenden Passagiere wurden gemacht, doch Ragna wusste aufgrund ihrer feinen Sinne, wie elend sich jemand fühlte, der ernstlich seekrank war, weshalb sie sich an dem Spott nicht beteiligte.

Ragna musste unwillkürlich lächeln, als sie sich vorstellte, wie sie Doyle oder Benny einen Teller Eintopf brachte und sie ihr diesen an den Kopf warfen. Sie hätte dafür sogar Verständnis gehabt und ließ ihre Freunde deshalb lieber von den Stewarts versorgen. Sie beneidete die beiden Männer nicht um diese Aufgabe; vor allem Mandy Wilson hielt sie ganz schön auf Trab und stieß unter lautem Stöhnen immer wieder hervor, sie würde alle verklagen, dass ihr das angetan wurde. Als wenn irgendjemand dieses Wetter bestellt hätte, dachte sie verärgert. Die Moderatorin wurde ihr ständig unsympathischer, und mit dieser Meinung stand sie keineswegs allein da.

Sie hatten das Abendessen beendet und sich behaglich zurückgelehnt, einen Becher Tee in der Hand, da wurde der Kapitän auf die Brücke gerufen. Ragna blieb unter Deck, holte sich ein Buch und setzte sich damit in der Messe in eine Ecke, nicht weit entfernt von Sally, die sich bereits wieder in ihre Lektüre vertieft hatte. Sally hatte offenbar bereits begonnen, für die mündliche Prüfung zu lernen, obwohl diese wohl erst in einigen Monaten stattfinden würde, und Ragna überlegte, ob sie es ihr nicht gleichtun sollte, doch während des

Studiums hatte sie für ihren Geschmack viel zu wenig Zeit gehabt, Bücher zu lesen, die nichts mit ihren Studien zu tun hatten, sodass sie es genoss, jetzt einfach mal einen Roman lesen zu können. Das Lernen für die Prüfung konnte ruhig noch ein wenig warten.

Es war bereits nach 22 Uhr, als beide Frauen nahezu gleichzeitig ihre Bücher zuklappten und in den Frachtraum hinunterstiegen, um sich schlafen zu legen. Benny, Doyle und George lagen apathisch in ihren Hängematten, stöhnten leise vor sich hin und schluckten immer wieder schwer, als würden sie sich erneut übergeben müssen. Dabei waren ihre Mägen längst vollkommen leer. Die aufmerksamen Stewarts hatten die Eimer, die neben den Hängematten von der Decke hingen, regelmäßig geleert, sodass die Luft unter Deck erträglich war. Auf dem Boden stehende Eimer wären quer durch den Raum gepoltert und hätten ihren Inhalt überall verteilt, weshalb die erfahrene Mannschaft die Methode, die Eimer aufzuhängen, entwickelt hatte. Ragna war ihnen hierfür zutiefst dankbar.

Schon bald war sie eingeschlafen, doch nach etwa einer Stunde begann sie ein Alptraum zu quälen, der sie sich unruhig in der Hängematte herumwerfen und angstvoll stöhnen ließ. Sie sah eine riesige Welle auf das Schiff zurasen und dieses unter sich begraben. Es kam nicht wieder hoch, sondern sank dem Meeresboden entgegen. Überall im Wasser trieben ertrunkene Menschen, deren Gliedmaßen in der Strömung umherschwangen, als würden sie jemandem zuwinken. Ragna sah Prof. Hammersmith an sich vorbeitreiben, gefolgt von seinem Assistenten, dessen Gesicht zu einer furchtbaren Grimasse verzogen war. George starrte sie mit weit aufgerissenen Augen an, seinen geliebten Geologenhammer am Gürtel baumelnd, der mit jeder Bewegung des Wassers hin- und herschwang. Mandy Wilsons Mund war geöffnet, als wollte sie sich selbst im Tod noch über etwas beschweren. Die Flut an toten Leibern schien genau auf Ragna zuzutreiben, doch bevor sie die junge Frau erreichte, fuhr diese mit einem Schrei aus dem Schlaf hoch und sah sich wild im Laderaum um.

Aufatmend strich sie sich die feuchten Haare aus der Stirn, doch anstatt abzuklingen, wuchs die Furcht in ihr. Dieses Gefühl kannte sie nur zu gut: Auf diese Weise warnten ihre Instinkte sie vor einer bevorstehenden Gefahr. Seit ihrer Kindheit hatte Ragna immer wieder Träume gehabt, die etwas zeigten, das dann tatsächlich auch geschah, und sie hatte gelernt, sie von den gewöhnlichen Träumen zu unterscheiden. Dieser Traum schien zu denen zu gehören, die sie Wahrträume nannte; zumindest ließen die damit einhergehenden Gefühle dies vermuten. Ihre Instinkte schrien jetzt förmlich vor Angst, und mit einer einzigen Seitenbewegung rollte Ragna sich aus ihrer Hängematte und ging zu Sally hinüber, um sie zu wecken. „Was'n los?" murmelte die Freundin müde und leicht benommen. Als sie Ragnas angsterfüllte Augen sah, war sie schlagartig hellwach und schwang sich ebenfalls aus ihrer Hängematte. Auf ihren fragenden Blick hin erzählte Ragna ihr von dem Traum und der Warnung, die ihre Instinkte ihr zuriefen. Sally sah sie nachdenklich an, dann seufzte sie niedergeschlagen. „Du würdest mit so etwas niemals Scherze treiben, das weiß ich. Außerdem bist du normalerweise nicht leicht einzuschüchtern. Also muss ich wohl davon ausgehen, dass etwas Wahres an deinen Befürchtungen sein könnte."

Sie stellte sich mitten in den Frachtraum und rief so laut in ihn hinein, dass Ragna erschrocken zusammenzuckte. „Leute, werdet wach. Es könnte sein, dass dem Schiff Gefahr droht. Es wäre gut, wenn wir uns vorsichtshalber warm und wetterfest anziehen, jeder eine Schwimmweste anlegt und an Deck geht. Nur zur Sicherheit, vielleicht passiert auch gar nichts, aber das Risiko sollten wir nicht eingehen."

Die Reaktion war entmutigend. Leise Flüche waren zu hören, Stöhnen und Bemerkungen wie „halt den Mund", „was soll denn dieser Unsinn", „hattest wohl einen schlechten Traum, geh wieder schlafen" und „sei still und lass mich in Ruhe sterben". Sally wandte sich achselzuckend ihrer Freundin zu. „Das hatte ich befürchtet; niemand glaubt mir. Dann lass uns wenigstens selbst diesen Rat befolgen. Und diese beiden da nehmen wir mit, ob sie wollen oder nicht. Jede von uns einen, mehr schaffen wir nicht." Sie wies auf Benny und Doyle, die nicht einmal reagiert hatten, als Sallys Ruf durch den Frachtraum schallte. „Sollte noch Zeit sein holen wir weitere Leute hoch, notfalls mit Gewalt."

Dankbar nickte Ragna ihr zu und zog sich, Sallys Beispiel folgend, warme Kleidung und darüber Ölzeug an. Sally holte vier Schwimmwesten aus den hierfür vorgesehenen Truhen, und nachdem sie auch die beiden seekranken Freunde warm und wetterfest angezogen und mit Schwimmwesten versehen hatten, schubsten sie die beiden nicht gerade sanft aus ihren Hängematten und schoben die apathisch vor sich hinstöhnenden Freunde zum Niedergang und diesen hinauf. An Deck empfingen sie Sturm und Regen und diese sorgten dafür, dass Benny und Doyle sich an Deck niederkauerten, um etwas Schutz zu finden. Doch bevor die Freundinnen wieder hinuntergehen und weitere Studenten heraufholen konnten, spürte Ragna auch schon ihre innere Warnsirene laut aufheulen. Abrupt fuhr sie herum, um über die Aufbauten hinweg auf die andere Seite des Schiffes zu schauen, und keuchte entsetzt auf. Dort raste gerade eine gewaltige Wasserwand heran, ein steiler Berg zischender Vernichtung, der kurz davor stand, sich auf das hilflose Schiff zu stürzen und es zu zerstören.

„Sie ist da!" schrie sie panisch und wies auf die Monsterwelle, die nur noch knapp zweihundert Meter vom Schiff entfernt war. Die Brückenbesatzung hatte sie auch bemerkt und versuchte, das Schiff zu wenden, damit es der Welle mit dem Bug begegnete, doch dafür war es längst zu spät. Wieder war es Sally, die augenblicklich reagierte. „Runter vom Schiff!" rief sie und schubste Doyle in Richtung Reling. „Schwimmwesten aufblasen und rein ins Wasser! Wir müssen so viel Abstand zum Schiff gewinnen wie möglich, um nicht in seinen Sog zu geraten, wenn es untergeht."

Untergeht? Während auch Ragna zur Reling lief und dabei Benny hinter sich herzog rasten ihre Gedanken förmlich. Ihr Traum schien sich zu bewahrheiten; Sally, die ihre ganze Kindheit und Jugendzeit hindurch regelmäßig auf dem Kutter ihres Vaters mit zur See gefahren war, konnte dies sicher besser einschätzen als sie, und so vertraute sie der Freundin, ohne weiter darüber nachzudenken. Ihre Schwimmweste füllte sich noch mit Luft, da sprang sie auch schon in die kochende See hinein, erneut Benny mitreißend, der zu schwach war, sich dagegen zu wehren. Neben ihnen prallten Sally und Doyle auf dem Wasser auf, und sofort begannen die Freundinnen, vom Schiff fortzuschwimmen, die apathischen Freunde hinter sich herziehend, wobei sie Glück im Unglück hatten: Eine Strömung half ihnen, sich schnell vom Schiff zu entfernen, und kurze Zeit später hatten sie ausreichend Abstand zur „Bristol Queen" gewonnen und ließen sich nur noch treiben. Sally glaubte, zwei weitere Menschen gesehen zu haben, die über Bord sprangen, doch sicher war sie sich nicht. Dann konnten sie nur noch warten und beobachten, was geschah.

Die Monsterwelle brach mit solcher Gewalt über das Schiff herein, dass sämtliche Aufbauten und die Ladebäume fortgerissen wurden. Die Brückenbesatzung musste auf der

Stelle tot gewesen sein; Sally wusste, dass die Wucht einer solchen Welle viele Tonnen betrug. Für einen kurzen Moment glaubte Ragna, im Inneren der Welle einen riesigen Schatten zu sehen, größer als ein Wal, doch verschwand er ebenso schnell wieder, wie er aufgetaucht war. Dann brachte die Welle das Schiff, das sie mit voller Breitseite getroffen hatte, geradezu spielerisch zum Kentern, durch das aufgerissene Deck strömte Wasser in den Rumpf und die „Bristol Queen" begann zu sinken. Ihr Todesschrei aus brechenden Schotten, berstendem Metall und stoßartig entweichender Luft übertönte kurzzeitig sogar das Tosen des Unwetters und hallte weit über das Meer, bis er schließlich ebenso erlosch wie alles sich noch an Bord befindliche Leben.

Die Rettungsinsel

Zitternd und mit kreidebleichen Gesichtern beobachteten die Freunde die Vernichtung des alten Frachters, die nur wenige Minuten in Anspruch nahm. Die Menschen unter Deck hatten keine Chance gehabt, sich retten zu können, und nur aufgrund Ragnas Traum und Sallys schnellem Handeln waren wenigstens die vier Freunde davongekommen. Doch wie lange noch? dachte Sally resigniert. Waren sie dem Ertrinken nur entkommen, um jetzt im kalten Wasser des Atlantiks langsam zu erfrieren? Trotz der warmen Kleidung spürte sie bereits die Kälte in ihre Knochen kriechen, was sie nicht verwunderte, da der Atlantik in diesen Breiten im Januar besonders eisig war. Bald würden ihre Gliedmaßen taub werden, und dann war der Tod nicht mehr fern.

Die leuchtend orangefarbenen Schwimmwesten hielten sie über Wasser, ließen sie den Bewegungen der Wellen folgen, und immer weiter trieben sie von dem sinkenden Schiff fort. Nur der Kiel war noch zu sehen, dann entwich eine größere Menge Luft aus dem Rumpf und der Frachter versank vollständig und trat seine lange Reise zum Grund des Meeres an. Die meisten Leichen würden vom Rumpf festgehalten werden und nicht wie in Ragnas Traum durch das Wasser treiben, doch selbst die noch immer apathisch reagierenden Seekranken besaßen genügend Vorstellungskraft, um sich das Drama vorstellen zu können, das sich an Bord abgespielt haben musste. Sie hielten sich aneinander fest, um nicht abgetrieben zu werden; angesichts dieser furchtbaren Katastrophe bot die Nähe der Freunde ein wenig Trost wenn auch keine Rettung aus ihrer eigenen schlimmen Lage.

Ein lauter Ruf übertönte das Tosen der Elemente, und ihre Köpfe fuhren automatisch herum, um zu sehen, woher er kam. Nicht weit von ihnen entfernt trieb eine Rettungsinsel auf dem Wasser, ebenso leuchtend orangefarben wie ihre Schwimmwesten, und ein Mann winkte ihnen zu. Die Freunde nahmen ihre letzte Kraft zusammen, um auf die Rettungsinsel zuzuschwimmen, wobei Sally und Ragna ihren von der Seekrankheit geschwächten Freunden helfen mussten, und kurze Zeit später zog sie ein starker Arm an Bord. Kaum lagen alle vier keuchend auf dem Boden der Insel, da wurde der Eingang geschlossen, um die Elemente draußen zu halten und zu verhindern, dass die Rettungsinsel vollschlug. Ich habe mich also nicht geirrt, dachte Sally und drehte sich zu ihren Rettern herum. Es sind weitere Menschen von Bord gesprungen, bevor das Schiff kenterte.

Das freundliche Gesicht des Stewarts Eddie beugte sich besorgt über sie und fragte, ob alles in Ordnung sei. Sally nickte wie betäubt, auch Ragna signalisierte, dass sie nicht verletzt sei, doch Benny und Doyle waren kaum in der Lage, den Kopf zu heben geschweige denn eine verständliche Antwort zu geben. Der gleiche starke Arm, der sie an Bord gezogen hatte, richtete die Seekranken auf und lehnte sie an die Wand der Rettungsinsel. Ragna erinnerte sich an den großen muskulösen Matrosen, hatte aber bisher noch kein Wort mit ihm gewechselt. Das Wasser lief den Freunden aus der Kleidung und sammelte sich auf dem Boden der Rettungsinsel, doch war es derzeit nicht ratsam, zu versuchen, es nach draußen zu befördern. Der noch immer raue Wellengang verbot es, den Einstieg hierfür zu öffnen; ein Brecher konnte die Rettungsinsel mit einem Schlag fluten und zum Sinken bringen.

Neben Eddie und dem Matrosen lehnten zwei weitere Gerettete zitternd vor Kälte an der Wand und starrten wie betäubt auf den Boden. Einer von ihnen war Steven, einer der beiden Assistenten des Exkursionsleiters, der andere ein Student aus Edinburgh, dessen Name Ragna nicht in Erinnerung geblieben war, sollte sie ihn jemals gehört haben. Sie erinnerte sich aber, beide beim Abendessen gesehen zu haben; sie gehörten zu den wenigen Passagieren, die nicht von der Seekrankheit umgeworfen worden waren. Der Edinburgher Student hatte besonders boshafte Witze über die in ihren Kojen oder Hängematten liegenden und vor sich hinleidenden Exkursionsteilnehmer gerissen, was ihn Ragna nicht gerade sympathisch gemacht hatte. Obwohl deutlich gewesen war, dass es niemanden interessierte, hatte er zudem wiederholt damit geprahlt, dass er aufgrund der häufigen Fahrten mit der Yacht seines Vaters so seefest sei. Als hätte er Ragnas Gedanken gehört sah der Student nun hoch und richtete einen finsteren Blick auf Eddie und den Matrosen.

„Mein Vater wird die Reederei verklagen, da könnt ihr Gift drauf nehmen", zischte er wütend. „Eine Welle wie diese zu übersehen – offenbar hat man uns trotz der hohen Gebühren, die wir gezahlt haben, nicht nur diesen alten Seelenverkäufer zugemutet, sondern er wurde auch noch von einer unfähigen Mannschaft geführt. Es war reines Glück, dass Steven und ich uns gerade zum Rauchen an Deck aufhielten, als die Welle heranraste. Jetzt sind fast alle anderen tot und wir werden es auch bald sein, wenn wir nicht schnell gefunden werden."

Eddie hielt den Matrosen zurück, der sich halb erhoben hatte, mit geballten Fäusten und bedrohlichem Gesichtsausdruck. „Ruhig, Josh", sagte er besänftigend. „Eine Schlägerei in dieser Enge ist nun wirklich das Letzte, was wir brauchen. Und wenn du diesen Wicht zu Brei schlägst, bekommst du bloß Ärger. Es gibt zu viele Zeugen, die bestätigen könnten, dass du den Kerl erschlagen und ins Meer geworfen hast."

Der Student wich instinktiv vor dem Matrosen zurück, doch da Josh dem Stewart leicht zunickte und sich zurücksinken ließ, entspannte er sich wieder. Steven meinte offenbar, in die gleiche Kerbe schlagen zu müssen. „Ich stimme Robert zu", sagte er mit harter Stimme. „Ich habe ohnehin nicht verstanden, weshalb der Professor diesen alten Kahn gechartert hat. BBC hatte auch einen ansehnlichen Beitrag geleistet, dafür hätte er etwas Besseres bekommen."

„Der Steuermann hat mir erzählt, dass Professor Wakefield schon öfters die ‚Bristol Queen' gechartert hatte", antwortete Eddie erstaunlich ruhig. „Es gab offenbar nie Probleme und er war immer zufrieden mit Schiff und Crew. Für das Unwetter kann niemand etwas und schon gar nicht für die Monsterwelle."

Steven lag sichtlich eine scharfe Erwiderung auf der Zunge, da fuhr Sally energisch dazwischen. „Eddie hat vollkommen recht. Das Schiff war alt, aber durchaus seetüchtig, und die Mannschaft erschien mir, soweit ich es beobachten konnte, erfahren und kompetent. Monsterwellen sind auch schon größeren und moderneren Schiffen zum Verhängnis geworden. Also lasst die beiden in Ruhe. Immerhin haben sie euch in die Rettungsinsel geholt und damit das Leben gerettet."

„Was versteht denn eine Frau von der Seefahrt?" fauchte Robert sie an. „Ich bin oft auf der Yacht meines Vaters..." Bevor er fortfahren konnte mit dem altbekannten Sermon, packte Ragna ihn fest an der Jacke und zog Roberts Gesicht an das ihre heran. „Halt den Mund, du dämlicher Wichtigtuer", knurrte sie mit gefährlich funkelnden Augen. Ihr Blut kochte vor Wut und sie musste sich zusammenreißen, nicht die Zähne zu blecken und dem Kerl womöglich an die Kehle zu gehen. Die angespannte Situation in der Rettungsinsel reizte das Raubtier in ihr, das instinktiv sein Rudel, in diesem Fall ihre Freundin Sally, verteidigen wollte. „Sally ist seit ihrer frühen Kindheit zur See gefahren, und das auf einem Fischkutter, nicht auf einem mit Technik vollgestopften Freizeitboot. Sie hat viele Stürme auf Nordsee und Atlantik erlebt und weiß sehr viel besser als du, wovon sie redet. Noch eine derart blöde Bemerkung von dir und Josh wird nicht mehr zuschlagen müssen, weil ich es dann tue."

Auch wenn Ragna ihre Reißzähne verborgen hielt und ihre schlanke anmutige Gestalt sie nicht gerade als gefährliche Gegnerin erscheinen ließ, uralte unbewusste Instinkte ließen Robert die Gefahr ahnen, wie sein blasses Gesicht und die unruhig flackernden Augen zeigten. Ragna stieß ihn mit überraschender Kraft an die Wand zurück und nahm ihre alte Position wieder ein, ohne dem Studenten weiter Beachtung zu schenken. Nun gleich mit mehreren Gegnern konfrontiert zog Robert es vor, mürrisch vor sich hinzubrüten, anstatt weitere Bemerkungen von sich zu geben, die ihm Prügel einbringen konnten. Steven folgte seinem Beispiel, doch zeigte sein finsteres Gesicht, dass für ihn in dieser Sache das letzte Wort noch nicht gesprochen war.

„Danke, Ragna." Sally legte der Freundin eine Hand auf den Arm und drückte diesen leicht. „Ich war kurz davor, dem Kerl eine Abreibung zu verpassen, da bist du mir zuvorgekommen. Als wenn Josh und Eddie die Monsterwelle herbeigerufen hätten! Steven und Robert sollen froh sein, dass die beiden sie entdeckt und in die Rettungsinsel gezogen haben." Sie starrte mit trüben Augen auf den geschlossenen Einstieg. „So viele Tote, Ragna. Hammer-George, Prof. Hammersmith, Benson... Ich mochte den kauzigen Kapitän, und einige seiner Jungs waren echt nette Kerle. Hätte dein Traum uns nicht gewarnt, es hätte auch uns vier erwischt."

„Ich danke dir, dass du so besonnen reagiert und uns vier sicher von Bord gebracht hast", antwortete Ragna und sah der Freundin ernst in die Augen. „Ich hätte vielleicht falsche Entscheidungen getroffen, da mir die Seefahrt fremd ist. Dir jetzt beizustehen war ja wohl das Mindeste. Außerdem gehen mir die beiden Wichtigtuer ebenso auf die Nerven wie dir, und ihre Angriffe auf Eddie und Josh sind ja wohl voll daneben. Offenbar ist es ihnen scheißegal, dass so viele Menschen mit dem Schiff untergegangen sind. Hauptsache, sie haben was zum meckern und können sich aufplustern." Ragna bemühte sich nicht, leise zu sprechen; Steven und Robert sollten ruhig wissen, was sie von ihnen hielt.

„Mannomann." Doyle richtete sich auf und sah kopfschüttelnd in die Runde. Die Seekrankheit hielt ihn noch immer fest im Griff, wie sein grünlich schimmerndes Gesicht zeigte, und seine Zähne klapperten vor Kälte, doch war ihm der Streit trotz seines benommenen Zustandes nicht entgangen. „Da sitzen wir acht im wahrsten Sinne des Wortes im gleichen Boot, wissen nicht, ob wir den morgigen Tag noch erleben werden, und ihr geht euch gegenseitig an die Kehle. Ihr spinnt doch allesamt."

Alle starrten ihn verblüfft an, Robert und Steven mit finsteren Gesichtern, doch waren die Schiffbrüchigen zu erschöpft, um das Thema weiter zu diskutieren. Verlegene Stille breitete sich in der Rettungsinsel aus, die nach wie vor von den Wellen herumgeworfen wurde und deren Plane im Sturm flatterte. Es war keine Zeit gewesen, Nahrungsmittel und Trinkwasser an Bord zu nehmen, von Kommunikationsgeräten ganz zu schweigen, und so war der in die Insel eingebaute Peilsender die einzige Möglichkeit, Schiffe auf sich aufmerksam zu machen. Sie konnten nur hoffen, dass sie bald gefunden wurden. Ohne Nahrung würden sie einige Zeit aushalten können, ohne Trinkwasser jedoch nicht.

Der Matrose betrachtete Sally neugierig und ein kurzes Lächeln huschte über sein markantes Gesicht. „Du bist die Tochter eines Fischers? Ich stamme auch aus einer Fischerfamilie, aus der Nähe von Brunswick in Georgia. Irgendwann lohnte sich das Rausfahren nicht mehr; was wir verdienten deckte nicht einmal die Kosten. Deshalb verkaufte mein Vater unser Boot und ich heuerte auf Frachtschiffen an. Ist auf jeden Fall besser, als an der Flasche zu hängen wie mein Bruder."

„Tut mir leid", erwiderte Sally voller Mitgefühl. „Ich kann das gut nachempfinden. Mein Vater blieb auf See, als ich fünfzehn war, der Kutter sank in dem Sturm. Meine Mutter hat uns beiden Mädchen dann allein durchgebracht."

Josh nickte nachdenklich. „Mein Vater lebt auch nicht mehr. Meine Mutter hat wieder geheiratet und lebt mit ihrem neuen Mann in Alabama. Komischer Typ, komme mit dem nicht klar. Mom und ich haben deshalb kaum noch Kontakt.

Außerdem bin ich ja ständig auf Achse und mein saufender Bruder ist nicht gerade ein toller Gesprächspartner. Kann meine Mom verstehen, dass sie mit ihm nichts mehr zu tun haben will."

Sally lächelte ihm freundlich zu, antwortete aber nicht, da ihr die Augen zuzufallen begannen. Die Erschöpfung steckte nicht nur ihr in allen Gliedern, auch die anderen Schiffbrüchigen dösten still vor sich hin. Sie hatten den Schock des Schiffbruchs und des Todes ihrer Kameraden noch keineswegs verdaut, und Ragna befürchtete, dass dies einigen von ihnen vielleicht nie gelingen würde. Seit ihrer frühen Kindheit war der Tod ihr ständiger Begleiter gewesen, sodass es ihr leichter als vielen anderen fiel, die Katastrophe als Bestandteil des Lebens zu akzeptieren, doch vor allem Menschen, die in einer Stadt und abgeschirmt von den natürlichen Vorgängen lebten, traf ein solches Unglück hart. Nur wenige von ihnen hatten gelernt, mit dem Tod angemessen umzugehen. Für die einen brach eine Welt zusammen, andere wollten den Verlust nicht wahrhaben oder flohen vor dem Leid, mieden die Berührung mit dem, was sie nicht sehen wollten. Ein Resultat unserer klinisch sauberen Welt, zumindest in den westlichen Ländern, dachte Ragna traurig. Was nicht sein darf in unserer modernen Leistungsgesellschaft, wird versteckt oder geleugnet.

Langsam wurde es draußen Tag, doch aufgrund des anhaltenden Unwetters war in der Insel kaum eine Änderung zu bemerken. Josh schaltete die Taschenlampe aus, als es draußen zumindest ein wenig heller wurde. Er hatte sie an Deck bei sich getragen, um die Strecktaue überprüfen zu können, und auch beim Sprung ins Wasser hatte er sie nicht losgelassen. Da sie wasserfest war, blieb den Schiffbrüchigen zumindest der Schrecken vollständiger Dunkelheit in der Rettungsinsel erspart, doch nun mussten sie mit dem wenigen Dämmerlicht vorliebnehmen, das die Plane durchließ, da Josh die Batterien schonen wollte. Josh war es auch gewesen, der nicht nur den Behälter mit der Rettungsinsel ins Wasser geworfen hatte, sondern auch den angesichts der heranbrausenden Monsterwelle wie erstarrt an Deck stehenden Eddie, der gerade auf dem Rückweg von der Brücke gewesen war, wohin er eine Kanne Kaffee gebracht hatte.

Im Laufe des Tages schien der Sturm endlich nachzulassen; das Heulen wurde leiser, die Dünung weniger heftig. Auch schlugen kaum noch hohe Wellen an die Außenwand der Rettungsinsel, die ihr zuvor heftige Stöße versetzt hatten. Gegen Abend war der Sturm völlig abgeflaut, die Dünung beruhigte sich langsam und der Starkregen ließ stetig nach. Josh erhob sich stöhnend, öffnete den Einstieg und genoss die frische Luft, die den Mief im Inselinneren schnell vertrieb, da der Matrose die Plane an der Seite festmachte und so den Einstieg offenhielt. Er formte die Hände zu einer Schale und fing den Regen auf, um ihn zu trinken, ein Beispiel, dem auch die anderen Schiffbrüchigen augenblicklich folgten, wodurch am Einstieg schnell ein Stau entstand. „Einer nach dem anderen", brummte Josh und hielt Robert barsch zurück, als dieser sich vordrängeln wollte. „Es wird noch länger regnen, ihr werdet also alle was abbekommen."

Wenn Blicke töten könnten, dachte Sally angewidert. Sollten wir gerettet werden, wird Robert sicher versuchen, sich an Josh zu rächen. Keine Ahnung, wer sein angeblich so wichtiger Vater ist, aber… Ihr kam ein Gedanke und sie ließ sich neben Benny nieder, der gerade mit Ragnas Hilfe seinen Durst gelöscht hatte und sichtlich dabei war, wieder ins Leben zurückzukehren. „Dieser Robert wird versuchen, Josh und vielleicht auch Eddie ans Zeug zu flicken", flüsterte sie dem Freund zu. „Was meinst du, würde dein Vater den Rettern seines Sohnes beispringen? Er ist doch, soweit ich weiß, ziemlich einflussreich."

„Unbedingt", erwiderte Benny genauso leise. „Ich werde ihm deutlich machen, dass er seinen einzigen Sohn nur dank dieser beiden lebend zurückerhalten hat. Dann wird er jeden, der meinen Rettern Schaden zufügen will, in Stücke reißen, natürlich auf sehr zivilisierte und standesgemäße Weise, aber trotzdem äußerst effektiv. Er ist nicht nur im Oberhaus, sondern auch in der Wirtschaft ein hohes Tier und lässt selbst Minister nach seiner Pfeife tanzen. Nicht, dass ich darauf stolz wäre, aber manchmal kann das recht nützlich sein."

Sally seufzte erleichtert auf. „Prima. Der Gedanke, dass Herr Wichtig diesen anständigen Kerlen Ärger bereiten könnte, gefällt mir gar nicht. Jetzt müssen wir nur noch Ragna davon abhalten, diese Ratte zu Brei zu schlagen, was sie immer noch nur zu gerne tun würde, wenn ich ihren Gesichtsausdruck richtig deute."

Ragna hatte sie gehört und wandte sich den Freunden zu. „Ich reiße mich schon zusammen", knurrte sie empört. „Wofür hältst du mich eigentlich?" Sallys Antwort bestand darin, sie fest an sich zu drücken und ihr einen leichten Kuss auf die Wange zu geben, was Ragna ein verlegenes Lächeln entlockte. „Nun reg dich ab, meine wilde Tigerin", sagte Sally herzlich. „Ich weiß doch, dass du dich im Griff hast."

Argwöhnisch suchte Ragna nach einem Hinweis darauf, dass Sally nicht nur allgemeine Floskeln verwendete, sondern besser über sie Bescheid wusste, als ihr lieb war, doch die Freundin wandte sich nun Doyle zu, der gerade seinen Durst gelöscht hatte und zu ihnen herüberrutschte. „Wie sieht es draußen aus?" fragte sie, zum offenen Einstieg hinüberweisend. Der Koreaner zuckte mit den Schultern. „Regnet immer

noch leicht, aber es wird spürbar weniger. Auf diese Trink-
wasserquelle werden wir bald verzichten müssen."

Sowohl ihm wie auch Benny ging es sichtlich besser, wofür nicht nur der nachlassende Seegang verantwortlich war,
sondern auch das frische Wasser. Allerdings wurde jetzt auch
die durch den Nahrungsmangel hervorgerufene Schwäche
deutlicher; Benny und Doyle hatten ja länger nichts essen
können, sondern ganz im Gegenteil alles, was sich noch im
Magen befand, ausgespuckt. Bald lehnten alle wieder an der
Wand, die Schwimmwesten als Kopfkissen benutzend, genossen den frischen Wind, der durch den Einstieg hereinblies,
und versuchten, eine möglichst bequeme Schlafposition zu
finden. Diesmal würde Josh die Taschenlampe nicht einschal-
ten, da die Wolken aufzureißen begannen, nachdem der Regen vollständig versiegt war, und ein blasser Mond ein wenig
Licht spendete. Sie würden aber das Wetter im Auge behalten
müssen, damit sie nicht von einem neuen Sturm bei offenem
Einstieg überrascht wurden.

Sonnenschein weckte sie, der die Temperatur ein wenig er-
träglicher werden ließ, sodass sich bald alle ihrer Ölkleidung
entledigten, damit die warme Kleidung, die sie darunter trugen, besser trocknen konnte. Die Rettungsinsel trieb nach
Norden, wie Josh sachkundig feststellte, sodass sie wohl nicht
damit rechnen konnten, irgendwann wärmere Temperaturen
genießen zu dürfen. Bald dösten alle vor sich hin, und der
Durst wurde schnell zu ihrem ständigen Begleiter, ebenso die
Kälte, obwohl ihre Kleidung inzwischen weitgehend getrocknet war und sie zumindest etwas wärmte. Am dritten Tag
klebte Allen die Zunge am Gaumen, der Hunger rumorte in
ihren Eingeweiden und ihre Laune sank von Stunde zu Stunde. Nur ihre Schwäche hinderte sie daran, erneut Streit anzufangen, auch wenn Ragna sich sehr zusammenreißen musste,

nicht auf das gelegentliche Nörgeln von Steven und Robert einzugehen, sondern es zu ignorieren. Mehr als einmal verspürte sie den Drang, sich auf sie zu stürzen, sie zu zerreißen und an ihren Kadavern ihren Hunger zu stillen, ein Empfinden, das sie selbst am meisten erschreckte. Je verzweifelter die Lage wurde, desto schwerer fiel es ihr, das innere Raubtier im Zaum zu halten.

Um auf andere Gedanken zu kommen betrachtete sie verstohlen ihre Freunde, die mit geschlossenen Augen an der Wand lehnten und zu schlafen schienen. Bennys blasses Gesicht weckte die Erinnerung an ihren ersten Tag an der Universität in ihr. Ragna hatte vor den Sitzreihen des Hörsaals gestanden und sich verunsichert umgesehen, da hörte sie direkt neben sich eine freundliche Stimme, die sie ansprach. „Hallo, ich bin Benny. Und du?" Sie hatte leise „Ragna" gemurmelt, da lächelte Benny ihr zu und wies einladend auf eine der Sitzreihen. „Wollen wir uns nebeneinandersetzen?" Verwundert und ein wenig zögernd war Ragna ihm gefolgt und hatte kurz darauf auch Sally und Doyle kennengelernt. Die vier waren bald unzertrennlich, wurden die „vier Musketiere", wie ihre Kommilitonen sie ein wenig spöttisch nannten. Sie halfen einander, sobald dies nötig wurde, verbrachten gemeinsam ihre Freizeit und fühlten sich einfach miteinander äußerst wohl. Benny, Spross eines alten Adelshauses, war herzlich, großzügig und souverän, Doyle ein liebenswerter Nerd mit viel Phantasie und der Fähigkeit, allem etwas Gutes abzugewinnen, und die bodenständige Sally war die Zuverlässigkeit in Person und traf mit ihrer scharfen Zunge stets den Nagel auf den Kopf. Bessere Freunde hätte ich nicht finden können, schoss es Ragna durch den Kopf. Vor allem nach Onkel Fongs Tod sind sie mir Zuflucht, ja Familie geworden.

Ich würde alles tun, damit es ihnen gut geht und sie unversehrt aus dieser gefährlichen Situation herauskommen.

Sie spürte Sallys Blick auf sich ruhen, und mit einem fragenden Ausdruck auf dem Gesicht wandte sie sich der Freundin zu. „Du scheinst intensiv über etwas nachzudenken", flüsterte Sally, während sie sich eine bequemere Sitzposition suchte. „Ich habe mich nur gefragt, was dir gerade durch den Kopf geht."

Deutlich fühlte Ragna die von ihr ausgehende herzliche Zuneigung. Von Beginn an hatte sie sich zu Sally hingezogen gefühlt; sie liebte die Freundin wie eine Schwester und es fiel ihr nicht leicht, ihr Geheimnis selbst vor ihr zu bewahren. Etwas in ihr sehnte sich danach, sich zu öffnen, vollkommen ehrlich zu Sally zu sein, und nur ihre Furcht, die Freundin dadurch vielleicht zu verlieren, hielt sie davon ab. Also lächelte sie der Freundin nur ein wenig verlegen zu und lehnte sich mit geschlossenen Augen zurück, um einem Gespräch auszuweichen. Sally erkannte, dass Ragna nicht gerne über das, worüber sie nachgedacht hatte, sprechen wollte, und so ließ sie die Freundin in Ruhe.

Am frühen Morgen des vierten Tages wurde Ragna von einer Bewegung über ihrem Kopf geweckt. Die Rettungsinsel war an der Spitze ein wenig eingedellt, sodass Ragna vermutete, dass sich dort ein Vogel niedergelassen hatte, der froh war, auf offener See einen Ruheplatz gefunden zu haben. Diese Chance durften sie nicht ungenutzt lassen, und so schlich sie sich in die Mitte der Insel, jede heftige Bewegung vermeidend, die den Vogel vielleicht zum Auffliegen veranlassen konnte. Das war gar nicht so einfach, da alle ihre Beine zur Mitte hin ausgestreckt hatten und nur wenig Platz verblieb, obwohl die Rettungsinsel auf 10 Personen ausgelegt war. Vorsichtig sah Ragna sich um, doch ihre Schicksalskameraden schliefen noch, und so fuhr sie die Krallen ihrer rechten Hand aus und stieß sie mit einem kräftigen Ruck durch die Plane hindurch in den Körper des Vogels. Das Aufkreischen des Tiers weckte ihre Gefährten, doch da hatte Ragna die Krallen bereits wieder eingezogen und robbte hastig zum Einstieg, um den von der Plane abrutschenden Kadaver aus dem Wasser zu fischen, bevor er abtrieb. Sieben Augenpaare starrten sie verwundert an, doch dann erblickten sie den toten Vogel und der Ausdruck in ihren Gesichtern wurde gierig.

„Der reicht nicht für alle", sagte Ragna mit vor Trockenheit heiserer Stimme. „Aber vielleicht bringt er uns größere Beute ein." Sie wandte sich Josh zu, der sie aufmerksam beobachtete. „Hast du irgendein Stück Leine in der Insel? Wir könnten dann versuchen, den Vogel als Köder zu verwenden."

Der Matrose reichte ihr wortlos die abgeschnittene Reißleine, die hinter seinem Rücken auf dem Boden gelegen hatte, und Ragna band sie fest um die Füße des Vogels, bevor sie diesen weit hinauswarf ins Wasser. Er blutete noch immer und zog nun eine rote Spur hinter sich her, während die Insel langsam mit der Strömung dahintrieb. Nicht nur Steven und Robert ließen den Vogel keine Sekunde aus den Augen; vielleicht trauerten sie der Möglichkeit nach, wenigstens mit einem Happen Fleisch ihren bohrenden Hunger ein wenig zu besänftigen. Eddie wollte schon vorschlagen, besser den Vogel zu essen als Gefahr zu laufen, diese einzige Nahrung seit Tagen möglicherweise zu verlieren, da zeigte ihr Angelversuch Erfolg: Ein gut zwei Meter langer Hai schnappte sich den Vogel und versuchte, damit abzutauchen, doch augenblicklich war Josh am Einstieg, riss die Leine mit einem heftigen Ruck heran und packte sofort die Rückenflosse des gegen die Wand klatschenden Fisches, bevor dieser auch nur begriff, was eigentlich geschah. Josh war noch kräftig genug, das Tier in die Insel hineinzuziehen, wo der Hai panisch um sich schlug, bis der Matrose ihm sein Messer durch ein Auge ins Gehirn stieß. Die Bewegungen des Fisches erstarben, und alle starrten wie gebannt auf den Kadaver, der ihr Überleben für einige weitere Tage sichern würde.

„Ich zerlege ihn", sagte Eddie leise und nahm Josh das Messer ab, was dieser widerspruchslos geschehen ließ. „Ich habe zwar als Stewart auf dem Frachter gearbeitet, bin aber eigentlich gelernter Koch."

Bald lagen mehrere Scheiben Haifleisch auf dem Boden der Insel, während Eddie den Fisch weiter zerlegte. „Nun gib schon her!" kreischte Robert entnervt, der offenbar beschlossen hatte, auch weiterhin das Ekel zu spielen. Josh, der gerade mit nachdenklicher Miene die drei Löcher im Dach der Insel begutachtete, an deren Rand noch Blut klebte, wandte sich ihm zu, und unter seinem verächtlichen Blick verstummte der Student, rückte aber so unauffällig wie möglich an den Haikadaver heran, um ja nicht übergangen zu werden. Bald hielt jeder ein großes Stück Haifleisch in Händen, das sie roh essen mussten, da es keine Möglichkeit gab, den Fisch zuzubereiten. Aber Sushi ist ja auch roher Fisch, dachte Doyle, während er langsam ein Stück Fleisch kaute, dessen Flüssigkeit seinem ausgedörrten Hals gut tat.

Ragna zog den Vogel aus dem Maul des Hais, um ihn noch einmal als Köder zu verwenden, doch der feste Biss des Fisches hatte den leichten Körper vollständig zerdrückt, die Beine teilweise vom Rumpf getrennt. Niedergeschlagen starrte sie auf das zerfledderte blutige Federbündel, da spürte sie Eddies Hand auf ihrem Arm. „Wirf ihn ins Wasser", sagte der Stewart leise. „Der zerfällt dir an der Leine, sobald du ihn erneut rauswirfst. Diese Vögel schmecken außerdem tranig und haben oft Parasiten. Wir können einen Teil der Fischeingeweide als Köder verwenden. Ich habe das für uns Essbare hier zusammengelegt, den Rest auf die andere Seite. Für die Köder brauchen wir aber einen Haken, die bleiben sonst nicht an der Leine."

Sie hatten ihr Stück Fisch schnell aufgegessen, und Steven schnappte sich ein zweites Stück, bevor ihn jemand daran hindern konnte. Doch Josh schlug ihm so heftig auf die Hand, dass Steven das Fleisch mit einem Schrei wieder fallen ließ. Rasend vor Wut wandte er sich dem Matrosen zu, doch dieser hatte das Fleisch bereits wieder auf den kleinen Haufen neben dem Einstieg gelegt und wehrte den Angriff des Assistenten mit Leichtigkeit ab. „Das Fleisch verdirbt doch!" kreischte Steven mit sich hysterisch überschlagender Stimme. „Wir müssen es vorher essen, sonst ist es verloren."

Nun stürzte sich auch Robert auf das verbliebene Fleisch, wurde aber von Sally zurückgehalten, die den Studenten ziemlich unsanft packte und gegen die Wand schleuderte. „Wag es ja nicht", zischte sie und ihre Augen brannten förmlich. „Du Ekelpaket wirst warten wie wir anderen auch. Heute Abend gibt es den Rest, nicht früher. Bis dahin verdirbt das Fleisch schon nicht. Ist ja kalt genug. Wir werden bald einen weiteren Angelversuch unternehmen, doch da nicht sicher ist, dass wir erneut Erfolg haben werden, sollten wir mit dem vorhandenen Fleisch sparsam umgehen."

Als wollte Eddie ihre Worte bestätigen, nahm der Stewart seine Öljacke auf mit der offensichtlichen Absicht, sie schützend über den Stapel Haifleisch zu legen. In diesem Moment prallte etwas gegen die Unterseite der Rettungsinsel und hob sie kurzzeitig leicht an, was dem Streit ein abruptes Ende bereitete. Erschrocken starrten alle auf den Boden, dann in

Richtung des Einstiegs, wo sich gerade ein dünner blauschwarzer Tentakel über den Rand schob und nach den Resten des Haikadavers tastete. Mit einer ruckartigen Bewegung zog er den ausgeweideten Fisch zu sich heran und dann ins Wasser, wo der blutige Kadaver sofort unter der Oberfläche verschwand. Auf die gleiche Weise verfuhr der Tentakel mit den Eingeweiden, die als Köder gedacht waren, doch als er auch das verbliebene Haifleisch, das Eddie für ihre nächste Mahlzeit bereitgelegt hatte, ergriff und aus der Rettungsinsel ziehen wollte, stürzte Robert sich auf den glitschigen Arm und schlug wütend auf ihn ein. Ragna hatte noch versucht, ihn zurückzuhalten, doch die Reaktion des Studenten kam so plötzlich, dass sie ihn nicht zu packen bekam. Instinktiv wusste Ragna, dass sie dem Arm nicht nahekommen durften, und Robert bewies ungewollt, dass sie sich nicht irrte. Ein wesentlich größerer Tentakel schoss aus dem Wasser, packte den Studenten um die Mitte und riss ihn mit einer ruckartigen Bewegung aus der Insel heraus. Dieser Tentakel wies an seiner Unterseite keine Saugnäpfe auf, wie zu erwarten gewesen wäre, sondern lange gekrümmte Stacheln, die sich in Roberts Fleisch bohrten, sodass sich das Wasser rot färbte, als der schreiende Student unter die Oberfläche gezogen wurde. Ein letztes Aufschäumen, dann war Robert verschwunden.

Ein Köder, dachte Ragna erschüttert. Der dünne Arm, der das Fleisch stahl, sollte größere Beute anlocken, so wie wir es mit dem Vogel gemacht haben. „Was ist das?" keuchte Eddie entsetzt und sprach damit aus, was allen durch den Kopf ging. „Ein verdammter Krake", brummte Josh. „Hab aber noch nie von einem gehört, der Stacheln an den Armen hat."

„Bleibt ganz still an der Wand sitzen und rührt euch nicht", flüsterte Ragna angespannt. „Der wird nach weiterer Beute suchen." Sofort drückten sich ihre Gefährten so eng an die Plane, wie dies möglich war, und zogen die Beine an den Körper heran, um mehr Abstand zum Einstieg zu gewinnen. Der durch Roberts Tod ausgelöste Schock spiegelte sich in ihren Gesichtern, und nun sah es so aus, als könnten sie die nächsten Opfer des Kraken werden. Schweiß lief über ihre blassen Gesichter, die Augen waren vor Angst weit aufgerissen und einige zitterten heftig. Sie hatten allen Grund für ihre Furcht: Ein weiterer stachelbewehrter Tentakel wand sich durch den Einstieg und tastete suchend den Boden der Insel ab, gefolgt von einem zweiten, der es dem anderen Tentakel gleichtat. Sie würden die Schiffbrüchigen schnell finden, wie Ragna entsetzt erkannte; es war einfach zu wenig Platz, als dass sie ausreichend Abstand zum Einstieg gehabt hätten.

Als einer der Tentakel Benny berührte und sein Bein packen wollte, brandete rasender Zorn in Ragna auf. Ihre Freunde wurden angegriffen, und augenblicklich übernahmen ihre Instinkte die Kontrolle. Ungeachtet der Folgen, die das vielleicht für sie selbst haben würde, stürzte sie sich mit einem wütenden Fauchen auf den pulsierenden Arm. Ihre Reißzähne bohrten sich in das blauschwarze gummiartige Fleisch und zerrten daran, ihre rasiermesserscharfen Krallen rissen es der Länge nach auf, wobei die zähe Konsistenz des dunklen Fleisches verhinderte, dass Ragna einen Teil des Armes abtrennen konnte. Knurrend wütete sie gegen den Gegner wie ein Hund, der seine Beute im Maul hielt und schüttelte, bis das Rückgrat brach, hielt dabei den Tentakel mit dem Gewicht ihres Körpers so weit wie möglich am Boden, um zu verhindern, dass er Ragna zu fassen bekam. Der zweite Arm war den Schiffbrüchigen ebenfalls gefährlich nahegekommen, und so nahm Josh dem wie gelähmt dasitzenden Eddie das Messer aus der Hand und stieß die scharfe Klinge tief in den Tentakel, wobei er Ragnas Beispiel folgte und das Fleisch so weit wie möglich aufriss. Die beiden Arme peitschten wild umher, soweit es die auf ihnen liegenden Körper zuließen, während ihr dunkles Blut den Boden der Insel tränkte. Sie versuchten, sich zu befreien, doch wurden sie weiter von Josh und Ragna traktiert, die sichergehen wollten, dass sie keine Gefahr mehr darstellten. Ein dritter Arm kam den ersten beiden zu Hilfe, und da Ragna und Josh alle Mühe hatten, ihre wild um sich schlagenden Gegner am Boden zu halten, damit sie ihre scharfen Dornen nicht einsetzen konnten, hob Sally die schwere Stabtaschenlampe auf und warf sich mit ihrem ganzen Gewicht auf den neu hinzugekommenen Gegner, um ihn am Boden zu halten, während sie mit der Taschenlampe auf ihn einschlug. Mehr als drei der umfangreichen Tentakel passten nicht zeitgleich durch den engen Einstieg, sodass keine weitere Verstärkung hinzukommen konnte, doch mussten sie befürchten, dass der Riesenkrake oder was auch immer da unter ihnen lauerte nun mit aller Kraft angreifen und die Insel zerstören würde, sodass sie ins Wasser fallen und eine leichte Beute sein würden.

Plötzlich begannen alle drei Tentakel, selbst die beiden schwer verletzten, sich aus der Insel zurückzuziehen, und die Freunde ließen sie gehen, da sie wussten, dass sie die vom Blut glitschigen Arme nicht mehr lange halten konnten. Doch anstelle des erwarteten Angriffs weiterer unversehrter Tentakel verschwanden die Arme unter Wasser, das sich von ihrem Blut dunkel färbte, ohne dass die Insel erneut attackiert wurde. Schwer atmend starrten die Gefährten auf den Einstieg, beobachteten voller Sorge das nur leicht gekräuselte Meer, doch ihr unbekannter Angreifer hatte sich offenbar zurückgezogen. Das Blut der Tentakel bedeckte den Boden und die Spuren der Dornen, die Josh, Ragna und Sally mit ihrem Körpergewicht niedergedrückt hatten, waren überall zu sehen.

Besonders besorgniserregend aber war das Geräusch, das Ragnas scharfe Ohren hörten: Aus dem Boden entwich Luft, nicht viel, aber gleichmäßig; die Dornen hatten offenbar die Luftkammern der Rettungsinsel beschädigt, die schon bald keinen Auftrieb mehr bieten würden.

„Mit einer solchen Gegenwehr hat das Biest sicher nicht gerechnet", sagte Doyle mit deutlichem Stolz auf seine Freunde, die trotz des harten Kampfes unverletzt geblieben waren, in der Stimme. „Ihr habt es vertrieben und uns gerettet."

Ragna versuchte, das leise Zischen der entweichenden Luft zu ignorieren und sich auf ein anderes Geräusch zu konzentrieren, das ständig lauter wurde. „Ich glaube nicht, dass wir es vertrieben haben", sagte sie langsam und mit vom Lauschen angespannter Miene. „Wenn ich mich nicht täusche, nähert sich uns ein Schiff. Ich höre den Motor stetig näherkommen."

„Ein Schiff?" Eddie wollte zum Einstieg rutschen, doch Josh hielt ihn fest. „Der Krake kann noch in der Nähe sein", brummte er besorgt. „Vielleicht ist sein Rückzug ein Trick und er erwischt uns doch noch, bevor das Schiff hier eingetroffen ist. Denk an den dünnen Arm, der als Köder gedient hat für die stachligen Arme. Robert hat dies mit dem Leben bezahlt."

Ragna nickte zustimmend. „Ich werde nachschauen", sagte sie, mit einer Geste den Protest ihrer Freunde abwehrend. „Notfalls bekommt das Biest noch einmal meine Krallen zu spüren. Wir müssen wissen, ob ich mich nicht täusche. Sollte es tatsächlich ein Schiff und in unsere Richtung unterwegs sein, müssen wir alles versuchen, es auf uns aufmerksam zu machen. Die Rettungsinsel wurde durch den Kampf beschädigt; sie wird uns nicht mehr lange tragen können."

Erst jetzt bemerkten die Schiffbrüchigen die leichten Dellen im Boden der Insel und spürten die entweichende Luft, als sie die Hände darüber hielten. „Verdammt", fluchte Steven und wich wieder an die Wand zurück. „Hoffentlich ist es tatsächlich ein Schiff und die Besatzung sieht die Rettungsinsel."

Sie hätten sich keine Sorgen machen müssen: Der Fischtrawler, der direkt auf sie zusteuerte, hatte offenbar das Signal des Peilsenders aufgefangen und sich auf die Suche nach dessen Ursache begeben. Hastig reinigte Ragna Mund und Krallen vom Blut und verbarg ihre natürlichen Waffen wieder, bevor das Schiff herangekommen war. Es war schon bemerkenswert, dass keiner ihrer Gefährten bisher ein Wort darüber verloren hatte, doch konnte sich das schnell ändern, sobald die unmittelbare Gefahr vorüber war.

Ein Beiboot barg sie aus der beschädigten Rettungsinsel und brachte sie zum Trawler, wo sie viele neugierige Blicke, aber auch heißer Kaffee und belegte Brote erwarteten. Als der Kapitän besorgt fragte, ob jemand verletzt sei, winkte Josh beruhigend ab. „Ist nicht unser Blut", sagte er. „Wir mussten gegen einen Kraken oder sowas kämpfen, der uns aus der Insel saugen wollte wie eine Muschel aus ihrer Schale."

„Ein Riesenkrake?" Verblüfft starrte ihn der Kapitän, ein stämmiger Isländer mit strohblondem Haar, an. „Das klingt wie Seemannsgarn, aber das merkwürdige Blut auf eurer Kleidung ist echt." Kopfschüttelnd wies er einen jungen Matrosen an, für Ragna und Josh, deren Kleidung bei dem Kampf besonders gelitten hatte, frische Sachen zu holen, damit sie sich umziehen konnten. „Die Behörden werden viele Fragen haben, auch wie es zu dem Schiffbruch gekommen ist. Wir sind auf dem Rückweg nach Island; dort wird euch ein Arzt untersuchen und anschließend könnt ihr mit dem Flugzeug heimkehren."

„Herzlichen Dank, dass ihr dem Peilsender gefolgt seid und uns an Bord genommen habt", sagte Sally leise. „Es war mit Sicherheit euer Schiff, das den Angreifer vertrieben hat, auch wenn sich Josh und Ragna wacker geschlagen haben."

„Du auch", ergänzte Ragna mit Nachdruck. „Wir hatten ja mit den ersten beiden Tentakeln schon mehr als genug zu tun, den dritten hätten wir nicht auch noch aufhalten können."

„Klingt wirklich nach einer spannenden Geschichte", sagte der Kapitän und erhob sich. „Erzählt mir später mehr. Ich muss jetzt auf die Brücke und eine Meldung absetzen."

Noch immer hatte keiner der Schiffbrüchigen Ragnas Krallen und Reißzähne erwähnt, nicht einmal Steven, worüber die junge Frau sehr froh war. Wenn die Schicksalsgefährten weiter schwiegen, würde sie ein zweites Messer erfinden, das sie verloren hatte, als sich der Tentakel so plötzlich zurückzog. Als hätte er ihre sorgenvollen Gedanken gehört wandte sich Benny an die Freundin und lächelte ihr beruhigend zu. „Wir sagen nichts über deine.... Besonderheit. Allerdings sollten wir uns absprechen, wie wir diese Klippe geschickt umschiffen, und das schnell, bevor der Kapitän oder einer der Matrosen zurückkommt." Sein Lächeln verblasste und ein ungewohnter Ernst lag in seinem Blick. „Erst prophetische Träume, wie sie übrigens auch mein Onkel Harold bisweilen hatte, und jetzt noch Krallen und Reißzähne. Du bist wirklich eine außergewöhnliche Freundin. Was ich dir aber übel nehme, ist, dass du uns das bisher verschwiegen hast. Offenbar vertraust du uns nicht."

Verlegen senkte Ragna die Augen. „Doch, eigentlich schon, aber..." Sie holte tief Luft und hob den Blick wieder. „Ich habe schlechte Erfahrungen mit Menschen gemacht, die vollkommen anders reagiert haben als du. Deshalb verschweige ich meine Andersartigkeit lieber, selbst Freunden gegenüber." Sie sah Benny voller Wärme an. „Das wäre dir…" sie sah zu Sally und Doyle hinüber, die sie fasziniert anstarrten „und auch euch beiden gegenüber offenbar nicht nötig gewesen. Aber das konnte ich nicht wissen." Ein riesiger Stein war ihr vom Herzen gefallen und endlich gelang es ihr, sich entspannter hinzusetzen und die ineinander verschlungenen Hände zu lösen. Sie hatte gar nicht bemerkt, wie verkrampft sie zuvor gewesen war; ihre Furcht vor einer Zurückweisung durch ihre Freunde hatte ihren Körper starr und kalt werden lassen.

Erst jetzt, nachdem die Gefahr vorbei war, schien Josh und Eddie bewusst zu werden, auf welche Weise Ragna zu ihrer Rettung beigetragen hatte. Ragnas Freunde kannten sie schon seit Jahren und vertrauten ihr, doch die Seeleute waren ihr auf dem Schiff das erste Mal begegnet. Ihre Verunsicherung spiegelte sich in ihren Gesichtern, wobei vor allem Josh Ragna voller Unbehagen betrachtete und offensichtlich nicht wusste, was er von dem Gesehenen halten sollte. Doch spürte die junge Frau, dass die beiden Männer sie wahrscheinlich nicht verraten würden. Vielleicht fühlten sie sich in ihrer Schuld oder sie erkannten, wie sehr sie der jungen Frau schaden würden, sollten sie Fremden gegenüber ihr Geheimnis verraten. „Wir sagen ebenfalls nichts", bestätigte Eddie leise Ragnas Eindruck, nachdem er Josh fragend angesehen hatte, der seine Zustimmung durch ein zögerliches Nicken signalisierte. „Ist bestimmt nicht leicht, mit sowas… na ja, so anders zu sein. Wir wollen nicht, dass du Ärger bekommst."

„Du erwähnst hoffentlich auch nichts, Steven", sagte Sally und sah dem Angesprochenen streng in die Augen. „Nur Ragnas und Joshs Mut haben wir es zu verdanken, dass wir kein Krakenfutter geworden sind. Dafür schulden wir ihnen etwas." Ihren eigenen Beitrag ließ sie erneut unerwähnt, was Ragna zu einem resignierten Kopfschütteln veranlasste.

Steven war sein Widerwille deutlich anzusehen. Er schwankte zwischen dem Verlangen, der verhassten Studentin eins auszuwischen, und der Furcht vor einer eventuellen Vergeltung. Benny beschloss, zusätzlich Druck auf den Assistenten auszuüben. „Wenn du nicht den Mund hältst und Ragna Schwierigkeiten bereitest, hetze ich meinen Vater auf dich. Dann bekommst du in diesem Land keinen Fuß mehr auf den Boden." Noch nie hatten ihn seine Freunde auf so nachdrückliche, ja geradezu unbarmherzige Weise reden hören. Hier sprach ein Mitglied des Hochadels mit der ganzen Autorität seines Standes und nicht der freundliche, gesellige Student, als den sie ihn bisher kennengelernt hatten. Benny kam wohl doch mehr nach seinem Vater, als ihm selbst bewusst war, und er würde schon bald einen entsprechenden Platz in der Gesellschaft einnehmen. Als würde er die Gedanken seiner Freunde bestätigen wollen fuhr Benny nach einer kurzen Pause fort. „Sollte Ragnas Besonderheit auch nur ansatzweise bekannt werden wissen wir ja, wer nicht geschwiegen hat. Dann wirst du dir ziemlich bald wünschen, nie geboren worden zu sein."

Steven wusste, wer Bennys Vater war, und so nickte er widerwillig und wandte sich dann ab, um seinen Zorn, aber auch seine Angst zu verbergen. Benny hasste es, auf diese Weise zu drohen und seinen Vater ins Spiel zu bringen, doch wusste er nur zu gut, dass dies die einzige Möglichkeit war, Ragna zu schützen. Josh und Eddie vertraute er, auch wenn nicht zu übersehen war, dass die beiden Männer sich in Ragnas Gegenwart nicht wirklich wohl fühlten, sie heimlich fürchteten. Hastig besprachen die Gefährten, was sie den Behörden erzählen wollten, bevor der Kapitän zurückkam, und hämmerten auch Steven ein, was dieser zu sagen hatte.

Ragna wusste gar nicht, wie ihr geschah. Nicht nur ihre Freunde, sondern auch Josh und Eddie waren bereit, für sie zu lügen und sie vor den Behörden zu schützen. Seit ihrer Kindheit verfolgte sie die Angst, gegen ihren Willen in ein Labor verschleppt oder eingesperrt zu werden von Menschen, die sie und ihre Andersartigkeit fürchteten. Ihr Stiefvater hatte sie sogar töten wollen, was ihr schon früh eine Ahnung davon gegeben hatte, was sie vielleicht auch von anderen Menschen zu erwarten hatte, sollte ihre Besonderheit, wie Benny es nannte, bekannt werden. Steven war der einzige Schwachpunkt in der Geschichte, die sie den Behörden erzählen würden, doch hoffte Ragna inständig, dass ihn die Furcht vor Bennys Vater schweigen ließ. Dankbar sah sie in die Runde ihrer Freunde, mit denen sie einen Schiffbruch, Hunger und Durst sowie den Angriff eines Riesenkraken – oder was auch immer – überlebt hatte. Ihre Freundschaft hatte sich einmal mehr bewährt, gab ihr das Gefühl, diesen Menschen wirklich nahe zu sein. Ob diese enge Beziehung, die hier gerade erneut besiegelt worden war, auch über das Ende des Studiums hinaus Bestand haben würde blieb abzuwarten.

Zukunftspläne

Die Überlebenden wurden noch in Reykjavic von einem Arzt untersucht, dann konnten sie nach England heimkehren. Dort wurden sie von den Behörden förmlich ins Kreuzverhör genommen, vor allem auch deshalb, weil einer der Schiffbrüchigen, die sich in die Rettungsinsel hatten retten können, ums Leben gekommen war. Da aber alle genau das Gleiche erzählten und die Behörden keinerlei Anhaltspunkte dafür hatten, dass an der Geschichte etwas nicht stimmte, akzeptierten sie schließlich ihren Bericht. Steven verbiss sich tatsächlich jeglichen Hinweis darauf, dass hier etwas nicht ganz der Wahrheit entsprach; er hatte beobachtet, wie Benny von seinem Vater in Empfang genommen worden war, was ihn nachdrücklich an dessen Drohung erinnerte. Doch die Freunde ahnten, dass er die Behörden drängen würde, gegen die Reederei vorzugehen, weshalb sie sich darauf konzentrierten, Josh und Eddie herauszuhalten und dafür zu sorgen, dass die beiden keine Schwierigkeiten bekamen. Lord Cheswick, der seinem Sohn offensichtlich sehr zugetan war, lobte Bennys Retter auf dessen Bitte hin in aller Öffentlichkeit, wodurch sie für die Behörden praktisch unantastbar wurden. Die Freunde fanden, dass dies das Mindeste war, das sie für die beiden tun konnten. Auch würde Bennys Unterstützung dazu beitragen, dass Josh und Eddie hinsichtlich Ragna weiterhin schwiegen, da die beiden Männer sich nun verpflichtet sahen, diesen Gefallen zu erwidern.

Suchschiffe wurden keine losgeschickt; zum einen war die letzte Position des Frachters unbekannt und zum anderen war nicht zu erwarten, dass sich noch irgendwelche Spuren von dem gesunkenen Schiff finden lassen würden. Die Monsterwelle war dagegen von Satelliten aufgezeichnet worden, sodass sie als Grund für den Untergang des Frachters plausibel war. Was den tentakelbewehrten Angreifer betraf, so standen die konsultierten Wissenschaftler vor einem Rätsel: Ein großer Krake, der lange gekrümmte Stacheln an den Armen trug anstelle von Saugnäpfen, war ihnen unbekannt. Auf die wenigen bisher an Land gespülten Riesenkraken traf dies jedenfalls nicht zu. Da keiner der Schiffbrüchigen den Körper des Tieres gesehen hatte, sondern nur die Tentakel, konnten sie auch keine Aussagen zu dessen Aussehen machen. Es blieb ein Rätsel, was genau sie da angegriffen hatte. Doch wer wusste schon, was sich alles in den unerforschten Tiefen der Ozeane vor den Augen der Menschen verbarg.

Erleichtert stellten die ehemaligen Schiffbrüchigen fest, dass das öffentliche Interesse an ihnen bald wieder schwand. Andere Themen traten in den Vordergrund und beschäftigten die Menschen; das öffentliche Gedächtnis war bekanntermaßen kurz. So konnten sich die Freunde bald ganz auf die bevorstehende Prüfung konzentrieren, ohne auf Schritt und Tritt von Journalisten belagert zu werden, wofür sie sehr dankbar waren. Sie hatten dieses Kapitel für sich abgeschlossen und wollten nur noch in den gewohnten Alltag zurückkehren, ihr Studium abschließen und ihre berufliche Zukunft planen, auch wenn der Tod so vieler Menschen ihnen noch lange Zeit schwer auf dem Herzen lag.

Steven war sofort nach Bristol zurückgekehrt, wo er, wie zu erwarten gewesen war, eine Klage gegen die Reederei anstrengte, doch den sechs übrigen ehemaligen Schiffbrüchigen fiel es schwer, sich voneinander zu trennen. Auch wenn die Tage in der Rettungsinsel nicht den Anschein erweckten, tiefere zwischenmenschliche Beziehungen geknüpft zu haben, so empfanden die Überlebenden nach wie vor ein starkes Gefühl von Zusammengehörigkeit. Josh und Eddie hatten die vier jungen Leute ins Herz geschlossen, auch wenn Josh unbewusst Distanz zu Ragna hielt, einen „Sicherheitsabstand", wie die junge Frau erkannte, während Eddie schon bald keine Probleme mehr mit ihrer Andersartigkeit zu haben schien und er sich ihr gegenüber ebenso herzlich verhielt wie zu ihren Freunden. Doch sahen die Zukunftspläne der beiden Männer nicht vor, in London zu bleiben. So hatten sich alle noch einmal zu einem gemeinsamen Abendessen getroffen, Adressen ausgetauscht und sich dann endgültig voneinander verabschiedet. Da ihn nichts zurück nach Georgia zog, nahm Josh das Angebot eines ehemaligen Schiffskameraden an, der schon seit einigen Jahren nicht mehr zur See fuhr, aber mit ihm in Kontakt geblieben war. Er betrieb in Glasgow eine Autowerkstatt und hatte Josh gefragt, ob er nicht bei ihm einsteigen wollte. Während seiner Militärzeit hatte Josh gelernt, Motoren zu reparieren, und diese Kenntnisse würden in der Werkstatt von Nutzen sein. Eddie würde zu seiner Familie zurückkehren, die in einem Dorf in den Bergen von Mittelwales wohnte; offenbar hatte er erst einmal genug von der Seefahrt. Er plante, in einer seinem Heimatdorf nahe gelegenen Stadt, die zahlreiche Touristen anzog, ein Restaurant zu eröffnen und dort internationale Spezialitäten anzubieten. Die vier Freunde wünschten ihm hierfür viel Glück; sie waren sicher, dass dies das Richtige für den ehemaligen Stewart war.

Anfang April, etwas mehr als zwei Monate nach ihrer Rückkehr, legten sie ihre mündlichen Prüfungen ab. Nur wenige Tage später kam Sally in den Gemeinschaftsraum gelaufen, wo ihre Freunde gerade frühstückten. „Ich habe eine Zusage aus Birmingham erhalten!" Sie tanzte förmlich vor Freude und schwenkte einen Brief in der Hand. „Ich kann dort schon im nächsten Monat eine Stelle als wissenschaftliche Mitarbeiterin antreten. Ist das nicht absolut super?"

Ragna umarmte sie lachend. „Ja, das ist allerdings super und ging außerdem verdammt schnell. Das Bewerbungsgespräch hatte doch gerade erst stattgefunden. Muss wohl an deinem hervorragenden Abschluss liegen. Wir haben ja trotz des Schiffbruchs alle die letzte Prüfung gut hinbekommen, selbst Doyle, der gar nicht damit gerechnet hatte, eine derart gute Note zu erhalten." Sie schenkte sich noch einen Tee ein, bevor sie in die Runde ihrer Freunde wies. „Benny wurde ja gleich von seinem Vater verhaftet, für den er zukünftig die familieneigenen Ölgeschäfte verwalten soll, Doyles Vater hat ihn in einer großen Minengesellschaft in Südkorea untergebracht und auch ich bin schon vergeben." Als sie die erwartungsvollen Mienen ihrer Freunde sah, lachte sie laut auf. „In Ordnung, ich spanne euch nicht länger auf die Folter. Ich habe gestern eine Zusage der University of Utah erhalten, für die ich in der Seismology Research Group mitarbeiten soll, und das am Yellowstone Volcano Observatory, als Forschungsassistentin mit der Möglichkeit zur Promotion. Es war nicht einmal ein persönliches Vorstellungsgespräch erforderlich, wobei sich so etwas derzeit ohnehin verbietet wegen dieses blöden Virus', das uns seit Kurzem das Leben schwer macht. Auch Sally hatte ja mit ihren zukünftigen Brötchengebern online gesprochen. Wir haben uns lange per Videokonferenz unterhalten, die Zuständigen in Übersee hatten offenbar ein längeres Gespräch mit meinem Betreuer, dann war alles in trockenen Tüchern, wohl auch, weil mein Betreuer gute Beziehungen zum Leiter der Research Group unterhält. Ich wollte es euch heute sagen und vorschlagen, dass wir das gebührend feiern; jetzt haben wir gleich zwei Gründe für eine ordentliche Party."

„Wow!" Doyle war angemessen beeindruckt. „Das klingt echt spannend, auf jeden Fall interessanter als das, was mein Vater für mich arrangiert hat. Aber dein Studienschwerpunkt hat ja schon früh auf dem Vulkanismus gelegen, auch deine Masterarbeit war zu diesem Thema, und dein Abschluss war mit Prädikat. Wenn jemand diesen Job verdient hat, dann du."

„Sei aber vorsichtig, Ragna." Sie konnte sowohl Sorge wie auch Wehmut in Sally spüren, dazu den gleichen Schmerz über die bevorstehende Trennung, den auch sie fühlte. „Da drüben schützt dich niemand, sollte deine Besonderheit bekannt werden. Aber das wirst du selbst am besten wissen. Schließlich hast du den größten Teil deines bisherigen Lebens damit zugebracht, dies vor deinen Mitmenschen zu verbergen, selbst vor deinen Freunden."

„Dabei finde ich das megacool", sagte Doyle voller Begeisterung. Seine Nerd-Seele war offensichtlich ganz in ihrem Element. „Wirklich schade, dass du deine Krallen und so verstecken musst. Aber auch Wolverine wurde deswegen ja vom Militär und anderen Typen verfolgt und musste ständig auf der Hut sein."

Seine Freunde schüttelten amüsiert den Kopf. „Doyle, du bist unverbesserlich", kicherte Sally und knuffte den Koreaner leicht in die Seite. „Manchmal habe ich den Eindruck, die Welt der Comics, Videospiele und all dem Zeugs ist für dich genauso real wie wir." Sie lachte noch einmal, dann sah sie fragend in die Runde. „Also, wo gehen wir heute Abend essen und schlagen noch einmal so richtig über die Stränge?"

Es war nicht einfach, Plätze in einem Restaurant zu bekommen. Aufgrund der besonderen Situation waren Reservierungen erforderlich, viele Restaurants hatten sogar vollständig geschlossen, doch Benny ließ seine Beziehungen spielen, und so bekamen sie Plätze in einem guten indischen Restaurant. Dort wollten sie ausgiebig ihre neuen Jobs zu feiern und auf ihre Zukunft anzustoßen. Doyle hatte seinen Flug nach Seoul trotz des Drängens seines Vaters, sofort heimzukommen, ein wenig hinauszögern können; es zog ihn nicht gerade mit Macht in die Minengesellschaft und seine dortige Anstellung. Auch Bennys Vater erwartete, dass sein Sohn so schnell wie möglich heimkehrte, und der junge Mann wusste, dass er

London bald würde verlassen müssen. Doch da ohnehin alle vier Freunde im Aufbruch begriffen waren, hatte er beschlossen, diesen wohl letzten gemeinsamen Abend zu genießen und dann zu packen, um in sein Elternhaus zurückzukehren. Auch wenn er im Gegensatz zu Ragna und Sally einer sicheren beruflichen Zukunft entgegensehen konnte, beneidete er die Freundinnen ein wenig; sie konnten weitgehend ihren fachlichen Neigungen nachgehen, während er sich verpflichtet fühlte, seinen Vater bei dessen Geschäften zu unterstützen. Doyle traf es allerdings weitaus härter; es war nie sein Wunsch gewesen, in einer Minengesellschaft zu arbeiten, doch lag es im Interesse seines Vaters, dass Doyle dort tätig wurde, und da er das Studium des Sohnes finanziert hatte, konnte er Forderungen an diesen stellen. Doyle war keine Kämpfernatur, und so hatte er sich dem Willen des Vaters gefügt, wenn auch unter – sehr leisem – Protest.

„Auf uns!" Vier Gläser stießen klirrend aneinander. Nach dem Essen im Restaurant waren sie in einen Pub hinübergewechselt und saßen nun vor vier großen Gläsern Bier. Es herrschte viel Betrieb in diesem bei Studenten beliebten Pub, und die Freunde mussten beinahe schreien, um sich verständigen zu können. Hier achtete offensichtlich niemand auf die Abstandsregeln; auch Masken waren so gut wie keine zu sehen. Wie auch anderenorts rebellierten vor allem junge Menschen gegen die Zwänge, die ihnen die Verordnungen der Regierung auferlegten, da sie das Gefühl hatten, es würde sie nicht betreffen. In ihrem jugendlichen Egoismus kam ihnen nicht in den Sinn, dass sie durch ihr Verhalten andere Menschen gefährden konnten, dass die Regeln vor allem dem Schutz von Risikogruppen dienten. Wenn die Polizei das sieht, bekommt der Pubinhaber große Probleme, dachte Ragna. Vor allem dürfte er seine Sondererlaubnis, den Pub geöffnet halten zu dürfen, los sein. Es wäre seine Pflicht, auf die Einhaltung der Verordnungen zu achten. Doch wogen hier wohl die wirtschaftlichen Probleme stärker als der Schutz einer Minderheit.

Die Freunde genossen den Trubel um sich herum; ihre Studienzeit war vorbei, während die anderen jungen Leute über Dozenten, Vorlesungen, Klausuren und andere studentische Themen sprachen. Es war ein würdiger Ausklang, wenn auch ein wehmütiger, und sie sahen dem Kommenden mit einem lachenden und einem weinenden Auge zugleich entgegen. Immer wieder wurde das Versprechen, in Kontakt zu bleiben, gegeben, und nur widerwillig verließen sie schließlich den Pub, um ins Wohnheim zurückzukehren. Benny wollte bereits am nächsten Tag heimfahren, Sally würde sich auf Wohnungssuche in Birmingham begeben, Doyle noch einige Einkäufe tätigen bis zu seinem Rückflug und Ragna musste ihren Umzug in die USA organisieren. Ein Zimmer wurde ihr dort erst einmal gestellt, doch es waren noch viele Formalitäten zu erledigen. Sie benötigte nicht nur ein Visum, sondern ebenfalls ein Gesundheitszeugnis und eine Arbeitserlaubnis, der Flug war zu buchen und der Transport ihrer wenigen Habe, die vor allem aus Büchern bestand, zu regeln. Hoffentlich bekomme ich überhaupt einen Linienflug, dachte sie besorgt, während sie mit ihren Freunden die dunkle Straße entlangging. Viele Flüge wurden gestrichen. Aber die Behördengänge würden ja einige Zeit in Anspruch nehmen, und sie hoffte, dass sich die Lage dann wieder verbessert haben würde. Auch ihre Freunde waren in Gedanken versunken, und die – in Doyles Fall geringe – Freude über das ihnen bevorstehende neue Leben war durch den bevorstehenden Abschied sichtlich getrübt.

Sie passierten gerade einen der vielen kleinen Londoner Parks, da hob Ragna ruckartig den Kopf, blieb stehen und starrte in das Dunkel unter den Bäumen. „Was ist los?" fragte Benny erstaunt. „Hast du etwas vergessen im Pub?"

Ragna schüttelte nur den Kopf und versuchte weiterhin, die Dunkelheit mit ihren scharfen Augen zu durchdringen. Da war sie wieder, die huschende Bewegung, die sie zuvor bemerkt hatte. Etwas Großes bewegte sich zwischen den Bäumen, doch immer, wenn Ragna versuchte, einen näheren Blick darauf zu werfen, verschwand es in der Deckung der Büsche. Ihre Freunde warteten still darauf, dass Ragna ihnen sagte, weshalb sie sich so verhielt; die Erinnerung an ihre ungewöhnlichen Fähigkeiten, die nicht unwesentlich zu ihrer Rettung während des Schiffbruchs beigetragen hatten, waren noch frisch, und auch wenn sie sich nicht vorstellen konnten, was hier in London Reaktionen wie diese bei ihrer Freundin hervorrufen könnte, sahen sie sich ebenfalls aufmerksam um und warteten auf eine Erklärung.

Die Witterung, die Ragna wahrnahm, als sie die Luft tief einsog, war ihr vollkommen fremd, glich keinem Tier, dem sie bisher begegnet war. Dann hörte sie etwas, das ihr eiskalte Schauer über den Rücken sandte: ein leises Schnarren, unterlegt von einem leichten Grollen. Sie war sicher, dass ihre Freunde die Laute nicht hörten, da es ihrer scharfen Ohren bedurfte, um sie wahrzunehmen. Sie aber erkannte die Geräusche sofort: Sie hatte sie im Traum gehört, ausgestoßen von einer furchterregenden Kreatur, deren unsichtbare Augen sie voller Hass angestarrt hatten.

„Wir müssen hier sofort weg!" stieß sie hervor und drängte ihre Freunde, schnell weiterzugehen. „Da ist etwas im Park, das mir Angst macht, etwas Gefährliches. Ich kann nicht sagen, was genau es ist, aber ich möchte es auch nicht unbedingt herausfinden."

Das reichte ihren Freunden, um im Eilschritt weiter der Straße zu folgen, fort von dem Park, der offenbar unbekannte Gefahren barg. Als sie schließlich keuchend das Wohnheim erreichten, sanken sie im zum Glück leeren Gemeinschaftsraum in die dort stehenden Sessel und sahen sich verunsichert an. „Wieder ein gefährliches Tier?" fragte Benny voller Unbehagen. „Ein Krake kann es mitten in London nicht sein, aber was dann?"

„Der Geruch war mir völlig unbekannt", antwortete Ragna mit deutlicher Anspannung in der Stimme und gab ihren Freunden damit ungewollt einen Hinweis auf eine weitere ungewöhnliche Fähigkeit, über die sie verfügte. „Die Laute, die es ausstieß, dagegen nicht: Die hatte ich bereits in einem Traum gehört." Als sie Sallys fragenden Blick bemerkte, lächelte sie gequält. „Ja, er fühlte sich wie ein Wahrtraum an, auch wenn dieser Traum wesentlich weniger verständlich und konkret war als der vom Schiffbruch. Ich habe keine Ahnung, was sich dort unter den Bäumen versteckte. Da aber mein Instinkt Alarm schlug, hielt ich es für besser, kein Risiko einzugehen. Besser Vorsicht als Reue. Ihr kennt mich ja, ich bin eben eine komische Nudel."

„Weshalb wir noch leben", erwiderte Benny ernst. „Ohne dein Gefühl für Gefahr lägen wir jetzt alle auf dem Grund des Meeres. Wenn du im Park Gefahr gespürt hast, war dort auch etwas, vor dem wir besser auf der Hut sein sollten. Doch die Polizei wird Beweise haben wollen. Meinst du, die würden etwas finden, wenn sie den Park durchsuchen?"

Ragna sah verunsichert auf ihre Hände. „Ich weiß es nicht", sagte sie schließlich zögernd. Die Behörden auf ein Phantom aus ihren Träumen anzusetzen widerstrebte ihr, zumal sie nicht wusste, ob das Wesen überhaupt Spuren hinterlassen hatte. Ihre Intuition sagte ihr, dass die Beamten nichts finden würden, das auf ein großes Raubtier hinwies, und sie musste ihnen vielleicht erklären, weshalb sie dort überhaupt ein solches vermutet hatte. Nein, sollten lieber andere Bürger die Polizei alarmieren, wenn hierfür tatsächlich ein Grund bestand. „Sollte das Tier dort immer noch sein werden es auch andere sehen, und die können dann die Polizei anrufen", sagte sie deshalb nach einer Weile. „Ich möchte lieber nichts mit den Behörden zu tun haben."

Ihre Freunde verstanden, dass Ragna befürchtete, die Behörden könnten ihre Gabe merkwürdig finden und sie unter Beobachtung nehmen wollen, und so nickten sie ihr verständnisvoll zu. „So lange es im Park bleibt oder ganz verschwindet…" Doyle gähnte ausgiebig. „Leute, ich bin hundemüde. Lasst uns schlafen gehen; wir werden uns ja morgen noch sehen, bevor wir in alle Himmelsrichtungen davonfliegen."

Es wurde eine unruhige Nacht für Ragna. Ständig glaubte sie, vor ihrem Fenster das unheimliche Schnarren und Grollen zu hören, doch wenn sie das Fenster öffnete und hinaussah, war da nichts, das eine Bedrohung für sie darstellte. So war sie als Einzige der vier Freunde unausgeschlafen und hatte dunkle Schatten unter den Augen, als sie am Vormittag Benny verabschiedete, der seinen Wagen mit seiner Habe beladen hatte und losfahren wollte. Sie umarmten sich voller Herzlichkeit. „Hoffentlich langweilst du dich nicht zu Tode bei der Verwaltung der Ölgeschäfte deines Vaters", sagte Ragna mit erzwungener Heiterkeit. „Solltest du es nicht mehr aushalten, besuche mich im Yellowstone Park. Urlaub wirst du doch sicher mal machen dürfen."

„Ich werde darauf zurückkommen", antwortete Benny. Auch ihm war anzusehen, dass ihm die Trennung schwerfiel. Die vier Freunde hatten das Studium gemeinsam bewältigt und einen Schiffbruch überstanden, was sie weiter zusammengeschweißt hatte. Dies waren Menschen, auf die sie sich verlassen konnten, und es würde nicht leicht werden, an ihren neuen Wirkungsstätten noch einmal eine Beziehung wie diese knüpfen zu können. Benny drückte seinen Freunden fest die Hand, dann stieg er in den Wagen und fuhr davon, einem neuen Lebensabschnitt entgegen, von dem noch nicht abzusehen war, ob er sich in ihm genauso zu Hause fühlen würde wie im Kreis seiner zurückbleibenden Freunde.

Doyle war der Nächste, der die Stadt verließ; einen Tag nach Bennys Abreise stieg er in ein Privatflugzeug, das ihm sein Vater geschickt hatte, da derzeit keine Linienflüge nach Südkorea starteten. Ragna und Sally brachten ihn zum Flughafen, ein weiterer Abschied, der allen das Herz schwer machte. „Ich werde morgen ebenfalls abreisen", sagte Sally zu den beiden Freunden. „Ich habe beschlossen, gleich nach Birmingham zu ziehen und dort erst einmal in einem B & B unterzukommen, um in Ruhe vor Ort nach einer Wohnung suchen zu können. Ich will das erledigt haben, bevor ich im kommenden Monat meinen neuen Job antrete. Außerdem kann ich mir so schon einmal das Institut anschauen, ohne gleich mit Arbeit überhäuft zu werden."

„Gute Idee", stimmte Doyle ihr zu. „Ich hoffe wirklich, dass ich nicht gleich in mein neues Büro springen muss, kaum dass ich einen Fuß auf koreanischen Boden gesetzt habe. Ich würde die Sache auch gerne ruhig angehen, zumal ich nicht gerade begeistert bin von meiner neuen Aufgabe. Wird wohl vor allem Verwaltungskram sein; weshalb die dafür einen Geowissenschaftler brauchen ist mir echt ein Rätsel."

Ein Flugbegleiter kam auf ihn zu und forderte ihn auf, ihm zum Flugzeug zu folgen, das auf dem Rollfeld auf ihn wartete. Letzte Beteuerungen, dass man in Kontakt bleiben würde, wurden ausgetauscht, dann verschwand der Koreaner und ließ seine Freundinnen zurück, die Mühe hatten, nicht in Tränen auszubrechen. Bennys Abschied war schon schwer zu ertragen gewesen, doch Doyles Abreise führte ihnen deutlich vor Augen, dass nun wirklich das Ende ihrer Gemeinschaft gekommen war. Sally würde ja ebenfalls die Stadt in Kürze verlassen, dann blieb nur noch Ragna im Wohnheim zurück und auch das nur, bis alle Formalitäten mit dem Visum sowie der Arbeitserlaubnis geregelt waren. Sie trotteten stumm nebeneinander her, sich gelegentlich einen Seitenblick zuwerfend, wenn sie glaubten, die andere würde es nicht bemerken. Ragna zerriss es beinahe das Herz, in Kürze auch ihre geliebte Freundin zu verlieren, ihre Schwester in der Fremde, ohne zu wissen, ob sie sich jemals wieder begegnen würden. Dass es Sally ebenso erging und sie nur deshalb London vorzeitig verließ, weil sie es nicht ertragen konnte, Tag für Tag die Freundin zu sehen in dem Wissen, dass ihre gemeinsame Zeit bald vorbei sein würde, ahnte Ragna nicht, da sie sich emotional von Sally abgeschottet hatte, um nicht vom Schmerz überwältigt zu werden.

Nachdem auch Sally abgereist war, fühlte Ragna sich so verlassen wie selten zuvor; es würde sehr schwer werden, erneut Freunde wie diese zu finden, Menschen, die ihre Andersartigkeit in keiner Weise störte und für die sie einfach nur eine gute Freundin war. Wohl deshalb wuchs in ihr von Tag zu Tag die Ungeduld, ebenfalls endlich aufbrechen zu können. Das Konsulat ließ sich Zeit mit ihren Papieren; Ragnas Nachfragen wurden mit dem Hinweis abgewiegelt, sie sei schließlich nicht der einzige Antragsteller und müsse sich eben gedulden. Außerdem erforderte der Ausnahmezustand, in dem sich derzeit zahlreiche Länder befanden, besondere Sicherheitsvorkehrungen, die alle amtlichen Vorgänge zusätzlich erschwerten. Ragna musste mehrere Virentests über sich ergehen lassen, bevor ihr endgültig bescheinigt wurde, dass sie nicht infiziert war. Um sich nicht doch noch anzustecken, mied sie andere Menschen weitgehend; sie wollte die Abreise nicht unnötig weiter verzögern. Doch förderte dies zunehmend ihr Gefühl von Einsamkeit, das sich seit der Abreise ihrer Freunde in ihr breit gemacht hatte.

Ohne ihre Freunde fühlte Ragna sich im Wohnheim verloren, und so verbrachte sie viel Zeit damit, ziellos in der Stadt herumzuwandern, wobei sie deutlich Distanz zu anderen Menschen hielt und ständig eine Maske trug. Wie zufällig führte sie ihr Weg auch zu dem Park, in dem sie geglaubt hatte, eine unheimliche Gestalt wahrzunehmen. Jetzt, bei Tageslicht, erschien ihr diese Vorstellung absurd; der Park lag still im leichten Nieselregen da, nur wenige Spaziergänger waren zu sehen, da das Wetter nicht gerade zum Flanieren einlud. Sollte dort wirklich ein fremdartiges Wesen herumgestreift sein, so hatte der Regen sowohl seinen Geruch wie auch etwaige Spuren fortgewaschen. Ragna wusste nicht, ob sie erleichtert oder enttäuscht sein sollte; sie war sich so sicher gewesen, dort etwas wahrgenommen zu haben, das sie an die Kreatur aus ihrem Alptraum erinnerte. War es wieder nur eine Vision gewesen, eine weitere Warnung? Doch wovor zum Teufel sollte sie eigentlich gewarnt werden? Frustriert machte sie sich auf den Heimweg, nun davon überzeugt, dass sie sich in jener Nacht, auf dem Heimweg vom Pub, hatte täuschen lassen.

Der Angriff

Es dauerte noch zwei weitere Wochen, dann lagen endlich alle Papiere vor. Da Ragna einen kanadischen Pass besaß, aber in London lebte und dort auch ihr Studium absolviert hatte, war es offenbar zu Irritationen bei der Behörde gekommen. Jetzt konnte sie versuchen, einen Flug zu buchen, den Transport ihrer wenigen Habseligkeiten, die sie nicht zurücklassen wollte, zu organisieren und ihre Zelte hier abzubrechen. Sie saß gerade am Computer, um nach einem Flug zu suchen, der nicht den Sicherheitsvorkehrungen der Länder zum Opfer gefallen war, da hörten ihre scharfen Ohren ganz in der Nähe des Wohnheims panische Schreie mehrerer Menschen. Sie rannte zum Fenster, um festzustellen, was dort draußen vor sich ging, doch konnte sie von ihrem Zimmer aus nichts erkennen. Sie brach die Suche erst einmal ab und verließ das Wohnheim, um die Quelle des Aufruhrs, den sie gehört hatte, zu finden. Noch immer geisterten in ihrem Kopf die Bilder ihrer Alpträume und Visionen herum und sie hoffte inständig, dass diese Schreie nichts damit zu tun hatten.

Ein Krankenwagen kam herangerast und hielt vor einer Parkanlage, die mit einer Mauer umgeben war. Das Tor stand offen und Menschen kamen daraus hervorgehastet, mit bleichen Gesichtern und schreckgeweiteten Augen. Ragna hielt einen älteren Mann an, der an ihr vorbeilaufen wollte, und fragte, was geschehen sei. „Irgendein wildes Tier", keuchte der Angesprochene hinter seiner Maske und wollte Ragnas Hand abschütteln, die ihn zurückhielt. „Es hat mehrere Menschen angefallen und schwer verletzt. Offenbar war jemand geistesgegenwärtig genug, per Mobiltelefon einen Krankenwagen zu rufen; ich wollte nur noch fort aus dem Park." Endlich gelang es ihm, sich aus Ragnas Griff zu befreien, und er folgte den anderen Menschen, die sichtlich bestrebt waren, möglichst viel Abstand zwischen sich und die Parkanlage zu bringen.

Nun erschien auch ein Streifenwagen der Polizei, aus dem bewaffnete Beamte sprangen. Sie hielten die Sanitäter zurück, die gerade den Park betreten wollten; zuerst sollte er von der Polizei durchsucht werden. Die Einsatzkräfte verschwanden durch das Tor, und eine Weile war nichts hinter der Mauer zu hören, das darauf hinwies, dass die Gefahr dort noch immer lauerte. Dann hallte ein ohrenbetäubendes Kreischen durch den Park, das Ragna zu Eis erstarren ließ: Das war kein ihr bekanntes Tier, und doch waren ihr diese Laute nur zu vertraut! Hasserfüllte Augen schienen sie durch die Mauer hindurch anzustarren, ein krallenbewehrter Arm sie zerreißen zu wollen. Ragna schüttelte den Kopf, um wieder klar denken zu können; sollte es sich tatsächlich um die Kreatur aus ihrem Traum handeln war es an der Zeit, so schnell wie möglich von hier zu verschwinden. Die Polizei würde hoffentlich mit dem Biest fertig werden.

Erste Schüsse wurden abgefeuert, Rufe wurden von Schreien abgelöst. Für sie unsichtbar wurde der Tumult im Park immer heftiger, und Ragna begann zu fürchten, dass die Beamten die Gefahr vielleicht unterschätzt hatten. Noch immer stand sie wie festgenagelt vor dem Parktor und versuchte, zwischen den Bäumen und Büschen etwas zu erkennen. Neben ihr warteten die Sanitäter, ebenso verunsichert wie sie. Sie waren zu verletzten Parkbesuchern gerufen worden und hatten nun das Gefühl, in eine Schlacht hineingeraten zu sein, die außerhalb ihres Sichtbereichs mit zunehmender Heftigkeit ausgefochten wurde. Neben ihnen hatten sich zwei Journalisten eingefunden, die das Tor fotografierten und darauf warteten, dass etwas Berichtenswertes passierte. Schließlich kam einer der Polizisten angerannt, mit zerrissener blutbefleckter Uniform. „Wir müssen schnell das Tor schließen!" rief er, während er bereits nach dem Torflügel griff. „Das Vieh darf den Park nicht verlassen."

Einer der Sanitäter half ihm, das Tor hinter sich zuzuziehen; der Polizist holte aus dem Wagen eine schwere Kette, um es zu sichern. „Was ist mit den Verletzten?" fragte der Sanitäter irritiert. „Haben Sie sie gefunden?"

„Tot", kam die kurze Antwort. „Und nicht nur einer, sondern mehrere Parkbesucher." Da nur dieser Polizeibeamte aus dem Park gekommen war und das Tor hinter sich geschlossen hatte, befürchtete Ragna, dass dies auch für seine Kollegen galt, die mit ihm in den Park gegangen waren. Der Polizist wehrte die aufdringlichen Reporter mit barschen Worten ab, ging zum Wagen zurück und informierte seine Dienststelle per Funk über den Vorfall. Wahrscheinlich forderte er eine besser ausgerüstete Einheit an; das Raubtier, das jetzt im Park eingeschlossen war, hatte sich als viel gefährlicher erwiesen als zuvor angenommen. Doch würde die Mauer es wirklich aufhalten?

Als kurze Zeit später gleich mehrere Mannschaftswagen mit heulenden Sirenen herangerast kamen, aus denen Einsatzkräfte sprangen, die aussahen, als würden sie gegen eine schwerbewaffnete Terroreinheit vorgehen wollen, wurden Ragna, einige andere Zivilisten, die vor dem Park herumstanden, und die protestierenden Journalisten fortgeschickt. Die Sanitäter sollten bleiben, aber mehr Abstand zum Tor nehmen; sie würden wahrscheinlich noch gebraucht werden. Zutiefst beunruhigt lief Ragna an der Mauer entlang, um auf die Rückseite des Parks zu gelangen; sollten ihre Befürchtungen zutreffen, bestand die Möglichkeit, dass die Kreatur dort entkam, wenn sie das nicht ohnehin schon getan hatte.

An einer Stelle der Mauer, die weit vom Tor entfernt lag, blieb sie abrupt stehen. Ja, hier hatte die Kreatur den Park verlassen, da war sie sicher. Der gleiche Geruch, wie sie ihn am Abend des Abschiedsessens in dem kleinen Park wahrgenommen hatte, war stark, erst vor wenigen Minuten hier an der Mauer hinterlassen worden, also eindeutig nach dem Angriff auf die Menschen im Park, sodass Ragna ausschließen konnte, dass das Wesen hier nur in den Park eingedrungen war. Die Polizisten würden es nicht mehr im Park finden, konnten nur noch die Toten bergen und versuchen, die Kreatur in der Stadt aufzuspüren.

Ragna hatte ihre Maske abgenommen und in die Tasche gesteckt, um besser riechen zu können. Immer wieder witternd folgte sie der Spur, die schon nach kurzer Zeit in die Höhe führte, eine Feuerleiter hoch und dann über das leicht schräge Dach eines großen Mietshauses. Offenbar konnte die Kreatur hervorragend klettern und sich auch problemlos auf Dächern bewegen. Ragna war ebenfalls ein guter Kletterer und ihre Sprungkraft übertraf die der meisten anderen Menschen; das hatte ihr in den Wäldern der kanadischen Rockys mehr als einmal das Leben gerettet. Onkel Fong hatte sie scherzhaft „seine kleine Berglöwin" genannt, da ihre körperlichen Fähigkeiten denen dieser großen Raubkatze glichen. Geduckt lief sie über das Dach, mit vor Anspannung bebenden Nerven und ständig auf der Hut, vielleicht aus einem Hinterhalt heraus angegriffen zu werden. Doch dieses Dach hatte die Kreatur bereits wieder verlassen; Ragna musste auf das Dach des nächsten Hauses hinüberspringen, um der Spur weiter folgen zu können. Mehrere andere Dächer folgten, dann führte sie die Spur wieder von den Häusern herunter. Sie stand nun am Ufer der Themse, umgeben von heruntergekommenen Lagerschuppen, die offensichtlich nicht mehr benutzt wurden. Was mache ich hier eigentlich, fragte sie sich und sah sich nervös um. Ich sollte sofort die Polizei informieren. Doch was ist, wenn ich mich irre? Ich muss wissen, ob das Tier noch hier ist und ob es sich tatsächlich um die Kreatur aus meinem Traum handelt.

Der Geruch führte Ragna zu einem der Schuppen, und sie näherte sich ihm mit äußerster Vorsicht, bereit, sich jederzeit mit einem Sprung aus der Reichweite eines potenziellen Angreifers bringen zu können. Das Tor des Schuppens stand halb offen, und Ragna spürte deutlich, dass sich dort ein Lebewesen befand. Es nahm offenbar auch sie wahr, denn kaum hatte Ragna sich dem Tor genähert, da wurde es mit einem Ruck aufgerissen und das Wesen aus ihrem Alptraum, nun kein formloser Schatten mehr, stand vor ihr. Dichtes dunkelbraunes Fell bedeckte den ganzen Körper, der größer war als der eines ausgewachsenen Gorillamännchens. Fast drei Meter ragte die Kreatur vor Ragna auf, da sie vollständig aufgerichtet auf den Hinterbeinen stand, auch wenn ihr Körperbau vermuten ließ, dass sie gewöhnlich auf vier Beinen unterwegs war. Doch sie überragte die junge Frau nicht nur, sondern war auch wesentlich stämmiger und muskulöser als sie. Ohne zu zögern, warf sich das Wesen auf Ragna, mit gefletschten Zähnen und die Hände mit den scharfen Krallen nach ihr ausgestreckt, während das grollende Schnarren, das Ragna bereits im Traum vernommen hatte, aus seiner breiten Brust drang. Nur ihre guten Reflexe verhinderten, dass Ragna auf der Stelle von der Kreatur getötet wurde.

Es kam zum schwersten Kampf, den Ragna je hatte ausfechten müssen, denn hier stand ihr ein Gegner gegenüber, der ihr nicht nur körperlich mehr als ebenbürtig war, sondern dessen Intelligenz der ihren glich, wie sie schnell erkannte. Es war nicht nur der Blick der hellgrünen Augen, die sie dies vermuten ließ: Das Wesen schien vorauszuahnen, was Ragna vorhatte, und reagierte entsprechend. Als es bemerkte, dass Ragna viel gefährlicher war als die Menschen, denen es im Park begegnet war, wurde es vorsichtig und suchte unentwegt nach einer Schwachstelle in Ragnas Verteidigung, um sofort zuzuschlagen, sollte die Aufmerksamkeit seiner Gegnerin einmal nachlassen. Seine überlegene Kraft und Größe, verbunden mit Wendigkeit und außergewöhnlicher Reaktionsfähigkeit, ließen Ragna immer wieder ins Hintertreffen geraten, und mehr als einmal hätten sie die scharfen Klauen und Zähne der Kreatur beinahe erwischt. Hätten nicht Ragnas Raubtierinstinkte zu Beginn des Kampfes augenblicklich die Kontrolle übernommen und sie immer gerade noch rechtzeitig reagieren lassen, wäre es sicher bald um sie geschehen gewesen.

Ragna beschränkte sich lange Zeit darauf, nur den Angriffen auszuweichen, wobei sie versuchte, das Wesen wieder in die Halle zurückzulocken, um zu verhindern, dass es vielleicht floh und ihr entkam. Doch die Kreatur dachte gar nicht daran, zu fliehen; sie wollte Ragna vernichten, daran ließ der hasserfüllte Blick der hellgrünen Augen keinerlei Zweifel. Als sie dies bemerkte, gab Ragna ihre Zurückhaltung auf und griff nun ihrerseits an, ließ ihr inneres Raubtier vollständig von der Leine, das sie bisher noch gezügelt hatte. Zumindest ihre Schnelligkeit und Gewandtheit übertrafen die der Kreatur, und Ragna nutzte diesen Vorteil nach Kräften. Es blieb ihr auch gar keine andere Wahl; in nahezu jeder anderen Beziehung war ihr das Wesen überlegen. So tauchte sie unter einem wilden Vorpreschen der Kreatur hindurch und es gelang ihr, mit ihren rasiermesserscharfen Krallen der breiten Brust einen tiefen Schnitt zuzufügen. Ein lautes Kreischen hallte durch den Lagerraum und das Wesen warf sich blindwütig auf seine Gegnerin, angestachelt durch den Schmerz und den Geruch seines eigenen Blutes. Damit hatte Ragna gerechnet; sie befand sich plötzlich hinter dem Wesen und sprang ihm auf den Rücken, bevor es den Hinterhalt erkennen und entsprechend ausweichen konnte. Mit aller Kraft stieß sie ihre langen Krallen zu beiden Seiten in den Hals der Kreatur, durchtrennte dabei Blutgefäße und Muskeln und rollte sich sofort wieder von dem Rücken herunter, bevor die langen Arme nach ihr greifen konnten.

Hatte sie zuvor geglaubt, der Hass der Kreatur könne nicht noch größer werden, so sah sie sich jetzt eines Besseren belehrt. Die hellgrünen Augen loderten förmlich, das Kreischen wurde ohrenbetäubend, und obwohl sie stark blutete und die Beweglichkeit ihres Halses durch die Wunden deutlich eingeschränkt war, warf sich die Kreatur erneut auf Ragna, die den vorschnellenden Händen nur durch einen hastigen Sprung zur Seite ausweichen konnte. Dieses Wesen würde nicht fliehen, das erkannte Ragna nur allzu deutlich. Es wollte töten, um jeden Preis, und die Schmerzen stachelten seine Wut nur weiter an. Ich muss es hinhalten, bis der Blutverlust Wirkung zeigt, dachte Ragna, mit aller Kraft ihr wachsendes Entsetzen niederkämpfend. Nie zuvor war sie einem derart gefährlichen Wesen begegnet; selbst Berglöwen und Grizzlys erschienen ihr harmlos im Vergleich zu diesem Gegner. Sie hatte schon mehrfach gegen diese großen Raubtiere kämpfen müssen und war häufig nur gerade eben mit dem Leben davongekommen, doch angesichts dieses Gegners drohte selbst dem wilden Raubtier in ihr der Mut zu verlassen. Obwohl nicht unerheblich verletzt zeigte die Kreatur keine Schwäche, griff immer wieder an und zwang Ragna dazu, ihr auszuweichen, wollte sie nicht aufgeschlitzt werden.

Die größte Gefahr für Ragna bestand darin, dass sie langsam müde wurde. Der heftige Kampf erschöpfte sie zunehmend; wollte sie nicht irgendwann einen fatalen Fehler begehen, musste sie eine Entscheidung herbeizwingen. Es blieb ihr keine andere Wahl; sie würde ein hohes Risiko eingehen müssen, das dadurch verstärkt wurde, dass dieser Gegner wesentlich intelligenter war als alle anderen Raubtiere, gegen die sie bisher gekämpft hatte. Als sie bemerkte, dass die Bewegungen der Kreatur langsamer wurden, da nun doch der Blutverlust seinen Tribut forderte, brachte sie sich mit einem Sprung hinter deren Rücken und ohne zu zögern mit einem weiteren Sprung diesmal bis in den Nacken, wo sie dem Wesen ihre Krallen durch beide Augen mitten ins Gehirn stieß. Doch diese Kreatur war schneller als ihre bisherigen Gegner: Noch während Ragna wieder von ihr heruntersprang, erwischten sie die Klauen einer Hand am Oberkörper und rissen ihre rechte Brust auf.

Aufstöhnend rollte Ragna sich aus der Reichweite der wild um sich schlagenden Arme und kam keuchend an einer Schuppenwand zu liegen. Die geblendete Kreatur kreischte noch immer ihre Qual heraus, während ihr das Blut aus den zerstörten Augen strömte. Ragna war sicher, das Gehirn nicht verfehlt zu haben, und staunte über die Zähigkeit dieses Wesens, das noch immer herumtaumelte, blindlings nach der verhassten Gegnerin suchend, und erst nach einer ganzen Weile endlich zusammenbrach. Die krallenbewehrten Hände griffen sich an das blutüberströmte Gesicht und aus dem Kreischen wurde schließlich ein Wimmern, das nach und nach verstummte. Ein letztes Zucken, dann kam der gewaltige Körper endgültig zur Ruhe.

Noch immer wie betäubt von dem heftigen Kampf sah Ragna eine Weile teilnahmslos zu, wie das Blut ihre aufgerissene Jacke tränkte. Reiß dich zusammen, ermahnte sie eine innere Stimme und löste damit die Starre, die sie gefangen hielt. Oder willst du ebenfalls verbluten? Stöhnend setzte sie sich an der Wand auf, zog ihre leichte Baumwolljacke aus und presste sie, zu einem dicken Packen zusammengelegt, auf die Wunde. Sie wusste, sie hatte nicht mehr die Kraft, zum Wohnheim zurückzukehren oder auch nur einen Arzt aufzusuchen, ja nicht einmal, die vielleicht noch vor dem Parktor stehende Ambulanz zu erreichen. Doch wenn sie Hilfe herbeirief, wie sollte sie das hier erklären? Diese Kreatur hatte mehrere Polizisten getötet, und einer jungen Frau sollte es ganz allein gelungen sein, Erfolg zu haben, wo eine Gruppe bewaffneter Einsatzkräfte versagt hatte? Ihre Krallen durfte sie auf keinen Fall offenbaren; sie würde nach etwas Anderem suchen müssen, das die schweren Wunden am Körper der Kreatur erklärte.

Suchend sah sie sich in der Halle um, die voller Gerümpel war, und fand bald etwas Passendes, einige Stücke scharfkantigen Metalls, die in einem Notfall zur Waffe taugten. Unter Schmerzen robbte sie zu ihnen hinüber, suchte zwei lange schmale Stücke mit scharfen Kanten aus und kroch dann zur Leiche der Kreatur hinüber, wo sie die Metallstücke in die leeren Augenhöhlen des Wesens stieß, sodass sie dort steckenblieben. Stöhnend kroch sie zur Wand zurück, um sich erneut dagegen zu lehnen. Es geschah nicht zum ersten Mal, dass sie bei einem Kampf verletzt worden war, doch nun spürte sie förmlich, wie das Leben aus ihr herauslief. Es benötigte einige Anläufe, bis es ihr gelang, ihr Mobiltelefon aus der Jackentasche zu ziehen und den Notruf anzuwählen. Sie erklärte der Frau am anderen Ende mit kaum verständlicher Stimme, wo sie zu finden sei und auch, dass sie ebenfalls die Polizei verständigen müsse, da das Raubtier, das die Menschen im Park getötet hatte, sich hier befinden würde, wenn auch tot und von daher inzwischen ungefährlich. Es dauerte nicht lange, dann hörte Ragna Sirenen näherkommen und kurze Zeit später rissen zwei Polizisten die Tür des Schuppens auf und stürmten mit gezogener Waffe herein.

„Es ist wirklich tot", flüsterte Ragna mit matter Stimme. Die in ihrer Brust tobenden Schmerzen raubten ihr die letzte noch verbliebene Kraft und sie war kurz davor, das Bewusstsein zu verlieren. Nachdem die Beamten sich davon überzeugt hatten, dass Ragna die Wahrheit sagte, kamen sie zu ihr herüber und sahen sie ebenso misstrauisch wie verwundert an. „Wie haben Sie das geschafft?" fragte der ältere der beiden Beamten. „Das waren doch Sie, oder irre ich mich? Wir haben im Park acht Tote gefunden, darunter drei erfahrene Polizisten, und Ihnen soll es gelungen sein, ganz allein mit dem Vieh fertig zu werden?"

Ragna hatte sich bereits eine Antwort auf diese Frage zurechtgelegt, da sie damit gerechnet hatte. „Ich bin Kampfsportlerin und außerdem sehr schnell", flüsterte sie mit heiserer Stimme. „Dann fand ich diese scharfkantigen Metallstücke und habe sie wie Messer benutzt. Ich hatte Glück: Das Biest ist gestolpert und hingefallen, doch noch während ich ihm die Metallstücke durch die Augen ins Gehirn rammte, erwischte es mich schließlich doch noch."

„Die Ambulanz müsste jeden Augenblick hier sein", sagte der Polizist, nun wesentlich freundlicher. Wie sehr Ragna litt, war ihr deutlich anzusehen; außerdem hatte das aus ihrer aufgerissenen Brust strömende Blut inzwischen auch die zusammengelegte Jacke durchtränkt. Wie um die Worte des Polizisten zu bestätigen, fuhr in diesem Augenblick die Ambulanz vor und Sanitäter stürmten in die Halle, um sich der Verwundeten anzunehmen. Nur kurze Zeit später raste der

Wagen mit heulender Sirene in Richtung eines Krankenhauses davon; es war nur zu deutlich, dass keine Zeit zu verlieren war, denn Ragnas Gesicht war inzwischen leichenblass und ein heftiges Zittern schüttelte ihren Körper. Vor dem Krankenhaus wartete bereits ein medizinisches Team auf den Wagen und brachte die junge Frau unverzüglich in einen Operationssaal.

Als sie wieder zu sich kam, lag Ragna in einem Bett, offenbar in einem Einzelzimmer, denn kein weiteres Bett fand sich in dem Raum. In ihrem Arm steckte eine Kanüle, die zu einem Tropf führte, und ihre verwundete Brust war völlig taub. Sie nahm an, dass sie starke Schmerzmittel erhalten hatte und dieser angenehme Zustand nicht lange anhalten würde. Ihr Körper war so schwach, als hätte er eine wochenlange schwere Krankheit überstehen müssen. Wie lange war ich wohl ohne Bewusstsein? fragte sie sich und sah sich im Zimmer um. Doch sie fand keinen Hinweis, der ihre Frage beantworten konnte, und so schloss sie die Augen wieder und versank erneut in einen tiefen Schlaf.

Es bedurfte einiger Anläufe, bis es ihr gelang, für eine längere Zeit wach zu bleiben. Wie viele Tage seit dem Kampf in der Halle vergangen waren, konnte Ragna nicht einschätzen, doch als sie endlich einen Arzt zu Gesicht bekam, der sich die Wunde in der Brust ansah, wurde ihr gesagt, dass sie sich bereits seit mehr als einer Woche im Krankenhaus befand. Der Blick, den der Arzt ihr zuwarf, als er glaubte, dass Ragna es nicht bemerkte, ließ die junge Frau innerlich erzittern. Hier stimmte etwas nicht, das spürte sie deutlich. Dann durchfuhr sie die Erkenntnis wie ein eisiger Blitz: Im Operationssaal waren offenbar ihre Reißzähne entdeckt worden, vielleicht auch ihre Krallen, und aus diesem Grund hatte man sie in ein

Einzelzimmer verlegt, nicht etwa, um sie vor neugierigen Mitpatienten zu schützen, sondern um sie besser überwachen zu können.

Erst jetzt bemerkte sie die Kamera in der Ecke neben der Tür. Ja, sie wurde überwacht, daran gab es keinen Zweifel mehr. Sie verfluchte ihre Schwäche, die sie ans Bett fesselte; auch würde sie die verwundete Brust noch eine Weile stark behindern, was eine Flucht wirksamer verhinderte, als wenn sie festgekettet worden wäre. Wenigstens konnte sie vor den Fenstern keine Gitter erkennen; es waren normale Krankenhausfenster ohne besondere Sicherung. „Wie geht es der Brust?" fragte sie deshalb den Arzt so unbefangen wie möglich. „Ich spüre sie überhaupt nicht."

„Wir haben Ihnen ein starkes Schmerzmittel gespritzt", antwortete der Arzt und legte Ragna mit Unterstützung einer inzwischen hinzugekommenen Krankenschwester einen neuen Verband an. „Es war gut, dass Sie so schnell zu uns gebracht wurden. So konnten wir die drohende Blutvergiftung aufhalten und die Wunde nähen, ohne dass sie sich entzündete. Sie haben offensichtlich eine starke Konstitution; obwohl sie so tief ist verheilt die Wunde gut und bisher ohne Komplikationen."

„Danke", flüsterte Ragna mit kraftloser Stimme. Das Gespräch ermüdete sie in erschreckender Weise und führte ihr deutlich vor Augen, dass sie erst am Beginn ihrer Genesung stand. Kaum war der Arzt gegangen, da schlief sie bereits wieder und erwachte erst mehrere Stunden später erneut, nur um festzustellen, dass es im Zimmer dunkel war und nur eine kleine Lampe über der Tür ein wenig Licht spendete. Offenbar war es Nacht, wofür auch die wenigen gedämpften Geräusche sprachen, die sie vom Flur und aus den benachbarten Zimmern hören konnte. Es würde wohl am besten sein, so viel wie möglich zu schlafen, um dem Körper zu helfen, wieder zu heilen und zu Kräften zu kommen, weshalb Ragna erneut die Augen schloss und zurückkehrte ins Reich der Träume.

Zwei Wochen später konnte der Tropf entfernt werden und sie nahm wieder feste Nahrung zu sich. Die sie beherrschende Schwäche ging zunehmend zurück und die Schmerzmittel wurden reduziert, sodass sie jetzt öfters ein unangenehmes Pochen in der Brust verspürte. Das Leben kehrt in mich zurück, dachte sie erleichtert. Eine weitere Woche verging, während der die Genesung gute Fortschritte machte, dann sah sie der Arzt eines Morgens ungewohnt ernst an. „Da will Sie jemand sprechen", sagte er mit leichtem Unbehagen in der Stimme. „Fühlen Sie sich kräftig genug für ein Gespräch?"

Jetzt ist es also soweit, dachte Ragna resigniert. Sie hatte sich ohnehin gewundert, dass ihr so viel Zeit gegeben worden war, bevor sie jemand auf das Geschehen ansprach. Offenbar hatte sich der behandelnde Arzt schützend vor seine Patientin gestellt und verhindert, dass sie zu früh behelligt wurde. Doch wozu es noch länger hinauszögern? Irgendwann würde sie sich den Fragen der Behördenvertreter stellen müssen. Also nickte sie dem Arzt zu, der daraufhin das Zimmer verließ und Ragna allein zurückließ, die mit wild klopfendem Herzen auf die Tür starrte und inständig hoffte, dass sie niemand einsperren oder vielleicht sogar in ein Labor schleifen würde. Sie würde lieber sterben, als ein solches Los ertragen zu müssen. Hoffentlich konnte sie dies den Leuten, wer immer sie auch sein mochten, auch deutlich machen.

Die Wölfe

Zwei Männer betraten das Krankenzimmer, zogen Stühle zum Bett und nickten Ragna grüßend zu, bevor sie sich setzten. „Steven Morris", stellte sich der ältere der beiden vor, ein Mann Mitte fünfzig mit grauen Haaren und, soweit das unter der Maske erkennbar war, strengen Gesichtszügen. „Innenministerium. Dies ist Captain Frank Anderson. Er leitet eine Sondereinheit des Innenministeriums, deren Hauptaufgabe die Terrorismusbekämpfung ist. Doch derzeit ist sie überwiegend mit anderen Dingen beschäftigt, die bisher nicht in ihr Aufgabengebiet fielen." Er betrachtete die junge Frau mit finsterer Miene. „Sie haben ja bereits Bekanntschaft damit gemacht."

Erschrocken sah Ragna ihn an. „Bedeutet das, was ich befürchte, nämlich dass dieses Biest, das ich habe erledigen können, nicht das Einzige seiner Art ist?"

Captain Anderson nickte knapp. Sein Alter war schwer einzuschätzen; er mochte Mitte dreißig sein, aber genauso gut bereits in den Vierzigern. Sein dunkelblondes Haar war militärisch kurz geschnitten, graue Augen blickten klar und scharf in die Welt. „Ich bin noch immer erstaunt, dass eine junge Frau wie Sie eines dieser Dinger hat töten können und das nur mit Hilfe Ihrer natürlichen Waffen." Ragna wurde blass; also waren ihre Reißzähne und Krallen tatsächlich entdeckt worden. Doch den Captain schienen sie nicht zu stören; er fuhr unbeirrt mit seinem Bericht fort, ohne weiter auf Ragnas Andersartigkeit einzugehen. „Wir bekommen immer mehr Meldungen aus ganz Großbritannien über unbekannte Raubtiere, die Menschen, und zwar ausschließlich Menschen, angreifen und töten. Und diese Biester sind unglaublich schwer zu erledigen; sie sind gewöhnlich bereits wieder spurlos verschwunden, wenn wir an einen Ort gerufen werden, an dem sie gewütet haben. Dazu sind sie offenbar viel intelligenter als gewöhnliche Raubtiere, außerdem größer und stärker als nahezu alle anderen uns bekannten Fleischfresser. Trifft man sie ausnahmsweise noch an in der Nähe des Tatorts, muss man sie augenblicklich mit großkalibrigen Waffen erwischen, sonst entkommen sie, aber nicht um zu fliehen, sondern um kurze Zeit später aus dem Hinterhalt erneut anzugreifen. Sie scheinen uns geradezu zu hassen."

„Den Eindruck hatte ich auch", stimmte Ragna ihm zu. „Der Hass der Kreatur war wie heißer Teer, der über mir ausgegossen wurde und an mir haften blieb, zugleich eiskalt und geradezu lähmend. Ich habe keine Ahnung, woher dieses Biest gekommen ist, was es überhaupt ist, doch die von ihm und seinen Artgenossen ausgehende Gefahr kann gar nicht hoch genug eingeschätzt werden."

„Zu dieser Ansicht ist inzwischen auch das Innenministerium gekommen", sagte Morris. „Deshalb haben wir die Wölfe von ihrer Hauptaufgabe, der Terrorismusbekämpfung, erst einmal abgezogen und auf die Spur dieser Bestien gesetzt. Wir wollten das Problem eigentlich so unauffällig wie möglich beseitigen, um eine Panik in der Bevölkerung zu vermeiden, zumal ihr das Virus schon mehr als genug zusctzt, doch leider überschlägt sich die Presse geradezu mit Horrornachrichten. Woher die immer wissen, wo wieder einmal etwas passiert ist, gehört zu den Mysterien unserer Gesellschaft. Außerdem entwickeln die Journalisten eine Menge Phantasie, was Namen für diese Tiere betrifft. Riesengorilla ist noch einer der harmloseren." Er wies mit dem Kinn auf den neben ihm sitzenden Captain. „Diese Sondereinheit ist die beste, die unser Land aufzuweisen hat. Wenn Captain Anderson und seine Leute es nicht schaffen, diesen Biestern auf die Spur zu kommen, wüsste ich nicht, wem das sonst gelingen sollte. Die Wölfe versuchen auch herauszufinden, woher diese Tiere so plötzlich gekommen sind, was sie sind, was sie vorhaben."

„Sie wollen töten", erwiderte Ragna mit harter Stimme. „Nichts weiter, nur so viele Menschen wie möglich töten, gleich welches Risiko das für sie selbst bedeutet. Das habe ich deutlich im Geist der Kreatur erkennen können. Sie hat zu keinem Zeitpunkt fliehen wollen, selbst dann nicht, nachdem ich sie schwer verletzt hatte. Sie stürzte sich immer wieder voller Hass auf mich, und selbst geblendet suchte sie noch nach mir, bevor sie endlich tot zusammenbrach."

Morris sah sie nachdenklich an. „Das ist auch der Eindruck, den Captain Anderson gewonnen hat. Deshalb wollte ich mit Ihnen sprechen; der behandelnde Arzt hatte dem Ministerium gemeldet, dass die junge Frau, die die Bestie aus dem Park getötet hatte, ungewöhnlicher als schon aufgrund dieser Heldentat vermutet sei. Ich sprach mit Captain Anderson darüber, und er bestand darauf, Sie so bald wie möglich kennenzulernen."

„Wie haben Sie das Tier überhaupt gefunden?" fragte der Captain neugierig. „Die Polizei konnte keine Spur von ihm entdecken. Sind Sie zufällig darüber gestolpert oder haben Sie gezielt danach gesucht?"

Ragna lächelte verhalten. „Das zweite trifft zu. Ich hatte bereits vermutet, dass es nicht im Park geblieben ist, und fand dann die Stelle, wo es über die Mauer geklettert ist. Und da Ihnen wahrscheinlich die Frage auf der Seele brennt, woher ich überhaupt wusste, womit ich es vielleicht zu tun habe: Ich hatte vor einiger Zeit einen Alptraum, in dem dieses Tier vorkam; außerdem glaubte ich mehrere Tage vor dem Angriff in einem anderen Park, an dem ich nachts vorbeiging, es gehört zu haben. Zumindest gab der dort umherhuschende Schatten die gleichen Laute von sich wie die Kreatur im Traum, und der Geruch, den ich wahrnahm, war mir völlig unbekannt. Doch die Stelle an der Parkmauer roch genauso, deshalb wusste ich, dass das Tier hier entkommen war. Ich folgte dann der Spur über die Dächer bis zu dem Lagerschuppen."

„Über die Dächer also", murmelte Captain Anderson. „Kein Wunder, dass die Polizei keine Spur von ihm fand." Er schwieg kurz und strich sich nachdenklich mehrere Male über die rechte Schläfe. Dann sah er Ragna entschlossen an. „Sie haben das Kommen dieser Biester vorausgesehen. Sie konnten das Tier riechen und seiner Spur folgen, sogar über die Dächer. Sie konnten in ihren Geist schauen, ihre Gefühle wahrnehmen und ihre Motivation erkennen. Und es ist Ihnen gelungen, eines der Tiere im Kampf zu erledigen, wenn auch zu einem hohen Preis. In meinen Augen sind Sie eine wirklich außergewöhnliche junge Frau, deren Fähigkeiten für unseren Kampf gegen diese neue Bedrohung enorm wertvoll sein könnten. Aus diesem Grund wollte ich Sie unbedingt kennenlernen."

Morris nickte beifällig. „Ich muss gestehen, ich war zuerst irritiert, ja beunruhigt, als mir der Arzt von einer jungen Frau erzählte, die offensichtlich die Waffen eines Raubtiers besitzt und in der Lage war, damit ein Tier zu erledigen, das zuvor drei bewaffnete Polizisten sowie mehrere Zivilisten getötet hatte. Doch Captain Anderson sah das von Anfang an anders und bat mich, mit Ihnen sprechen zu dürfen, bevor ich, ähm, andere interessierte Stellen informierte." Ragna wusste sofort, was er damit meinte: wissenschaftliche oder sogar militärische Institutionen, die sie förmlich auseinandernehmen würden. Sie fröstelte unwillkürlich und sah den grauhaarigen Mann voller Unbehagen an. „Ich schließe mich daher seiner unausgesprochenen Bitte an", fuhr Morris fort, „dass Sie seine Einheit unterstützen, sobald Sie wieder genesen sind, auch wenn es mir, ehrlich gesagt, widerstrebt, eine Zivilistin einer solchen Gefahr auszusetzen. Doch kann man Sie wohl kaum mit normalen Maßstäben messen, und Sie haben sich ja bereits im Kampf gegen diese Tiere bewährt, eine Heldentat, die selbst den Wölfen bisher nicht gelungen ist." Er schwieg kurz, überlegte offenbar, wie weit er Ragna trauen konnte, doch dann holte er tief Luft und sah die junge Frau eindringlich an. „Alles, was Sie heute hier hören, ist streng vertraulich, doch aufgrund Ihrer eigenen Situation nehme ich an, dass Sie dafür Verständnis haben werden. Nicht nur aus Großbritannien werden diese Angriffe gemeldet; wir haben Berichte aus anderen Ländern erhalten, die darauf schließen lassen, dass diese Raubtiere inzwischen weltweit ihr Unwesen treiben."

Ragna sah den grauhaarigen Mann mit einem freudlosen Lächeln an. „Und Sie glauben wirklich, dass dies noch geheim ist? Nicht nur die britische Presse wird sich auf diese Vorfälle gestürzt haben wie die Geier auf einen frischen Kadaver. Aber Sie haben recht, wir müssen unbedingt handeln, bevor diese Angriffe weiter zunehmen und vielleicht irgendwann völlig außer Kontrolle geraten."

„Ich freue mich, dass Sie ,wir' sagen", erwiderte Captain Anderson. „Können wir also davon ausgehen, dass Sie uns unterstützen werden?"

Seufzend sah Ragna aus dem Fenster, das auf eine Häuserwand hinausging, von der die Farbe abblätterte. Sie dachte an ihre Zukunftspläne, an die Universität in Utah, an das Vulkanobservatorium im Yellowstone Park. Das alles würde auf unabsehbare Zeit in weite Ferne rücken, sollte sie der Bitte der beiden Männer nachkommen. Doch wenn die Berichte stimmten, dass diese Tiere inzwischen weltweit ihre

Angriffe durchführten, wäre sie auch dort nicht außer Gefahr, würde früher oder später dem gleichen Problem gegenüberstehen. Daneben befürchtete sie, dass Morris bei einer Weigerung, mit den Wölfen zusammenzuarbeiten, die erwähnten „interessierten Stellen" informieren und sie in irgendein Labor verschleppt würde. Nur ihre Kooperation würde sie davor bewahren; Captain Anderson hatte sich schon einmal schützend vor sie gestellt und würde dies sicher erneut tun, sollte sie sich als nützlich für die Wölfe erweisen. Ihre Zusammenarbeit mit seiner Truppe wäre also ihr bester Schutz vor der von Morris angedeuteten drohenden Gefahr.

„Was sagt denn der Arzt, wann ich entlassen werden kann?" fragte sie und sah dabei Morris an, der sie aufmerksam beobachtet hatte. Ahnte er, was ihr durch den Kopf gegangen war? Hatte er ihr absichtlich gedroht, um sie zu der Entscheidung zu zwingen, die er und Captain Anderson von ihr erwarteten? „Die Heilung schreitet offenbar gut voran", kam die Antwort des grauhaarigen Mannes. „Dr. Warrings schätzt, dass Sie noch etwa zwei Wochen lang sein Gast sein müssen. Doch auch wenn Sie dann immer noch für einige Zeit Schonung benötigen, könnten Sie uns zum Beispiel dabei helfen, die Biester mit Hilfe Ihres außergewöhnlichen Geruchssinns aufzuspüren."

„Kämpfen werden Sie noch eine ganze Weile nicht können", ergänzte Captain Anderson. „Aber ich bin davon überzeugt, dass Sie trotzdem sehr nützlich für unsere Arbeit sein werden. Wenn Sie also einverstanden sind, holen wir Sie hier ab, sobald der Arzt Sie entlässt."

„In Ordnung", gab Ragna knapp zurück. Sie starrte eine Weile an die Decke, während die beiden Besucher geduldig warteten. Dann wandte sie sich Morris zu und sah ihn geradezu herausfordernd an. „Ich möchte mein Mobiltelefon zurück", sagte sie mit harter Stimme. Sie hatte bemerkt, dass es sich nicht in ihrem Nachttisch befand. „Ich will einige Freunde anrufen und sie warnen. Und kommen Sie mir jetzt nicht mit Geheimhaltung; die existiert meiner Meinung nach ohnehin nur noch in Ihrem Wunschdenken. Wir haben gemeinsam viel durchgemacht und sie sind in meinen Augen hundertprozentig vertrauenswürdig. Ich werde Ihnen voll und ganz zur Verfügung stehen, sobald es mir wieder möglich ist, doch zumindest diese mir nahestehenden Menschen möchte ich warnen dürfen. Sie werden mit Sicherheit keine Panik verbreiten, nur für sich selbst und ihre Angehörigen Maßnahmen zu ihrem Schutz ergreifen. Ich will nur vermeiden, dass sie vielleicht in Gefahr geraten, nur weil ich sie nicht gewarnt habe."

Es war Morris anzusehen, dass ihm diese Bitte nicht gefiel. Zu ihrer Überraschung kam Captain Anderson Ragna zu Hilfe. „Sollten sich diese Angriffe ausweiten, was zu befürchten steht, werden diese Tiere irgendwann allgegenwärtig sein. Wir versuchen zwar, den Sensationsberichten der Presse nüchterne Fakten entgegenzusetzen, doch leider ohne viel Erfolg, zumal auch die sozialen Medien schon längst auf diesen Zug aufgesprungen sind und deutlich mehr Panik verbreiten, als dies einige Anrufe von Ms. Olson bewirken könnten. Ihre Hilfe wäre sehr wichtig für uns; ich denke, wir schulden ihr Dank, dass sie ihre privaten Pläne dafür aufgibt."

Ragna lächelte ihm dankbar zu. Offenbar wusste der Captain, dass sie kurz vor der Abreise in die USA gewesen war, um dort eine Stelle anzutreten, und der Angriff der Kreatur dies erst einmal vereitelt hatte. Morris erhob sich abrupt und sah Ragna ernst an. „Sie bekommen Ihr Telefon zurück und dürfen Ihre Freunde warnen", sagte er mit harter Stimme. „Aber halten Sie den Ball möglichst flach. Der Captain hat wahrscheinlich recht, das hat er meistens, doch die zu befürchtende Massenpanik sollte so lange wie möglich hinausgezögert werden, um die Arbeit der Einheit nicht unnötig zu erschweren. Wir hoffen allerdings, dass wir das Problem aus der Welt schaffen können, bevor es so weit kommt." Morris wandte sich der Tür zu und Captain Anderson folgte ihm. Bevor er den Raum verließ, drehte der Captain sich noch einmal zu Ragna um, die den Männern mit sehr gemischten Gefühlen nachsah. „Ich hole Sie in zwei Wochen ab, wenn der Arzt damit einverstanden ist. Wir werden Sie brauchen." Dann verließen die Männer das Krankenzimmer und schlossen die Tür hinter sich.

Ragna sah erneut zum Fenster hinaus, starrte auf die Wand mit der abblätternden Farbe. Worauf hatte sie sich da nur eingelassen? Sie fühlte nach wie vor einen tiefen Unwillen, ihre Andersartigkeit offen zu zeigen, auch wenn sie Captain Anderson offensichtlich nicht störte. Doch würden seine Leute ebenso reagieren? Was war mit den Polizisten und irgendwann wohl auch mit dem Militär? Aber hatte sie wirklich eine Wahl gehabt? Dieser Gefahr konnte sie nicht davonlaufen, sie würde sie überall finden. Außerdem war sich Ragna sicher, dass Morris ein Nein nicht akzeptiert und sie in dem Fall „interessierten Stellen" ausgeliefert hätte, eine Vorstellung, die ihr den Angstschweiß auf die Stirn trieb. Ragna bildete sich nicht ein, bei dieser Mission Wunder bewirken zu können, doch war ihr auch bewusst, dass ihre Fähigkeiten tatsächlich eine große Hilfe beim Aufspüren und Verfolgen dieser Tiere sein konnten. Hoffentlich würde sie nie wieder gezwungen sein, gegen eines dieser Wesen kämpfen zu müssen. Rechne besser nicht damit, flüsterte ihre innere Stimme und resigniert löste sie den Blick von der tristen Häuserwand. Die Wölfe würden im Zentrum dieses Kampfes stehen, und indem sie sich ihnen anschloss galt das auch für sie. Sie ahnte, dass sie mit ihrem Kampf gegen das Tier in der Lagerhalle noch lange nicht das Schlimmste erlebt und überlebt hatte. Doch nun war es zu spät, noch einen Rückzieher zu machen. Sie hatte zugestimmt, wenn auch unter Zwang, und würde nun die Konsequenzen tragen müssen.

Nadelstiche

„Der letzte Angriff wurde aus Yorkshire gemeldet." Captain Anderson zeigte auf eine Karte, die vor ihm auf einem Tisch ausgebreitet lag. Ragna stellte verwundert fest, dass die Wölfe offenbar gerne auf solche traditionellen Mittel zurückgriffen; sie hatte Unmengen von hochentwickelter Technik erwartet. Als sie Jason, einen der beiden Kampfmittelexperten der Wölfe, danach fragte, hatte dieser nur mit den Achseln gezuckt und gemeint, High-Tech-Geräte seien störanfällig und in manchen Situationen eher hinderlich als hilfreich. Ragna hatte auf weitere Rückfragen verzichtet; sie wollte sich lieber nicht ausmalen, was das für Situationen sein mochten, in die diese Einheit offenbar häufiger geriet. Sie hatte anscheinend zu viele Filme gesehen, in denen das Militär mit utopisch wirkenden Geräten herumspielte, zu viel über elektronische Wunderwerke und Geheimwaffen gehört. Die Realität zumindest dieser Einheit sah offenbar ganz anders aus.

Keiner der elf Männer und Frauen, die Teil dieser Sondereinheit waren, hatte mit Ablehnung auf Ragnas Andersartigkeit reagiert, obwohl Captain Anderson kein ihm bekanntes Detail verschwiegen hatte. Er wollte, dass seine Leute wussten, womit sie bei Ragna rechnen konnten, was sie der Einheit zu bieten hatte. Zuweilen fühlte Ragna in dem einen oder anderen ein leichtes Unbehagen oder Verunsicherung, doch führte dies in keinem Fall zu einer offenen Zurückweisung. Obwohl sie noch immer unter den Folgen des mörderischen Kampfes litt, half Ragna den Wölfen jetzt schon seit etwa drei Wochen und hatte ihnen wertvolle Hinweise geben können. Vielleicht war dies der Grund, weshalb die Anerkennung der neuen Kameraden ihr Unbehagen überwog.

Ihre Freunde, die sie per Telefon gewarnt hatte, waren nicht gerade begeistert zu hören, dass Ragna sich ins Zentrum einer nur schwer einzuschätzenden Gefahr begeben wollte, anstatt ihre neue Stelle in den USA anzutreten. Vor allem Sally protestierte heftig, versuchte Ragna zu überzeugen, sich lieber herauszuhalten. Wie wohl die meisten Briten hatte sie von den Angriffen gehört; die Presse überschlug sich weiterhin mit reißerischen Artikeln, nur wenige versuchten, das Thema sachlich darzustellen. So war es kein Wunder, dass Sally um das Leben ihrer Freundin fürchtete, sollte sie sich dieser Einheit anschließen. Doch alle ihre Freunde versprachen, die Augen offenzuhalten und beim kleinsten Anzeichen von Gefahr ihre Familien zu warnen. Auch Josh, der inzwischen in der Werkstatt seines Freundes in Glasgow arbeitete, sowie Eddie, der mit der Eröffnung seines Restaurants beschäftigt war, wünschten ihr viel Glück für ihre schwere Aufgabe. Sally und Benny hätten sie gerne im Krankenhaus besucht, doch in diesem Punkt blieb Morris unnachgiebig. Er untersagte kategorisch alle Besuche, ohne Ragna zu erklären, weshalb sie ihre Freunde nicht sehen durfte. Kopfschüttelnd fügte sie sich schließlich, auch wenn sie der Meinung war, dass dieses Verbot ausschließlich Morris' Paranoia geschuldet war.

Aus einem Impuls heraus rief Ragna auch in Carracán an. Es war nicht schwer, die Telefonnummer von Franks Pub herauszufinden und über diesen dann die Connollys zu erreichen. Weshalb sie dies tat wusste Ragna selbst nicht; vielleicht war ihr die Herzlichkeit dieses Paares im Gedächtnis geblieben, ihre Gastfreundschaft, ihr Verständnis für die Probleme einer ihnen eigentlich Fremden. Liam war überrascht, von ihr zu hören, doch klang auch Freude in seiner Stimme mit. Als er aber hörte, was Ragna zu berichten hatte, schwieg er lange. Dann räusperte er sich und seine nächsten Worte bewirkten, dass Ragna vor Überraschung beinahe das Telefon fallen ließ. „Wir wissen bereits von der Bedrohung, Ragna. Die Presse berichtet auch in Irland über diese Angriffe. Ist aber wirklich lieb von dir, an uns zu denken. Moira hat Maßnahmen zum Schutz der Bewohner Carracáns getroffen. Solltest du jemals eine Zuflucht brauchen komm hierher. Du wirst uns willkommen sein."

Hatten die Bewohner Carracáns bereits unter einem Überfall der Kreaturen leiden müssen, oder wussten sie nur aus der Presse von der Bedrohung? Wie glaubten sie, sich schützen zu können? Und sie boten ihr eine Zuflucht... Wer war Moira? Ragna gab die letzte Frage an Liam weiter. „Wenn es bei uns so etwas wie einen Anführer gibt, ist sie das", antwortete Liam mit deutlicher Ehrfurcht in der Stimme. „Sie ist ein ganz besonderer Mensch. Ist schwer zu erklären; irgendwie weiß und sieht sie mehr als andere." Das kam Ragna bekannt vor; hatte diese Frau auch Wahrträume, so wie sie, und hatte darin die Gefahr gesehen? Doch sie zögerte, Liam weiter nach Moira und ihren Anordnungen zum Schutz ihrer Landsleute auszufragen, vielleicht weil sie befürchtete, dann auch ihre Andersartigkeit eingestehen zu müssen. So verabschiedete sie sich von Liam mit der Versicherung, ihn zu informieren, sollte es neue Entwicklungen geben.

136

Die Angriffe auf die Bevölkerung ließen nicht nach. Wohin auch immer die Wölfe gerufen wurden, sie kamen zu spät, fanden nur noch schrecklich verstümmelte Tote vor, die in blinder Wut in Stücke gerissen worden waren. Die Monsterpaviane – so die neueste Wortschöpfung der Journalisten – wollten offenbar so viele Menschen wie möglich vernichten und gingen dabei mit äußerster Brutalität vor. Was die Wölfe verwunderte war, dass kein einziges zweifelsfrei von den Angreifern gerissenes Tier gefunden worden war. Die Kreaturen schienen sich voll und ganz auf menschliche Beute zu konzentrieren und andere Lebewesen nicht zu beachten, eine Tatsache, die nicht nur den Wölfen viel Kopfzerbrechen bereitete. Das war völlig untypisch für ein Raubtier, doch was war schon normal an diesen Monsteraffen?

Sie waren noch keinen Schritt weitergekommen bei ihrer Suche nach der Herkunft dieser Wesen. Es war, als wären sie einfach aus dem Nichts erschienen, um ihren Krieg gegen die Menschheit zu beginnen. Ragnas Hinweisen auf die Höhlen in der kanadischen Teufelsschlucht sowie in Carracán war mit Hilfe der ortsansässigen Behörden nachgegangen worden, doch waren die Militäreinheiten, die diese Orte untersuchten, nicht fündig geworden. In Carracán existierte die Höhle aus Ragnas Traum in der Realität nicht, und sollten die Höhlen in der Teufelsschlucht jemals als Verstecke gedient haben so waren sie jetzt verlassen. Bisher war es nur vereinzelt zu Angriffen gekommen, dies jedoch nicht nur in Großbritannien, sondern weltweit und eben auch in Kanada und Irland, weshalb die dortigen Behörden zur Hilfeleistung bereit gewesen waren. Die Regierungen der Länder, in denen die Monsterpaviane aufgetaucht waren, tauschten sich untereinander aus in der Hoffnung, dass einem Land der Durchbruch in der Bekämpfung dieser Kreaturen gelang und sie alle davon profitieren konnten. Bisher war dies jedoch nicht der Fall; alle Regierungen tappten gleichermaßen im Dunkeln, was Herkunft und Absicht dieser Tiere betraf.

„Hat die Obduktion des von Ragna getöteten Tieres endlich Ergebnisse gebracht?" fragte Jason, der an der Wand lehnte und auf irgendetwas herumkaute. Captain Anderson zuckte mit den Schultern; der Missmut war ihm deutlich anzusehen. „Da es bisher das einzige uns zur Verfügung stehende Exemplar ist, sind die Wissenschaftler noch immer dabei, es auseinanderzunehmen. Wahrscheinlich gehören die Biester zu den Primaten, doch das hatten wir ja schon aufgrund ihres Aussehens vermutet. Wirkt aber irgendwie zusammengesetzt: Der Körper erinnert an einen Gorilla, auch wenn er weniger massig, dafür aber größer ist, der Kopf an einen Pavian. Die Zähne lassen einen Allesfresser vermuten; das Tier hat lange Reißzähne, aber auch Mahlzähne, mit denen es Nüsse und solche Dinge zerkleinern kann. Allerdings scheinen die Tiere uns nicht als Nahrung zu betrachten; keine der menschlichen Leichen war angenagt gewesen. Was merkwürdig ist: Obwohl das Ding offenbar ein Primat ist, hat es keine Fingernägel, sondern scharfe Krallen, ähnlich einem Bären, und das Fell besteht aus zwei Arten von Haaren oder sowas Ähnlichem. Auch die inneren Organe sind völlig anders als bei den uns bekannten Primaten; bei manchen davon wissen die Eierköpfe nicht einmal, wozu sie eigentlich dienen. Besonders fasziniert sind sie offenbar von seinem Gehirn, das sie vor noch größere Rätsel stellt. Auf den ersten Blick ähnelt es dem eines hochentwickelten Primaten, doch gibt es auch Bereiche bzw. Veränderungen, die für die Forscher keinen Sinn ergeben. Kurz gesagt haben die Wissenschaftler keine Ahnung, wozu ein solches Gehirn genau in der Lage ist, was uns die Sache nicht unbedingt einfacher macht."

„Weshalb greifen diese Monsteraffen so wahllos an?" Susan, eine Elektronikspezialistin, die ebenfalls eine erfahrene Bergsteigerin war, sah ratlos in die Runde. „Mal hier ein Bauernhof, mal dort ein abseits gelegenes Hotel oder ein Landsitz. Der bisher schlimmste Angriff war der auf das Feriencamp in Devon; dort gab es fast einhundert Tote. Doch ist dies eher untypisch; die übrigen Angriffe betrafen kleinere Objekte, weniger Menschen."

Ragna schenkte sich aus einer großen Kanne Tee ein und sah sie nachdenklich an. „Vielleicht ist genau dieses Verhalten das Muster, nämlich dass es keines gibt. So sind die Biester völlig unberechenbar, ihre Angriffe nicht vorhersehbar. Die Wölfe kommen jedesmal zu spät, können niemandem mehr helfen, sondern nur das Schlachtfeld aufräumen und versuchen, die Öffentlichkeit zu beruhigen."

„Da ist was dran", brummte Sean, ein stämmiger Mann, dessen rotes Haar genauso kurz geschnitten war wie das des Captains. Er war der zweite Kampfmittelexperte der Gruppe. „Und es geht ja nicht nur uns so. Morris teilte uns gestern mit, dass nun auch in den Vereinigten Staaten diese vereinzelten Angriffe stattfinden und ebenso unvorhersehbar. Ich denke, die gibt es schon genauso lange wie bei uns, aber die amerikanische Regierung hat – ebenso erfolglos wie unsere – versucht, die Sache geheim zu halten. In New York wurde ein an abgelegener Stelle festgemachtes Frachtschiff überfallen, mehrere Farmen, über das ganze Land verstreut, hat es ebenfalls erwischt, und ein kleineres Militärcamp in Arizona wurde völlig ausgelöscht, ohne dass die dort stationierten Soldaten noch in der Lage waren, Hilfe herbeizurufen. In Brasilien wurde eine Minenarbeitersiedlung ausradiert, in Kenia ein abseits gelegenes Dorf, von dem aus Safaritouren starteten. Letzteres passierte auch in Indien; es traf ebenfalls ein Dorf, das vom Tourismus lebte. Und das sind nur die Fälle, von denen unsere Regierung erfahren hat."

Samantha, eine hervorragende Analystin und Computerspezialistin, schüttelte resigniert den Kopf. „Das ist, als wollten uns die Monsteraffen Nadelstiche versetzen, mal hier einen, mal dort einen. Testen die etwa unsere Abwehrbereitschaft, unsere Fähigkeit zur Verteidigung? Wollen sie herausfinden, wie wir auf Angriffe reagieren, wie stark wir wirklich sind?"

„Ich glaube, du hast den Nagel auf den Kopf getroffen", antwortete Captain Anderson und nickte ihr anerkennend zu. „Genau danach sieht es tatsächlich aus. Dass die Monsterpaviane viel intelligenter sind, als wir es von Tieren gewohnt sind, ist nicht zu übersehen. Sie gehen viel zu planmäßig, zu ausgeklügelt vor, als dass dies mit instinktivem Verhalten zu erklären wäre. Das ist eine ganz neue Art, und sie könnte uns Menschen ernsthaft Konkurrenz machen. Wo haben die sich bloß entwickelt, ohne dass es jemandem aufgefallen ist?"

„Ich könnte mir vorstellen, dass wir es mit einer Mutation zu tun haben, nur dass ich keine Ahnung habe, was genau da eigentlich mutiert ist." Samantha sah nachdenklich in die Runde. „Wirklich ein Affe? Scheint am wahrscheinlichsten zu sein. Haben sich verschiedene Tierarten gekreuzt, die sich sonst nicht vermischen, und es ist auf diese Weise etwas völlig Neues entstanden? Was auch immer es ist, wir müssen verstehen lernen, wie die Tiere funktionieren, wie sie denken, damit wir ihnen zuvorkommen und weitere Angriffe verhindern können."

John, der Spezialist für Einsätze auf dem Wasser, räusperte sich und alle Augen richteten sich auf ihn. „Mir ist nur gerade der Gedanke gekommen, dass diese Tiere vielleicht gar nicht auf natürliche Weise entstanden sind, sondern gezüchtet wurden. Wir wissen alle, wozu skrupellose Menschen in der Lage sind, wenn sie irgendeinen Gewinn wittern. Und diese Wesen sind die perfekten Kampfmaschinen, die…" Er wurde unterbrochen durch das Klingeln von Andersons Mobiltelefon, und sofort schwieg die ganze Gruppe, während der Captain das Gespräch annahm. Er lauschte eine Weile stumm, während sein Gesichtsausdruck immer grimmiger wurde, dann sagte er kurz „Wir sind abmarschbereit" und beendete das Telefonat. „Los, packt euren Kram zusammen. Wir werden gleich von einem Militärhelikopter abgeholt, der uns nach Wales bringt. Dort wurde ein kleines Bergdorf überfallen und offenbar alle Bewohner getötet. Ob das zutrifft, können wir erst vor Ort feststellen."

Sofort nahm jeder der Wölfe seinen Teil der Ausrüstung auf und hastete nach draußen, wo kurze Zeit später ein Transporthubschrauber landete und sie aufnahm. Alle hingen ihren Gedanken nach, während der Helikopter Richtung Wales flog, wobei Ragnas Herz voller Sorge war. Eddie lebte in einem kleinen Bergdorf in Mittelwales, und genau dorthin schienen sie zu fliegen. Ihre Befürchtung wurde zur Gewissheit, als der Hubschrauber landete: Dies war Eddies Heimatdorf; das Ortsschild ließ keinerlei Zweifel daran. Blutgeruch hing schwer in der Luft, überall glitzerten rote Lachen, in denen nicht selten abgerissene Körperteile lagen. Die Wölfe waren aufgrund ihrer gefährlichen Tätigkeit an schlimme Situationen gewöhnt und ein solcher Anblick war für sie inzwischen nicht mehr neu, doch so sehr sie sich auch bemühten, die Gräuel mit Gleichmut zu ertragen, das war etwas, das ihnen noch immer schwer an die Nieren ging. Vielleicht würden sie sich auch nie daran gewöhnen, dachte Ragna mit vor

Entsetzen blassem Gesicht, als sie ihren neuen Kameraden über den Dorfplatz folgte. Diese Männer und Frauen waren Spezialisten, für den Antiterrorkampf ausgebildet, und keine skrupellosen Söldner, für die ein Menschenleben nichts zählte. Ragnas Gesicht war nicht das einzige, auf dem sich Entsetzen und Wut gleichermaßen zeigten, sich wilde Entschlossenheit und Resignation abwechselten. Wieder einmal waren sie zu spät gekommen, konnten nur noch aufräumen und versuchen herauszufinden, ob diesmal vielleicht doch jemand überlebt hatte.

Eddie hatte kein Glück gehabt; Ragna fand seine zerfetzte Leiche in einem der kleinen Häuser, wo sie wie eine achtlos fortgeworfene Puppe in einer Ecke lag. Mit tränenblinden Augen kniete Ragna vor dem toten Freund und sah auch nicht auf, als Andersons Hand kurz auf ihrer Schulter lag, das Mitgefühl des Captains ausdrückend, der erkannte, dass Ragna diesem Mann offenbar zugetan gewesen war. Während die Wölfe das Dorf durchsuchten und eine Einheit herbeiriefen, damit diese die Leichen barg, starrte Ragna noch immer wie betäubt auf Eddies Leiche, unfähig, auch nur einen klaren Gedanken fassen zu können. Vor ihrem inneren Auge zogen Bilder aus der Vergangenheit vorbei, die den ehemaligen Stewart zeigten: Eddie auf der „Bristol Queen", wie er die Seekranken pflegte, seine unerschütterliche Herzlichkeit, seinen Gleichmut selbst in schwierigen Situationen. Ragna schluchzte leise auf, ihre Hände verkrampften sich ineinander und sie hatte Mühe, den Blick von der Leiche zu lösen, als Sean in das Haus kam und ihr leise sagte, dass die Lastwagen eingetroffen waren, die die Toten fortbringen sollten. Die Schrecken der vergangenen Monate schienen hier komprimiert ihren Ausdruck zu finden, jetzt da es einen Freund getroffen hatte.

142

„Es tut mir wirklich leid", sagte der stämmige Mann mit ehrlichem Bedauern in der Stimme. „Ich mag mir gar nicht vorstellen, dass dies vielleicht irgendwann ein Mitglied meiner Familie oder einen guten Freund treffen könnte. Wir können nur alles in unserer Macht Stehende tun zu versuchen, diese furchtbaren Schlächtereien zukünftig zu verhindern. Dafür müssen wir möglichst viele Informationen sammeln. Wenn du so weit bist, komm bitte zu uns und versuche, mit deiner feinen Nase Spuren zu finden. Wir müssen wissen, wohin die Biester verschwunden sind. Sichtbare Spuren sind nämlich keine da."

Ragna nickte leicht, noch immer benommen, dann verabschiedete sie sich still von dem toten Freund und erhob sich, um Sean zu folgen. Sie sah nicht noch einmal zurück; sie musste versuchen, einen klaren Kopf zu bekommen und dafür war der Anblick der verkrümmten Leiche nicht gerade hilfreich. Wie ferngelenkt begann sie, den ihr inzwischen nur allzu vertrauten Geruchsspuren der Angreifer zu folgen, von einem Haus zum nächsten, während Soldaten die Leichen in Säcke packten und auf die Lastwagen luden. Die Wölfe hatten es eine Zeit lang mit Spürhunden versucht, doch die Tiere weigerten sich standhaft, den Spuren der Angreifer zu folgen. Sie fürchteten sich zu sehr vor den Monsteraffen; kein gutes Wort und keine Schläge brachten die Tiere dazu, der Witterung zu folgen, eine Erfahrung, die Ragna an die Teufelsschlucht in den kanadischen Rockys und die Weigerung der dortigen Hunde, in die Schlucht hinunterzusteigen, erinnerte. So ruhte die Hoffnung der Wölfe nun auf Ragna. Diese fand schließlich eine Spur, die aus dem Dorf herausführte und sich einen Hang hinaufzog, den Ragna langsam emporstieg, um herauszufinden, wohin die Tiere verschwunden waren. Auf dem Hügelkamm angekommen sah sie sich suchend um; nirgendwo war eine braunfellige Gestalt zu sehen und so sog sie tief die Luft ein, um weiter der Geruchsspur zu folgen. Doch ein scharfer Ruf schreckte sie aus ihrer Konzentration auf; Susan kam hinter ihr hergelaufen und winkte ihr hektisch zu.

„Geh nicht allein, Ragna", sagte sie und hielt sie am Arm fest, so als würde sie befürchten, die junge Frau könnte sie ignorieren und eine Dummheit begehen. „Du bist noch nicht wieder voll kampffähig, mal ganz abgesehen davon, dass du bisher nur an wenigen Einsätzen dieser Art teilgenommen hast, und deshalb will der Captain, dass dich einige Bewaffnete begleiten." Wie um ihre Worte zu bestätigen, stiegen in diesem Moment einige der Wölfe den Hang hinauf, großkalibrige Waffen in den Händen sowie weitere Ausrüstung in Rucksäcken auf dem Rücken. Erfahrene Nahkämpfer waren alle Wölfe; das mussten sie auch sein bei ihrem schwierigen Job. Der Captain hatte neben Susan die beiden Kampfmittelexperten Jason und Sean als Ragnas Begleiter ausgewählt, dazu den Bombenentschärfungsspezialisten Owen sowie Lieutenant Peter Roland, ein kräftiger Schwarzer mit Bürstenhaarschnitt, der nahezu jedes Fahrzeug führen und reparieren konnte, auch Flugzeuge und Helikopter. Er war Captain Andersons Stellvertreter und von diesem gebeten worden, Ragnas Begleittrupp zu führen. Diese fünf Kameraden stapften nun neben Ragna her, die weiter der Spur folgte; immer wieder sahen sie sich wachsam um, jederzeit mit einem Angriff rechnend, der nur zu wahrscheinlich war, sollten sie den Monsterpavianen tatsächlich näherkommen.

Knapp eine Meile vom Dorf entfernt blieb Ragna vor dem Eingang eines schon vor langer Zeit aufgelassenen Bergwerks stehen, der mit einer Brettertür scheinbar fest verschlossen war. Doch als Sean an ihr zog, schwang sie auf und gab den Blick auf einen ins Dunkel führenden Gang frei, der schon nach kurzer Zeit einen Bogen beschrieb, sodass nicht zu erkennen war, was sich hinter der Biegung befand. „Es ist zu gefährlich, blindlings in den Stollen zu laufen", sagte Roland und griff zu seinem Funkgerät, um den Captain zu informieren. Anderson hörte seiner Beschreibung der Lage zu, dann befahl er der Gruppe, vor dem Bergwerk auf Verstärkung zu warten. Hatten sie endlich eine Chance, zumindest ein Versteck der Tiere zu finden? Diese Gelegenheit durften sie sich nicht entgehen lassen; zu oft waren die Spuren der Angreifer im Sande verlaufen, hatten die Wölfe erfolglos abziehen müssen.

Eine bewaffnete Einheit erschien zur Unterstützung der sechs Kameraden und nahm vor dem Stolleneingang Aufstellung. Sie brachte auch die angeforderten Nachtsichtgeräte mit, die sie im dunklen Stollen brauchen würden. Der Lieutenant befahl den Soldaten, vor dem Stollen zu bleiben und dafür zu sorgen, dass keines der Tiere entkam, sollten sie zu fliehen versuchen, und außerdem zu Hilfe zu kommen, sollte dies erforderlich werden. Der Stollen war zu eng, als dass sich viele Menschen gleichzeitig in ihm bewegen konnten; sie würden sich nur gegenseitig behindern. So würden erst einmal nur die fünf Wölfe und Ragna vorausgehen in der Hoffnung, nicht gleich angegriffen zu werden.

„Normalerweise würde ich die Gruppe hineinführen", sagte Roland zu der jungen Frau. „Doch wirst du früher als wir erkennen können, ob voraus Gefahr droht. Solltest du aber etwas entdecken bleib stehen und informiere uns darüber. Keine Alleingänge! Wir können es uns nicht erlauben, dich zu verlieren." Ragna nickte kurz und betrat den Tunnel als Erste, angestrengt in die Dunkelheit vor sich hineinlauschend und -witternd und mehr schlecht als recht ihre Angst unterdrückend. Immer wieder schob sich der Anblick von Eddies verstümmeltem Körper vor ihr inneres Auge, erlebte sie noch einmal den furchtbaren Kampf in der Lagerhalle, in dem sie so schwer verwundet worden war. Diese Erfahrungen drohten, ihren Mut zu untergraben, doch schließlich gelang es ihr, diese Bilder auszublenden und weiterzugehen, ohne dass einer ihrer Begleiter ihr anfängliches Zögern bemerkt hätte. Stattdessen konzentrierte sie sich auf ihren wachsenden Zorn auf die mörderischen Monsteraffen, die ihren Freund getötet hatten, und schließlich brannte sie geradezu darauf, sich an ihnen rächen zu können. Nur das Wissen um ihre noch nicht wieder vollständig zurückgekehrten Kräfte hielt sie davon ab, wütend in den Gang zu stürmen.

Die Wölfe verwendeten die Nachtsichtgeräte, um nicht früher als nötig bemerkt zu werden, und so wurde Ragnas natürliche Nachtsicht nicht eingeschränkt. Das schwache rote Licht der Nachtsichtgeräte, nur kleine Punkte, die kaum zu sehen waren, reichte ihr völlig aus, um den Gang mit ihren Augen absuchen zu können. Die Gruppe bewegte sich langsam vorwärts, passierte die Biegung und folgte dann weiter dem Gang, der scheinbar endlos in den Berg hineinführte. Verrostete Schienen zeugten vom früheren Bergbau, auch wenn nirgendwo mehr Loren zu sehen waren. Der Geruch der Tiere wurde intensiver, was Ragna dazu veranlasste, sich noch behutsamer als zuvor weiterzubewegen. Ihre Kameraden deuteten diese Vorsicht richtig und hielten ihre Waffen schussbereit an die Brust gedrückt. Es würde schwer werden, in diesem beengten Raum zu kämpfen, doch sie hatten keine andere Wahl. Als es dann tatsächlich zum Angriff kam, waren sie vorbereitet und handelten rein instinktiv.

Aus einem vom Hauptstollen abzweigenden Seitengang sprang einer der Monsteraffen heraus und warf sich auf Ragna, die sich mit einem Hechtsprung außer Reichweite der zugreifenden langen Arme brachte. Sie warf sich zu Boden, um nicht in die Schusslinie der Wölfe zu geraten, die augenblicklich das Feuer eröffneten und die Brust des Tieres, das sich nun ihnen zugewandt hatte, förmlich durchsiebten. Wildes Kreischen erfüllte den Gang, dann brach die Hölle los. Eine scheinbar feste Seitenwand wurde von krallenbewehrten Händen niedergerissen; die Primaten hatten sie offenbar errichtet, um sich dahinter verbergen und ahnungslose Feinde angreifen zu können. Drei weitere Monsteraffen stürmten in den Gang und griffen die Wölfe an, die in der Enge kaum eine Möglichkeit zur Verteidigung fanden, ohne ihre Kameraden dabei zu gefährden. Hinzu kam, dass das Mündungsfeuer ihrer Waffen die Nachtsichtgeräte bei jedem Schusswechsel für kurze Zeit unbrauchbar machte, da sich die Geräte jedesmal erst wieder neu justieren mussten. Jason wurde aufgeschlitzt, bevor jemand reagieren konnte, und sank mit zerfetzter Brust zu Boden. Sean, der den Abschluss gebildet hatte, schrie einen Hilferuf in sein Funkgerät, dann wurde auch er attackiert und am Arm schwer verletzt. Doch litten die Tiere unter dem gleichen Handicap wie die Wölfe: Ihre Größe war eher hinderlich in dem engen Gang und so konnten sie ihre überlegene Kraft nur eingeschränkt einsetzen. Doch blockierten sie mit ihrer massigen Gestalt den Gang förmlich und verhinderten auf diese Weise eine Flucht ihrer Gegner.

Einer der Monsteraffen packte Susan und wollte ihr die Kehle durchbeißen, doch hing ihm plötzlich Ragna auf dem Rücken, die ihm die scharfen Krallen in den Hals rammte. Diese Taktik hatte sie schon einmal erfolgreich angewandt und sie zeigte auch jetzt Wirkung. Aufkreischend ließ die Kreatur Susan wieder los, die zwischen den Beinen eines zweiten Tieres hindurchhechtete und so in den nicht blockierten Teil des Ganges gelangte, wo sie ohne zu zögern das Feuer auf den Gegner eröffnete, der gerade Sean den Rest geben wollte. Fetzen von Fleisch und Blut spritzten an die Wände, dann erwischte eines der großkalibrigen Geschosse das Gehirn des Tiers und es sank tot zu Boden. Auch das Tier, das sie zuerst angegriffen hatte, lebte nicht mehr, ein weiteres blutete stark aus dem Hals und wurde nach wie vor von Ragna attackiert, die ihre Schnelligkeit und Gewandtheit aufgrund ihrer geringeren Größe in dem engen Gang wesentlich besser einsetzen konnte als ihre massigeren Gegner. Das letzte der vier Wesen war noch weitgehend unverletzt und rang mit Owen, einem kräftigen Waliser, der sein Gewehr wie eine Barriere zwischen sich und seinen Gegner hielt, während Roland versuchte, in den Rücken des Primaten zu gelangen, um ihn mit seinem Kampfmesser zu attackieren. Schüsse konnte er aus dieser Entfernung nicht abgeben; zu groß war die Gefahr, dass er statt des Tiers seinen Kameraden traf.

Soldaten tauchten in dem Gang auf, doch wegen der Enge konnten sie nicht direkt in das Geschehen eingreifen. Die Monsteraffen hatten den Hinterhalt klug gewählt; hier konnten kaum zwei Menschen nebeneinander gehen und jedes dieser Wesen war in der Lage, allein den Weg zu versperren. Doch fand sich das Owen attackierende Tier plötzlich allein inmitten einer wachsenden Schar von Gegnern wieder. Ragna war es gelungen, ihren Gegner zu töten, und obwohl Owen aus zahlreichen Wunden blutete, wurde die gegen ihn kämpfende Kreatur nun von Roland angegriffen, der ihr sein Kampfmesser tief in den Rücken rammte. Wild aufkreischend stieß sie Owen von sich, schleuderte Sean, der mit seinem verletzten Arm nur eingeschränkt kampffähig war, zur Seite und rammte Ragna derartig hart, dass diese an die Wand geworfen wurde. Trotz seiner Rückenwunde verschwand das

148

Tier im Gang, wo es an einer bestimmten Stelle hart gegen die Wand schlug, was einen Stolleneinbruch hervorrief. Unmengen von Gestein polterten herab und blockierten den Gang völlig; hier gab es auf absehbare Zeit kein Durchkommen mehr. Das Tier war entkommen und hatte es den Wölfen unmöglich gemacht, es weiter zu verfolgen.

Roland hatte nur einige oberflächliche Wunden davongetragen, und so wandte er sich nun an die entsetzt auf die toten Tiere schauenden Soldaten. „Holt Tragebahren für die Verwundeten und bringt sie zum Helikopter, damit sie sofort in ein Krankenhaus gebracht werden können. Na los, glotzt nicht blöd herum, sondern nehmt die Beine in die Hand. Einige meiner Kameraden sind am Verbluten."

Das grobe Anschnauzen zeigte Wirkung; die Soldaten schüttelten den Schock ab und rannten aus dem Stollen, um die Bahren zu holen. Jason hatte es am schlimmsten erwischt; sein Brustkorb war aufgerissen und das Blut hatte seine Kleidung getränkt. Sean hielt sich den verwundeten Arm, der ebenfalls stark blutete, und Owen lehnte sich vor Schmerz keuchend an die Wand. Roland, Ragna und Susan waren mit einigen tiefen Kratzern und Abschürfungen davongekommen und halfen nun ihren schwerer verwundeten Kameraden, so gut sie es vermochten, bis diese schließlich zum Helikopter und mit diesem zum Krankenhaus gebracht wurden. Captain Anderson wollte auch die drei nur leicht verwundeten Mitglieder seiner Einheit im Hospital versorgen lassen, doch Roland winkte energisch ab. „Die paar Kratzer kann auch unser Sanitäter versorgen. Wichtiger ist jetzt die Frage, wohin dieses Biest verschwunden ist, das seinen Fluchtweg so effektiv gesichert hat. Halten sich dort noch mehr von diesen Dingern auf? Waren die vier, die uns angegriffen haben, Wachen, die Verfolger aufhalten sollten? Ich bin sicher, dass die in diesem

Bergwerk lebende Gruppe diejenige ist, die das Dorf ausgelöscht hat. Was meinst du dazu, Ragna?"

„Sehe ich auch so", bestätigte die junge Frau seinen Verdacht. „Die Biester haben jedes einen individuellen Geruch, und ich bin sicher, dass ich die vier Angreifer auch im Dorf gerochen habe." Sie sah nachdenklich zum Eingang des Stollens hinüber, der von schwerbewaffneten Soldaten bewacht wurde. „Ob die Tiere dort einen ständigen Unterschlupf haben? Falls ja bräuchten wir schweres Räumgerät, um jetzt noch an sie heranzukommen."

Susan, die von Will, dem Sanitäter der Wölfe, versorgt wurde, lachte hart auf. „Ich denke, die Viecher haben vorgesorgt und es gibt mehr als einen Eingang zu ihrem Bau. Und während wir hier herumrätseln und unsere Wunden lecken, verschwindet die ganze Bande wahrscheinlich gerade durch den Hinterausgang."

„Der muss dann aber sehr gut verborgen sein." Anderson wies auf mehrere Helikopter, die über dem Gebirge kreisten und offensichtlich die Gegend absuchten. „Auf die Idee bin ich nämlich auch gekommen, als ich von dem künstlich herbeigeführten Deckeneinsturz hörte. Wenn dieser zweite Weg nicht komplett unterirdisch verläuft, sollten die Hubschrauber die Flüchtenden eigentlich entdecken können."

Die Suche blieb ohne Erfolg; die Monsteraffen waren wie vom Erdboden verschluckt. Auch Ragna und Peter Roland waren inzwischen von Will verarztet worden und hockten gemeinsam mit den verbliebenen Wölfen vor einem der leeren Häuser, um ihr weiteres Vorgehen zu besprechen. Ihre sorgenvollen Gedanken galten nicht nur den drei schwer verwundeten Kameraden, sondern auch der Möglichkeit, dass die Tiere sich immer noch im Berg befinden und von dort weitere Vernichtungsfeldzüge starten konnten. Zahlreiche

Einheiten durchsuchten nun auch zu Fuß das Gebirge, doch sollte es weitere Ausgänge geben, wovon alle ausgingen, so waren sie zu gut verborgen, um von den Soldaten entdeckt zu werden. Die alten Minenkarten zeigten keine weiteren Ausgänge; dieses Bergwerk war nur durch diesen einen Stollen eröffnet und ausgebeutet worden, und da die hier vorhandenen Bodenschätze schneller erschöpft gewesen waren, als zuvor erwartet, waren auch nie weitere Zugänge gelegt worden. Die Tiere mussten sich eigene Ausgänge geschaffen haben; keiner der Wölfe hielt sie für so dumm, sich ein Versteck zu suchen, in dem sie bei Entdeckung in der Falle saßen.

„Die sind längst über alle Berge", knurrte Kurt, der Kommunikationsexperte der Einheit. „Den eingestürzten Gang freizulegen wird überhaupt nichts bringen." Er wandte sich Ragna zu, deren trüber Blick auf dem Haus ruhte, in dem sie Eddies Leiche gefunden hatten. „Du hast doch eine so feine Nase. Kannst du sie nicht damit finden?"

„Wenn ich Wochen Zeit habe, das ganze Gebiet abzusuchen", erwiderte sie schärfer als beabsichtigt. Noch immer hatte sie den Tod des Freundes nicht überwunden, und nun würden vielleicht auch noch einige ihrer neuen Kameraden sterben, was ihre Niedergeschlagenheit verstärkte. „Diese Biester sind verdammt schlau. Wenn ich raten sollte, würde ich sagen, die haben sich einen ganz eigenen Tunnel gegraben und sind dadurch entwischt, weit außerhalb unseres Operationsgebietes. Wo soll ich anfangen zu suchen? Theoretisch könnten sie sich jetzt überall in Mittelwales befinden."

Anderson nickte zustimmend. „Ich teile Ragnas Einschätzung. Zumindest die Helikopter hätten eine größere Gruppe von denen aus der Luft entdecken müssen, und das ist nicht der Fall. Die Biester haben uns sauber abgehängt; eine Einheit wird zwar den Tunnel räumen, doch da wir davon ausgehen müssen, dass sie nicht nur diesen einen Einsturz verursacht haben, um ihren Rückzug zu decken, und sie mit Sicherheit längst verschwunden sind, bis wir alle Einstürze fortgeräumt haben, wird auch diese Aktion wahrscheinlich ohne Erfolg bleiben. Wenigstens haben wir drei weitere Leichen von denen, die die Wissenschaftler untersuchen können. Vielleicht gelangen sie mit deren Hilfe diesmal zu Erkenntnissen, die uns weiterhelfen."

Roland sah zu den Lastwagen hinüber. „Wenn wir hier ohnehin nichts mehr ausrichten können sollten wir verschwinden. Da hinten stehen bereits mehrere Journalisten und fotografieren alles, was sie vor die Linse bekommen. Die sind wie Krähen, finden jedes noch so abgelegene Schlachtfeld. Ich habe keine Lust, denen irgendwelche Erklärungen zu geben. Der leitende Offizier der Soldaten kann ja die Suchaktionen noch eine Weile weiterführen, auch wenn wir kaum noch Hoffnung haben, etwas zu finden."

Kurt, der ein Funkgerät an sein Ohr hielt, winkte ihnen hektisch zu. „Schon wieder ein Überfall, diesmal in der Nähe von Durham. Die Biester haben einen großen Bauernhof überfallen und ein Schlachtfeld hinterlassen. Wir sollen sofort aufbrechen."

Stöhnend erhoben sie sich und liefen zu einem gerade landenden Transporthubschrauber hinüber, der sie zu ihrem neuen Einsatzort bringen würde. Sie hätten eigentlich eine Ruhepause benötigt, doch das wussten diese Tiere effektiv zu verhindern. Würde das jemals wieder aufhören, dachte Ragna müde, während sie in den Helikopter kletterte. Würden sie jemals dieser Plage Herr werden? Sie wussten ja noch nicht einmal, wie viele von den Tieren es eigentlich gab. Wenn diese Wesen sich in Bergwerken, Höhlen oder an ähnlich verborgenen Orten versteckten, konnten es Hunderte sein, und da jedes dieser Tiere ein äußerst gefährlicher Kämpfer und den meisten Menschen weit überlegen war, würden die Wölfe wohl so bald nicht mehr zur Ruhe kommen. Außer im Grab, dachte Ragna voller Ironie, während der Hubschrauber abhob und seine Nase Richtung Norden wandte.

Krieg

Seit beinahe drei Monaten unterstützte Ragna nun schon die Wölfe, und ihre neuen Kameraden hatten sie inzwischen als vollwertiges Mitglied ihrer Einheit akzeptiert. Sie war nun wieder vollständig genesen, nur hatte sie das Gefühl, ständig müde zu sein, da die Einheit von einem Einsatz zum nächsten hetzte und sie nie ausreichend Schlaf bekamen, auch wenn inzwischen mehrere Militäreinheiten ebenfalls mit der Suche nach den Tieren beauftragt waren und die Wölfe bei ihren Einsätzen unterstützten. Sie hatten einige weitere Monsteraffen töten können, doch der Blutzoll, den die Menschen zahlten, lag wesentlich höher. Noch immer zögerte die Regierung, eine öffentliche Warnung auszusprechen oder gar den Notstand auszurufen, doch da inzwischen in nahezu allen Landesteilen Verluste zu beklagen waren, die niemand übersehen konnte, war dieser Schritt längst überfällig. In der Presse und den sozialen Netzwerken kursierten unzählige Meldungen zu den Angriffen, oft mit Fotos oder Amateurfilmaufnahmen unterlegt. Anderson hatte Morris bedrängt, zumindest auf eine öffentliche Warnung hinzuwirken, damit die Bevölkerung besser auf mögliche Angriffe vorbereitet war und die Regierung nicht den Eindruck erweckte, in dieser Situation untätig zu sein, doch offenbar war die Furcht der Regierung vor einer Panik noch immer größer als die Vorteile, die diese Warnung möglicherweise bringen könnten. So musste sie sich zunehmend den Vorwurf gefallen lassen, die Bevölkerung im Stich zu lassen.

Überall im Land bildeten sich bewaffnete Bürgergruppen, die nachts Patrouille gingen. Gegen die überlegenen Fähigkeiten der Kreaturen richteten sie damit kaum etwas aus; dafür kam es immer häufiger zu Vorfällen, bei denen Menschen zu Schaden kamen, die sich zur falschen Zeit am falschen Ort befanden oder in der Dunkelheit irrtümlich für die Monsteraffen gehalten wurden. Endlich rang sich die Regierung zu der schon lange geforderten öffentlichen Warnung durch, es gab Ausgangssperren und das Militär zeigte überall im Land verstärkt Präsenz, um die verängstigten Bürger zu beruhigen und ihnen das Gefühl von Sicherheit zurückzugeben. Das schien Wirkung zu zeigen; die Angriffe der Tiere gingen stark zurück, nur gelegentlich kam es zu weiteren Nadelstichen. Die Wölfe waren darüber besonders froh, da sie sich nun intensiver mit den wenigen verbliebenen Angriffen beschäftigen und gemeinsam mit dem Militär nach den Verstecken der Tiere suchen konnten. Doch auch wenn es ihnen gelegentlich gelang, einige der Wesen zu töten, waren sie bisher noch auf keines ihrer Verstecke gestoßen, das nicht bereits aufgegeben worden war.

„Die Biester sind uns wieder mal entwischt." Der inzwischen weitgehend wieder genesene Sean starrte missmutig in den aufgelassenen Bunker aus dem Zweiten Weltkrieg, der offenbar einer Gruppe der Monsteraffen als Unterschlupf gedient hatte. Als die Wölfe hier eintrafen, war er bereits verlassen gewesen; ihre Gegner waren kurz nach dem Überfall auf einen großen Mastbetrieb nicht wieder hierher zurückgekehrt, sondern spurlos verschwunden. Auf dem weitläufigen

Hof nicht weit vom Bunker entfernt wurden gerade 19 tote Menschen in Leichensäcke verpackt und auf Lastwagen geladen, während die zuvor in den Mastställen gehaltenen Schweine überall frei umherliefen. Dies war nicht der erste Fall, bei dem alle Menschen getötet, ihre Haustiere aber freigelassen worden waren, ohne dass man ihnen auch nur ein Haar gekrümmt hatte. Wären da nicht die menschlichen Leichen gewesen, man hätte an die Taten von radikalen Tierschützern denken können.

Auch Owen hatte sich wieder von dem Kampf im Bergwerk erholt, war aber noch zu geschwächt, um an ihren Einsätzen teilnehmen zu können. Jason dagegen war im Krankenhaus verstorben; seine Wunden waren zu gravierend gewesen, als dass die Ärzte noch etwas für ihn tun konnten. Obwohl zwei weitere Wölfe bei einem Einsatz in Yorkshire getötet worden waren und der Einheit somit drei Mitglieder fehlten, war noch kein Ersatz für sie bestimmt worden. Militär und Sondereinheiten hatten an zu vielen Fronten gleichzeitig zu kämpfen, als dass an anderer Stelle fähige Kräfte abgezogen werden konnten. Nur Ragna verstärkte die Einheit als neues ständiges Mitglied, die jetzt nur noch aus 10 Mitgliedern bestand. Ich würde viel lieber im Yellowstone Park Fumarolen untersuchen, dachte Ragna niedergeschlagen. Stattdessen jage ich menschenmordenden Monstern hinterher. Sie war allerdings realistisch genug, um zu erkennen, dass ihre Arbeit hier wichtiger war; auch blieben die Vereinigten Staaten nicht verschont von den Angriffen besagter Monster, sodass Ragna ihnen wohl nirgendwo wirklich entgehen konnte.

Die Wölfe kehrten zum Mastbetrieb zurück und beobachteten kopfschüttelnd die überall umherlaufenden Schweine. „Die Biester haben es ganz offensichtlich nur auf uns Menschen abgesehen", sagte Samantha. „Von uns gehaltene Tiere befreien sie dagegen regelmäßig. Was sind die eigentlich: Mitglieder von PETA oder Earth First?"

„Vielleicht wurden sie tatsächlich gezüchtet und erinnern sich noch an ihre Gefangenschaft", griff John seine ursprüngliche Idee wieder auf. „Dann könnten sie unsere Haustiere als Leidensgenossen betrachten und ihnen helfen wollen. Doch wer züchtet sowas und zu welchem Zweck?"

„Als biologische Waffen?" Susan sah ihn mit hochgezogenen Brauen an. „Als moderne Yetis für reiche Sammler und Zoos? Einfach, weil es möglich war? Mir fallen eine Menge Gründe für skrupellose Wissenschaftler, machtgeile Militärs und geldgierige Investoren ein, solche Kreaturen ins Leben zu rufen."

Alle Wölfe nickten zustimmend. Ja, sie konnten sich viele Gründe vorstellen, weshalb in einem Labor Wesen wie diese gezüchtet wurden. Wenn es denn Züchtungen waren und keine natürlichen Mutationen, die sich von den Menschen unbemerkt an einem abgelegenen Ort vermehrt hatten und nun mit den Menschen um Lebensraum, vielleicht sogar um die Vorherrschaft auf diesem Planeten kämpften. Doch warum verschonten sie dann die Tiere? Die Monsteraffen schienen, ging man von ihren Zähnen aus, Allesfresser zu sein, doch bisher war es keinem der Wissenschaftler gelungen herauszufinden, wovon sich diese Wesen tatsächlich ernährten. Von Menschen und Tieren offenbar nicht; noch immer waren keine Leichen mit Fraßspuren der Monsteraffen gefunden worden. Auch hatten die Forscher bisher nicht herausfinden können, was es mit den fremdartigen inneren Organen und Gehirnregionen der Wesen auf sich hatte. Sie mochten wie Primaten aussehen, doch ihr Innenleben wich gravierend von allen bekannten Arten ab. Fragen über Fragen – vielleicht würden sie nie die Antwort finden. Jetzt waren die Wölfe erst einmal froh, dass die Zahl der Angriffe stark abgenommen hatte und nur noch verhältnismäßig wenige Tote zu beklagen waren.

Ragna stand auf einer Anhöhe neben dem Mastbetrieb und sah nachdenklich in die Ferne. Sie traute dem Frieden nicht. Die stark erhöhte öffentliche Militärpräsenz mochte tatsächlich dafür verantwortlich sein, dass es zu deutlich weniger Angriffen kam; vielleicht existierten auch weniger Monsteraffen als bisher angenommen und sie wollten keine weiteren Toten riskieren. Doch Ragna befürchtete, dass dies genauso gut die Ruhe vor dem Sturm sein konnte, ein letztes Atemholen, bevor die Tiere mit geballter Kraft zuschlagen würden. Diese Vermutung wurde allerdings von kaum einem ihrer Kameraden geteilt; die meisten wollten, ebenso wie die Regierung, glauben, dass sie die Sache endlich in den Griff bekamen.

Zwei weitere Wochen vergingen, ohne dass es neue Meldungen über Angriffe gab; auch außerhalb Großbritanniens hatten die Monsteraffen ihre Überfälle eingestellt. Der Mastbetrieb war in diesem Land offenbar ihr vorerst letztes Ziel gewesen; sie wurden nirgendwo gesichtet und es gab keine Vorfälle, die auf sie hinwiesen. Die Wölfe hatten die Erlaubnis erhalten, zwei Wochen Erholungsurlaub zu nehmen. Den brauchten sie auch dringend; sie waren völlig erschöpft durch den Dauereinsatz. Auch belastete sie der Tod von Jason und den beiden anderen Kameraden noch immer.

Ragna hatte beschlossen, Sally in Birmingham zu besuchen, die sich sehr darüber freute und einige Tage frei nahm, um Zeit für ihre Freundin zu haben. Sie saßen in einem Tea Room und schauten auf das rege Treiben vor dem großen Fenster, während sie einen Cream Tea genossen. Leider war es Ende September bereits zu kalt, um draußen sitzen zu können, doch in diesem Tea Room hatten sie einen Platz ergattern können, der ausreichend Abstand zu den anderen Gästen ermöglichte, sodass sie ihren Cream Tea maskenlos zu sich nehmen konnten. „Willst du jetzt ständig bei dieser Sondereinheit bleiben?" fragte Sally neugierig. „Eigentlich bist du doch eine begeisterte Geowissenschaftlerin. Besteht denn nicht mehr die Chance, dass du doch noch in die USA gehen kannst?"

„Wir müssen erst sicher sein, dass diese Biester wirklich verschwunden sind", antwortete Ragna und schenkte sich Tee nach. „So lange werden die Wölfe mich noch brauchen. Dann habe ich aber vor, bei der University of Utah nachzufragen, ob der Job noch zu haben ist. Mir ist zwar nicht ganz wohl bei dem Gedanken, jetzt in die USA zu ziehen, da mir der leichtsinnige Umgang vieler Menschen dort mit der Pandemie Sorgen bereitet, aber der Job ist doch sehr reizvoll. Du hast recht, ich bin in erster Linie Geowissenschaftlerin und möchte auch in diesem Beruf arbeiten. Das Terroristenjagen überlasse ich lieber anderen."

„Würde mir auch so gehen", erwiderte Sally und lächelte der Freundin herzlich zu. „Mein Job hier macht mir wirklich Spaß, auch wenn derzeit vieles online abläuft und man kaum Studenten persönlich trifft. Es ist toll, sein Wissen weitergeben und zugleich an Forschungsprojekten mitarbeiten zu können. Du bist ja eher der Forschertyp, aber ich lehre auch gerne. Hast du übrigens letzte Nacht gut schlafen können auf meiner Couch?"

„Bestens." Ragna nahm ein warmes süßes Brötchen, schnitt es auf und bestrich es mit dicker Sahne und Erdbeermarmelade. „Ist ja ausziehbar zum Gästebett. Das ist übrigens eine schöne Wohnung; da hast du wirklich Glück gehabt.

Und nicht weit von der Universität entfernt." Es tat ihr gut, über alltägliche Dinge sprechen zu können und nicht darauf warten zu müssen, dass der Captain angerufen und die Wölfe zu einem neuen Einsatzort geschickt wurden. Das konnte noch früh genug wieder auf sie zukommen. Sie glaubte nicht, dass die Monsteraffen einfach verschwunden waren, nachdem sie die Menschen mehrere Monate lang permanent in Atem gehalten hatten. Wo mochten sie jetzt wohl lauern, Pläne schmieden und neue Angriffe planen? Ihre bisher entdeckten Verstecke befanden sich gewöhnlich in abgelegenen Gegenden, in Höhlen, ehemaligen Bergwerken und an ähnlichen Orten.

Sally legte ihr eine Hand auf den Arm. „Nun versuche doch, mal abzuschalten. Ich sehe förmlich, wie es in deinem Kopf rattert; du denkst selbst hier noch an deine Arbeit mit dieser Sondereinheit. Verstehen kann ich das schon; die Regierung will uns ja weismachen, dass die Sache ausgestanden ist, doch irgendwie kann ich das nicht glauben. Was meinst du dazu?"

„Nein", stieß Ragna heftiger als beabsichtigt hervor, „das glaube ich ebenfalls nicht. Die Biester verfolgen einen Plan, da bin ich ganz sicher. Sie haben uns monatelang getestet und analysieren jetzt wohl ihre Erkenntnisse daraus, um ihr weiteres Vorgehen zu planen." Als sie Sallys erstaunten Blick bemerkte, lächelte sie ihr grimmig zu. „Ja, ich halte diese Tiere für hochintelligent und noch viel gefährlicher, als selbst die Wölfe vermuten. Wir haben keine Ahnung, was sie wirklich sind; ihr Innenleben ist dermaßen fremdartig, dass sie genauso gut von einem anderen Planeten stammen könnten, was wahrscheinlich Blödsinn ist, aber eine Erklärung, die genauso gut oder schlecht ist wie jede andere abstruse Idee. Außerdem musst du wissen, ich kann die Gefühle dieser Wesen wahrnehmen, und da steht an erster Stelle ein brennender Hass auf uns Menschen, völlige Kompromisslosigkeit uns gegenüber und der absolute Wille, uns zu vernichten. Das werden die nicht plötzlich aufgegeben haben, nur weil jetzt ein paar Jungs in Uniform durch die Straßen patrouillieren."

„Klingt plausibel, leider." Sally schenkte sich Tee nach und schnitt ein weiteres Brötchen auf. Ragna hatte ihr von ihrer Arbeit bei den Wölfen erzählt und kein Detail ausgelassen, sodass Sally genau wusste, womit ihre Freundin und deren Kameraden es monatelang zu tun gehabt hatten. Eddies Tod ging ihr ebenso nahe wie Ragna und sie konnte nachfühlen, wie schwer es für die Freundin gewesen sein musste, ihn zerfetzt in dem überfallenen Dorf aufzufinden. Sie war es, die Josh angerufen und ihn ebenfalls über den Tod des Freundes informiert hatte, da Ragna bisher keine Zeit gefunden hatte, dies selbst zu tun. Der Amerikaner hatte schweigend zugehört und dann lautstark geflucht, wohl um seiner Betroffenheit besser Herr werden zu können. Sally wusste, würde er jemals einem dieser Tiere gegenüberstehen, er würde versuchen, es in Stücke zu reißen.

Sie schaute die Freundin nachdenklich an. „Du sagst, du kannst die Gefühle dieser Biester wahrnehmen. Nur ihre oder ganz allgemein die Gefühle anderer Wesen, also auch von uns Menschen?"

Voller Unbehagen erwiderte Ragna ihren Blick. Verdammt, da war sie nicht vorsichtig genug gewesen! Doch wenn sie jetzt versuchte, ihre empathischen Fähigkeiten abzustreiten, würde Sally ihr mit Sicherheit nicht glauben. „Da hast du mich erwischt", sagte sie ein wenig stockend. „Darüber wollte ich eigentlich gar nicht sprechen. Ja, zu allem anderen bin ich auch eine Empathin. Doch die Gefühle der

Menschen blocke ich meistens ab, da ich anderenfalls wohl schon längst den Verstand verloren hätte."

Zu ihrem Erstaunen lächelte Sally ihr verschmitzt zu. „Na, dann weißt du sicher, wie ich zu dir stehe. Es ist schon ein merkwürdiges Gefühl zu wissen, dass ich vor dir nichts verbergen kann, aber noch merkwürdiger ist, dass es mich in deinem Fall nicht stört." Sie wurde wieder ernst und drückte sachte ihren Arm. „Ist es schlimm für dich, dass ich dich sehr mag, ich meine schon etwas mehr, als es unter Freundinnen üblich ist?"

Ragna errötete und sah verlegen auf ihre Hände. „Nein, das stört mich nicht", sagte sie leise. „Ich mag dich auch sehr, wäre aber nie auf den Gedanken gekommen, dass du, na ja, ich meine…" Sie verstummte, verärgert über ihr Herumgestotter, und holte tief Luft, bevor sie weitersprach. „Ich wäre dir sehr dankbar, wenn du diese Seite von mir anderen gegenüber geheim halten könntest, auch vor unseren Freunden. Die meisten Menschen werden mit Sicherheit nicht derart aufgeschlossen darauf reagieren."

„Das steht zu befürchten", erwiderte Sally ernst. „Keine Sorge, ich spreche mit niemandem darüber. Ich bin einfach nur froh, dass du dich von meinen Gefühlen für dich nicht bedrängt oder verletzt fühlst."

Ragna sah sie erschrocken an. „Auf keinen Fall! Gib mir aber bitte ein wenig Zeit; ich habe bisher noch nie über eine solche Möglichkeit nachgedacht und weiß nicht, ob ich mich darauf einlassen kann."

Sallys Antwort bestand aus einem verständnisvollen Lächeln und darin, geschickt das Thema zu wechseln und ihr von ihren Kollegen an der Universität und deren Eigenheiten zu erzählen. Nach einem ausgiebigen Stadtbummel, einem opulenten Abendessen in Sallys Wohnzimmer und einer un-

161

gestört durchschlafenen Nacht wachten sie am nächsten Morgen bereits kurz nach acht Uhr vom Klang der Sirene eines am Haus vorbeirasenden Wagens wieder auf.

Ein weiterer Wagen mit heulender Sirene fuhr am Haus vorbei. Sally war ins Wohnzimmer gekommen und die Freundinnen sahen sich verwundert an. „Feuerwehr?" fragte Ragna und ging zum Fenster hinüber, das auf die Straße hinausging. Doch die Wagen waren bereits aus ihrem Blickfeld verschwunden. „Wo wir schon einmal auf sind, können wir auch gleich frühstücken", antwortete Sally und gähnte ausgiebig. „Ich wollte dir ja heute meinen Arbeitsplatz zeigen. So haben wir mehr Zeit dafür."

Sie deckte den Tisch und kurze Zeit später ließen sich die Freundinnen ein ausgiebiges Frühstück schmecken. Doch plötzlich erstarrte Ragna und hob alarmiert den Kopf. Sally zog fragend die Augenbrauen hoch, doch Ragna lauschte nur angestrengt, ohne auf die unausgesprochene Frage der Freundin einzugehen. Von allen Seiten waren nun die Sirenen von Einsatzwagen zu hören, und bald bemerkte auch Sally, dass irgendetwas nicht stimmte. Seufzend erhob sie sich und ging ans Fenster, um nachzuschauen, ob der vermutete Großbrand von dort aus zu sehen war. Tatsächlich stieg im mehrere Straßenzüge entfernten Stadtzentrum eine Rauchsäule auf, doch dann bemerkte sie, dass es sich bei den Einsatzfahrzeugen, die am Haus vorbeirasten, um Mannschaftswagen der Polizei handelte und nicht um Wagen der Feuerwehr. Als schließlich zwei Militärlastwagen der Polizei folgten, kehrte Sally mit sorgenvoller Miene zum Tisch zurück.

„Polizei und Militär", sagte sie leise. „Und im Stadtzentrum brennt es irgendwo. Was hat das zu bedeuten?"

„Hoffentlich nicht das, was ich befürchte", antwortete Ragna mit rauer Stimme. „Ich rufe besser mal Captain Anderson an, ob er etwas darüber weiß. Wenn es mit den Monsteraffen zu tun hat, wird er von neuen Angriffen wissen, gleich wo sie stattfinden."

Sie griff nach ihrem Mobiltelefon, das neben dem Sofa auf einem kleinen Tisch lag, doch nachdem sie die Kurzwahl für Captain Anderson gedrückt hatte, baute das Gerät keine Verbindung auf. Verblüfft starrte sie auf ihr Telefon; es war ein hochwertiges Modell, das sie von den Wölfen erhalten hatte, und hier mitten in Birmingham hätte sie auf jeden Fall eine Netzverbindung bekommen müssen, aber das Gerät war quasi tot. „Verdammt!" fluchte sie. „Das Gerät zeigt Bereitschaft an, stellt aber keine Verbindung her. Kann ich es mal mit deinem Mobiltelefon versuchen?"

Doch auch Sallys Mobiltelefon funktionierte nicht. Finster starrte Ragna auf das nutzlose Gerät und kaute nervös auf ihrer Unterlippe herum. „Ich fürchte, irgendetwas stimmt mit den Mobilfunkmasten nicht. Hast du einen Festnetzanschluss? Ich muss meine Einheit irgendwie erreichen."

Wortlos wies Sally in Richtung ihres Schreibtisches, auf dem neben Laptop und Router ein Telefon stand. Ragna tippte Andersons Nummer ein und drückte auf die Verbindungstaste, doch die nächste böse Überraschung ließ nicht lange auf sich warten: Auch der Festnetzanschluss war tot; nicht einmal ein Störsignal oder Rauschen war zu hören. „Wer immer dafür verantwortlich ist, war wirklich gründlich", knurrte sie und sah wütend auf den nutzlosen Apparat. Nachdem sie das Telefon wieder auf seine Ladestation zurückgestellt hatte, ging sie zum Fenster und öffnete es, um besser hören zu können, was dort draußen vor sich ging. Die zahlreichen Sirenen taten ihren empfindlichen Ohren weh, doch bald erkannte sie andere Geräusche, die von dem Heulen der Sirenen überdeckt worden waren: Schüsse, menschliche Schreie und ein Krei-

schen, das sie förmlich erstarren ließ. „Es sind die Monsterpaviane", keuchte sie und sah Sally entsetzt an. „Ich kann ihr
Kreischen hören. Wenn man das einmal gehört hat, vergisst
man es nie wieder."

„Ich gehe ins Netz und schaue nach, ob es Nachrichten
über diesen Angriff gibt", sagte Sally mit bebender Stimme
und fuhr ihren Laptop hoch. Doch als sie ihren Browser starten wollte, bekam sie eine Fehlermeldung. Verblüfft starrte
sie auf den Bildschirm, dann auf den Router, der auf einer
Ablage ihres Schreibtisches stand. Die Funktionsleuchten des
Gerätes waren dunkel, der Router offensichtlich außer Betrieb. Ich Idiotin, schalt sie sich insgeheim. Wenn das Fest-
netz nicht funktioniert, bekomme ich natürlich auch keine
Internetverbindung. Aber warum leuchtet keine der kleinen
Lampen des Routers? Ragna hatte sie beobachtet und erkannt,
weshalb Sally nicht ins Netz kam. Sie schaltete die kleine
Schreibtischlampe ein, doch sie blieb dunkel. „Kein Strom",
sagte sie angespannt. „Der Laptop hatte offenbar noch ausreichend Saft im Akku und fuhr deshalb hoch. Es scheint, dass
die Biester Birmingham irgendwie von Mobilfunk, Telefon
und Netz sowie der Stromversorgung abgeschnitten haben.
Hoffentlich bekommen die Behörden das schnell wieder in
den Griff."

Sally schaltete den Laptop aus und ging zum Fenster hinüber. Da sie im vierten Stock wohnte, hatte sie einen guten
Ausblick über die Umgebung. „Der Betrieb da draußen wird
immer hektischer. Ich sehe eine ganze Armada von Hub-
schraubern über der Stadt kreisen. Es scheinen aber vor allem
Polizeihubschrauber zu sein, soweit ich das aus dieser Entfernung erkennen kann. Müsste nicht die Armee schon längst
auf den Plan gerufen worden sein?"

„Wir wissen nicht, ob der Angriff auf Birmingham beschränkt ist", antwortete Ragna und beobachtete nun ebenfalls die über dem Stadtzentrum kreisenden Helikopter. „Es ist zwar die zweitgrößte Stadt Großbritanniens und somit sicher ein bevorzugtes Angriffsziel, doch dürfte dies für London noch weitaus mehr gelten, da dort die Regierung sitzt. Ich habe vorhin zwei Militärlaster gesehen, doch sollte sich der Angriff nicht auf Birmingham beschränken, wird die Armee überall viel zu tun haben." Sie beobachtete zwei Männer, die in einem Hauseingang verschwanden. Sie schienen aus Richtung des Stadtzentrums gekommen zu sein und hatten es sichtlich eilig, die Straße zu verlassen. „Es gibt natürlich auch eine andere Erklärung, die mir allerdings noch weniger gefällt als die erste. Diese Biester haben sich als sehr strategisch denkend erwiesen, waren uns immer eine Nasenlänge weit voraus. Es könnte also sein, dass sie zuerst die Militärstützpunkte angegriffen haben und erst anschließend Birmingham und eventuell noch weitere Städte. Vielleicht beschäftigen sie das Militär anderenorts dermaßen, dass nur noch vereinzelte Einheiten den Städten zu Hilfe kommen können."

„Du machst mir wirklich Angst", sagte Sally leise. „Wenn das stimmt, sieht es nicht gerade gut für uns aus. Die haben das offenbar lange vorausgeplant; wie sonst hätten sie mit einem Schlag sämtliche Kommunikationswege und die Stromversorgung kappen und verhindern können, dass größere Armee-Einheiten eingreifen? Wie viele von den Biestern sich wohl gerade in der Stadt austoben, was meinst du?"

Ragna zuckte mit den Schultern. „Keine Ahnung. Da sich die Monsteraffen nach ihren Angriffen immer sozusagen unsichtbar gemacht haben, wissen wir nicht, wie viele von denen es tatsächlich gibt. Mögliche Verstecke gibt es ja viele in Großbritannien, aufgelassene Bergwerke, Höhlen, alte Bunker und was weiß ich noch alles; es könnten also Hunderte, aber auch Tausende sein. Doch da ihre Kampfkraft der unseren weit überlegen ist, zumindest so lange wir nicht in der Lage sind, schwere Waffen gegen sie einzusetzen, zählt einer von denen genauso viel wie mehrere Menschen zusammen."

Die Schüsse schienen näherzukommen, ebenfalls die Schreie von Menschen und das gelegentliche Kreischen der Tiere. Beunruhigt sah Ragna über die Stadt, soweit dies von Sallys Wohnung aus möglich war. Immer mehr Gebäude schienen zu brennen, und sie sah einen Hubschrauber abstürzen, ohne den Grund hierfür erkennen zu können. „Wenn ich doch nur Kontakt zu meiner Einheit aufnehmen könnte", brach es wütend aus ihr heraus. „Auch wenn die Wölfe derzeit wegen ihres Urlaubs wahrscheinlich über ganz Großbritannien verstreut sein werden, könnte mir Captain Anderson vielleicht sagen, was eigentlich vor sich geht, ob ich helfen kann und wo. Allein habe ich keine Chance gegen die Biester."

„Die Polizei scheint sich ja untereinander verständigen zu können", erwiderte Sally und gab ihr einen ermutigenden Kuss auf die Wange. „Könntest du nicht versuchen, über sie deine Einheit zu kontaktieren? Dann erfahren wir vielleicht auch, wie die Lage in der Stadt aussieht."

„Gute Idee." Ragna lief auf den Flur und zog sich ihre Jacke über. Als Sally das Gleiche tun wollte, winkte sie energisch ab. „Nein Sally, du wartest hier. Es könnte dort draußen sehr gefährlich sein und ich habe inzwischen mehr Erfahrung mit den Biestern, als mir lieb ist. Ich kann zum Beispiel bei Gefahr sehr schnell ein Haus hochklettern und von Dach zu Dach springen, wenn die Notwendigkeit hierfür besteht, was dir wohl kaum möglich sein dürfte. Bleib bitte hier und beobachte weiterhin die Straße. Sollten einige dieser Tiere hier auftauchen, verrammle die Tür und verhalte dich vollkommen ruhig. Ich komme so schnell wie möglich wieder zurück."

Es war Sally deutlich anzusehen, dass sie damit nicht einverstanden war, doch dann nickte sie widerwillig und schloss die Tür hinter Ragna, nachdem diese die Wohnung verlassen hatte. Die junge Frau hastete die Treppen hinunter, spähte kurz durch die Scheibe der Haustür, ob in der näheren Umgebung eine Gefahr lauerte, und lief dann auf die Straße hinaus, um nach einer Polizeieinheit zu suchen. Es war schon eine Weile her, dass Einsatzwagen hier vorbeigekommen waren; sie schienen alle in Richtung Innenstadt gefahren zu sein, aus deren Richtung noch immer laute Kampfgeräusche zu hören waren. Doch der Lärm kam stetig näher, breitete sich nun auch in die das Zentrum umgebenden Wohngebiete aus. Ragna roch den Rauch brennender Gebäude, wie sie sie vom Fenster der Wohnung aus gesehen hatte, doch auch der Geruch verbrannten Treibstoffs, Metalls und Gummis erfüllte mehr und mehr die Luft. Besonders erschreckte sie der Geruch menschlichen Blutes, der zunahm, je weiter sie sich dem Stadtzentrum näherte. Dort schien ein regelrechtes Gemetzel stattzufinden und Ragna hoffte inständig, nicht mit hineingezogen zu werden.

Einige Straßen von Sallys Wohnung entfernt stieß sie auf den ersten Einsatzwagen der Polizei, doch Ragna erkannte sofort, dass sie hier keine Hilfe finden würde. Der Wagen machte den Eindruck, von riesigen Vorschlaghämmern bearbeitet worden zu sein, und in seiner Umgebung lagen mehrere tote Polizisten, förmlich in Fetzen gerissen und das Pflaster mit ihrem Blut tränkend. Dieser Wagen würde mit Sicherheit nie mehr fahren; auch das Funkgerät war herausgerissen und zerstört worden. Das Gleiche galt für die Waffen der Polizisten; sie waren unbrauchbar gemacht worden. Die Monsteraffen waren wirklich sehr gründlich in ihrem Vorgehen gegen ihre Feinde und sorgten dafür, dass alles Material, das diesen nützen könnte, nicht mehr zu verwenden war.

Je weiter Ragna sich dem Zentrum näherte, desto häufiger wiederholte sich das Bild der Zerstörung und nährte das in ihr wachsende Entsetzen. Sie stieß auf einen Hubschrauber, der in ein Gebäude gestürzt war und dieses in Brand gesetzt hatte. Es stand in hellen Flammen, die bereits auf Nachbarhäuser übergriffen, ohne dass Einsatzkräfte der Feuerwehr vor Ort waren. Wurden diese von den Tieren am Löschen gehindert? Stattdessen waren die Straßen mit Leichen übersät, darunter zahlreiche Polizisten und auch einige Soldaten. Von den beiden Militärlastern war dagegen weit und breit nichts zu sehen.

Ragna lief geduckt an der gegenüberliegenden Hauswand entlang, mit angespannten Nerven und ständig nach Gefahren Ausschau haltend, doch als plötzlich eine der Kreaturen aus einem Hauseingang hervorsprang und sie angriff, wurde sie trotzdem überrascht. Sie hatte sich zu sehr auf den aus der Stadtmitte herüberwehenden Kampflärm konzentriert und nur die Straße im Blick behalten, ein beinahe tödlicher Fehler. Wie schon zuvor in der Lagerhalle retteten ihr nur ihre außergewöhnlich guten Reflexe das Leben.

Sie tauchte unter den zugreifenden Armen hindurch und griff sofort an. Bevor der Riesenaffe begriff, dass er es diesmal mit einem ernst zu nehmenden Gegner zu tun hatte, schlitzte sie dem Wesen schon im ersten Sprung den Oberschenkel auf, kam augenblicklich wieder auf die Beine und sprang dem Tier auf den Rücken, eine inzwischen bewährte Taktik, die auch diesmal funktionierte. Von den Schmerzen im Bein irritiert reagierte das Wesen zu langsam, und Ragna konnte ihm ihre Krallen in den Hals rammen, bevor ihr Gegner zu Abwehrmaßnahmen fähig war. Laut aufkreischend griff das Tier nach der jungen Frau, doch diese stand bereits wieder auf der Straße und umkreiste es, auf eine neue Gelegenheit zum Angriff lauernd. Dem Tier strömte das Blut aus Hals und Oberschenkel, doch wie sein Artgenosse in der Lagerhalle griff es blindwütig an und versuchte, Ragna in Stücke zu reißen.

Es bekam bald Unterstützung von zwei weiteren der braunfelligen Wesen und Ragna erkannte, dass sie jetzt besser Reißaus nahm. Schon eines dieser Biester allein war ein äußerst gefährlicher Gegner; mit drei von ihnen konnte Ragna es nicht aufnehmen, und so rannte sie in das Haus hinein, aus dem das Tier gekommen war, hastete die Treppen hoch bis zum Dachgeschoss und kletterte dort aus einem Fenster, um auf das Dach zu gelangen. Die beiden nicht verwundeten Monsteraffen waren ihr gefolgt, doch waren sie zu massig für das schmale Fenster und von daher nicht in der Lage, Ragna auf diese Weise auf das Dach zu folgen. Die junge Frau zögerte keinen Augenblick, sondern rannte davon, so schnell sie konnte, sprang dabei von Dach zu Dach und kam auf diese Weise bald wieder bei Sallys Wohnhaus an. Auf einen weiteren Versuch, eine noch nicht massakrierte Polizeieinheit mit Funkgeräten zu finden, verzichtete sie lieber. Die Lage in der Stadt war offenbar äußerst prekär, das musste ihr niemand mehr erzählen. Sie würden auf andere Weise herausfinden müssen, wie es in den anderen Teilen des Landes aussah.

Auch hier kletterte Ragna durch ein Fenster im Dachgeschoss, dessen Scheibe sie einschlagen musste, und eilte in den vierten Stock hinunter, wo sie heftig an Sallys Tür klopfte und leise ihren Namen rief. Die Freundin öffnete sofort und erschrak heftig, als sie das Blut auf Ragnas Kleidung sah.

Ragna huschte in den Flur und schloss die Tür hinter sich. „Das ist nicht mein Blut", keuchte sie, wobei sie Mühe hatte, ihre bebende Stimme unter Kontrolle zu bekommen. Noch immer saß ihr der Schock in den Gliedern, das Herz klopfte ihr bis zum Hals und ihr Atem beruhigte sich nur langsam wieder. Das Entkommen war sehr knapp gewesen und sie konnte nur hoffen, dass die Biester ihre Spur verloren hatten und ihr nicht bis hierher gefolgt waren. „Ich musste gegen eines der Tiere kämpfen und habe es verletzt. Leider habe ich Fersengeld geben müssen, bevor ich es erledigen konnte, da ihm zwei seiner Artgenossen zu Hilfe kamen."

„Wegen des Stromausfalls funktioniert auch die Wasserversorgung nicht", erwiderte Sally. „Die Wasserpumpen benötigen ja Strom. Ich habe aber eine größere Menge Mineralwasser im Haus; eine der Flaschen sollten wir opfern, um das Blut abzuwaschen. Oder willst du lieber etwas anderes anziehen?"

„Ich ziehe mich um", antwortete Ragna und eilte bereits ins Wohnzimmer, wo ihr Rucksack halb ausgepackt in einer Ecke stand. „Sally, es sieht schlimm aus in der Stadt. Von der Polizei können wir keine Unterstützung erwarten; die brauchen selbst dringend Hilfe. Ich habe einige tote Soldaten gesehen, entweder Reste der Militärstreifen, die von der Regierung zur Beruhigung der Bevölkerung auf die Straße geschickt worden waren, oder aus den beiden Militärlastern, die vorhin hier vorbeifuhren, doch keine größeren Einheiten. Es war mir nicht möglich, ein noch funktionstüchtiges Funkgerät aufzutreiben, und nach dem Kampf war mir auch jede Lust vergangen, weiter danach zu suchen. Wir müssen sofort von hier verschwinden, dürfen auf keinen Fall abwarten, bis die Biester an unsere Tür klopfen. Sie dringen bereits in Wohnhäuser ein, um deren Bewohner abzuschlachten." Sie zog die blutbefleckte Kleidung aus, um sie durch saubere zu ersetzen. Ihre Jacke würde sie allerdings doch notdürftig reinigen müssen, für sie besaß sie keinen Ersatz. Während sie die Jacke im Bad mit Hilfe des Mineralwassers auswusch, wandte sie sich an die hinter ihr stehende Freundin. „Du hast doch sicher noch deine Feldausrüstung, Rucksack, Schlafsack und so. Pack ein, was du brauchst oder nicht zurücklassen willst. Da wir nicht wissen, wie sich die Lage entwickelt und ob du überhaupt noch einmal in deine Wohnung zurückkommen kannst, gehe besser davon aus, dass dies nicht der Fall sein wird, und plane dementsprechend. Wenn wir die Sache wieder in den Griff bekommen und du sicher heimkehren kannst, umso besser. Aber wir sollten uns vorsichtshalber auf das Schlimmste vorbereiten."

Sally nickte mit blassem Gesicht und ging ins Schlafzimmer, um zu packen. Auch Ragna sortierte aus, was sie von ihren Sachen unbedingt mitnehmen wollte, dann ging sie in die Küche und holte alles an haltbaren Lebensmitteln aus den Schränken, das sie finden konnte. „Auf das Schlimmste vorbereiten, nicht wahr?" kommentierte Sally wenig später ihr Tun. „Gib mir etwas von den Lebensmitteln; es ist noch Platz in meinem Rucksack. Von den frischen Lebensmitteln aus dem Kühlschrank nehmen wir mit, was uns nicht die Rucksäcke versaut und wir voraussichtlich in den nächsten Tagen auch aufessen können, bevor es schlecht wird. Und wir sollten auch einige Flaschen Wasser mitnehmen, wenn wir uns schon auf den Weltuntergang vorbereiten."

Ragna lächelte ihr dankbar zu, bevor sie weiter Lebensmittel in ihren Rucksack packte. Sallys unverwüstliche Art im Angesicht einer heraufziehenden Katastrophe tat ihr gut; wie bereits während des Schiffbruchs zeigte sie sich erneut als zuverlässige und praktisch denkende Kameradin, auf die sie sich verlassen konnte. Sally erwiderte das Lächeln der Freundin mit gequälter Miene. „Müssen diese Viecher gerade jetzt die Stadt überfallen? Ich hatte mich auf weitere schöne Tage mit dir gefreut."

„Ich auch. Aber es hat wohl nicht sein sollen." Ragna beendete das Packen, dann schulterten die Freundinnen ihre Rucksäcke und liefen die Treppe hinunter, um das Haus zu verlassen, doch blieben sie eine Weile hinter der Haustür stehen, um durch die Glasscheibe die Straße zu beobachten und nach Gefahren Ausschau zu halten. „Wohin sollen wir gehen?" flüsterte Sally. „Willst du weiterhin versuchen, Kontakt zu den Wölfen aufzunehmen?"

„Ich glaube nicht, dass ich so bald ein Funkgerät finden werde, mit dem dies möglich ist", antwortete Ragna ebenfalls so leise wie möglich. Noch war von den Monsteraffen nichts zu sehen, doch das konnte sich schnell ändern. „Wir müssen aus der Stadt heraus; die Biester werden sich wahrscheinlich erst einmal auf die Metropolen konzentrieren, da in ihnen die meisten Menschen wohnen und sich außerdem die Behörden befinden, die eine mögliche Gegenwehr organisieren könnten. Ich hoffe zwar, dass bisher nur Birmingham angegriffen wird, doch sollten wir besser nicht davon ausgehen, dass dies auch zutrifft. Genau genommen ist das sogar ziemlich unwahrscheinlich." Sie grübelte eine Weile still vor sich hin, dann kam ihr ein Gedanke. „Was hältst du davon, wenn wir versuchen, Bennys Familiensitz zu erreichen? Der liegt, soweit ich weiß, ziemlich abgelegen auf dem Land und wird kein Primärziel der Biester sein." Da offenbar keine Möglichkeit bestand, ihre Kameraden zu erreichen, gefiel ihr der Gedanke, neben Sally auch noch Benny um sich zu haben. Sie wusste ebenso wenig wie Sally, ob Bennys Elternhaus ihnen tatsächlich Schutz bieten konnte, doch war es ein Ziel, das zumindest ein wenig Hoffnung bot. „Weißt du, wo genau das Haus liegt?"

„In Nord-Yorkshire, nicht weit von Scarborough entfernt, allerdings ein gutes Stück landeinwärts", antwortete Sally. „Also von hier aus gesehen nicht gerade um die Ecke. Ich war noch nie dort, aber Benny hat mal davon erzählt, wo sein Familiensitz etwa liegt. Durham liegt deutlich näher als Birmingham, doch wir werden es wohl versuchen müssen." Sie schwieg kurz, dann sah sie Ragna ein wenig verlegen an. „Glaubst du, wir könnten auch in Charltons Rock vorbeischauen? Das ist mein Geburtsort, er liegt an der Küste nicht weit von Durham entfernt. Meine Mutter und jüngere Schwester leben noch dort. Ich würde mich gerne davon überzeugen, dass es ihnen gut geht."

Ragna bezweifelte zwar, dass dies der Fall sein würde, sollte sich der Angriff nicht auf Birmingham beschränken, doch sie wollte der Freundin nicht gleich alle Hoffnung nehmen. „Natürlich. Wir schauen erst bei Benny vorbei und falls es möglich ist, machen wir einen Abstecher nach Norden. Bennys Familie verfügt bestimmt über Fahrzeuge, von denen wir uns eines ausleihen könnten."

„Wir sollten ohnehin versuchen, ein Fahrzeug aufzutreiben", sagte Sally und lächelte der Freundin dankbar zu. „Der Weg bis kurz vor Scarborough ist verdammt weit, wenn man ihn zu Fuß bewältigen muss. Leider verfüge ich über kein eigenes Auto. Ich wollte mir noch eines anschaffen, doch dazu werde ich nun wohl so bald nicht mehr kommen." Sie versuchte, ihre Angst zu verbergen, doch Ragna spürte, was wirklich in ihr vorging und drückte ihr aufmunternd den Arm. „Es macht keinen Sinn, den Aufbruch noch länger hinauszuschieben, zumal die Geräusche, die draußen zu hören sind, immer beängstigender klingen", flüsterte sie und öffnete vorsichtig die Haustür. Kurze Zeit später eilten sie in Richtung Stadtrand davon in der Hoffnung, unbemerkt zu entkommen.

Flucht

Die Hoffnung, mit Hilfe eines Autos zu entkommen, hatten sie schnell aufgeben müssen. Nahezu jeder Autobesitzer der Stadt schien auf den gleichen Gedanken gekommen zu sein, und so schoben sich auf jeder stadtauswärts führenden Straße lange Autokolonnen quälend langsam vorwärts oder standen im Stau fest. Das, was in der Innenstadt geschah und sich bereits in die angrenzenden Bezirke ausbreitete, hatte sich schnell herumgesprochen. „Da sind wir zu Fuß schneller", sprach Sally auch Ragnas Gedanken aus. „Außerdem möchte ich nicht in einer dieser Blechkisten sitzen, wenn die Biester hierherkommen sollten, ohne dass ich das Gaspedal durchtreten und mit über hundert Sachen davonbrausen kann. Das ist für die doch Fastfood, Homo sapiens in Konservendosen."

Es mochte Galgenhumor sein, doch Ragna war froh, dass Sally in dieser Situation überhaupt noch scherzen konnte, das vielleicht einzige Mittel gegen das in ihnen lauernde Entsetzen. Beide waren es gewohnt, Probleme aktiv anzugehen, und ihre Hilflosigkeit in dieser Situation setzte ihnen schwer zu. Nur fliehen zu können, anstatt die Angreifer zu bekämpfen, widerstrebte ihnen zutiefst, doch waren beide realistisch genug, um zu wissen, dass sie allein keine Chance hatten gegen diese Tiere, zumal sie nicht einmal über brauchbare Waffen verfügten. Die Wölfe als gut ausgerüstete Einheit hätten gemeinsam vielleicht etwas bewirken können, doch Sally und Ragna würden zerrissen werden, sollten sie auf eine Gruppe

174

der Monsteraffen stoßen. Flucht war die einzige Möglichkeit für sie zu überleben.

Sie folgten schmalen Nebenstraßen, mieden Hauptverkehrsadern, da zu befürchten war, dass die Tiere dort zuerst zuschlagen würden. Wie recht sie mit dieser Vermutung hatten, erfuhren sie nur zu bald: Sie hatten gerade eine breite Straße überquert und waren in eine Gasse mit engstehenden alten Häusern eingetaucht, als sie hinter sich Angstschreie hörten, die sich schnell ausbreiteten. Das laute Kreischen, das diese Schreie begleitete, ließ keinen Zweifel daran, was auf der Hauptstraße geschah, und so hasteten die Freundinnen vorwärts, um möglichst schnell zu verschwinden. „Warum hat man eigentlich immer dann keinen Raketenwerfer zur Hand, wenn man ihn gut gebrauchen könnte?" keuchte Sally und versuchte, noch schneller als bisher zu laufen. „Ich wäre auch mit einer Bazooka zufrieden."

Trotz der ernsten Lage musste Ragna lächeln. „Ich sogar mit einem großkalibrigen Gewehr", erwiderte sie, ebenfalls leicht außer Atem. „Hauptsache irgendetwas, das die Biester auf Distanz halten kann." Sie redeten ihre Angst fort, um nicht von Panik überwältigt zu werden, die ständig unter der Oberfläche lauerte. Als sie am Ende der Gasse angelangt waren, sahen sie sich hektisch um. „Da lang!" rief Ragna schließlich und sie folgten nun einer weiteren schmalen Straße, die offenbar in ein Industriegebiet führte, in der Hoffnung, dass die Monsteraffen sich vorerst auf die dichtbesiedelte Innenstadt konzentrieren würden. Auch führte der Weg durch das Industriegebiet eindeutig aus der Stadt heraus und bedeutete somit eine potenzielle Fluchtmöglichkeit. Doch auch hier waren die Menschen dabei, das Gebiet so schnell wie möglich zu verlassen; offenbar hatte sich selbst hier bereits herumgesprochen, was in der Stadt vor sich ging. Autos und

Lastwagen verstopften die Straßen und die Freundinnen eilten so schnell wie möglich an ihnen vorbei, da zu befürchten stand, dass diese große und laute Ansammlung von Menschen bald auch die Monsteraffen auf den Plan rufen würde.

Das geschah schneller, als sie erwartet hatten. Eine Gruppe von gut zwanzig der braunfelligen Wesen verließ gerade in dem Moment die schmale Straße, als Ragna sich umwandte, um zu überprüfen, ob sie verfolgt wurden. Auf allen Vieren galoppierten die Tiere heran und begannen, die Fahrzeuge anzugreifen. Glas splitterte unter harten Schlägen, das Blech bot keinen Schutz gegen die gewaltige Kraft der Angreifer, und bald gab es die ersten Toten. Ragna zerrte Sally auf ein weitläufiges Grundstück mit zahlreichen niedrigen Hallen, lief mit ihr an den Gebäuden entlang und erreichte schließlich einen hohen Maschendrahtzaun, der das Grundstück abschloss. Für sie bedeutete der Zaun trotz des schweren Rucksacks kein nennenswertes Problem, doch Sally würde mehr Schwierigkeiten haben, ihn zu überwinden. Doch die stämmige Frau überraschte sie einmal mehr, als sie plötzlich ihren Geologenhammer aus einer Seitentasche des Rucksacks hervorholte und mit diesem die Verbindungsstücke zwischen Zaun und Pfahl zerschlug, sodass sich schon bald eine Lücke vor ihnen auftat, durch die sie hindurchschlüpfen konnten. „Und wohin jetzt?" keuchte sie. Dann beantwortete sie sich die Frage selbst, indem sie den niedrigen Abhang, auf dem sie nun standen, hinunterwies. „Da ist eine Art Feldweg. Der führt offenbar mitten in die Pampa, genau das, was wir jetzt brauchen. Bloß weg aus diesem Schlachthaus."

Dem war nichts hinzuzufügen, und so rannten sie zum Weg hinunter, der tatsächlich nicht nur aus der Stadt, sondern auch aus dem Industriegebiet hinausführte. Erst als sie nur noch von Feldern und Weiden umgeben waren, blieben sie erschöpft stehen und sahen sich nach einem Unterschlupf um, in dem sie sich eine Weile ausruhen konnten. Sie mussten mit einigen Strohballen vorliebnehmen, die auf einem abgeernteten Feld lagen, und verbargen sich so gut wie möglich hinter einer dieser großen Rollen. An das Stroh gelehnt saßen sie auf dem Boden, ständig auf bedrohliche Geräusche lauschend, die sich ihnen vielleicht näherten, doch waren die Monsteraffen offenbar vollauf damit beschäftigt, die Stadtbevölkerung, die sich in ihrer unmittelbaren Reichweite befand, zu massakrieren.

„Wir sollten eine Kleinigkeit essen und trinken", sagte Ragna leise. „Wir sind schon seit Stunden unterwegs und müssen neue Kraft tanken. Schlafen können wir hier nicht; es wird bald dunkel und wir sollten nach einem überdachten Versteck suchen, nicht nur, weil wir dort besser verborgen sind, sondern weil es auch bald anfangen wird zu regnen."

„Dann suchen wir besser sofort danach", erwiderte Sally und erhob sich stöhnend wieder. „Essen und trinken tue ich lieber im Trockenen und ohne Zuschauer, vor allem ohne solche, die uns zum Dessert erklären könnten."

Sie kamen kurze Zeit später an einem Gärtnereibetrieb mit einer Reihe von Gewächshäusern vorbei, die genau das boten, was sie gesucht hatten. Zwischen den Pflanzen würden sie weitgehend unsichtbar sein, während sie selbst durch das Glas die Umgebung im Auge behalten konnten. Weit und breit waren keine Menschen zu sehen; entweder waren die Mitarbeiter ebenfalls geflohen oder hatten bereits Feierabend gemacht. Die Freundinnen huschten in eines der langen Glasgebäude hinein, nachdem Ragna das Schloss mit ihrem Universalmesser geknackt hatte, und suchten sich einen versteckt liegenden Platz, wo sie die Nacht verbringen konnten. Es war warm und trocken in der Halle; hier wurden Kakteen und

Sukkulenten gezüchtet. Sie aßen einen Teil der frischen Lebensmittel, die sie mitgenommen hatten, und tranken ein wenig von ihrem Wasser. Da auch hier der Strom ausgefallen war, wie sie an den toten Geräten in der Halle erkennen konnten, würden die Wasserhähne ebenfalls nicht funktionieren. Sie konnten ihren Wasservorrat zwar mit Regen auffüllen, doch verspürte derzeit keine von ihnen Lust, sich unter eine der Regenrinnen zu stellen und das Wasser aufzufangen. Also gingen sie sparsam mit ihren Vorräten um. Sie würden noch früh genug Regenwasser trinken müssen.

Sie wechselten sich mit der Wache ab, damit jede von ihnen ausreichend Schlaf bekam. Doch wurde es langsam kälter in der Halle, da die Heizung ohne Strom nicht funktionierte und die Wärme nach und nach durch die Glaswände entwich. Hatten sie zuvor direkt auf dem weichen Boden gelegen, so kroch Sally bald in ihren Schlafsack, während Ragna sich in die aus Sallys Wohnung mitgenommene Wolldecke hüllte. Ende September konnte es schon recht kühl werden und der auf das Glasdach prasselnde Regen trug auch nicht gerade dazu bei, den Raum zu wärmen. Die Pflanzen in diesem Gewächshaus werden wohl bald eingehen, dachte Sally, während sie sich auf die Seite rollte und einzuschlafen versuchte. Doch ihr Geist war noch zu aufgewühlt, als dass ihr dies gelang; schon bald wälzte sie sich auf die andere Seite und es dauerte eine ganze Weile, bis die Erschöpfung schließlich siegte und sie endlich einschlief.

Ragna hockte im Schatten eines der großen Hochbeete und sah in das sie umgebende Dunkel hinaus. Ohne Straßenlaternen und anderem elektrischen Licht war es ungewohnt finster und erinnerte Ragna an ihre Tage in den kanadischen Wäldern, in denen es ebenfalls kein Kunstlicht gab. Mond und Sterne hatten Mühe, auch nur ein wenig Licht durch die dichte Wolkendecke zu schicken, und so fiel es selbst Ragnas nachtsichtigen Augen nicht leicht, mehr als grobe Umrisse zu erkennen. Noch immer regnete es stark; wenigstens würde der Regen Spuren, die sie vielleicht hinterlassen hatten, fortwaschen und es möglichen Verfolgern schwer machen, sie zu finden. Als Sally sie gegen 2 Uhr nachts ablöste, wickelte sie sich in ihre Wolldecke und schlief trotz ihrer Anspannung beinahe augenblicklich ein.

Am Morgen nieselte es nur noch leicht. Leider erfüllte sich ihre Hoffnung, in den anderen Gewächshäusern vielleicht frisches Gemüse zu finden, nicht; dieser Betrieb hatte sich auf Zierpflanzen spezialisiert. So begnügten sie sich mit dem restlichen Brot und Käse aus Sallys Kühlschrank und gönnten sich einen heißen Tee aus aufgefangenem Regenwasser und Teebeuteln, die sie mitgenommen hatten. „Nicht gerade Haute Cuisine", murrte Sally und biss missmutig in ihr Brot. „Und mit den Brennstofftabletten müssen wir auch sparsam umgehen. Ich habe zwar alle eingepackt, die ich noch zu Hause liegen hatte, aber viele waren es leider nicht mehr. Meine letzte Exkursion ist schon etwas her und eine neue war vorerst nicht geplant gewesen."

„Seien wir froh, dass du überhaupt noch einige hattest", erwiderte Ragna, die ihren Becher mit beiden Händen umfasst hielt, um die Hände an ihm zu wärmen. „Meine ganze Exkursionsausrüstung liegt hoch und trocken in London, also außer Reichweite. Wenigstens bin ich mit Rucksack bei dir angereist und nicht mit einem Koffer. Der wäre jetzt viel zu sperrig. Und mein Multifunktionsmesser habe ich zum Glück immer in der Tasche."

„Gibt ein gutes Einbruchswerkzeug ab", sagte Sally mit einem schiefen Grinsen. „Anderenfalls hätten wir eine Scheibe einschlagen müssen, was diesen Glasbau noch schneller hätte auskühlen lassen. Da merkt man erst so richtig, was alles vom Strom abhängt. Die Pflanzen hier werden es wohl nicht mehr lange machen, die brauchen Hitze."

„Weshalb hast du eigentlich deinen Geologenhammer mitgenommen?" fragte Ragna. „Er hat sich beim Zaun ja als sehr praktisch erwiesen, aber er nimmt doch einigen Platz weg im Rucksack."

„Mangels Sturmgewehren und anderer Waffen dachte ich mir, dass der Hammer notfalls als solche dienen könnte." Sie strich liebevoll über eines der scharfen Enden des Werkzeugs. „Wenn man damit Steine spalten kann, dann vielleicht auch Ungeheuerschädel. Na ja, besser als nichts, denke ich. Du hast ja deine Krallen und Reißzähne, und ich wollte nicht völlig wehrlos dastehen."

Ragna nickte ihr anerkennend zu. „Gut mitgedacht. Aber das kenne ich von dir ja nicht anders. Es ist mir eine Ehre, gemeinsam mit dir stiften zu gehen. Wo wir gerade dabei sind: Wir sollten jetzt aufbrechen. Die Biester werden sich zwar erst auf größere Menschenansammlungen stürzen, doch irgendwann durchsuchen die sicher auch weniger dicht besiedeltes Gebiet. Und es ist noch weit bis zu Bennys Zuhause."

Kurze Zeit später hasteten sie einen Feldweg entlang, während der Nieselregen von ihren Regencapes tropfte. Auch ein solches hatte Ragna glücklicherweise mitgenommen; sie war inzwischen so sehr an das britische Durchschnittswetter gewöhnt, dass sie es ohne nachzudenken in den Rucksack gepackt hatte. Es schützte auch den Rucksack und bewahrte ihn davor, völlig durchnässt zu werden. Aus der inzwischen ein gutes Stück entfernten Stadt hallten noch immer Schüsse und Maschinenlärm zu ihnen herüber. Auch wenn der Strom ausgefallen war, gab es doch viele Fahrzeuge und Geräte, die mit

Treibstoff liefen und von daher noch einsatzfähig waren. Verkehrslärm von der Schnellstraße war allerdings keiner zu hören; die Freundinnen vermuteten, dass die von den Tieren angegriffenen Fahrzeuge inzwischen fahruntüchtig waren und die Straße völlig blockierten, sodass niemand mehr per Auto auf ihr fliehen konnte. Keine der beiden verspürte den Wunsch, über die erhöhte Böschung, die den Feldweg auf der linken Seite begrenzte, einen Blick auf die Straße zu werfen; sie fürchteten sich vor dem, was sie dort vielleicht sehen würden. So liefen sie schweigend den Weg entlang, den Blick gesenkt und unablässig lauschend, ob sich möglicherweise eine Gefahr näherte, doch es blieb in ihrer unmittelbaren Umgebung geradezu beängstigend still. Waren alle hier lebenden Menschen geflohen oder lagen sie tot in ihren Häusern? Ragna war sich nicht sicher, ob sie das wirklich wissen wollte.

Den ganzen Tag über folgten sie Wegen wie diesem, mieden Dörfer und Höfe und fanden schließlich in einem auf einer Weide stehenden Viehunterstand ein wenig Schutz für die Nacht. „Irgendwann werden wir aber zumindest einen Hof aufsuchen müssen", sagte Sally, während sie versuchte, es sich auf dem harten Boden ein wenig bequemer zu machen. „Unsere Vorräte werden nicht ewig halten. Wasser liefert uns ja notfalls der Regen, aber leider keine Lebensmittel. Und essen müssen wir regelmäßig, sonst fehlt uns bald die Kraft für den langen Fußmarsch, der uns noch bevorsteht."

„Wir müssen aber sehr vorsichtig sein, wenn wir uns einem Hof nähern", gab Ragna zu bedenken. „Auch Bewohner abgelegener Häuser könnten inzwischen mitbekommen haben, was im Land vor sich geht, und werden nicht gerade gastfreundlich oder gar bereit sein, etwas von ihren Vorräten abzugeben. In Krisenzeiten wie diesen ist sich jeder selbst der

Nächste und Fremde werden schnell wie Feinde behandelt. Wir verfügen über keine Schusswaffen, Landbewohner dagegen ziemlich häufig. Ich möchte keine Ladung Schrot in die Brust bekommen."

Sally nickte zustimmend und füllte den Inhalt einer großen Dose Ragout in den Topf, um ihn auf dem Kocher zu erhitzen. Das musste für sie beide zum Abendessen reichen. Während sie den Feldwegen gefolgt waren, hatte Ragna unablässig Ausschau nach Kaninchen gehalten, doch hielt der Dauerregen die Tiere offenbar in ihren Bauten fest, sodass sie nicht hatte jagen können. Da aber auch alles Holz, das sie entdeckte, ebenso nass war wie die Weiden, wäre es ihr ohnehin schwer gefallen, ein Feuer zu entfachen, um ein Kaninchen darüber zu braten. Und ein stark qualmendes Feuer konnten sie sich nicht erlauben; das wäre weit zu sehen gewesen.

„Wie es wohl unseren Freunden geht?" Sally beobachtete nachdenklich das Ragout, das langsam heiß wurde. „Die ‚Nadelstiche', von denen du erzählt hast, fanden ja weltweit statt, sodass zu befürchten steht, dass auch dieser massive Angriff nicht auf Großbritannien beschränkt ist. Seoul wird aufgrund seiner Größe und Bevölkerungszahl sicher ein bevorzugtes Ziel der Monsterpaviane sein, Glasgow auch, da es ebenfalls eine große Stadt ist. Was Bennys Zuhause betrifft, können wir nur hoffen, dass es abgelegen genug ist, um erst einmal verschont zu bleiben." Sie seufzte leise und der Ausdruck ihres Gesichts spiegelte ihre tiefe Sorge wider. „Das gilt hoffentlich auch für Charltons Rock, in dem meine Familie lebt. Hast du noch einmal versucht, jemanden mit dem Mobiltelefon zu erreichen?"

„Ja, vom Gewächshaus aus", antwortete Ragna. „Ich bin zu niemandem durchgekommen. Sobald wir weiter entfernt sind von Birmingham, versuche ich es erneut, doch ich fürchte, diese Biester werden überall die Mobilfunkmasten zerstört haben. Wenn ich etwas während meiner Tätigkeit für die Wölfe gelernt habe, dann, dass diese Tiere sehr genau planen und äußerst gründlich sind. Ich habe wenig Hoffnung, dass wir unsere Freunde und du deine Familie per Telefon erreichen werden."

„Wenn ich bedenke, dass unsere größte Sorge bis vor Kurzem noch dieses Virus und die erforderlichen Maßnahmen, um seine Verbreitung zu verhindern, war." Sally lächelte grimmig und trank den restlichen Tee aus. „Und diese ganze Aufregung wegen der Einschränkungen im täglichen Leben. Ob es das Virus gibt oder nicht. Das kommt einem jetzt geradezu lächerlich vor."

„Angesichts dieser mörderischen Bestien erscheint es tatsächlich bizarr, dass die Leute sich darüber so aufgeregt haben", erwiderte Ragna. „Das Virus war sicher nicht ohne, aber jetzt droht den Menschen eine noch viel größere Gefahr, die sie besser sehr ernst nehmen."

Sie hatten gerade das Geschirr im strömenden Regen wieder gereinigt und fortgepackt und wollten sich schlafen legen, da hörten sie in der nahezu undurchdringlichen Finsternis ein Geräusch, das sie augenblicklich erstarren und angestrengt lauschen ließ. Schwere Schritte kamen über die Weide gestapft, näherten sich zweifelsfrei dem Unterstand. War dies ein weiterer Flüchtling, der hier Schutz suchte, oder ein Bauer, der nach seinem Vieh sehen wollte? Sie hatten auf dieser Weide weder Rinder noch Schafe entdecken können. Die Monsteraffen bewegten sich auf andere Weise vorwärts, nahezu lautlos und gewöhnlich auf allen Vieren, was ganz andere Geräusche erzeugte. Doch auch ein ihnen feindlich gesonnener Mensch konnte schnell zur Gefahr werden.

Jetzt konnten sie eine Taschenlampe sehen, deren Strahl den Boden erhellte. Auch Sally hatte eine Taschenlampe eingepackt, doch verzichteten sie möglichst auf sie, da ihr Licht sie leicht verraten konnte. Sie drückten sich in eine Ecke des Unterstandes; vielleicht ging der Fremde ja einfach vorbei. Doch das war leider nicht der Fall; im Licht der Taschenlampe konnten sie einen großen hageren Mann erkennen, mit schlammverkrusteten Stiefeln und einem Parka bekleidet, der zielstrebig auf den Unterstand zukam. Er hatte einen alten Militärrucksack geschultert, an dem verschiedene Gerätschaften hingen, und trug in der rechten Hand die Taschenlampe. Verblüfft blieb er stehen, als der Strahl seiner Lampe auf die Freundinnen fiel, die ihm angespannt entgegensahen.

„Na sowas", begrüßte er die jungen Frauen, die aufgestanden waren, als sie erkannten, dass Verbergen nichts mehr brachte. „Und ich dachte, ich wäre bei diesem Mistwetter allein unterwegs." Der Mann sprach in einem ihnen unvertrauten Dialekt, hatte ein verwittertes Gesicht mit einem Bartschatten auf dem kantigen Kinn und unter der Kapuze lugten dunkle Haare mit grauen Strähnen hervor. Er war offenbar in den Fünfzigern und machte den Eindruck, die meiste Zeit seines Lebens draußen verbracht zu haben. Ein knappes Lächeln huschte über sein Gesicht, dann wies er auf das Innere des Unterstandes. „Habt ihr was dagegen, wenn ich ebenfalls hier unterkrieche? Die Batterie in der Lampe macht es nicht mehr lange und ich will nicht nachts im Dunkeln durch die Gegend stolpern."

Sie konnten keine Waffen an dem Mann entdecken und so nickte Ragna knapp und wies einladend auf einen freien Platz im Unterstand. Der Mann ließ seinen Rucksack fallen, kramte ein Stück alte Plane aus einer Seitentasche und benutzte es als Sitzunterlage, da der Boden auch hier feucht war. Dann holte er ein Stück Brot aus dem Rucksack und begann zu kauen, ohne ihnen etwas anzubieten, doch dafür hatten die Freundinnen Verständnis. Keiner von ihnen verfügte über größere Vorräte und musste mit dem, was er hatte, sparsam umgehen. Also beobachteten sie den Mann, der die Taschenlampe vor sich auf den Boden gelegt hatte, um noch ein wenig Licht zu haben, bevor er sich schlafen legte. Dieser beendete sein Mahl und sah die jungen Frauen neugierig an.

„Ich bin Angus", stellte er sich vor. Also wahrscheinlich ein schottischer Dialekt, schoss es Ragna durch den Kopf, doch der Mann fuhr bereits fort. „Hab versucht, hier in der Gegend Arbeit zu finden, doch mit Ernte ist nichts mehr. Sind außerdem ganz schön knauserig mit ihren Lebensmitteln und anderen Dingen, die ich brauchen könnte. Gestern gab mir eine Frau Brot, schon etwas hart, aber na ja, besser als nichts, doch seitdem wurde ich jedesmal fortgejagt, wenn ich bei den Bauern nachfragte. Scheinen geizige Leute hier in der Gegend zu sein. Sagten, sie hätten nichts für Bettler wie mich."

Wussten die Menschen in dieser Gegend noch gar nichts von dem Überfall der Monsteraffen? Das war aufgrund der zusammengebrochenen Kommunikation nicht unwahrscheinlich, und wenn keine Flüchtlinge hierher gelangt waren, die entsprechende Neuigkeiten mitbrachten, konnte es durchaus sein, dass die Leute hier noch ahnungslos waren. Das bedeutete aber ebenfalls, dass die Wesen selbst sich wohl auch noch nicht hatten blicken lassen, sondern bisher nur Städte überfielen. Das bot ihnen die Möglichkeit, unbemerkt zu Benny zu gelangen, wenn sie sich an ländliche Gebiete hielten, und erhöhte zugleich die Chance, dass das Elternhaus ihres Freundes noch unversehrt war. Aber sie brauchten Gewissheit, und so wandte Ragna sich an Angus, der geduldig darauf wartete, dass die jungen Frauen sich ihm vorstellten.

„Ich bin Ragna und das ist Sally", begann Ragna und lächelte dem Wanderarbeiter freundlich zu. „Wir kommen aus Birmingham. Sally arbeitet dort und ich habe sie besucht. Ich lebe eigentlich in London und habe einige Tage Urlaub. Dass wir hier in diesem Unterstand landen und das bei solch scheußlichem Wetter war allerdings nicht geplant gewesen." Sie schwieg kurz und sah den Schotten eindringlich an. „Sagen Sie, Angus, ist Ihnen irgendetwas Ungewöhnliches aufgefallen, während Sie heute durch die Gegend gewandert sind? Leute, die deutlich Angst hatten, vielleicht sogar auf der Flucht waren? Irgendwelche merkwürdigen... Gestalten, ähnlich wie Menschenaffen, nur viel größer?"

„Nein", antwortete Angus gedehnt, „nichts davon. Aber da ihr so komische Fragen stellt, vermute ich mal, dass ihr vor genau diesen... Gestalten auf der Flucht seid."

„Stimmt", gab Sally zu. „Das sind genau die Biester, die schon seit Monaten Großbritannien unsicher gemacht haben, allerdings bisher nur gelegentlich und mit kleineren Überfällen. Dann schienen sie sich zurückgezogen zu haben, da das Militär viel präsenter war als zuvor. Doch Ragna vermutete, dass dies ein Trick sein könnte, und leider hat sie recht behalten. Gestern Mittag überfielen wahrscheinlich Hunderte von ihnen Birmingham und begannen sofort damit, die Bevölkerung zu zerfleischen."

„Bin zwar viel unterwegs, aber davon hatte ich auch gehört." Angus starrte nachdenklich in die Nacht hinaus und kratzte sich langsam den Stoppelbart. „Überall waren bewaffnete Patrouillen unterwegs, hochnäsige Kerle, die mich behandelten, als sei ich eines dieser Biester. Wäre einige Male beinahe erschossen worden, wenn ich in der Dunkelheit in einen Ort kam. Hab die Kerle verflucht und ihnen die ganze bepelzte Bande auf den Hals gewünscht, damit sie endlich einen Grund für ihre blöde Herumballerei hatten. Nun, man sollte vorsichtig sein mit dem, was man sich wünscht."

„Das wünscht man nicht einmal seinem ärgsten Feind", stimmte Ragna ihm zu. „Und schon gar nicht Kindern und anderen hilflosen Menschen. Wir wissen nicht, ob nur Birmingham betroffen ist oder auch andere Städte, doch befürchten wir genau dies. In Birmingham ist die gesamte Kommunikation zusammengebrochen, ebenfalls die Stromversorgung. Hatten die Dörfer und Höfe, die Sie heute aufgesucht hatten, denn noch Strom? Lief irgendwo ein Radio oder ein Fernseher?"

„Kann mich nicht erinnern, sowas bemerkt zu haben", brummte Angus und rieb sich nun die Schläfen. „Tagsüber brennen ja keine Lampen und ein laufendes Radio oder Fernseher ist mir nicht aufgefallen. Was sind das eigentlich für Dinger und wieso überfallen die uns?"

„Gute Frage", antwortete Sally mit harter Stimme. „Die scheinen aus dem Nichts aufgetaucht zu sein, um nicht nur Großbritannien, sondern auch andere Länder mit scheinbar wahllosen Überfällen zu terrorisieren. Dann verschwinden sie wieder, nur um plötzlich erneut aufzutauchen, doch diesmal nicht verstohlen wie zuvor, sondern ganz offen am hellen Tag und in solchen Massen, dass sie die Polizei in große Schwierigkeiten bringen. Am beängstigendsten aber ist, dass wir bisher nur wenig Militär gesehen haben. Ein derartiger Großangriff müsste die doch mobilisieren."

„Klingt nach ziemlich schlauen Biestern." Diesmal kratzte sich Angus die Kopfhaut unter dem zerzausten Haar, offenbar ein Zeichen von Nervosität, denn für jemanden, der den ganzen Tag bei diesem Wetter unterwegs gewesen war, war er erstaunlich sauber. „Nach Biestern mit einem Plan. Ob die wohl zuerst die Tommies kalt gemacht haben und erst dann über die Städte hergefallen sind?"

„Der Gedanke ist uns auch schon gekommen", gab Ragna mit deutlichem Unbehagen zu. „Das wäre allerdings eine Katastrophe, denn Polizei und Zivilschutz verfügen nicht über die Mittel, solche Gegner auf Dauer in Schach zu halten, wenn es ihnen denn überhaupt gelingt. Was wir in Birmingham mitbekommen haben, spricht nicht dafür. Die Biester haben unzählige Menschen zerrissen, in der Innenstadt ebenso wie auf den aus der Stadt herausführenden Straßen, auf denen viele in ihren Autos zu fliehen versuchten. Wir haben keine Ahnung, wie es jetzt dort aussieht, ob die Monsteraffen bereits begonnen haben, die Leute in ihren Wohnungen zu überfallen und auszumerzen."

Schweigen breitete sich in dem Unterstand aus; jeder der drei hing seinen Gedanken nach. Es war Angus, der als Erster wieder sprach. „War sicher gut, dass ihr von dort abgehauen seid. Meint ihr, die kommen irgendwann auch hierher?"

„Das steht zu befürchten", antwortete Ragna mit düsterer Stimme. „Wir wissen nicht, was die Biester vorhaben, aber ich glaube nicht, dass sie ihre Angriffe auf Birmingham beschränken werden. Ein Kollege von mir kam auf die Idee, sie seien vielleicht in einem Labor gezüchtet worden und daraus entkommen. Aber das ist nur eine Möglichkeit von vielen."

„Du meinst, so gezüchtete Jurassic Park-Viecher, nur diesmal Primaten?" Sallys Stimme klang sarkastisch. „Kleine King Kongs? Ich frage jetzt gar nicht, wer sowas züchten würde; da gibt es bestimmt eine ganze Menge Idioten, die dazu bereit wären. Doch wo könnten derartig große Tiere, dazu in solchen Massen, unbemerkt gehalten werden? Dazu wäre eine riesige Anlage erforderlich. Und das soll niemand bemerkt haben?"

Ragna seufzte leise und schüttelte ratlos den Kopf. „Wie gesagt, das ist nur eine Möglichkeit. Wissen tun wir in dieser Hinsicht gar nichts. Diese Biester sind nicht gerade auskunftsfreudig. Ihre einzige Sprache im Umgang mit Menschen ist brutale Gewalt."

Angus hatte sich ausgestreckt, in eine alte Decke gehüllt und die Taschenlampe ausgeschaltet. „Gefällt mir gar nicht, was ihr da erzählt. Am besten haut ihr euch auch hin; vielleicht wissen wir morgen mehr."

Das bezweifelten die Freundinnen zwar, aber sie folgten dem Beispiel des Wanderarbeiters und versuchten ebenfalls zu schlafen. Sally übernahm die erste Wache und wurde vier Stunden später von Ragna abgelöst. Missmutig starrten die beiden auf Angus, der offenbar gar nicht daran dachte, sich an der Wache zu beteiligen, sondern ungerührt vor sich hinschnarchte. Erst als der Morgen graute, kroch er unter seiner Decke hervor und kramte in seinem Rucksack nach etwas Essbarem. Der Regen hatte nachgelassen; es nieselte nur noch leicht und die Wolken begannen endlich aufzureißen, sodass sie hoffen konnten, dass es bald völlig trocken bleiben würde. Auch Sally und Ragna bereiteten sich ein karges Frühstück zu und gönnten sich erneut einen heißen Tee. Als sie von ihrem kleinen Kocher hochsahen, blickten sie in den Lauf einer alten Armeepistole.

„Werft mir einfach eure Rucksäcke rüber, dann muss ich nicht schießen", sagte Angus mit einem kalten Ausdruck in den Augen. „Wenn die Lage wirklich so beschissen ist, wie ihr sagt, kann ich die Sachen darin bestimmt brauchen. Und keine falsche Bewegung – ich kann mit dem Teil umgehen."

Die Freundinnen sahen sich verblüfft an. Das hatten sie von dem Schotten nicht erwartet, doch worauf war noch Verlass in dieser sich rasant ändernden Welt? Ragna nickte dem grimmig dreinschauenden Mann zu, dann warf sie ihm ihren Rucksack zu, doch auf eine Weise, die den Arm, der die Pistole hielt, mit voller Wucht traf und zurückschleuderte. Ein Schuss löste sich und durchbohrte die Wand des Unterstandes, doch bevor Angus die Waffe erneut auf die Freundinnen richten konnte, hatte ihn Ragna bereits zu Boden gerissen. Mit einem Aufschrei ließ der Schotte die Pistole fallen; Ragnas scharfe Krallen hatten seinen Unterarm aufgerissen, und nun hockte die junge Frau auf dem Brustkorb ihres Gegners, der entsetzt auf scharfe Reißzähne und dolchartige Krallen starrte, die an seine Kehle gehalten wurden. Ragnas Augen loderten förmlich; auch wenn sie ein gewisses Verständnis für das Verhalten des Mannes hatte, dem sie so oder ähnlich wohl noch häufiger bei Fremden begegnen würden, hätte Angus ohne Skrupel das Leben der Freundinnen in Gefahr gebracht. Sie wussten nicht, wo und wann sie wieder Lebensmittel, Decken und andere wichtige Dinge finden würden; sie ihnen zu stehlen war daher mehr als gewöhnlicher Diebstahl. Knurrend hob Ragna die Krallen, um dem Schotten die Kehle aufzuschlitzen, da ließ sie Sallys Hand, die besänftigend auf ihrer Schulter lag, innehalten und zu ihr aufblicken.

„Nicht, Liebes", sagte Sally ungewohnt sanft. „Angus hat sich zwar als gewissenloser Schuft erwiesen, aber ihn deshalb umzubringen finde ich übertrieben. Lass uns einfach weiterziehen; die Pistole nehmen wir mit, damit Angus nicht auf falsche Gedanken kommt und uns folgt, um doch noch an sein Ziel zu gelangen. Sollte er so dumm sein, es dennoch zu tun, nun, du bist mit zwei dieser Monsterpaviane fertig geworden und hast einen weiteren schwer verletzt. Er hätte in einem Kampf gegen dich keine Chance."

Ragna atmete tief ein, um wieder ruhig zu werden. Sallys Worte erinnerten sie an Onkel Fong und dessen Ermahnung, sich Verbrechern nicht gleichzumachen. „Du hast recht", sagte sie deshalb mit erzwungener Beherrschung. „Lassen wir den Ganoven ziehen." Sie sprang auf die Füße und starrte den Schotten hart an. „Verschwinde und wage es ja nicht, noch einmal auch nur in unsere Nähe zu kommen. Das nächste Mal kommst du nicht ungeschoren davon."

Seinen verletzten Arm haltend stolperte Angus auf die Füße, starrte Ragna voller Furcht und zugleich Hass an und griff nach seinem Rucksack, in den er seine Decke stopfte. Sally hatte die Pistole aufgehoben und in ihre Tasche gesteckt, damit der Schotte sie nicht doch noch an sich nehmen konnte. Angus wickelte ein altes Halstuch um den verletzten Arm, dann schulterte er seinen Rucksack und ging wortlos davon, ohne sich noch einmal umzusehen. Die Freundinnen wussten, dass sie in den kommenden Nächten besonders wachsam sein mussten; jetzt drohte ihnen nicht nur von den Monsteraffen Gefahr, sondern auch von einem rachsüchtigen Ganoven, der die Sache wahrscheinlich nicht auf sich beruhen lassen würde.

Sally strich der Freundin besänftigend über die Wange. „Das wird nicht das einzige Mal bleiben, fürchte ich. Je mehr Menschen vor den Monsterpavianen auf der Flucht sind und es ihnen am Nötigsten fehlt, desto häufiger werden sie versuchen, sich die fehlenden Dinge von anderen Menschen zu beschaffen, notfalls mit Gewalt."

„Ich weiß", seufzte Ragna niedergeschlagen. „Leider geht das Raubtier in mir in solchen Situationen leicht mit mir durch. Ich danke dir, dass du mich zurückgehalten hast. Lass uns jetzt weiterziehen, damit wir heute unserem Ziel ein gutes Stück näherkommen."

Auch sie packten nun ihre Habseligkeiten ein und machten sich zum Aufbruch bereit. Der Regen hatte ganz aufgehört, sodass sie auf ihre Capes verzichten konnten, und bald stapften sie über die nasse Weide zu einem Feldweg hinüber, der in die Richtung führte, in die sie gehen mussten. Es lag noch immer ein weiter Weg vor ihnen, der nicht nur ihre Kräfte beanspruchen, sondern auch die Gefahr einer Begegnung mit den Monsteraffen von Tag zu Tag erhöhen würde. Doch sollten sie nicht doch noch ein fahrtüchtiges Auto und freie Straßen finden, auf denen es fahren konnte, so würden sie die Strapazen wohl oder übel auf sich nehmen müssen, wollten sie Bennys Familiensitz erreichen. Das würde wahrscheinlich noch mehrere Tage in Anspruch nehmen und sie konnten nur hoffen, dass ihre Mühen am Ende nicht vergebens gewesen waren.

Badon Hall

„Da drüben scheint ein Gehöft zu sein." Sally wies in die Dunkelheit hinein, die nur spärlich vom Sichelmond erhellt wurde. „Ich sehe auch eine etwas abseits stehende Scheune. Wenn die Bauern bereits im Haus sind, können wir dort vielleicht unbemerkt unterkommen."

Ragna schlich die kleine Anhöhe hinauf, hinter der das Gehöft lag, und starrte zu den Gebäuden hinüber, die dunkel vor ihr lagen. Tagelang hatten sie Ansiedlungen gemieden, doch ihnen gingen langsam die Vorräte aus. Auch schlief es sich im Heu einer Scheune deutlich besser als auf dem harten Boden. Doch hier stimmte etwas nicht: Kein Licht brannte, obwohl noch nicht Schlafenszeit war; dafür stieg ihr ein nur zu vertrauter Geruch in die Nase, der sie schaudern ließ. Die Monsteraffen hatten den Hof vor ihnen erreicht und die Bewohner angegriffen, wie das Menschenblut, das Ragna roch, vermuten ließ. Da der Geruch der Tiere aber bereits verblasste, nahm sie an, dass sie weitergezogen waren und sie sich den Gebäuden gefahrlos nähern konnten. Leise kehrte sie zu Sally zurück, um der Freundin ihre Beobachtungen mitzuteilen.

„Jetzt wissen wir, dass die Biester ihre Angriffe nicht auf Birmingham, ja nicht einmal auf Städte beschränken", flüsterte sie, während sie wachsam die Umgebung im Auge behielt. „Diesen Hof hat es ebenfalls getroffen. Ich habe sowohl die Monsteraffen wie auch menschliches Blut gerochen. Auch ist nirgendwo ein Licht zu sehen, nicht einmal eine Kerze, obwohl die Dämmerung bereits eingesetzt hat. Dafür laufen überall Tiere umher, vor allem Schweine und Hühner, und das nicht in eingezäunten Gehegen, sondern direkt auf dem Hof und den umliegenden Weiden, ein deutliches Zeichen für einen Besuch der braunfelligen Tierbefreiungsfront. Ich glaube aber, dass die Biester bereits weitergezogen sind. Bleib hier und mache dich möglichst unsichtbar; ich werde nachschauen, ob meine Vermutungen richtig sind."

„Kommt nicht in Frage", zischte Sally verärgert. „Wofür hältst du mich eigentlich? Ich kippe dir schon nicht gleich um, wenn ich Blut sehe. Ich war vier Jahre alt, als ich das erste Mal Fische ausgenommen habe." Seit Sally krabbeln konnte, hatte sie ihren Vater oft beim Fischfang begleitet, konnte ein Boot steuern wie ein alter Seebär und wurde selbst bei Sturm nicht seekrank, wie die Fahrt auf der „Bristol Queen" bewiesen hatte. Sie besaß auch die Gelassenheit der Seeleute, die es gewohnt waren, mit den Launen und Tücken der Elemente zu leben, und es gab nichts, was sie so schnell aus der Bahn warf. „In Ordnung", flüsterte Ragna daher und wies zum Hof hinunter. „Bleib aber hinter mir; ich spüre eher als du, ob Gefahr droht."

Kurz darauf huschten sie lautlos den Abhang hinunter, immer wieder lauschend verharrend, bis sie schließlich das Wohnhaus erreichten. Ragnas Befürchtungen bewahrheiteten sich augenblicklich: Die Tür war eingeschlagen worden, ebenfalls einige der Fenster im Erdgeschoss, und als sie vorsichtig das Haus betraten, stolperten sie förmlich über die erste Leiche, die aufgeschlitzt in einer Blutlache im Flur lag.

Nicht nur Sally wurde blass, als sie den toten Mann näher betrachteten. Sein gesamter Oberkörper war aufgerissen worden. Obwohl es bereits Abend und früher Herbst war, bedeckten ganze Scharen von Fliegen den Leichnam und legten ihre Eier in das zerrissene Fleisch. „Das Büffet ist eröffnet", murmelte Sally mit heiserer Stimme. „Wenigstens die Fliegen haben allen Grund zur Freude." Ragna musste die Freundin dafür bewundern, dass sie selbst in dieser Situation ihren Galgenhumor bewahrte, doch ein Blick in Sallys Gesicht zeigte ihr, dass es der Freundin äußerst schwer fiel, weiterhin Gleichmut zu heucheln. Sie konnte dies gut nachempfinden: Auch ihr drehte sich beim Anblick des Toten der Magen um. Doch als sie im Wohnzimmer auf weitere Leichen stießen, darunter zwei kleine Kinder, die auf die gleiche Weise zugerichtet worden waren, empfand Ragna zum ersten Mal echten Hass auf die Monsteraffen, die derart gnadenlos jeden Menschen abschlachteten, der ihnen begegnete. Nicht einmal Eddies Tod war dazu in der Lage gewesen, doch der Anblick der kleinen zerrissenen Körper ließ sie förmlich brennen vor Wut.

„Wir müssen das Haus durchsuchen nach Dingen, die wir brauchen können", sagte Sally, ihren Blick von den Toten abwendend, soweit dies möglich war. „Wir haben kaum noch etwas zu essen. Ich hasse es, mich als Leichenfledderer zu betätigen, doch wir haben keine andere Wahl." Sie flohen förmlich in die Küche, wo sie zum Glück auf keine weiteren Toten stießen, und suchten in den Schränken und der Speisekammer nach Essbarem. Frische Nahrung fanden sie keine; ein weit geöffnetes Fenster, an dessen Seiten noch Speisereste klebten, ließ sie vermuten, dass die Monsteraffen diese zumindest teilweise in den Hof hinausgeworfen hatten, wo sie von den freigelassenen Haustieren gefressen worden war. „Die tun wirklich alles, um uns das Leben schwer zu machen", sagte Ragna bitter. „Lebende Menschen, auf die sie stoßen, töten sie, und alles, was nachkommenden Menschen nützen könnte, wird vernichtet. Wenigstens haben sie einige Dosen und Trockennahrung übersehen, die noch brauchbar sind. Wir sollten sie einstecken und dann aus diesem Schlachthaus verschwinden."

Sally nickte nur und packte alles ein, was verwendbar war; Ragna tat es ihr gleich, und so verließen sie kurz darauf das Haus mit deutlich schwereren Rucksäcken. Sie sahen nicht zurück, wollten das Grauen so schnell wie möglich hinter sich lassen. „Wir brauchen Schlaf", sagte Ragna und wies auf die abseits stehende Scheune. „Es ist unwahrscheinlich, dass die Biester so bald wieder hierher kommen; sie wissen ja, dass hier keine Menschen mehr am Leben sind. Lass uns nachschauen, ob wir dort ein sicheres Nachtlager finden."

Das weit offene Scheunentor ließ sie abrupt anhalten und sich vorsichtig umschauen. Die Monsteraffen waren auch hier gewesen, doch ihr Geruch verblasste ebenso wie der im Haus. Dafür roch Ragna Blut, nicht so viel wie im Wohngebäude, doch eindeutig zumindest von einem Menschen. „Hier waren sie auch", flüsterte sie angespannt. „Ich rieche mindestens einen Toten. Hier können wir nicht übernachten."

Sally hatte sich bereits abgewandt und sah sich suchend um. Ebenso wie Ragna verspürte sie keinerlei Neigung, sich den Toten in der Scheune anzuschauen. „Vielleicht ist der Schuppen dort auf der Weide geeignet. Lass uns nachschauen; da ziehen wieder Regenwolken heran. Wir sollten schleunigst einen trockenen Platz für die Nacht finden."

Der Schuppen war zwar deutlich weniger bequem, als es die Scheune gewesen wäre, doch geeignet, um in ihm zu übernachten. Wieder wechselten sie sich mit der Wache ab, während der Regen auf das Dach prasselte, doch da sie nur schwer Schlaf fanden, waren sie am Morgen müde und unausgeruht. Die Erinnerung an die Toten verhinderte, dass sie einschlafen konnten, und wenn es ihnen doch gelang, drang der schreckliche Anblick bis in ihre Träume vor. Mürrisch bereiteten sie sich ein karges Frühstück und brachen kurz nach Tagesanbruch wieder auf. Sie befanden sich bereits in Nord-Yorkshire; spätestens morgen sollten sie Badon Hall, den Familiensitz der Cheswicks, erreichen.

Die Hoffnung, endlich einen halbwegs sicheren Platz zum Ausruhen zu finden, trieb sie voran, und so erreichten sie Bennys Zuhause bereits am späten Nachmittag. Sie hatten eine Weile nach dem Anwesen suchen müssen, da Sally nicht genau wusste, wo es sich befand, doch irgendwann stießen sie auf einen Wegweiser mit der Aufschrift „Badon Hall", dem sie folgen konnten. Der Weg führte durch ein bewirtschaftetes Waldstück und endete vor einem verschlossenen Gittertor in einer gut drei Meter hohen Mauer, die das Anwesen umgab. Durch die Gitter konnten sie nur einen weiteren Weg erkennen, der nun durch einen Park führte; das Haus war von hier aus nicht zu sehen. Es gab nirgendwo eine Klingel; hierher kam man offenbar nicht uneingeladen. Die Freundinnen sahen sich fragend an, dann kletterte Ragna kurzerhand über das Tor und half auch Sally, es zu überwinden.

„Eine Geologenausbildung ist doch wirklich nützlich", sagte Sally und sprang auf der anderen Seite des Tores auf den Boden. „Sogar die ganze Kletterei während der Exkursionen zahlt sich jetzt aus." Sie sah den Fahrweg entlang und musterte dann den sie umgebenden Park. „Niemand zu sehen. Unser Einbruch ist offenbar unbemerkt geblieben."

Ragna witterte bereits in die Richtung, in der sie das Haus vermutete und hielt Sally zurück, die gerade losgehen wollte. „Warte, Sally. Da vorne hat etwas Großes gebrannt." Sie sog noch einmal die Luft ein, dann sah sie die Freundin erschrocken an. „Die Biester waren auch hier. Ich kann sie noch schwach riechen, obwohl der Regen ihre Witterung eigentlich hätte fortwaschen müssen. Entweder sind sie noch in der Nähe oder der Überfall erfolgte vor nicht allzu langer Zeit."

Hastig verließen sie den Fahrweg und huschten nun von Gebüsch zu Gebüsch, getrieben von der Sorge um ihren Freund, bis sie endlich den Sitz der Cheswicks sehen konnten beziehungsweise das, was von ihm noch übrig war. Es war ein großes Haus gewesen, mit zahlreichen Nebengebäuden, doch jetzt nur noch ein großer niedergebrannter Schutthaufen. Da das, was sie noch erkennen konnten, nach einem gut befestigten Gebäude aussah, nahmen die Freundinnen an, dass die Bewohner den Angriff bemerkt und sich verteidigt hatten. Wahrscheinlich hatte Benny ihnen gesagt, womit sie es zu tun hatten. Doch genützt hatte es den Cheswicks nichts; die Monsteraffen mussten das Haus in Brand gesetzt und die Bewohner auf diese Weise herausgezwungen haben. Möglicherweise hatten die Menschen es sogar vorgezogen zu verbrennen, doch das war eher unwahrscheinlich. Wie alle anderen Lebewesen auch hätten sie bis zuletzt versucht zu überleben.

Ragna konnte keines der mörderischen Tiere entdecken; entweder verbargen sie sich oder sie waren bereits weitergezogen. Pferde grasten mitten im Park und ganze Scharen von Krähen suchten in den Ruinen nach Fressbarem, das die Monsteraffen zurückgelassen hatten. Was das war, konnten sich die Freundinnen nur zu gut vorstellen. „Ich glaube, sie sind tatsächlich fort", flüsterte Ragna und versuchte, in der einsetzenden Dämmerung zu erkennen, ob sich noch andere Lebewesen im Gebäude befanden als nur die Krähen. Doch nichts rührte sich, und so beschlossen sie, sich vorsichtig zu nähern. Als sie die verbrannten Mauern erreichten, scheuchten sie eine Schar Krähen auf, die gerade an einem Leichnam herumpickten, der im ehemaligen Haupteingang lag, ein alter Mann in den Fetzen einer Butlergarderobe, der offenbar zu fliehen versucht hatte. Wie zuvor schon die Menschen auf dem Bauernhof war auch er förmlich zerfleischt worden und die Vögel hatten ihre Schnäbel tief in den aufgerissenen Körper senken können. Erschüttert stiegen die Freundinnen über den Toten hinweg, um innerhalb der Mauern nach weiteren Spuren zu suchen.

Sie setzten jeden Schritt vorsichtig, zum einen, um möglichst leise zu sein, zum anderen, um nicht über herabgestürzte Trümmer zu stolpern. Sie fanden weitere zerrissene und teilweise verkohlte Leichen, Männer und Frauen; einige hielten noch Gewehre umklammert, die ihnen offensichtlich nichts genützt hatten. Der Größe, Kraft und Schnelligkeit der Angreifer waren diese Waffen nicht gewachsen gewesen. „Weshalb sind sie nicht aus dem brennenden Haus geflüchtet?" fragte Sally leise. Ihr Gesicht war blass und ihre Stimme bebte leicht. Erneut ein solches Schlachthaus betreten zu müssen erschütterte ihren Gleichmut nicht unerheblich, und Ragna ging es trotz ihrer Erfahrungen während der Zeit bei den Wölfen nicht anders, zumal sie ständig befürchtete, auf Bennys Leiche zu stoßen.

„Benny scheint nicht hier gewesen zu sein", erwiderte Ragna, nachdem sie alle Räume durchsucht hatten, die sie noch betreten konnten. „Entweder war er nicht hier oder er konnte fliehen oder…" Die dritte Möglichkeit, nämlich dass er irgendwo unter den Trümmern oder draußen im Park lag, wollte sie nicht aussprechen, doch Sally verstand, was sie hatte sagen wollen. „Wir brauchen Gewissheit", sagte sie nach einer Weile und wandte sich dem Ausgang zu. „Es wird uns nichts andere übrig bleiben, als auch im Park nachzuschauen."

Bei ihrer Suche im Park fanden sie weitere Leichen, doch Benny war nicht darunter. Mit wachsender Hoffnung durchstöberten sie jedes Gebüsch, jeden noch so kleinen Schuppen, sogar das halb eingestürzte Bootshaus an dem kleinen Teich, der mitten im Park lag, doch ohne Erfolg. „Entweder liegt er unter den Trümmern des Hauses begraben oder er konnte tatsächlich entkommen", sagte Ragna ein wenig atemlos. Sie hatte die eingestürzte Wand des Bootsschuppens hochgehoben, um nachzuschauen, ob jemand darunter lag, was jedoch nicht der Fall war. „Hier im Park ist er offensichtlich nicht. So schnell können ihn die Tiere nicht vollständig aufgefressen haben."

Sally sah nachdenklich zur Ruine des Haupthauses hinüber und reagierte nicht auf Ragnas Frage, was sie denn suchen würde. Eine Erinnerung versuchte, auf sich aufmerksam zu machen, und endlich gelang es Sally, sie zu fassen zu bekommen. „Geheimgang!" rief sie so laut, dass ein in ihrer Nähe grasendes Pferd erschrocken hochsah und einen Sprung zur Seite machte. Ragna war nicht weniger entsetzt, allerdings mehr über die Lautstärke von Sallys Ruf als über das

Gesagte selbst. Ihr missbilligender Blick ließ die Freundin auflachen, diesmal aber deutlich leiser als zuvor, dann wiederholte sie das Wort. „Geheimgang. Benny hat mir mal erzählt, dass es in dem alten Gemäuer tatsächlich so etwas gibt, als wir von Burgen, Priesterverstecken und Ähnlichem sprachen. Der Eingang befindet sich in der Bibliothek des Hauses; nun die liegt in Trümmern, wie wir haben feststellen müssen. Von der Seite aus wird der Gang nicht mehr zu betreten sein. Der Ausgang ist irgendwo im Park, ein gutes Stück vom Haus entfernt."

„Nur wo?" Selbst Ragnas scharfe Augen hatten inzwischen Mühe, in der hereinbrechenden Dunkelheit Details klar zu erkennen. „Hat Benny das nicht erwähnt? Die Biester sind offenbar tatsächlich wieder verschwunden; sie hätten uns schon längst angegriffen, wären einige von ihnen noch in der Nähe. Wenn Benny sich tatsächlich in einem Geheimgang versteckt gehalten hat, könnte es sein, dass er ihn bereits wieder verlassen hat."

„Er sagte etwas von einem Tempel", erwiderte Sally und sah sich ebenfalls um. „Dort, Rag, dieser kleine weiße Rundbau. Der sieht doch irgendwie aus wie ein Tempel." In ihrer Aufregung benutzte sie eine von Doyle erfundene Kurzform des Namens ihrer Freundin, obwohl sie wusste, dass Ragna sie nicht besonders mochte. Doch Ragna protestierte diesmal nicht, dafür war sie viel zu angespannt.

„Du meinst den Gartenpavillon", sagte sie mit gedämpfter Stimme. Hoffnungsvoll sah sie zu dem kleinen Zierbau hinüber. Würden sie dort endlich den Freund finden? Der Gedanke, dass Benny wie Eddie von den Monsteraffen zerrissen worden war, schnürte ihr das Herz zusammen. „Du hast recht, das Teil erinnert tatsächlich an einen Rundtempel. Lass uns nachsehen, ob wir dort etwas finden."

Den Pavillon hatten die Angreifer offensichtlich nicht für wert befunden, sich mit ihm zu befassen, denn er war unbeschädigt geblieben. Es war ein kleines weißes Steingebäude, nach allen Seiten offen und mit einer verzierten Balustrade versehen. Nur an einer Stelle war die Wand geschlossen; dort stand eine ebenfalls weiße Steinbank, von der aus man einen guten Blick über den Park hatte. Die Freundinnen suchten nach etwas, das einem Ausgang ähnlich sah, doch war die einzige Wand hierfür viel zu dünn. Also konzentrierten sie sich auf den Boden des Rundbaus, wurden aber auch hier nicht fündig, obwohl sie sogar einige der Bodenplatten anhoben, soweit dies möglich war. „Bleibt nur noch die Bank", sagte Ragna und ging auf sie zu. „Vielleicht gibt es hier einen Mechanismus, der ein Loch oder sowas öffnet."

Die Frage beantwortete sich von selbst; ein leises Knirschen ertönte, dann begann die Bank zur Seite zu schwenken und gab ein quadratisches Loch frei, das in die Tiefe führte. „Ich habe mich also nicht verhört", ertönte Bennys leise Stimme aus dem Dunkel, bevor ihr sichtlich mitgenommener Freund aus dem Schacht auftauchte. Mühsam kletterte er die restlichen Sprossen einer schmalen eisernen Leiter hinauf und sank schließlich erschöpft auf die zur Seite geschobene Bank.

„Benny!" Ragna umarmte den Freund und lachte vor Freude, ihn endlich gefunden zu haben. Benny hatte offensichtlich Schlimmes durchgemacht. Sein nun bartloses Gesicht, sah man von einem leichten Bartschatten ab, wirkte eingefallen und müde und unter den Augen lagen dunkle Ringe. Er machte einen gehetzten Eindruck und sah sich ständig voller Furcht um, doch nun, da seine beiden Freundinnen neben ihm standen, schien eine Last von ihm abzufallen. „Ja, wie er leibt und zum Glück auch noch lebt", erwiderte Benny mit schwacher Stimme. „Ich bin heilfroh, euch zu sehen, aber, wenn ich mir die Frage erlauben darf, wieso seid ihr eigentlich hier?"

Sally umarmte ihn ebenfalls stürmisch. „Du hast uns gefehlt, weshalb wohl sonst? Aber um bei der Wahrheit zu bleiben: Ragna war gerade bei mir in Birmingham zu Besuch, als diese menschenmordenden Bestien über die Stadt herfielen. Wir hielten es für eine gute Idee, so schnell wie möglich von dort zu verschwinden, und da fiel uns dein abgelegenes Elternhaus ein." Sie sah zu der Brandruine hinüber, die in der Dunkelheit nur als Schatten zu erkennen war. „Nicht abgelegen genug, wie wir erkennen mussten. Aber wir waren auch zuvor schon auf einen einsam gelegenen Bauernhof gestoßen, der überfallen worden war."

„Wir hätten vielleicht entkommen können, wäre mein Vater nicht so stur gewesen", sagte Benny verbittert. „Ich habe ihm erzählt, was Ragna mir von den Biestern berichtet hatte, doch offenbar hat er mir nicht geglaubt oder die Lage nicht ernst genug genommen. Er meinte, er würde schon mit ein paar Viechern wie diesen fertig werden, schließlich habe er ja eine Menge Jagderfahrung. Nun, sie sind mit UNS fertig geworden und das spielend. Normale Gewehrkugeln stecken die einfach weg, und bevor du nachladen kannst haben sie dich schon aufgeschlitzt. Als die Biester merkten, dass sie nicht so einfach in unser Haus hineinkommen konnten, haben sie es in Brand gesetzt. Du hattest recht, Ragna, die sind verdammt schlau und können offensichtlich auch mit Feuer umgehen. Jenkins, unser Butler, ist in Panik geraten und versuchte, durch die Haustür zu fliehen. Damit hatte er den Biestern das Tor geöffnet und sie konnten ungehindert eindringen. Den Rest habt ihr wahrscheinlich selbst im Haus gesehen."

„Ja, haben wir", erwiderte Sally und setzte sich neben Benny auf die Bank, während Ragna den Park im Auge behielt. „Die Krähen können ihr Glück noch gar nicht fassen. Ich bin froh, dass du dich an den Geheimgang erinnert hast und nicht so blöde warst, ebenfalls den Helden spielen zu wollen. Gegen diese Biester haben wir Menschen so gut wie keine Chance. Selbst unsere Tigerin hier hat ihre Heldentat, einen der Monsteraffen im Kampf zu töten, ja beinahe mit dem Leben bezahlt."

„Was, ich Schisser?" Benny lächelte gequält. „Dafür hat mich mein Vater mit Sicherheit gehalten. Er hat noch stolz erhobenen Hauptes auf die eindringenden Biester geballert, da habe ich bereits Fersengeld gegeben. Dass die Schüsse so gut wie nichts bewirken, war schnell zu erkennen, auch dass diese Riesenviecher uns in Stücke reißen würden." Benny schluckte schwer und sah auf seine zitternden Hände. „Ich habe Vater angefleht, mitzukommen, doch er bestand darauf, den Familiensitz zu verteidigen." Jetzt rollten Tränen über seine Wangen, die er verärgert fortwischte. „Das Letzte, was ich von ihm hörte, war die Aufforderung, nicht feige zu sein, sondern ihm beizustehen, doch ich wollte nur fort, wollte dieses aussichtslose Unterfangen nicht fortführen." Er schluchzte leise auf, und seine Hände verkrampften sich ineinander. „Ich habe ihn im Stich gelassen. Es bestand keine Chance zu überleben, wenn ich geblieben wäre, doch es wäre meine Pflicht gewesen, bei ihm zu bleiben."

Sally nahm seine ineinander verschlungenen Hände und drückte sie voller Anteilnahme. „Mach dich nicht selbst fertig, nur weil du vernünftiger gewesen bist als dein Vater. Du hast ihn eindringlich gewarnt und aufgefordert, mit dir zu kommen, doch er wollte nicht auf dich hören. Hätte es irgendjemandem genützt, wenn du mit ihm gestorben wärst? Dir ganz sicher nicht und auch nicht deinem Vater. Also hör auf, dir Vorwürfe dafür zu machen, dass du das Leben gewählt hast."

Benny biss sich auf die Unterlippe und nickte der Freundin zögernd zu. „Du hast wahrscheinlich recht", sagte er leise. „Aber es fühlt sich trotzdem falsch für mich an, meinem Vater nicht bis zum Ende beigestanden zu haben." Er holte tief Luft, um die Fassung zurückzugewinnen, dann sah er in den Einstieg zum Gang hinunter. „Ich bin aber nicht allein abgehauen. Meine beiden kleinen Halbschwestern, Liz und Kate, sind mit mir geflohen, und noch jemand, der gerade zu Besuch war." Ein schwaches Lächeln überzog sein müdes Gesicht. „Ihr werdet staunen."

„Wie lange seid ihr schon da unten?" fragte Ragna. „Ich konnte nicht sagen, wann der Überfall stattgefunden hat, wohl wegen des starken Brandgeruchs."

„Seit zwei Tagen", erwiderte Benny und wischte sich Staub aus den Haaren. Auch seine Kleidung war staubig und wies Schmutzflecke auf. Als er Sallys Blick bemerkte, klopfte er leicht auf seine Hose. „Ich habe keine Ahnung, wann der Gang das letzte Mal benutzt wurde, doch das ist sicher schon eine Weile her. Auch zu essen und trinken gibt es dort nichts. Meine Kehle fühlt sich ebenso staubig an wie meine Jacke."

Jetzt verstand Ragna, weshalb Bennys Stimme so rau klang, und wortlos reichte sie dem Freund eine Wasserflasche. Doch anstatt zu trinken wandte Benny sich dem Loch im Boden zu und sah hinunter. „Kommt rauf, ihr drei", rief er leise. „Meine Freundinnen haben etwas zu trinken dabei."

Der Kopf eines Mädchens erschien in der Öffnung und kurz darauf stand das Kind neben Benny und sah gierig auf die Flasche. Sie war etwa fünf Jahre alt; ihr dunkelblondes lockiges Haar wies die gleichen Schmutzspuren auf wie ihr Kleid und ihr Gesicht wirkte ängstlich. Sie drückte sich schutzsuchend an den großen Bruder, wandte aber nach wie vor den Blick nicht von der Flasche ab. Benny schraubte sie auf und ließ das Mädchen trinken. „Ich habe auch Durst", sagte in diesem Moment ein zweites Mädchen, das ebenfalls aus dem Gang hochgeklettert kam. Sie war älter als ihre Schwester, hatte braunes glattes Haar und ein schmaleres Gesicht als die Kleine, der das Wasser über das Kinn lief. „Warte, bis Liz fertig ist", erwiderte Benny, und als das Mädchen schmollte und der Schwester die Flasche entreißen wollte, hielt er ihre Hände fest. „Du wartest", sagte er streng. „Versuche doch einmal, kein Ekel zu sein."

Der dritte Flüchtling, der nun die Leiter hochgeklettert kam, entlockte Ragna und Sally erstaunte, aber auch freudige Ausrufe. „Das darf doch nicht wahr sein!" rief Sally und fiel dem noch schmaler als gewohnt wirkenden jungen Mann um den Hals. „Doyle! Was machst du denn hier in Badon Hall?"

Der Koreaner lächelte verlegen und ließ sich stöhnend neben Benny auf die Bank fallen. „Bin aus dieser blöden Minengesellschaft geflüchtet", sagte er mit heiserer Stimme, was Benny dazu veranlasste, ihm die Wasserflasche zu reichen. Nachdem Doyle mehrere große Schlucke getrunken hatte, seufzte er zufrieden und lehnte sich erschöpft zurück. „Ist dort noch langweiliger, als ich ohnehin befürchtet hatte. Für Urlaub war es eigentlich noch zu früh, doch ich habe gesundheitliche Probleme vorgeschoben und gnädigerweise zwei Wochen Urlaub zugestanden bekommen. Ich war gerade erst vier Tage hier, da griffen diese Biester an und zwangen uns zur Flucht." Mit ehrlicher Bewunderung sah er zu Ragna hinüber, die ihm aufmerksam lauschte. „Und du kämpfst seit Monaten gegen diese Viecher? Respekt, also wirklich. Mir hat schon der Anblick eines dieser Biester gereicht, um mir fast in die Hosen zu machen."

„Das ging nicht nur dir so", sagte Benny leise. „Die sind wirklich furchterregend. Wäre ich mutiger gewesen…"

„Dann wärst du jetzt ebenso tot wie dein Vater und die anderen", ergänzte Doyle ungewohnt heftig. „So hast du wenigstens uns drei zum Geheimgang führen und in Sicherheit bringen können."

„Doyle hat recht", sagte Ragna sanft und legte dem Freund tröstend eine Hand auf die Schulter. „Die sind mit normalen Gewehrkugeln nicht aufzuhalten. Glaub mir, ich weiß, wovon ich spreche. Bei unseren Einsätzen haben wir immer schwere, großkalibrige Waffen verwendet, um überhaupt eine Chance zu haben." Sie wandte sich Doyle zu, der ein wenig kränklich wirkte; vielleicht war der Urlaubsgrund doch nicht völlig an den Haaren herbeigezogen gewesen. „Geht es dir gut? Und wie sieht es in Seoul aus? Wüten die Monsteraffen auch dort?"

„Ich bin nur etwas erschöpft", winkte Doyle müde ab. „Kein Grund zur Sorge. Wie es zu Hause aussieht, weiß ich leider nicht. Ich habe mehrfach versucht, meine Eltern sowie meine Schwester zu erreichen, doch das Mobilfunknetz ist tot." Er lächelte ironisch und rieb sich die leicht geröteten Augen. „Flugzeuge werden wohl derzeit nicht starten, nicht einmal private, sodass ich hier festsitze. Na ja, ich hätte es wesentlich schlechter treffen können, als gemeinsam mit meinen besten Freunden um mein Leben zu rennen."

Ragna schüttelte lächelnd den Kopf. Das war typisch Doyle, und sie war froh, dass der Koreaner das Nichtwissen um das Schicksal seiner Familie so gut wegsteckte. Allerdings glaubte sie, sich zu erinnern, dass das Verhältnis ihres Freundes zu seinen Eltern und der älteren Schwester nicht eben herzlich war. Benny hatte sichtlich größere Probleme, den Verlust des Vaters zu überwinden, während er mit seiner

Stiefmutter eher auf Kriegsfuß gestanden hatte. Mit seinem Vater hatte ihn dagegen eine tiefe Zuneigung verbunden.

Eine leichte Böe strich durch den Pavillon und trug einen Duft mit sich, der Ragna augenblicklich erstarren ließ. Sie sah in Richtung der dem Tor gegenüberliegenden Mauer und sog tief die Nachtluft ein. „Der Geruch der Monsteraffen wird wieder stärker", flüsterte sie. „Er kommt aus dem Wald jenseits der Mauer. Ich glaube, die Biester kehren zurück. Vielleicht haben sie den Wald nach flüchtigen Menschen durchsucht, vielleicht aber auch Höfe oder Dörfer überfallen. Was auch immer, sie wollen offenbar nachschauen, ob hier noch etwas zu holen ist."

„Und werden fündig, wenn wir nicht sofort verschwinden", ergänzte Sally und schulterte bereits ihren Rucksack. „Wir gehen besser in die entgegengesetzte Richtung." Sie sah Benny, Doyle und die Mädchen fragend an. „Könnt ihr notfalls laufen? Die Biester sind schnell; wir sollten unbedingt einen ausreichenden Vorsprung herausholen." Ihr Blick fiel auf eines der grasenden Pferde. „Mit den Pferden wären wir schneller, aber auch viel lauter und auffälliger. Es ist wohl doch besser, zu Fuß zu gehen, zumal ich nicht reiten kann."

„Können wir uns nicht einfach wieder im Gang verstecken?" fragte Kate ängstlich. „Dort haben sie uns ja das letzte Mal auch nicht gefunden."

Benny schüttelte den Kopf und lächelte ihr aufmunternd zu, obwohl er selbst eine Ermutigung gebraucht hätte. „Da sitzen wir in der Falle. Es gibt keine Seitengänge, die vielleicht zu einem anderen Ausgang führen würden, der Einstieg im Haus ist verschüttet und bei diesem Ausgang können wir nicht sehen, was sich auf der anderen Seite befindet. Wir haben uns zwei Tage lang nicht hinausgetraut, erst als wir die Stimmen meiner Freundinnen hörten. Ihr Vorrat wird nicht ewig halten; wie lange sollen wir dort unten ausharren, bevor wir es erneut wagen, herauszukommen? Und dann könnten wir immer noch diesen Bestien in die Arme laufen. Es ist besser, sich frei bewegen zu können."

„Benny hat recht." Ragna witterte noch immer in den Park hinein. „Und wir sollten sofort aufbrechen; noch haben die Biester uns nicht wahrgenommen, doch das könnte sich schnell ändern." Sie sah den Freund an und wies auf den Einstieg zum Gang. „Kann man den von hier aus verschließen? Wenn die Monsteraffen das sehen, wissen sie, dass Hausbewohner entkommen sind, und werden nach uns suchen."

Anstelle einer Antwort betätigte Benny einen unter der Sitzfläche verborgenen Hebel, der die Bank in ihre alte Position zurückbewegte, dann nahm er seine Schwestern an die Hand und lief mit ihnen los in Richtung Parktor. Als er bemerkte, dass die kleine Liz ständig zu stolpern drohte, nahm er sie auf den Arm und trieb die maulende Kate vor sich her, die sich darüber beschwerte, dass sie laufen musste, während ihre Schwester getragen wurde. „Sei jetzt still", fuhr Benny die Kleine an. „Die Bestien hören uns sonst noch. Du bist acht Jahre alt und kannst besser laufen als Liz. Wenn wir in Sicherheit sind, werde ich sie wieder absetzen, damit sie ebenfalls ihre eigenen Beine benutzt."

Sie erreichten schon nach kurzer Zeit das Parktor, doch hier zeigte sich, dass es sich nur elektronisch öffnen ließ. Wie sollten die Mädchen es schaffen, über das hohe Tor zu klettern? Sally nahm kurzentschlossen ihren Geologenhammer aus dem Rucksack, öffnete einen auf der Innenseite der Mauer befindlichen Schaltkasten und zerschlug die darin befindlichen Schaltungen. „Jetzt sollte es sich per Hand öffnen lassen", sagte sie mit grimmiger Miene und begann, an einem der Torflügel zu ziehen. Ihre Freunde halfen ihr, und tatsächlich schafften sie es, eine Seite des Tors zu öffnen. „Schnell, alle hindurch", drängte Ragna und nachdem sie das Tor passiert hatten, zog sie den Torflügel mit Sallys Hilfe wieder zu. Ebenso wie ein offener Gangeinstieg würde das geöffnete Tor unerwünschte Aufmerksamkeit auf sich ziehen, was die Gruppe unbedingt vermeiden musste.

Sie hasteten in den Wald hinein, sich ständig nach Gefahren umsehend, und schon bald erblickten sie die Landstraße, von der die Zufahrt zum Anwesen abzweigte. Der Halbmond sowie der ungewohnt wolkenlose Nachthimmel erhellten die Gegend gut genug, um sie sicher durch den Wald gelangen zu lassen. „Wohin wollen wir eigentlich?" keuchte Doyle, der schon mehrfach im Dunkeln über Baumwurzeln und Steine gestolpert war. „Gute Frage", knurrte Sally und blieb abrupt stehen. „Es macht keinen Sinn, ziellos durch die Gegend zu laufen. Benny, du kennst dich in der Gegend aus. Gibt es irgendwo ein Versteck, das die Biester nicht so schnell finden werden?"

Der Freund überlegte kurz, dann wies er nach Norden, zurück in den Wald, doch in eine andere Richtung als die, aus der sie gekommen waren. „Am Rande des Waldes liegt eine Kalksteinhöhle, deren schmaler Eingang weitgehend durch Gestrüpp verdeckt ist. Man muss schon wissen, wo sie liegt, sonst findet man sie nur schwer. Lasst uns nachschauen, ob wir dort unterschlüpfen können."

Sie machten sich augenblicklich auf den Weg und erreichten eine gute Stunde später eine niedrige Felsformation, die in den Nachthimmel emporragte. Der Höhleneingang war tatsächlich nicht leicht zu finden, doch Benny führte sie ohne zu zögern an die richtige Stelle. Sie waren alle erschöpft; Doyle hinkte leicht, Kate weinte vor Müdigkeit und Frust und Liz schlief auf Bennys Arm, der sich ebenfalls kaum noch auf den Beinen halten konnte. Auch Ragna und Sally sehnten sich nach einer ausgiebigen Nachtruhe, doch zuerst wollte Ragna überprüfen, ob die Höhle sicher war. Nur zu gut erinnerte sie sich an ihren Einsatz in Wales, bei dem sie auf ein Bergwerk gestoßen waren, das den Monsteraffen als Unterschlupf gedient hatte. Auch Höhlen waren nicht selten von ihnen als Versteck genutzt worden. Um nichts in der Welt wollte sie erneut in ein Nest dieser Wesen hineingeraten.

„Wartet hier", flüsterte sie deshalb und lief geduckt auf den Eingang zu, um zu überprüfen, ob sich hinter dem Gebüsch jemand verbarg. Erleichtert konnte sie dies verneinen; auch roch sie in der Höhle keine Monsteraffen und so winkte sie ihren Freunden, zu ihr zu stoßen. Schnell tauchten sie in das Dunkel der Höhle ein, um sich kurze Zeit später in einiger Entfernung zum Eingang müde auf den Boden sinken zu lassen. Ragna hatte das Gebüsch wieder hinter sich zusammengezogen, um den Eingang so gut wie möglich zu verbergen, dann ließ auch sie sich auf den Boden fallen. „Ich könnte jetzt einen ganzen Tag durchschlafen", murmelte sie. „Wer übernimmt die erste Wache?"

„Ausnahmsweise ich", erwiderte Sally und rang sich ein Lächeln ab. „Ich wecke dich, sobald ich einzuschlafen drohe." Sie ging zum Eingang hinüber und setzte sich dort so auf den Boden, dass sie den Bereich vor dem Gebüsch im Auge behalten konnte, ohne selbst gesehen zu werden. Sie hatten in den letzten Tagen eine Art Wachroutine erworben, und so wusste Sally auch, wie sie verhindern konnte, ungewollt einzuschlafen. Sie lauschte kurze Zeit später den tiefen Atemgeräuschen ihrer Kameraden, die offenbar augenblicklich eingeschlafen waren, und vertrieb sich die Zeit mit Überlegungen, wie sie von den Tieren unbemerkt in die kleine Küstenstadt gelangen konnte, in der ihre Mutter und Schwester lebten.

Würden ihre Freunde sie dorthin begleiten? Verlangen konnte sie das nicht, doch sie hoffte, dass sie trotzdem mitkommen würden. Und danach? Sollte ihre Familie noch leben, gäbe es zwei weitere Flüchtlinge, die einen sicheren Hafen würden finden müssen, ohne zu wissen, wo sich ein solcher befand.

Zwei Wachwechsel später schien draußen die Sonne und die ganze Gruppe war ausgeruht genug, um ein karges Frühstück einzunehmen. Kate, die offenbar ihrem Ruf als egoistisches Ekel unbedingt gerecht werden wollte, schimpfte lauthals, dass sie noch Hunger hätte; die wenigen Löffel Eintopf, die ihr zugestanden worden waren, reichten bei Weitem nicht aus, die Tage ungewollten Fastens wieder auszugleichen. Liz, die zeigen wollte, dass sie sich besser als ihre Schwester zu benehmen verstand, bedankte sich höflich bei Sally für das Essen, was die Erwachsenen zum Schmunzeln brachte, die erkannten, dass Liz damit vor allem ihrer Schwester eins auswischen wollte, die maulend in der Ecke saß und ihrem großen Bruder wütende Blicke zuwarf. Warum befal er Sally nicht einfach, ihr mehr zu geben? Er war jetzt schließlich der Graf und die anderen waren nur einfache Leute. Dass Benny die Sache ganz anders sah, konnte sie nicht wissen; sie war in einer äußerst standesbewussten Familie aufgewachsen, in der vor allem ihre Mutter sehr auf Abstand zur nichtadligen Bevölkerung bedacht gewesen war. Für Lady Cheswick fing der Mensch erst beim Baron an.

„Wieso nennt ihr diese Biester eigentlich Monsteraffen?" fragte Doyle, an Sally gewandt. „Ist das der offizielle Name dafür?"

Sally musste unwillkürlich lächeln. „Nein, einen offiziellen Namen haben die nicht. Die Presse war aber sehr erfinderisch und gab den Biestern immer neue, teilweise abenteuerliche Namen. Die Internet-Gemeinde stand dem in nichts nach.

Monsteraffe, Monsterpavian, King Kongs Söhne sind nur einige dieser Namen. Es wurde sogar darüber spekuliert, ob die Biester vielleicht außerirdischen Ursprungs seien. Wir nennen sie meistens Monsteraffen, da dies unserer Meinung nach der treffendste Name ist."

Doyle nickte zustimmend. „So wie die aussehen und sich verhalten passt das wirklich gut." Er lehnte sich zurück und begann, ein Stück Gemüse zu entfernen, das sich zwischen seinen Zähnen verfangen hatte. Der Eintopf hatte eine Menge dieser zähen Hülsen enthalten, die nicht nur bei Doyle zu Problemen geführt hatten.

„Was machen wir nun?" fragte Benny, der an eine Wand gelehnt auf dem Boden saß und seinen heißen Tee genoss. Sie hatten hierfür Mineralwasser verwenden müssen, doch allein der Geschmack von Tee, auch wenn er aus dem Beutel stammte, war derart beglückend für ihn, dass er sich zum ersten Mal, seit Tagen ein wenig entspannte. Ragna aß als Letzte aus Sallys Blechteller ihre Ration Eintopf, wobei sie den Höhleneingang nicht aus den Augen ließ. „Wir sollten genau überlegen, wohin wir gehen", sagte sie ein wenig undeutlich zwischen zwei Bissen. „Es ist viel zu gefährlich, ziellos in der Gegend herumzulaufen."

Sally sah ein wenig verlegen zu ihren Freunden hinüber. „Ich möchte nachschauen, ob es meiner Familie gut geht. Sie wohnt in Charltons Rock, einem kleinen Küstenort in der Nähe von Durham. Ich kann nicht von euch verlangen, mich dorthin zu begleiten, wäre aber sehr froh, wenn ihr mitkommen würdet. Wohin wir dann gehen müssten wir anschließend entscheiden. Wenn ich Glück habe, sind wir dann zwei Personen mehr."

„Ihr habt von Birmingham aus einen wesentlich weiteren Weg zurückgelegt, als es die Strecke von hier bis an die Küste bei Durham sein wird", sagte Benny freundlich. „Was mich betrifft, ich begleite dich und ich denke, auch Ragna und Doyle werden sich uns anschließen." Er sah zu den Freunden hinüber, die nachdrücklich nickten. „Jetzt, wo wir vier Musketiere endlich wieder zusammen sind, ist es doch wohl Ehrensache, dass wir alle gemeinsam gehen", sagte Doyle und gab sich Mühe, energischer zu klingen, als er sich in Wahrheit fühlte. Angesichts der draußen lauernden Gefahren sehnte er sich nach einem sicheren Ort, an dem er sich verkriechen konnte, doch der Weg in den Küstenort würde sie erneut mitten durch Feindesland führen. Doch noch mehr fürchtete er sich davor, irgendwo allein zurückzubleiben, was seine Freunde gut nachempfinden konnten, da es ihnen nicht anders erging.

„Brechen wir auf", sagte Ragna und erhob sich vom Boden. Es machte keinen Sinn, die Abreise noch weiter hinauszuschieben. Auch ihre Freunde rappelten sich auf und packten ihre Sachen zusammen. Ragna spähte durch das Gebüsch hindurch, um eventuelle Gefahren rechtzeitig ausmachen zu können, doch der Bereich vor dem Eingang lag still und verlassen vor ihnen. Vorsichtig bog sie das Gebüsch beiseite und half Sally, sich daran vorbeizuquetschen, was gar nicht so einfach war mit ihrem schweren Rucksack. Sich vorsichtig umschauend verließen nun auch die übrigen Freunde die Höhle und schließlich wandte sich die kleine Gruppe nach Norden in der Hoffnung, am Ende ihrer Reise nicht zu spät gekommen zu sein.

Neue Gefährten und ein alter Feind

Es wurde mühseliger, als sie angenommen hatten, Charltons Rock zu erreichen. Ständig mussten sie Gruppen der Monsteraffen ausweichen, die in Scharen über das ganze Land ausschwärmten, um nun immer häufiger selbst kleinere Ortschaften und Gehöfte anzugreifen. Oft mussten sie sich verstecken, bis die Wesen vorübergezogen und sie wieder außer Gefahr waren, was ihr Vorankommen deutlich verlangsamte. Überall stießen sie auf Menschen, die auf der Flucht waren, verstört und verängstigt ziellos durch die Gegend wandernd und nur bestrebt, nicht den Bestien in die Arme zu laufen, die ständig an Boden gewannen. So sehr sich die Menschen auch gegen ihre Angreifer wehrten, sie konnten sich nicht lange gegen die wesentlich stärkeren Gegner halten und mussten bald fliehen, sofern ihnen dies überhaupt noch gelang und sie nicht von den Monsteraffen abgeschlachtet wurden. Die Freunde mussten erkennen, dass es offensichtlich viel mehr dieser Wesen gab, als selbst die pessimistischsten Schätzungen angenommen hatten, und dass ihre Vermutung, die Biester hätten zuerst die Militärstützpunkte angegriffen, mit großer Wahrscheinlichkeit zutraf. Flüchtlinge berichteten mehrfach, dass sie nur wenige Soldaten gesehen hatten; es waren vor allem Polizei und Zivilschutz, die gegen die Kreaturen kämpften. Woher die Wesen so plötzlich kamen, wo sich diese Massen verborgen gehalten hatten, war den Freunden noch immer ein Rätsel.

Sie lagerten in der Scheune eines bereits vor Tagen überfallenen Hofes und drückten sich in das Heu, um ein wenig Wärme zu finden. Der Oktober schritt unerbittlich voran und die Kälte nahm Tag für Tag zu. Ragna hatte eines der freigelassenen Schweine eingefangen und geschlachtet. Es briet jetzt über einem Feuer, das sie auf einer freigeräumten Stelle des Steinbodens entfacht hatten, ein gutes Stück von allem Brennbaren entfernt. Sie wollten schließlich nicht die Scheune abfackeln, die ihnen einen so guten Schutz bot. Als sich der Bratenduft ausbreitete, lief allen das Wasser im Mund zusammen. Endlich würden sie sich wieder einmal sattessen können; ihre Vorräte waren nahezu aufgebraucht, und Ragna würde am nächsten Morgen das Wohnhaus nach Proviant durchsuchen müssen. Sally bestand darauf, ihr dabei zu helfen, während Benny und Doyle bei den Mädchen bleiben würden. Benny hatte sie auch begleiten wollen, doch seine Schwestern hatten sich förmlich an ihn geklammert und waren nicht bereit gewesen, allein mit Doyle zurückzubleiben. Also würde nur Sally die Freundin unterstützen.

Benny schnitt gerade erste Scheiben vom durchgebratenen Schwein ab, da sprang Ragna plötzlich auf die Füße und lief die Leiter zum Heuboden hinauf, um sich dort an ein auf den Hof zeigendes Fenster zu stellen und hinauszuschauen. Sämtliche Gespräche verstummten augenblicklich, alle lauschten angespannt, um eine möglicherweise näherkommende Gefahr rechtzeitig wahrnehmen zu können. Auch die beiden Mädchen hatten inzwischen gelernt, diese Zeichen richtig zu deuten und sich ebenso lautlos wie die Erwachsenen zu verhalten. Die Monsteraffen flößten ihnen Todesangst ein, und so fiel es Benny nicht schwer, sie zu äußerster Vorsicht anzuhalten. Nach kurzer Zeit hörten sie Schritte auf dem Hof, offensichtlich von mehr als einer Person, die schließlich direkt vor der Scheune anhielten. Ein Mann unterhielt sich flüsternd mit mindestens einem Begleiter. Schließlich konnten sie auch Worte verstehen. „Ich bin sicher, hier gebratenes Fleisch gerochen zu haben", sagte die Stimme. „Lasst uns nachschauen; wir brauchen dringend etwas zu essen."

„Ihr wolltet hoffentlich fragen und euch das Essen nicht einfach nehmen", knurrte in diesem Moment Ragna direkt hinter dem Mann, der erschrocken herumfuhr. Sie war aus dem Fenster gesprungen und lautlos hinter die kleine Gruppe getreten, die vor dem Scheunentor stand. Der schon ältere Mann trug die robuste einfache Kleidung eines Arbeiters, die neben ihm stehende Frau war ebenfalls schlicht und praktisch gekleidet. Das dritte Mitglied ihrer Gruppe war ein blasser, kränklich wirkender junger Mann, der sich ständig nervös umsah und dessen Hände unkontrolliert zitterten. Er war mit einem Schrei zur Seite gesprungen, als Ragna so plötzlich neben ihm aufgetaucht war, und hockte nun wimmernd auf dem Boden, den Kopf zwischen den Händen bergend in der kindlichen Hoffnung, so nicht gesehen zu werden. Alle drei erweckten den Eindruck, schon länger unterwegs zu sein; ihre Kleidung war schmutzig und an mehreren Stellen beschädigt und sie schienen mit ihren Kräften am Ende zu sein. Waffen konnte Ragna keine bei ihnen entdecken, doch dies war auch bei Angus der Fall gewesen, bis er ihnen die Pistole unter die Nase gehalten hatte.

Der Mann hob abwehrend die Hände und trat einen Schritt zurück. „Wir wollen keinen Ärger machen", sagte er beinahe flehend. „Wir sind nur schon so lange auf der Flucht und haben seit Tagen nichts mehr gegessen. Wir haben es nicht gewagt, irgendwelche Häuser zu durchsuchen. Diese Ungeheuer scheinen ja inzwischen überall zu sein."

„Woher kommt ihr?" fragte Ragna nun ein wenig freundlicher, auch wenn sie sich noch nicht zu entspannen wagte. Der noch immer am Boden kauernde junge Mann stellte wahrscheinlich keine Gefahr dar, doch der Ältere wirkte handfest und trotz seines tagelangen Fastens noch immer recht kräftig. „Aus Durham", erwiderte der Mann. „Wir konnten fliehen, als die Bestien die Stadt überfielen. Es waren ganze Horden, die angriffen; die Polizei und der Zivilschutz hatten keine Chance gegen sie. Soldaten haben wir keine gesehen; keine Ahnung, wo sich die uniformierten Jungs herumtreiben. Eigentlich sind die doch dazu da, uns zu beschützen. Wir nahmen die Beine in die Hand und machten, dass wir fortkamen. Dabei mussten wir leider alles zurücklassen, konnten nur unser Leben retten."

„Wir kommen gerade aus der Nähe von Scarborough", sagte Ragna. „Dort sieht es auch nicht besser aus. Wir befürchten, dass das Militär nicht eingreifen kann, da es bis auf einige Reste vielleicht gar nicht mehr existiert. Diese Biester sind verdammt schlau; wahrscheinlich haben die zuerst das Militär ausgeschaltet und erst dann die Städte überfallen."

„Das wäre eine Katastrophe", meldete sich nun die Frau das erste Mal zu Wort. „Wer soll dann dafür sorgen, dass die Viecher erledigt werden und wir in unsere Heimat zurückkehren können?"

„Ich bin James Benson", stellte sich der Mann vor, allerdings ohne Ragna die Hand zu geben, da er deren noch immer angespannte Haltung bemerkte. „Das sind meine Frau Maureen und unser Sohn Peter. Ich hatte gerade meine Schicht in der Werkstatt der Verkehrsbetriebe beendet und war auf dem Weg nach Hause, als der Überfall begann. Als wir bemerkten, dass wir in unserer Wohnung nicht sicher waren, machten wir, dass wir fortkamen. Die Viecher wüteten bereits im Nachbarhaus; es ist ein Wunder, dass wir abhauen konnten. Mitnehmen konnten wir nichts; wir rannten, so schnell es ging, und es war auch ohne Gepäck schwer genug, heil aus der Stadt herauszukommen. Doch seitdem wandern wir ziellos durch die Gegend. Wohin sollen wir auch gehen? Alle unsere Verwandten und Freunde wohnen in Durham, ich sollte wohl besser sagen wohnten dort."

Der Mann gefiel Ragna; seine einfache offene Art erinnerte sie an die Holzfäller in den kanadischen Wäldern, um die Onkel Fong sich gekümmert hatte. Auch konnte sie keinerlei böse Absichten in ihm erkennen, ebenso wenig in der Frau. Der noch immer vor sich hinwimmernde junge Mann stellte ohnehin keine Gefahr für sie und ihre Freunde dar; er wirkte, als würde ihn ein leichter Windstoß umwerfen können. „Kommt herein", sagte sie deshalb freundlich und öffnete das Scheunentor. „Wir haben ein Schwein gebraten und das Fleisch wird auch für euch noch reichen."

Die kleine Familie stürzte sich förmlich auf das gebratene Fleisch, doch das konnten die Freunde gut nachempfinden. Den jungen Mann hatte sein Vater vom Boden hochziehen und förmlich in die Scheune hineinstoßen müssen, da dieser noch immer in seiner zusammengekauerten Haltung verharrte. „Nun reiß dich zusammen, Peter", fuhr er seinen Sohn an. „Diese Menschen sind nett und geben uns sogar etwas zu essen. Das macht nicht jeder, wenn die Kacke dermaßen am Dampfen ist. Du wirst dich gefälligst benehmen."

Benny hatte drei dicke Scheiben Schweinefleisch für sie abgeschnitten und sah ihnen nur aus den Augenwinkeln beim Essen zu, da er selbst damit beschäftigt war, sich mit dieser Köstlichkeit vollzustopfen. Alle aßen schweigend, bis nur noch wenig Fleisch übrig war, doch es war notwendig gewesen, sich endlich einmal wieder satt zu essen. Sie legten sich ins Heu, die Hände auf den vollen Bäuchen und genossen das gute Gefühl der durch die Nahrung erzeugten inneren Wärme. Das noch immer brennende Feuer trug ebenfalls zu ihrem Wohlbefinden bei und alle konnten zumindest kurzzeitig vergessen, in welch schlimmer Lage sie sich befanden. Doyle saß auf dem Heuboden und hielt Wache, doch konnte er von dort oben den Gesprächen lauschen und sich sogar daran beteiligen, wenn er dies wollte.

„Wohin wollt ihr denn?" fragte James und rülpste leise. „Nach Charltons Rock", antwortete Benny und legte eine alte Decke, die er in der Scheune gefunden hatte, über seine beiden Schwestern, die eng aneinander gedrückt bereits eingeschlafen waren. „Sallys Mutter und Schwester leben noch dort, das hoffen wir zumindest. Wir wollen nach ihnen sehen." Er schwieg kurz und sah auf die schlafenden Mädchen. „Sie sind alles, was von meiner Familie übrig geblieben ist. Alle anderen wurden von den Bestien getötet."

„Doyle weiß nicht, ob seine Familie noch lebt", beteiligte sich nun auch Ragna an dem Gespräch. „Das wird vielen Menschen so gehen; da die Kommunikation zusammengebrochen ist können sie keinen Kontakt zu den Angehörigen aufnehmen, die weiter entfernt leben. Ich selbst habe keine Familie, allerdings schon seit Jahren nicht mehr; die Monsteraffen haben damit nichts zu tun. Wenn auch nur die geringste Chance besteht, Sallys Familie zu finden und sie, soweit dies überhaupt noch möglich ist, in Sicherheit zu bringen, werden wir dies tun. Die Monsteraffen scheinen uns Menschen mit aller Macht ausrotten zu wollen; da wird jedes noch verbliebene Menschenleben kostbar und ganz besonders dann, wenn es ein so nahestehendes ist."

James und Maureen nickten verständnisvoll. „Würde mir nicht gefallen, plötzlich allein auf der Welt zu sein", erwiderte James. Dann gähnte er ausgiebig und rieb sich die rot geränderten Augen. „Wir sind hundemüde und hauen uns jetzt besser ins Heu. Sagt mir Bescheid, wenn ich Wache schieben soll."

Auch dies verbuchte Ragna positiv; Angus hatte nicht einmal danach gefragt. Vielleicht sollten sie den Bensons anbieten, sich ihnen anzuschließen, zumal James ja gesagt hatte, dass sie nicht wüssten, wohin sie gehen sollten. Doch diese Entscheidung verschob Ragna auf den nächsten Tag; auch sie war müde und rollte sich deshalb im Heu zusammen. Ihre Decke hatte sie Maureen gegeben, die sie zuerst nicht annehmen wollte, doch sich dann dankbar in sie einmummelte. Bald war nur noch leises Schnarchen zu hören, während sich die Wache regelmäßig abwechselte, damit sie keine bösen Überraschungen erlebten.

Ihr Frühstück bestand aus dem restlichen Schweinefleisch sowie Tee. Allerdings würde dies ihr letzter Tee sein, sollten sie nicht bald weitere Teebeutel finden. Ragna und Sally schoben ihren Besuch in dem Haus nicht länger hinaus, sondern gingen hinüber, während die restliche Gruppe in der Scheune blieb und dort so weit wie nötig aufräumte. Sie fanden das inzwischen gewohnte Bild einer Schlacht vor. Sämtliche Leichen waren zerrissen worden und in ihren toten Körpern tummelten sich ganze Heerscharen von Larven. Doch es lohnte sich, die schrecklichen Bilder zu ertragen: Sie fanden zahlreiche Dinge, die sie gut brauchen konnten, nicht nur Konserven und Trockennahrung, sondern auch zwei Packungen Teebeutel, Batterien für Sallys Taschenlampe und sogar zwei weitere batteriebetriebene Lampen, die sie ebenfalls einsteckten. In einem Wandschrank lag ein robuster Rucksack; diesen füllten sie zusätzlich zu ihren eigenen Rucksäcken mit ihrer Ausbeute, darunter auch Verbandsmaterial und einige Medikamente sowie mehrere Wolldecken, über die sich Doyle, Benny und die Bensons sicher freuen würden, ebenfalls über die warmen Jacken, die in einem Schrank hingen und noch gut erhalten waren. Sogar für die Mädchen fanden sie warme Kleidung; unter den Toten befanden sich drei Kinder, die diese Kleidung nun nicht mehr brauchen würden. Die Freundinnen blendeten solche Gedanken völlig aus; anderenfalls wären sie nicht in der Lage gewesen, sich im Haus auch nur umzusehen.

Sie wollten gerade in den Flur hinaustreten, da blieb Ragna wie angewurzelt stehen, witternd und lauschend und mit vor Konzentration zusammengekniffenen Augen. Sie ließ ihre Ausbeute auf den Boden fallen und gab Sally durch Handzeichen zu verstehen, hier zu warten und sich ganz still zu verhalten. Sally widersprach nicht, sondern drückte sich in eine Ecke, um nicht vom Hof aus gesehen zu werden. Im lautlosen Anschleichen war Ragna wesentlich besser als sie, und so überließ sie es gerne der Freundin, sich nach Gefahren umzusehen. Ragna sah vorsichtig aus der Haustür, hinter dem gesplitterten Rahmen verborgen, und suchte nach dem, was sie zu hören geglaubt hatte: Schritte von Menschen, die sich vorsichtig dem Hof näherten. Ihre Heimlichkeit mochte auf Furcht vor eventuell noch anwesenden Monsteraffen zurückzuführen sein, konnte aber auch etwas ganz anderes bedeuten.

Es waren fünf Männer, die sich dem Wohnhaus näherten. Zwei von ihnen hielten Schrotflinten in der Hand, einer ein langes Messer; die beiden Übrigen schienen unbewaffnet zu sein. Einen dieser Männer erkannte Ragna augenblicklich wieder: Es war Angus, den es offenbar auch nach Norden gezogen und der sich hier mit einigen augenscheinlich Gleichgesinnten zusammengetan hatte. Ragna fluchte innerlich; Angus wusste um ihre Andersartigkeit und würde seine Gefährten warnen, sobald er sie erblickte, die dann sicher nicht zögern und sofort auf sie schießen würden. Lautlos zog sie sich ins Haus zurück und lief gemeinsam mit Sally und ihrer Ausbeute die Treppe hinauf in den ersten Stock des Hauses. Dort verbargen sie sich in einem der Schlafzimmer, das nach vorne hinausging, und beobachteten vom Fenster aus, wie die Männer sich der Haustür näherten. Die Scheune würdigten Angus und seine Begleiter bisher keines Blickes; die Freundinnen hofften, dass sich die dort befindlichen Menschen still verhalten und nicht bemerkt werden würden.

Es gelang Ragna, das Fenster nahezu geräuschlos zu öffnen. „Schließ die Tür von innen ab", flüsterte sie Sally zu, dann sprang sie auf den Erdboden hinab, sobald der letzte der Männer ins Haus getreten war. Selbst im Sprung konnte sie sich so gut wie lautlos bewegen; das hatte ihr in den kanadischen Wäldern mehr als einmal das Leben gerettet, vor allem in der Zeit vor Onkel Fong, und so bemerkten sie die in das Haus eindringenden Männer nicht. Ragna schlich ihnen hinterher, folgte ihnen bis zur Tür des Wohnzimmers, das sie gerade betreten hatten. „Was für eine Schweinerei", brummte einer der Männer, der eine Schrotflinte in der Hand hielt. „Überall das Gleiche, wohin man auch kommt. Diese Viecher schlachten uns Menschen ab und lassen die Leichen zum Verrotten liegen. Die würde ich zu gerne mal vor meine Flinte bekommen, dann würden sie sehen, dass wir nicht alle den Schwanz einziehen, wenn sie auftauchen."

„Jake, hier waren schon welche und haben die Schränke ausgeräumt", klang eine Stimme von der Küche herüber. „Einige Reste sind noch da, aber das meiste ist weg." Der Mann mit der Schrotflinte, der zuerst gesprochen hatte, fluchte leise und sah sich suchend um. „Und die können schon längst über alle Berge sei,n. Oder auch nicht. Als wir auf den Hof kamen, glaubte ich, in der Scheune etwas zu hören. Wenn wir Glück haben, sind die Diebe noch dort."

Diebe? Ragna lächelte grimmig und schüttelte den Kopf. Und was seid ihr? Doch sie hütete sich, auf sich aufmerksam zu machen, blieb nur bewegungslos im Flur bei der Tür stehen, um weiter dem Gespräch zu lauschen, in der Hoffnung herauszufinden, was die Männer vorhatten. Das blieb ihr nicht lange verborgen; Angus spuckte wütend aus und wies durch das Fenster auf die Scheune. „Gehen wir rüber. Wenn sich dort die Typen befinden, die das Haus geplündert haben, haben sie uns eben die Arbeit bereits abgenommen. Wir machen sie kalt und nehmen an uns, was wir bei ihnen finden."

„Gute Idee", erwiderte Jake und sah zum Fenster hinüber, das auf den Hof hinausging, während seine Begleiter zustimmend nickten. „Ich lasse gerne für mich arbeiten. Und Leute, die uns wegen der Sachen vielleicht verfolgen, möchte ich nicht hinter mir wissen. Besser eine endgültige Lösung."

Das reichte Ragna, um eine Entscheidung zu treffen. Mit funkelnden Augen und vor Anspannung bebenden Nerven machte sie sich bereit anzugreifen. Zuerst würde sie die Männer mit den Schusswaffen ausschalten müssen, da von ihnen die größte Gefahr drohte, dann den Messerbesitzer. Sie wusste, dass sie alle ihre Fähigkeiten brauchen würde, um mit fünf Gegnern gleichzeitig fertig zu werden, doch sie musste es versuchen, wollte sie ihre Freunde vor diesen Verbrechern schützen. Bevor einer der Männer reagieren konnte, hatte sie sich auch schon auf Jake gestürzt und ihm im Sprung die Kehle aufgeschlitzt; die Flinte trat sie unter das Sofa, bevor sie einer der anderen aufheben konnte. Auch den zweiten Gewehrbesitzer konnte sie noch erledigen, dann war von den anderen Männern die Schockstarre abgefallen und sie begannen, Ragna zu attackieren, Angus mit hasserfülltem Gesicht und einer Wut, die ihn alle Vorsicht vergessen ließ. Er hatte es der jungen Frau offenbar nicht verziehen, von ihr entwaffnet und fortgejagt worden zu sein. Ragna warf sich gerade fauchend auf den Messerbesitzer, da traf sie ein harter Schlag mit einem Schürhaken, den Angus beim Kamin des Wohnzimmers gefunden hatte, und raubte ihr fast die Besinnung.

Instinktiv warf Ragna sich herum und konnte einem zweiten Schlag ausweichen, der nun den anderen Mann traf, der aufschreiend sein Messer fallen ließ und sich den blutenden Kopf hielt, wo er von Angus hart getroffen worden war. Augenblicklich schlitzte Ragna noch im Sprung dem vierten Gefährten des Schotten, der mit weit aufgerissenen Augen auf ihre Krallen und Reißzähne starrte, den Oberschenkel auf; der Mann brach schreiend zusammen und hielt sich das Bein, aus dem das Blut hervorquoll. Doch Angus war nicht untätig geblieben; er hatte eine der Schrotflinten aufgehoben und richtete sie mit einem bösen Lächeln auf Ragna, die zu weit von ihm entfernt war, um den Schotten aufhalten zu können. „Stirb, du Vieh", knurrte Angus, dann erfüllte der Knall eines Schusses das Wohnzimmer.

Ein zweiter Schuss folgte, doch er ging mehr als einen Meter daneben. Noch im Sterben hatte Angus versucht, die verhasste Gegnerin zu töten, doch sein sich trübender Blick war nicht mehr in der Lage gewesen, das Ziel zu fixieren, und so verfehlte er Ragna, die sich auf den Boden geworfen hatte, um einem möglichen zweiten Schuss aus der Schrotflinte auszuweichen. Doch das war nicht mehr nötig; aus Angus' zerfetzter Brust strömte das Blut und sein letzter Atemzug war ein schweres Röcheln, dann lag der Schotte still auf dem Boden. Auch der Mann, dem Ragna den Oberschenkel aufgeschlitzt hatte, stöhnte nur noch leise; offenbar hatte sie die Hauptschlagader erwischt und der Mann verblutete nun unaufhaltsam. Der von dem Schürhaken Getroffene würde wohl bald an dem ihm durch Angus zugefügten Schädelbruch sterben; seine Hände waren noch immer auf die Wunde gepresst, durch die Finger rann das Blut und tränkte den Boden.

Schwer atmend kam Ragna wieder auf die Füße, noch wie betäubt sowohl von dem Schlag als auch von dem heftigen Kampf, der sich hier im Wohnzimmer abgespielt hatte. Oben an der Treppe stand Sally, die Pistole noch in der Hand, mit der sie Angus erschossen hatte. Sie führte die dem Schotten abgenommene Waffe ständig bei sich und so war sie in der Lage gewesen, der Freundin zu Hilfe kommen zu können. „Danke, Sally", flüsterte Ragna ein wenig mühsam. Ihre linke Schulter schmerzte höllisch; dort hatte sie der Schürhaken getroffen. Nur ihre schnellen Reaktionen hatten verhindert, dass es ihr Kopf gewesen war; dann würde jetzt wohl sie an einem Schädelbruch sterben und nicht das arme Schwein, das inzwischen besinnungslos auf dem Wohnzimmerboden lag und kaum noch atmete. „Das war knapp. Wo hast du so gut schießen gelernt?"

„Eigentlich gar nicht." Sallys Stimme klang leicht hysterisch; sie hatte zum ersten Mal in ihrem Leben auf einen Menschen geschossen und stand sichtlich unter Schock. „Es war reines Glück gewesen, wohl für uns beide."

Ragna nickte nur und sank auf das Sofa; ihr war schwindlig und sie schüttelte den Kopf, als müsse sie ihn wieder frei bekommen. Verbittert sah sie auf die fünf Männer, die jetzt ebenso tot waren wie die ehemaligen Hofbewohner oder im Sterben lagen. War das nötig gewesen? fragte sie sich niedergeschlagen. Es war zwar aufgrund der Bemerkungen der Männer nicht anzunehmen gewesen, dass sie vernünftig mit ihnen hätte reden können, doch Ragna war es leid, ständig Menschen, die sich wie tollwütige Hunde aufführten, töten, immer wieder ihre wilde Seite von der Leine lassen zu müssen, um sich und ihr nahestehende Menschen zu schützen.

Und das war mit Sicherheit nicht die letzte Situation gewesen, in der sie sich auf diese Weise würde verhalten müssen, wollte sie ihre Gefährten vor skrupellosen Angreifern wie diesen bewahren. Sally setzte sich neben sie und zog Ragna an sich, die ihren Kopf an Sallys Brust legte, noch immer verbittert und schwer atmend. Sally ahnte, was in der Freundin vorging; sie selbst kämpfte mit der Erkenntnis, dass sie einen Menschen getötet hatte. „Ich fühle mich schuldig, obwohl ich keine andere Wahl hatte", sagte sie leise. „Es dauert so lange, bis ein Mensch erwachsen ist, bis er gelernt hat, in der Welt zurechtzukommen, all sein Wissen und seine Fähigkeiten zu erwerben, und dann löscht ein einziger Schuss das alles mit einem Schlag aus. Es ist, als würde man eine kleine Welt vernichten, unwiederbringlich und endgültig."

„Ich habe nicht zum ersten Mal Menschen getötet", flüsterte Ragna, auf die Leichen starrend, die im Wohnzimmer auf dem Boden lagen. „Jedesmal glaubte ich, keine andere Wahl zu haben, was wohl in den meisten Fällen auch zutraf, doch leicht ist es mir nie gefallen, das Raubtier in mir auf die Angreifer loszulassen, damit es sie töten konnte. Meine wilde Seite hat diesbezüglich keine Hemmungen; wenn sie sich und mir nahestehende Menschen bedroht sieht, kennt sie keine Gnade." Verzweifelt sah sie der Freundin in das blasse Gesicht. „Weshalb sind Menschen so? Weshalb werden viele Menschen selbst in Situationen, in denen es um das Überleben unserer Art geht, zu reißenden Wölfen ihresgleichen gegenüber? Ich habe manchmal das Gefühl, ich habe dies besser unter Kontrolle als viele andere, vielleicht weil ich von klein auf gezwungen war, das Raubtier in mir in Schach zu halten." Sie schüttelte den Kopf und gab dann selbst die Antwort. „Aber das sind wohl rein akademische Fragen; wir Menschen wollen, wie alle Tiere, überleben und das um jeden Preis. Da wird der Mitmensch, der mit mir um einen Laib Brot oder eine warme Decke konkurriert, schnell zum Feind."

Sally sah sie traurig an und strich ihr tröstend über das zerzauste Haar. „Es wird auch Menschen geben, die freundlich sind und anderen helfen. Wir sollten nicht pauschal alle an Angus und seinen Begleitern messen. Und wir selbst können versuchen, uns in den Fällen, wo es möglich ist, anders zu verhalten."

„Dieses Gemetzel war deren Schuld, nicht eure." Benny stand in der Wohnzimmertür und kam jetzt zu ihnen herüber. „Wir haben die Schüsse gehört. James und Doyle wollten auch mitkommen, doch ich habe sie gebeten, bei Maureen und den Mädchen zu bleiben. Mit Peter ist ja nichts anzufangen; auf den können wir uns nicht verlassen." Er blieb vor seinen Freundinnen stehen, die mit trüben Blicken zu ihm aufsahen. „Ich habe gehört, was ihr gesagt habt, und ich betone ebenfalls: Ihr hattet keine andere Wahl. Es wird der Tag kommen, da werde wohl auch ich töten müssen, um meine Schwestern und anderen Gefährten zu schützen. Je schlimmer die Lage wird, desto stärker wird der Egoismus des Einzelnen überhandnehmen, in vielen Fällen wohl aus Verzweiflung, doch bei nicht wenigen auch aus reiner Bosheit. Situationen wie diese haben offenbar die Angewohnheit, den Abschaum der Menschheit an die Oberfläche zu spülen und ihn schnell Oberhand gewinnen zu lassen."

Sally nickte ihm dankbar zu, dann erhob sie sich und holte die Schrotflinte unter dem Sofa hervor, wo Ragna sie hingestoßen hatte. Auch die zweite Flinte nahm sie an sich, ebenso das lange Messer, das der jetzt besinnungslose Mann hatte fallen lassen. „Die nehmen wir besser mit. Lass uns nachschauen, ob die Toten noch Munition in ihren Taschen haben; die werden wir, wie ich befürchte, noch brauchen. Wir haben eine Menge nützlicher Sachen gefunden; sie befinden sich oben in einem der Schlafzimmer. Bitte hilf mir, sie herunterzuholen und in die Scheune zu bringen. Je eher wir von diesem Schlachtfeld verschwinden, desto besser."

Auch Ragna stand auf, war aber nicht in der Lage, einen Rucksack zu tragen, da ihre Schulter wie Feuer brannte. „Gib mir die Waffen", sagte sie und nahm sie an sich. „Die Rucksäcke werdet leider erst einmal ihr übernehmen müssen. Wie sieht es mit Munition aus?"

„Zwei Packungen", antwortete Benny, der Jakes Taschen durchwühlt hatte. „Der andere Gewehrbesitzer hatte keine Ersatzmunition bei sich, dafür aber ein gutes Taschenmesser, das wir sicher auch gebrauchen können." Er steckte alles in seine Jackentaschen und half dann Sally, ihre Ausbeute in die Scheune hinüber zu schaffen, während Ragna hinterherhinkte. In der Scheune sichteten die Bensons, die beschlossen hatten, die Freunde zu begleiten, gemeinsam mit Doyle und Benny den Inhalt der Rucksäcke und teilten alles gleichmäßig auf, damit die drei Träger etwa das gleiche Gewicht würden schultern können. Maureen bestand darauf, die zusammengerollten Decken zu tragen; sie hatten in der Scheune ein Stück Seil gefunden, mit dem sie die Wolldecken zusammenbinden und mit einer Trageschlaufe versehen konnten. „Und was ist mit Peter?" fragte Sally ein wenig unwirsch. Sie sah sich gerade Ragnas Schulter an, die von einem starken Bluterguss fast schwarz verfärbt war. „Ist der nur fähig herumzujammern und anderen zur Last zu fallen? Es wäre ja wohl angebracht, dass er die Decken trägt und nicht seine Mutter."

„Peter ist… na ja, er war lange krank", erwiderte Maureen widerwillig. „Er… es geht ihm noch immer nicht gut." James verzichtete auf einen Kommentar und konzentrierte sich darauf, den Rucksack, den er tragen würde, zu packen, während

Peter nicht einmal den Kopf hob, sondern nur in der Ecke saß und auf den Boden starrte. Nicht nur seine Hände zitterten nach wie vor; von Zeit zu Zeit erbebte auch sein Körper und ein leises Wimmern war zu hören. Sally bedeckte Ragnas Schulter vorsichtig wieder mit dem Pullover, nachdem sie sich davon überzeugt hatte, dass nichts gebrochen war, dann sah sie Peter eindringlich an. „Ich nehme an, er ist drogensüchtig und leidet jetzt unter Entzugserscheinungen", stellte sie kühl fest. „Er wird damit leben müssen, zukünftig keinen Stoff mehr zu bekommen und wieder ins ungeliebte Alltagsleben zurückzukehren, anstatt mit Hilfe der Drogen auf Wolke Sieben zu schweben. Falls nicht wird er es nicht lange machen; unsere Lage ist gefährlich und verträgt keine Egotrips von Menschen, die unfähig sind, sich der Realität zu stellen."

James warf ihr ein dankbares Lächeln zu, während Maureen sich empört vor ihren Sohn stellte. „Seine Kumpels haben ihn dazu überredet", sagte sie aufgebracht. „Er wollte eigentlich gar nichts damit zu tun haben. Peter mochte die Schule nicht, da ihn dort einige Jungs ständig gepiesackt haben, hat deshalb keinen Abschluss gemacht. Als er keinen Job fand, ist er eben schwach geworden."

„Und fällt euch jetzt zur Last", sagte Sally mit harter Stimme. Sie hatte den Schock, einen Menschen getötet zu haben, noch keineswegs überwunden, und so reagierte sie unnachgiebiger, als es wohl sonst der Fall gewesen wäre, um nicht über den Vorfall im Wohnhaus nachdenken zu müssen. „Ist ja auch viel bequemer, als sich zusammenzureißen und die Verantwortung für das eigene Leben zu übernehmen. Gebt ihm einen ordentlichen Tritt in den Hintern und hört auf, ihn ständig zu pampern, dann muss er sich zusammenreißen."

„Es sind nicht alle so stark wie du", ergriff Ragna unerwartet Partei für die Bensons. Sie spürte den wahren Grund für Sallys Verhalten und wollte vermeiden, dass die Freundin sich später Vorwürfe wegen ihrer harten Worte machte. „Allerdings hast du recht, wenn du sagst, dass jeder selbst für sein Leben die Verantwortung übernehmen muss." Sie erhob sich mühsam aus dem Heu, auf dem sie gesessen hatte, und sah von einem Gefährten zum anderen. „Wir sollten aufbrechen. Es ist nicht mehr weit bis zu Sallys Heimatstadt. Je länger wir warten, desto größer ist die Gefahr, dass für Sallys Familie unsere Hilfe zu spät kommt."

Sally, Benny und James schulterten die Rucksäcke, da Ragna noch eine ganze Weile nicht in der Lage sein würde, ihre Schulter stärker zu belasten, während Doyle zu Maureens Verwunderung wortlos die Wolldecken aufnahm. Sie protestierte aber nicht, sondern nickte dem Koreaner dankbar zu, während sie ihren Sohn auf die Füße zog. Die beiden Mädchen warfen dem jungen Mann verständnislose Blicke zu. Ein derart hilfloser Erwachsener war ihnen bisher nicht begegnet und sie wussten nicht, ob sie ihn verachten oder bemitleiden sollten. Benny und Ragna nahmen die Schrotflinten an sich; sie waren diejenigen in der kleinen Gruppe, die noch am ehesten damit umgehen konnten. Sich immer wieder ängstlich umsehend liefen sie über den Hof und verschwanden kurze Zeit später zwischen den Feldern, die das Anwesen umgaben.

Die Hütte im Moor

„Wo ist die Stadt abgeblieben?" Sally hatte sie auf einen Hügel geführt, von dem aus man Charltons Rock überblicken konnte, ohne selbst gesehen zu werden. Dort lagen sie hinter einigen Büschen auf dem Bauch und starrten fassungslos auf eine leere Fläche, wo sich eigentlich Häuser und Straßen befinden sollten. Jetzt erstreckte sich dort eine kahle Einöde aus Erde und Steinen bis zu einer kleinen Bucht, die einmal der Hafen des Ortes gewesen war und die an einer Seite von einem hohen Felsen flankiert wurde, der dem Ort seinen Namen gegeben hatte. Die Kaimauern und Boote hatten sich ebenso in Luft aufgelöst wie der Rest der Stadt. Nichts regte sich in der Ebene; weder waren Leichen noch die Monsteraffen zu sehen. Nur einige Möwen segelten über der Bucht und ließen gelegentlich ihre Rufe hören.

Sally erhob sich langsam und stieg dann wie betäubt den Hügel hinunter, ohne sich nach möglichen Gefahren umzusehen. Nachdem sie in alle Richtungen gesichert hatte, folgte Ragna ihr und holte sie ein, als die Freundin an einem Fleck nahe dem früheren Ortsrand stehen blieb und dort mit dem Fuß im Erdboden scharrte. Sallys Augen spiegelten das Entsetzen wider, das sie empfinden musste. Dies war ihre Heimat, ihr Geburtsort, und er war auf geheimnisvolle Weise verschwunden. Ragna legte ihr behutsam einen Arm um die Schultern und drückte sie tröstend an sich. Es dauerte eine ganze Weile, bis die Freundin reagierte und Ragna völlig verstört ansah.

„Hier stand unser Haus", flüsterte sie und schluckte schwer. „Es kann doch nicht einfach... Was zum Teufel ist hier passiert?" Die letzten Worte schrie sie geradezu heraus.

„Ich weiß es nicht", antwortete Ragna bedrückt. „Wenn du sagst, dass wir am richtigen Ort sind, glaube ich dir. Du bist schließlich hier aufgewachsen und kennst die Gegend. Ich habe nicht die geringste Ahnung, was eine ganze Stadt mitsamt Hafen verschwinden lassen kann, ohne eine Spur zu hinterlassen. Wenigstens Gräben, wo sich die Kanalisation und alles andere unterirdisch Verlaufende befunden hatten, müssten zu sehen sein, doch auch das ist nicht der Fall. Es ist, also wäre die Gegend in den Zustand zurückversetzt worden, den sie vor dem Bau von Stadt und Hafen hatte."

Sally schluckte schwer. „Stimmt. Aber das können doch nicht die Monsteraffen gewesen sein. Wie sollen sie das bewerkstelligt haben? Ich traue denen ja jede Schlechtigkeit zu, aber hexen werden die doch wohl nicht können. Und wo sind die ganzen Menschen geblieben? Meine Mutter, meine Schwester…"

„Vielleicht haben sie rechtzeitig fliehen können", versuchte Ragna die verzweifelte Freundin zu trösten. „Die Biester gehen ja nicht gerade leise vor. Die Bensons wurden auf diese Weise gewarnt und konnten entkommen. Was meinst du, wo könnten sie sich vielleicht verstecken?"

Mit neu erwachter Hoffnung sah Sally die Freundin an. „Du hast recht, vielleicht leben sie tatsächlich noch. Vielleicht hat sie jemand im Boot mitgenommen oder sie sind zu Fuß geflohen oder…" Oder sie liegen irgendwo tot in ihrem eigenen Blut, sprach sie die dritte Möglichkeit nicht mehr laut aus, da sie daran nicht einmal denken wollte.

Wohin würde ich gehen, wenn ich mich verstecken müsste? spann sie den Faden weiter. Dann durchfuhr es sie wie ein Blitz: die alte Vogelhütte im Moor! Sallys Vater, ein hart arbeitender und äußerst bodenständiger Mann, hatte zum Erstaunen seiner Familie und Freunde der typisch britischen Leidenschaft für das Vogelbeobachten gefrönt und sich hierfür eine kleine Beobachtungshütte im Moor gebaut. Die Hütte war nur schwer zu finden; man musste den Weg kennen, um dorthin zu gelangen. Ja, das wäre das ideale Versteck, dachte

Sally und stieß Ragna leicht an, um ihre Aufmerksamkeit auf sich zu ziehen.

„Ich habe eine Ahnung, wo sie sein könnten, sollten sie noch leben", sagte sie. „Auch wenn meine Mutter kein Interesse an Vaters Leidenschaft für das Vogelbeobachten hatte, so weiß sie doch, wo sich seine alte Beobachtungshütte befindet. Die liegt so versteckt, dass es eher unwahrscheinlich ist, dass die Biester sie gefunden haben."

„Dann führe uns dorthin", antwortete Benny an Ragnas Stelle. Er war gemeinsam mit den übrigen Gefährten vom Hügel heruntergekommen und stand nun neben den Freundinnen. „Ich wünsche dir wirklich sehr, dass wir die beiden dort finden werden und hoffentlich bei guter Gesundheit."

Nicht nur er vermied es, sich genauer umzuschauen; die unerklärliche Leere an dem Ort, an dem sich eine kleine Stadt befinden sollte, beunruhigte ihn zutiefst, zumal niemand von ihnen auch nur die leiseste Ahnung hatte, wie Charltons Rock hatte verschwinden können. So hatten sie es alle eilig, den Weg zum Moor einzuschlagen, das nicht weit vom ehemaligen Ortsrand entfernt begann und sich landeinwärts erstreckte. Bald folgten sie einem kaum sichtbaren Weg, der sie sicher zwischen Flächen von tückischem Morast hindurchführte. Die Abenddämmerung brach bereits herein, als sie endlich die kleine, hinter einigen Büschen verborgene Holzhütte erreichten und sich ihr vorsichtig näherten.

„Ich gehe vor", flüsterte Ragna und unterband jeglichen Protest mit einer gebieterischen Handbewegung. „Ich kann riechen, was sich in der Hütte befindet und dann schnell wieder verschwinden, sollte mir der Geruch nicht gefallen." Sie lächelte Sally aufmunternd zu, dann ließ sie die Gefährten in der Deckung eines dichten Gebüsches zurück und schlich sich an die Hütte heran, die still im Abendlicht dalag. Vorsichtig drückte sie sich an eine der baufälligen Seitenwände und lauschte auf Geräusche, die auf Leben in der Hütte hinwiesen. Ja, da waren leise Schritte zu hören; eine Person ging dort umher. Ragna witterte durch die schmalen Lücken in der Holzwand hindurch und erkannte den Geruch einer Frau, die sich dort drinnen aufhielt. Erleichtert atmete sie auf; vielleicht war es tatsächlich ein Mitglied von Sallys Familie, das sich hier versteckte, wie ihre Freundin gehofft hatte.

Die Beobachtungsklappe war fest verschlossen, und so schlich Ragna zu der schmalen Tür hinüber, die sich neben der Klappe befand. Sie klopfte behutsam an die Tür und rief leise den Namen von Frau Harris. Die Schritte verstummten abrupt; dort drinnen hielt offensichtlich jemand den Atem an und wagte nicht, sich zu rühren. „Frau Harris, ich bin eine Freundin Ihrer Tochter Sally", versuchte Ragna es erneut. „Mein Name ist Ragna Olson. Sally ist auch hier, ebenso unsere Freunde Doyle und Benny und noch einige andere Flüchtlinge. Bitte öffnen Sie die Tür, damit wir hereinkommen können."

Jetzt waren wieder Schritte zu hören und die Tür wurde vorsichtig einen Spalt breit geöffnet. Ragna winkte Sally herbei und diese beeilte sich, an die Seite ihrer Freundin zu treten. Jetzt flog die Tür förmlich auf und eine Frau Mitte fünfzig umarmte Sally so heftig, dass diese kaum noch Luft bekam. „Sally", flüsterte ihre Mutter fassungslos, „Sally, du bist es wirklich. Ich dachte, du wärst tot wie so viele andere, die ich gekannt hatte. Diese Ungeheuer scheinen überall zu sein; wie hast du es nur geschafft, aus Birmingham zu entkommen?"

Sally winkte nun auch die übrigen Mitglieder ihrer Gruppe heran und stellte sie ihrer Mutter vor. „Wo ist Heather?" fragte sie schließlich und sah sich suchend um. Jane Harris senkte traurig den Kopf. „Ich weiß es nicht, Sally", sagte sie leise. „Sie war nicht zu Hause, als die Bestien über unsere Stadt herfielen, und ich hatte keine Gelegenheit, nach ihr zu suchen, da ich um mein Leben rennen musste. Ich konnte nicht einmal etwas mitnehmen. Es geschah so plötzlich und ich wusste nicht, wo Heather sich aufhielt. Ich glaube, ich bin nur deshalb entkommen, weil unser Haus am Ortsrand liegt und ich gleich ins Moor lief."

„Dann waren die Häuser noch da, als du geflohen bist?" Das Unbehagen, das Sally bei dieser Frage empfand, war ihr deutlich anzuhören. Als sie den verwunderten Blick ihrer Mutter bemerkte, sah sie unwillkürlich in Richtung der wüsten Fläche, wo sich vor Kurzem noch eine Stadt befunden hatte. „Sie sind nämlich spurlos verschwunden, ganz Charltons Rock", berichtete sie stockend, „auch der Hafen. Und nirgendwo sind Leichen zu sehen, obwohl wir an anderen Orten, die von diesen Bestien heimgesucht worden sind, ständig welche gefunden haben. Du hast keine Ahnung, was da geschehen sein könnte?"

„Verschwunden?" Ungläubig starrte Jane Harris ihre Tochter an. „Was meinst du mit verschwunden? Eine ganze Stadt kann sich doch nicht einfach so in Luft auflösen. "

„Genau das ist aber geschehen", antwortete Ragna an Sallys Stelle. „Wir haben nur noch eine leere Fläche an einer Bucht vorgefunden. Nicht einmal Leichen waren zu sehen, und die sind normalerweise der deutlichste Hinweis darauf, dass sich die Monsteraffen irgendwo ausgetobt haben."

„Unser Haus?" Jane sank tief erschüttert auf eine kleine Bank, die neben der Hütte stand. „Die Nachbarn… unsere Freunde… die Boote…" Sie konnte nicht weitersprechen und verbarg ihr Gesicht in den Händen, damit niemand ihre Tränen sah.

Sally nahm ihre Mutter in den Arm, doch sie selbst benötigte ebenfalls Trost. Der gleiche Verlust, den Jane Harris erlitten hatte, traf auch sie, und die Ungewissheit über Heathers Schicksal setzte ihr ebenfalls heftig zu. Sie liebte ihre jüngere Schwester und fühlte sich für ihr Wohlergehen verantwortlich. Es dauerte eine ganze Weile, bis sich die beiden Frauen wieder so weit gefasst hatten, dass sie ihre Schicksalsgefährten, die geduldig warteten, einladen konnten, hier bei der Hütte ihr Lager aufzuschlagen. Sie brauchten Ruhe, nicht nur um sich zu erholen, sondern auch, um mit ein wenig Abstand zu dem unerklärlichen Geschehen entscheiden zu können, wohin sie sich wenden wollten.

Da die Hütte zu klein für alle Gruppenmitglieder war, schlugen sie ihr Lager zwischen den Büschen auf, die die Hütte vor den Blicken Vorbeikommender weitgehend verbargen. Sallys Mutter nahm gerne einen Tee und etwas zu essen an; Trinkwasser hatte ihr der Regen geliefert, doch in der Hütte hatte sich nichts Essbares befunden und nach drei Tagen Verbergens war sie furchtbar hungrig. Sie starrte niedergeschlagen auf den Teller und aß ihn mechanisch leer; ihre Gedanken galten der anderen Tochter, von der sie nicht wusste, ob sie noch lebte oder von den Monsteraffen umgebracht worden war, sowie ihren Freunden und Nachbarn, die sich scheinbar in Luft aufgelöst hatten. Ragna, die ahnte, was in ihrem Kopf vor sich ging, bot an, nach Heather zu suchen, doch Jane Harris lehnte dies entschieden ab. „Nein, das kommt nicht in Frage. Entweder sie hat fliehen können oder... Es ist zu gefährlich, sich in der Nähe der Stadt... ich meine, dort wo sie gewesen ist umherzuwandern. Ich werde nicht dulden, dass du dein Leben aufs Spiel setzt, nur um dann vielleicht vor einer Leiche zu stehen." Sie zögerte kurz und ihre Augen wurden dunkel. „Sofern es überhaupt eine gibt…"

Sally nahm ihre Hand und drückte sie fest. „Sie hat vielleicht eines der Boote erreicht und wurde an Bord genommen, bevor es auslief. Einige konnten bestimmt fliehen, bevor die Biester sie daran hinderten."

Schweigen senkte sich über die Gruppe; jeder hing seinen Gedanken nach, die Verwandten oder Freunden galten, die vielleicht nicht mehr am Leben waren. Schließlich teilten sie die Wache ein und legten sich schlafen, Sallys Mutter, Frau Benson und die beiden Mädchen in der Hütte, die übrigen auf dem weichen Boden zwischen den Büschen. Peter hatte sich auch in der Hütte verkriechen wollen, doch sein Vater zerrte ihn zornig wieder heraus und wies ihm einen Platz an seiner Seite zu, wo der junge Mann sich mit mürrischem Gesicht fallen ließ und bald zusammengekauert einschlief.

Ragna hatte die Hundswache übernommen, da es ihr am leichtesten fiel, augenblicklich einzuschlafen, sobald sich hierfür die Gelegenheit bot. Um vier Uhr sollte Benny sie ablösen, der in eine Decke eingerollt leise vor sich hinschnarchte. Es war etwa zwei Uhr, da trug ihr eine Brise einen vertrauten Geruch zu, der sie augenblicklich alarmierte. Er kam aus einiger Entfernung, war aber nah genug, um sich Sorgen zu machen. Sie weckte Benny, der sich gähnend erhob, und teilte ihm flüsternd mit, dass sie prüfen wollte, ob sie in Gefahr waren und Benny früher als geplant die Wache übernehmen könnte. Der Freund nickte nur und begab sich auf seinen Posten, während Ragna in die Dunkelheit davonhuschte. Ihre Nase führte sie zu den Wesen, da der schwache Nachtwind aus deren Richtung wehte, was Ragna ein unbemerktes Anschleichen ermöglichte. Sie lagerten auf einem niedrigen Hügel nicht weit vom Rand des Moores entfernt, vier braunfellige Kreaturen, die auf dem Boden saßen und schweigend in die Nacht starrten. Warum schlafen die Biester nicht? dachte Ragna verblüfft, während sie sich in einem dichten Gebüsch verbarg. Warten sie auf andere ihrer Art, um dann gemeinsam zu weiteren Schlächtereien aufzubrechen?

Sie hatte die Tiere bereits zehn Minuten lang beobachtet, ohne dass sich etwas an ihrer Haltung änderte oder sie auch nur einen Laut von sich gaben, da verlor Ragna die Geduld und sie beschloss, ihre empathischen Fähigkeiten zu nutzen, um herauszufinden, was in diesen Wesen vor sich ging. Schliefen sie vielleicht doch, nur auf eine andere Weise, als sie es gewohnt war? Nährten sie in sich ihren Hass auf die Menschen, um bereit zu sein, sich auf die nächste Siedlung zu stürzen? Hass war die einzige Emotion, die sie bisher bei diesen Kreaturen wahrgenommen hatte, tiefer brennender Hass auf ihre Art und alles, was sie hervorgebracht hatte, dazu eine geradezu erschreckende Intelligenz, wie ihr genau geplantes Vorgehen bewies. Die Menschen waren es nicht gewohnt, mit Wesen konfrontiert zu werden, die genauso scharfsinnig waren wie sie selbst und sich dies zunutze machten, um gegen sie vorzugehen. Lange Zeit war die Herrschaft der Menschen über den Planeten unangefochten gewesen; andere Lebewesen wurden benutzt, geduldet oder ausgerottet. Doch diese neue Art war offenbar angetreten, ihnen diese Herrschaft streitig zu machen und das bisher mit durchschlagendem Erfolg.

Vorsichtig fuhr Ragna ihre mentalen Fühler aus und berührte kurze Zeit später den Geist der affenartigen Kreaturen, nur ganz behutsam, damit sie nicht bemerkt wurde. Augenblicklich wurde sie überwältigt von einer Vielzahl an intensiven Gefühlen, die die Wesen erfüllten und offenbar zwischen ihnen hin- und herwanderten, eine stumme Sprache, der Ragna nie zuvor begegnet war. Sie hatte Zorn und Hass erwartet; das Gefühl inniger Verbundenheit der Tiere untereinander und zu allem, was sie umgab, traf sie daher vollkommen überraschend. Diese Wesen waren nicht getrennt von der Welt; das Leben in all seinen Erscheinungsformen strömte durch sie hindurch, war Teil von ihnen und sie von ihm. Ragna war kaum in der Lage, die Kreaturen von dem sie umgebenden Leben zu unterscheiden. Ihre Gefühle flossen ebenso in den Boden, die Pflanzen und Tiere des Moores wie in ihre Gefährten, ließen sie zum Hügel, zu Büschen und dem Nachtgetier werden.

All das erkannte Ragna in dem kurzen Moment der Berührung des Geistes dieser Wesen. Auch sie war der Natur enger verbunden, als dies bei den meisten anderen Menschen der Fall war, schon wegen ihrer wesentlich schärferen Sinne, feineren Instinkte und empathischen Fähigkeiten, doch was sie nun bei den Monsteraffen wahrnahm, kam einer völligen Verschmelzung gleich. Empfand sich Ragna immer noch als Individuum, zwar in enger Verbindung zum Leben um sich herum, doch nicht völlig eins mit ihm, so gab es zwischen diesen Wesen und allem anderen, was existierte, keinerlei Grenze mehr. Das muss doch auch für die Menschen gelten, dachte sie verwirrt. Sie sind ebenfalls Teil dieser Welt. Wie können die Kreaturen uns dann derart brutal abschlachten? Es muss sich für sie doch anfühlen, als würden sie Teile von sich selbst töten.

Diese Frage half ihr, Distanz zu den Wesen zu wahren, sich wieder aus ihrem Geist zurückzuziehen, denn das Wahrgenommene rief eine ihr bisher in dieser Intensität unbekannte Sehnsucht wach, den tiefen Wunsch, eine ebenso vollständige Verbindung mit der Erde eingehen zu können. Sie hatte sie auch früher schon gespürt, vor allem dann, wenn sie empathischen Kontakt zu anderen Lebewesen aufgenommen hatte und erkennen musste, dass diese Form der Verbundenheit irgendwann an eine Grenze stieß, nicht zuletzt aufgrund ihrer Furcht, sich selbst dabei zu verlieren. Dass nun ausgerechnet diese Kreaturen, die anscheinend wahllos alle Menschen töteten, denen sie begegneten, und die sie dafür hasste, das erreicht hatten, wonach sie sich sehnte, verstörte sie zutiefst.

Ein Grollen direkt neben ihrem Versteck ließ sie erschrocken herumfahren. Es befanden sich offensichtlich mehr als vier Monsteraffen an diesem Ort; ein fünfter hatte sich unbemerkt genähert, während sie der Welt ihrer Emotionen lauschte, und stand nun mit gefletschten Zähnen über ihr. Verdammt, fluchte Ragna innerlich und sprang auf die Füße, da sie ohnehin entdeckt worden war. Ich habe mich zu sehr ablenken lassen und nun zahle ich den Preis dafür. Jetzt erhoben sich auch die anderen vier Kreaturen und kamen auf sie zu. Sie werden mich bald umzingelt haben, dachte sie erschrocken. Gegen fünf von ihnen habe ich keine Chance.

Würden hier große Bäume wachsen, sie hätte eine Flucht über die Baumwipfel versucht. Die Monsteraffen waren zu groß und schwer, ihr auf diesem Weg zu folgen. Doch um sie herum erstreckte sich nur flaches Moor, mit zahlreichen Büschen und einigen niedrigen und eher schwächlichen Bäumen, die sie nicht tragen konnten. Der Hügel war die einzige Stelle, die sich mehrere Meter aus dem Morast erhob. Aus ihrer Zeit bei den Wölfen wusste sie, dass diese Wesen sehr schnell waren; es würde nicht leicht werden, ihnen rennend zu entkommen. Zur Hütte zurücklaufen durfte sie nicht; die Monsteraffen würden sofort über ihre Gefährten herfallen und sie töten. So blieb ihr nur die andere Richtung, um die Tiere so weit wie möglich fortzulocken.

Bevor sich die Kreatur auf sie stürzen konnte, warf Ragna sich herum und nahm die Beine in die Hand, um so schnell wie möglich Distanz zu ihren Gegnern zu schaffen. Alle fünf Monsteraffen nahmen augenblicklich die Verfolgung auf und versuchten, sie zu umzingeln, um ihr den Fluchtweg abzuschneiden, doch Ragna hatte dies erwartet und wich immer wieder in eine Richtung aus, die sie außer Reichweite ihres Zugriffs brachte. Ihre Nachtsicht war ihr ebenso wie ihre Instinkte eine große Hilfe beim rechtzeitigen Erkennen von Sumpflöchern und anderen Hindernissen, und mehr als einmal übersprang sie den Morast an einer Stelle, die ihre Verfolger zu einem Umweg zwang, da sie aufgrund ihres höheren Gewichts einzusinken drohten, was ihr einen kleinen Vorsprung einbrachte. Doch schon bald erkannte sie, dass sie dies nicht lange durchhalten würde. Ihre geprellte Schulter brannte wie Feuer und schwächte sie, das häufige Springen raubte ihr ebenfalls Kraft, und verzweifelt sah sie sich nach einem Versteck um, das die Tiere nicht so bald entdecken würden oder in dem sie außerhalb ihres Zugriffs war.

Als sie das Moor verließ und festes Land betrat, empfand sie keineswegs Erleichterung. Hier würden sie die Monsteraffen leichter einholen können und ihr blieb nur die Möglichkeit, ihre Geschwindigkeit weiter zu erhöhen. Sie rannte jetzt auf die Küste zu; vor sich hörte sie das Rauschen des Meeres, das stetig lauter wurde, und noch einmal nahm sie alle Kräfte zusammen, um den Rand der Klippe zu erreichen in der Hoffnung, hier einen Abstieg zu finden, auf dem ihr die massigeren Tiere nicht folgen konnten. Doch als sie dann am Rand des vor ihr in die Tiefe fallenden Abbruchs stand, erkannte sie, dass ihr nicht genügend Zeit bleiben würde, den erforderlichen behutsamen Abstieg auch nur zu beginnen. Die Verfolger waren nur noch wenige Meter von ihr entfernt und bevor sie auch nur einen Fuß auf den unter ihr liegenden Vorsprung gesetzt hätte, würden sie sie erreicht haben. Es blieb ihr nur noch ein Ausweg und Ragna zögerte keine Sekunde mehr: Sie stieß sich mit aller Kraft vom Klippenrand ab und sprang in den Abgrund hinunter in der Hoffnung, dass das Meer an dieser Stelle tief genug sein und sie nicht auf Felsen aufprallen und sich alle Knochen brechen würde.

Der Schock, als sie in das eiskalte Wasser hineintauchte, raubte ihr den Atem. Sie hatte Glück im Unglück: Das Meer war an dieser Stelle tief und ohne direkt unter der Wasseroberfläche liegende Felsen, doch war die Brandung stark und drohte, sie gegen die Klippe zu werfen. Auch spürte sie bald eine starke Strömung, die sie aufs Meer hinausziehen wollte, und verzweifelt kämpfte sie dagegen an. Doch ihre Kräfte waren bereits zu stark in Anspruch genommen worden, zumal sie ihre geprellte Schulter beim Schwimmen behinderte, als dass sie sich lange dem Sog widersetzen konnte. Unaufhaltsam entfernte sie sich von der Küste, während die Kälte des Wassers ihre Glieder langsam taub werden ließ. Ein letzter Blick zurück zeigte ihr die Verfolger, wie sie oben auf der Klippe standen und ihr noch eine Weile nachsahen. Schließlich wandten sie sich ab und verschwanden in der Dunkelheit, den um sein Leben kämpfenden Menschen nicht weiter beachtend, der diesen Kampf in Kürze mit Sicherheit verlieren würde.

Es fiel ihr immer schwerer, sich mit Schwimmbewegungen über Wasser zu halten; die tödliche Kälte raubte ihr alle Kraft sowie mehr und mehr auch ihren Überlebenswillen. Wäre es nicht leichter, sich einfach in die Tiefe hinabsinken zu lassen? Kein Kampf mehr, keine Schmerzen, keine Angst… Nur der Gedanke an ihre Freunde, die sie brauchte, hielt sie weiter über Wasser, auch wenn Ragna bald erkannte, dass sie diesen Kampf verlieren würde. Es war nur noch eine Frage der Zeit. Ihre immer träger fließenden Gedanken versuchten sich zu erinnern, wie lange ein Mensch im kalten Meerwasser überleben konnte. Waren es zehn Minuten gewesen, vielleicht sogar weniger? Ist das denn noch wichtig? dachte sie müde. Es müsste schon ein Wunder geschehen, dass ich aus dieser Lage lebend herauskomme.

Ein Schemen tauchte aus der Dunkelheit auf und drückte sie beinahe unter Wasser. Es war ein Boot, das langsam die Küste entlangfuhr, und Ragna nahm ihre letzten Kräfte zusammen und rief um Hilfe, immer wieder, bis ihr schließlich die Stimme versagte. Doch das Wunder geschah tatsächlich: Das Boot stoppte und ein Handscheinwerfer suchte die Wasseroberfläche ab, bis der Strahl auf Ragna zu ruhen kam. Ein Rettungsring wurde ihr zugeworfen, den sie mit erstarrten Händen ergriff, dann zog sie die Crew des Bootes an die Bordwand heran. Sie hatte nicht mehr die Kraft, an Bord zu klettern, weshalb eine Strickleiter herabgelassen wurde. Ein Mann kletterte bis zur Wasseroberfläche und half Ragna, die Holme zu ergreifen und dann langsam an Bord zu gelangen, wobei er die junge Frau stützte, damit diese nicht wieder zurück ins Wasser fiel. Stöhnend ließ Ragna sich schließlich auf das Deck fallen, am Ende ihrer Kräfte, durchnässt und kalt bis in die Knochen.

Sie wurde unter Deck getragen, wo ihr jemand die nasse Kleidung auszog und sie anschließend in eine warme Decke wickelte. Ragna zitterte so stark, dass sie den Becher mit heißem Tee, der ihr von einer jungen Frau gereicht wurde, kaum halten konnte, doch die Frau half ihr und schließlich rann die heiße Flüssigkeit in ihren Magen und wärmte sie von innen. Weitere Decken wurden um sie gewickelt und bald spürte Ragna ihre Gliedmaßen wieder und das Zittern ließ nach.

Mühsam sah sie zu den beiden Männern und der Frau auf, die neben ihrer Koje standen und sie beobachteten. „Danke", flüsterte sie mit heiserer Stimme. „Ihr habt mir das Leben gerettet. Ich war gezwungen, auf der Flucht vor den Bestien von der Klippe zu springen, doch statt der Biester hätte mich nun beinahe das Meer erledigt."

„Wir sind auch nur so gerade eben entwischt", antwortete ein stämmiger Mann mit wettergegerbtem Gesicht. „Ich bin Phil Harding; du befindest dich auf meinem Fischkutter, der „Molly". Wir waren gerade in den Hafen eingelaufen, da kamen die Biester angerannt und wollten sich auf uns stürzen. Wir haben sofort wieder abgelegt, konnten auch noch einige Flüchtlinge auffischen, die ins Wasser gesprungen waren, und sie an Bord nehmen. Und wer bist du?"

„Ragna Olson", flüsterte die junge Frau, die Mühe hatte, die Augen offen zu halten. „Ursprünglich komme ich aus London, hatte aber eine Freundin in Birmingham besucht und bin von dort aus zusammen mit ihr geflohen, als die Monsteraffen die Stadt überfielen. Sie und noch einige andere Flüchtlinge warten im Moor auf mich. Ich hatte einige der Biester beobachtet, um herauszufinden, was sie vorhaben, ob sie eine Bedrohung für uns darstellen, doch sie entdeckten mich. Ich konnte nicht zur Hütte zurückfliehen, dann wären sie mir dorthin gefolgt und hätten meine Gefährten gefunden, also lief ich zur Küste. Den Rest kennt ihr."

„Ragna?" Die neben der Koje stehende Frau klang aufgeregt und neugierig starrte sie die junge Frau an. „Bist du etwa die Freundin meiner Schwester Sally? Sie hatte zuletzt wegen eines Jobs in Birmingham gelebt."

„Heather!" Ragna versuchte, sich auf einem Ellbogen hochzustemmen, fiel aber sofort wieder stöhnend auf die Koje zurück. „Du hast es also geschafft. Sally und deine Mutter werden überglücklich sein, das zu hören. Sie befinden sich bei der alten Vogelhütte deines Vaters."

Heather war einige Jahre jünger als Sally und machte, wenn Ragna sich richtig erinnerte, eine Ausbildung zur Anwaltsgehilfin. Sie war kleiner und zierlicher als ihre Schwester und unzweifelhaft hübsch mit ihren großen blauen Augen und dem dunkelblonden Haar, das ihr ein wenig zerzaust bis auf die Schultern fiel. Heather wandte sich nun mit einem flehenden Ausdruck auf dem Gesicht an den Kapitän und dieser lachte laut auf. „Jane und Sally Harris sind noch am Leben? Du weißt, dein Vater und ich waren Kumpel. Natürlich fischen wir die beiden auf. Du musst mir allerdings sagen wo. Ich habe keine Ahnung, wo sich die Vogelhütte deines Vaters befindet."

„Von dieser Seite aus weiß ich das auch nicht so genau", gab Heather zu. „Sally kennt sich im Moor viel besser aus als ich." Sie sah Ragna hoffnungsvoll an. „Würdest du die Hütte wiederfinden? Natürlich erst, wenn du dich etwas erholt hast."

Ragna, die schon beinahe schlief, nickte schwach. „Ich kann es versuchen. Aber…" Ihre Stimme wurde beinahe unhörbar und ihr fielen nun endgültig die Augen zu. „Schlafen", murmelte sie noch, dann war sie auch schon eingeschlafen und die drei Personen neben ihrer Koje verschwanden leise an Deck, nachdem sie die junge Frau noch einmal fest in die Decken eingewickelt hatten. Die übrigen Menschen an Bord schliefen ebenfalls und die drei wollten sie nicht stören.

„Halt den Kutter etwa auf dieser Höhe, Hugh", befahl Phil seinem Steuermann, der nickte und den Motor in den Leerlauf schaltete. „Wir kommen sonst zu weit von der Stelle ab, an der wir bald an Land gehen müssen. Jane und Sally Harris sind noch am Leben; wir wollen sie auf die „Molly" holen."

„Freut mich", brummte Hugh. „Wird aber nicht leicht werden, den Kahn hier am Fleck zu halten. Starke Strömung und Ankern klappt hier nicht." Phil gab ihm einen freundschaftlichen Klaps auf die Schulter, dann setzte er sich auf eine flache Kiste, in der sich Tauwerk und anderes Bootszubehör befanden. „Geht schlafen, ihr beide", sagte er zu Heather und dem Mann, der Ragna die Strickleiter hochgeholfen hatte, und sah zur Küste hinüber. „Ich halte gemeinsam mit Hugh Wache. Geht ja schon auf den Morgen zu." Er sah den beiden kurz nach, dann wandte er sich erneut der Küste zu, um mögliche Gefahren rechtzeitig erkennen zu können. Doch es blieb ruhig; kein Monsteraffe ließ sich blicken, kein anderes Schiff kam ihnen nahe. Die Nacht blieb ungestört, und das einzige Problem der beiden Wachhabenden bestand darin, wach zu bleiben, bis sie abgelöst wurden.

Nachdem die Sonne über den Horizont gestiegen war versammelten sich alle an Bord befindlichen Menschen um Phil, der ihnen erzählte, was in der Nacht geschehen war. Man sah ihnen an, dass sie viel durchgemacht hatten; auch gab es außer Fisch kaum Nahrung an Bord, weshalb sie nur selten satt wurden. Sie hatten es bisher nicht gewagt, an Land zu gehen, um nach Vorräten zu suchen, und der Gedanke, im Moor nach weiteren Flüchtlingen suchen zu müssen, flößte ihnen Angst ein. Trotzdem meldete sich ein hagerer Mann mit kurz geschorenem dunklem Haar zu Wort, um seine Hilfe anzubieten. „Ich kenne die alte Vogelhütte. Hab oft in der Nähe Torf gestochen, bin ja Bauer und kein Seemann. Wir können nicht warten, bis die junge Frau wieder auf dem Damm ist. Bis dahin kann es für Jane und Sally schon zu spät sein."

„Du bist ein Schatz, Connor", sagte Heather und gab ihm einen Kuss auf die Wange, was dem mürrisch wirkenden

Mann ein Lächeln entlockte. Heather wusste ihre weiblichen Reize einzusetzen, doch erstaunlicherweise nahmen ihr das nicht einmal die an Bord befindlichen Frauen übel. Obwohl 18 Jahre alt strahlte sie noch immer eine kindliche Naivität aus, die ihre Mitmenschen bezauberte. Die junge Frau sah Phil fragend an. „Wer soll noch mitgehen?"

„Ich gehe allein", sagte Connor mit Nachdruck. „Ich kenne mich im Moor gut aus und ein Mann allein fällt weniger auf als eine Gruppe. Setzt mich einfach dort drüben an Land; an der Stelle gibt es eine schmale Rinne, die als Aufstieg taugt. Ich weiß, wohin ich von dort aus gehen muss."

Als Ragna am Nachmittag erwachte, war der Bauer schon seit Stunden fort. Der Kutter dümpelte noch immer vor der Küste, vom Steuermann halbwegs an einer Stelle gehalten, und die Menschen saßen an Deck, um die Mitte Oktober selten gewordene Sonne zu genießen. Das Fischen, für das sie hinausfuhren, hatte bereits einiges an Treibstoff gekostet, und so korrigierte der Steuermann nur gelegentlich die Position, da hier Ankern nicht möglich war. Sie wussten nicht, wohin sie fahren sollten, weshalb sie in der Nähe des Heimathafens der „Molly" blieben, wenn auch außer Sichtweite. Insgeheim hofften sie, dass das Militär endlich eingreifen würde und sie heimkehren konnten; auch deshalb wollten sie sich nicht zu weit von der Stadt entfernen. Dass diese gar nicht mehr existierte, hatten sie noch nicht mitbekommen.

Sie hatten ein karges Mahl aus getrocknetem Fisch zu sich genommen. Der Kocher wurde ausschließlich für die Zubereitung von heißen Getränken verwendet, da nur noch wenig Brennstoff für ihn vorhanden war. Hanna, die Witwe eines Fischers, wusste, wie man Stockfisch herstellte; überall unter Deck hingen Fische zum Trocknen. So würden sie nicht hungern müssen, sollte einmal der Fang ausbleiben, auch wenn jeder der an Bord befindlichen Menschen das Gefühl hatte, dass sein Magen ständig knurrte. Sie waren drei kräftige Mahlzeiten am Tag gewohnt; diese unfreiwillige Diät sorgte nicht eben für gute Laune. Doch wussten sie, dass sie großes Glück gehabt hatten: Hätte Phil nicht so schnell reagiert und sofort wieder abgelegt und wäre er nicht bereit gewesen, sie aus dem Wasser zu fischen, anstatt augenblicklich zu fliehen, die Mehrzahl von ihnen wäre inzwischen nicht mehr am Leben.

Neben der Koje fand Ragna ihre Kleidung, die in der Sonne getrocknet worden war, und mühsam stand sie auf, um sich anzuziehen. Ihre Schulter pochte, als würde sie von innen mit einem Hammer bearbeitet, doch konnte sie den Arm bewegen, sodass sie keine Hilfe beim Ankleiden benötigte. Sie kniff die Augen zusammen, als sie an Deck erschien, und wurde dort freundlich, wenn auch zurückhaltend von den Flüchtlingen begrüßt. In dieser schweren Zeit brachte niemand mehr die Energie für stürmische Emotionen auf, sah man einmal von der ständig unter der Oberfläche lauernden Angst ab. „Wie komme ich an Land?" fragte sie und sah zu den Klippen hinüber. „Ich möchte so schnell wie möglich nach meinen Freunden sehen."

„Es ist schon jemand unterwegs, sie zu holen", antwortete Phil und gab ihr ein Stück getrockneten Fisch. Noch immer erschöpft sank Ragna auf der Ausrüstungskiste nieder und begann, an dem Fisch zu kauen. Sie hatte schon schlechter gegessen, und so war sie dankbar für diese Möglichkeit, ihre Energien wieder aufzufrischen. Insgeheim froh, dass sie in ihrem geschwächten Zustand nicht erneut durch das Moor schleichen musste, dankte sie dem Fischer für das Essen und lehnte sich an die Aufbauten, nachdem sie die Portion verzehrt hatte. „Hoffentlich sind die Monsteraffen nicht mehr in der Nähe", sagte sie voller Sorge. „Ich habe sie zwar von der Hütte fortgelockt, doch sie könnten durchaus auf die Idee kommen, das ganze Moor nach Flüchtlingen zu durchsuchen."

„Connor ist schon ganz schön lange fort", warf Rose ein, eine Arzthelferin, die gerade den Markt am Hafen besucht hatte, als die Monsteraffen die Stadt überfielen. Geistesgegenwärtig war sie ins Wasser gesprungen und ein wenig später von Phil an Bord genommen worden wie auch einige weitere Marktbesucher, die auf die gleiche Weise hatten fliehen können, darunter Heather Harris. In der kleinen Stadt kannte man einander und es war für den Eigner der „Molly" selbstverständlich gewesen zu helfen, wo es ihm möglich war. Alle sahen automatisch zur Küste hinüber in der Hoffnung, dort den Bauern und die beiden Harris-Frauen zu erblicken, doch die Klippen blieben leer. Nur Seevögel glitten an der Steilwand entlang; sie nutzten diese als Basis für ihre Ausflüge auf das Meer hinaus, wo sie fischten, so lange es hell war. Die meisten Vögel hatten die Gegend bereits verlassen, doch einige Arten blieben das ganze Jahr über hier und ihre Rufe hallten bis zum Boot hinüber.

„Außer Sally und Jane waren noch sieben weitere Überlebende in unserer Gruppe", sagte Ragna, die die Klippen nicht aus den Augen ließ. „Unsere Freunde Benny und Doyle und Bennys Schwestern sowie die Bensons, eine dreiköpfige Familie aus Durham. Hoffentlich sind sie alle wohlauf."

In diesem Moment schrie Sam, einer der zur Crew der „Molly" gehörenden Fischer, laut auf und wies zur Küste hinüber. Oben auf den Klippen rannten Menschen entlang, offensichtlich auf der Flucht, und schlitterten schließlich die zuvor von Connor benutzte Rinne hinunter. Hugh brachte die „Molly" so nahe an die Küste heran, wie er es wagte, dann konnten die an Bord befindlichen Menschen nur noch hoffen, dass es zumindest einigen aus der Gruppe gelang, die wenigen Meter bis zum Kutter hinüberzuschwimmen. Das kleine Beiboot der „Molly" war verloren gegangen, als die Crew versucht hatte, mit seiner Hilfe Überlebende zu bergen. Ewan, das vierte Crewmitglied des Kutters, der das Beiboot führte, wurde ebenso getötet wie die Flüchtenden, das Boot von den Monsteraffen zertrümmert. So konnte Phil der zum Flutsaum hinunterkletternden Gruppe kein Boot entgegenschicken, um sie auf die „Molly" zu holen.

Ragnas scharfe Augen erkannten Sally und ihre Mutter; auch Benny und Doyle befanden sich in der Gruppe, doch nur eines der Mädchen, die kleine Liz. Von den Bensons fehlte jede Spur, doch ein Ragna fremder Mann trieb ihre Freunde die Klippe hinunter und folgte ihnen dann, so schnell er es vermochte. Das musste Connor sein; er hatte die Hütte also gefunden und sich mit ihren Gefährten auf den Weg zur Küste gemacht. Was mit den übrigen Mitgliedern der kleinen Gruppe geschehen war, wurde schnell deutlich: Oben auf der Klippe erschienen mehrere der Monsteraffen und kreischten wütend, als sie bemerkten, dass die Menschen ihnen zu entkommen drohten. Sally trieb ihre Mutter ins Wasser hinein, während Benny seine Schwester in den Rettungsgriff nahm und mit ihr zum Kutter hinüberschwamm. Auch Doyle und Connor sprangen jetzt ins Wasser und folgten den vier Menschen, während die Kreaturen versuchten, ebenfalls den Aufstieg hinunterzugelangen und dabei beinahe das Gleichgewicht verloren. Die schmale glitschige Rinne bot zwar Menschen ein wenig Halt, doch die viel größeren und schwereren Wesen glitten ständig aus und gaben die Verfolgung schließlich auf, da sie ins Wasser zu stürzen drohten. So gelang es den flüchtenden Menschen, zum Kutter zu schwimmen, wo sie sofort an Bord geholt wurden. Hugh nahm Fahrt auf, um mehr Abstand zur Küste zu gewinnen; die Monsteraffen schienen entweder nicht schwimmen zu können oder das Risiko zu scheuen, doch er wollte lieber auf Nummer Sicher gehen.

Keuchend standen die sechs den Verfolgern entkommenen Menschen an Deck, ebenso vor Kälte wie vor Furcht zitternd, und wurden voller Freude begrüßt. Heather fiel ihrer Mutter und Sally um den Hals, während Ragna Benny und Doyle umarmte, die traurig auf Liz blickten, die zu ihren Füßen hockte und leise weinte. Sie hatte mit ansehen müssen, wie ihre Schwester zerrissen wurde, und stand sichtlich unter Schock. „Los, alle unter Deck", sagte Phil energisch und wies auf den Niedergang. „Und runter mit den nassen Plünnen. Warme Decken und Tee tauen euch wieder auf."

Heather und Ragna halfen ihnen, unter Deck zu gelangen, während Ruth, eine Bäuerin, die einen Stand auf dem Markt am Hafen geführt hatte, Wasser erhitzte, damit die frierende Gruppe etwas Heißes zu trinken bekam. Liz drückte sich fest an ihren Bruder, als sie beide in einer der Kojen lagen; sie weinte nicht mehr, doch zitterte ihr schmaler Körper noch immer und Benny strich ihr tröstend über das nasse Haar, obwohl er selbst auch deutlich mitgenommen war von dem Erlebten. Ragna reichte den Freunden Tee, nachdem Ruth ihn zubereitet hatte, und setzte sich zu Sally, die auf einer der vier Kojen saß. „Was ist geschehen?" fragte sie leise. Die Erkenntnis, dass sie die Freundin beinahe verloren hätte, ließ sie zittern und Sallys Hand so fest halten, dass es schmerzen musste. Sally stellte den Becher ab, nahm Ragna in die Arme und legte den Kopf an ihre Schulter, ohne ihre Frage zu beantworten, und Ragna erwiderte die Umarmung voller Herzlichkeit. Sie hätte Sally am liebsten nie wieder losgelassen;

ihre Nähe erfüllte sie mit Wärme und gab ihr ein wenig von ihrem Mut zurück, dem die Flucht durch das Moor und der Beinahe-Tod im Meer arg zugesetzt hatten. Dennoch hob sie leicht den Kopf und sah in Doyles Richtung, als dieser anstelle von Sally antwortete.

„Connor hatte uns gefunden und bereits den halben Weg zur Küste geführt, da erschien plötzlich eine Gruppe dieser Biester und nahm sofort die Verfolgung auf." Doyles Hand, die den Becher hielt, zitterte leicht; er hatte das Erlebte noch keineswegs verdaut, gab sich nur alle Mühe, sich nicht gehen zu lassen, obwohl er am liebsten laut schreiend auf die Wände eingeschlagen hätte. „Peter blieb zurück; er gab irgendwann einfach auf und ließ sich auf den Boden fallen. Seine Mutter wollte ihn nicht zurücklassen und James seine Frau nicht, obwohl Benny alles versuchte, ihn mitzuziehen. Dabei hatte er Kate losgelassen, die vor Angst schreiend prompt in die falsche Richtung davonlief. Liz trug er auf dem Arm, sodass sie ihrer Schwester nicht folgen konnte, und es gelang Connor, Benny davon abzuhalten, Kate nachzulaufen. Um nicht auch noch Liz zu verlieren, folgte uns Benny schließlich; Connor trieb uns vor sich her wie eine Herde Kühe. Doch wir konnten hinter uns hören, wie die Bensons und Kate zerrissen wurden von diesen grausamen Viechern; Liz, die über Bennys Schulter sah, musste es sogar mit angesehen haben. Wir sechs entkamen wirklich nur sehr knapp und weil Connor nicht nachließ in seinen Bemühungen, uns zum Kutter zu bringen."

„Danke, Connor", sagte Ragna aus tiefstem Herzen und lächelte dem Bauern zu, der neben Doyle auf einer Koje saß, um wieder warm zu werden und zu Kräften zu kommen. „Ich hoffe, ich kann das irgendwann wiedergutmachen."

252

Der Bauer schüttelte abwehrend den Kopf. „Ich kenne die Familie Harris schon lange, alles verdammt anständige Leute. Da muss nichts wiedergutgemacht werden. Doch was war mit diesem Peter los? Der ist schuld am Tod von drei Menschen; er selbst ist ja auch draufgegangen."

„Drogenabhängig", antwortete Sally leise. „Und nun hat er nicht nur sich, sondern auch seine Eltern und die kleine Kate mit in den Tod gerissen." Sie seufzte leise, dann begannen ihr Tränen über die Wangen zu fließen und Ragna drückte sie fest an sich. Selbst die so unverwüstlich erscheinende Sally war am Ende ihrer Kräfte. Das Erlebnis im Moor hatte sie schwer mitgenommen und es würde eine Weile dauern, bis sie wieder bereit sein würde, sich auf irgendwelche Abenteuer einzulassen.

„Schlaft jetzt alle", sagte Ruth, die dem Gespräch zugehört hatte. „Morgen halten wir Kriegsrat. Wir können ja nicht ewig in der Nähe der Stadt herumschippern in der Hoffnung, dass doch noch die Kavallerie anrückt und die Bestien vertreibt."

Offenbar wussten die Menschen an Bord des Kutters noch nichts vom Verschwinden der Stadt, doch die Freunde waren zu müde, davon zu erzählen. Das konnte bis morgen warten; jetzt war es wichtiger, sich von den Strapazen zu erholen und wieder einen klaren Kopf zu bekommen. Es war inzwischen dunkel geworden und bis auf die Wache kehrten alle unter Deck zurück, da es dort wärmer war. Der Nahrungsmangel kostete sie Kraft, die durch mehr Schlaf ausgeglichen wurde, und so verstummten bald alle Gespräche und Ruhe kehrte auf dem Kutter ein. Sam stand am Ruder und hielt den Kutter von der Küste frei, während Lennart, ein Elektriker, dessen Geschäft in der Nähe des Hafens gelegen hatte, den Ausguck übernahm. Morgen würden sie entscheiden müssen, wohin die Reise gehen sollte. Der Treibstoff würde nicht ewig halten und durch den Zuwachs an Menschen war es eng auf dem Kutter geworden. Sie mussten einen Ort finden, der ihnen sowohl Sicherheit wie auch Nahrung bot, keine leichte Aufgabe in dieser von den Monsteraffen überrannten Welt, und sie konnten nur hoffen, dass es einen solchen Ort überhaupt noch irgendwo gab.

Irrfahrt

Es regnete leicht, weshalb die Besprechung im Laderaum des Kutters stattfand, in dem früher die Fische gelagert wurden und jetzt ein Großteil der Flüchtlinge hauste, da es nur vier Kojen auf der „Molly" gab. Der Fischkutter war dafür gebaut worden, mehrere Tage auf See bleiben zu können; anderenfalls hätte er wahrscheinlich über keine fest eingebauten Kojen verfügt. Sie hatten in einer geschützten Bucht Anker geworfen, zum einen, um Treibstoff zu sparen, zum anderen damit alle an der Besprechung teilnehmen konnten. Das Wasser in der Bucht war tief und die Bucht selbst von hohen Felsen umgeben, sodass sie nicht mit einem Überraschungsangriff rechneten. Trotzdem hielt Mark, der früher Koch in einem angesehenen Gasthaus gewesen war, an Deck Wache. Sie konnten es sich nicht erlauben, ein Risiko einzugehen, und so saß Mark unter einer aufgespannten Plane direkt neben der Luke zum Laderaum und lauschte dem Gespräch, während er die Küste im Auge behielt.

Es war allen anzusehen, dass sie nur ungern die Nähe der Stadt verlassen wollten, und Ragnas Schilderung über das rätselhafte Verschwinden von Charltons Rock wurde anfangs mit Unglauben aufgenommen. „Du spinnst!" war Phils erste

Reaktion, doch nachdem die anderen Flüchtlinge den Bericht bestätigt hatten, starrten alle wie versteinert auf den Boden und versuchten, sich der Tatsache zu stellen, dass ihre Heimat nicht mehr existierte. „Wirklich alles?" fragte Rose mit stockender Stimme. „Die Häuser, der Hafen, die Menschen... Aber wie soll das denn passiert sein?"

„Das wissen wir nicht", antwortete Ragna leise. „Wir haben keinen Hinweis darauf gefunden, was genau dort passiert ist. Es ist einfach alles fort, so als hätte die Stadt nie existiert."

„Eine neue Teufelei von diesen Biestern", knurrte Hugh und ballte die Fäuste. „Und jetzt haben wir kein Zuhause mehr, nur noch den Kutter. Wohin sollen wir denn fahren? Wir brauchen Diesel, Trinkwasser und etwas mehr zu essen als nur Fisch."

„Eine Insel wäre gut." Sam saß auf einer umgedrehten Kiste und kaute nervös auf etwas herum, das er ständig im Mund umherschob. „Bisher hat niemand beobachtet, dass die Viecher mit Booten umgehen können, wir wären dort also vor ihnen sicher."

Connor sah ihn mit seinem üblichen mürrischen Ausdruck im Gesicht an. „Außer sie haben es bereits irgendwie dorthin geschafft. Und wenn nicht könnte es auf passenden Inseln von Menschen nur so wimmeln. Nicht nur wir werden auf die Idee gekommen sein, dorthin zu flüchten."

„Besitzen wir eigentlich irgendwelche Waffen?" Susan, eine bodenständig wirkende Friseurin, die bisher vor allem Hausfrauen Dauerwellen verpasst hatte, sah fragend in die Runde. Phil schüttelte bedauernd den Kopf. „Hab noch nie Gewehre auf meinem Kutter gebraucht", sagte er. „Wir haben natürlich scharfe Messer an Bord, mit denen Fische aufgeschnitten werden können, und die Bootshaken taugen notfalls auch als Waffe, doch mit den Dingern muss man nah an die Viecher herankommen. Darauf kann ich nun wirklich verzichten."

„Wir besaßen neben Messern zwei Schrotflinten, doch die haben wir auf der Flucht zusammen mit unseren übrigen Habseligkeiten zurücklassen müssen." Doyle dachte schaudernd an ihr knappes Entkommen zurück; die Rucksäcke und Gewehre hätten sie am Laufen gehindert, und so hatten sie ihre Ausrüstung fallengelassen, um schneller rennen zu können. „Das Messer hat Benny noch, das steckte in seinem Gürtel, doch die Gewehre wären jetzt sicher hilfreicher."

Benny starrte niedergeschlagen auf den Boden und erwiderte nichts auf Doyles Worte. Immer wieder hörte er seine Schwester Kate schreien, fühlte ihre kleine Hand aus der seinen gleiten, als sie sich losriss und davonrannte. Ich hätte besser auf sie aufpassen müssen, klagte er sich selbst an. Ich hätte ihr nachlaufen müssen, ich hätte… Die andere innere Stimme, die ihm sagte, dass er selbst auch gestorben wäre und Liz mit ihm, hätte er Kate zurückholen wollen, drang nicht wirklich zu ihm durch. Er hatte bereits seinen Vater im Stich gelassen und nun auch noch seine kleine Schwester, für die er verantwortlich gewesen war. Dieses Versagen konnte er sich nicht verzeihen, allen Vernunftgründen zum Trotz.

„Es bringt nichts, über verschütteten Wein zu klagen", versuchte Ruth den Koreaner zu trösten. „Was nützen Gewehre, wenn man selbst tot ist und sie ohnehin nicht mehr verwenden kann? Aber Sams Idee mit der Insel finde ich gut. Vielleicht haben wir Glück und Connor irrt sich."

„Um Schottland herum gibt es ja mehr als genug Inseln", stimmte Lennart ihr zu. „Auf irgendeiner davon werden wir doch wohl Unterschlupf finden. Wir fahren einfach von Insel zu Insel und schauen, wie es dort aussieht."

„Klingt gut", brummte Hugh und rieb sich das unrasierte Kinn. „Allerdings wird das nicht unbegrenzt möglich sein, da uns irgendwann der Treibstoff ausgeht. Wir sollten uns für eine Inselgruppe entscheiden und dann dort herumschippern."

„Von hier aus am nächsten liegen die Shetland-Inseln und ebenfalls die Orkneys", sagte Phil. „Bis dorthin dürfte der Treibstoff noch reichen, auch um ein wenig zwischen ihnen herumzufahren. Womit wollen wir es zuerst versuchen?"

„Ich schlage vor die Shetlands", antwortete Sally, der es endlich gelungen war, aus ihren trüben Gedanken aufzutauchen. Wie Benny litt auch sie noch immer unter dem, was sie im Moor hatte miterleben müssen, und auch wenn es keines ihrer Familienmitglieder getroffen hatte, ließen sie die Erinnerungen an das durchlebte Grauen innerlich zittern. Das Entkommen war einfach zu knapp gewesen. „Die Orkneys liegen sehr nah am schottischen Festland; das Risiko, dass die Monsteraffen irgendwie dorthin gelangt sind, dürfte größer sein als bei den Shetlands, auch wenn die Strömungs- und Windverhältnisse im Pentland Firth alles andere als harmlos sind. Die Shetlands liegen weit draußen; man kommt dort nur mit dem Schiff oder Flugzeug hin."

Phil nickte zustimmend und sah dann fragend in die Runde. „Sind alle einverstanden?" Niemand erhob Einwände und so machten sie sich zum Ankerlichten bereit. Ragna wollte dabei helfen, doch der Kapitän winkte ab. „Erhol du dich erst einmal wieder richtig", sagte er freundlich. „Das gilt auch für die Familie Harris und deine Freunde. Das kleine Würmchen von Schwester ist wirklich zu bedauern. Sie muss Dinge gesehen haben, die ein so kleines Kind nicht sehen sollte. Aber was ist schon normal in diesen Zeiten?" Plötzlich schlug er wütend die Faust hart in seine andere Hand. „Wo zum Teufel ist eigentlich unsere glorreiche Armee? Wofür haben wir so

viele Steuern gezahlt, wenn die die Bevölkerung nicht beschützen, wenn es drauf ankommt? Das ist doch ihre Aufgabe."

„Sally und ich glauben, dass die Monsteraffen die Militärstützpunkte noch vor den Städten angegriffen haben, um ihren gefährlichsten Gegner so früh wie möglich auszuschal-
ten", antwortete Ragna besänftigend. „Die können vielleicht
gar nicht eingreifen. Allerdings finde ich es auch merkwürdig, dass bis auf einige wenige Soldaten, die gesehen wurden,
so gar keine Streitkräfte entkommen sein sollen. Was ist mit
der Navy und der Luftwaffe, was mit den Raketenstützpunkten? Großbritannien hat doch sicher Maßnahmen ergriffen,
auf eine Invasion angemessen reagieren zu können, schon aus
historischen Gründen. Es wird unterirdische Bunker geben, in
die niemand so ohne Weiteres eindringen kann, und die
Schiffe der Navy hätten beim ersten Anzeichen von Gefahr
auslaufen können. Dieses Schweigen der Streitkräfte ist wirklich unheimlich."

„Wenn es noch Militär gibt, wird das sicher vollauf damit
beschäftigt sein, die Regierung und die ganzen anderen Bon-
zen in Sicherheit zu bringen", warf Hanna missmutig ein.
„All die Lords und Ladies, die Großindustriellen und anderen
Reichen und Wichtigtuer. Einfache Leute wie wir stehen bestimmt nicht oben auf deren Prioritätenliste."

Phil lächelte grimmig. „Die werden ihre Amigos nicht im
Stich lassen", sagte er. „Uns dagegen darf die Scheiße ruhig
bis zum Hals stehen, das schert die da oben nicht." Er schüttelte zornig den Kopf und sah dann zum Bug hinüber, wo
gerade der Anker festgemacht wurde. „Ich stecke jetzt den
Kurs ab. Am besten steuern wir zuerst Mainland an, um zu
sehen, wie dort die Lage ist."

Auch wenn der Wind auf Stärke 6 auffrischte und es regnerisch blieb, kam der Kutter gut voran. Die Crew der „Molly" war raues Wetter gewohnt und wusste, dass sie sich auf das Boot verlassen konnte. Der nicht seefahrende Teil der Besatzung steckte die Wetterbedingungen nicht so gut weg; einige der Flüchtlinge wurden seekrank und lagen stöhnend auf ihrem Lager, einen Eimer neben sich. Der durchdringende Fischgeruch im Laderaum trug auch nicht gerade dazu bei, dass sie sich besser fühlten. Ragna und ihre Freunde hatten ein regelrechtes Déja-vu-Erlebnis, obwohl besonders Doyle und Benny gerne darauf verzichtet hätten. Phil hatte Benny der kleinen Liz zuliebe eine der Kojen überlassen, und dort lag ihr Freund nun mit blassem Gesicht und immer wieder heftig schluckend, während Liz sich an ihn schmiegte und trotz der heftigen Schiffsbewegungen schlief. „Wie auf der ‚Bristol Queen'", sagte Sally, die Tee für die Brückenmannschaft kochte. „Da hingen auch alle in den Gräten."

„Na ja, diesmal sieben von uns", erwiderte Ragna. „Heather ist auch unter ihnen. Ich dachte, ihr seid oft mit eurem Vater hinausgefahren?"

„Nur ich", antwortete Sally und füllte den Tee in eine Thermoskanne. „Heather hatte nichts übrig für die Seefahrt und noch weniger für das Fischen. Aber Connor tröstet sie, wenn ich das richtig beobachtet habe. Für einen Bauern hat er einen starken Magen."

Ragna lachte laut auf. „Warum sollte ein Bauer keinen starken Magen haben? Außerdem glaube ich, dass er in Heather verliebt ist und ihr gegenüber keine Schwäche zeigen will. Deine Schwester ist sehr hübsch und von der Art, die Männer zu Rittern werden lässt, die ohne zu zögern für sie in die Schlacht ziehen würden."

„Connor in einer güldenen Rüstung", kicherte Sally. Ihr tat das Gespräch über Belanglosigkeiten gut, lenkte sie erfolgreich von dem Verlust der Heimat und den furchtbaren Erlebnissen im Moor ab. „Das möchte ich sehen. Aber du hast recht: Meine kleine Schwester weiß die Männer für sich einzunehmen. Mir geht das aus naheliegenden Gründen ab."

„Sehr naheliegend", erwiderte Ragna lächelnd und gab der Freundin einen Kuss auf die Wange. Sally strich ihr sanft über das Haar, dann stieg sie mit der Thermoskanne an Deck, wo die Ruderwache schon sehnsüchtig auf sie wartete. Doch sie war schnell zurück und setzte sich gemeinsam mit Ragna in die kleine Messe des Kutters, die gerade mal Platz für vier Personen bot, was der üblichen Crewstärke des Kutters entsprach, und in die eine kleine Kochecke integriert war. „Phil sagt, wir sollen uns noch ausruhen. Ist ein lieber Kerl, der Phil; er und mein Vater waren seit der Schulzeit befreundet, und nachdem mein Vater auf See geblieben war, kümmerte er sich um uns, wenn es nötig war." Sie hatte auch für sich und ihre Freundin Tee gekocht und hielt nun den dampfenden Becher zwischen ihren Händen, um sie ein wenig zu wärmen. „Da kommen Erinnerungen hoch, nicht wahr? Damals steuerten wir, ohne es zu ahnen, auf einen Schiffbruch zu, heute sind wir von menschenmordenden Monsteraffen umzingelt und haben keine Ahnung, ob es irgendwo noch einen sicheren Hafen für uns gibt." Sie lachte bitter und schüttelte den Kopf. „Da waren mir die Riesenwelle und die Zeit in der Rettungsinsel lieber."

„Mir auch", stimmte Ragna ihr zu. „Wie es wohl Josh geht? Ich musste in den letzten Tagen häufiger an ihn denken. Hoffentlich konnte er sich in Sicherheit bringen."

„Ich wünschte, er wäre bei uns", antwortete Sally traurig. „Seine Kraft, Ruhe und Zuverlässigkeit wären jetzt hilfreich."

Sie lehnte sich zurück und sah dem Dampf zu, der aus ihrem Becher aufstieg. Dann gab sie sich einen Ruck und wandte sich der Freundin zu. „Ich wollte dich schon lange etwas fragen und hoffe, dass ich dir damit nicht zu nahe trete. Bisher war irgendwie nie der richtige Zeitpunkt gewesen, darüber zu sprechen, doch momentan können wir ja nur warten." Sie schwieg erneut und trank einen Schluck Tee, bevor sie fortfuhr. „Du bist ja ein ganz besonderer Mensch. Du weißt schon, was ich meine. Wie kommst du eigentlich damit klar, so anders zu sein? Stevens Reaktion in der Rettungsinsel dürfte dir sicher vertraut gewesen sein, und auch Josh und Eddie hatten ihre Schwierigkeiten damit, auch wenn sie versuchten, dies nicht zu zeigen."

Ragna stellte ihren Becher auf dem kleinen Tisch in die dafür vorgesehene Vertiefung, die ein Herunterfallen bei stärkerem Seegang verhindern sollte, und starrte auf die Kerben im Holz. Nach einer Weile wandte sie sich der Freundin zu, um ihr zu antworten. „Worüber ich gestaunt habe, war eure Reaktion, nicht die von Steven, Josh und Eddie. Die kenne ich nur allzu gut. Der einzige andere Mensch, den meine Andersartigkeit nicht zu stören schien, war mein Pflegevater, und selbst ihm waren manche Aspekte dieser nichtmenschlichen Seite in mir unheimlich." Sie lächelte traurig und sah auf ihre ineinander verschlungenen Hände, die sich aneinander festzuhalten schienen. „Ich habe den größten Teil meines bisherigen Lebens damit verbracht, meine Andersartigkeit zu verstecken, bloß nicht aufzufallen oder irgendetwas zu tun, das mich in Schwierigkeiten gebracht hätte. Mein Stiefvater wollte mich töten, kaum dass meine Mutter unter der Erde war, und es wäre ihm auch gelungen, hätten mich meine Instinkte nicht rechtzeitig gewarnt. Ich habe gut fünf Jahre lang allein in der Wildnis gelebt, etwa bis zu meinem zehnten Lebensjahr, und hätte mich Onkel Fong nicht gefunden und zu sich genommen, ich wäre wohl irgendwann ganz zu einem wilden Tier geworden." Sie sah die Freundin ernst an. „Sally, du musst wissen, dass diese wilde Seite in mir sehr stark ist und ich lange gebraucht habe, sie wirklich kontrollieren zu können. Onkel Fong war mir dabei eine große Hilfe; seine Liebe und Verständnis haben mir immer dann Mut gemacht, wenn ich glaubte, es nie zu schaffen. So konnte ich schließlich zur Schule gehen und, wie du weißt, sogar studieren, ohne in einer kritischen Situation die Kontrolle zu verlieren. Und doch fürchte ich jedesmal, wenn ich gezwungen bin, das Raubtier in mir von der Leine zu lassen, um zu überleben oder andere zu schützen, dass ich es anschließend nicht wieder einsperren kann. Bisher ist das nicht geschehen, doch wer weiß…"

Anstelle einer Antwort zog Sally sie in ihre Arme und drückte sie fest an sich. Mehrere Minuten vergingen, die vielleicht innigsten, die sie je miteinander verbracht hatten. Ragna spürte Sallys Liebe zu ihr wie einen warmen Strom, der durch sie hindurchfloss und viele ihrer Ängste und Sorgen forttrug. Was sie nicht fühlte, waren Furcht oder Ablehnung; die Freundin vertraute ihr bedingungslos, nahm sie so an, wie sie war, ohne irgendwelche Erwartungen daran zu knüpfen. „Du weißt gar nicht, was für ein besonderer Mensch DU bist, Sally Harris", flüsterte Ragna schließlich und küsste die Freundin zärtlich. Es war ein wunderbares Gefühl, sich ohne Rückhalt öffnen zu können, nicht befürchten zu müssen, dass die andere ihr mit ihrem Wissen über sie irgendwann in den Rücken fallen könnte. Dafür liebte Ragna die Freundin aus tiefstem Herzen.

Die Freundinnen tauschten einen langen liebevollen Blick, dann wechselte Ragna das Thema, da auch ihr eine Frage auf der Seele brannte. „Du kennst die Shetlands, im Gegensatz zu mir. Glaubst du, wir finden dort, was wir suchen?"

Seit sie sich auf den Weg zur Inselgruppe gemacht hatten, ging ihr ein Satz nicht mehr aus dem Sinn: „Solltest du jemals eine Zuflucht brauchen…" Das hatte Liam gesagt, als Ragna ihn vom Krankenhaus aus vor den Monsteraffen gewarnt hatte. War diese geheimnisvolle Moira tatsächlich in der Lage, die Bewohner der Halbinsel vor einem Überfall der Kreaturen zu schützen? Würde auch sie dort in Sicherheit sein? Ragna glaubte dies nicht wirklich, doch einen Versuch wäre es wert. Sie würde aber nicht ohne ihre Gefährten dorthin gehen, zu denen sie inzwischen alle an Bord der „Molly" befindlichen Menschen zählte, und diese wollten es erst einmal auf den Shetlands versuchen. Sollten sie keinen Erfolg haben, konnte sie ihnen noch immer den Vorschlag machen, in den Westen Irlands zu fahren.

„Ich bin keine Hellseherin", antwortete Sally ein wenig unwirsch. Gleich darauf tat ihr diese barsche Reaktion schon wieder leid und sie schmiegte sich an die Freundin, um ihr zu zeigen, dass sie es nicht böse gemeint hatte. „Die Inseln sind nicht dicht besiedelt", fuhr sie fort, „zumindest bisher nicht, doch viele Nahrungsmittel müssen vom Festland importiert werden, da die Inseln selbst nicht viel hervorbringen. Es gibt dort eine Menge Schafe und Rinder und es wird viel Fisch angelandet, teilweise auch gezüchtet, doch der Anbau von pflanzlichen Nahrungsmitteln ist nur sehr begrenzt möglich. Sollten sich viele Menschen dorthin geflüchtet und die Bevölkerungszahl drastisch erhöht haben wird es wohl nicht lange reichen, zumal ja keine Lieferungen vom Festland mehr zu erwarten sind. Irgendwann gibt es nur noch Fisch, da die Weidetiere wahrscheinlich irgendwann geschlachtet werden, um die vielen hungrigen Mäuler zu stopfen." Sie streckte sich, um ihre verkrampften Muskeln zu entspannen. „Wir werden es bald wissen. Noch etwa eine Stunde, dann dürfte Mainland in Sicht kommen.“

Doch sie erreichten die große Insel gar nicht erst; einige Meilen vor Lerwick fing sie eine Fregatte der britischen Marine ab und befahl ihnen, zu stoppen. Zu Anfang hatten die Menschen auf der „Molly“ noch erfreut auf dieses erste Zeichen, dass es doch noch Militär in ihrem Land gab, reagiert, doch als sie erkannten, dass ihnen das Schiff die Weiterfahrt verwehrte, wurden erste Flüche laut. „Fahren Sie nicht weiter“, befahl eine Stimme über Funk, der tatsächlich noch funktionierte. Der Mann hatte sich als Commander Hilton vorgestellt, seine Stimme klang müde und zugleich unnachgiebig. „Mainland und die unmittelbar angrenzenden Inseln sind verseucht. Die Kreaturen haben es geschafft, sie zu erreichen und nahezu die gesamte Bevölkerung zu töten. Nur Fair Isle und Foula blieben bisher verschont, sind aber vollkommen überlaufen von Flüchtlingen, nicht zuletzt denen von Mainland, die entkommen konnten. Sie sollten versuchen, eine andere Zuflucht zu finden.“

„Und wo soll das sein?“ Phil war die Enttäuschung deutlich anzuhören. „Können Sie uns wenigstens sagen, welche Inseln noch sicher sind? Wir haben nicht mehr viel Treibstoff und können es uns nicht erlauben, ziellos herumzuschippern.“

„Wir besitzen selbst nur ungenügende Informationen“, kam die ernüchternde Antwort aus dem Funkgerät. „Es besteht keinerlei Kontakt mehr zu den Stützpunkten an Land. Ich bedaure, dass wir Ihnen nicht helfen können.“ Die Stimme verstummte, die Fregatte drehte ab und verschwand schon kurze Zeit später hinter den Regenschleiern, die der Wind über das Meer trieb. Phils Versuche, den Funkkontakt wieder herzustellen, blieben ohne Erfolg; auf der Fregatte wollte man offenbar nicht mehr mit ihnen sprechen, hatten alles gesagt, was sie mitteilen wollten.

„Verdammt!" Phil starrte in den Regen hinaus, während der Kutter in der schweren See rollte und von den Wellen umhergeworfen wurde. „Was machen wir nun? Bis Fair Isle oder Foula schaffen wir es noch mit dem restlichen Sprit, aber viel weiter nicht mehr. Nur was nützt es uns, dort hinzukommen, wenn wir dann vor den Inseln festsitzen? Sollten die beiden Inseln tatsächlich so überlaufen sein, wie der Commander sagte, werden die Leute dort schnell nichts mehr zum Futtern haben, und ohne Treibstoff können wir nicht einmal mehr zum Fischen fahren."

Beim Erscheinen der Fregatte waren alle, die nicht seekrank unter Deck lagen, zum Ruderhaus gekommen und hatten daher die Worte des Commanders mitgehört. Nur einige von ihnen konnten sich direkt im Ruderhaus aufhalten; die übrigen versuchten, sich so gut wie möglich vor dem Regen zu schützen, während sie bei der offenen Tür standen. „Gibt es nicht mehrere Raffinerien auf Mainland?" fragte Hugh, der neben dem Steuerrad stand. „Wir könnten versuchen, nachts heimlich bei einer von ihnen anzulegen und Treibstoff zu bunkern. Das ist natürlich gefährlich, aber auch nicht viel mehr als irgendwann trocken auf dem Meer zu treiben."

„Wollen wir nicht doch erst einmal nachsehen, wie es auf Fair Isle oder Foula aussieht?" fragte Connor, der neben der Tür am Ruderhaus lehnte. Doch Phil schüttelte energisch den Kopf. „Wenn dort die Kacke am Dampfen ist, hängen wir fest, weil wir keinen Sprit mehr haben. Hugh hat recht: Ist ziemlich riskant, aber wahrscheinlich unsere einzige Chance. Nur mit ordentlich Reserve können wir nach einer Bleibe suchen, notfalls sogar auf der anderen Seite des großen Teichs."

„Was wohl auch nicht viel nützen würde", warf Ragna ein und sah aufs Meer hinaus, das ihnen schaumgekrönte Wellen entgegensandte, die den Kutter heftig umherwarfen, da er ohne Fahrt an einer Stelle lag. „Die sporadischen Angriffe der Monsteraffen vor ihrem Großangriff fanden ja weltweit statt; das dürfte jetzt nicht anders sein. Würde sich der Angriff auf Großbritannien beschränken, wäre schon längst der Bündnisfall eingetreten; Streitkräfte der NATO-Staaten würden uns beistehen. Doch seht ihr irgendwo Militär, gleich aus welchem Land? Diese Fregatte war der erste Hinweis darauf, dass es überhaupt noch Einheiten unserer Streitkräfte gibt, doch es können nicht viele übrig geblieben sein, sonst wären sie schon längst zum Gegenangriff übergegangen. Diese Fregatte hat uns nicht einmal Hilfe angeboten in Form von Treibstoff oder Nahrungsmitteln, was mich vermuten lässt, dass es damit auch bei der Marine schlecht bestellt ist. Ich fürchte, wir sind wirklich ganz auf uns gestellt."

Phil hatte ihr aufmerksam zugehört und sah nun nachdenklich aus dem Fenster des Ruderhauses. „Hast wohl recht", begann er bedächtig. „Die waren nicht einmal bereit, uns zu sagen, wie es aussieht in der Welt. Muss ziemlich schlimm sein, so zugeknöpft wie die waren. Und er sagte, sie haben keinen Kontakt mehr zu den Stützpunkten an Land. Vielleicht existieren die gar nicht mehr, so wie Charltons Rock, oder wurden überfallen und alle dort abgeschlachtet. Wenn ihr einverstanden seid, versuchen wir heute Nacht, bei einer der Raffinerien Treibstoff zu bunkern. Wir müssen nur der Fregatte aus dem Weg gehen; die versuchen bestimmt, uns aufzuhalten."

Damit endete die Besprechung und der Kutter nahm wieder Fahrt auf Richtung Mainland. Sie wollten es bei einer Raffinerie im Norden der Insel versuchen, da sie annahmen, dass die Fregatte eher im Süden kreuzen würde, um vom Festland fliehende Boote davon abzuhalten, die Insel anzulaufen. Phil ließ den Kutter einen großen Bogen schlagen, sodass sie Mainland passierten, ohne die Küste sehen zu können, und lief erst dann wieder auf die Insel zu, als sie sich nördlich von ihr befanden. Dort warteten sie auf die Nacht.

„Der Regen dürfte gut für uns sein", knurrte Sam, der gerade Freiwache hatte und mit einigen anderen ihrer Gruppe in der Messe saß. „Da können uns die Viecher schlechter sehen und riechen. Hoffentlich wurde die Raffinerie nicht von ihnen zerstört."

Doch diesmal hatten sie Glück, wie sich später herausstellte. Die Monsteraffen konzentrierten sich offenbar erst einmal darauf, die noch auf der Insel verbliebenen Menschen aufzuspüren und zu töten. Als sich der Kutter gegen Mitternacht vorsichtig der Anlegestelle bei der Raffinerie näherte, erblickten sie die Umrisse unversehrter Gebäude und Anlagen. Der Regen fiel noch immer stetig und mit nicht nachlassender Intensität, sodass selbst Ragna nur wenige Meter weit sehen konnte. Sie hoffte, dass dies auch für die Monsteraffen galt und sie die Menschen auf dem Kutter weder sehen noch wittern konnten. Fender wurden über die Seite des Kutters gehängt, dann schabten diese gegen die Kaimauer und Sam sprang gemeinsam mit Sally an Land, um die Leinen festzumachen, nur provisorisch, um notfalls schnell wieder ablegen zu können. Dann verstummte der Motor der „Molly" und die Besatzung sah sich voller Anspannung nach Gefahren um.

„Ich suche die Umgebung ab und warne euch, falls es nötig wird", flüsterte Ragna und sprang ebenfalls an Land. „Ich bin nachtsichtig und deshalb dafür am geeignetsten. Außerdem verstehe ich nichts von Booten, Treibstoff bunkern und so. Als Wache bin ich euch viel nützlicher."

Phil nickte ihr zu und wies dann seine Leute an, nach betriebsbereiten Anlagen zu suchen, um mit dem Treibstoffbunkern zu beginnen. Sie würden so schnell wie möglich arbeiten müssen; jederzeit konnte eine der Kreaturen hier auftauchen und eine schnelle Flucht erforderlich machen. Ragna entfernte sich vom Kutter und begann, die Umgebung abzusuchen. Beinahe sofort stieß sie auf erste Leichen; die Monsteraffen hatten hier offenbar bereits ganze Arbeit geleistet und sämtliche auf der Raffinerie arbeitenden Menschen abgeschlachtet. Das erhöhte die Chancen ihrer Gruppe, hier unbehelligt zu bleiben, doch darauf wollte Ragna sich lieber nicht verlassen. Die Tiere hatten zu oft bewiesen, dass ihre Entscheidungen und Handlungen völlig unvorhersehbar waren.

Sie schlich bis an den das Gelände umgebenden Gitterzaun und sah sich aufmerksam um. Der Regen behinderte sowohl ihre Sicht wie auch ihre feine Nase, doch ging sie davon aus, dass dies ebenfalls für die Monsteraffen gelten würde. Was ihr viel mehr Sorgen bereitete, war ihre Fähigkeit, sie und ihre Gefährten vielleicht über ihre Verbindung zur Erde „orten" zu können; wahrscheinlich war sie auf diese Weise im Moor entdeckt worden, obwohl sie sich gegen den Wind angeschlichen und in einem dichten Gebüsch verborgen hatte, dazu in nahezu völliger Dunkelheit. Suchten sie vielleicht gerade jetzt mit Hilfe dieser Fähigkeit nach Menschen, die ihnen bisher entgangen waren? Ein Versteck konnte noch so gut sein, die Tiere würden die darin verborgenen Menschen finden; die Erde selbst würde es ihnen verraten. Die einzige Chance, in ihrem Versteck überleben zu können, bestand für die Menschen darin, dass dieses für die Monsteraffen unzugänglich war.

Ragna beschloss, die Umgebung mit ihren feinen Sinnen abzusuchen, und schickte ihren Geist in die Nacht hinaus. Sie öffnete sich für alles, was sich da draußen herumtreiben mochte, ließ ihren Geist zu einem Trichter werden, der jede noch so kleine Emotion auffing und zu ihr trug. Mit weit geöffneten Augen starrte sie in die Dunkelheit, ohne wirklich etwas zu sehen; sie war ganz Empfänger, der Schwingungen sammelte und interpretierte. Mehr und mehr tauchte sie in das Leben um sich herum ein, fühlte den Geist schlafender Vögel und unruhig herumflatternder Nachtinsekten, die sich noch nicht zur Winterruhe begeben hatten und trotz des Regens unterwegs waren, „sah" das Bewusstsein umherhuschender Mäuse und einer Eule, die sie jagte. Die auf einer nahe gelegenen Weide ruhenden Schafe zeigten keinerlei Furcht; sie schienen zu wissen, dass die Monsteraffen ihnen kein Leid zufügen würden. Eine Katze war ganz Aufmerksamkeit und Anspannung: Sie belauerte eine Ratte, die in einem offenstehenden Schuppen nach Nahrung suchte. Ein Hund trauerte neben der Leiche seines toten Herrn, der zerrissen vor seinem Haus lag, doch Ragna spürte, dass das Band zwischen den beiden stetig dünner wurde. Schon bald würde der Hund sein altes Zuhause verlassen und sich vielleicht anderen herrenlos gewordenen Hunden anschließen. Erneut hatten die Monsteraffen nur die Menschen getötet und ihre Haustiere verschont und ließen Ragna mit der Frage allein, weshalb die Wesen nur ihre Art derart abgrundtief hassten.

Was sie nicht wahrnahm, waren die Monsteraffen; offenbar befanden sich keine der braunfelligen Wesen in der Nähe der Raffinerie, was Ragna zutiefst erleichterte. Doch dann durchfuhr sie ein Gedanke, der sie erschrocken zusammenzucken ließ: War es ihr überhaupt möglich, die Tiere mit Hilfe ihrer empathischen Fähigkeiten wahrzunehmen? Im Moor hatte sie ihre Präsenz gespürt, doch konnte dies auch ein Resultat ihrer scharfen Sinne und feinen Instinkte gewesen sein, zumal es in der Nacht trocken gewesen war und ein leichter Wind aus der Richtung geweht hatte, in der sich die Monsteraffen aufhielten. Die Wesen waren in der Lage, ganz mit ihrer Umgebung zu verschmelzen, verloren dabei jegliche Individualität und wurden zu dem, was sie umgab. Wie sollte Ragna sie also von den Pflanzen und Tieren oder der Erde selbst unterscheiden können? Sie würden keine individuellen Gefühle aussenden und so auf sich aufmerksam machen. Sobald Ragna empathisch ihre Umgebung abtastete, verlor auch sie kurzzeitig ihre Individualität, wurde Teil der wahrgenommenen Lebewesen und nahm an ihren Emotionen teil, als wären es ihre Eigenen. Das geschah nicht so vollständig wie bei den Monsteraffen, doch zumindest so weit, dass Ragna anschließend erst einmal wieder ganz zu sich selbst zurückfinden musste. Doch ohne diese zumindest zeitweilige Selbstaufgabe war sie kein guter Empfänger und nahm nicht alles wahr, was ihr möglich gewesen wäre.

Wie recht sie mit ihrer Befürchtung hatte, erfuhr sie nur zu bald. Sie war gerade wieder ganz in ihr eigenes Selbst zurückgekehrt und wollte nun die Umgebung mit ihren scharfen Sinnen absuchen, da bemerkte sie einen großen Schatten, der bewegungslos direkt neben ihr stand. Erschrocken fuhr sie herum und starrte in das Gesicht einer der Kreaturen, die sich unbemerkt genähert hatte, während ihr Geist im Umland unterwegs gewesen war. Doch anstatt sie anzugreifen betrachtete sie das Wesen nachdenklich und ohne Anzeichen von Aggression. Eine merkwürdige Stille breitete sich zwischen ihnen aus; selbst das Rauschen des Regens und das Heulen des Windes schienen leiser zu werden und in den Hintergrund zurückzutreten. Ragna wusste selbst nicht, weshalb sie nicht augenblicklich floh und ihre Gefährten warnte. Wie gebannt starrte sie in die hellgrünen Augen, die sie ebenso intensiv musterten. Dann wandte sich das Wesen ab und verließ das Gelände, ohne sich noch einmal nach ihr umzudrehen oder nach weiteren Menschen zu suchen.

Völlig verwirrt sah Ragna ihm nach. Was war hier gerade geschehen? Weshalb fiel dieses Wesen nicht hasserfüllt über sie her, wie es seine Artgenossen bisher stets getan hatten? Sie hatte sich nicht verändert und das Verhalten der Monsteraffen gegenüber den Menschen offensichtlich auch nicht, wie die zahlreichen Leichen bewiesen. Und doch hatte dieses Individuum sie verschont und war fortgegangen, ohne nachzuschauen, ob sich hier noch weitere Menschen verborgen hielten. Benommen schüttelte sie den Kopf, um wieder klar denken zu können. Warnen! schoss es ihr durch den Sinn. Ich muss die anderen warnen. Dies könnte nicht der einzige Monsteraffe gewesen sein, der sich hier aufhielt, und seine Artgenossen würden wohl keine Sekunde zögern, sie und ihre Gefährten in Stücke zu reißen.

So lautlos wie möglich rannte sie zum Kutter zurück, auf dem hektische Betriebsamkeit herrschte. Phil hatte Lennart trotz dessen Seekrankheit von seinem Lager gezerrt und ihn angewiesen, eine der Pumpen trotz fehlenden Stroms betriebsbereit zu machen. Der Elektriker hatte daraufhin die Schuppen durchsucht und eine noch geladene Autobatterie gefunden, mit deren Hilfe er schließlich die Pumpe anwarf. Der Treibstoff strömte bereits in den Tank der „Molly", als Ragna zum Kutter zurückkam, und andere Besatzungsmitglieder hatten leere Fässer herangerollt, um auch diese zu füllen. „Alles ruhig?" fragte Phil leise, als er Ragna erblickte.

Diese nickte nur und wies dann auf das Gelände. „Ich halte weiter Wache. Beeilt euch; ich habe ein ungutes Gefühl."

Sie hatte im letzten Augenblick beschlossen, den Gefährten nichts von der Kreatur zu erzählen. Diese stellte derzeit keine Gefahr dar und sie brauchten dringend Treibstoff. Eine so gute Gelegenheit wie hier würden sie vielleicht nie wieder finden; deshalb ging Ragna das Risiko ein, womöglich nicht mehr lange unbehelligt zu bleiben. Sie trieb ihre Sinne bis an ihre Grenzen, um möglichst viel wahrzunehmen, und behielt besonders den Zaun sowie die offenstehende Einfahrt im Auge. Es blieb ruhig; kein Monsteraffe ließ sich blicken und störte das Treibstoffbunkern, doch Ragna wusste, dass sich dies schnell ändern konnte. Also patrouillierte sie an den Gebäuden entlang und versuchte, alles gleichzeitig im Auge zu behalten. Als nach etwa einer Stunde plötzlich Sam neben ihr erschien, um ihr zu sagen, dass sie abfahrbereit waren, hätte Ragna ihn beinahe angegriffen, so angespannt waren ihre Nerven. „Ich bin es, Sam", flüsterte der Fischer erschrocken. „Alles ist bereit, wir warten nur noch auf dich."

Ragna atmete tief ein, um wieder ruhig zu werden, dann folgte sie Sam zum Kutter, der bereits mit laufendem Motor auf sie wartete. Die Leinen waren losgemacht, und sobald Sam und Ragna auf das Deck gesprungen waren, legte die „Molly" ab und nahm Kurs auf die offene See. Völlig erschöpft von ihrer nervenaufreibenden Wache und dem unerklärlichen Erlebnis mit einem der Monsteraffen ging Ragna in den Laderaum hinunter, um sich dort auf die ihr überlassene Decke fallen zu lassen. Doch so sehr sie sich auch bemühte, sie fand keinen Schlaf. Immer wieder schienen sie hellgrüne Augen aus der Dunkelheit heraus anzustarren, und nach einer Weile bemerkte Ragna, dass Verwunderung in ihnen lag. Das war ihr am Zaun nicht bewusst geworden; zu sehr hatte sie der Schrecken gefangen gehalten und von allem anderen abgeschnitten.

Schließlich siegte die Erschöpfung und sie glitt in einen unruhigen Schlaf hinein. Wie zuvor auf der Halbinsel im Westen Irlands begannen sie auch jetzt kurz vor Morgengrauen seltsame Träume zu quälen. Sie saß inmitten eines Steinkreises hoch oben auf einem Felsplateau am Meer und sah auf das Wasser hinaus. Frieden lag über diesem Ort und Ragna fühlte eine tiefe Verbindung zu ihm, so als müsste sie ihn gut kennen. Ein leichter Wind kam vom Meer und strich ihr über das Haar, das Gras, auf dem sie saß, bildete ein weiches Bett voller Leben, bereit sie in sich aufzunehmen. Die sie umgebenden hohen Steine schienen zu vibrieren und erfüllten sie mit Kraft und Zuversicht. Sie blickte zum Nachthimmel hinauf, der von einem vollen Mond und zahllosen Sternen erhellt wurde, und fühlte eine tiefe Sehnsucht in sich aufsteigen, die Sehnsucht, mit allem, was sie umgab, zu verschmelzen, so wie sie es bei den Monsteraffen gespürt hatte. Die Welt um sie herum ermutigte sie, diesen letzten Schritt zu tun, der Wind flüsterte „komm, komm", das Gras wisperte „willkommen", die Steine summten „nur Mut". Doch Ragna schaffte es einfach nicht, die Schale ihres Ichs zu durchbrechen, mehr zu werden, als sie bisher war. Verzweifelt versuchte sie, die Grenze zu überschreiten, doch kaum zeigten sich größere Risse in der Schale, siegte die Angst, keinen Halt mehr zu finden und sich in der Unendlichkeit zu verlieren. Entmutigt gab sie schließlich auf und starrte traurig auf den Boden, auf dem auch das Gras aufgehört hatte, sich im Wind zu bewegen, so als teilte es ihre Niederlage. Da spürte Ragna plötzlich eine Veränderung in ihrer Umgebung, und als sie ruckartig den Kopf hob, erkannte sie entsetzt, dass die hohen Steine sich verwandelt hatten und sie nun von den braunfelligen Kreaturen umzingelt war, die sie streng ansahen, ein leichtes Grollen in der Kehle und verärgert zischend. Dann streckten sie ihre krallenbewehrten Hände nach ihr aus und sie wusste, sie würden sie nun in Stücke reißen, doch sie konnte sich nicht bewegen, nicht fliehen oder kämpfen. Die Krallen kamen immer näher, berührten sie, bohrten sich in ihr Fleisch, da fuhr sie mit einem Schrei hoch – und sah in Sallys besorgtes Gesicht, die von ihrem Schrei aufgewacht war und nun neben ihr kniete.

„Schlecht geträumt?" fragte sie und strich ihr sanft über das zerzauste Haar. Auch einige andere ihrer Gefährten sahen zu ihr herüber, wollten sie aber nicht in Verlegenheit bringen und drehten sich wieder auf die Seite, um noch etwas zu schlafen. Ragna fuhr sich verstört über das Gesicht und strich sich dann über einen Arm, als wollte sie feststellen, ob sich dort Krallenspuren eingegraben hatten. Das war nicht der Fall; die Tiere hatten sie nur im Traum verletzt, doch Ragna fürchtete, dass die nächste Begegnung mit einem dieser Wesen wohl weniger friedlich ablaufen würde, als dies auf dem Raffineriegelände der Fall gewesen war.

„Danke, Sally", flüsterte Ragna noch immer erschüttert. „Ja, ich hatte einen Alptraum. Wer darin vorkam, kannst du dir sicher vorstellen. Ich bin überrascht, dass wir Treibstoff bunkern konnten, ohne von den Monsteraffen angegriffen zu werden. Vielleicht hielten sie sich gerade an einem weiter entfernten Ort auf und haben uns deshalb nicht bemerkt."

Selbst ihrer Freundin gegenüber sprach sie nicht über die ihr immer noch unverständliche Begegnung mit dem Wesen; die innere Stimme, die ihr mögliche Antworten geben wollte, ignorierte sie beharrlich, da sie nicht hören wollte, was sie ihr mitzuteilen hatte. Zugleich war ihr bewusst, dass sie sich nicht ewig würde blind und taub stellen können; etwas war in ihr erwacht und drängte ans Licht, und die Kreatur am Zaun hatte dies bemerkt und darauf reagiert. Die Verwunderung in den grünen Augen war ein deutlicher Hinweis darauf, auch dass Ragna noch lebte und zudem die Menschen auf dem Kutter nicht angegriffen worden waren, um ihretwillen, wie sie plötzlich erkannte.

„Soll ich nicht auch mal Wache gehen?" fragte sie und wollte sich erheben, doch Sally drückte sie zurück auf ihre Decke und legte sich wieder neben sie, einen Arm über ihre Brust gelegt, als wollte sie die Freundin am Aufstehen hindern. „Das haben wir schon geregelt. Momentan sind Hugh und Hanna oben. Versuche, noch etwas zu schlafen. Sobald die Sonne aufgegangen ist, sofern sie sich überhaupt durch die dichte Wolkendecke kämpfen kann, wollen wir es erst einmal mit Foula versuchen. Treibstoff haben wir jetzt reichlich; auch alle Fässer wurden gefüllt und hier unten verstaut. Gut, dass die „Molly" kein kleiner Kutter ist, sondern für mehrtägige Fahrten auf hoher See gebaut, sonst hätten wir enorme Platzprobleme." Sallys warmer Körper, der sich an ihren schmiegte, ließ Ragna wieder ruhiger werden und schließlich erneut einschlafen. Diesmal schlief sie traumlos durch bis zum Morgen.

„Was ist denn da los?" Fassungslos starrte Phil auf das Bild, das sich ihnen bot. „Sind die verrückt geworden? Als wenn es nicht schon genug Probleme gäbe!"

Sie hatten Mainland gerade erst verlassen, da frischte der Wind auf und erschwerte das Vorankommen, weshalb sie länger als gewöhnlich benötigten, bis die Klippen von Foula in Sicht kamen. Und noch etwas wurde sichtbar: eine ganze Armada von großen und kleinen Schiffen und Booten, die sich um die Insel drängte, vor allem vor Ham, dem Hauptort der Insel. Und es ging keineswegs friedlich zu, wie Schüsse und Schreie verrieten, sowohl auf der Insel selbst wie auf den Booten. Die Menschen kämpften gegeneinander, einige Boote waren offenbar gerammt und teilweise schwer beschädigt worden. Hugh, der gerade Ruderwache hatte, stoppte die „Molly" weit außerhalb der Flotte und entsetzt beobachteten die Menschen von ihrem Deck aus den Krieg, der zwischen den Flüchtlingen ausgebrochen war.

„Die kämpfen um die wenigen Vorräte, die es auf der Insel oder auf den Booten gibt", flüsterte Hanna fassungslos. „Und das wird nicht nur hier so sein. Wo sollen wir bloß hinfahren?"

„Vor allem sollten wir erst einmal schleunigst verschwinden", sagte Connor mit harter Stimme. „Da kommen nämlich drei Boote auf uns zu, und das bestimmt nicht in friedlicher Absicht." Dem brauchte er nichts mehr hinzuzufügen; Hugh ließ die „Molly" wieder Fahrt aufnehmen, um sie so schnell wie möglich aus der Gefahrenzone zu bringen. Doch die Verfolger waren hartnäckig, und eine schnelle Motoryacht holte den behäbigen Kutter schließlich ein. „Die haben Gewehre!" schrie Phil und wies auf zwei Läufe, die auf die Besatzung der „Molly" zielten. „Frauen und Kinder unter Deck! Wir müssen versuchen, diese Banditen am Entern zu hindern."

Er wandte sich an Hugh. „Weiter volle Fahrt voraus. So können wir wenigstens die beiden anderen Boote abhängen, die langsamer sind als die Yacht. Schnappt euch die Bootshaken und holt die Fischmesser hoch. Irgendwo liegt auch ein kleines Beil. Andere Waffen haben wir nicht."

Doch, haben wir, dachte Ragna und sah zur Yacht hinüber, als diese herangekommen war und den Kutter zum Stoppen aufforderte. Warnschüsse wurden abgefeuert, doch die drei Crewmitglieder der „Molly", unterstützt von Connor, Lennart und Mark, duckten sich nur hinter dem Ruderhaus und der Reling und machten damit deutlich, dass sie den Kutter nicht kampflos aufgeben würden. Benny hatte sie unterstützen wollen, doch die völlig verängstigte Liz klammerte sich an den Bruder, sodass Phil die beiden unter Deck schickte. Auch Doyle wurde in den Laderaum verbannt; es war ihm anzusehen, dass er den anderen eher im Wege stehen als von Nutzen sein würde bei einem Kampf. Nur Sally und Ragna ließen sich nicht fortschicken, und ihre grimmigen Gesichter machten dem Kapitän deutlich, dass jedes weitere Wort an sie verschwendet war. Also ließ er sie gewähren und drückte Sally ein scharfes Messer in die Hand, da er davon ausging, dass sie damit umgehen konnte. Die Pistole, die sie dem Schotten abgenommen hatten, war zusammen mit dem Rucksack im Moor zurückgeblieben, was Sally jetzt zutiefst bedauerte.

Sechs Männer standen auf Deck der Yacht, zwei zielten mit Gewehren auf den Kutter. „Wir kommen an Bord!" rief ein hagerer Mann Mitte dreißig, wobei er nachdrücklich mit dem Gewehrlauf winkte. „Wenn ihr vernünftig seid, geschieht euch nichts. Wir brauchen Vorräte, und ihr gebt sie uns besser freiwillig."

„Wir haben selbst kaum etwas zu essen!" rief Phil zurück, wobei er hinter dem Ruderhaus in Deckung blieb. „Verschwindet, verfluchte Piraten! Wir wissen uns zu wehren."

Der Rumpf der Yacht stieß jetzt gegen den der „Molly" und ein an einem Seil befestigter Haken flog über die Reling, wo er hängen blieb. Augenblicklich sprang Connor vor und schlug das Seil mit dem Beil durch, wobei er sich beinahe eine Kugel einfing. Ein weiterer Haken folgte, und bevor Connor auch dieses Seil durchtrennen konnte, wurde er mit einer Gewehrsalve beschossen, die ihn zwang, in Deckung zu gehen. Ragna erkannte, dass es schwer werden würde, die

Banditen am Entern zu hindern, da sie über die einzigen Fernwaffen verfügten. „Versucht, die Kerle daran zu hindern, an Bord zu kommen!" rief sie Phil zu, der sie verwundert ansah. „Ich sorge auf deren Boot für Verwirrung."

Bevor der Kapitän etwas erwidern konnte, sprang sie auf die Yacht hinüber und griff dort augenblicklich an. Wie zuvor im Farmhaus stürzte sie sich zuerst auf die mit Gewehren bewaffneten Männer, und es gelang ihr, einem der überraschten Männer das Gewehr zu entreißen und dieses zum Kutter hinüberzuwerfen. Lennart fing es auf und richtete es sofort auf die Angreifer; er war passionierter Jäger gewesen und verstand, mit der Waffe umzugehen. Auch den hageren Mann konnte Ragna entwaffnen, da sie viel gewandter war als die Besatzung der Yacht und dazu kräftiger, als sie aussah, doch die zweite Waffe glitt über die Reling und verschwand im Meer, bevor die junge Frau auch dieses Gewehr sicherstellen konnte. Der Schock des Überraschungsangriffs war inzwischen von den Männern abgefallen und sie stürzten sich von allen Seiten auf Ragna, die dem ersten Vorstoß zwar ausweichen konnte, indem sie unter den nach ihr greifenden Händen hindurchtauchte, aber durch den beengten Raum behindert wurde. Sie wollte schon ihre Krallen ausfahren und ernsthaft angreifen, da sank der hagere Mann von einem Schuss getroffen zu Boden, wo er sich stöhnend die Seite hielt und vor Schmerzen wand. Die Yacht wurde noch immer vom Haken an der Seite der „Molly" gehalten und von dieser mitgezogen, während Hugh weiter volle Fahrt fuhr, um die beiden anderen Verfolger auf Distanz zu halten. Die Verteidiger hatten sich mit Bootshaken und Messern bewaffnet an der Reling aufgebaut, da sich das einzige noch vorhandene Gewehr nun in ihrem Besitz befand, und Connor stand bereit, auch das zweite Seil mit dem Beil zu zerschlagen. „Spring wieder herüber!"

rief Phil der jungen Frau zu. „Die Kerle lassen dich besser gehen, sonst macht Lennart Siebe aus ihnen."

Die Worte waren ebenso an die Angreifer gerichtet wie an Ragna, doch offenbar waren diese nicht bereit, eine mögliche Geisel gehen zu lassen, gegen die sich dringend benötigte Lebensmittel und vielleicht noch anderes eintauschen ließen. Ein bulliger Mann packte sie am Oberarm, bevor sie erneut ausweichen konnte, ein zweiter Mann kam ihm zu Hilfe und hielt die junge Frau an der Schulter fest. Als Lennart auf sie schießen wollte, klickte es nur leise; alle Patronen waren verbraucht, das Gewehr nutzlos geworden. Grinsend zog der bullige Mann Ragna an sich heran und umschlang sie so fest, dass ihr die Luft wegblieb. „Das war wohl nichts!" rief er zum Kutter hinüber. „Los, werft eure Lebensmittel rüber, dann kann das Mädel gehen. Falls nicht, bleibt sie hier. Wir wissen schon etwas Nettes mit ihr anzufangen."

Wut schoss wie Feuer in Ragna hoch, ihre Augen glühten, und mit einem lauten Knurren biss sie dem bulligen Mann in den Oberarm. Aufschreiend stieß dieser die junge Frau von sich und hielt sich den heftig blutenden Arm, der von Ragnas Reißzähnen durchbohrt worden war. Bevor einer der anderen Männer reagieren konnte, zog sie dem zweiten sie haltenden Mann ihre scharfen Krallen über das Gesicht, was diesen zurücktaumeln und sich wimmernd an die aufgeschlitzten Wangen fassen ließ. Entsetzt wichen die Angreifer vor ihr zurück; die attraktive junge Frau hatte sich plötzlich in eine wilde Bestie verwandelt, von deren Reißzähnen und Krallen Blut tropfte, ihr Blut, und sie schien sich auch auf die restlichen Besatzungsmitglieder der Yacht stürzen zu wollen. Ragna fauchte sie noch einmal an, dann sprang sie auf den Kutter hinüber. Keiner der Angreifer wagte es, sie daran zu hindern oder ihr zu folgen.

Augenblicklich zerschlug Connor das Seil und die Yacht löste sich von dem Kutter und blieb schließlich zurück, da die Angreifer keine Möglichkeit mehr sahen, sich das Benötigte mit Gewalt zu holen und deshalb darauf verzichteten, dem Kutter weiter zu folgen. Auch legte niemand von ihnen Wert darauf, sich noch einmal der menschlichen Raubkatze stellen zu müssen. Drei von ihnen waren verwundet worden, während die Besatzung des Kutters unversehrt geblieben und dazu in der Überzahl war. Mit wütenden und zugleich ängstlichen Gesichtern drehten sie schließlich ab und fuhren in Richtung Foula davon. Die beiden anderen Boote, die das Geschehen aus der Ferne beobachtet hatten, folgten ihnen.

Sie befanden sich nun im Atlantik und fuhren selbst dann noch weiter auf den Ozean hinaus, als Foula schon lange hinter ihnen außer Sicht geraten war, um sicherzugehen, dass sie niemand mehr verfolgte. Erschüttert sahen sie zurück. „Der Commander hat also nicht gelogen", sagte Benny, der gemeinsam mit Liz an Deck gekommen war und seiner kleinen Schwester, die nicht von seiner Seite wich, über das Haar strich. „Werden wir überall ähnliche Verhältnisse vorfinden?"

„Je weniger sicheres Land und Ressourcen es gibt, desto rauer wird der Umgang der Menschen untereinander werden." Sally sah grimmig in die Richtung, in der Foula lag. „Wir haben auf unserer Flucht über Land ja Ähnliches erlebt und waren gezwungen, Menschen, die uns wegen unserer paar Habseligkeiten umbringen wollten, zu töten." Sie schwieg kurz, ihre Augen waren dunkel geworden. „Ich habe zum ersten Mal in meinem Leben jemanden erschießen müssen", fuhr sie schließlich fort. „Auf ein weiteres Mal kann ich gut verzichten, doch ich fürchte, wir werden noch vieles tun müssen, das uns widerstrebt, um zu überleben. Die Menschen auf

Foula verhalten sich in dieser Hinsicht nicht anders, als wir es getan haben und wohl auch irgendwann erneut tun müssen."

Susan litt nach wie vor unter der Seekrankheit, doch ihr blasses Gesicht war nicht nur darauf zurückzuführen. „Wollen wir es mit den Äußeren Hebriden versuchen? Irgendwo muss es doch eine Insel geben, auf der wir eine Zuflucht finden." Sie vermied es, Ragna anzusehen, die sich das Blut der Angreifer von Zähnen und Krallen gewaschen hatte und abseits der anderen an der Reling stand. Nicht nur Susan empfand Unbehagen, ja Furcht bei dem Gedanken, dass diese junge Frau so viel gefährlicher war, als alle bisher angenommen hatten, und unbewusst hielten die Flüchtlinge Distanz zu ihr. Nur Ragnas Freunde, die Zeit gehabt hatten, sich an ihre Andersartigkeit zu gewöhnen und ihr zudem vollkommen vertrauten, verhielten sich nicht anders als bisher. Sally rückte sogar demonstrativ an ihre Seite, sehr zur Missbilligung ihrer Mutter und Schwester, denen Ragna ebenso unheimlich war wie den übrigen Flüchtlingen aus Sallys Heimatstadt. Ragna selbst ertrug das veränderte Verhalten der Kutterbesatzung scheinbar mit stoischem Gleichmut; ihre Trauer und Wut ließ sie sich nicht anmerken. Umso dankbarer war sie Sally, Benny und Doyle für ihre unerschütterliche Freundschaft.

Phil nickte Susan zu, dann wies er Hugh an, Kurs auf diese Inselgruppe zu nehmen. „Wir versuchen es. Susan hat recht, es können doch nicht alle Inseln von den Bestien überrannt oder von Flüchtlingen überlaufen sein."

Die Wetterverhältnisse verschlechterten sich zum Glück nicht weiter und so erreichten sie die nördlichste Insel der Äußeren Hebriden am Morgen des folgenden Tages. Sie passierten sie mit einigem Abstand zur Küste; schon von Weitem war zu erkennen, dass sich diese große Insel nicht mehr in Menschenhand befand. Das Gleiche galt für nahezu alle anderen Inseln, an denen sie vorbeikamen, und war dies einmal nicht der Fall, was vor allem für die kleineren vorgelagerten Inseln galt, drängten sich hier die Flüchtlinge. Selbst Barra Head, eine der südlichsten Inseln und zuvor unbewohnt, war überlaufen von Menschen, die Schutz im Leuchtturm suchten oder aus Planen Zelte gebaut hatten. Auch hier ankerten oder trieben zahlreiche Boote vor der Küste und ihre Besatzungen machten Jagd auf die wenigen dort noch verbliebenen Seevögel. Die Brutsaison war schon lange vorbei und die meisten Vögel hatten das einstige Schutzgebiet wieder verlassen. „Wer Hunger hat, kennt keine Regeln und Gesetze", brummte Connor, als er die Schüsse hörte und sah, wie ein großer Seevogel getroffen ins Meer stürzte. „Wenigstens scheinen sich hier die Menschen nicht gegenseitig zu bekämpfen."

„Das kann noch kommen", sagte Sam. Sie lagen vor Anker und hatten sich an Deck zur Beratung versammelt. Das Wetter war deutlich freundlicher geworden und die „Molly" bewegte sich kaum an ihrer Kette. „Hier können wir nicht bleiben. Doch wohin nun? In die Arktis? Vielleicht haben die Biester ja wenigstens die Eisschollen noch nicht erobert."

Einige lachten, doch es klang bitter und enttäuscht. Die Menschen auf der „Molly" fühlten sich langsam wie Odysseus, einschließlich Kyklop und Skylla. „Was ist mit den Inseln westlich von Irland?" fragte Hanna. „Wollen wir es dort versuchen? Einige Teile Westirlands waren nur dünn besiedelt, vielleicht sind diese Inseln noch nicht so überlaufen."

„In der Arktis finden wir kaum Nahrung", sagte Phil nachdenklich. „Klar gibt es da Fisch, Robben und so, aber überhaupt kein Grünzeug. Und um diese Jahreszeit auch wenig offenes Wasser. Von uns hat noch niemand auf dem Eis gejagt, wir haben weder Speere noch Harpunen. Der Sprit wird auch nicht ewig halten, mal ganz abgesehen von der Saukälte da oben, die uns schnell umbringen könnte. Hanna hat recht, wir sollten nicht zu weit abseits von den uns bekannten Gewässern segeln. Wenn es auch im Westen Irlands schlecht aussieht, fahren wir nach Skandinavien hoch. Im Norden ist es schön einsam; da gibt es vielleicht noch keines von den Viechern und auch nicht zu viele Menschen."

Mark schüttelte missbilligend den Kopf. „Phil, da oben ist es im Winter fast ebenso kalt und unfreundlich wie in der Arktis. Außerdem wächst auch da nichts, was wir brauchen, einfach so auf den Bäumen. Was haltet ihr von den Kanarischen Inseln oder Madeira? Tolles Klima, schön warm und meistens trocken. Ich war vor einem Jahr mit meinem Bruder auf Teneriffa; da könnte es mir auch dauerhaft gefallen. Außerdem sind das Touristeninseln, was ausreichend Treibstoff und Nahrungsmittel bedeutet."

„Und du vergisst offenbar, dass es selbst auf den Shetlands und den Äußeren Hebriden von Bestien oder Flüchtlingen wimmelt." Phil sah den ehemaligen Koch grimmig an. „Gut, das Wetter ist besser und es gibt vielleicht genügend zu futtern, doch könnten auch dort schon längst die Monsteraffen ihr Unwesen treiben. Und falls nicht stapeln sich dort bestimmt die Flüchtlinge und werden auf uns genauso reagieren wie die Menschen auf Foula."

„Aber wissen tust du es nicht." Mark stand dem Kutterkapitän an Sturheit in nichts nach. „Warum keinen Versuch wagen? Von der Westküste Irlands aus ist es bis zu den Kanaren oder Madeira auch nicht weiter als bis in den Norden Skandinaviens. Wenn du recht hast,, können wir immer noch deinem Vorschlag folgen. Wir müssten für beide Versuche ausreichend Treibstoff auf Mainland ergattert haben."

Ragna und ihre Freunde sahen sich fragend an. Die sonnigen Kanaren und Madeira waren sicherlich reizvoller als der kalte Norden, doch die Wahrscheinlichkeit, dort auf die Monsteraffen oder ganze Flüchtlingshorden zu treffen, war deutlich höher als in den abgelegenen Gegenden Nordskandinaviens. „Was denkt ihr?" fragte Sally, an Ragna, Doyle und Benny gewandt. „Westirland ist auf jeden Fall einen Versuch wert", antwortete Ragna zögernd. Wieder hörte sie Liams Worte, die er am Telefon gesprochen hatte, das Versprechen, dass sie dort in Carracán eine sichere Zuflucht finden würde. Ragna war zwar der Ansicht, dass der Bauer diesbezüglich viel zu optimistisch gewesen war, doch wenn sie schon an der westirischen Küste vorbeizogen, konnte es nicht schaden, auch in Carracán vorbeizuschauen. „Wenn wir dort kein Glück haben… Nun, dann können wir immer noch neu überlegen."

Sally sah sie neugierig an. Sie spürte, dass die Freundin etwas verschwieg, wollte aber vorerst nicht nachbohren. Benny rieb sich das unrasierte Kinn und wirkte unentschlossen. „Die südlichen Inseln sind bestimmt angenehmer", sagte er schließlich leise. „Wir sollten es zuerst dort versuchen."

Phil lauschte eine Weile den zahlreichen Gesprächen, die aufgeflammt waren, dann seufzte er leise und sah sich ruhegebietend um. „Stimmen wir ab. Wer ist dafür, dass wir nach dem Versuch im Westen Irlands Richtung Afrika fahren?"

Nahezu alle Hände hoben sich, nur Phil, Sally und Ragna stimmten dem Vorschlag nicht zu. „Ich enthalte mich", erläuterte Sally ihre Entscheidung. „Wir sollten erst einmal nachschauen, was Irland uns zu bieten hat, dann können wir noch einmal überlegen, wohin wir fahren, sollten wir dort kein Glück haben." Ragna nickte zustimmend. „Für mich gilt das Gleiche", sagte sie. „Eins nach dem anderen. Vielleicht finden wir ja auf einer der westirischen Inseln eine sichere Zuflucht und müssen gar keine weitere Entscheidung treffen."

Niemand erhob Einwände, und da es bereits dunkel wurde, bereiteten sich die Menschen an Bord der „Molly" auf die Nacht vor. Aufgrund der zahlreichen in ihrer Nähe ankernden Boote und Schiffe wurden zwei Wachen eingeteilt; Foula und die drei Boote, die sie angegriffen hatten, waren ihnen noch frisch in Erinnerung. Hier war es bisher friedlich geblieben, doch das konnte sich schnell ändern. Bald kehrte Ruhe ein an Bord; nur das Plätschern der Wellen, die gegen den Rumpf schlugen, und ein leichter Wind, der um die Aufbauten des Kutters strich, waren zu hören. Gelegentlich ging einer der beiden Wachposten an Deck entlang, doch versuchte er, Lärm zu vermeiden. Auf den anderen Booten waren Stimmen zu hören, doch versuchte niemand, zu ihnen herüberzukommen oder sie anzugreifen. Die Nacht verlief ohne Störungen und die Menschen konnten endlich wieder einmal in Ruhe durchschlafen, ohne um ihr Leben fürchten zu müssen. Morgen würden sie Richtung Irland aufbrechen in der Hoffnung, endlich einen sicheren Zufluchtsort zu finden.

Seeschlange

„Ragna!" Sally schüttelte die Freundin, die sich stöhnend auf ihrem Lager herumwarf und soeben aufgeschrien hatte. „Wach auf, Ragna. Du hast offenbar einen Alptraum. Los, Mädchen, komm zu dir. Du bist hier in Sicherheit."

Sie lagen in der Mündung des Clyde in Sichtweite der Stadt Greenock vor Anker. Kaum hatten sie die südlichste der Äußeren Hebriden passiert gehabt und wollten gerade Fahrt aufnehmen Richtung Irland, da begann der Motor Probleme zu bereiten. Schnell stellte sich heraus, dass sie ein Ersatzteil benötigten, das sich nicht an Bord befand. Irland war ihnen unvertraut; sie wussten nicht, wo sie dort das benötigte Maschinenteil finden konnten, weshalb Hugh vorschlug, es mit Greenock, einem alten Werftstandort, zu versuchen, auch wenn sie das weit von ihrem geplanten Kurs abbrachte. Hugh kannte die Stadt gut, was ihre Chancen, dort fündig zu werden, deutlich erhöhte, und obwohl sich Greenock in Feindeshand befand, wollten sie auf einem Werftgelände versuchen, das Ersatzteil zu beschaffen. In den Ruinen der Stadt konnten überall Monsteraffen lauern, auch wenn sich derzeit keiner von ihnen blicken ließ, weshalb sie es vorzogen, die Lage noch ein wenig länger zu sondieren, um sicherzugehen, dass ihnen an Land nicht Horden der Tiere auflauern würden. Noch lief der Motor, doch mit immer häufigeren Aussetzern; irgendwann würde er seinen Betrieb ganz einstellen, und dies sollte besser nicht auf hoher See geschehen.

Ragna riss die Augen auf und sah sich verstört im Laderaum um. Zahlreiche Augen waren auf sie gerichtet, einige missbilligend, andere voller Abneigung. Noch immer war es der Kutterbesatzung nicht gelungen, ihr Unbehagen oder sogar Furcht zu überwinden; Ragna fühlte sich wie eine Aussätzige, und nur Sallys nachdrückliche Unterstützung hatte sie bisher davor bewahrt, von Phil irgendwo an Land gesetzt zu werden. Sie hatte verhindert, dass die „Molly" ausgeraubt wurde, und doch schien die Art, wie sie dies getan hatte, mehr zu zählen als die Hilfe, die sie geleistet hatte. Also alles wie gewohnt, dachte sie verbittert. Wären nicht ihre Freunde gewesen, sie hätte die „Molly" freiwillig verlassen, um sich an Land allein durchzuschlagen.

Ragnas Gesicht war schweißnass und sie zitterte leicht. „Legt euch wieder schlafen", wandte Sally sich an die sie beobachtenden Menschen. „Ragna hatte nur einen Alptraum. Sie wird euch nicht mehr stören." Sie nahm die immer noch zitternde Freundin sanft in den Arm und strich ihr über das feuchte Haar. „Hoffentlich nicht schon wieder ein Wahrtraum", murmelte sie so leise, dass nur Ragna sie hören konnte. „Auf einen weiteren Schiffbruch lege ich nun wirklich keinen Wert."

Eisige Angst durchströmte die junge Frau, die sich in ihren Augen widerspiegelte, und Sally erkannte, dass sie mit ihrer Vermutung richtig gelegen hatte. „Was wird passieren?" flüsterte sie. „Was hast du gesehen?"

„Lass uns an Deck gehen", antwortete Ragna leise; langsam gelang es ihr, ruhiger zu werden und ihre Angst in den Griff zu bekommen. Sally nickte und die Freundinnen stiegen nach oben, gefolgt von Benny, der seine schlafende Schwester gut zudeckte und den Freundinnen dann auf Deck folgte. Doyle, der ebenfalls von Ragnas Schrei aufgewacht war, stieg hinter Benny die Leiter hoch. Er hatte das Erlebnis auf der „Bristol Queen" nicht vergessen und wollte wissen, was Ragna diesmal beunruhigte. Die Freunde nickten Hugh zu, der sich mit Connor unterhielt, dann gingen sie zum Bug hinüber, da sie dort außer Hörweite der beiden Wachposten waren, die sich im Ruderhaus aufhielten.

„Also?" Sally setzte sich auf die Reling, während sich ihre Freunde auf das Deck hockten und zu ihr hochsahen. „Ich weiß nicht, wie ich das schildern soll", begann Ragna leise. „Es ist so… surreal. Entweder ist es symbolisch gemeint oder wir stecken ganz schön tief in der Scheiße." Sie erhob sich wieder und sah eine Weile stumm auf das Wasser hinaus. Dann holte sie tief Luft und wandte sich ihren Freunden zu. „Ich sah ein riesiges schlangenartiges Wesen aus der Tiefe des Meeres auftauchen und den ganzen Kutter mitsamt allem, was sich darauf befand, verschlingen. Dann tauchte es wieder unter, ohne dass noch eine Spur von dem Kutter zu sehen gewesen wäre." Sie schauderte sichtlich und fuhr schließlich stockend fort. „Was besonders unheimlich war: Um den riesigen Schlund herum wanden sich stachelbesetzte Tentakel." Als sie die erstaunten Blicke ihrer Freunde bemerkte, lachte sie bitter auf. „Ja, genau solche, wie sie uns in der Rettungsinsel angegriffen hatten, nur wesentlich größer. Vielleicht wurde die Rettungsinsel von einem Jungtier attackiert, das noch nicht groß genug war, die Insel auf einmal zu verschlingen. Klingt ganz schön verrückt, nicht wahr?"

„Das Kommen der Monsteraffen hast du auch vorausgesehen, wenn auch nicht ihre konkrete Gestalt", sagte Benny und seufzte leise. „Und die Tentakel, die uns aus der Rettungsinsel zerren wollten, haben wir uns ganz sicher nicht eingebildet. Selbst wenn der Riesenwurm oder Seeschlange oder was auch immer symbolisch zu verstehen ist, droht dem Kutter offenbar eine große Gefahr, und zwar eine, die aus dem Meer auftauchen wird. Und du bist sicher, sie hat den Kutter komplett verschluckt?"

Ragna nickte leicht. „Ja, er wurde verschlungen und es war nichts mehr von ihm zu sehen." Sie überlegte kurz, dann sah sie ihre Freunde fragend an. „Könnte das vielleicht ein natürliches Phänomen sein, so etwas wie ein gewaltiger Strudel, der den Kutter in die Tiefe hinabzieht? Hier ist allerdings nichts Derartiges zu sehen und ich habe das Gefühl, dass die Gefahr sehr nahe ist."

„Wie nahe?" Sally sah sich zutiefst beunruhigt um. „Wird dieses… Ding noch hier vor Greenock auftauchen oder erst später?" Ragna zuckte mit den Schultern. „Ich weiß es nicht genau. Was ich aber weiß, ist, dass wir so schnell wie möglich den Kutter verlassen sollten. Wo auch immer diese riesige Seeschlange zuschlagen wird, so lange wir uns auf dem Wasser aufhalten, erwischt sie uns."

„Menschenmordende Bestien an Land und nun auch noch schiffeverschlingende Riesenschlangen im Meer." Doyle starrte resigniert auf das sie umgebende Wasser. „Bald gibt es gar keinen Ort mehr, an dem wir sicher sind. Das wird den Menschen hier an Bord nicht gefallen, vorausgesetzt sie glauben dir überhaupt. Sally, Benny und ich würden nie auf den Gedanken kommen, deinen Wahrträumen keine Beachtung zu schenken; schließlich leben wir nur deshalb noch, weil Sally dir geglaubt hat und ihr uns ins Wasser geschubst habt. Es wäre hilfreich, wenn du mehr zu dem Wann und Wo wüsstest."

Erneut rann eisige Angst durch Ragnas Körper und sie ließ ihren Geist treiben, um ihre Ursache zu finden. Ja, die Gefahr war nicht mehr fern, näherte sich unerbittlich dem Ankerplatz des Kutters. „Es wird hier geschehen", flüsterte sie beinahe tonlos. „Wir müssen sofort etwas unternehmen, die Menschen hier an Bord warnen."

Sally sprang von der Reling und ging zum Ruderhaus hinüber, wo sich Hugh und Connor noch immer leise unterhielten. „Hört mal, ihr beiden", begann sie mit energischer Stimme. „Wir glauben, dass der Kutter in großer Gefahr ist. Ein riesiges Meeresungeheuer nähert sich dem Kutter, und wir sind sicher, es wird das Boot in die Tiefe ziehen. Und das nicht irgendwann, sondern schon sehr bald. Entweder fahren wir so weit wie möglich den Fluss hoch, bis das Wasser nicht mehr tief genug ist für dieses Wesen, oder gehen gleich an Land an einer Stelle, an der sich keine Monsteraffen aufhalten."

Die beiden Männer starrten sie an, als hätte die junge Frau gerade den Verstand verloren. „Ähm, Sally", begann Hugh vorsichtig, „ich weiß, dass du normalerweise sehr vernünftig bist. Da gehst du ganz nach deinem Vater. Wie zum Teufel kommst du jetzt auf einen derart abstrusen Gedanken? An Land werden wir überall in Gefahr sein, das Gleiche dürfte für den Fluss gelten, sobald wir die breite Mündung hinter uns gelassen haben, und du willst trotzdem, dass wir das sichere Boot verlassen?"

Auch Connor betrachtete sie, als sei sie komplett übergeschnappt, und seufzend schüttelte sie den Kopf. „Ragna hat Wahrträume", begann sie unwirsch. „Sie hat vor nicht allzu langer Zeit einen Schiffbruch vorausgesehen, und nur weil ich ihr geglaubt habe, leben wir noch. Wenn sie also träumt, dass der Kutter von einem Riesenvieh in die Tiefe gezogen wird, gehe ich davon aus, dass tatsächlich eine Gefahr besteht. Diese braunfelligen Monster hat außer Ragna auch niemand vorausgesehen, und doch existieren sie und sind gerade dabei, unsere Art auszulöschen. Warum also nicht auch eine Seeschlange, die das Boot verschlingt?"

„Sie hat diese Viecher vorausgesehen?" Connor starrte missbilligend zu Ragna hinüber, die nun auf der Reling saß und die Szene am Ruderhaus beobachtete. „Und warum hat sie niemanden gewarnt?"

„Nicht konkret, nur dass eine Gefahr im Anmarsch war", antwortete Sally. „Sie wusste weder, was das war, was sie in ihren Träumen sah, noch was es vorhatte. Sie hatte die Gefahr sogar zuerst nur auf sich selbst bezogen, wäre niemals auf den Gedanken gekommen, es könnte alle Menschen betreffen. Das weiß sie erst, seit sie gegen eines dieser Viecher hat kämpfen müssen und dabei beinahe ihr Leben verlor. Den Schiffbruch sah sie aber sehr konkret voraus, und auch dieser Traum lässt keine Fragen offen außer das genaue Wann."

„Wir können nicht an Land gehen." Phil war von dem Gespräch wach geworden und an Deck gekommen. „Nur auf dem Kutter sind wir sicher. Außerdem ist mir diese Ragna ziemlich unheimlich, und nicht nur mir. Und einer solchen… Frau vertraust du, bist sogar bereit, die Sicherheit des Kutters zu verlassen, nur weil sie Alpträume hat?"

„Ragna mag nicht ganz das normale Mädchen von nebenan sein, aber ja, ich vertraue ihr ohne Einschränkung." Sallys Stimme klang hart und ihre Augen blitzten gefährlich. „Mal ganz abgesehen von dem Schiffbruch hat sie uns mit Hilfe ihrer besonderen Fähigkeiten sicher über Land geführt, und im Moor hat sie ihr Leben riskiert, um die Bestien von uns anderen abzulenken. Sie wäre gestorben, hättet ihr sie nicht aufgefischt. Und jetzt warnt sie uns vor einer großen Gefahr, die auf den Kutter zukommt. Ihr tätet gut daran, das ernst zu nehmen."

Die Mienen der drei Männer ließen keinen Zweifel daran, dass sie Sally nicht glaubten und schon gar nicht bereit waren, die verhältnismäßige Sicherheit der „Molly" gegen die Gefahren des Landes einzutauschen. „Wenn ihr unbedingt an Land gehen wollt, bitte sehr." Mark stand nun ebenfalls neben dem Ruderhaus und sah Sally finster an, während weitere Menschen an Deck hinaufstiegen und die kleine Gruppe umstanden. „Ihr werdet schwimmen müssen, da es kein Beiboot mehr gibt." Dann wurde seine Stimme zornig. „Reicht es nicht, dass Hugh und ein Begleiter morgen an Land gehen müssen, um nach dem Ersatzteil zu suchen? Das ist schon saugefährlich. Und du willst uns jetzt alle in Gefahr bringen, dazu ohne vernünftigen Grund? Nein danke, ohne mich." Sein Gesichtsausdruck wurde boshaft, als er zu Ragna hinübersah. „Wenn sie gehen will gerne. Ich werde sie nicht vermissen."

Liz weinte unten im Laderaum, und Benny beeilte sich, sie zu sich zu holen und fest in seine Arme zu nehmen, um die Kleine zu trösten. Ragna beobachtete die Auseinandersetzung vom Bug aus; sie fühlte, dass immer mehr dieser Menschen sie feindselig betrachteten und ihr die Schuld daran gaben, dass Sally etwas verlangte, was in ihren Augen der pure Wahnsinn war. „Diese junge Frau hat dir offenbar den Kopf verdreht", warf nun Ruth ein und sandte einen finsteren Blick in Ragnas Richtung. „Was sagt eigentlich deine Mutter zu eurer unnatürlichen Beziehung?" Sie suchte Janes Gesicht in der sie umgebenden Menge, doch Sallys Mutter verzog keine Miene und machte durch ihre Haltung deutlich, dass sie Sallys diesbezügliche Neigungen tolerierte. „Du kannst doch nicht wirklich glauben, dass irgendwelche Seeungeheuer auftauchen und uns verschlingen werden", fuhr Ruth deshalb hitzig fort. „Ich habe dich für realistischer gehalten."

„Ich weiß ja, dass du in Ragna verliebt bist", sagte nun auch Heather und schüttelte missbilligend den Kopf. „Was ich nicht verstehe, wo sie doch so merkwürdig ist. Und jetzt willst du auch noch ihren Hirngespinsten folgen."

Es wurde bald deutlich, dass nur Ragnas Freunde zu ihr hielten und ihre Warnung nicht verwarfen. Selbst Jane Harris versuchte, Sally, wie sie es sah, wieder zur Vernunft zu bringen. Ragna fühlte sich einmal mehr als Außenseiterin und war froh, dass wenigstens ihre Freunde sie ernst nahmen. Sie spürte die Gefahr mit jedem Augenblick wachsen, und die Angst zerrte zunehmend an ihren Nerven. Ihr Instinkt schrie ihr zu, sofort den Kutter zu verlassen, und schließlich sprang sie auf und lief zu Sally hinüber. „Wir müssen den Kutter sofort verlassen!" rief sie mit bebender Stimme. „Es ist da, ich spüre es unter uns. Es ist nicht weit bis ans Ufer, lass uns sofort losschwimmen, dann entkommen wir seinem Schlund."

Benny, der Ragnas Ruf gehört hatte, zog Liz auf die Füße und nahm sie auf den Arm. Dann sprang er, ohne etwas zu sagen, mit seiner Schwester über Bord und begann, in Richtung des Ufers zu schwimmen, vor dem die „Molly" vor Anker lag. Wie zuvor nahm er Liz in den Rettungsgriff und näherte sich schnell einem Uferabschnitt, der etwas abseits der zerstörten Ortschaft lag und an dem keiner der Monsteraffen zu sehen war. Sally, Doyle und Ragna stiegen auf die Reling, wo sich Sally noch einmal nach ihrer Familie umsah. „Kommt mit, ich bitte euch!" rief sie verzweifelt. „Ihr werdet sonst sterben."

„Sally, bleib hier!" schrie Jane entsetzt und rannte auf ihre Tochter zu. „An Land sind diese Monster. Nur hier auf dem Kutter seid ihr sicher. Deine Freundin ist offenbar wahnsinnig; sie wird dich mit ins Verderben reißen." Heathers Gesicht drückte ihren Widerwillen deutlich genug aus, sodass keine Worte mehr nötig waren. Sie lehnte sich an Connor, der besitzergreifend den Arm um sie legte und ihre Ablehnung offenbar teilte. Phil rannte ebenfalls auf Sally zu, um sie daran zu hindern, über Bord zu springen, doch Sally wich sowohl ihm wie auch ihrer Mutter aus, während sie weiter ihre Familie anflehte, sie zu begleiten. Schließlich packte Ragna sie, zerrte die sich sträubende Freundin über die Reling und verließ mit ihr den Kutter mit einem Hechtsprung, der den Kapitän in eine Wasserfontäne tauchte, als er sich vorbeugte, um die junge Frau doch noch festzuhalten. Doyle folgte den Freunden augenblicklich, wobei er kurzentschlossen Jane Harris mit sich riss, die erschrocken aufschrie und versuchte, wieder auf den Kutter zu gelangen. Doch der Koreaner entfaltete ungeahnte Kräfte und zog die sich sträubende Frau mit sich; er konnte den Gedanken nicht ertragen, dass Sally ihre gerettet geglaubte Familie doch noch verlor. Es war schlimm genug, dass Heather an Bord geblieben war; zumindest Sallys Mutter sollte gemeinsam mit ihnen entkommen. Sie kraulten so schnell wie möglich vom Kutter fort, wobei Sally nun Doyle unterstützte und ihre Mutter zwang, sich endlich vom Boot abzuwenden, folgten Benny und seiner Schwester, die sich bereits dem Land näherten. Schließlich zogen sich die Freunde keuchend und mit durch die Kälte des Wassers taub gewordenen Gliedern auf das Ufer, wo sie erst einmal liegen blieben, um wieder zu Atem zu kommen. Sally musste ihre Mutter daran hindern, erneut ins Wasser zu springen und zum Kutter zurückzuschwimmen, wobei Ragna sie unterstützte. Schließlich gab Jane ihre Gegenwehr auf und starrte Ragna derart wütend an, dass die junge Frau sie schließlich losließ und es Sally überließ, sich um ihre Mutter zu kümmern.

Sie hörten erschrockene und wütende Rufe zu ihnen herüberhallen, doch nicht einmal eine Minute, nachdem sie das Land betreten hatten, übertönte ein gewaltiges Rauschen die vom Kutter kommenden Laute. Es war, als hätte sich genau unter dem Boot ein großes Tor geöffnet, das sich rasend schnell nach oben bewegte, dann stülpte sich ein riesiges tentakelbewehrtes Maul über das Boot, schloss sich über ihm und kehrte anschließend in die Tiefe zurück. Die Entsetzensschreie der Menschen an Bord wurden augenblicklich erstickt; keiner hatte mehr reagieren und dem Unheil entkommen können. Die Freunde sahen nur kurz einen enormen wurmartigen Körper, der an einen Aal erinnerte, doch aufgrund der Dunkelheit und der Schnelligkeit des Angriffs konnten sie keine Einzelheiten erkennen. Gelähmt vor Entsetzen starrten sie auf den vormaligen Ankerplatz, der jetzt leer im fahlen Mondlicht dalag; der Kutter war spurlos verschwunden, so als hätte er nie existiert.

„Genau wie in deinem Traum." Benny flüsterte nur und seine Stimme drohte zu brechen. „Sie… sie sind einfach fort." Tränen liefen über sein Gesicht und er presste seine vor

Angst wimmernde Schwester an sich. Er klang hysterisch, als er sich seiner Freundin zuwandte. „Ragna, was war das? Ich weiß ja, dass wir die Tiefsee weniger kennen als die Oberfläche des Mondes, aber hätte eine solche Kreatur nicht einem der Tauchboote auffallen müssen? Sie ist gigantisch!"

Ragna kämpfte gegen ihr eigenes Entsetzen an und war für eine Weile zu keiner Antwort fähig. Schließlich wandte sie ihr blasses Gesicht dem Freund zu. „Ich weiß es wirklich nicht", sagte sie mit rauer Stimme. „Wie du bin ich Geowissenschaftler, kein Meeresbiologe. Was ich aber weiß, ist, dass wir Menschen jetzt nirgendwo mehr sicher sind. Ich werde das Gefühl nicht los, dass die Monsteraffen und dieser Riesenaal zusammenarbeiten. Viele Menschen haben sich aufs Wasser geflüchtet, wo sie die Monsteraffen nicht erreichen können. Vielleicht haben sie dieses Biest um Hilfe gebeten, wenn ich auch keine Ahnung habe, wie sie mit ihm Kontakt aufgenommen haben, sollte es tatsächlich aus der Tiefsee stammen. Und es ist durchaus möglich, dass es von diesen Seeschlangen mehr als eine gibt. Denke an das Biest, das uns in der Rettungsinsel angegriffen hat."

„Sie hatten keine Chance." Sally zitterte heftig und war kurz davor, die Beherrschung zu verlieren. Ihre Unerschrockenheit und Gelassenheit waren wie weggeblasen; sie hatte mit ansehen müssen, wie nicht nur die Besatzung des Kutters, unter ihnen langjährige Freunde ihrer Familie, sondern auch ihre Schwester im Schlund eines Ungeheuers verschwanden, und das innerhalb weniger Sekunden. Hätte sie eindringlicher darauf bestehen müssen, dass Heather mitkam? Doch wie hätte sie die Schwester mitziehen können, dazu offensichtlich gegen ihren Willen? Sie schluchzte verzweifelt auf und nahm ihre wie gelähmt dasitzende Mutter in den Arm, die fassungslos auf das sich langsam beruhigende Wasser starrte. Der

Schock saß so tief, dass Jane nicht einmal weinen konnte; sie reagierte auch nicht auf Sallys Umarmung, sondern sah mit leerem Blick auf den Fluss, der einen Alptraum geboren und ihre jüngere Tochter verschlungen hatte.

Die Freunde rückten näher zueinander; das schreckliche Erlebnis und die Tatsache, dass sie sich erneut allein würden durchschlagen müssen, verstärkte ihre Verbundenheit. Benny, der nur wenige Tage zuvor eine seiner Schwestern an die Monsteraffen verloren hatte, konnte besonders gut nachvollziehen, wie Sally und Jane sich fühlten. Würde irgendwann auch einer aus ihrer Mitte den braunfelligen Wesen zum Opfer fallen? Daran mochte niemand denken, und doch stand diese Gefahr ständig im Raum und sie würden sich ihr sicher noch viele Male stellen müssen.

Erst nach einer Weile bemerkten sie, dass sie immer stärker froren, da sie völlig durchnässt waren. „Wir müssen trockene Kleidung finden", sagte Benny schließlich mit klappernden Zähnen. „Liz erfriert mir sonst noch, und wahrscheinlich nicht nur sie."

Sie sahen sich in der Dunkelheit um; nur Jane starrte weiter auf das dunkle Wasser, als würde sie hoffen, dass Heather doch entkommen war. Nicht weit von ihnen entfernt lag der Ortsrand, doch viele der Häuser, vor allem im Ortskern, waren durch Feuer zerstört worden. Die ihnen am nächsten liegenden Häuser wirkten aber noch intakt, sodass sich eine Suche dort lohnen würde. Mühsam erhoben sie sich; Sally zerrte ihre apathisch reagierende Mutter auf die Füße und nahm sie an die Hand, da sie erkannte, dass Jane von allein keinen Schritt gehen würde. Die Kälte hatte ihre Glieder steif werden lassen, doch das Zittern ihrer Körper kam gleichermaßen von der kühlen Nachttemperatur wie auch dem Schock, der ihnen noch immer in den Knochen steckte. Langsam und jeden Schritt behutsam setzend näherten sie sich einem unzerstörten Wohnhaus, das dunkel vor ihnen aufragte, wobei Ragna voranging und ständig witterte und lauschte, um keinen der Monsteraffen zu übersehen. Doch die Nacht blieb ruhig, kein braunfelliges Wesen sprang sie aus den Schatten heraus an, um sie zu zerfetzen. Als sie schließlich durch die aufgebrochene Tür in einen schmalen Flur traten, erwartete sie nur das inzwischen vertraute Grauen zerrissener Menschen und eingetrockneter Blutlachen, doch keine der Kreaturen.

Die Familie, die hier gelebt hatte, war im Wohnzimmer überfallen und getötet worden, weshalb die Freunde schnell an ihren Leichen vorbeihuschten und die Treppe ins Obergeschoss förmlich hinaufflohen. Die Schlafzimmer waren leer, die Betten feucht und muffig, aber nicht mit Blut bedeckt. Benny und Liz würden sich eines der beiden Betten teilen, die in dem kleineren Schlafzimmer standen, während Doyle dort auf das zweite Bett zusteuerte. Sofort zog Benny seiner kleinen Schwester die nasse Kleidung aus, wickelte sie in eine im Schrank gefundene Wolldecke und legte sie dann unter das dicke Federbett, wo die Kleine sich sofort einkuschelte und ihren Bruder aus großen furchterfüllten Augen ansah. „Ich komme ja schon", sagte Benny sanft, während auch er sich seiner nassen Kleidung entledigte, um zu Liz unter das Federbett zu schlüpfen. „Die bösen Tiere kommen nicht hierher, du musst also keine Angst mehr haben."

Ragna nickte den Freunden einen stummen Gutenachtgruß zu, dann ging sie gemeinsam mit Sally und Jane in das vormalige Elternschlafzimmer, in dem ein breites Doppelbett stand. Auch sie zogen ihre nasse Kleidung aus, wobei Sally der Mutter helfen musste, und mummelten sich in die dicken Decken ein. Als Sally das heftige Zittern ihrer Mutter bemerkte, schmiegte sie sich an sie und hielt sie liebevoll im Arm, murmelte ihr tröstende Worte zu, auch wenn sie ahnte, dass Jane derzeit noch jenseits allen Trostes war. Ihr selbst ging es nicht besser; auch in ihr brannte die gleiche furchtbare Wunde, die wohl nur die Zeit würde heilen können, sofern dies überhaupt möglich war.

Niemand störte sie in dieser Nacht; kein Monsteraffe drang in die Schlafzimmer ein, keine Riesenschlange wand sich das Ufer hoch, um sie zu verschlingen. Als Ragna schließlich als Erste wieder erwachte schien die Sonne durch das unzerstörte Fenster zu ihr herein und blendete sie. Vorsichtig schälte sie sich aus den warmen Decken, um Sally und Jane nicht zu wecken, und setzte sich noch immer müde auf den Bettrand. Doch dann sprang sie wie elektrisiert auf die Füße und ging unwillkürlich in Kampfstellung; ihre feinen Sinne hatten ihr signalisiert, dass sich jemand im Raum befand, der still neben der Tür stand. Sie wollte sich schon knurrend auf den Fremden stürzen, doch dann blieb sie wie angewurzelt stehen und starrte den großen Mann fassungslos an.

„Schön, euch wiederzusehen". Ragna musste zweimal hinsehen, da sie ihren Augen nicht traute, doch das Bild blieb: Vor ihr stand Josh, zwar heruntergekommen und magerer, als Ragna ihn in Erinnerung hatte, doch bis auf einige Schrammen und andere leichte Blessuren unversehrt. „Josh", hauchte sie und ließ sich wieder auf das Bett sinken. „Wie ist das möglich? Glasgow wurde doch bestimmt ebenso überrannt wie Birmingham."

Der große Amerikaner setzte sich auf einen neben dem Bett stehenden Stuhl, der unter seinem noch immer nicht unerheblichen Gewicht bedenklich knarrte. „Ihr habt mich ja gewarnt", sagte er leise. „Und als ich von Eddies Tod hörte, wurde ich noch vorsichtiger. Als der Angriff begann, war mein Freund gerade bei einem Kunden. Ich habe noch eine Weile auf ihn gewartet, doch als der Kampflärm immer näher kam, bin ich abgehauen. Der Kunde wohnte leider genau in der Richtung, aus der die Schüsse zu hören waren, deshalb habe ich nicht nach meinem Freund gesucht; es wäre Selbstmord gewesen. Diese Viecher sind ja viel stärker als wir Menschen, und wenn selbst du beinahe ums Leben kommst bei einem Kampf gegen eines dieser Biester... Der Lärm hörte sich nach sehr vielen von ihnen an."

Ragna legte Josh eine Hand auf die Schulter, zog sie aber sofort wieder zurück, als sie das leichte Zusammenzucken des Mannes bemerkte. Offenbar gelang es dem Amerikaner noch immer nicht, sich mit ihrer Andersartigkeit anzufreunden. „Du brauchst dich nicht zu rechtfertigen", sagte sie behutsam und darum bemüht, sich ihre Verletztheit über sein Verhalten nicht anmerken zu lassen. „Ich bin auch mehr als einmal vor den Biestern davongelaufen, da ich gegen mehrere von denen keine Chance habe. Hättest du versucht, deinen Freund zu finden, wärst du jetzt mit großer Wahrscheinlichkeit tot. Doch wie bist du nach Greenock gekommen und wie hast du uns hier gefunden?"

„Dachte mir, hier an der Küste hätte ich bessere Chancen." Josh sah zum Fenster hinaus und schüttelte verärgert den Kopf. „Wollte ein Boot finden und damit auf das Wasser abhauen, doch auch hier waren die Biester überall und die seetüchtigen Boote alle fort. Dann sah ich von einem Hügel am Rande der Stadt aus den Kutter vor Anker liegen – und auch, was mit ihm geschah. Jetzt bin ich froh, nicht auf einem Boot zu sein." Er betrachtete seine großen schwieligen Hände. „Habt ihr viele Freunde mit dem Kutter verloren?"

„Sie haben uns an Bord geholt und damit wohl unser Leben gerettet", antwortete Ragna traurig. „Auch wenn ich niemanden von ihnen vorher gekannt habe, tut es mir um jeden Einzelnen von ihnen leid. Sally hat es besonders hart getroffen: Ihre Schwester war noch an Bord und ist mit verschlungen worden. Hätte Doyle nicht so geistesgegenwärtig reagiert, wäre auch ihre Mutter gestorben. Er zerrte sie gegen ihren Willen von Bord und wir zwangen sie, mit uns an Land zu schwimmen."

„Heather wollte nicht auf uns hören." Sallys verquollenes Gesicht lugte unter der dicken Decke hervor. Noch immer lag ein Schluchzen in ihrer Stimme, doch langsam gewann sie ihre Fassung zurück. Sie musste jetzt stark sein, vor allem ihrer Mutter zuliebe, die wach neben ihr lag und mit leeren Augen an die Decke starrte. „Die anderen auch nicht, obwohl wir alles versucht haben, sie von der drohenden Gefahr zu überzeugen. Umso glücklicher bin ich, dich hier zu sehen, Josh. Ich hätte nie erwartet, dich noch einmal lebend wieder zu treffen."

Der Amerikaner nickte ihr zu und in seiner Stimme klang ehrliches Bedauern mit. „Tut mir wirklich leid um deine Schwester. Wie seid ihr denn hierhergekommen?" Auch wenn er die Frage an Sally gerichtet hatte, war es Ragna, die ihm erzählte, was alles seit dem Beginn des Angriffs geschehen war. Sally war noch zu aufgewühlt, um darüber sprechen zu können, und so nahm Ragna es ihr ab, über ihre Flucht aus Birmingham und alles, was danach geschehen war, zu berichten. Doyle, der ihre Stimmen gehört hatte und herübergekommen war, begrüßte den Amerikaner herzlich. Auch Benny und Liz gesellten sich bald zu ihnen; sie hatten zuvor in den Schränken nach passender sauberer und vor allem trockener Kleidung gesucht und sich umgezogen, während die übrigen Freunde noch die Nachtwäsche trugen, die sie am Vorabend gefunden und übergezogen hatten.

„Wohin wollt ihr jetzt?" fragte Josh, nachdem Ragna ihren Bericht beendet hatte. Sally sah in die Richtung, in der sie den Fluss vermutete, und wandte sich dann dem Amerikaner zu. „Das Wasser ist jetzt ebenso gefährlich wie das Land", sagte sie mit noch immer leicht unsicherer Stimme. „Genau genommen sogar gefährlicher; auf dem Land können wir uns wenigstens verstecken, ein Boot ist dagegen für ein Meerestier weithin zu sehen. Ragna glaubt, diese Seeschlange würde mit den Monsteraffen unter einer Decke stecken, und es könnte sogar mehrere von diesen Viechern geben. Du hast ja das Biest erlebt, das uns in der Rettungsinsel angegriffen hat. Dies war sozusagen eine Riesenausgabe davon. Wir bleiben also besser an Land."

„Gibt es viele Monsteraffen hier in Greenock?" fragte Doyle in Joshs Richtung. Dieser zuckte ratlos mit den Schultern. „Ich habe immer mal wieder welche gesehen, aber die kommen und gehen. Keine Ahnung, wie viele es genau sind. Nachts bin ich in die Häuser geschlichen, um Lebensmittel und andere brauchbare Dinge zu finden, die übrige Zeit habe ich mich auf einem Hügel am Rande der Stadt versteckt. Dort steht eine kleine Hütte. Ich wusste einfach nicht, wohin ich gehen sollte."

„Das gleiche Problem haben wir jetzt auch", sagte Ragna niedergeschlagen. „Die Biester beherrschen das Land, und wohl nicht nur Großbritannien, während die Zahl der überlebenden Menschen ständig abnimmt. Militär scheint es kaum mehr zu geben, sodass auch nicht so bald mit einer Rückeroberung zu rechnen ist, vorausgesetzt dies ist überhaupt möglich. Wo immer wir auf die Biester treffen werden sie sofort versuchen, uns umzubringen. Sie wollen ganz offensichtlich unsere Art ausrotten, und da sind sie auf dem besten Weg, Erfolg zu haben."

„Aber warum nur?" Sally klang verzweifelt und ratlos. „Ist es ein Kampf um Lebensraum oder die Vorherrschaft auf diesem Planeten? Es wäre doch sicher genügend Platz für alle vorhanden, doch die Biester haben nicht einmal versucht, mit uns Kontakt aufzunehmen, sondern sind gleich zum Angriff übergegangen. Dabei sind sie ohne Zweifel äußerst intelligent. Irgendwie hätten sich unsere beiden Arten sicher verständigen können."

Das waren genau die Fragen, die sich auch Ragna stellte, seit es zu den ersten Konfrontationen mit den Monsteraffen gekommen war. Woher kam dieser unversöhnliche Hass, den sie gegen die Menschen hegten? Weshalb verschonten sie dagegen alle anderen Lebewesen, ja befreiten sogar die zuvor von den Menschen gehaltenen Haustiere? „Hätten wir denn mit ihnen sprechen wollen?" fragte sie zögernd. „Wären wir bereit gewesen, den zur Verfügung stehenden Raum mit ihnen zu teilen? Das bekommen wir ja nicht einmal mit den wilden Tieren und Pflanzen hin, die ebenso zu dieser Welt gehören wie wir. Wann immer Menschen neuen Lebensraum für sich nutzbar machen wollen vernichten oder verdrängen sie die dort lebenden Tiere und Pflanzen. Menschliche Belange gehen immer vor, und sobald menschliche Interessen betroffen sind, hat alles andere dagegen zurückzustehen."

Benny betrachtete sie nachdenklich. „Ich fürchte, du hast recht, Ragna. Die meisten Menschen hätten in ihnen nur große gefährliche Tiere gesehen, eine Bedrohung. Selbst unter den Wissenschaftlern wären nur wenige offen gewesen für den Gedanken, hier Wesen zu treffen mit ebenso hoch entwickelten Fähigkeiten, wie wir Menschen sie besitzen. Für die weitaus meisten Menschen wären sie etwas gewesen, das man entweder in Käfige sperrt oder besser noch ausrottet, bevor es uns vielleicht Probleme bereitet."

„Und das haben diese Tiere wahrscheinlich gewusst", ergänzte Doyle traurig. „Deshalb haben sie gar nicht erst versucht, mit uns in Kontakt zu treten. Es scheint wirklich ein Kampf ‚wir oder sie' zu sein."

„Wir sind nun einmal die höchstentwickelte Art und von Gott dazu ausersehen, über die Erde zu herrschen." Es war Josh anzuhören, dass er die Meinung der vier Freunde nicht teilte. „Diese Viecher haben kein Recht, uns unseren Lebensraum streitig zu machen. Ich hoffe, dass es dem Militär bald gelingt, diese Plage auszurotten."

„Derzeit sieht es eher danach aus, dass sie uns ausrotten werden." Doyles Stimme klang ungewohnt aggressiv. „Und wir können nur versuchen, einen Ort zu finden, an dem wir zumindest halbwegs sicher vor ihnen sind. Womit wir beim alten Problem wären: Wohin wollen wir gehen?"

Das dieser Frage folgende Schweigen zeigte ihre Ratlosigkeit; keiner von ihnen hatte eine Antwort für dieses Problem. Einmal mehr schoss Ragna Liams Bemerkung durch den Kopf: Solltest du jemals eine Zuflucht brauchen… Doch wie sollten sie Carracán erreichen? Ohne Boot kamen sie ja nicht einmal nach Irland.

Bevor die Stille zu drückend wurde, schälte Sally sich stöhnend aus ihrer dicken Decke und begann, den Raum nach trockener Kleidung für sich und ihre Mutter zu durchsuchen. Noch immer in ihren trüben Gedanken gefangen folgte Ragna ihrem Beispiel und bald durchstöberten die Freunde sämtliche Räume nach Brauchbarem, wobei sie sich bemühten, leise zu sein. Nur Jane hockte zusammengesunken auf der Bettkante und beteiligte sich nicht an der Suche. Sally hatte sie anziehen müssen, da selbst diese einfache Handlung Janes Kräfte zu übersteigen schien. Sie stand offensichtlich noch immer unter Schock, der ihr jegliche Willens- und Tatkraft raubte. Sally dachte mit Grausen an ihren weiteren Weg. Wie sollten sie den Monsteraffen entkommen, wenn sie Jane zu jedem Schritt würden zwingen müssen?

Dieses Haus war für die Flüchtlinge ein Glücksfall: Sie fanden nicht nur für alle halbwegs passende Kleidung, sondern auch zwei Rucksäcke, einige Wolldecken und sogar haltbare Lebensmittel, nicht viele, aber bei sparsamem Umgang ausreichend für einige Tage. Doch noch immer stand die Frage im Raum, wohin sie gehen sollten, und so trafen sie sich erneut im Schlafzimmer, nachdem die Lasten verteilt worden waren. „Also?" Doyle sah fragend in die Runde. „Wohin gehen wir? Wo finden wir zumindest ein wenig Sicherheit? Oder sollte ich besser fragen, wo haben wir zumindest eine kleine Chance zu überleben?"

Endlich berichtete Ragna ihren Freunden von Liams Bemerkung am Telefon. „Und du glaubst, dort finden wir tatsächlich ein sicheres Versteck?" Benny klang skeptisch. „Die Halbinsel ist zwar öde und abgelegen, aber das gilt auch für viele Gebiete Schottlands. Und trotzdem wurden die meisten von den Monsteraffen erobert und die Anwohner getötet. Weshalb sollte das in Carracán anders sein?"

„Ich weiß nicht." Ragna sah verunsichert zu Boden. „Da ist so ein merkwürdiges Gefühl... Als Liam sagte, sie wüssten bereits von der Bedrohung und ihre Anführerin wäre dabei, Maßnahmen zum Schutz der Einheimischen zu treffen, war ich sehr überrascht. Wie wollte diese Moira das bewerkstelligen? Zu der Zeit gab es nur vereinzelt Überfälle und das Ausmaß der Gefahr konnte noch nicht eingeschätzt werden, weshalb ich nicht glaube, dass die Bewohner Carracáns wirklich sicher sind. Doch irgendetwas ist merkwürdig an diesem

Carracán und seinen Bewohnern. Ich kann den Finger nicht darauf legen, doch wäre ich bereit, es mit der Halbinsel zu versuchen. Die Frage ist, ob ihr mir dorthin folgen würdet."

Ihre Freunde wechselten verwunderte und noch immer skeptische Blicke. „Wenn wir ein seetaugliches Boot hätten, würde ich sagen, wir überqueren den großen Teich und suchen Schutz in einer Militäranlage", sagte Josh, dem der Gedanke, es mit einer kargen Halbinsel im Westen Irlands zu versuchen, nicht gefiel. „Unser Militär verfügt über große Bunker und andere befestigte Lager, die den Bestien sicher standgehalten haben. Und wenn die Jungs sich erst einmal neu organisiert haben werden sie diese Viecher in die Hölle zurückbomben, aus der sie gekommen sind. Vielleicht sind sie schon dabei und wir wissen es nur nicht. Doch wie kommen wir in meine Heimat? Die Leute hier sind mit allem, was schwimmt, abgehauen; ich habe nicht einmal ein Ruderboot entdecken können."

„Ragna hatte vom Innenministerium erfahren, dass die Überfälle auch in den Vereinigten Staaten stattgefunden haben", erwiderte Sally. „Deshalb gehe ich davon aus, dass dort der gleiche Krieg tobt wie hier. Das britische Militär war auch gut aufgestellt, und trotzdem wurde es offenbar von den Monsteraffen überrannt. Oder ist dir in letzter Zeit auch nur ein Militärlaster, ein Kampfflugzeug oder ein Zerstörer begegnet? Sind denen plötzlich alle Bomben, Raketen und sonstigen Waffen ausgegangen? Nein, ich glaube, die Biester haben sich überall zuerst das Militär vorgenommen und erst anschließend die Zivilbevölkerung angegriffen."

Ihre Freunde nickten bestätigend; ihnen waren bereits ähnliche Gedanken durch den Kopf gegangen. Nur Josh starrte finster auf den Boden; er wollte sich seine Hoffnung, dass die Menschen den verlorenen Boden irgendwann wieder zurückgewinnen würden, nicht nehmen lassen. Sally seufzte leise und legte den Arm um die Schultern ihrer Mutter, die neben ihr auf dem Bett saß, bevor sie fortfuhr. „Da mir leider nichts Besseres einfällt, können wir es genauso gut mit Carracán versuchen. Nur, wie kommen wir dorthin? Mit dem Kutter wäre es einfach gewesen, aber Seereisen verbieten sich aus naheliegenden Gründen derzeit, auch" sie sah zu Josh hinüber „auf dem Atlantik. Wir könnten über die Halbinsel Kintyre nach Nordirland gelangen, doch selbst für die knapp 21 Kilometer Wasserweg benötigen wir ein Boot. Daran könnte es schon scheitern; offenbar wurden, wie Josh richtig erkannt hat, alle brauchbaren Boote von den Menschen zur Flucht verwendet. Und auch wenn es verhältnismäßig unwahrscheinlich ist, dass uns die Seeschlange oder andere Ungeheuer während der kurzen Überfahrt bemerken, bleibt ein gewisses Restrisiko. Wollen wir es trotzdem versuchen?"

Ragna war froh, dass Sally langsam wieder zu ihrem alten Wesen zurückfand, auch wenn sie in der Freundin nach wie vor tiefe Trauer und Verzweiflung spüren konnte. Aktiv werden zu können würde eine gute Möglichkeit sein, nicht ständig an den Untergang der geliebten Schwester denken zu müssen, und Ragna beschloss, die Freundin darin nach Kräften zu unterstützen. „Lasst uns doch erst einmal nach Kintyre gehen; vielleicht haben wir Glück und finden doch ein passendes Boot. Oder wir bauen ein Floß. Irgendwie werden wir doch wohl diesen verhältnismäßig schmalen Wasserweg überqueren können."

Sie wollte noch etwas hinzufügen, doch dann setzte sie sich plötzlich kerzengrade auf und lauschte konzentriert. Hatte sie tatsächlich einen Laut aus dem unteren Stockwerk gehört oder war es eine Täuschung gewesen? Ihre Freunde erstarrten augenblicklich zur Salzsäule und warteten auf eine

Erklärung. Ragna legte den Finger auf die Lippen und huschte lautlos aus dem Raum und zur Treppe hinüber, wo sie vorsichtig über das Geländer spähte. Nichts war zu hören außer dem Knacken und Knarren des alten Gebäudes, und doch spürte Ragna, dass sie nicht allein waren. Irgendetwas befand sich im Erdgeschoss und bemühte sich offensichtlich, weder gehört noch gesehen zu werden.

Mit einem einzigen Satz übersprang Ragna die ihrer Erinnerung nach laut knarrenden Stufen der Treppe und landete sicher auf dem unteren Flur. Etwas wich in die Küche zurück, und Ragna folgte der Bewegung, ohne ein Geräusch zu verursachen. Es konnte keiner der Monsteraffen sein; diese würden nicht vor einem Menschen fliehen oder sich gar vor ihnen verstecken. Und doch: Als sie vorsichtig um die Ecke sah, blickte sie direkt in die hellgrünen Augen eines der braunfelligen Wesen, nur dass dieses noch sehr klein war, etwa von der Größe eines Setters, und sie ängstlich anstarrte, als sie einen Schritt in die Küche hinein tat und dort wie angewurzelt stehen blieb angesichts des ersten Jungtiers ihrer erbarmungslosen Gegner.

Ein schwaches Fauchen entrang sich der Kehle des Jungen. Es versuchte, so furchteinflößend wie möglich zu wirken in der Hoffnung, den unvermittelt aufgetauchten Menschen zu beeindrucken und zu verjagen. Ragna entspannte sich nicht; auch Jungtiere konnten gefährlich sein, selbst dieses noch verhältnismäßig kleine, dessen Krallen und Reißzähne noch nicht voll entwickelt waren. So knurrte sie bedrohlich, fuhr ihre Krallen aus und fletschte die Zähne, was das Jungtier dazu veranlasste, sich tief auf den Boden zu ducken und zu versuchen, unsichtbar zu werden, da Ragna in der Tür stand und ihm damit den Fluchtweg abschnitt. Es kannte Menschen nur als Beute; einem derart gefährlichen Exemplar dieser Art war es nie zuvor begegnet. Aus dem Fauchen wurde ein verängstigtes Wimmern, das abrupt verstummte, als die junge Frau einen Schritt auf das Wesen zumachte. Ragna erinnerte sich an die zerrissenen Menschenkinder; die Monsteraffen hatten ihnen gegenüber keinerlei Gnade walten lassen. Weshalb sollte sie also dieses Jungtier verschonen? Es würde nur Erwachsene seiner Art herbeirufen und damit das Leben ihrer Freunde in ernsthafte Gefahr bringen.

Sie wollte vorspringen und dem Jungen ihre Krallen tief ins Hirn stoßen, doch etwas hielt sie zurück. Deutlich spürte sie die Furcht des Kleinen, seine Verzweiflung, seinen stummen Hilferuf. Es erinnerte sie an Liz; auch dies war ein Kind, wenn auch von anderer Art als sie und ihre Freunde. Sie brachte es einfach nicht übers Herz, dieses kleine Fellbündel abzuschlachten, auch wenn sie sich sagte, es würde eines Tages erwachsen und dann eine massive Bedrohung für Angehörige ihrer Art sein. Doch jetzt kauerte hier vor ihr ein hilfloses Kind, vor Angst halb wahnsinnig und ihr rettungslos ausgeliefert. So sehr sie die erwachsenen Kreaturen auch hasste, bei diesem kleinen Wesen gelang ihr das einfach nicht. Seufzend senkte sie die Hände, zog die Krallen ein und sah das Junge resigniert an. Instinktiv begann sie, dem Kleinen beruhigende Gefühle zu senden, ihm zu versichern, dass sie ihm nicht schaden wollte. Sie verband die Gefühle mit Bildern, etwas, das sie nie zuvor getan hatte, das ihr hier aber sinnvoll erschien.

Die Reaktion des Kleinen ließ nicht lange auf sich warten und traf sie bis ins Mark. Der kleine Kopf hob sich, in den grünen Augen lag ein tiefes Staunen, die gleiche Verwunderung, die auch in den Augen des Monsteraffens gelegen hatte, der ihr auf dem Raffineriegelände auf Mainland begegnet war. Das leise Schnarren klang fragend, tastend, als wollte das kleine Wesen herausfinden, was es mit Ragna auf sich hatte, weshalb dieser merkwürdige Mensch so anders war als alle anderen seiner Art. Langsam kam das Jungtier auf sie zu, hockte sich vor Ragna auf die Hinterbeine und hob vorsichtig eine Hand, um die junge Frau zu berühren, sehr behutsam und noch immer ängstlich, doch zugleich voller Neugier. „Wer bist du?" Es waren Gefühle, die sie erreichten, und doch war die Frage in ihnen deutlich zu hören. War es Telepathie, mit dem das Junge kommunizierte, oder hatte Ragnas Gehirn angefangen, die empfangenen Gefühle in Worte umzusetzen? „Wieso kannst du sprechen und die anderen Bestien nicht?"

Wie erstarrt sah Ragna das Junge an und war für eine ganze Weile nicht zu einer Antwort fähig. Bestien? Weshalb hielt dieses kleine Wesen Menschen für Bestien? Es waren doch die Monsteraffen, die Menschen zerrissen, und nicht umgekehrt. Weshalb empfand das Kleine keine Angst mehr vor ihr, sondern brachte ihr plötzlich Vertrauen entgegen, ja berührte sie sogar ohne den Hass, den sie stets in Erwachsenen dieser Art spüren konnte? Zahllose Fragen drohten sie förmlich zu überrollen, doch dann riss sie sich zusammen. Sie und ihre Freunde mussten schnellstmöglich von hier verschwinden, bevor weitere Monsteraffen das Haus betraten und ihnen die Flucht unmöglich machten. „Ich muss gehen, Kleines", antwortete sie auf empathischem Wege, erneut die Gefühle mit erklärenden Bildern ergänzend, und schob sanft die Hand des Jungen fort. Das kurze braune Fell war weicher, als sie angenommen hatte, und grünlich durchzogen, so als würden Algen in ihm wachsen. Das war ihr im Fell Erwachsener dieser Art bisher nie aufgefallen; vielleicht hatte ja nur das Fell von Jungtieren diese leicht grünliche Färbung. Das Junge zog sich ein wenig von ihr zurück, zeigte aber noch immer eher Neugier als Furcht. Ragna war in Versuchung, dem Kleinen beruhigend den Kopf zu kraulen, doch beherrschte sie sich gerade noch rechtzeitig. Dies war kein Haustier, das man streichelte. „Ich werde dir nichts tun", sandte sie stattdessen weitere Gefühle. Sie schluckte schwer, als sie hinzufügte: „Meine Freunde und ich sind keine Bestien und töten keine Kinder."

Bevor sie es sich anders überlegen und ihrer Neugier, die der des Kleinen in nichts nachstand, nachgeben konnte, verließ sie die Küche und schloss die Tür hinter sich ab. Es würde hoffentlich etwas dauern, bis das Junge aus dem Raum entkam; sie mussten bis dahin die Zeit nutzen, um schnellstmöglich zu verschwinden. Mit einem Satz war sie oben und winkte ihren sie fragend entgegenblickenden Freunden zu. „Wir müssen sofort los", sagte sie eindringlich. „Die Monsteraffen könnten jeden Augenblick hier sein. Einen habe ich bereits gesehen." Sie verschwieg, dass es sich um ein verängstigtes Jungtier handelte. Anderenfalls hätte sie vielleicht auch erwähnen müssen, dass dieses mit ihr gesprochen und sie darauf verzichtet hatte, es zu töten. Das hätte zu vieler Erklärungen bedurft, die sie nicht geben wollte und für die jetzt auch keine Zeit war.

Sie wollten gerade zur Treppe gehen, da hörten sie von unten ein lautes Krachen, gefolgt von dem ihnen inzwischen nur zu vertrauten Grollen. Entsetzt sahen sie sich an, dann stürzte Josh zum Fenster und riss es auf. „Verdammt", fluchte er. „Da unten sind auch zwei von denen. Hier können wir nicht entkommen. Die haben das Haus umzingelt."

Und drinnen sind sie auch schon, ergänzte Ragna in Gedanken. War es dem Jungtier doch irgendwie gelungen, Erwachsene seiner Art herbeizurufen? Vielleicht auf geistigem Wege? Nach den Erfahrungen, die sie mit dem Kleinen gemacht hatte, erschien ihr das durchaus möglich. Oder hatten sie nach dem Jungen gesucht? Zu viele Fragen, schalt sie sich selbst, und zu wenig Handlungen. Ich muss etwas unternehmen. „Gibt es auf der anderen Seite Fenster, die wir vielleicht benutzen können?" fragte sie leise in Richtung ihrer Gefährten. „Oder einen Weg auf das Dach?" Doch bevor jemand reagieren konnte, war auch schon ein lautes Poltern auf der Treppe zu hören, die Stufen knarrten bedenklich, dann erschien ein sehr großer Monsteraffe in der Zimmertür und starrte sie mit bohrendem Blick an.

Benny nahm seine kleine Schwester in den Arm und wich zum Fenster zurück, gefolgt von Doyle und Sally, die panisch auf das vor ihnen stehende Verderben blickten. Selbst Jane war so weit aus ihrer Starre erwacht, dass sie nun neben ihrer Tochter stand und sich schwer auf das Fensterbrett stützte, da die Beine unter ihr nachzugeben drohten. Josh stellte sich schützend vor seine Gefährten, während Ragna in Kampfstellung ging, mit ausgefahrenen Krallen und gebleckten Zähnen und sich zwischen ihren Freunden und der Kreatur haltend. Doch diese griff nicht an, musterte stattdessen Ragna prüfend und ließ dann ihren Blick über die im Raum versammelten Menschen gleiten, die sich furchterfüllt gegen das Fenster pressten. Verwirrt stellte Ragna fest, dass kein Hass von dem Wesen ausging, sondern die gleiche Verwunderung, die sie auch in dem Jungen und zuvor auf Mainland gefühlt hatte. Als sie bemerkte, dass sie unwillkürlich den Atem angehalten hatte, ließ sie diesen zischend entweichen, ohne jedoch in ihrer Wachsamkeit nachzulassen.

Der Blick der hellgrünen Augen durchbohrte sie förmlich, und Ragna fühlte Zorn in sich aufsteigen. Die Monsteraffen waren Mörder, die ihre Art ausrotten wollten, und dieser hier ließ sie nur zu deutlich spüren, dass sie und ihre Freunde von seiner Gnade abhängig waren. Beinahe hätte Ragna sich zu einem Angriff hinreißen lassen; nur das Wissen, dass dieses Wesen nicht allein war, hielt sie davon ab, eine solche Dummheit zu begehen. Plötzlich sah der große Affe nach unten, wo sich gerade ein kleines Fellbündel durch seine Beine hindurchquetschte und aus der Sicherheit des großen Körpers heraus zu Ragna aufsah. Das Junge war dem Erwachsenen gefolgt, und Ragna vermutete, dass das Krachen durch das Einschlagen der Küchentür hervorgerufen worden war. Wieder ertönte das fragende Schnarren, die großen Augen glänzten vor Neugier. Wie zuvor in der Küche senkte Ragna instinktiv die Hände, ließ die Krallen aber ausgefahren; das große Tier war weitaus gefährlicher als das Junge. Das Schnarren drang nun auch aus der Brust des erwachsenen Wesens, dann wurde Ragna von einem derart kraftvollen, mit Bildern verbundenen Gefühl getroffen, das sich in ihrem Geist erneut in Worte verwandelte, dass sie zurücktaumelte und die Kreatur mit weit aufgerissenen Augen anstarrte.

„Du kannst wie wir mit dem Herzen sprechen." Dies war eine Feststellung, keine Frage. „Du hast unser Kind nicht getötet, obwohl wir die Kinder eurer Art nicht verschonen. Geht jetzt in Frieden; diesmal werden wir euch nicht töten."

Der große Affe wandte sich ab und verließ den Raum, wobei er das unwillige Junge vor sich herschob, das offenbar gerne noch geblieben wäre, um diesen merkwürdigen Zweibeiner näher zu betrachten. Ragna hörte die beiden die Treppe hinunterlaufen, dann spürte sie, dass sich alle braunfelligen Kreaturen vom Haus entfernten. Immer noch fassungslos starrte sie auf den nun leeren Türrahmen, dann zog sie die Krallen ein und drehte sich schwer atmend zu ihren Freunden um, die sie ebenso verstört ansahen, wie sie sich fühlte.

„Was war das denn?" Doyle flüsterte nur, so als befürchtete er, das Tier könnte zurückkommen, sollte er zu laut sprechen. „Weshalb hat das Ding uns nicht angegriffen? Die zögern doch sonst nicht, uns in Stücke zu reißen."

Auch Bennys Gesicht war ein einziges Fragezeichen. „Das war ein Jungtier", sagte er ebenso leise wie zuvor Doyle, während er unwillkürlich seine kleine Schwester enger an sich drückte. „Wollte das Biest nur sichergehen, dass ihm keine Gefahr droht? Das wäre aber doch gerade ein Grund gewesen, uns alle abzuschlachten."

Ragna sah eine Weile wortlos auf den Boden, dann riss sie sich zusammen und wies auf die Tür. „Wir sollten jetzt gehen. Mein Gefühl sagt mir, dass wir zumindest für eine Weile unbehelligt bleiben werden. Die Zeit sollten wir nutzen, um Greenock zu verlassen und möglicherweise irgendwo ein Boot zu finden, mit dem wir die Mündung des Clyde überqueren können." Alles in ihr sträubte sich dagegen, ihren Freunden zu erklären, was wirklich geschehen war. Sally wusste zwar von ihren empathischen Fähigkeiten, doch wie sollte sie ihr und den anderen begreiflich machen, dass diese Wesen mit ihr sprachen, dass sie ihre Freunde offenbar nur um ihretwillen verschonten? Würden ihre Freunde ihr gegenüber nicht misstrauisch werden und befürchten, dass sie sie irgendwann an die Monsteraffen verriet, an Wesen, die für den Tod so vieler Menschen, darunter Verwandte und Freunde, verantwortlich waren? Lieber ließ sie die Freunde im Ungewissen und behauptete, dass ihre Instinkte ihr versicherten, der Weg sei diesmal für sie frei.

Da alle bestrebt waren, das Haus so schnell wie möglich zu verlassen, fragten Ragnas Freunde nicht weiter nach, sondern schulterten die Rucksäcke und eilten die knarrende Treppe hinunter. Die Wesen hielten Wort: Nirgendwo war

einer der Monsteraffen zu sehen, als sie die Straße hinunter-
liefen und den Ort verließen. Wenn sie nicht riesige Umwege
über gefährliches Land auf sich nehmen wollten, würden sie
eine Möglichkeit finden müssen, nach Dunoon überzusetzen
und den Loch Fyne zu überqueren, um nach Kintyre zu gelangen. Der erste Schritt würde ihnen bald bevorstehen, und
es war keineswegs sicher, dass sie für die Überfahrt einen
schwimmenden Untersatz auftreiben würden. Während sie
sich von der Stadt entfernten stießen sie weiterhin auf keine
der Kreaturen; diese schienen sich tatsächlich zurückgezogen
zu haben, ließen sie unbehelligt ziehen. Doch Ragna wusste,
dass sie nicht damit rechnen konnte, dass dies auch in Zukunft so bleiben würde.

Der Ort lag bereits ein gutes Stück hinter ihnen, da wandte
Josh sich noch einmal zu den Häusern um und blieb abrupt
stehen. Die Freunde sahen ihn fragend an und folgten dann
seinem Blick, der auf die Stadt gerichtet war. „Was ist das?"
fragte der Amerikaner verblüfft und wies auf ein riesiges Gebilde, das wie eine fliegende Matratze vor der Stadt in der
Luft hing und sich langsam darauf zubewegte. Seine Ränder
verformten sich ständig durch die Bewegungen der silbrig
schimmernden Masse in seinem Inneren, die sich zusammenzog und wieder ausdehnte und auf diese Weise das Gebilde
voranbrachte. „Wie eine riesige Amöbe", hauchte Sally verwirrt. „Das Ding sieht lebendig aus, die in seinem Inneren
fließende Materie wie Plasma. Wie zum Teufel hält es sich in
der Luft? Es schwebt ganz offensichtlich und trotzdem bewegt es sich, als befände es sich auf festem Boden."

Das amöbenartige Wesen hatte nun die Stadt erreicht und
bildete ein Pseudopodium aus, das wie tastend über die Front
eines Hauses strich und das Gebäude schließlich mit einer
dichten Schicht von silbrigem Plasma überzog. Bald waren

von dem Haus nur noch vage Umrisse zu erkennen und auch diese lösten sich mehr und mehr auf. Weitere Pseudopodien reckten sich aus dem offenbar unbegrenzt verformbaren Körper, und nach etwa einer Stunde war die ganze Stadt einschließlich der Hafenanlagen und Werften vollständig unter dem schimmernden Schleim verschwunden. Wie festgefroren beobachteten die Gefährten aus sicherer Entfernung das Geschehen; selbst Jane konnte sich dem sowohl beängstigenden wie auch faszinierenden Anblick nicht entziehen. Die alles bedeckende Masse pulsierte rhythmisch und schien immer mehr anzuschwellen, als würde sie aufgeschäumt, doch behielt sie ihr stetiges Fließen im Inneren des nun die Landschaft beherrschenden Körpers bei. Zwei weitere Stunden vergingen, doch die Gefährten waren nicht in der Lage, weiter ihrem Weg zu folgen, so als wären sie zu Stein erstarrt. Der bizarre Anblick zog sie völlig in seinen Bann. Als sich die Riesenamöbe schließlich wieder zu einer halbwegs klar umrissenen Form zusammenzog, nun deutlich größer und voluminöser als zuvor, war von der Stadt nichts mehr zu sehen, so als hätte sie nie existiert.

Die Freunde standen noch immer wie gelähmt da, den Blick auf das schwebende Objekt gerichtet, das nun landeinwärts davonzog. Suchte es nach weiteren Städten, die es sich einverleiben konnte? Ragna bemerkte einige der Monsteraffen, die langsam dem schimmernden Gebilde folgten, als würden sie es vor sich hertreiben wie ein Schäfer seine Herde. Sie waren zu weit entfernt, als dass Ragnas Freunde sie hätten sehen können; dazu bedurfte es ihrer scharfen Augen. Ragnas Herz schlug wie rasend, ihr Atem ging stoßweise und sie zitterte leicht. Diese Wesen wurden ihr immer unheimlicher, und sie erkannte so deutlich wie nie zuvor, dass mit ihnen den Menschen ein Gegner erwachsen war, dem sie mit großer Wahrscheinlichkeit letztendlich unterliegen würden. Was konnte ihre Art auch Wesen entgegensetzen, die ihnen nicht nur körperlich und vielleicht auch geistig überlegen waren, sondern ebenfalls über derartige Waffen und Verbündete verfügten? Nach dem eben Erlebten hatte Ragna keine Zweifel mehr daran, dass die Monsteraffen die riesige Seeschlange auf den Kutter gehetzt hatten. Das Militär hätte vielleicht mit seinem Arsenal des Schreckens etwas ausrichten können, doch das schien nur noch in Resten zu existieren. Die Zivilbevölkerung verfügte jedenfalls nicht über die Mittel, sich solchen Gegnern erfolgreich entgegenzustellen.

„Das Ding hat Greenock vernichtet." Doyle flüsterte nur und das gleiche Entsetzen, das Ragna verspürte, lag in seiner Stimme. „Es ist absolut nichts übrig geblieben von der Stadt, den Werften und allem. Selbst die Straßen sind verschwunden, und wo sich zuvor die Kanalisation befand, sind nur noch tiefe Gräben zu sehen. Genau wie an dem Ort, an dem sich Charltons Rock befand, nur dass es dort nicht einmal mehr Gräben gab. Was geschieht hier mit unserer Welt, verdammt noch mal!"

Sally ergriff Ragnas Hand und drückte sie so fest, dass es schmerzte, doch Ragna versuchte nicht, sich der Freundin zu entziehen. „Doyle hat recht", sagte sie. „Es muss dieses Ding gewesen sein, das unsere Heimat vernichtet hat. Und ich habe so eine Ahnung, dass das auch mit den Militäranlagen passiert ist. Die wurden aufgelöst, bevor sie auch nur eine Rakete abfeuern konnten. Das wäre eine Erklärung für das unheimliche Schweigen unseres Militärs." Sie schauderte und zog ihre Mutter an sich, die fassungslos auf die nun leere Ebene blickte. Jane hatte keine Möglichkeit gehabt, die Einöde zu sehen, wo sich eigentlich ihre Heimatstadt befinden sollte, doch nun bekam sie eine Vorstellung davon, wie es dort aussehen musste. Die Welt der Menschen schien mehr und mehr zu zerfallen; es gab bald keinen Ort mehr, an den sie fliehen konnten und nun war vor ihren Augen eine ganze Stadt vollkommen aufgelöst worden. So fremdartig die Kreaturen selbst auch waren, ihre Verbündeten waren um ein Vielfaches schrecklicher und effektiver in der Vernichtung der Menschen und ihrer Werke. „Wer immer dahintersteckt, er will nichts von uns übrig lassen", sprach Sally die Gedanken der Freunde laut aus. Auch sie zitterte nun und war kaum noch in der Lage, ihre Furcht zu beherrschen, die sie dazu veranlassen wollte, schreiend davonzulaufen. Dass es ihren Freunden ähnlich erging, war deren blassen Gesichtern und grauenerfüllten Augen deutlich anzusehen.

Josh gelang es als Erstem, sich von dem Anblick der Ödnis, die zuvor eine Stadt gewesen war, loszureißen. „Wir sollten sofort verschwinden", sagte er mit rauer Stimme. „Ich sehe zwar momentan keines dieser Biester, aber wenn die uns bemerken, sind wir geliefert. Oder falls dieses schwebende Monster zurückkehren sollte."

Das genügte, um die Freunde aus ihrer Erstarrung zu reißen und sich hastig wieder auf den Weg zu machen. Schweigend stapften sie nebeneinander her; niemand sprach über das soeben Erlebte, da sie noch immer fassungslos waren und versuchten, dafür eine Erklärung zu finden. Was war das für ein Gebilde gewesen? Doyle starrte auf den Boden, während er seinen Freunden folgte, da er fürchtete, unabsichtlich einen Blick auf den hinter ihnen abziehenden Schrecken zu werfen. Was würde geschehen, wenn es eine Stadt von der Größe Seouls verschlang? Der Koreaner schauderte bei dem Gedanken an eine riesige, durch den Himmel schwimmende Amöbe von der Größe eines Berges.

Am späten Nachmittag erreichten sie die Küste und blickten vollkommen verblüfft auf ein großes Ruderboot, das dort halb auf das Ufer gezogen lag und offensichtlich unbeschädigt war. „Das nenne ich Glück!" rief Josh und grinste erfreut. „Endlich einmal Glück. Das Boot muss den Biestern entgangen sein. Schieben wir es gleich ins Wasser, damit wir die Mündung noch vor dem Dunkelwerden überqueren können."

Ragna sah sich vorsichtig um, suchte die Gegend mit all ihren Sinnen ab, doch weder Monsteraffen noch Seeschlangen oder häuserfressende Riesenamöben schienen in der Nähe zu sein. Stumm half sie, das Boot ins Wasser zu schieben, und während Josh und Sally kurz darauf die Ruder kraftvoll durchzogen sah sie zum sich langsam entfernenden Ufer zurück. Obwohl sie nun wusste, dass diese Wesen Empathen waren wie sie, würden sie weiter auf der Hut vor ihnen und ihren Verbündeten sein müssen und konnten nur hoffen, unbemerkt zu bleiben und schließlich Carracán zu erreichen. Doch sie würden viel Glück hierfür brauchen; die Monsteraffen beherrschten das Land, die Seeschlangen das Meer, und nun schwebten auch noch gefräßige Riesenamöben durch die Luft, die weder an das eine noch an das andere gebunden waren. Es gab offenbar keinen Platz mehr für die Menschen, die gnadenlos immer weiter zurückgedrängt und dezimiert wurden, auch wenn Ragna nicht wusste, ob dies tatsächlich überall auf der Erde der Fall war. Eine unbarmherzige Macht hatte beschlossen, die Menschheit und ihre Werke auszurotten, und Ragna fragte sich, ob es überhaupt noch eine Zukunft für sie und ihre Freunde geben würde, sollten ihre Feinde mit ihrem Vorhaben erfolgreich sein.

Kintyre

Viele Tage anstrengender Wanderung, des sich Verbergens und der Plünderung der wenigen Häuser, an denen sie vorbeikamen, lagen hinter ihnen. Es gelang ihnen, den Monsteraffen aus dem Weg zu gehen, was wohl auch der Tatsache zuzuschreiben war, dass die Landschaft, die sie durchquerten, karg und von Menschen verlassen war. Der Meeresarm Loch Fyne stellte sie vor ein großes Problem: Hier wartete kein Boot auf sie, und doch mussten sie ihn überqueren, wollten sie keinen großen Umweg in Kauf nehmen. Sie hatten schon aufgeben und doch das Nordende des Lochs umwandern wollen, da entdeckte Benny die angeschwemmten Überreste eines ehemaligen Ausflugsbootes, das zwar wirkte, als wäre es mit einem riesigen Hammer bearbeitet worden, aber teilweise noch schwimmfähig genug war, dass man ein provisorisches Floß aus den nicht zerstörten Rumpfteilen bauen konnte. Das kostete sie einen ganzen Tag harter Arbeit, zumal sie vorsichtig sein mussten und keinen Lärm erzeugen durften, doch hätte die Umrundung des Nordendes deutlich länger gedauert. Der nächste Tag bescherte ihnen ruhiges Wetter, sodass sie sich mit dem Floß auf das Wasser wagten, und trotz einiger kritischer Situationen gelang es ihnen, den Loch Fyne zu überqueren und auf der anderen Seite an Land zu gehen.

Jetzt durchquerten sie bereits die karge Halbinsel Kintyre, und auch wenn es bis zu ihrem Ziel Campbeltown noch weit war, wuchs ihre Hoffnung, bald nach Nordirland übersetzen zu können, mit jedem Tag, an dem es ihnen gelang, eine Begegnung mit den Monsteraffen zu vermeiden. Hätte nicht diese ständige Bedrohung wie ein Damoklesschwert über ihnen gehangen, wären sie schon lange in dem ehemaligen Fährhafen eingetroffen, doch das ständige Sichern, sich Verstecken sowie die Notwendigkeit, Lebensmittel finden zu müssen, verlangsamte sie stark. Ragna schätzte, dass sie noch zwei Tage bis zu der kleinen Stadt brauchen würden, und sie konnten nur hoffen, dort etwas zu finden, das ihnen das Übersetzen nach Nordirland ermöglichte.

Sie rasteten in einem windschiefen Schuppen, der ein wenig Schutz vor dem herabprasselnden Regen bot, der sie schon seit zwei Tagen begleitete. Es wurde dunkel und sie beschlossen, die Nacht hier zu verbringen. Da sie keinen Kocher mehr besaßen und alles Brennbare, das sie vielleicht draußen hätten finden können, zu nass für ein Feuer war, aßen sie die Speisen kalt direkt aus den Dosen. Sie hüllten sich in die Wolldecken, die sie aus dem Haus in Greenock mitgenommen hatten, und Benny wärmte die kleine Liz zusätzlich, indem er sie dicht an sich gedrückt hielt. Die Kleine schlief bald ein, doch die Erwachsenen hatten Mühe, es ihr gleichzutun. Zu sehr standen sie unter der Anspannung des ständigen Ausschauhaltens nach Gefahren und sich Verbergens, sodass sie trotz Dunkelheit und Erschöpfung nur schwer zur Ruhe kamen.

„Glaubt ihr, wir werden in Campbeltown ein Boot finden?" Benny flüsterte nur, um seine Schwester nicht zu wecken. Das Schweigen seiner Freunde war ihm Antwort genug und er seufzte leise. „Wir haben auf dem Weg hierher keine Menschen gesehen. Haben die Biester inzwischen alle getötet oder sind die Überlebenden geflohen? Ich bin immer noch verwundert, dass sie uns in Greenock haben ziehen lassen."

Darauf hätte Ragna eine Antwort geben können, doch noch immer verschwieg sie ihren Freunden, was wirklich geschehen war. Auch wenn Sally, Benny und Doyle offenbar mit ihrer Andersartigkeit umgehen konnten, wollte sie nicht, dass ihre Freunde sie für noch merkwürdiger hielten, als sie dies wohl ohnehin schon taten. Jane sah sie noch immer verunsichert von der Seite an, wenn sie glaubte, Ragna würde es nicht bemerken, und Josh wahrte deutlich Distanz zu ihr. Außerdem wusste Ragna nicht, ob diese Gemeinsamkeit, die sie mit den Monsteraffen aufwies, ihnen noch einmal das Leben würde retten können, und sie wollte diesbezüglich keine falschen Hoffnungen in ihnen wecken. „Schlaft jetzt", sagte sie deshalb nur. „Ich übernehme die erste Wache."

Bald zeigten ihr tiefe Atemzüge, dass ihre Begleiter tatsächlich eingeschlafen waren, und müde lehnte sie sich an die Wand des Schuppens. Doch nur wenige Minuten später fuhr sie förmlich in die Höhe und lauschte angespannt in den Regen hinaus. Ja, sie hatte sich nicht verhört: Schritte näherten sich dem Schuppen, dann tastete sich der Strahl einer Taschenlampe durch einen Spalt in der Wand und blendete sie kurzzeitig. Die Erinnerung an Angus, der scheinbar friedlich den Unterstand mit ihnen geteilt und sie dann später mit einer Waffe bedroht hatte, ließ sie sich mit ausgefahrenen Krallen neben der Tür an die Wand drücken und angespannt das Näherkommen des Fremden erwarten. Würde er den Schuppen betreten? Ragna würde kein Risiko eingehen, sollte der Fremde tatsächlich hereinkommen.

Die Tür knarrte leicht, als sie aufgedrückt wurde, und ein großer breitschultriger Mann duckte sich unter dem niedrigen Türrahmen, bevor er den kleinen Raum betrat. Verblüfft starrte er im Licht seiner Taschenlampe auf die schlafenden Menschen, die gerade erwachten und verwirrt zu ihm hochsahen. Doch bevor er etwas tun oder sagen konnte, wurde er gegen die Wand geschleudert und erschrocken sah er auf lange scharfe Krallen, die an seine Kehle gedrückt, und auf ebenso scharfe Reißzähne, die gefletscht wurden. „Wer bist du?" knurrte Ragna und ihre Augen blitzten gefährlich. „Was willst du hier?"

Der Mann schluckte schwer, und ohne den Blick von Ragnas natürlichen Waffen abzuwenden, sah er seine Angreiferin beinahe flehend an. „Ich bin Brian. Der Schuppen gehört zu unserem Hof. Ich hatte nach unseren Rindern geschaut und wollte schnell noch Hammer und Nägel aus dem Schuppen holen, um morgen den Zaun an einer Stelle zu reparieren, die heruntergetreten worden war. Sonst können wir unsere Tiere bald auf ganz Kintyre suchen gehen."

Ragna fühlte, dass der Mann die Wahrheit sprach, und so ließ sie ihn los und zog die Krallen wieder ein. „Tut mir leid", brummte sie. „Wir haben schlechte Erfahrungen gemacht, deshalb sind wir besonders vorsichtig. Ist es in Ordnung, wenn wir heute Nacht hier bleiben? Das Wetter ist ziemlich unfreundlich und wir sind erschöpft von unserer langen Wanderung."

Brian nickte ihr zu, sichtlich erleichtert, dass Ragna ihn nicht mehr bedrohte. „Kein Problem", antwortete er freundlich, wenn auch immer noch mit leicht zittriger Stimme. Er wies mit einer Kopfbewegung auf ihre Hände. „Sind noch mehr von euch so… bewaffnet? Ich meine, das ist schon sehr merkwürdig, oder?"

„Nein, ich bin der einzige Freak in unserer Gruppe", antwortete Ragna mit einem Knurren in der Stimme, und Brian lächelte ihr besänftigend zu. „Ist bestimmt hilfreich in diesen gefährlichen Zeiten. Auf unserem Hof wäre es übrigens für euch deutlich angenehmer, vor allem für das kleine Mädchen. Ich gehe jetzt heim; für die Reparatur des Zauns ist es bereits zu dunkel. Wollt ihr nicht mitkommen? Wenn euch Sofas und Matratzen auf dem Boden reichen könnt ihr bei uns schlafen. Heißen Tee und eine warme Suppe haben wir auch für euch."

„Euer Hof wurde noch nicht überfallen?" Sally war ihr Erstaunen deutlich anzuhören. „Wir haben auf unserem Weg von Greenock hierher keine Menschenseele mehr gesehen, zumindest nicht lebend. Euer Anwesen muss sehr abgelegen sein, wenn die Monsteraffen euch noch nicht gefunden haben."

„Nein, bei uns ist alles in Ordnung", antwortete Brian. „Wir hatten allerdings schon vor Beginn des Angriffs wenig Kontakt zu unseren Nachbarn, zumal Kintyre nicht gerade dicht besiedelt ist. Wir würden uns wirklich freuen, euch bei uns aufnehmen zu können. Wir leben sehr abgeschieden, haben nur am Rande etwas von dem Überfall dieser Wesen mitbekommen. Ihr könntet uns berichten, was in der Welt vor sich geht."

„Nichts Gutes", knurrte Josh, erhob sich aber und packte seinen Rucksack. Auch wenn er noch immer ein tiefes Unbehagen Ragna gegenüber empfand, ihren Instinkten vertraute er. Die anderen erhoben sich ebenfalls und packten ihre Sachen zusammen. „Vielen Dank für die Einladung", sagte Benny und lächelte Brian zu. „Euer Hof ist sicher wesentlich gemütlicher als dieser Schuppen hier. Wir kommen gerne mit."

Kurze Zeit später stapften sie mit eingezogenen Köpfen durch den Regen. Sie folgten Brian, der trotz der Dunkelheit mit sicheren Schritten voranging, mit der Taschenlampe den Boden vor sich ausleuchtend, damit sie Hindernisse frühzeitig erkennen konnten. Nur eine halbe Stunde später sahen sie die Lichter eines Hauses vor sich und hielten darauf zu. Das Haupthaus war von mehreren Ställen und Anbauten umgeben, die gemeinsam ein großes langgestrecktes U bildeten. In einem der Ställe hörten sie einige Hühner verschlafen gackern, eine Katze suchte Schutz unter einem Vordach und sah ihnen neugierig entgegen, während ein Border Collie schwanzwedelnd auf Brian zulief und dann neugierig an den Fremden schnupperte. „Komm lieber mit rein, mein Junge", sagte der Bauer freundlich zu dem Hund. „Vor dem Kamin ist es viel gemütlicher als hier draußen."

Das ließ sich der Hund nicht zweimal sagen; offenbar hatte ihn nur sein Pflichteifer dazu bewogen, hier draußen auf seinen Herrn zu warten. Sie betraten eine langgestreckte Diele, wo sie ihre Mäntel und Jacken auf Haken hingen, dann folgten sie Brian in ein großes Wohnzimmer, das von einem Kaminfeuer angenehm erwärmt wurde. Eine Frau von etwa dreißig Jahren sah von einer Näharbeit hoch und zog verwundert die Augenbrauen hoch, als sie die Gruppe erblickte, die Brian mitgebracht hatte. „Wer ist das?" fragte sie. „Es ist lange her, dass wir andere Menschen gesehen haben. Ich dachte, alle seien geflohen."

Brian wies einladend auf ein leeres Sofa und zwei neben dem Kamin stehende, ebenfalls nicht besetzte Sessel, und die Freunde ließen sich nur zu gerne in die weichen Polster sinken. „Ich habe sie in unserem Schuppen gefunden", antwortete Brian. „Wollte dort Hammer und Nägel holen, um ein niedergetretenes Stück Zaun zu reparieren. Ich bin sicher, das war wieder Betty. Die macht sich geradezu einen Spaß daraus, uns beschäftigt zu halten."

Die Frau lachte und nickte amüsiert. „Ja, sie treibt gerne Schabernack mit uns. Ich würde dem Mädel ja gerne mal den Hintern versohlen, aber dann schaut sie einen mit ihren großen Augen treuherzig an und man kann ihr einfach nicht mehr böse sein." Sie wandte sich ihren Gästen zu. „Ich bin Megan. Die Kinder schlafen schon und unsere Freunde arbeiten noch in der Scheune, wo sie den Boden reparieren. Der Winter steht vor der Tür und der kann hier auf Kintyre ganz schön rau sein. Da brauchen unsere Tiere Schutz." Sie legte ihre Näharbeit beiseite und erhob sich. „Ich koche Tee und schau mal, was wir für euch zum Essen haben. Dann erzählt ihr uns, woher ihr kommt und was ihr erlebt habt. Wir sind neugierig zu erfahren, was draußen in der Welt vor sich geht. Das Wenige, was bisher zu uns durchgedrungen ist, klang alles andere als gut und hat uns davon abgehalten, die Umgebung des Hofes zu verlassen. Deshalb sind wir wirklich froh über euren Besuch."

Bald standen heißer Tee und Teller mit dampfender Suppe vor den Gefährten. Genussvoll tunkten sie offensichtlich selbst gebackenes Brot in die Suppe und aßen schweigend, bis die Teller geleert waren. Dann lehnten sie sich zurück und Sally erzählte ihren Gastgebern, wer sie waren und was sie alles erlebt hatten, seit sie aus Birmingham hatten fliehen müssen. Sie hatte gerade erst mit ihrem Bericht begonnen, da betraten die drei anderen erwachsenen Bewohner des Hofes das Wohnzimmer und setzten sich zu ihnen. Sie stellten sich als Maggie, Esme und John vor und waren ebenso neugierig auf den Bericht der Gäste wie Megan und Brian. Es dauerte lange, bis Sally zum Ende kam, zumal ihre Mutter sowie ihre Freunde mehrmals ihre Erzählung ergänzten und Josh eine ganz eigene Geschichte zu erzählen hatte. Jane nahm endlich wieder Anteil an dem, was um sie herum geschah, worüber Sally sehr froh war. Die Starre und das Schweigen der Mutter hatten ihr sehr zugesetzt; jetzt schien Jane wieder in der Lage zu sein, auf sich selbst aufzupassen. Benny hielt Liz im Arm, die, kaum dass sie ihre Suppe aufgegessen hatte, eingeschlafen war, und beobachtete ihre Gastgeber, die Sally aufmerksam zuhörten. Es schienen freundliche Menschen ohne böse

Absichten zu sein, doch in diesen gefährlichen Zeiten blieb man besser wachsam.

„Ihr habt wirklich großes Glück gehabt." Esme, eine Schwarze mit Manchester-Dialekt, die auf einem Kissen neben dem Kamin saß, schenkte sich Tee ein und lehnte sich an die Wand, den Becher in der Hand. „Ich habe diese Wesen bisher nur einmal gesehen, auf der unteren Weide, wo ich gerade Bucks Vorderbein mit Salbe einrieb, das er sich an einem Felsen gestoßen hatte. Buck ist ein ziemlicher Wildfang, sehr temperamentvoll für einen Isländer, hat aber ein gutes Herz. Drei von ihnen standen auf einem Hügel und sahen zu uns herüber. Ich hätte sie gar nicht bemerkt, doch Buck stieß mich an und schnaubte in ihre Richtung. Wir starrten eine ganze Weile zu ihnen herauf, sie zu uns herunter, dann wandten sie sich ab und verschwanden. Ihr könnt euch vorstellen, dass mir ein ganzer Felsblock vom Herzen fiel. Das, was wir gehört haben von diesen Wesen, kann einem schon Angst machen."

Megan nickte bestätigend. „Wir anderen sind ihnen noch nicht begegnet, obwohl wir manchmal das Gefühl haben, dass sie uns beobachten. Da wir wissen, dass sie Menschen nicht wohlgesonnen sind, befürchten wir natürlich, dass auch wir eines Tages angegriffen werden. Wir haben daran gedacht, wie viele andere aufs Meer hinaus zu fliehen, doch wir können unsere Pflanzen und Tiere nicht im Stich lassen." Sie bemerkte die verwunderten Blicke ihrer Gäste und seufzte leise. „Wir sehen manche Dinge anders als viele unserer ehemaligen Nachbarn. Unsere Tiere sind Freunde für uns und wir fühlen uns für sie ebenso verantwortlich wie für unsere Kinder. Das gilt auch für die von uns angebauten Pflanzen, die unsere Fürsorge benötigen. Wir hätten nur wenige Tiere mitnehmen können, viele hätten zurückbleiben müssen, die

Felder und der Garten sowieso. Ihr Wohlergehen ist uns das Risiko wert."

„Versteht uns nicht falsch", sagte Benny besänftigend. „Mir gefällt eure Einstellung und meinen Freunden sicherlich auch. Es ist nur eben nicht das Übliche. Ich komme aus einer landwirtschaftlich geprägten Gegend, und glaubt mir, eure Sichtweise ist nicht weit verbreitet. Leider", seufzte er und nickte Brian lächelnd zu. „Du hast aber sicher bemerkt, dass es auch in unserer Gruppe ungewöhnliche Menschen gibt."

Brian erinnerte sich noch gut an Ragnas Krallen und Reißzähne und erwiderte ein wenig gequält sein Lächeln. „Deine Freundin ist noch krasser als Maggie mit ihren Gesangseinlagen. Ich muss allerdings zugeben, dass unsere Pflanzen tatsächlich besser wachsen trotz des rauen Klimas, seit sie ihnen während der Wachstumsphase regelmäßig ein Ständchen bringt." Er lachte laut auf, als er das Erstaunen in den Gesichtern der Gäste sah. „Ja, sie stellt sich tatsächlich jeden Morgen auf das Feld und in den Garten und singt ihnen Lieder vor. Sie hat eine gute Stimme, es scheint den Pflanzen zu gefallen. Ihr haltet uns jetzt wahrscheinlich für Spinner, oder sehe ich das falsch?"

Maggie kicherte vergnügt vor sich hin, schwieg aber und widmete sich ihrem Tee. Sally, Doyle, Ragna und Benny schüttelten abwehrend den Kopf, während Josh und Jane sich eines Kommentars enthielten. „Ich habe da unter Esoterikern schon viel merkwürdigere Leute gesehen", erwiderte Benny. „In der Nähe meines Elternhauses gab es einen Ashram, in dem die Bewohner den ganzen Tag bei jeder Witterung fast nackt im Matsch saßen und laut vor sich hin rezitierten. Offenbar glaubten sie, dass diese Kasteiung ihnen schneller zur Erleuchtung verhelfen würde."

„Wir sind keine Esoteriker", widersprach John ernst. „Wir tun einfach nur, was wir für richtig halten. Wir sind doch alle miteinander verbunden, die Pflanzen, Tiere und Menschen, und wir haben kein Recht, uns über unsere Mitgeschöpfe zu stellen. Wir brauchen sie, müssen auch gelegentlich einige von ihnen töten, damit wir zu essen haben, doch dafür geben wir ihnen Schutz, Nahrung und Zuwendung, ermöglichen ihnen ein schönes Leben, soweit wir dies können. Ist das wirklich so merkwürdig?"

Ragna überkam eine erste Ahnung, weshalb dieser Hof bisher nicht überfallen wurde. Sie war von den Monsteraffen zweimal verschont worden, weil diese bemerkt hatten, dass Ragna in der Lage war, sich mit anderen Wesen auf geistige Weise zu verbinden und wie sie über empathische Fähigkeiten verfügte. Außerdem war sie trotz der Gnadenlosigkeit der Kreaturen menschlichen Kindern gegenüber nicht in der Lage gewesen, ihr Junges zu töten. Die Menschen auf diesem Hof brachten ihren Mitgeschöpfen Liebe, Verständnis und Respekt entgegen, selbst wenn sie gelegentlich einige von ihnen töten mussten, um selbst zu überleben. Esme hatte ihnen erzählt, dass sie von den Monsteraffen bemerkt, aber nicht angegriffen worden war. Bilder freigelassener Haustiere erschienen vor Ragnas innerem Auge; sie hatten, soweit sie das beurteilen konnte, auf konventionell bewirtschafteten Höfen gelebt, oft in Massentierhaltungen. Hatte sie sich geirrt und diese Wesen griffen die Menschen gar nicht wahllos an? Nicht zum ersten Mal fragte sie sich, wovon sie eigentlich lebten. Sie hatte bisher keinen Tierkadaver entdeckt, der offensichtlich Opfer der Kreaturen geworden war. Auch die getöteten Menschen wurden nicht gefressen, sondern nur zerrissen.

„Es muss schwer sein, in dieser Gegend Landwirtschaft zu betreiben", begann sie vorsichtig. „Wie schützt ihr eigentlich eure Pflanzen vor Schädlingen? Ernteausfälle könnt ihr euch sicher nicht leisten."

Megan lachte leise auf. „Da bist du nicht die Erste, die das fragt. John kennt sich sehr gut mit Bodenanreicherung aus, mit natürlicher Düngung und so, Maggie ist unsere Pflanzenfee. Sie weiß, welche Pflanzen die Insekten und anderen Wirbellosen, die unseren Acker- und Gartenpflanzen gefährlich werden könnten, nicht mögen, und pflanzt sie sozusagen als Schutzwall um die Nutzpflanzen herum. Ihr Geruch hält die Tiere fern, zumindest weitgehend. Ein wenig Ernteausfall haben wir immer, aber der hält sich in Grenzen. Für uns bleibt immer noch genügend übrig."

Ragnas Verdacht verstärkte sich, doch was bedeutete dies nun für sie und ihre Gruppe? Für die Menschen ganz allgemein? Viele Menschen hatten sich weit von der Natur entfernt, vor allem die in Städten lebenden. Die natürlichen Ressourcen wurden gnadenlos ausgebeutet, in den meisten Fällen zu Lasten der wildlebenden Pflanzen und Tiere. Verschärft wurde dieser Konflikt durch die rasant wachsende menschliche Bevölkerung, die immer mehr Land und Ressourcen benötigte. Waren die Monsteraffen erschienen, um dies zu beenden?

„Was ist los, Ragna?" Sally klang besorgt und sie hob den Kopf, um sie anzusehen. Der Freundin war offenbar aufgefallen, wie niedergeschlagen sie war, und sie lächelte ihr traurig zu. „Mir ist nur gerade der Gedanke gekommen, dass die Monsteraffen uns Menschen vielleicht als Schädlinge betrachten, die alles andere Leben bedrohen, und dass sie deshalb versuchen, uns auszulöschen. Megan und ihre Freunde verhalten sich anders, deshalb wurden sie bisher verschont."

Jeder im Raum starrte sie zutiefst verwundert an. „Das musst du uns näher erklären", sagte schließlich Benny mit unsicherer Stimme. Auch ihre anderen Gefährten sowie ihre Gastgeber sahen sie auffordernd an und sie räusperte sich, um den Kloß, der ihr im Hals steckte, loszuwerden. „Wenn ich mir alles ins Gedächtnis zurückrufe, was wir bisher mit diesen Wesen erlebt, was wir von ihrem Verhalten gesehen haben, kann ich zu keinem anderen Schluss kommen. Und... nun, meine Freunde wissen das, ich nehme etwas mehr wahr als die meisten anderen Menschen." Ragna schluckte schwer und starrte ihre Hände an; sie fürchtete, was sie vielleicht gleich in den Gesichtern ihrer Freunde sehen würde. „Ich... ich kann die Gefühle anderer Wesen spüren und auf diesem Weg auch Kontakt mit ihnen aufnehmen. Die Monsteraffen haben im Haus in Greenock auf die gleiche Weise sozusagen mit mir gesprochen, nur wenige Worte, aber ich habe sie deutlich gehört. Und weil ich auf die gleiche Weise wie sie kommunizieren kann, haben sie uns ziehen lassen, zumindest dort." Dass auch das von ihr verschonte Jungtier dabei eine Rolle gespielt hatte, verschwieg sie lieber.

Es war totenstill im Raum. Ragna spürte, wie verwirrt nicht nur ihre Gefährten, sondern auch ihre Gastgeber waren, doch nach einer Weile kam Sally zu ihr herüber und setzte sich neben Ragna auf die Sessellehne. „Ich wusste ja bereits von deinen empathischen Fähigkeiten", sagte sie und strich ihr sanft über die Wange. „Dass deine Verbindung so weit geht, hatte ich allerdings nicht vermutet."

„Ich weiß es auch erst seit Greenock", antwortete Ragna leise. „Und es hat mich mindestens ebenso sehr überrascht wie dich jetzt. Ich hasse diese Wesen für das, was sie uns Menschen antun, was sie Eddie, Kate und den Bensons angetan haben, doch jetzt weiß ich nicht mehr, was ich denken soll. Sie… sie bezeichnen uns als Bestien, obwohl doch sie es sind, die sich wie Untiere verhalten."

„Sie sind die Bestien!" stieß Josh wütend hervor. „Sie zerreißen uns, wo immer sie uns begegnen, sogar wehrlose Kinder. Sie hetzen andere Ungeheuer wie die riesige Seeschlange auf uns, um uns dort zu erwischen, wo sie selbst nicht an uns herankommen. Und dieses fliegende Monster radiert ganze Städte aus. Mit so etwas spricht man nicht, man versucht, es auszulöschen!"

Die Anklage sprang Ragna förmlich an, und erschrocken starrte sie auf den bisher so gleichmütigen Amerikaner. Sein Unbehagen ihrer Andersartigkeit gegenüber hatte sich offenbar zu Abneigung und unverhohlenem Misstrauen gesteigert, was durch die Erkenntnis, dass die Monsteraffen mit ihr sprachen und sie aus für ihn nicht nachvollziehbaren Gründen verschonten, weiter genährt wurde. Zumindest in Bezug auf Josh hatten sich Ragnas Befürchtungen bestätigt, und Jane schien ihr gegenüber ähnlich zu empfinden. Nur Sally zuliebe schwieg sie, doch ihr war anzusehen, dass ihr ähnliche Worte auf der Zunge lagen, wie Josh sie ausgesprochen hatte.

„Selbst mit einem dieser Biester wird Ragna kaum fertig", verteidigte Sally ihre Freundin, wobei sie Josh finster ansah. „In Greenock war das Haus von einer ganzen Horde umzingelt gewesen. Hätte sie versucht, gegen das Viech im Schlafzimmer zu kämpfen, wären die anderen dem Biest zu Hilfe gekommen, und das wäre unser aller Tod gewesen. Denk also gefälligst erst nach, bevor du hier herumkrakeelst."

„Sally hat recht", sagte Benny besänftigend. „Es wäre Wahnsinn gewesen, hätte Ragna versucht, gegen das Tier zu kämpfen. Dass sie nicht auf deren Seite steht, hat sie schon oft genug bewiesen, nicht nur durch ihre Arbeit für diese Sondereinheit, sondern auch durch mehrere Kämpfe, in denen sie einige der Monsteraffen getötet oder doch zumindest verletzt hat. Ich vertraue ihr ohne Einschränkung."

„Ich auch." Doyles Stimme zitterte vor Empörung. „Wie kannst du nur an Ragnas Motiven zweifeln! Sie hat schon so viel für uns getan, und du wirfst ihr genau das vor. Was ist los mit dir? Ragna kann doch nichts dafür, dass sie anders ist als wir. Um es deutlich zu sagen: Ich finde es phantastisch, eine so besondere Freundin zu haben!"

Benny lächelte dem Freund zu, dann wandte er sich an Josh, der seinen Blick trotzig erwiderte. „Was hast du eigentlich gegen Ragna? Sie ist ein ungewöhnlicher Mensch, aber das gilt auch für viele andere Menschen, wenn auch auf andere Weise."

„Ist sie wirklich ein Mensch?" Joshs Stimme klang verächtlich. „Ich kenne keinen anderen Menschen mit Krallen und Reißzähnen. Sie erinnert mich eher an Dämonen und andere Geschöpfe der Hölle. Und sie scheint ja ganz dicke zu sein mit diesen braunfelligen Bestien. Vielleicht sollte sie lieber gemeinsam mit denen über Land ziehen als mit uns."

„Josh!" Sallys ganzes Entsetzen lag in diesem einen Wort. Benny und Doyle starrten den Amerikaner ebenfalls fassungslos an, doch zumindest Jane schien ihm insgeheim zuzustimmen, was Sallys Zorn entfachte. Wie die Hofbewohner darüber dachten, war schwer einzuschätzen. „DU kannst gerne allein weiterziehen, wenn dich Ragnas Gesellschaft stört", fauchte sie wütend. „Und ich habe bisher geglaubt, du wärst unser Freund."

Ragna hatte das Gefühl, innerlich zu Eis erstarrt zu sein. Wie betäubt lauschte sie dem Streit, hörte ihre Freunde sie verteidigen, während Josh gegen sie wütete, von unnatürlichen Kreaturen, die sich als Menschen tarnten, wetterte und bald sogar mit Bibelsprüchen argumentierte. Schließlich hielt sie es nicht mehr aus, erhob sich aus dem Sessel und ging in Richtung Tür, wo sie sich noch einmal umwandte. „Ich schlafe in der Scheune", sagte sie leise. „Bei den Tieren, zu denen ich ja offenbar Joshs Meinung nach gehöre. Morgen ziehe ich weiter, mit oder ohne euch."

„Ich komme mit dir." Sally wirkte tief betroffen, nahm zwei Wolldecken auf und folgte ihr zur Tür. „Hier stinkt es mir zu sehr nach Schwefel und Verdammnis." Bevor Benny und Doyle sich ebenfalls erheben konnten, winkte sie ab. „Bleibt ihr lieber im Warmen, schon Liz zuliebe. Wir sehen uns morgen beim Frühstück. Josh und auch du, Mutter, könnt dann entscheiden, ob ihr mit uns weiterziehen wollt oder nicht."

Ohne sich noch einmal umzusehen oder eine Reaktion ihrer Gastgeber abzuwarten, verließen die Freundinnen die warme Stube und eilten kurze Zeit später durch den Regen hinüber zur Scheune, wo sie sich ins Heu fallen ließen und in die Wolldecken wickelten. Sally zitterte noch immer vor Empörung, und als sie Ragna leise weinen hörte, nahm sie die Freundin fest in den Arm. „Ich hätte nie gedacht, dass Josh ein religiöser Eiferer ist, habe geglaubt, auf ihn können wir uns hundertprozentig verlassen. So kann man sich in Menschen täuschen. Auf meine Mutter bin ich ebenfalls sauer; sie scheint Josh zuzustimmen, auch wenn sie es nicht offen ausspricht. Dabei hatte sie es früher nie so mit der Kirche. Nimm es nicht zu schwer, Liebes. Wir vier Musketiere werden zusammenhalten, gleich was noch geschieht."

„Ich sollte eigentlich an solche Reaktionen gewöhnt sein, aber sie schmerzen noch immer." Ragna war kaum zu verstehen, da sie sich an die Freundin schmiegte und ihr Gesicht in den Stoff von Sallys Pullover drückte. Sie hob den Kopf ein wenig und sah zu Sally hoch, auch wenn die Freundin dies in der Dunkelheit eher erahnte als sehen konnte. „Ich würde niemals etwas tun, das euch schadet, und schon gar nicht diese mörderischen Kreaturen unterstützen. Dass die mit mir geredet haben, war für mich ebenso ein Schock wie für euch."

„Das weiß ich doch." Sally strich der Freundin sanft über das feuchte Gesicht. „Und Doyle und Benny auch. Was Josh und Mutter betrifft, müssen wir eben abwarten, ob die damit klarkommen. Ich möchte meine Mutter nicht verlieren, und auch Josh wäre eine große Hilfe auf unserem gefährlichen Weg, zumindest dann, wenn er nicht ständig gegen dich giftet und das ganze Unternehmen durch sein Verhalten in Gefahr bringt. Aber wenn ich mich wirklich entscheiden muss, gehe ich mit dir."

„Danke." Ein Gefühl der Wärme durchströmte Ragna und erfüllte nicht nur ihren Körper, sondern auch ihren Geist. Sie wusste, sie müsste eigentlich die Freundin davon abhalten, vielleicht die Mutter zu verlassen, doch sie war einfach zu glücklich, um mehr als dieses eine Wort sagen zu können. So nahm sie die Freundin nur stumm in den Arm und küsste sie sanft auf die Wange, doch Sally verstand und erwiderte ihre Zärtlichkeiten. Eng aneinandergeschmiegt schliefen die Freundinnen schließlich ein.

Der Überfall

Es war bereits nach acht Uhr am Morgen, als sie erwachten. Der Sonne war es endlich gelungen, den Regen zu verdrängen; sie schien durch ein schmales Fenster im Giebel der Scheune und weckte Ragna, die ihre steifen Glieder reckte, um ganz wach zu werden. Sie schälte sich aus der Decke, wodurch sie Sally weckte, die sich ebenfalls aufsetzte und ausgiebig gähnte. „Ich könnte jetzt eine Waschgelegenheit und vor allem ein Klo gebrauchen", murmelte Sally und erhob sich aus dem Heu. Sie rollten ihre Decken zusammen und gingen zum Haupthaus hinüber, wo ihre Gefährten bereits um den Frühstückstisch herumsaßen. Nachdem die Freundinnen das Bad benutzt hatten, setzten sie sich zu ihren Freunden und langten kräftig zu.

Es war ein wahrhaft riesiger Tisch, vollgestellt mit vielen guten Dingen. Alle Hofbewohner waren dort versammelt, auch die beiden Kinder, und sie mussten eng zusammenrücken, damit alle Platz fanden. Ragna fühlte sich an eine ländliche Großfamilie erinnert, was ein Gefühl von Geborgenheit in ihr wachrief, und unwillkürlich sehnte sie sich nach der Ruhe und Sicherheit einer solchen Gemeinschaft. Doch der Hof konnte gerade einmal die sieben Menschen, die hier lebten, ernähren, das musste ihr niemand sagen. Sie konnten hier nicht bleiben, würden weiterziehen und ein eigenes Zuhause finden müssen.

Im Hof vor dem Fenster liefen die Hühner gackernd herum, bewacht von einem stolzen Hahn, der sich eindeutig als Herr des Hofs sah. In einer Suhle nahe dem Haus wälzten sich einige Schweine, nicht die überzüchteten Tiere, wie man sie auf den meisten anderen Höfen fand, sondern eine alte, deutlich kleinere Rasse mit gefleckter Haut. Die Katze lag auf der Fensterbank und ließ sich den Pelz von der Sonne wärmen, während der Hund den Hühnern zusah und ein wachsames Auge auf alles hatte, was auf dem Hof und dessen Umgebung geschah. Die Gefährten ließen sich gerne von dem Frieden, der über dem Hof lag, einfangen; sie hatten so lange fliehen und sich verstecken müssen, da tat es ihrer Seele wohl, es sich einfach einmal gut gehen zu lassen. Selbst Josh wirkte an diesem Morgen entspannt und friedfertig, auch wenn Ragna spüren konnte, dass seine Ablehnung ihr gegenüber kaum nachgelassen hatte. Er verbarg sie nur besser als am Vorabend.

„Habt ihr gut geschlafen?" fragte Benny und sah zu Ragna hinüber, die sich gerade Butter auf ihr Brot schmierte und anschließend eine Scheibe Käse nahm. Diese nickte nur und konzentrierte sich dann auf das Frühstück, da sie den Freund nicht nötigen wollte, offen für sie Partei zu ergreifen. „War sehr gemütlich", ergänzte Sally und schaufelte sich Frischkäse auf ihren Teller. „Ich habe schon immer gerne im Heu geschlafen." Sie ließ sich offenbar von der friedlichen Stimmung dieses Morgens anstecken und verzichtete auf eine scharfe Bemerkung in Joshs und Janes Richtung, worüber nicht nur Benny froh war.

Die Hofbewohner verhielten sich Ragna gegenüber freundlich, wenn auch ein wenig distanziert; sie konnte spüren, dass sie nicht wussten, was sie von der Sache halten sollten und deshalb lieber schwiegen. Jane dagegen schien sich für ihr gestriges Verhalten zu schämen; ihre Blicke suchten immer wieder die der Tochter, doch Sally ignorierte sie demonstrativ. Als plötzlich der Hund wild zu bellen begann, zuckte sie erschrocken zusammen und ließ beinahe ihr Brot fallen.

Alle hoben alarmiert den Kopf und sahen aus dem Fenster, wo der Border Collie aufgeregt auf dem Hof umherlief. Dann hörte Ragna in der Ferne das Geräusch mehrerer Motoren, das ständig lauter wurde. Sie erhob sich und ging zum Fenster hinüber. „Was ist los?" fragte Sally beunruhigt. „Schon wieder Ärger?"

„Kann ich noch nicht sagen", antwortete Ragna angespannt. „Da kommen mehrere Fahrzeuge schnell näher; hört sich nach Jeeps oder etwas Ähnlichem an, jedenfalls nicht nach gewöhnlichen Pkws." Sie wandte sich Brian zu, der sie fragend ansah. „Habt ihr Waffen im Haus, um euch damit verteidigen zu können? Nur für den Fall, dass die Leute, die auf dem Weg hierher sind, feindlich gesonnen sind."

Brian schüttelte den Kopf, doch es war Megan, die antwortete. „Wir haben Waffengewalt immer abgelehnt und bisher auch nichts Derartiges benötigt. Wir können doch erst einmal mit den Leuten reden; vielleicht brauchen sie Hilfe oder sind einfach nur auf der Durchreise."

Ragna und ihre Freunde sahen sich mit deutlicher Skepsis im Gesicht an, die Josh durchaus teilte, obwohl er noch nicht gegen Banditen hatte kämpfen müssen. Sie hatten Angus und seine Spießgesellen nicht vergessen und befürchteten nun, auf ähnlich gesinnte Menschen zu treffen. Bevor sie jedoch etwas sagen konnten, hörten nun auch die Hofbewohner Schüsse über die Weiden hallen. Der Hund bellte wie verrückt und rannte weiter auf dem Hof umher, wodurch er die Hühner völlig durcheinander brachte, die laut gackernd in alle Richtungen davonstoben. Ragna verließ die Küche, gefolgt von Sally, Josh und Brian, und ging auf den Hof hinaus, wo sie der Hund schwanzwedelnd, aber sichtlich angespannt begrüßte. Brian befahl ihm, ihnen nicht zu folgen, dann rannten die vier über den Hof, blieben an der Ecke der Scheune stehen und sahen über die sich vor ihnen ausdehnenden Weiden, um herauszufinden, was die Schüsse zu bedeuten hatten. Mussten sich die Menschen in den Fahrzeugen gegen die Monsteraffen wehren und schossen deshalb auf sie? Oder hatte der Lärm andere Ursachen?

Ragna lief bis zu einem Stechginstergebüsch, von dem aus sie die Weiden gut einsehen konnte, ohne selbst bemerkt zu werden. Sally, Josh und Brian waren direkt hinter ihr und verbargen sich ebenfalls hinter dem dichten Gestrüpp. Was sie dann sahen, ließ sie entsetzt aufstöhnen; Ragna ballte in ohnmächtiger Wut die Fäuste, während Brian unwillkürlich aufschluchzte. Mehrere schwer bewaffnete Männer in martialischer Aufmachung schossen auf die zum Hof gehörenden Tiere und hatten bereits mehrere Schafe und zwei der Kühe getötet, während Buck und das zweite Pferd zwar aus mehreren Wunden bluteten, aber noch versuchten, davon zu hinken. Doch auch sie wurden bald niedergeschossen und starben auf der Weide, die sie mit ihrem Blut tränkten.

„Weshalb tun die das?" Brians ganze Fassungslosigkeit klang in diesen Worten mit. „Die Tiere haben ihnen doch gar nichts getan." Ragna legte ihm kurz eine Hand auf die Schulter und sah ihn finster an. „Weil es Arschlöcher sind", erwiderte sie mit rauer Stimme. „Und das sind nicht die Ersten, auf die wir stoßen. Wir müssen die anderen warnen und uns darauf vorbereiten, den Hof zu verteidigen. Die werden in Kürze hier sein."

„Ich bleibe hier und warne euch, sobald die Mistkerle weiterfahren in Richtung Hof", sagte Sally grimmig. „Sperrt die Schweine und Hühner ein und holt den Hund ins Haus; den knallen die sofort ab, sobald er versucht, sein Heim zu verteidigen. Ich habe gesehen, dass die Fenster Läden haben; schließt sie ab und bringt die Kinder und diejenigen, die nicht kämpfen können oder wollen, nach oben. Das sind mindestens 20 Männer in fünf Fahrzeugen; wir werden es schwer haben, gegen die zu bestehen."

Kurze Zeit später trieben sie die Tiere in die Ställe und verriegelten die Fensterläden, doch den Hofbewohnern war anzusehen, wie verstört sie waren. Ihr bisher friedliches Leben wurde durch etwas bedroht, das sie nur aus Zeitungsberichten und dem Fernsehen kannten, und sie hatten Mühe, sich geistig darauf einzustellen, zumal sie nicht wie Ragna und ihre Freunde seit Wochen auf der Flucht gewesen waren und unzählige Gräuel gesehen hatten. Jane wurde gebeten, sich oben um die Kinder zu kümmern, wobei Benny bei Liz einige Überzeugungsarbeit leisten musste, da die Kleine bei ihrem Bruder bleiben wollte. Als Sallys Mutter dann mit allen drei Kindern die Treppe hinaufging, atmete er erleichtert auf, da er seine Schwester nun aus der unmittelbaren Schusslinie herauswusste.

Schwere Schränke wurden vor Vorder- und Hintertür geschoben, da die Riegel nicht lange halten würden, und die Menschen bewaffneten sich mit allem, was irgendwie kampftauglich war. Esmes Gesicht war wie versteinert; ihr hatten die Tiere besonders am Herzen gelegen und zu wissen, dass sie ohne Grund niedergeschossen worden waren, hatte sie tief getroffen. Mit finsterer Miene nahm sie einen Spaten in die Hand und positionierte sich neben einem der Fenster, wo sie durch einen Spalt zwischen den beiden Hälften der Fensterläden hindurch auf den Hof schauen konnte. Sie war es, die Sally herbeilaufen sah, und schnell wurde der Schrank beiseite gerückt und die Tür geöffnet, damit sie hineinhuschen konnte. „Sie kommen!" rief Sally laut. „Es sieht so aus, als hätten sie alle Tiere getötet, die sich auf den Weiden befunden haben. Was für Barbaren!"

Hastig wurde der Schrank wieder vor die Tür geschoben und alle nahmen ihre vereinbarte Position ein. Das Dröhnen der Motoren war nun deutlich zu hören, und kurze Zeit später rasten fünf Fahrzeuge auf den Hof und hielten dort in einem Halbkreis an, zwei Pickups, ein Kleinlaster, ein SUV und ein Humvee mit im hinteren Bereich aufmontiertem Maschinengewehr. Die aus den Wagen springenden Männer trugen Gewehre und pflanzten sich mit angelegten Waffen vor dem Haus auf, während einer der Männer das Maschinengewehr bemannte und es auf die Haustür richtete. „Fehlt nur noch ein

Granatwerfer", flüsterte Sally entsetzt. „Das ist ja die reinste Kleinarmee. Die Typen sehen richtig fies aus."

„Die sind nicht gekommen, um zu reden", stimmte Ragna ihr zu. In diesem Moment trat ein Mann in Tarnkleidung vor und ging einige Schritte auf die Tür zu. „Ihr da drinnen", rief er laut mit befehlsgewohnter Stimme und winkte mit seinem Gewehr. „Kommt heraus, dann geschieht euch nichts."

Zu Ragnas Überraschung war es Esme, die antwortete. „Und das sollen wir euch glauben?" rief sie wütend. „Ihr habt unsere Tiere ermordet, und das völlig ohne Grund, nur aus reiner Mordgier. Weshalb solltet ihr euch uns gegenüber anders verhalten?"

Ein anderer Mann, der auf der Motorhaube des SUV saß und ebenfalls auf die Tür zielte, lachte laut auf. „Wir wollten euch bloß klarmachen, dass ihr hier keine Zukunft mehr habt. Das Haus wird ein gutes Basislager für uns abgeben." Er grinste anzüglich, als er fortfuhr. „Junge Ladies sind natürlich herzlich eingeladen, hier bei uns zu bleiben. Wir werden richtig nett zu ihnen sein."

Auch die anderen Männer lachten nun, nur ihr Anführer blieb ernst. „Ihr habt keine Chance", rief er mit harter Stimme. „Das Maschinengewehr perforiert eure lächerlichen Fensterläden und die Wagen reißen mit Leichtigkeit die Tür aus den Angeln. Macht es euch nicht schwerer als nötig. Wir wollen bloß das Haus und die darin lagernden Vorräte. Wir brauchen ein möglichst abgelegenes Basislager, von dem aus wir operieren können."

„Ein ehemaliger Soldat, vielleicht sogar Offizier, da wette ich mit euch", brummte Josh. „Das würde auch den Humvee und das Maschinengewehr erklären; der wird gewusst haben, wo er sowas findet. Diese Kerle werden kein Risiko eingehen, dass wir vielleicht später zurückkommen und sie besser bewaffnet angreifen. Wir kämpfen jetzt oder wir sterben."

Er winkte John und Brian zu sich. „Ihr habt doch Petroleum für eure Lampen. Und sicher auch leere Glasflaschen. Daraus könnten wir Molotowcocktails bauen und sie aus dem oberen Stockwerk auf die Wagen werfen." Josh dachte kurz nach, dann wandte er sich an Maggie, die dicht neben ihnen stand. „Haltet die Kerle noch hin, gebt vor, dass wir uns kurz besprechen müssen. Das gibt uns die Zeit, eigene Maßnahmen zu ergreifen."

Maggie nickte kurz und tat, worum der Amerikaner sie gebeten hatte. Die Angreifer reagierten unwillig, doch ihr Anführer sorgte dafür, dass sie wieder schwiegen. „Gut, zehn Minuten. Dann wollen wir eure Entscheidung hören."

Offenbar konnten sich die Männer nicht vorstellen, dass die Menschen im Haus für sie eine ernst zu nehmende Gefahr bedeuteten, und so lehnten sie lässig an den Wagen und zündeten sich Zigaretten an, ohne jedoch das Haus aus den Augen zu lassen oder die Waffen zu senken. In der Küche herrschte derweilen hektische Aktivität: Weder die Hofbewohner noch Ragna und ihre Freunde hatten jemals Molotowcocktails gefertigt, doch Josh hatte eine gewisse Vorstellung davon, worauf es ankam. Sein bei den Marines absolvierter mehrjähriger Militärdienst würde ihnen nun eine große Hilfe sein.

„Ich gehe über das Dach und falle ihnen in den Rücken", schlug Ragna den emsig arbeitenden Menschen in der Küche vor. „Sobald die zehn Minuten um sind, zündet ihr die Lunten an und werft die brennenden Flaschen aus den oberen Fenstern auf die Wagen, möglichst nahe an die Motoren oder besser noch Benzintanks, wenn ihr euch zutraut, sie zu treffen. Josh wird besser als ich wissen, worauf ihr achten müsst.

Er ist der Einzige von uns, der Militärerfahrung hat, auch wenn ich einiges während meiner Zeit bei den Wölfen gelernt habe, weshalb er bei der Verteidigung das Kommando übernehmen sollte. Ich fürchte allerdings, dass wir es nach dem ersten Überraschungsmoment nicht werden verhindern können, dass zumindest einige von denen dem Haus gefährlich nahe kommen werden oder es ihnen sogar gelingt, hier einzudringen." Sie sah vor allem die Hofbewohner streng an. „Und dann werdet ihr kämpfen müssen, mit allen euch zur Verfügung stehenden Mitteln und Kräften. Die geben uns auch keinen Pardon."

Josh nahm das offensichtliche Friedensangebot der jungen Frau mit einem kurzen Nicken an und widmete sich weiter der Herstellung der Molotowcocktails. Jetzt war nicht die Zeit für Differenzen und Animositäten. Die Hofbewohner nickten verzagt, nur Esmes Augen blitzten gefährlich. Ihr standen ihre getöteten vierbeinigen Freunde vor Augen; sie würde alles tun, um sie zu rächen. Josh nahm neben Sally Aufstellung, eine Axt in der Hand, und erwartete gelassen den bevorstehenden Kampf. Er war lange zur See gefahren, militärisch und zivil und es gewohnt, Unabwendbares hinzunehmen. Doyle verfügte nicht über entsprechende Erfahrungen und trat daher nervös von einem Fuß auf den anderen, hielt aber tapfer eine Mistgabel in der Hand, die Megan ihm gegeben hatte, während es Benny besser gelang, seine Nervosität zu verbergen. Ragna eilte ins Obergeschoss, informierte Jane über ihren Plan, kletterte dann aus einem rückwärtigen Fenster und hangelte sich aufs Dach, wo sie auf der vom Hof abgewandten Seite geduckt entlanglief und schließlich auf die Scheune hinübersprang, um auf diese Weise in den Rücken der Angreifer zu gelangen. Dies geschah so lautlos, dass niemand sie bemerkte, und vorsichtig robbte sie an den Rand des

Scheunendachs, von wo aus sie auf die Wagen springen konnte. Den Mann am Maschinengewehr würde sie als Ersten ausschalten müssen, dann konnte sie die Waffe gegen die Angreifer richten. Die Molotowcocktails würden die Aufmerksamkeit der Männer hoffentlich lange genug auf das Wohnhaus ziehen, sodass sie zumindest kurzzeitig unbemerkt bleiben würde.

Der Mann im Tarnanzug zertrat seine Zigarette und sah zu den geschlossenen Fenstern hinüber. „Eure Zeit ist um", bellte er mit harter Stimme. „Kommt jetzt heraus oder wir eröffnen das Feuer."

In dem Moment flog der erste Molotowcocktail aus einem der oberen Fenster und landete auf der Ladefläche eines der beiden Pickups, wo das herumspritzende Petroleum sofort Feuer fing und alles, was sich auf der Ladefläche befand, in Brand setzte. Die zweite brennende Flasche traf das Führerhaus des Kleinlasters, richtete dort aber nur wenig Schaden an, da nichts von dem Petroleum ins Innere gelangte. Noch eine dritte Flasche wurde geworfen, die aber keinen der Wagen traf, sondern inmitten der Männer landete, die fluchend aus-einander stoben und sofort Deckung nahmen hinter den Fahrzeugen. Bereits nach dem Wurf der ersten Flasche war Ragna auf den hinteren Teil des Humvees gesprungen und hatte dem dort stehenden Mann die Kehle mit ihren Krallen zerrissen, bevor dieser Alarm schlagen konnte. Schnell ließ Ragna den toten Körper zu Boden sinken und stellte sich hinter das Maschinengewehr. Sie hatte noch nie eine solche Waffe bedient, ging aber davon aus, dass sie bereits entsichert war, da der Angriff ja kurz bevorgestanden hatte. Schnell verschaffte sie sich einen Überblick über die Bedienungselemente des Gewehrs, und noch während die Männer nach dem Aufprall der dritten Flasche an den Seiten ihrer Wagen in die

Hocke gingen, richtete sie die Waffe auf sie und eröffnete das Feuer.

Fünf Männer erwischte sie sofort; sie hatten neben dem nicht brennenden Pickup, der neben dem Humvee stand, Deckung gesucht und so hatte Ragna freies Schussfeld auf sie. Nun aber begriffen die Männer, dass die wahre Gefahr aus einer ganz anderen Richtung kam, und wandten sich Ragna zu, der es noch gelang, drei weitere Männer zu töten, bevor sie selbst in Deckung gehen musste. Mit einem gewaltigen Sprung setzte sie über den Pickup hinweg und griff sofort die Männer an, die dort standen und ihre Waffen gerade auf den Humvee richteten, da sie die junge Frau noch neben dem Maschinengewehr vermuteten. Ihre Krallen töteten einen von ihnen, und während sie das Gewehr des Mannes an sich riss, rollte sie sich unter den Kleinlaster, um von dort aus weitere Schüsse abzugeben. Das Jagdgewehr, das sie hatte erbeuten können, war ihr wesentlich vertrauter als das Maschinengewehr, da sie in der Holzfällersiedlung in Kanada gelernt hatte, mit einer solchen Waffe umzugehen, und so konnte sie noch einen weiteren Mann ausschalten, bevor es für sie eng wurde. Die überlebenden Angreifer, immerhin noch elf schwer bewaffnete Männer, umzingelten den Kleinlaster, um ihr die Flucht unmöglich zu machen, doch gerade, als sie unter dem Wagen auf sie schießen wollten, ging die Tür des Wohnhauses auf und die Bewohner stürmten heraus.

Es war eine merkwürdige Truppe, die da zum Gegenangriff überging. Sally und Josh führten sie an; ihnen folgten Benny, Doyle, Brian, John und Esme, von denen jeder ein Werkzeug schwang, während Maggie und Megan große Küchenmesser in den Händen hielten. Zwei der Männer hielten weiterhin Ragna in Schach, die nicht unter dem Wagen hervorkommen konnte, ohne sofort erschossen zu werden, die übrigen neun wandten sich den auf sie zustürmenden Menschen zu. Doch es gelangen ihnen nur noch wenige Schüsse, dann waren die Verteidiger heran und begannen, auf die Männer einzudreschen. Es war ein ungleicher Kampf; nur Ragna und Josh besaßen einige Kampferfahrung und Benny konnte, nachdem er das Gewehr eines Gefallenen an sich gebracht hatte, wirkungsvoll in den Kampf eingreifen, da er von seinem Vater schon früh schießen gelernt hatte. Einer der Angreifer ging stöhnend in die Knie; Sally hatte einen festen Tritt anbringen können und gut getroffen. Benny beendete sein Leid, indem er ihm einen Kopfschuss verpasste.

Als Sally bemerkte, dass Ragna in der Falle saß, schnappte sie sich das Beil, das der tödlich getroffene John hatte fallen lassen, und griff damit die beiden Männer an, die Ragna in Schach hielten. Die Männer wirbelten herum und einem gelang noch ein Schuss auf die junge Frau, dann wurde er von Sally gegen die Wagenwand geschleudert; sie hatte sich mit aller Kraft gegen ihn geworfen. Der zweite Mann kam nicht mehr dazu, auf Sally anzulegen; Ragna hatte den kurzen Moment der Ablenkung genutzt und die Deckung verlassen. Sofort griff sie den Mann an und stieß ihm ihre Krallen mitten ins Herz. Mit weit aufgerissenen Augen rutschte der Mann an der Wagenwand zu Boden, während Sally noch immer mit seinem Komplizen rang. Erschrocken bemerkte Ragna das Blut, das Sallys Jackenärmel tränkte; sie war offensichtlich getroffen worden, kämpfte aber trotzdem weiter mit dem Mut einer Löwin.

Schreie waren aus dem Haus zu hören; sie kamen eindeutig aus dem Obergeschoss, und sofort rannte Benny dorthin, wo er seine Schwester in Gefahr wusste. Wie viele der Angreifer sich im Haus befanden, war vom Hof aus nicht festzustellen, doch konnten sie sehen, dass Flammen aus den Fenstern des Wohnzimmers und des ersten Stocks schlugen. Die Männer hatten den Spieß umgedreht und ebenfalls mit Feuer angegriffen. Die letzten Überlebenden lieferten sich eine unbarmherzige Schlacht; nur noch drei der Angreifer im Hof waren am Leben, wobei einer von ihnen noch immer mit Sally rang, die nicht locker ließ, und die beiden anderen wild umherschossen. Allerdings war der Anführer der Banditen nirgendwo zu sehen; Ragna vermutete, dass er es gewesen war, der ins Haus eingedrungen war und das Feuer gelegt hatte. Sie wollte gerade Benny folgen, da flog plötzlich der brennende Pickup mit lautem Getöse in die Luft und warf alle, die bisher noch auf den Beinen gestanden hatten, zu Boden.

Stöhnend rappelte Sally sich wieder auf, doch ihr Gegner stellte keine Bedrohung mehr dar. Ein Metallteil des explodierten Wagens war in seinen Rücken eingedrungen und hatte die Lunge durchbohrt. Keuchend wälzte er sich auf dem Boden, während ihm das Blut aus dem Mund lief, und seine Hände griffen an die Brust, so als könnten sie das Metall dort wieder herausziehen. Es dauerte nicht lange; seine Bewegungen wurden immer schwächer und schließlich lag er still vor Sally, die noch immer benommen an der Tür des SUVs lehnte. Ragna blutete ebenfalls, doch waren ihre Wunden nur oberflächlich und behinderten sie kaum im Kampf. Ihr Instinkt hatte sie rechtzeitig gewarnt, und so hatte sie sich mit einem Sprung aus der unmittelbaren Gefahrenzone retten können. Andere hatten weniger Glück gehabt; einer der verbliebenen Angreifer war förmlich in Stücke gerissen worden von der Explosion und sein Kumpan schlug hektisch auf seine brennende Jacke ein, um das Feuer zu löschen. Bevor er seine Waffe wieder vom Boden aufheben konnte, spaltete ihm Josh mit einem einzigen Schlag seiner Axt den Schädel.

Auch Maggie war von der Explosion erfasst und gegen die Scheunenwand geschleudert worden, wo sie reglos und merkwürdig verkrümmt auf dem Boden lag. Ihr Rückgrat war gebrochen und ihre weit aufgerissenen Augen zeigten die Leere des Todes.

Im Haus waren Schüsse zu hören, und Ragna rannte zur Haustür, ihre Schmerzen ignorierend. Aus der Wohnzimmertür drang dichter Qualm, und sie hetzte die Treppe hinauf, da sie von oben das Weinen von Kindern hörte. Da im Hof kein Gegner mehr übrig war, folgte ihr Josh auf dem Fuß. Als Ragna ins Schlafzimmer stürmte, blieb sie abrupt stehen: Benny lag stöhnend auf dem Boden, neben sich einen toten Banditen, den er offenbar hatte erschießen können. Doch der Mann war nicht allein gewesen: Der ehemalige Soldat stand breitbeinig über dem jungen Mann und hielt eine Waffe auf ihn gerichtet, offenbar gerade im Begriff, sein Werk zu vollenden. Jane lag blutüberströmt an der Wand, und ihre unnatürliche Haltung ließ Ragna ahnen, dass sie nicht mehr lebte. Mit einem Wutschrei stürzte die junge Frau sich auf den Mörder, warf ihn auf das hinter ihm stehende Bett und zerriss dem überraschten Mann mit einer einzigen schnellen Bewegung ihrer Reißzähne die Kehle.

Schwer atmend stemmte Ragna sich in die Höhe, um nach Benny zu sehen, doch Josh kniete bereits neben ihm und drehte ihn behutsam herum. Auch der Amerikaner war nicht ohne Blessuren davongekommen, doch Benny war deutlich schlimmer dran. Ein Schuss hatte ihn in die rechte Brust getroffen; er atmete schwer und war kaum bei Bewusstsein. Als Josh bemerkte, dass die Flammen begannen, auch auf das Schlafzimmer überzugreifen, nahm er Benny auf den Arm und wandte sich der Treppe zu. „Sallys Mutter ist tot. Hol du die Kinder", sagte er zu Ragna, die ihm zunickte und sich mühsam erhob. „Diese Schweine", flüsterte sie kurze Zeit später. Nicht nur Jane, sondern auch einem der Kinder, einem etwa zwölfjährigen Jungen, war die Kehle durchgeschnitten worden; nur die beiden kleinen Mädchen waren noch am Leben. Ragna nahm Liz, die am ganzen Leib zitterte, auf den Arm und schob das andere Mädchen energisch vor sich her. Die Kleine stand ebenso unter Schock wie Liz, und es war nicht einfach, das apathisch reagierende Kind nach unten zu bringen. Als sie schließlich alle auf dem Hof standen, brachen die Flammen bereits durch das Dach und erste Zimmerdecken fielen herunter. Der Anführer der Banditen musste das restliche Petroleum gefunden und es als Brandbeschleuniger verwendet haben.

Als Ragna sich umsah, musste sie feststellen, dass sie einen hohen Preis für ihren Sieg gezahlt hatten. Jane war tot, Benny und Sally waren angeschossen worden, wobei Benny in Lebensgefahr schwebte, Josh, Doyle und sie hatten zahlreiche Schnittwunden und Prellungen erlitten durch die Explosion des Pickups. Doch das war nichts im Vergleich zu den Verlusten der Hofbewohner; nur Megan, Esme und Brian sowie das kleine Mädchen lebten noch, und Megan blutete aus einer Wunde am Arm, wo sie ein Streifschuss getroffen hatte, während Brian stark hinkte. Ein Schuss hatte den Knöchel seines linken Fußes zerschmettert. Sie hatten zum ersten Mal ernsthaft kämpfen müssen, ganz im Gegensatz zu ihren Gegnern, und wäre es Ragna nicht gelungen, das Maschinengewehr kurzzeitig zu erobern und damit acht der Banditen zu töten, was ihnen den entscheidenden Vorsprung vor den Angreifern gegeben hatte, es wäre wohl niemand von ihnen davongekommen.

Auch hatten sie ihr Heim verloren. Das Wohnhaus brannte lichterloh und sie sahen keine Möglichkeit, das Feuer zu löschen. Doch war es derzeit wichtiger, sich um die Verwundeten zu kümmern, was sie vor große Probleme stellte: Alles hierfür Notwendige hatte sich im Haus befunden und war gerade dabei zu verbrennen. Esme, die nur einige Schrammen und Prellungen erlitten hatte, ging zu den Wagen der Banditen hinüber und begann, sie nach Nützlichem zu durchsuchen. Sie fand einen Erste-Hilfe-Koffer und ging mit ihm zur Scheune, in die sie die Verwundeten gebracht hatten. Esme war gelernte Krankenschwester, was ihnen jetzt zugute kam, und begann sofort, sich um Benny zu kümmern, da es ihn am schwersten erwischt hatte. Ragna half ihr, so gut sie es vermochte; als Pflegetochter eines Arztes, der häufig zu schweren, vor allem beim Holzfällen erfolgten Unfällen gerufen worden war, hatte sie einiges davon mitbekommen, was in solchen Fällen zu tun war. Josh, der sich bei den Kranken überflüssig fühlte, begann, nach einer Möglichkeit zu suchen, wenigstens die Nebengebäude vor den Flammen zu bewahren, doch musste er bald einsehen, dass hierfür mehr als der handbetriebene Brunnen erforderlich gewesen wäre, zumal er und Doyle die Einzigen waren, die für das Löschen zur Verfügung standen. Alle anderen waren entweder verwundet oder kümmerten sich um die Kranken.

Nachdenklich starrte der Amerikaner auf die Ställe, dann öffnete er die Türen und trieb die Hühner und Schweine hinaus auf eine nahe gelegene Weide. Die Tiere wären anderenfalls in Kürze verbrannt. Die Katze hatte sich offenbar selbst in Sicherheit gebracht, und auch der Hund war nirgendwo zu sehen. Josh befürchtete in seinem Fall, dass der Anführer der Banditen das Tier umgebracht hatte, als es versuchte, ihn am Betreten des Hauses zu hindern. Es tat ihm leid um das treue Tier, doch mehr noch um Sallys Mutter und die Hofbewohner, die bei der Verteidigung ihres Zuhauses ihr Leben verloren hatten. Was für eine Barbarei, dachte er verbittert. Und so sinnlos. Niemand hat wirklich gewonnen, aber alle viel verloren. Er spuckte wütend aus und ging langsam zur Scheune hinüber.

Sally kauerte im Heu und starrte blicklos auf den Boden. Ihre Schulterwunde brannte höllisch, doch weitaus schlimmer schmerzte der erneute Verlust eines geliebten Menschen, den sie innerhalb kurzer Zeit erlitten hatte. Sie hatten nicht einmal die Leiche ihrer Mutter bergen können, die nun gemeinsam mit dem Wohnhaus verbrannte. War Jane vor dem Schlund des Seeungeheuers gerettet worden, nur um von einem Banditen ermordet zu werden? Sally schluchzte verzweifelt auf und vergrub das Gesicht in den Händen. Wie sehr sehnte sie sich jetzt nach Ragnas Nähe, doch die Freundin kämpfte gerade gemeinsam mit Esme um Bennys Leben.

Josh ließ sich neben Sally ins Heu sinken und legte ihr tröstend eine Hand auf die Schulter. „Tut mir echt leid“, sagte er voller Mitgefühl. „Erst deine Schwester und jetzt auch noch deine Mutter. Wenn ich was für dich tun kann, sag es.“

Sally nickte leicht, ohne aufzusehen oder zu antworten, und Josh erkannte, dass er sie besser allein ließ. Als er sich in der Scheune umsah, fiel sein Blick auf die kleine Susan, die apathisch in einer Ecke der Scheune saß. Erst sieben Jahre alt hatte sie gerade beide Elternteile verloren, Maggie und John, und hatte mit ansehen müssen, wie ihrem Bruder die Kehle durchgeschnitten worden war. Megan versuchte, sie zu trösten, während sie darauf wartete, dass auch ihre Wunde behandelt wurde, doch das Kind reagierte nicht auf ihre Worte und das Streicheln ihres Haars. Liz weinte laut und versuchte immer wieder, zu ihrem Bruder zu gelangen, der bewusstlos im Heu lag, doch Doyle hielt sie fest. Esme und Ragna bemühten sich gerade, die Kugel aus Bennys Brust mit Hilfe einer Pinzette herauszuholen, aber sie war tief eingedrungen und nicht leicht zu fassen. Der vom Wohnhaus herüberwehende Rauch wurde immer dichter, doch war es nicht möglich, Benny zu transportieren, bevor nicht die Kugel entfernt und die Wunde zumindest notdürftig versorgt war. Die Wunden der anderen konnten noch etwas warten, doch bei Benny ging es um Leben oder Tod.

„Die Wagen müssen vom Hof", sagte Josh, der im offenen Scheunentor stand und zum brennenden Wohnhaus hinübersah. „Da hier bald alles verbrannt sein wird, werden wir sie noch brauchen. Die Karren können jeden Augenblick hochgehen bei der Hitze."

Da Esme und Ragna um Bennys Leben kämpften, Brian nicht laufen konnte und Sally keine Reaktion auf Joshs Worte zeigte, bat Doyle Megan, auch auf Liz aufzupassen. „Ich werde Josh helfen, die Wagen rauszubringen", sagte er. „Ich habe nur einige Schrammen, die werden mich kaum behindern." Er folgte dem Amerikaner aus der Scheune und kurze Zeit später wurden zwei der Wagen angelassen und verließen bald darauf den Hof. Auch die beiden anderen Fahrzeuge wurden fortgefahren, während das Wrack des explodierten Pickups zurückblieb.

Da ihnen so ziemlich alle benötigten Instrumente fehlten, mussten Esme und Ragna improvisieren, um Bennys Leben zu retten. Ragna spreizte die Wunde mit Hilfe ihrer langen geraden Krallen, während Esme versuchte, die Kugel mit der Pinzette zu ergreifen, die sie im Erste-Hilfe-Kasten gefunden hatte. Der Freund war bewusstlos, wofür Ragna dankbar war; die Schmerzen wären für Benny ansonsten unerträglich gewesen. Endlich erwischte Esme die Kugel und zog sie vorsichtig aus der Wunde; die ehemalige Krankenschwester war das erste Mal chirurgisch tätig und auf ihrer Stirn perlte der

Angstschweiß. Doch ihre Hand blieb ruhig, und sofort nach Entfernen der Kugel reinigte sie die Wunde, tat Jod hinein und legte dann einen Druckverband an. „Das muss erst einmal reichen", sagte sie mit angespannter Stimme, die ihre unterdrückte Nervosität widerspiegelte. „Das Feuer wird in Kürze auf die Scheune überspringen; die kleineren Ställe brennen bereits. Am besten legen wir Benny hinten in den verbliebenen Pickup; um die anderen Verletzten kümmere ich mich, sobald wir uns in sicherer Entfernung zum Hof befinden."

Josh reagierte sofort und fuhr den Pickup vor die Scheune. Dann nahm er Benny erneut auf die Arme und legte ihn vorsichtig auf die Ladefläche des Wagens, nachdem sie eine Lage Heu als provisorische Matratze und einige alte Jutesäcke, die sie in der Scheune fanden, als Kopfstütze untergelegt hatten. Es tat ihnen in der Seele weh, die Leichen von Maggie und John erst einmal im Hof zurücklassen zu müssen, doch die Lebenden gingen vor. Vielleicht konnten sie die Toten später holen und ihnen ein anständiges Begräbnis zukommen lassen, etwas, das Jane und dem Jungen verwehrt blieb, da ihre Leichen gerade im Schlafzimmer verbrannten.

Die zehn überlebenden Menschen verteilten sich auf die vier Wagen; Ragna und Esme fuhren den Pickup, Megan und Brian nahmen den SUV, die kleine Susan zwischen sich, Doyle setzte Liz neben sich und übernahm den Kleinlaster und Josh und Sally folgten mit dem Humvee. Sie wollten später entscheiden, mit welchen Wagen sie letztendlich weiterziehen würden, weshalb sie erst einmal alle mitnahmen. Ragna wäre lieber gemeinsam mit Sally gefahren, doch Esme hatte sie gebeten, bei ihr und Benny zu bleiben, falls dieser noch einmal ihre gemeinsame Hilfe benötigte. Sie hatte resigniert genickt und dabei sorgenvoll in Sallys Richtung geblickt, die langsam zum Humvee hinüberging und den Eindruck erweckte, eine schwere Last auf den Schultern zu tragen.

Als sie an den Weiden vorbeikamen, auf denen die Tiere niedergeschossen worden waren, hatte nicht nur Esme Tränen in den Augen. „Was für Scheißkerle", flüsterte die ehemalige Krankenschwester. „Uns klarmachen, dass unsere Zeit hier vorbei ist? Das war reine Mordgier, der Spaß am Töten. Und hatten sie nicht gesagt, dass sie unser Haus als Basislager haben wollten? Weshalb haben sie es dann angezündet? Das widerspricht sich doch."

„Die nackte Bosheit", erwiderte Ragna. „Wenn sie es nicht haben konnten, sollten wir es auch verlieren. Glaub mir, das waren nicht die ersten Menschen mit einer derartigen Einstellung, denen ich begegnet bin." Sie rieb sich leicht über eine tiefe Schramme, die zwar nicht mehr blutete, aber dafür pochte und brannte. „Kein Wunder, dass die Affenwesen uns für grausame Bestien halten", fuhr sie nach einer Weile fort. „Ihre Unbarmherzigkeit unserer Art gegenüber spiegelt nur unsere eigene gegenüber nahezu allem anderen Leben wider, das menschliche eingeschlossen." Sie lächelte Esme entschuldigend zu. „Anwesende ausgenommen. Ich weiß, dass ihr anders seid, doch dass ihr nicht die Norm darstellt, werdet ihr selbst wissen."

Esme nickte und verzog gequält den Mund. „Die meisten unserer Nachbarn haben sich uns gegenüber neutral verhalten, doch für Hank Wilbur und einige seiner Freunde stellten wir offenbar ein Feindbild dar. Er schickte uns sogar mehrmals die Polizei ins Haus mit der Behauptung, wir würden Drogen herstellen und verkaufen und anderer Unsinn. Die Beamten fanden natürlich nie etwas, doch ärgerlich war das schon. Der einzige Bauer, den wir uneingeschränkt als Freund bezeichnen konnten, war Robert Merton. Ich hoffe, es geht ihm und seiner Familie gut."

Sie hatten beschlossen, die umliegenden Höfe abzufahren, um auf einem von ihnen vorübergehend eine Unterkunft zu finden. Benny brauchte dringend Ruhe und Esme einen Ort, an dem sie die anderen Verwundeten verarzten konnte. Der Wilbur-Hof, der als erster auf ihrem Weg lag, erwies sich als unbrauchbar: Sämtliche Bewohner lagen zerrissen in großen eingetrockneten Blutlachen, die Tiere waren, wie üblich, freigelassen worden und hatten sich inzwischen über ganz Kintyre verteilt, da der Überfall offenbar schon vor einigen Wochen erfolgt war. Da die Türen und zahlreiche Fenster eingeschlagen worden waren, hatten Wind und Regen Eingang ins Haus gefunden und es unbewohnbar gemacht. Doch sie fanden auch Anzeichen von Plünderung; sämtliche Schränke waren geöffnet und alles Brauchbare herausgenommen worden.

„Ob das die Banditen waren, die uns angegriffen haben?" fragte Esme, sich voller Unbehagen auf dem zerstörten Hof umsehend. Darauf wusste niemand eine Antwort und sie beeilten sich, diese Stätte des Grauens wieder zu verlassen.

Zwei weitere ebenfalls geplünderte und verwüstete Höfe erwiesen sich als ebenso ungeeignet für einen Einzug wie der Wilbur-Hof. Diese Höfe waren aber bereits vor dem Überfall verlassen worden; sie fanden keine Leichen, und die Tiere waren mitgenommen oder freigelassen worden. Der kleine und abgelegene Hof ihres Freundes Merton war dagegen unversehrt geblieben; auch die Mertons waren geflohen und hatten mitgenommen, was möglich war. Doch waren die Gebäude noch intakt, und so fanden die Heimatlosen dort vorerst eine neue Unterkunft. Sogar Bettzeug, einige Decken und etwas Kleidung, für die wohl kein Platz mehr im Wagen gewesen war, waren zurückgeblieben; dagegen hatten die Mertons sämtliche Lebensmittel mitgenommen. Da sie auch auf den geplünderten Höfen keine Nahrung mehr vorgefunden hatten, war dies ein herber Schlag für sie. Doch wenigstens hatten sie ein Dach über dem Kopf und die Verwundeten konnten hier nicht nur versorgt werden, sondern fanden auch die nötige Ruhe, um sich zu erholen.

Esme erklärte die Küche zum Behandlungsraum und verarztete dort ihre Patienten. Es gelang ihr, auch aus Sallys Schulter die Kugel zu entfernen. Megan war nur von einem Streifschuss getroffen worden und die Kugel, die Brians Knöchel zerschmettert hatte, war vom Knochen abgeprallt und nicht in den Fuß eingedrungen. Alle anderen waren mit Schnitten, Prellungen und Abschürfungen davongekommen. Während sie einen tiefen Schnitt auf Ragnas Arm säuberte und anschließend mit Jod bedeckte, um einer Entzündung vorzubeugen, nickte Ragna ihr anerkennend zu. „Du hast deinen Beruf verfehlt", sagte sie ein wenig undeutlich, da es schwer war, mit zusammengebissenen Zähnen zu sprechen. „Aus dir wäre eine gute Ärztin geworden."

„Möglich", erwiderte Esme und lachte bitter auf. „Aber wie hätte sich eine schwarze Arbeiterfamilie aus Manchester ein solches Studium leisten können? Außerdem bin ich ja nur eine Tochter und kein Sohn. Für einen Sohn hätten sie vielleicht sogar versucht, ihr letztes Geld zusammenzukratzen, für mich mit Sicherheit nicht. Da blieb nur eine Ausbildung zur Krankenschwester."

„Mir wäre das Studium auch nicht möglich gewesen, hätte ich nicht ein Stipendium bekommen." Ragna betrachtete ihren frisch verbundenen Arm und reckte ihn versuchsweise, ob sie damit arbeiten und notfalls auch kämpfen konnte. „Wäre das nicht auch für dich eine Möglichkeit gewesen?"

„Dafür reichten meine Noten nicht", antwortete Esme barsch. „Wenn du ständig den Babysitter für deine jüngeren Geschwister spielen und auch noch den Haushalt führen musst neben der Schule, weil die Eltern arbeiten gehen, bleibt eben nicht viel Zeit zum Lernen." Sie schüttelte verbittert den Kopf. „Ich musste sogar noch neben meiner Ausbildung zur Krankenschwester weitgehend allein den Haushalt führen."

„Das tut mir wirklich leid." Ragna klang betroffen. „Ich hatte da offensichtlich mehr Glück. Mein Pflegevater unterstützte mich, wo er nur konnte, und sorgte dafür, dass ich ein Stipendium erhielt."

„Von mir wurde erwartet, meine Krankenschwesterausbildung zu nutzen, um mir einen Arzt als Ehemann zu angeln und anschließend die Familie finanziell zu unterstützen." Esmes Stimme klang hart. „Ich habe nach Ende der Ausbildung immerhin noch drei Jahre in dem Beruf gearbeitet. Dann lernte ich auf einem Konzert Megan kennen, die mir von ihrem Hofprojekt erzählte, und ich wusste, das war mein Ding. Ich habe alles hingeschmissen, meine Sachen gepackt und bin nach Kintyre gezogen. Für meine Familie war ich von dem Augenblick an gestorben."

Ragna wusste nicht, was sie darauf antworten sollte. Auch ihre ersten Lebensjahre waren hart gewesen, doch Onkel Fong hatte eine Menge wieder gutgemacht. Und nun war auch noch Esmes Ersatzfamilie so hart getroffen worden, hatte sie ihre Zuflucht verloren. Ragna bewunderte ihre Zähigkeit und Willensstärke, ihre zupackende Art, mit der sie sofort begonnen hatte, die Verwundeten zu verarzten, soweit es ihr möglich war. Dabei musste sie ebenso traumatisiert sein wie ihre Freunde. Spontan nahm sie Esme in den Arm und drückte sie kurz an sich. „Wenn ich dir irgendwie helfen kann, sage es bitte. Du hast viel für uns getan, obwohl es auch dir sicher alles andere als gut geht. Wenn du weinen oder lieber schreien und Geschirr zerschlagen willst, tu dir keinen Zwang an. Ich hätte volles Verständnis dafür."

Für einen kurzen Moment fiel von Esmes Gesicht die Maske der starken unerschütterlichen Frau ab und ihre Trauer und Verzweiflung wurden sichtbar, doch hastig zog sie ihre Schutzmauern wieder hoch und packte mit starrem Gesicht das verbliebene Verbandszeug zusammen. „Das ist lieb von dir, Ragna", sagte sie mühsam beherrscht. „Doch was nützt es, Zeter und Mordio zu schreien, auch wenn mir durchaus danach ist? Wir haben drei unserer Freunde verloren, darunter ein Kind, ermordet von einer Gruppe Scheißkerle, die glücklicherweise alle ins Gras gebissen haben. Unser Heim ist niedergebrannt, die meisten unserer Tiere tot. Dazu streifen die Affenwesen über die Halbinsel, und wir wissen nicht, ob sie uns gegenüber weiterhin friedlich bleiben. Ja, es ist eine Scheißsituation, zumal wir keine Ahnung haben, ob wir hier überleben können. Aber dadurch, dass ich mich schreiend am Boden wälze und mir die Augen ausheule, ändert sich daran auch nichts. Das macht mich nur schwach und handlungsunfähig, und wir werden jetzt all unsere Kraft brauchen."

In diesem Moment kam Sally in die Küche und setzte sich auf einen der Stühle. Ihre Schulter war dick bandagiert und sie bewegte den Arm mit großer Vorsicht. „Benny schläft", sagte sie müde. „Liz war nicht von seiner Seite zu bekommen, deshalb haben wir ihr eine Matratze neben Bennys Bett gelegt. Ich habe ihr gesagt, sie müsse jetzt auf ihren Bruder aufpassen, bis er wieder gesund ist, und die Kleine schlägt sich wirklich tapfer. Mehr Sorgen macht mir Susan; sie ist immer noch völlig apathisch, spricht kein Wort und handelt nur, wenn man sie dazu zwingt. Der Schock, gleich ihre ganze Familie zu verlieren und auch noch mit ansehen zu müssen, wie ihr Bruder ermordet wird, war offensichtlich zu viel für sie."

Ragna kam zu ihr hinüber und nahm sie vorsichtig in den Arm. „Dir geht es sicher mindestens ebenso beschissen", sagte sie sanft. „Du musst nicht die Starke spielen, wenn dir nicht danach ist."

„Ich gebe Esme recht", erwiderte Sally voller Bitterkeit. „Rumschreien und Heulen bringt mir meine Familie nicht zurück. Es sind so viele Menschen auf dem Hof gestorben, nicht nur meine Mutter, und ich habe wenigstens noch dich und unsere Freunde."

Esme knirschte wütend mit den Zähnen. „Die Mistkerle sind viel zu schnell gestorben", fauchte sie. „Die hätte ich nur zu gerne ganz langsam auseinandergenommen." Als sie Sallys und Ragnas verwunderten Blick sah, lachte sie hart auf. „Ja, das passt so gar nicht zu unserer pazifistischen Einstellung, ich weiß. Aber ich bin auch nur ein Mensch, und Rachegedanken sind mir keineswegs fremd."

Um Esme nicht das Gefühl zu geben, sie müsse sich wegen irgendetwas rechtfertigen, wechselte Ragna das Thema. „Wir werden nach Irland weiterreisen, sobald Benny in der Lage ist, die Fahrt zu überstehen. Habt ihr schon Pläne gemacht? Ihr könnt uns natürlich gerne begleiten; hier wird es hart werden, über den Winter zu kommen. Ob es in Irland besser ist können wir nicht sagen, doch es ist den Versuch wert. Zumindest ist die grüne Insel fruchtbarer als Kintyre, es gibt mehr verlassene Höfe und es werden auch mehr freigelassene Haustiere herumlaufen, die vielleicht eingefangen werden können."

Esme schüttelte den Kopf und stand auf, um einige Holzscheite in den Herd zu legen. Sie hatten in der Küche neben einem Elektroherd auch noch einen alten holzbetriebenen

Herd vorgefunden, und da es bereits empfindlich kalt geworden war, hatte Esme ihn in Betrieb genommen, um ihr Be-
handlungszimmer zu wärmen. „Ich bin sicher, Brian und Megan wollen auf Kintyre bleiben", sagte sie. „Und Susan ebenfalls. Megan hat bereits erwähnt, dass sie und Brian sich um
das Kind kümmern werden. John und Maggie waren ihre
Freunde; die vier haben die Hofgemeinschaft gegründet. Ich
bin als Letzte dazugekommen." Sie seufzte leise. „Sie haben
es mich nie spüren lassen, doch irgendwie bin ich bis heute
die Außenseiterin geblieben. Das hängt wohl mit meiner Herkunft zusammen; die vier stammen aus Akademikerkreisen,
ich nicht. Sie haben immer selbst entscheiden können, was
sie machen wollen, während ich um alles habe kämpfen müssen."

„Unsere Einladung steht", betonte Ragna. „Wenn du lieber
uns begleiten willst, bist du herzlich willkommen. Aber das
ist deine Entscheidung, die können wir dir nicht abnehmen."

Es wurde Zeit, zu Bett zu gehen. Ein harter Tag lag hinter
ihnen und morgen würden sie die umliegenden Höfe nach
Lebensmitteln absuchen müssen. Es gab drei Schlafzimmer
im Haus, alle im oberen Stockwerk. Eines war bereits von
Benny und Liz belegt und Doyle erklärte sich bereit, dort
ebenfalls sein Lager aufzuschlagen, um sofort zur Stelle zu
sein, sollte Benny etwas brauchen. Die beiden anderen Zimmer teilten sich jeweils Megan und Brian, die kleine Susan
zwischen sich im breiten Ehebett, sowie Sally und Ragna.
Josh und Esme suchten sich im Wohnzimmer einen Schlaf-
platz. Ragna hatte angeboten, Esme das Bett neben Sally zu
überlassen, doch die Krankenschwester winkte ab und machte
es sich auf dem Sofa bequem. Ihr war nicht entgangen, dass
Sally und Ragna ein Paar waren, und das wollte sie nicht
trennen, zumal Sally dringend Trost und die Nähe von je-

mandem brauchte, den sie liebte. Auch hielt sie es für keine gute Idee, Josh und Ragna in einem Raum unterzubringen. Der Kampf um den Hof hatte vorübergehend das angespannte Verhältnis zwischen den beiden übertönt, doch jetzt war es wieder zu spüren. Es konnte jederzeit zu einer Eskalation kommen, und das wollte Esme nicht durch eine zu große Nähe der beiden Kontrahenten provozieren.

Es blieb ruhig in dieser Nacht; weder stürmten Banditen das Haus noch brach ein anderes Unglück über sie herein. Nur der Regen prasselte gleichmäßig auf das Dach und lief an den Fensterscheiben hinunter. Die beiden Affenwesen, die von einer Anhöhe aus das Haus beobachteten, bemerkte niemand.

Winterzeit

Seit mehr als sechs Wochen hielten sich die Überlebenden des Überfalls bereits auf dem Merton-Hof auf und hatten sich dort eingerichtet, soweit es ihnen mit den beschränkten, ihnen zur Verfügung stehenden Mitteln möglich war. Megan hatte mit Joshs, Doyles und Ragnas Hilfe die noch auffindbaren Schweine und Hühner eingefangen und zum Merton-Hof gebracht. Es gelang ihnen sogar, vier frei umherlaufende Kühe sowie eine gutmütige Clydesdalestute, die wohl früher zu anderen Höfen gehört hatten, zum Mitkommen zu bewegen. Megan hatte das Gefühl, dass die Tiere sich freuten, wieder in einem warmen Stall zu stehen und von Menschen versorgt zu werden, vor allem die Stute, die offensichtlich trächtig war. Das galt auch für zwei der Kühe; offensichtlich hatte ein freigelassener Bulle die gute Gelegenheit genutzt, sich an die Damenwelt heranzumachen. Immer wieder sahen sie in der

Ferne weitere ehemalige Haustiere auf der Halbinsel herumwandern, doch zogen sie sich zurück, sobald sich ihnen Menschen näherten. Sie wollten offenbar nicht eingefangen werden, was von Megan und ihren Freunden respektiert wurde. Brians Knöchel heilte nur langsam, sodass er seinen Freunden vorerst bei den Tieren keine Hilfe sein konnte. Sally war nach wie vor durch ihre verwundete Schulter gehandicapt, auch wenn es ihr zumindest körperlich von Tag zu Tag besser ging. Das galt zur Freude aller auch für Benny, der die Operation gut überstanden hatte und auf dem Weg der Besserung war. Die Ruhe tat ihm gut, ebenfalls die hingebungsvolle Fürsorge vor allem von Esme, die dem Sorgenkind unter ihren Patienten zuliebe kaum das Haus verließ, sowie seiner kleinen Schwester, die geradezu über sich hinauswuchs. Das kleine Mädchen hatte viel zu früh selbständig werden müssen, doch schien sie keinen Schaden genommen zu haben durch die furchtbaren Ereignisse, die sie hatte mit ansehen müssen, ganz im Gegensatz zu Susan, die noch immer in sich gekehrt war und kaum auf Ansprache reagierte.

Das größte Problem war die Beschaffung von Lebensmitteln, während Futter für die Tiere kein Problem darstellte. Von Letzterem fanden sie reichlich in den aufgelassenen Höfen, da es wohl zu schwer für die Flucht gewesen war und die plündernden Banditen kein Interesse daran gezeigt hatten. Das Gleiche galt für Brennholz, das ebenfalls zu schwer und sperrig gewesen war, um es in die Wagen zu laden. Ein weiterer wichtiger Fund war die Entdeckung, dass die Pumpen der Tankstelle im verlassenen Dorf auch mit Hilfe eines Generators arbeiteten, sodass sowohl ihre Fahrzeuge wie auch der Generator selbst noch lange Zeit mit Treibstoff versorgt werden konnten. Die Lebensmittel waren dagegen entweder von den fliehenden Bewohnern oder den Banditen mitgenommen worden. Gelegentlich entdeckten sie Reste, die übersehen worden waren, doch nie genug, um alle satt zu bekommen. Auch den Stützpunkt der Banditen, nach dem sie suchten, da dort vielleicht noch Beute aus den Plünderungen lagerte, fanden sie nicht. Brian vermutete, dass der Unterschlupf der Männer vielleicht gar nicht auf Kintyre lag, sondern außerhalb, während die Freunde nur die Halbinsel nach Brauchbarem durchforsteten. Letztendlich rettete sie ein Zufallsfund: Während die Gefährten einen Hof nahe der Küste durchsuchten, entdeckte Josh ein Küstenmotorschiff, das nur wenige Meter vor dem Ufer aufgelaufen war und dort festgekeilt zwischen den Felsen saß. Bei Ebbe konnten sie zu dem Schiff hinüberwaten, und dort fanden sie eine wahre Schatztruhe: Der ganze Laderaum war voller Kisten und Kartons mit Konservendosen und anderen haltbaren Lebensmitteln, darunter auch einige Kisten mit Spirituosen. Was aus der Besatzung geworden war, konnten sie nicht erkennen; weder fanden sich Leichen noch Spuren eines Kampfes. Doch wenn die Crew das Schiff verlassen hatte, weshalb waren die kostbaren Lebensmittel zurückgeblieben? In diesen harten Zeiten zählte jede Konservendose.

Sie luden alles, was sie im Laderaum fanden, in den Kleinlaster sowie den Pickup, wobei sie mehrmals fahren mussten, um alles zum Hof zu bringen. Zum ersten Mal seit Wochen zeigten die Überlebenden echte Freude, lachten und scherzten, während sie die Kartons ins Haus trugen. „Gerade rechtzeitig zum Weihnachtsfest", rief Megan übermütig. „Und sogar ein guter Tropfen wurde mitgeliefert. Das nenne ich ein richtiges Weihnachtsgeschenk!"

Der Regen war mit fortschreitendem Dezember in Schnee übergegangen, sodass sie inzwischen sehr vorsichtig auf den nicht geräumten Straßen und Wegen fahren mussten. Ausgerechnet die beiden Fahrzeuge, die diesen Straßenverhältnissen am ehesten gewachsen waren, eigneten sich am wenigsten für ihre Versorgungsfahrten, sodass sie immer wieder gefährliche Schlitterfahrten mit dem Kleinlaster und dem Pickup hinlegen mussten, da ihre Ladekapazität die des SUV und des Humvees bei Weitem überstieg. Der Fund des aufgelaufenen Schiffes kam gerade zur richtigen Zeit; sie waren jetzt für Monate versorgt, vielleicht sogar, bis sie ihre Felder wieder bestellen und erstes Gemüse ernten konnten. „Da werden uns Maggie und John ganz besonders fehlen", sagte Esme traurig, während sie das Verbandsmaterial und die Medikamente sichtete, die sie ebenfalls auf dem Schiff gefunden hatten. „Die beiden konnten besonders gut mit Pflanzen umgehen. Mir liegen Tiere mehr."

Benny würde noch einige Wochen Ruhe brauchen, bis er auch nur daran denken konnte, wieder auf Reisen zu gehen, während Sally ihren Arm bereits wieder fast wie vor dem Kampf gebrauchen konnte. So hatten die Freunde beschlossen, noch mindestens bis Ende Januar auf dem Hof zu bleiben, worüber sich die überlebenden Hofbewohner sehr freuten. Sie konnten jede Hilfe brauchen, denn es musste jetzt verstärkt Tierfutter sowie Holz für die Kamine und Öfen herbeigeschafft werden, was zahlreiche Fahrten auf teilweise eisglatten Straßen erforderte. Sie hatten das Maschinengewehr vom Humvee abmontiert, um die kleine Ladefläche des Wagens nutzbar zu machen, da dieser Wagen besser geeignet war als ihre üblichen Transportfahrzeuge, schwer befahrbare Wege zu meistern. So war es auch Josh mit seinem Humvee, der in einer abgelegenen Hütte, die auf den Klippen im Schatten eines großen Felsens stand, den Überlebenden fand.

Der Mann mochte Anfang sechzig sein, doch das war aufgrund seines wilden Bartwuchses nur schwer erkennbar.

Mehrere Lagen verschlissener Kleidung hingen an seinem mageren Körper und er wirkte völlig verängstigt. Als plötzlich Josh vor ihm stand, hatte er sich wimmernd in einer Ecke verkrochen, und es dauerte lange, ihn da wieder herauszulocken. Es war schließlich die Aussicht auf eine warme Stube und Nahrung, die den Mann dazu bewog, sich Josh anzuvertrauen und ihm zum Wagen zu folgen, wobei seine Augen ohne Unterlass das Meer absuchten, das von hier oben gut zu sehen war. „Böser Teufel", flüsterte er immer wieder mit rauer Stimme. „Böser Teufel will mich holen, aber ich bin ihm entwischt."

Die überlebenden Hofbewohner staunten nicht schlecht, als Josh sein Findelkind in die Stube schob und erklärte, wo er ihn gefunden hatte. „Ist das nicht Thomas?" fragte Megan verwundert. „Thomas McPherson? Er war Knecht auf dem Allerton-Hof, der in der Nähe des Dorfes liegt. Die Allertons sind offensichtlich geflohen; wir haben dort keine Leichen oder Spuren eines Kampfs gefunden, nur die üblichen Zerstörungen nach der Plünderung des verlassenen Hofes."

„Ja, Thomas", murmelte der verwahrloste Mann. „Ich bin Thomas. Und der böse Teufel hat mich nicht erwischt, denn ich kann gut schwimmen." Er saß zusammengesunken in einem Sessel direkt neben dem Kamin und wärmte seine Hände an dem prasselnden Feuer. Als ihm ein Teller mit dampfendem Eintopf hingestellt wurde, stürzte er sich ausgehungert auf das Essen und leerte den Teller in Rekordzeit. Ungefragt füllte Esme ihm nach, und auch diese zweite Portion folgte der ersten innerhalb kürzester Zeit. Dann rülpste Thomas und lehnte sich zufrieden im Sessel zurück. „Habt ihr auch einen kleinen Drink für mich?" fragte er hoffnungsvoll. Mit der Sättigung kehrte offenbar sein Selbstvertrauen zurück. „Dann würde es mir gleich viel besser gehen."

Kopfschüttelnd schenkte Megan ihm ein Glas Whisky ein, und dieses verschwand noch schneller als zuvor der Eintopf. „Thomas hatte schon immer eine Vorliebe für Hochprozentiges", sagte sie. „Wäre er nicht ein so guter Knecht gewesen, Allerton hätte ihn schon längst entlassen. Er musste ihn mehr als einmal völlig betrunken aus dem Pub zerren." Als sie Ragnas fragenden Blick bemerkte, lächelte sie und zuckte mit den Schultern. „Die Allertons gehörten zu den Nachbarn, die uns freundlich gesonnen waren. Mike Allerton kam sogar einige Male vorbei, um sich bei uns Rat für seinen Gemüsegarten zu holen. Da ihm aber Maggies ‚geheime Zutat' fehlte, hatte er weniger Erfolg damit als wir."

Die Erinnerung an die tote Freundin schmerzte sie sichtlich und so hakte Ragna nicht weiter nach. „Was er wohl mit dem bösen Teufel meint", wechselte sie das Thema. „Wenn die Allertons geflohen sind und ihn mitgenommen haben, wo sind sie dann jetzt?"

Als Megan die Frage an den Knecht weitergab, hob dieser das leere Glas und sah sie auffordernd an. „Ich kann mich nicht so gut erinnern; das Zeug könnte mir dabei helfen." Doch da war er bei Josh an der falschen Adresse. Der große Amerikaner baute sich drohend vor dem verängstigt zurückweichenden Mann auf und sah ihn streng an. „Wir haben nicht viel davon und müssen sparsam damit umgehen. Ein Glas ist erst einmal genug. Du wirst uns jetzt sagen, was geschehen ist oder du kannst in deine kalte Hütte zurückkehren und sehen, wie du zukünftig an Nahrung kommst."

Das zeigte Wirkung; Thomas genoss es, endlich wieder warm und satt und von Menschen umgeben zu sein, die ihm wohlgesonnen waren. So zügelte er seine Gier nach Alkohol und begann zu berichten, was geschehen war. Offenbar waren die Allertons gemeinsam mit zwei befreundeten Familien auf einem ehemaligen Ausflugsboot geflohen und eine Weile zwischen den Inseln hin- und hergefahren, um Nahrung und vielleicht einen sicheren Zufluchtsort zu finden. Thomas, der bereits seit mehr als dreißig Jahren auf dem Hof arbeitete, hatten sie mitgenommen, ebenfalls die einzige Magd des Hofes. Sie passierten gerade wieder einmal die Halbinsel Kintyre, um es in Irland zu versuchen, da tauchte plötzlich ein riesiges Ungeheuer aus dem Meer auf und verschlang das Boot mit allen Menschen, die sich darauf befanden. Thomas war nur deshalb entkommen, weil er sich im Heck aufhielt und dort über die Reling pinkelte. Als er den riesigen Schlund unter sich hochkommen sah, hatte er sofort reagiert und war über Bord gesprungen, gerade noch rechtzeitig, um nicht ebenfalls in das Maul gesogen zu werden. Er war mit aller Kraft und so schnell er konnte an Land geschwommen, hatte die Klippen erstiegen und sich anschließend in der Hütte versteckt, wo ihn schließlich Josh fand.

„Wann ist das geschehen?" Sally klang angespannt, was ihr niemand verdenken konnte. Sie hatte schließlich mit ansehen müssen, wie das auch mit der „Molly" geschah, wie ihre Schwester von einem riesigen Maul verschlungen wurde. „Vor drei, vier Tagen, weiß nicht so genau." Thomas klang unwillig; offenbar erinnerte er sich nicht gerne an das Geschehen. Als wahrscheinlich einziger Überlebender des Angriffs war er einfach nur froh, davongekommen zu sein, und wollte nicht mehr als unbedingt nötig darüber sprechen.

„Entweder war es die gleiche Seeschlange wie vor Greenock oder es gibt tatsächlich mehrere davon", sagte Ragna nachdenklich. „Das wird uns die Überfahrt nach Irland nicht gerade leichter machen."

„Ihr könnt gerne bleiben", sagte Brian, der noch immer seinen Fuß hochlegte, um ihn zu schonen. „Es besteht keine

Notwendigkeit für euch, wieder abzureisen. Ihr seid uns wirklich willkommen."

„Das ist sehr lieb von dir, Brian", antwortete Ragna lächelnd, „aber auf Dauer wird es schwierig werden, so viele Menschen mit diesem kleinen Hof zu ernähren. Ihr habt zwar mehrere Tiere zu euch holen können, doch der Pflanzenbau wird nicht leichter geworden sein und gerade für euch reichen." Sie sah sich nach ihren Gefährten um, und als sie nur Zustimmung in deren Gesichtern entdeckte, wandte sie sich wieder Brian zu. „Sobald Benny reisefähig ist, werden wir nach Campbeltown weiterfahren in der Hoffnung, dort ein Boot zu finden. Ihr habt ja nun Thomas zur Verstärkung; er mag schon älter sein, doch macht er auf mich den Eindruck, noch tatkräftig und kompetent zu sein. Er wird euch sicher gut unterstützen können."

„So lange es uns gelingt, den Whisky zu verstecken", knurrte Esme. Sie hatte noch immer keine Entscheidung getroffen, ob sie bleiben oder Ragna und ihre Freunde begleiten wollte, was sie zunehmend missmutig werden ließ. Sie wollte Megan und Brian nicht im Stich lassen, doch Thomas würde trotz seiner Vorliebe für den Alkohol tatsächlich eine brauchbare Unterstützung sein. Und wenn die aus dem Frachtschiff geborgenen Vorräte aufgebraucht waren, würde es selbst für nur vier Menschen schwer werden, allein vom Hof zu leben. Ein fünfter Bewohner konnte schon zu viel sein. Esme war froh, noch Zeit zu haben bis zum Aufbruch von Ragna und ihren Begleitern; dann würde sie eine Wahl treffen müssen.

Weihnachten verlief in diesem Jahr ungewohnt still für die Hofbewohner. Sie gönnten sich ein gutes Essen und ein Glas Whisky vor dem Feuer und sprachen leise über ihre verstorbenen Familienmitglieder, Freunde und Nachbarn. Ragna fühlte sich an Totensonntag erinnert, doch war es offenbar allen ein Herzensbedürfnis, der Verstorbenen zu gedenken. Megan und Josh waren in die Ställe gegangen und hatten den Tieren eine Sonderportion Futter hingelegt; auch ihre vierbeinigen und gefiederten Freunde sollten merken, dass dies ein besonderer Tag war. Als sie ins Haus zurückkehrten, bemerkte Josh zwei große Gestalten auf dem Hügel, der neben dem Hof aufragte. „Da sind sie wieder", sagte er leise, ohne sich umzudrehen. „Ihr hattet recht, sie beobachten euch."

„Nun, bisher haben sie uns nicht angegriffen", erwiderte Megan nervös. „Wir können nur hoffen, dass dies so bleibt." Sie flohen förmlich zurück in die warme Stube, da der Wind eisig war und selbst ihre dicke Kleidung durchdrang. Zurück am Kaminfeuer berichteten sie den anderen von ihrer Beobachtung. Ragna ging zum Fenster und blickte in Richtung des Hügels, doch selbst ihre scharfen Augen konnten die Dunkelheit nicht durchdringen. Also öffnete sie ihre Sinne, ließ ihren Geist in den Abend hinaustreiben und wurde wie schon zuvor auf Mainland erneut zum Empfänger, der alles aufnahm, was um sie herum geschah. Sie brauchte nicht lange zu suchen: Der Geist der Affenwesen war wie ein Schwert, das durch die Dunkelheit stach, eine Lanze der Aufmerksamkeit, die sich auf das Haus und dessen Bewohner richtete. Und sie nahmen auch Ragna wahr, ihre vergleichsweise unbeholfenen Versuche, die Umgebung mit Hilfe ihres Geistes zu erkunden.

Wellen gewaltiger Kraft durchströmten die junge Frau, als die Wesen Kontakt mit ihr aufnahmen. Ragna fühlte Wachsamkeit, Neugier und Wohlwollen, aber auch die unmissverständliche Aufforderung, ihren Geist endlich aus den Fesseln zu lösen, die sie ihm auferlegt hatte. Schwer atmend starrte Ragna in die Dunkelheit hinaus, gefangen in der Energie dieses fremdartigen Geistes, der sie vereinnahmen wollte. Sie versuchte, sich auf den Hass, den sie bisher diesen Tieren entgegengebracht hatte, zu konzentrieren; stattdessen schwankte sie zwischen Furcht und Sehnsucht, Hilflosigkeit den Forderungen der Wesen gegenüber und dem Wunsch zu verstehen, was sie von ihr erwarteten und vor allem, wie sie dem näherkommen konnte. Als die Affenwesen diesen Konflikt erkannten zogen sie sich wieder aus Ragnas Geist zurück, und sie blieb allein zurück, sich merkwürdig verlassen fühlend, was sie zutiefst verwirrte.

Die Präsenz der Tiere verschwand, und Ragna wusste, dass sie den Hügel verlassen und ihre Wache beendet hatten. Verstört kehrte die junge Frau zum Feuer zurück und ließ sich neben dem Kamin auf den Boden sinken, da alle Sessel und das Sofa besetzt waren. Sie stocherte in den brennenden Scheiten und legte ein neues Scheit oben auf den Stapel. Verzweifelt ballte sie die Hände zu Fäusten und starrte in die Glut. Weshalb verschonten diese Wesen sie, was wollten sie von ihr? Das fragte sie sich nicht zum ersten Mal, doch noch immer war sie einer Antwort keinen Schritt näher gekommen.

Als sie eine Hand auf ihrer Schulter fühlte, sah sie erschrocken hoch. Sally setzte sich neben sie auf den Boden und sah die Freundin besorgt an. „Hast du sie da draußen gefühlt?" fragte sie leise. Als Ragna nickte, seufzte sie und starrte nun ebenfalls ins Feuer. „Das ist für uns alle schwer zu verstehen", fuhr sie schließlich fort. „Diese Biester töten die Angehörigen unserer Art, sogar hilflose Kinder, und zugleich sind sie offenbar nicht die mordgierigen Bestien, die wahllos Menschen zerreißen, für die wir sie lange gehalten haben. Die Hofbewohner werden von ihnen bereits seit Wochen nur beobachtet, aber nicht angegriffen. Ich verabscheue sie für das, was sie meiner Familie, Freunden und so vielen anderen

Menschen angetan haben, und doch geht es mir wie dir: Ich weiß nicht mehr, was ich denken soll." Sie wandte sich erneut der Freundin zu, die niedergeschlagen auf ihre Hände blickte. „Meinst du, sie wählen genau aus, wen sie töten? Dann scheinen aber nur wenige Menschen ihren Anforderungen zu genügen."

„Sie sind eng mit allem verbunden, mit der Erde ebenso wie allen ihren Geschöpfen." Ragna sah Sally offen ins Gesicht. „Genauer gesagt sind sie in der Lage, mit allem geistig zu verschmelzen, völlig darin aufzugehen. Dabei respektieren sie die Gesetze der Natur, das kosmische Gleichgewicht, das sie geradezu personifizieren. Auch Tiere töten, um selbst überleben zu können, selbst einige Pflanzen tun das, doch das stört das Gleichgewicht nicht. Nur wir Menschen müssen sich für sie wie ein brennender Stachel im Fleisch anfühlen, und sie sind dabei, ihn herauszuziehen. Ich fühle da ganz wie du: Ich habe sie gehasst, vor allem, nachdem ich Eddies Leiche gefunden hatte, doch jetzt bin ich nur noch verwirrt und weiß nicht mehr, was ich von ihnen halten soll." Die Verzweiflung, die sie fühlte, war ihr jetzt deutlich anzusehen. „Und sie erwarten irgendetwas von mir, Sally, ohne dass ich sagen kann, was genau oder wie ich dem auch nur näherkommen kann."

Die Freundin betrachtete sie nachdenklich. „Wäre nicht offensichtlich, dass unser Leben davon abhängen könnte, würde ich sagen, vergiss es. Ich habe allerdings das Gefühl, was immer sie von dir erwarten ist nichts, was man erzwingen kann. Gib dir Zeit, es in dir wachsen zu lassen. Irgendwann wirst du erkennen, was es ist und vielleicht auch, was du tun musst. Alles andere wäre Gewalt gegen dich selbst."

Dankbar lächelte Ragna der Freundin zu. Ihr Verständnis tat ihr gut, zumal sie wusste, dass nicht alle Anwesenden so empfanden. Auch wenn sie dies, soweit ihnen möglich, überspielten war Ragna den überlebenden Hofbewohnern ein wenig unheimlich, und Joshs Abneigung schien sogar noch zu wachsen. Wenn es um das Überleben und Wohlergehen der Gruppe ging, arbeitete er problemlos mit ihr zusammen, doch zu anderen Zeiten hielt er Distanz zu ihr und warf ihr gelegentlich finstere Blicke zu, so auch jetzt, da er sie insgeheim für die Anwesenheit der Monsteraffen auf dem Hügel verantwortlich machte. Offenbar glaubte er, sie würde die Wesen anziehen und auf diese Weise die Überlebenden in Gefahr bringen.

Sally strich der Freundin sachte über das Haar. „Ich werde langsam müde. Na ja, sooo müde auch nicht, aber… Kommst du mit hoch?"

Ragna nickte leicht, kippte den Rest des Grogs in einem Zug hinunter und folgte dann Sally aus dem Raum, von leisem Getuschel und Gekicher begleitet. Die Hofbewohner und ihre Freunde wussten natürlich, weshalb sich das Paar zurückzog. Brian nahm Megan fest in den Arm und Esme rückte an Benny heran, dem sie in den letzten Wochen deutlich nähergekommen war, während sie ihn pflegte. Doyle bot an, anstelle von Esme auf der Couch zu übernachten, was diese gerne annahm, auch wenn ein intimerer Kontakt mit Benny zum einen aufgrund dessen noch lange nicht verheilter Wunde und zum anderen wegen der Anwesenheit seiner Schwester nicht möglich sein würde. „Da müssen wir beiden Junggesellen wohl miteinander vorliebnehmen", sagte Doyle zu Josh, der kurz nickte, aber nichts auf Doyles Worte erwiderte, sondern mit seltsam starrem Blick den beiden Freundinnen nachsah, die Arm in Arm das Wohnzimmer verließen.

Sie trafen sich alle erst zum Mittagessen wieder, und als Sally und Ragna verschlafen und mit verstrubbeltem Haar in die Küche kamen, waren sie offenbar die Letzten, die ihre

Betten verlassen hatten. „Na, ihr beiden, ausgeschlafen?"
Esme kicherte vergnügt und tat den beiden vom dampfenden
Eintopf auf. „Ihr habt es diesmal aber lange miteinander aus-
gehalten. Ich muss allerdings gestehen, dass Benny und ich
auch erst kurz vor euch heruntergekommen sind."

Ragna lächelte ihr zu, doch dann spürte sie inmitten der
freundlichen Gefühle der Anwesenden Eifersucht aufblitzen,
ja Feindseligkeit, als sie und Sally sich zu den anderen an den
Tisch setzten. Erschrocken machte sie sich daran, deren Quelle zu finden, und schon bald gab es für sie keinen Zweifel
mehr: Es war Josh, der scheinbar gleichmütig seinen Löffel in
den Teller tauchte und dem Eintopf zusprach. Doyles Gefühle
für sie und seine Enttäuschung, als er erkannte, wie eng sie
und Sally befreundet waren, waren ihr bekannt gewesen, und
der Koreaner hatte sich offenbar inzwischen damit abgefunden. Was sie bisher nicht bemerkt hatte, war, wie sehr der
Amerikaner Sally zugetan war. War das der wahre Grund für
seine Abneigung, die inzwischen Hass nahekam, und alles
andere war nur Vorwand, um sie ablehnen und in Misskredit
bringen zu können? Josh betrachtete sie offenbar als Rivalin
um die Gunst der Freundin. Dass nicht Ragna, sondern Sally
die treibende Kraft hinter ihrer Beziehung war, erkannte er
entweder nicht oder wollte es nicht wahrhaben.

Trotz dieses Missklangs, den aber nur Ragna wahrzunehmen schien, verbrachten die Freunde und verbliebenen Hofbewohner einen unbeschwerten Tag und sie genossen ihn
weidlich. Sally gelang es endlich, mal nicht an den Tod ihrer
Mutter und Schwester zu denken, sondern beinahe wie früher
an dem freundschaftlichen Geplänkel teilzunehmen. Benny,
dem es inzwischen deutlich besser ging, nahm lebhaft an den
fröhlichen Gesprächen teil und fühlte dabei, wie ein Teil der
inneren Dunkelheit, die ihn seit dem Überfall auf sein Eltern-

haus und Kates Tod belastet hatte, aus ihm herausfloss. Liz saß neben ihm und beobachtete den großen Bruder genau, bereit jederzeit aufzuspringen und ihm etwas zu holen, sollte er es brauchen. Seit sie über Benny wachte, schien das kleine Mädchen erwachsener geworden zu sein; sie klagte kaum noch und übernahm Verantwortung, klammerte sich nicht mehr wie zuvor an den Bruder, sondern begriff, dass es nun ihre Aufgabe war, sich um Benny zu kümmern, bis dieser wieder gesund sein würde. Zärtlich strich Benny der Kleinen über das Haar und lächelte ihr liebevoll zu, was Liz dazu veranlasste, sich vorsichtig an ihn zu schmiegen, darauf bedacht, seine Wunde nicht zu berühren. Esme, die die beiden beobachtete, lächelte still in sich hinein. Sie empfand nicht nur für Benny, sondern auch für seine kleine Schwester eine tiefe Zuneigung, die von den Geschwistern mehr und mehr erwidert wurde. Offenbar wurde Esme von Liz inzwischen als Mutterersatz betrachtet, während Bennys anfängliche Dankbarkeit für Esmes Hilfe sich zunehmend in etwas verwandelte, das Liebe bereits sehr nahe kam.

Die Weihnachtstage waren vergangen, und während draußen der Schnee fiel, wurde das alte Bauernhaus für alle Bewohner mehr und mehr zu einem Zuhause. Esme schlief nun dauerhaft in Bennys Zimmer; Doyle überließ ihr seine Matratze und zog ins Wohnzimmer um, damit die beiden zusammen sein konnten. Die Tage vergingen mit Routinearbeiten; Thomas machte sich nützlich und bewies seinen Wert nicht nur beim Holzhacken, sondern auch bei der Versorgung der Tiere und kleineren Reparaturarbeiten auf dem Hof, die auch während des Winters erledigt werden konnten. Der Hof war eingeschneit, doch die vom Schiff geborgenen Lebensmittel reichten für alle Bewohner. Im Frühjahr würden sie aber nach weiteren Lebensmitteln suchen und die Felder bestellen müssen, damit sie auch weiterhin zu essen hatten.

Es wurde Anfang Februar, bis Benny sich stark genug fühlte, wieder auf Reisen zu gehen. Die Freunde warteten nur noch auf besseres Wetter, dann wollten sie aufbrechen. Derzeit lag der Schnee noch zu hoch, die Straßen waren unpassierbar selbst für den Humvee, und ein eisiger Wind fegte über das Land. Megan lud die Freunde ein, so lange zu bleiben, wie sie wollten, doch sie fühlten, dass dies nur aus Höflichkeit geschah. Es wurde immer deutlicher, dass der Hof nicht so viele Menschen ernähren konnte, selbst wenn sie auf größere Lebensmittelvorräte stießen und die Feldfrüchte gut gedeihen würden. Esme hatte trotz ihrer immer enger werdenden Beziehung zu Benny noch immer keine Entscheidung getroffen, ob sie bleiben oder die Freunde begleiten würde, doch da die Straßen ohnehin unpassierbar waren, hatte sie noch ein wenig Zeit hierfür.

Dann kam ein Tag Ende Februar, der endlich Tauwetter brachte. Der Abschied stand unmittelbar bevor, und alle wussten dies. Ragna und ihre Freunde suchten bereits ihre Sachen zusammen, die Hofbewohner packten einige Kisten mit Lebensmitteln, die für die Reisenden gedacht waren. Sie würden mit dem Humvee und dem SUV fahren, da diese Wagen von den Hofbewohnern am wenigsten gebraucht wurden. „Wir lassen die Wagen in Campbeltown stehen, sollten wir dort ein Boot finden, dann könnt ihr sie euch in dem Ort abholen", sagte Sally zu Brian, dessen Knöchel inzwischen wieder vollständig verheilt war. Die Hofbewohner nickten nur; trotz der Notwendigkeit des Aufbruchs fiel allen der Abschied schwer. Als jedoch Esme eine Tasche schwungvoll in den Kofferraum des SUV warf und dadurch deutlich machte, dass sie die Freunde begleiten würde, weinte Megan ganz offen und umarmte die Freundin fest. „Ich hatte gehofft, dass du bleibst", flüsterte sie. „Jetzt bin ich mit den Männern ganz allein."

„Susan hat sich wieder etwas erholt, sie wird dich unterstützen", antwortete Esme, der anzusehen war, dass sie mit einem lachenden und einem weinenden Auge ging. „Drei Erwachsene und ein Kind kann der Hof gut ernähren, jede weitere Person könnte auf Dauer zu viel sein. Aber das ist nicht der Hauptgrund meiner Abreise: Ich werde Benny begleiten. Dir ist sicher nicht entgangen, dass wir uns im Laufe der vergangenen Wochen sehr nahe gekommen sind. Er ist ein wirklich lieber Kerl; auch seine kleine Schwester habe ich ins Herz geschlossen. Du hast Brian, Susan und Thomas; Benny und Liz sind für mich so etwas wie Familie geworden. Mag sein, dass sich diese Entscheidung als Fehler erweist, doch ich bin bereit, das Risiko einzugehen."

„Uns lassen die Affenwesen ja in Ruhe." Brian war hinzugekommen und umarmte die scheidende Freundin ebenfalls. „Hoffentlich reicht Ragna als Schutz für eure Gruppe. Sie ist sich ja nicht sicher, dass die Wesen auch weiterhin Rücksicht auf sie nehmen werden."

„Das wissen wir ebenso wenig", erwiderte Megan. „Wir können nur hoffen, dass Ragna mit ihrer Vermutung recht hat. Das werden die folgenden Monate zeigen."

Die beiden Wagen verließen den Hof und die zurückbleibenden Bewohner winkten ihnen so lange nach, wie sie noch zu sehen waren. Dann gingen sie ins Haus zurück, um sich wieder ihren Alltagsaufgaben zu widmen. Das Haus erschien ihnen merkwürdig leer, doch sie würden sich daran gewöhnen müssen, jetzt nur noch zu viert zu sein. Wenn sie nur von den Affenwesen und Banditenhorden in Ruhe gelassen wurden, dann hatten sie eine Chance, auch weiterhin auf Kintyre zu überleben. Doch allen war bewusst, dass es hart werden und sie viel Glück brauchen würden, um auch nur die kommenden Monate zu überstehen.

Überfahrt

Die Wagen standen auf einer Anhöhe, von der aus sie Campbeltown überblicken konnten, ohne von der kleinen Stadt aus gesehen zu werden. Obwohl es *Stadt* nicht mehr ganz traf: Der Ort war vollkommen niedergebrannt worden, ob von den Monsteraffen oder Banditen war von hier aus nicht zu erkennen. Im Hafen zeigte sich nur gähnende Leere; sie konnten nicht einmal ein Ruderboot erkennen, das zurückgeblieben war. „Das war es dann wohl", brummte Josh resigniert. „Ohne Boot kommen wir nie nach Irland."

Esme starrte nachdenklich auf die bröckelnde Kaimauer, auf der noch Reste von Schnee lagen. „Mir fällt da etwas ein", sagte sie langsam. „Außerhalb der Stadt liegt ein Gehöft, von dem ich weiß, dass die ein Boot besaßen, sogar einen eigenen Steg, an dem dieses vom Frühjahr bis zum Herbst lag. Vielleicht ist es zurückgeblieben."

„Einen Versuch ist es auf jeden Fall wert", sagte Benny und rieb sich über die verheilte Wunde, die leicht juckte. Dann wies er auf einen benachbarten Hügel, auf dem plötzlich zwei große Gestalten aufgetaucht waren. „Wir haben wieder Aufpasser an unserer Seite", flüsterte er angespannt. „Hoffentlich lassen sie uns in Ruhe."

Die Freunde konnten sich nur schwer an den Gedanken gewöhnen, ständig unter Beobachtung zu stehen. Sie fühlten sich kontrolliert, lebten in der Furcht, vielleicht einen Fehler zu machen, der die Affenwesen zum Angriff reizen würde.

Josh hatte die Vermutung geäußert, dass die Monsteraffen vielleicht gar nicht der Gruppe, sondern Ragna folgten, doch mit dieser Ansicht stand er zu seiner Enttäuschung allein da. Ragna reagierte voller Unbehagen auf diese unverhohlene Anklage; wollte der Amerikaner in der Gruppe verstärkt Stimmung gegen sie machen? Auch wenn ihm dies bisher nicht gelungen war, konnte sie schlecht abschätzen, ob sich dies nicht irgendwann ändern würde. Hoffentlich ging Josh in seiner Eifersucht nicht irgendwann zu weit.

Die Affenwesen sahen zu ihnen herüber, machten aber keine Anstalten näherzukommen, folgten ihnen zu ihrer großen Erleichterung auch nicht, als die Wagen in Richtung des Gehöfts fuhren, das Esme erwähnt hatte. Schließlich verloren die Freunde sie aus dem Blick. Das Gehöft, das sie wenig später erreichten, erwies sich allerdings als Fehlschlag: Wenn es hier jemals ein Boot gegeben hatte, war es mitgenommen worden. „Was machen wir nun?" fragte Doyle frustriert. Er wandte sich Esme zu, der die Enttäuschung ebenfalls ins Gesicht geschrieben stand. „Kennst du andere Orte, an denen wir vielleicht Erfolg haben könnten?"

„Am besten fahren wir zur Südspitze von Kintyre, immer an der Küste entlang", antwortete Esme. „Irgendwo muss doch noch ein schwimmender Untersatz zu finden sein."

„Wenn kein Boot, dann vielleicht Material, aus dem wir ein Floß bauen können." Josh sah zum Wasser hinüber, auf dessen grauen Wellen Schaumkronen tanzten. Auch wenn ihm der Gedanke, eine karge Halbinsel im Westen Irlands aufzusuchen, nach wie vor nicht gefiel, war ihm auch nicht entgangen, dass eine so große Gruppe keine Chance gehabt hätte, auf dem Hof längerfristig zu überleben. Sie mussten nach Alternativen suchen. „Die Strecke nach Irland ist ja nicht weit. Das sollte auch mit einem Floß zu schaffen sein."

Kurze Zeit später waren sie wieder unterwegs. Die Wagen kamen auf den noch immer glatten und mit Schneematsch bedeckten Straßen nur schlecht voran, vor allem da sie versuchten, der Küste so nahe wie möglich zu bleiben, um nur ja kein Boot, das vielleicht zurückgeblieben war, zu übersehen. Kurz vor der Südspitze wurden sie endlich fündig, wenn auch auf unerwartete Weise: In einer kleinen Bucht war ein Boot auf dem Strand aufgelaufen, wo es halb auf der Seite lag. Es schien eine ehemalige Inselfähre zu sein, zu klein, um Fahrzeuge zu transportieren, doch groß genug für eine bestimmte Anzahl von Passagieren und Waren. Sie sah aus, als wäre sie in einen Sturm geraten und hier gestrandet. Die Freunde parkten die Wagen auf der Klippe oberhalb des schmalen Strandes und stiegen vorsichtig die Felsen hinunter, bis sie das Boot erreichten. Benny, Liz und Doyle blieben bei den Wagen; der Abstieg würde für den erst kürzlich genesenen jungen Mann sehr anstrengend werden, und er würde noch all seine Kraft brauchen, um zur Abfahrt auf die Fähre zu gelangen. Doyle hatte noch nie viel Freude an Kletterpartien gehabt, weshalb er lieber bei Benny blieb. Nachdem Sally und Josh das Boot von allen Seiten gründlich unter die Lupe genommen hatten, schnalzte der Amerikaner zufrieden mit der Zunge. „Sieht aus, als hätte jemand den Kahn gepackt, kräftig durchgeschüttelt, bis alles herausfiel und ihn dann wieder ins Wasser zurückgeworfen. Schließlich wurde er hier angeschwemmt. Ob das unser Freund, der Riesenaal, gewesen ist?"

„Der hätte die Fähre wohl eher im Ganzen verschluckt", antwortete Sally voller Unbehagen. Joshs Bemerkung erinnerte sie an den schrecklichen Tag, an dem sie ihre Schwester und zahlreiche Freunde der Familie durch das gewaltige Monstrum aus dem Meer verloren hatte, und schaudernd sah sie in Richtung See. „Tut mir leid, das war dumm von mir", brummte Josh betroffen und legte Sally kurz eine Hand auf die Schulter. „Hatte vergessen, dass dieses Biest deine Schwester verschlungen hat."

„Schon gut." Sallys Stimme klang traurig, aber auch entschlossen. „Du kannst mich ja nicht für alle Ewigkeiten mit Samthandschuhen anfassen. Es ist Realität, dass ich meine Familie verloren habe, doch wir müssen weiterleben und brauchen deshalb dieses Boot. Also lass uns nachsehen, ob es seetüchtig ist."

Ragna küsste die Freundin sanft auf die Wange. „Ich bewundere dich wirklich, Liebes. Viele Menschen, die ich gekannt habe, wären unter dem Druck, unter dem du die ganze Zeit stehst, schon längst zusammengebrochen. Du aber beißt die Zähne zusammen und schaust in die Zukunft."

„Sofern wir eine haben." Sally erwiderte den Kuss und kniff Ragna zärtlich in den Arm, ohne Joshs finsteren Blick zu bemerken, der die Freundinnen beobachtete. „Dazu müssen wir zuerst herausfinden, ob das Boot noch seetauglich ist und wir es vom Strand bekommen können. Das wird nicht leicht werden; wir haben jetzt Flut und der Kahn liegt trotzdem ein gutes Stück auf dem Kies. Wenn überhaupt bekommen wir ihn nur während des Höchststandes der Flut ins Wasser."

Sie hatten Glück; das Boot war nicht leckgeschlagen und nur die Aufbauten waren teilweise stark beschädigt, die Reling an einigen Stellen heruntergerissen. „Der Motor macht mir allerdings Sorgen", sagte Sally nach Abschluss der Inspektion. „Sieht nicht gut aus, obwohl noch etwas Treibstoff im Tank ist. Die Menge sollte bis Irland reichen."

„Lass mich mal da ran." Josh beugte sich über die Maschine und begann, sie genau zu untersuchen. „Ich kenne mich mit Motoren gut aus. Wenn das Teil nicht völlig im

Eimer ist, bekomme ich das schon wieder hin. Kann aber etwas dauern."

Während Josh und Sally am Motor arbeiteten, befreiten Ragna und Esme die Fähre von allem, was der Schiffbruch im Rumpf und an Deck hinterlassen hatte. Sie warfen Bruchstücke der Aufbauten und Teile der Reling auf den Strand, die nicht mehr zu gebrauchen waren, und räumten auch den schlimmsten Schmutz fort. Auch wenn sie nur einen verhältnismäßig kurzen Seeweg auf dem Boot verbringen mussten, wollten sie nicht riskieren, dass die Fähre oder ihre Passagiere durch Trümmerteile zu Schaden kamen. Das Wetter wurde zunehmend unfreundlicher; der kalte Wind frischte auf und immer höhere Wellen liefen auf den kleinen Strand und peitschten gegen die Bordwand der halb auf der Seite liegenden Fähre. Es begann zu schneien, ein unangenehmer, mit Regen durchsetzter Schneematsch, der nicht liegen blieb, die Freunde aber schnell auskühlte. Sally und Josh waren unter Deck halbwegs geschützt, doch Esme und Ragna zogen sich auf die Klippen und in den SUV zurück, wo bereits Benny, Doyle und Liz Schutz gesucht hatten.

„Hoffentlich wird es nicht noch schlimmer", sagte Benny und sah sorgenvoll zum grauen Himmel hinauf. „Nicht dass die Fähre fortgerissen wird."

Nach etwa einer Stunde bangen Wartens klopfte Sally an das Wagenfenster und Ragna öffnete die Tür. „Der Motor müsste jetzt einwandfrei laufen", keuchte Sally, die völlig durchnässt und noch immer etwas außer Atem von der Anstrengung des Kletterns war. „Ein Gutes hat das Mistwetter: Die Fähre schwimmt auf, da der Wasserstand rapide gestiegen ist. Wir haben das Boot an den Felsen vertäut, damit es nicht davongeschwemmt wird. Leider hat die Sache auch einen Haken: Wir müssen uns sofort auf den Weg machen, denn sobald das Unwetter nachlässt, fällt auch der Wasserstand wieder und die Fähre wird erneut auf dem Strand liegen."

„Dann mal los", antwortete Esme und verließ den Wagen, nur um augenblicklich von einer Böe erfasst und gegen die Wagenwand gepresst zu werden. Es dauerte nicht lange und sie war ebenso durchnässt wie Sally. Den übrigen Freunden erging es nicht anders; sie mussten viele Male durch den Schneeregen laufen, um die Kisten mit dem Proviant sowie ihre übrigen Sachen an den Klippenrand zu bringen, wo sie alles abseilten. Josh und kurze Zeit später auch Ragna nahmen die Kisten und Taschen in Empfang und brachten die Sachen auf das Boot, das unruhig an seinen Leinen zerrte, so als könnte es den Aufbruch kaum erwarten. Bald war alles unter Deck verstaut, die Menschen gingen an Bord und Josh warf den Motor an, der beruhigend rund lief und keinerlei Anzeichen einer Störung mehr zeigte. „Gute Arbeit", lobte Benny den Amerikaner und half Liz, sich in eine Wolldecke einzuwickeln, damit die Kleine wenigstens ein bisschen warm wurde. „Bis Irland wird er es hoffentlich machen."

„Noch viel weiter, zumindest so lange, wie der Sprit reicht", erwiderte Josh und sah zu Sally hinüber, die zwei Kisten übereinander stapelte, damit sie nicht im Weg standen. „Willst du das Boot steuern? Damit hast du mehr Erfahrung als ich."

„In Ordnung." Sally zog sich ein Regencape über ihre dicke Jacke, da das Ruderhaus teilweise zerstört war und nur wenig Schutz bieten würde. „Wirf du die Leinen los. Ich gebe dann sofort rückwärts Vollgas, um vom Strand freizukommen."

Kurze Zeit später durchquerte die kleine Fähre die Bucht. Sobald sie den Schutz der Felsen verließen, wurde das Boot von den Wellen herumgeworfen wie ein Spielball. Nur der Vortrieb durch den Motor verhinderte einen erneuten Schiffbruch, doch die aufgewühlte See machte es nicht gerade leicht, auch nur halbwegs den Kurs zu halten. Sally stand mit zusammengekniffenen Augen im Ruderhaus, ein Auge ständig auf den Kompass gerichtet, um Südkurs halten zu können. Im Gegensatz zu den anderen empfindlichen Geräten war der Kompass heil geblieben, worüber Sally sehr froh war. So würden sie früher oder später unweigerlich auf die irische Küste treffen müssen. Wo sie dann allerdings anlanden konnten, mussten sie vor Ort herausfinden. Es war unmöglich vorauszusagen, wo genau sie Land erreichen würden.

Auch wenn der Nordkanal auf dieser Höhe verhältnismäßig schmal war, türmten sich die Wellen in ihm zu beachtlicher Höhe auf. Die kleine Fähre wurde immer wieder von eiskalten Wassermassen überspült, wobei erschwerend hinzukam, dass der vorangegangene Schiffbruch das Deck an einigen Stellen hatte brüchig werden lassen. Dort lief Wasser ins Boot, das von den unter Deck ausharrenden Freunden so gut wie möglich aufgeschöpft und wieder über Bord befördert wurde. Doch es war die reinste Sisyphos-Arbeit, da das Boot nicht dichtzubekommen war. Sally versuchte, den Kurs auf Ballycastle auszurichten, auch wenn der Kanal dort ein weniger breiter war; sie hoffte, in den Yachthafen der kleinen Stadt einlaufen zu können. Ihr war aber auch bewusst, dass sie viel Glück brauchen würden, genau diesen Küstenabschnitt zu treffen.

Josh behielt unter Deck den Motor im Auge, Esme, Doyle und Benny schöpften Wasser, sodass nur Ragna neben Sally in den Resten des Ruderhauses ausharrte, um ihr bei Bedarf beizustehen. Mit vom Sturm geröteten Augen starrte sie auf die tobende See und hielt sich krampfhaft fest, um nicht über

Bord gespült zu werden, da die Ruine des Ruderhauses kaum noch Schutz bot. Sally schien etwas zu beschäftigen; obwohl sie die Fähre hoch konzentriert durch die Wellen lenkte, ließ ihre Aufmerksamkeit gelegentlich nach und sie warf Ragna einen heimlichen Seitenblick zu. „Raus damit, was ist los?" schrie Ragna ihr zu, da normales Sprechen aufgrund des heulenden Sturms nicht möglich war. Sally schwieg eine Weile, dann seufzte sie und wandte sich kurz von der tobenden See ab. „Ich fürchte, es gibt ein Problem", sagte sie besorgt. „Während wir den Motor repariert haben, fragte mich Josh, wie ernst es mit uns beiden sei. Er hatte offensichtlich auf eine andere Antwort gehofft als die, die ich ihm gab."

Ragna nickte leicht. „Ich habe es schon vor einiger Zeit gespürt", sagte sie. „Das erste Mal an Weihnachten. Seither hat seine Feindseligkeit mir gegenüber ständig zugenommen. Ich hatte gehofft, dass er sich irgendwann mit der Situation abfinden wird, doch seine Frage an dich lässt etwas anderes vermuten, was mehr als nur ärgerlich ist. Eine Auseinandersetzung innerhalb der Gruppe, gleich aus welchem Grund, können wir in unserer Lage gar nicht gebrauchen."

„Nein, wirklich nicht", erwiderte Sally. „Hoffentlich kommt er darüber hinweg, dass ich ihm einen Korb gegeben habe. Für ihn scheint unsere Beziehung, na ja, unnormal zu sein, eine Krankheit, die schon irgendwann wieder vorbeigehen wird. Ich fürchte, den Zahn habe ich ihm nicht ziehen können."

Das war ernst und konnte nicht ignoriert werden. „Was denkst du?" fragte Ragna mit angespannter Stimme. „Wird es zu einer offenen Konfrontation kommen?"

„Nein." Sally schüttelte entschieden den Kopf. „Er ist ein anständiger Kerl und außerdem nicht dumm; er weiß, dass Streitigkeiten fatale Konsequenzen für die Gruppe haben könnten. Er wird aber noch einige Zeit brauchen, meine Entscheidung wirklich zu akzeptieren. Offenbar hat es ihn, was mich betrifft, richtig schlimm erwischt."

Sie konzentrierte sich wieder ganz auf das Steuern der Fähre. Ragna lächelte ihr zu und drückte kurz ihre Hand. Sally war zwar keine schöne Frau im herkömmlichen Sinn, doch wie Ragna auf eine herbe Weise attraktiv. Außerdem besaß sie mehr Charakter und Verstand als die meisten anderen Menschen, denen Ragna bisher begegnet war. Das hatte offensichtlich auch Josh erkannt und er versuchte deshalb, die Freundin für sich zu gewinnen. Ein aussichtsloses Unterfangen, wie Ragna wusste. Hoffentlich kam der Amerikaner bald darüber hinweg, dass Sally ihn zwar als guten Freund betrachtete, an ihm als Mann aber kein Interesse zeigte.

Beide Frauen blickten schweigend durch die Reste der Frontscheibe des Ruderhauses und hingen ihren Gedanken nach. Als Ragna einen Blick zur Steuerbordseite warf blieb ihr beinahe das Herz stehen: Ein riesiger tentakelbewehrter Kopf tanzte zwischen den Wellenbergen auf und ab und ließ die Fähre nicht aus den Augen. Es bestand für Ragna keinerlei Zweifel, dass die Seeschlange oder was auch immer das für ein Wesen war neben dem Boot herschwamm. Wollte das Ungeheuer jetzt auch sie verschlingen? Bisher schien es sie mit seinen tellergroßen Augen nur zu beobachten, doch das konnte sich schnell ändern.

„Ich habe das Biest auch gesehen", presste Sally zwischen den zusammengebissenen Zähnen hervor. „Sag mir Bescheid, wenn es näherkommt; dann versuche ich ein Ausweichmanöver."

„Das Boot ist zu stark beschädigt, um sowohl dem Sturm als auch dem Ungeheuer standzuhalten", erwiderte Ragna. „Sollte das Biest angreifen, sind wir erledigt. Ich wundere mich ohnehin, dass es sich so offen zeigt, anstatt sofort aus dem Hinterhalt zuzuschlagen."

Sally wich einigen treibenden Trümmerteilen aus, die wohl zu einem havarierten Boot gehört hatten. „Du hattest den Verdacht geäußert, die Monsteraffen könnten irgendwie in Verbindung stehen mit diesem Biest. Ob sie ihm gesagt haben, es soll uns passieren lassen?"

„Das wäre allerdings ganz schön unheimlich", erwiderte Ragna schaudernd. „Da müssten wir uns fragen, was da eigentlich alles auf uns Menschen losgelassen wurde. Und vor allem, wer diese ganze Menagerie auf uns gehetzt hat."

Da es hierauf keine Antwort gab, starrten die Freundinnen verbissen nach vorn, wo endlich, nach einer endlos erscheinenden Zeit, erste Anzeichen von Land zu sehen waren, allerdings nicht der erhoffte Hafen von Ballycastle, sondern eine unwirtliche Küste ohne eine erkennbare Möglichkeit, dort sicher anzulegen. „Notfalls lasse ich die Fähre auf einem Strand auflaufen", sagte Sally nach einer Weile. „Wir werden sie ohnehin nicht mehr brauchen, mal ganz abgesehen davon, dass der Kahn dabei ist, Stück für Stück auseinanderzubrechen. Oder hast du das noch nicht bemerkt?"

Erst jetzt sah Ragna die immer größer werdenden Risse im Deck; ihre Wasser schöpfenden Freunde mussten alle Hände voll zu tun haben. Je näher sie der irischen Küste kamen, desto deutlicher erkannten sie, dass sie es wahrscheinlich so gerade eben schaffen würden, bevor die Fähre sank. Ein Blick über die Steuerbordseite zeigte, dass die Seeschlange verschwunden war, was aber nicht zu ihrer Beruhigung beitrug, ganz im Gegenteil. Lauerte das Ungeheuer nun unterhalb des Bootes, um doch noch hochzustoßen und ihm das gleiche Schicksal zu bereiten wie zuvor der „Molly"? Es gab nichts, was sie dagegen würden tun können, sollte es sich zum Angriff entschließen.

Die Küste kam stetig näher, doch die Fähre bewegte sich immer träger, was Sally vermuten ließ, dass das Boot mehr Wasser aufnahm, als die Freunde unter Deck wieder herausschöpfen konnten. Auch begann der Motor, Probleme zu bereiten; immer wieder setzte er kurzzeitig aus, ohne dass Josh, den sie lautstark unter Deck fluchen hörten, dies verhindern konnte. Sie waren noch etwa eine Meile vom Ufer entfernt, als er endgültig verstummte und das Boot zum Spielball der Wellen werden ließ.

Josh kam an Deck und seine finstere Miene verhieß nichts Gutes. „Ist zu viel Wasser ins Boot gelaufen", knurrte er. „Das hat der Motor nicht gut vertragen. Ich habe versucht, ihn halbwegs trocken zu halten, doch leider ohne Erfolg. Unten steht das Wasser inzwischen kniehoch; der Kahn ist dabei zu sinken. Wie weit sind wir noch vom Ufer entfernt?"

„Zu weit, um zu schwimmen", erwiderte Sally niedergeschlagen. „Das eiskalte Wasser würde uns umbringen, bevor wir den Strand erreichen. Kannst du erkennen, wie hier die Strömung verläuft?"

Josh beugte sich über die Seite, wobei er sich an einem verbliebenen Relingsrest festhielt. „Wir werden vom Ufer fortgetrieben", kam die entmutigende Antwort. „Zwar nur langsam, aber stetig. Die Strömung wird uns irgendwann in den Atlantik hinausziehen, sollten wir nicht vorher sinken, was sehr wahrscheinlich ist."

In diesem Moment erschütterte ein heftiger Stoß die Fähre, sodass Josh, der gerade zum Ruderhaus zurückkehrte, beinahe das Gleichgewicht verloren hätte. Nur seine langjährige Erfahrung als Seemann hielt ihn auf den Beinen. Ein erneuter Stoß, diesmal weniger stark, ließ den mitgenommenen Rumpf

erzittern, dann begann das Boot, sich auf die Küste zuzube-
wegen, gegen die Strömung, wie Sally mit vor Staunen weit
aufgerissenen Augen erkannte. Ragna stürzte zur Reling und
lehnte sich so weit über die Seite, wie sie sich bei dem heftigen Seegang traute. Die hohen, schaumgekrönten Wellen
verwehrten den Blick in die Tiefe, doch kurzzeitig sah sie
einen gewaltigen Schatten dicht unterhalb der Fähre, der in
die gleiche Richtung schwamm wie das schwer angeschlage-
ne Boot. Trotz der Brecher, die über Deck schossen, kamen
sie dem Ufer stetig näher. Ragna erschauderte heftig, während sie sich mit aller Kraft an den Resten der Reling festhielt. Das konnte doch nicht wahr sein: Die Seeschlange trug
die Fähre auf ihrem Rücken an Land!

Kreidebleich und völlig verstört kehrte sie in das Ruderhaus zurück. Was ging hier vor sich? Weshalb verschlang
dieses Ungeheuer Boote wie die „Molly", half aber ihnen, an
Land zu gelangen? Eisige Furcht rann durch ihren Körper;
der Verdacht, dass die Affenwesen etwas damit zu tun hatten,
ließ sich nicht von der Hand weisen, was sie zunehmend in
die Pflicht nahm. Wenn ich nur wüsste, was sie von mir wollen! schrie es in ihr. Sie verschonen mich und um meinetwil-
len auch meine Freunde, helfen uns sogar, nach Irland zu gelangen. Doch was erwarten sie dafür von mir? Ragna fühlte
sich völlig überfordert mit dieser Erkenntnis; am liebsten
hätte sie sich in irgendeinem tiefen Loch verkrochen, um nie
wieder aus ihm hervorzukommen.

„Was hast du gesehen?" Trotz des Sturmes flüsterte Sally
nur und legte eine Hand auf Ragnas Arm. „Du siehst aus, als
wäre dir der Teufel höchstpersönlich begegnet."

Ragna brauchte mehrere Anläufe, bevor sie endlich sprechen konnte. „Die Seeschlange bringt uns ans Ufer", erwiderte sie mit bebender Stimme. „Frag mich nicht, weshalb sie

das tut; ich weiß es nicht. Aber sie schwimmt direkt unterhalb der Fähre und trägt das Boot auf ihrem Rücken."

Sowohl Sally als auch Josh starrten sie mit offenem Mund an. „Das… das kann doch nicht wahr sein", krächzte Sally völlig entgeistert. „Sie HILFT uns? Die ‚Molly' verschlingt sie und uns rettet sie vor dem Ertrinken? Weshalb?" Das letzte Wort schrie sie beinahe und Ragna verstand ihre Erregung nur zu gut. Doch was hätte sie darauf antworten sollen? Sie fühlte sich genauso rat- und hilflos wie ihre Freunde.

Das Ufer war nur noch wenige Meter entfernt, da ging ein heftiger Ruck durch das Boot. Ragna vermutete, dass die Seeschlange sich aufgrund des flacher werdenden Wassers zurückgezogen hatte, doch der Schwung der Vorwärtsbewegung ließ die Fähre die restlichen Meter auch ohne ihre Hilfe zurücklegen. Ein lautes Knirschen verriet, dass der Kiel des Bootes über Kies schrammte, und kurze Zeit später legte es sich leicht auf die Seite, wodurch das Meer noch leichter Zugang fand und den Rumpf zunehmend füllte. Die unter Deck befindlichen Freunde kamen völlig durchnässt nach oben, die Kisten mit dem Proviant sowie ihr Hab und Gut auf das jetzt durch die Krängung abschüssige Deck stellend, wobei ihnen Josh und Ragna halfen. „Schnell runter vom Boot!" rief Sally und packte eine Kiste, um sie zum Bug zu bringen, der sich in den Kiesstrand gebohrt hatte. Josh sprang hinunter und nahm alles an, wobei ihm Esme und Ragna halfen, die ebenfalls auf den Kies hinuntergeklettert waren. Kurze Zeit später war das Boot evakuiert und sie schleppten so schnell wie möglich die Kisten und Taschen auf höhergelegenes Land.

Auf einem Hügel über dem Strand angelangt blickten sie zurück auf das havarierte Boot, das von der Brandung in seine Einzelteile zerlegt wurde. „Wenigstens hat es uns noch über den Nordkanal gebracht", sagte Sally traurig. Als Tochter eines Fischers empfand sie für Boote, als wären es Lebewesen, wohl weil Seeleute und auch Fischer auf Gedeih und Verderb auf sie und ihre Seetüchtigkeit angewiesen waren. „Aber es war verdammt knapp."

„Wie hast du es geschafft, die Fähre noch an Land zu bringen? Der Motor ist doch ausgefallen", fragte Benny und setzte sich stöhnend auf einen niedrigen Felsen. Das Wasserschöpfen hatte den gerade erst genesenen jungen Mann ziemlich mitgenommen. „Und was war das für ein heftiger Stoß? Ich dachte schon, wir wären irgendwo aufgelaufen."

Sally und Ragna sahen sich voller Unbehagen an. „Das ist so unglaublich, dass wir noch immer an unserem Verstand zweifeln", antwortete Ragna an Sallys Stelle. Sie suchte das Meer eine Weile ab, doch das blauschwarze Ungeheuer ließ sich nicht mehr blicken. „Es war die Seeschlange, die den Kutter verschlungen hat, oder eine Verwandte von ihr. Sie schwamm erst eine Weile neben der Fähre her, und als der Motor versagte und die Fähre drohte, in den Atlantik hinausgetrieben zu werden, nahm sie das Boot auf ihren Rücken und trug es hierher."

Benny, Doyle und Esme starrten sie an, als hätte sie gerade den Verstand verloren. „Ich habe das Biest auch gesehen, zumindest während es neben uns herschwamm", warf nun Sally mit leiser Stimme ein. „Als es plötzlich verschwunden war, befürchteten wir schon, es wäre abgetaucht, um nun auch uns zu verschlingen. Doch es tat etwas ganz anderes, wie ihr selbst sehen könnt."

„Warum?" Doyles ganze Fassungslosigkeit klang in diesem einen Wort mit, womit er sich in guter Gesellschaft befand. Vor allem Sally hatte auf genau die gleiche Weise reagiert. „Wir wissen es nicht", erwiderte Ragna. „Doch darüber Vermutungen anzustellen wird uns jetzt nicht weiterbringen.

Wir müssen einen Unterschlupf finden, wo wir endlich wieder warm und trocken werden können. Liz zittert am ganzen Körper; sie wird sich noch eine schwere Erkältung holen und wir wohl ebenfalls."

Den Freunden brannten unzählige Fragen auf der Seele, doch sie mussten einsehen, dass Ragna recht hatte. So nahmen sie ihr Gepäck auf, wobei sie die Lebensmittel auf die Rucksäcke und Taschen verteilten, da sich die Kisten schlecht tragen ließen, vor allem während eines längeren Marsches über Land. Ein letzter Blick auf die Fähre zeigte, dass diese wohl bald auseinanderbrechen und ihre Bruchstücke ins Meer hinausgezogen würden. Bedrückt wandten sie sich ab und begannen ihren Weg in Richtung Carracán, das ihnen so unendlich weit entfernt erschien, als würde es auf dem Mond liegen. Doch sie würden sich dorthin durchschlagen müssen, wollten sie wenigstens eine kleine Chance haben, eine hoffentlich sichere Zuflucht unter ihnen freundlich gesonnenen Menschen zu finden.

Überlebenskampf

Hatten die Freunde zuvor noch insgeheim gehofft, dass sich der Überfall der Monsteraffen auf Großbritannien beschränkte, wurden sie recht bald eines Besseren belehrt. Auch hier stießen sie auf zerstörte Ortschaften, verlassene oder überfallene Höfe und zahlreiche Tote, die von den Affenwesen zerrissen worden waren. Eine stetig zunehmende Gefahr bildeten die verwilderten Hunde, die häufig Rudel bildeten. Sie fraßen zwar in erster Linie die Leichen der getöteten Menschen oder jagten das freigelassene Vieh, doch bedrohten einige von ihnen auch die kleine Gruppe Menschen, die das Land durchwanderte. Sie hatten einige Gewehre der Banditen mitgenommen, wenn auch nur für den äußersten Notfall, da Schusswaffen Lärm verursachten, der ungewollte Aufmerksamkeit auf die Gruppe ziehen konnte, doch waren diese durch das Seewasser unbrauchbar geworden und deshalb auf der gestrandeten Fähre zurückgeblieben. Ragna tötete eine große Dogge, die sich nicht vertreiben ließ, mit Hilfe ihrer natürlichen Waffen, und Josh erschlug mit einem schweren Stein einen aggressiven Rottweiler, der es offensichtlich auf Liz als dem schwächsten Mitglied ihrer Gruppe abgesehen hatte. Sie hatten dabei noch Glück im Unglück gehabt, denn beide Tiere waren Einzelgänger gewesen. Wären sie von einem Rudel unterstützt worden, hätten die Freunde wesentlich größere Probleme gehabt, sich der Hunde zu erwehren.

Als wären die Monsteraffen, denen sie so weit wie möglich auswichen, sowie die Hunde noch nicht genug, stießen die Freunde auch einige Male auf Gruppen herumwandernder Menschen, die in den meisten Fällen einen wenig vertrauenerweckenden Eindruck machten. Sie waren gewöhnlich bewaffnet und fuhren häufig in geländegängigen Fahrzeugen durch das Land. Sally äußerte den Verdacht, dass wohl vor allem gewaltbereite Menschen überlebten, da sie sich besser durchsetzen konnten als friedliebende Artgenossen. Einer dieser Gruppen anschließen wollten sie sich nicht. Zum einen war ihr Ziel Carracán, und dorthin war genau genommen nur Ragna eingeladen worden, sodass sie nur hoffen konnten, dass auch der Rest ihrer kleinen Gruppe willkommen geheißen wurde. Zum anderen befürchteten sie, dass die Affenwesen sie nicht länger verschonen würden, sollten sie mit einer Horde schwerbewaffneter Menschen durch das Land ziehen. Also hielten sie sich verborgen und gingen den anderen Menschen, denen sie begegneten, lieber aus dem Weg.

Viele verlassene Höfe, in denen die Freunde nach Lebensmitteln und anderen brauchbaren Dingen suchten, waren bereits geplündert worden, sodass sie nur selten etwas zum Essen fanden. Die aus Kintyre mitgebrachten Lebensmittel waren nach einer Woche aufgebraucht. Sie waren also gezwungen, vom Land zu leben, was ihnen ihre motorisierten Konkurrenten nicht gerade leicht machten. Also verlegten sie sich notgedrungen auf die Jagd nach freigelassenen Haustieren, obwohl diese ebenfalls von den Nomaden und Hunderudeln dezimiert wurden. Es war aber nahezu die einzige Nahrungsquelle, die ihnen geblieben war, sodass sie keine andere Wahl hatten. Selbst Mitte März war es noch zu früh im Jahr für essbare Pflanzen, die sie vielleicht hätten ernten können.

Sie hatten Nordirland erst knapp zur Hälfte durchquert, wobei sie sich nach Westen orientierten, da Carracán weit oben im Nordwesten des County Mayo in den Atlantik hineinragte, als sie erneut auf eine Gruppe dieser Menschen stießen. Sie hatten sich vorsichtig einem großen Gehöft genähert, da sahen sie mehrere Fahrzeuge und zwei bewaffnete Männer im Hof stehen. „Verdammt, wir sind schon wieder zu spät", fluchte Esme leise, während sie vorsichtig hinter einem dichten Gebüsch hervorspähte. „Die beiden scheinen ehemalige Soldaten zu sein. Zumindest tragen sie Uniformen der britischen Armee."

„Die Waffen sehen aus, als kämen sie aus Armeebeständen", stimmte Benny ihr zu. „Offenbar wurde nicht das ganze Militär von den Monsteraffen niedergemacht. Einige konnten fliehen und leben nun, wie wir, vom Land. Ständig in Bewegung zu bleiben ist ohnehin die beste Möglichkeit, den Biestern nicht in die Quere zu kommen."

Ragna beobachtete die Männer ebenfalls, doch sie wurde zunehmend unruhig und begann, witternd und lauschend die

Umgebung abzusuchen. „Wir sollten schleunigst von hier verschwinden", flüsterte sie schließlich und wies auf einen felsigen Hügel, der etwa eine halbe Meile entfernt über dem Land aufragte. „Dort oben wären wir sicherer und könnten dennoch den Hof beobachten. Ich fürchte, hier wird es bald heiß hergehen."

„Die Monsteraffen?" fragte Sally leise, und als Ragna nickte, machte sie sich auf den Weg zu dem Hügel, gefolgt von ihren Freunden, die sich geduckt und ständig nach allen Seiten sichernd einen Weg durch das dichte Gestrüpp suchten, das hier die Landschaft bedeckte. Sie hatten den Hügel gerade erreicht und Deckung zwischen den Felsen gesucht, da hörten sie das ihnen nur zu vertraute laute Kreischen vom Gehöft her schallen, gefolgt von Schüssen und menschlichen Schreien. Ragna mit ihren scharfen Augen war als Einzige in der Lage, genau zu beobachten, was auf dem Hof geschah, und mit bebender Stimme schilderte sie ihren Freunden, was sie sah.

Offenbar wussten die Menschen, dass sie im Haus in der Falle saßen, weshalb sie versuchten, sich den Weg zu ihren Fahrzeugen freizukämpfen. Nur diese waren schnell genug, um mit ihnen den Monsteraffen entkommen zu können. Doch das wussten auch die Affenwesen, und so sorgten einige von ihnen dafür, dass die Menschen nicht an sie herankamen, während eine andere Gruppe in das Haus eindrang, um die Menschen, die sich dort verschanzt hatten, zu töten. Immer wieder hallten Todesschreie zu den Freunden herüber, da der Wind alle Geräusche zu ihnen trug, worauf sie aber gerne verzichtet hätten. Die Männer im Hof hatten Deckung gesucht, aus der heraus sie auf die Affenwesen schossen, doch wurden sie von einigen Angreifern, die ihre hervorragenden Kletterfähigkeiten nutzten und über das Dach des Gebäudes kamen, hinterrücks angefallen und zerrissen. Immer seltener waren nun Schüsse zu hören und bald verstummten sie ganz. Eine gespenstische Stille breitete sich auf dem Anwesen aus, die von den sich nahezu lautlos bewegenden Tieren nicht gestört wurde. Mit einer Ausnahme: Die Wesen zertrümmerten die Motoren der Fahrzeuge. Mit diesen Wagen würde niemand mehr durch das Land fahren können.

Einige der Affenwesen waren offenbar verwundet worden. Bei den Waffen hatte es sich nicht nur um leichte Jagdgewehre gehandelt, sondern teilweise auch um großkalibrige Militärwaffen. Ragna sah eines der Wesen hinken, ein anderes blutete heftig aus einer Schulterwunde, drei weitere wiesen leichtere Verletzungen auf. Getötet worden war aber anscheinend keines von ihnen, ganz im Gegensatz zu den Menschen, von denen wohl keiner überlebt hatte. Die Wucht und Effizienz des Angriffs waren erschreckend gewesen; trotz ihrer heftigen Gegenwehr hatten die Menschen keine Chance gehabt. Die Affenwesen zogen offenbar in Gruppen über Land, um Überlebende wie diese ausfindig zu machen und zu vernichten. Niedergeschlagen beobachtete Ragna die Kreaturen, die sich um ihre Verwundeten kümmerten und kurze Zeit später den Hof wieder verließen. Wie sollten sie bloß Carracán erreichen, ohne einem dieser Suchtrupps in die Fänge zu geraten?

„Sie sind wohl alle tot", flüsterte Doyle mit grauenerfüllter Stimme. „Anderenfalls würden die Biester nicht abziehen. Wir machen besser einen großen Bogen um den Hof, nicht, dass die noch mal zurückkommen und auch uns erledigen."

„Das geht nicht", erwiderte Josh mit Nachdruck. „Wir müssen nachschauen, ob auf dem Hof etwas zurückgeblieben ist, das wir brauchen können. Lasst uns bis zur Dunkelheit warten, dann schleichen wir uns hinunter." Als er die entsetzten Blicke seiner Begleiter sah, zuckte er entschuldigend mit den Schultern. „Wir haben kaum noch Nahrungsmittel und einige zusätzliche warme Decken oder Kleidung könnten auch nicht schaden."

Resigniert nickten die Freunde, und nachdem die Sonne untergegangen war, die es ohnehin kaum durch die dichte Wolkendecke geschafft hatte, machten sie sich auf den Weg. Es nieselte leicht, doch sie waren bereits bis auf die Haut durchnässt, da der Regen seit Tagen ihr ständiger Begleiter gewesen war. Benny, der aufgrund seiner gerade erst überstandenen Verwundung noch am anfälligsten war, hustete leicht und seine Nase lief, weshalb Esme hoffte, auf dem Hof auch einige Medikamente für ihn zu finden. Erstaunlicherweise war Liz bisher von einer Erkältung verschont geblieben; die Kleine war offensichtlich zäher, als sie angenommen hatten.

Als sie vorsichtig den Hof überquerten und schließlich das Haus betraten, bot sich ihnen das inzwischen vertraute Bild zerrissener Körper und großer Blutlachen, die den Boden tränkten. Benny blieb mit Liz im Hof zurück; er wollte der Kleinen den grauenhaften Anblick, der sich im Haus bieten musste, ersparen. Die Menschen hatten sich heftig gewehrt, wie die zahlreichen Patronenhülsen belegten. Sogar mit Messern waren sie auf ihre Gegner losgegangen, doch auch das hatte sie nicht retten können. Es war eine große Gruppe gewesen, darunter auch mehrere Frauen, die hier eine Zuflucht gesucht hatte. Sie fanden mehr als dreißig Leichen, die Toten im Hof mitgezählt, wobei sie vermuteten, dass fünf von ihnen die ehemaligen Bewohner des Anwesens gewesen waren. Ihre stark fortgeschrittene Verwesung deutete darauf hin. Außerdem waren ihre Leichen in einen kleinen Abstellraum geschafft worden, um der Nomadengruppe nicht im Weg zu sein.

„Daran werde ich mich nie gewöhnen", sagte Sally leise und wandte den Blick ab von der stark verstümmelten Leiche einer jungen Frau. „Lasst uns schnell das Haus durchsuchen und dann von hier verschwinden. Der Blutgeruch verursacht mir Übelkeit."

Tatsächlich hing der Geruch schwer in der Luft, und es bedurfte nicht Ragnas feiner Nase, um ihn wahrzunehmen. Hastig eilten sie durch die Räume und sammelten alles ein, was sie gebrauchen konnten, darunter auch größere Mengen an Konserven und anderen haltbaren Lebensmitteln. Sogar einige noch brauchbare Decken, die von den Nomaden mitgebracht worden waren, fanden sie, nur mit passender Kleidung sah es schlecht aus. Die Feuchtigkeit war durch die eingeschlagenen Fenster und Türen in das Haus eingedrungen und der Stoff selbst in den Schränken hatte zu schimmeln begonnen. Die Kleidung der Toten konnten sie nicht verwenden, selbst wenn sie es gewollt hätten; sie war zerrissen und blutgetränkt. Also begnügten sie sich mit den Decken und packten sämtliche noch brauchbaren Lebensmittel, die sie fanden, in ihre Rucksäcke und Taschen.

Als Josh ein Gewehr aufheben und mitnehmen wollte, schüttelte Ragna den Kopf. „Ich weiß nicht, ob die Affenwesen hier in Irland mit denen in Schottland in Verbindung stehen oder ob sie mich immer noch verschonen würden, sollten wir auf sie treffen, aber eine Schusswaffe deutet nicht gerade auf Friedfertigkeit unsererseits hin. Außerdem sind solche Waffen sehr laut und ich würde mich lieber so unauffällig wie möglich über Land bewegen. Unser bester Schutz sind Heimlichkeit, Unauffälligkeit und sich Verbergen."

„Du hast gut reden." Joshs Stimme klang hart und er lud das Armeegewehr durch; offenbar befanden sich noch Patronen in der Kammer. „Die Biester betrachten dich ja als Kumpel; außerdem hast du deine scharfen Zähne und Krallen und kannst damit kämpfen. Ich hätte gerne schlagkräftigere Argumente als meine Fäuste, wenn die Viecher oder unfreundliche Menschen angreifen, also nehme ich ein Gewehr mit."

Misstrauisch beobachtete Ragna den Amerikaner; würde er sich dazu hinreißen lassen, seine Konkurrentin zu erschießen? Doch nahm sie zwar Abneigung, aber keine diesbezüglichen Absichten in Josh wahr, und so entspannte sie sich wieder. Offenbar hatte Sally recht gehabt mit ihrer Vermutung, dass Josh vernünftig reagieren würde, sobald das Wohl der Gruppe auf dem Spiel stand. „Jeder, der sich zutraut, mit so einem Teil umzugehen, sollte sich eine passende Waffe suchen", fuhr Josh fort. „Ebenfalls zusätzliche Munition. Was wir vom Hof mitgebracht hatten, war ja nicht mehr zu gebrauchen. Außerdem brauchen wir einen Platz zum Schlafen. Diese Leichenhalle hier kommt dafür nicht in Frage. Lasst uns nachschauen, wie es in der Scheune dort drüben aussieht."

Ragna wollte widersprechen, ließ es dann aber bleiben. Wenn Josh sich mit einem Gewehr sicherer fühlte, hatte sie kein Recht, ihn davon abbringen zu wollen. Sie war die Einzige in ihrer Gruppe, die über natürliche Waffen verfügte, was ihr ein gewisses Gefühl von Sicherheit gab, doch das traf nicht auf ihre Freunde zu. Also beobachtete sie nur stumm, wie Sally und Esme sowie schließlich auch Benny Waffen auswählten und das Gepäck der Nomaden nach passender Munition durchsuchten, während Doyle, der auf Liz aufpasste, abwinkte mit dem Hinweis, er würde mit großer Wahrscheinlichkeit eher das eigene Knie treffen als einen Angreifer. Josh unterwies Sally und Esme kurz im Gebrauch der Gewehre, dann hingen sie sich die Waffen über und stopften so viele Magazine in ihre Taschen, wie dort hineinpassten. Seufzend nahm schließlich auch Ragna ein Gewehr an sich und suchte nach der dazu passenden Munition. Sollte es tatsächlich zu einem Kampf kommen, bei dem Gewehre erforderlich sein würden, wollte sie ihre Freunde nicht im Stich lassen und sie notfalls auch auf diese Weise unterstützen. Hoffentlich würden die Monsteraffen, sollten die Freunde ihnen erneut begegnen, dies nicht missverstehen.

Die Scheune war offensichtlich durchsucht worden, ob von den Nomaden oder den Affenwesen war nicht zu erkennen, doch zumindest fanden sie hier keine Leichen. Leise schlossen sie das Tor und sanken dann müde ins Heu, allerdings erst, nachdem sie einige der im Haus gefundenen Wolldecken darübergelegt hatten. Auch das Scheunentor hatte längere Zeit offen gestanden und das Heu war feucht geworden und schimmelte ebenso wie die Kleidung im Wohnhaus. Nachdem sie etwas gegessen hatten, gab Esme Benny Hustensaft sowie einige Antibiotika, die sie im Bad gefunden hatte. Die Nomaden hatten offenbar damit gerechnet, länger auf dem Hof bleiben zu können und deshalb noch nicht damit begonnen, alles Brauchbare auszuräumen. Nun würden sie für immer dort bleiben.

Kurz vor Morgengrauen rüttelte Esme, die gerade Wache hatte, Ragna wach. „Da draußen sind Leute", flüsterte sie. „Sie sind gerade angekommen." Ragna sprang sofort auf und folgte Esme auf den Heuboden, von wo aus sie den Hof gut überblicken konnten. Sie sah die Gruppe sofort: Acht Männer, alle mit Gewehren bewaffnet, schlichen vorsichtig auf das Wohnhaus zu, wobei sie sich ständig nervös umsahen, was Ragna ihnen nicht verdenken konnte. Sie untersuchten die zerstörten Fahrzeuge und blieben auch bei den beiden toten Soldaten stehen, die hinter den Wagen lagen. Nach einer Weile tauchten zwei weitere Männer auf; sie hatten wohl die Hügel im Auge behalten und folgten nun ihren Kameraden. Alle trugen, soweit Ragna das im fahlen Mondlicht erkennen konnte, verschlissene Uniformen. „Ehemalige Soldaten der hier in Nordirland stationierten britischen Armee wie einige der anderen Nomaden", flüsterte sie. „Vielleicht gehörten sie zusammen und diese Männer sind mit einigem Abstand gefolgt, um das Gelände zu sondieren. Aber das sind reine Vermutungen."

„Sie werden ziemlich sauer sein wegen der Schweinerei im Haus." Joshs leises Brummen ließ Ragna zusammenzucken; sie hatte den Amerikaner nicht die Treppe heraufkommen hören. Für seine Größe und Statur bewegte Josh sich erstaunlich leise. Sie beobachteten nun zu dritt, wie die Fremden das Wohnhaus betraten und darin verschwanden. Zwei der Männer blieben allerdings im Hof als Wache zurück, die Gewehre im Anschlag. Nach einer Weile kamen sie wieder heraus und sprachen leise mit den beiden Wächtern, die betroffen wirkten und verbittert den Kopf schüttelten. „Schon wieder diese Biester", sagte einer der Männer mit rauer Stimme. Nur Ragna konnte seine Worte aus dieser Entfernung verstehen. „Hat irgendjemand überlebt, konnte vielleicht entkommen?"

„Sieht nicht so aus", erwiderte sein Kamerad, ein etwa vierzigjähriger Mann von gedrungener Statur und mit kurz geschorenen dunklen Haaren. „Abgesehen von Will und Dennis, die hier draußen liegen, sind alle da drinnen. Sie hatten wohl noch versucht, aus dem Haus abzuhauen. Haben sich offenbar heftig gewehrt. Merkwürdig ist, dass alle Lebensmittel verschwunden sind, auch einige Gewehre. So was nehmen die Viecher doch sonst nie mit."

„Dann sollten wir schleunigst herausfinden, was damit passiert ist", erwiderte einer der Männer, ein noch recht junger Kerl mit einer langen Narbe auf der rechten Wange, wütend. „Unsere Freunde haben hier bestimmt Lebensmittel gefunden, die brauchen wir."

Der Dunkelhaarige sah sich suchend auf dem Hof um. „Der Überfall ist noch nicht lange her; die Diebe könnten noch in der Nähe sein." Sein Blick fiel auf das geschlossene Tor der Scheune. „Vielleicht näher, als wir glauben. Lass uns mal in der Scheune nachsehen."

Ragna schlich augenblicklich zur Treppe und sprang lautlos hinunter. Sie rüttelte die noch schlafenden Freunde wach. „Wir bekommen gleich ungebetenen Besuch", flüsterte sie. „Wir müssen versuchen, das Tor irgendwie zu sichern. Könnt ihr drei euch darum kümmern? Wenn es nicht klappt, nehmt hier unten Deckung und zielt mit euren Gewehren auf das Tor. Und sucht für Liz einen halbwegs sicheren Ort, damit sie nicht versehentlich von einer Kugel getroffen wird." Sie nahm drei Gewehre an sich und stieg die Treppe wieder hinauf. Als sie den Freunden wortlos die Waffen reichte, wussten sie auch ohne weitere Erklärungen, was ihnen möglicherweise bevorstand. Mit entschlossener Miene postierten sie sich am Fenster, die Waffen im Anschlag.

Alle zehn ehemaligen Soldaten schwärmten aus und näherten sich in einer langgezogenen Linie der Scheune. Sie wussten, dass die Fremden, die das Haus geplündert hatten und sich vielleicht in der Scheune aufhielten, auch im Besitz einiger ihrer Gewehre waren, was sie vorsichtig werden ließ. Zwei der Männer gingen um die Scheune herum, um nach einem zweiten Eingang zu suchen, den es allerdings nicht gab. Auch war das Fenster, an dem Ragna und ihre Freunde Wache hielten, das einzige in diesem Gebäude, sodass sich die Aufmerksamkeit der Soldaten zwischen dem Tor und diesem Fenster aufteilte.

Der Dunkelhaarige, der offenbar der Anführer der Soldaten war, wollte gerade das Signal zum Öffnen des Tores geben, da ließ ihn ein Schuss, der genau vor seinen Füßen einschlug, abrupt innehalten. „Keinen Schritt weiter." Joshs Stimme klang hart und unnachgiebig. „Der nächste Schuss trifft. Wir werden uns zur Wehr setzen, wenn ihr uns angreift."

Die Soldaten sahen sich verunsichert an, doch der Dunkelhaarige fing sich schnell wieder. „Ihr habt alle Lebensmittel mitgenommen", rief er zum Fenster hinauf. „Gebt sie heraus, dann passiert euch nichts."

„Wir brauchen sie ebenfalls", erwiderte Josh. „Einen Teil könnt ihr haben, aber nicht alles. Die Dosen lagen im Haus, gehören also nicht euch. Seid froh, dass wir überhaupt bereit sind, euch etwas abzugeben."

„Die Sachen gehören uns!" rief der junge Mann mit der Narbe erbost. „Unsere Freunde waren zuerst hier. Ihr gebt uns alles oder wir greifen an."

„Ruhig, Sandy." Der Dunkelhaarige legte seinem aufgebrachten Kameraden eine Hand auf den Arm. Dann sah er wieder zum Fenster hinauf. „Ich bin Sergeant Atkins. Unser Stützpunkt wurde ausradiert, wir konnten gerade noch entkommen. Unterwegs haben sich dann einige Zivilisten unserer Truppe angeschlossen." Verbittert sah er in Richtung des Wohnhauses. „Sind jetzt alle tot, auch unsere Kameraden, die sie begleitet haben. Sie wollten nachschauen, ob hier etwas Essbares zu finden ist. Und nun habt ihr euch alles unter den Nagel gerissen."

„Wir wussten nicht, dass es Überlebende gibt", erwiderte diesmal Esme. „Ihr seid ja erst vor Kurzem hier eingetroffen. Und wir sind bereit, euch einen Teil zu übergeben. Aber die Hälfte brauchen wir selbst."

Der Sergeant überlegte kurz, dann nickte er zustimmend. „Gut. Sollen wir hereinkommen oder wollt ihr die Lebensmittel herausbringen? Wir wollen so schnell wie möglich weiterziehen."

Die Freunde sahen sich fragend an, doch Josh runzelte misstrauisch die Stirn. „Beides ist nicht gut", flüsterte er. „Ich traue denen nicht. Bei der beschissenen Lage könnten die versuchen, uns alles wegzunehmen."

Ragna nickte zustimmend, dann wandte sie sich dem Sergeanten zu. „Wir lassen die Hälfte der Lebensmittel in einer Decke aus dem Fenster herunter", sagte sie. „Tut mir leid, aber wir haben schon eine Menge schlechter Erfahrungen mit Menschen gemacht, die uns alles andere als wohlgesonnen waren."

Die Soldaten sahen wütend zum Fenster hinauf. Der Sergeant wirkte ebenfalls verärgert, seine Stimme klang hart, als er Ragna antwortete. „Euch ist schon klar, dass wir die Scheune stürmen oder in Brand setzen könnten? Die Bedingungen stellen also wir."

In diesem Moment kam Sally leise die Treppe hinauf und hockte sich neben Ragna auf den Boden. „Das Tor lässt sich nicht sichern", flüsterte sie angespannt. „Es gibt keinen Riegel und wir haben nirgendwo Gegenstände gefunden, die groß und schwer genug sind, um als Blockade zu dienen. Wenn die hereinkommen wollen können sie das problemlos tun."

„Mist!" Ragna sah niedergeschlagen nach unten, auf das nicht besonders stabile Tor, das ihnen offenbar keinerlei Sicherheit bot. Dann atmete sie tief durch und wandte sich wieder ihren Freunden zu. „Ich fürchte, die wollen uns alles abnehmen, was wir besitzen, und wir können noch von Glück sagen, wenn wir mit dem Leben davonkommen. Der Sergeant ist nicht ehrlich zu uns, das spüre ich deutlich. In dieser katastrophalen Lage ist sich eben jeder selbst der Nächste. Entweder wir geben die Lebensmittel auf oder wir kämpfen."

„Das geht nicht", sagte Esme und schüttelte energisch den Kopf. „Wir brauchen die Nahrungsmittel, um bei Kräften zu bleiben. Nicht nur Liz ist für meinen Geschmack viel zu dünn." Sie überlegte kurz, dann wandte sie sich Ragna zu. „Weshalb schließen wir uns ihnen nicht an, wie es die anderen Zivilisten auch getan hatten? Ist doch egal, wie viele Leute nach Carracán wandern."

„Das halte ich für keine gute Idee", erwiderte Ragna nachdrücklich. „Unsere kleine Gruppe lassen die Affenwesen bisher in Ruhe. Ich glaube aber nicht, dass sie das auch noch tun werden, wenn uns eine Einheit Soldaten begleitet. Außerdem ist nicht sicher, dass so viele Menschen den Bewohnern Carracáns willkommen sein werden. Es könnte zu Konflikten kommen."

„Also kämpfen", sagte Josh kurz angebunden und lud seine Waffe durch. Er sah Ragna auffordernd an. „Du könntest es wie auf Esmes Hof machen und denen in den Rücken fallen. Oder ist die Luke dort oben zu schmal für dich?"

Ragna sah nach oben. „Das sollte gehen", sagte sie und ging zu der Luke hinüber, sprang mit einem einzigen Satz hinauf und drückte sie so leise wie möglich auf. Sally verschwand wieder nach unten, um Benny und Doyle zu informieren und sich gemeinsam mit ihnen darauf vorzubereiten, ein Eindringen der Soldaten durch das Tor zu verhindern. Um Ragna die nötige Zeit zu geben, hinter die Soldaten zu gelangen, ging Josh wieder in Stellung und sah auf den Hof und die Männer hinunter, die demonstrativ die Waffen durchluden und damit ihre Kampfbereitschaft signalisierten. „Klingt nicht gerade freundlich", rief er hinunter. „Wir geben euch ja einen Teil ab. Weshalb also diese Drohungen?"

„Ihr sagt, ihr habt schlechte Erfahrungen gemacht." Atkins Stimme klang hart. „Wir auch. Wir holen uns jetzt, was wir brauchen. Solltet ihr versuchen, uns daran zu hindern, erschießen wir euch."

In diesem Moment kam Ragna durch die Luke wieder heruntergesprungen und eilte zum Fenster hinüber. „Die Affenwesen", keuchte sie etwas atemlos. Sie hatte bereits das Dach überquert gehabt und wollte gerade von der Scheune herunterspringen, da trug ihr der Wind eine vertraute Witterung zu. „Eine größere Gruppe. Sie sind nicht mehr weit entfernt. Es ist gut möglich, dass sie der Spur der Soldaten folgen."

Josh und Esme starrten sie entsetzt an. Dann deutete der Amerikaner nach unten. „Wollen wir sie warnen oder die Biester uns die Arbeit abnehmen lassen? Hoffentlich entdecken die uns nicht. Ist ja nicht sicher, dass die hiesigen Viecher dich ebenfalls als Freundin betrachten." In seiner letzten Bemerkung klang unüberhörbar Feindseligkeit mit, doch die brisante Situation, in der sie sich befanden, ließ Ragna hoffen, dass Josh vernünftig blieb.

„Sie sind in Kürze hier", erwiderte Ragna. „Wenn wir die Soldaten warnen werden sie hoffentlich fliehen und die Tiere ihnen folgen. Mit etwas Glück suchen sie auf dem Hof nicht nach weiteren Menschen."

Josh dachte kurz nach, dann nickte er zustimmend. „Ihr solltet besser verduften", rief er zu den Soldaten hinunter. „Eine Horde der Viecher kommt hierher. Wenn die euch erwischen, schlachten die euch genauso ab wie eure Freunde im Haus."

Atkins lachte spöttisch und schüttelte amüsiert den Kopf. „Guter Versuch. Ihr scheint uns für dumm zu halten. Wir holen uns jetzt unsere Lebensmittel."

„Wir müssen sie noch etwas hinhalten, dann sind die Tiere da", flüsterte Ragna. Diesmal wandte sie sich an den Sergeanten. „Es ist genau so, wie Josh gesagt hat. Aber da ihr uns nicht glaubt, werden wir wohl die Lebensmittel zusammenpacken und für euch bereitlegen müssen. Hoffentlich kommt ihr noch dazu, sie auch an euch nehmen zu können."

„Gut, fünf Minuten", erwiderte Atkins. „Dann will ich ein offenes Tor und unsere Lebensmittel sehen, und zwar alle. Meine Geduld mit euch ist am Ende."

„Alle nach oben", zischte Josh. „Und alles mitnehmen. Wir müssen versuchen, uns hier oben zu verstecken. Mit etwas Glück reicht es den Viechern, die von ihnen verfolgten Soldaten zu töten."

Wenig später kauerten die Freunde auf dem Heuboden, ihre wenige Habe und die umkämpften Lebensmittel an die Wand gelehnt, und versuchten, sich so unsichtbar wie möglich zu machen. Sie brauchten keine fünf Minuten mehr auf den Angriff zu warten: Lautes Kreischen zerriss die Stille der Nacht, gefolgt von entsetzten Rufen und Schüssen aus mehreren Gewehren. Zwei der Soldaten versuchten, in die Scheune zu flüchten, doch wurden sie von den Affenwesen zurückgerissen, bevor sie das Tor öffnen konnten. Es war schnell vorbei; die Tiere sahen im Dunkeln wesentlich besser als die meisten Menschen und sie hatten den Angriff gut geplant. Allerdings war ihnen auch nicht entgangen, dass alle Soldaten zuvor in Richtung der Scheune gestarrt hatten, mit angelegten Waffen; in dem Gebäude musste sich also etwas befinden, das sie angreifen wollten.

Es waren acht Affenwesen und sie näherten sich jetzt zielsicher der Scheune. „Sie wissen, dass wir hier sind", flüsterte Benny entsetzt und zog seine kleine Schwester schützend an sich. „Was sollen wir tun? Vor ihnen fliehen können wir nicht, sie sind viel schneller als wir. Sollen wir kämpfen?"

Ragna überlegte kurz, dann schüttelte sie den Kopf. „Zehn an den Waffen ausgebildete Soldaten hatten keine Chance gegen sie, wir also mit Sicherheit auch nicht. Legt alle Waffen beiseite und tut nichts, das auch nur im Geringsten nach Aggression aussieht. Ich versuche, Kontakt mit ihnen aufzunehmen; es ist die einzige Chance, die wir haben."

Widerwillig legten sie die Gewehre beiseite, wobei vor allem Josh deutlich zögerte, Ragnas Vorschlag zu folgen, während die junge Frau hinuntersprang und sich auf die Begegnung vorbereitete. Mit aller Kraft kämpfte sie die Furcht nieder, die sie daran hindern würde, sich auf ihre Aufgabe zu konzentrieren. Wie schon einige Male zuvor öffnete sie ihren Geist, ließ die Schwingungen der Welt in sich eindringen und eine Verbindung zu allem, was sie umgab, herstellen. Sofort spürte sie die kraftvolle Ausstrahlung der Affenwesen, die jetzt das Scheunentor öffneten und so plötzlich vor ihr standen, dass Ragna Mühe hatte, den Zustand der geistigen Öffnung aufrecht zu erhalten. Zaghaft sandte sie freundliche Gefühle aus, verbunden mit der Versicherung, dass sie und ihre Freunde den Wesen nicht feindlich gesonnen waren. Immer wieder versuchte die Furcht, die Verbindung zu stören, doch es gelang Ragna, sie unter Kontrolle und den Kontaktversuch am Leben zu erhalten.

Nur drei der Wesen hatten die Scheune betreten; sie standen nun vor Ragna und musterten sie eindringlich. Der Hass, den Ragna zuvor während ihres Kampfes gegen die Soldaten in ihnen gespürt hatte, war verschwunden und hatte Neugier

Platz gemacht. Hellgrüne Augen musterten die junge Frau intensiv, dann begannen kraftvolle Energiewellen, Ragna einzuhüllen und zu durchdringen. Auch diese Wesen begegneten ihr offensichtlich mit Wohlwollen. Bilder des kleinen Hofes und der dort lebenden Menschen begannen ihren Geist zu erfüllen, gefolgt von Ragnas Begegnung mit dem Jungtier in Greenock und zuletzt sogar dem Zusammentreffen am Zaun der Raffinerie auf Mainland. Diese Affenwesen standen ohne Zweifel mit denen in Schottland und auf den Shetlands in Verbindung und wussten, was dort geschehen war!

Eine Krallenhand hob sich und berührte sachte Ragnas Wange, verbunden mit der ihr inzwischen wohlvertrauten Aufforderung, sich endlich aus ihrem selbstgegrabenen Mauseloch herauszuwagen und den Mut zu finden, den Sprung in eine größere Welt hinaus zu wagen. Verzweifelt starrte Ragna das vor ihr stehende Tier an. Ihre ganze Hilflosigkeit entlud sich in einem geistigen Schrei, den nur die Wesen hören konnten. Was wollt ihr von mir? rief sie in den Geist der Affenwesen hinein. Was soll ich tun?

Sie erhielt keine Antwort, nur eine Welle ermutigender Gefühle, die sie einhüllten, dann wandte sich das Tier ab und verließ die Scheune, gefolgt von seinen zwei Begleitern. Kurze Zeit später war die ganze Gruppe in der Nacht verschwunden, was den Freunden ein erleichtertes Aufatmen entlockte. Ragna dagegen stand noch immer wie erstarrt vor dem Tor, völlig unfähig, sich zu bewegen oder einen klaren Gedanken zu fassen. Erst als Sally sie sanft in den Arm nahm, schüttelte sie verwirrt den Kopf und wandte sich der Freundin zu. „Sie... sie haben wieder mit mir gesprochen, Sally. Nicht mit Worten, aber mit Gefühlen und Bildern. Sie wussten über alles Bescheid, über das, was auf Mainland und später in Greenock und auf Kintyre geschehen ist. Diese Tiere müssen alle geistig miteinander verbunden sein, auch über weite Entfernungen."

Sie schwieg abrupt und starrte in die Nacht hinaus. Ihr war plötzlich ein furchteinflößender Gedanke gekommen: Erwarteten diese Wesen etwa von ihr, wie sie vollkommen mit der Welt zu verschmelzen? Sie lebten ständig in diesem Zustand, doch Ragna fühlte sich wie die Besucherin eines Konzertes, die einer Sinfonie lauschte, sobald sie ihren Geist der Welt öffnete, aber ohne Teil von ihr zu werden. Sie betrachtete alles von außen, wenn auch sehr intensiv; musste sie nun lernen, zu dieser Sinfonie zu werden? Schon der Gedanke, sich selbst völlig aufgeben zu müssen, um Teil von etwas viel Größerem zu werden, jagte ihr furchtbare Angst ein. Sie fürchtete, sich dabei zu verlieren, nicht mehr Ragna zu sein, sondern wie ein Tropfen Wasser in einem Fluss aufzugehen und dabei völlig zu verschwinden.

Sally betrachtete sie nachdenklich. „Haben sie angedeutet, weshalb sie dich und wohl um deinetwillen auch uns verschonen? Oder Megan und ihre Freunde auf dem Hof? Das ist uns allen nach wie vor ein Rätsel."

„Ich sagte ja bereits, dass sie irgendetwas von mir wollen", erwiderte Ragna unwillig. „So lange sie glauben, es noch zu erhalten, werden sie uns wahrscheinlich in Ruhe lassen. Was Megan und die anderen Hofbewohner betrifft, könnte es sein, dass sie diese nicht als Feinde betrachten, da sie im Einklang mit der Natur und in Freundschaft mit ihren Haustieren leben. Doch das sind alles nur Vermutungen; für nichts davon habe ich stichhaltige Beweise."

Selbst ihrer besten Freundin gegenüber wagte Ragna nicht, offen über ihre Erkenntnis zu sprechen, was die Affenwesen wahrscheinlich von ihr erwarteten. Wie würden die Freunde reagieren, wenn sie erfuhren, dass Ragna geistig wie diese menschenmordenden Bestien werden sollte? Würden sie überhaupt verstehen können, was das bedeutete? Ragna selbst konnte nur teilweise erkennen, wohin ihr Weg führen sollte, und die damit verbundene Furcht nagte an ihr und ließ sie mit Abwehr reagieren.

„Dich scheinen sie ja zu lieben." Joshs Stimme klang aggressiv, seine Feindseligkeit war geradezu mit den Händen greifbar. „Sie haben dich sogar gestreichelt. Kommt wohl daher, dass du ihnen so ähnlich bist."

„Du willst offenbar andeuten, dass Ragna uns irgendwann verraten und zu ihnen überlaufen könnte", sagte Benny, der ebenfalls vom Heuboden heruntergekommen war, mit heiserer Stimme. „Das ist völliger Blödsinn! Sie hat bisher alles in ihrer Macht Stehende getan, um uns zu schützen, wurde sogar zweimal beinahe von den Biestern getötet. Dass die Stimmung der Kreaturen ihr gegenüber, aus welchem Grund auch immer, umgeschlagen hat, ist ausschließlich zu unserem Vorteil. Was ist eigentlich mit dir los? Seit Weihnachten versuchst du ständig, gegen Ragna Stimmung zu machen. Glaub nicht, dass mir das nicht aufgefallen ist."

Josh starrte nur grimmig auf den Boden, ohne auf Bennys Frage zu reagieren. „Er kann nicht akzeptieren, dass Ragna und ich ein Paar sind", antwortete deshalb Sally an seiner Stelle mit harter Stimme und blitzenden Augen. „Er sollte sich besser daran gewöhnen. Und um das einmal deutlich auszusprechen: Ich habe diesbezüglich die Initiative ergriffen, nicht Ragna, und ich bin sehr glücklich, dass sie mich erhört hat."

Betroffene Stille breitete sich in der Scheune aus, als jeder über das Gesagte nachdachte und vor allem darüber, was dies für ihre Gemeinschaft bedeuten konnte. Sie brauchten Ragna, und das nicht nur, weil die Affenwesen die Freunde um ihretwillen verschonten. Doch auch Josh war der Gruppe inzwischen unentbehrlich geworden, und das nicht nur wegen seiner Kampferfahrung und Kraft, sondern auch wegen seiner unerschütterlichen Kameradschaft und Hilfsbereitschaft, die er allen außer Ragna entgegenbrachte. Würde es trotz Sallys Erklärung irgendwann zu einer offenen Auseinandersetzung kommen? Das war wirklich das Letzte, was sie jetzt gebrauchen konnten. Bevor die Spannung unerträglich wurde, räusperte Esme sich und wies zum Horizont, der langsam heller wurde. Ohne dass sie es bemerkt hatten, war die Nacht vergangen und der Morgen kündigte sich an. „Wir sollten noch etwas essen und uns dann auf den Weg machen", sagte sie leise. „Es scheint trocken zu bleiben, das sollten wir ausnutzen."

Ein stilles Aufatmen ging durch die Gruppe, da sich die Freunde nun auf etwas anderes konzentrieren konnten als auf den Konflikt, der alle belastete. Die Sonne war gerade aufgegangen, da waren sie wieder unterwegs Richtung Carracán. Noch war es kühl, aber das gleichmäßige Gehen baute nicht nur die Spannung in ihnen ab, sondern wärmte sie auch, zumal ihre Kleidung inzwischen getrocknet war. Die Freunde behielten die Umgebung wachsam im Auge, um unliebsame Überraschungen zu vermeiden, die geladenen Gewehre griffbereit über der Schulter hängend, doch begegneten ihnen keine anderen Menschengruppen, die ihnen vielleicht gefährlich werden konnten. Nur begleiteten sie, wie schon auf Kintyre, gelegentlich einige der Affenwesen, die sie aus der Ferne beobachteten, was nicht nur bei Ragna Unruhe hervorrief.

Verschwundene Welt

„Nein, nicht schon wieder!" Sally starrte niedergeschlagen auf die vor ihnen liegende Landschaft. Sie hatten die Westküste erreicht und standen an dem Ort, an dem sich eigentlich die Stadt Bundoran befinden sollte. Der Strand an der Bundoran Bay war noch vorhanden, doch fehlten sämtliche Gebäude, Straßen und anderen Zeichen menschlicher Besiedlung. Nur nackte Erde war zu sehen, auf der erstes Gras zu sprießen begann. Es war, als hätte jemand den ganzen Ort einfach weggezaubert und nur die ursprüngliche Landschaft zurückgelassen.

„Ich bin hier noch nie gewesen." Esme sah sich verunsichert um. „Was sollte denn hier deiner Meinung nach sein?"

Sally schüttelte betroffen den Kopf. „Eine kleine Stadt", antwortete sie. „Vor dem Angriff der Monsteraffen recht beliebt bei Touristen, vor allem wegen des Strandes, aber auch eine Art Durchgangsort für Reisende, die von Donegal nach Leitrim oder umgekehrt wollten, dabei aber Nordirland lieber mieden. Und jetzt ist hier nichts mehr, absolut gar nichts."

„Ist mit Bundoran vielleicht das Gleiche passiert wie mit Greenock und davor mit Charltons Rock?" fragte Doyle voller Unbehagen. „Gibt es mehr als eine dieser schwebenden Riesenamöben? Der Ort, an dem sich diese beiden Städte zuvor befunden hatten, sahen in etwa genauso aus wie dieser Platz."

„Du könntest recht haben, Doyle", erwiderte Benny. „Wenn es allerdings tatsächlich mehrere dieser Städtefresser gibt, könnten wir noch häufiger auf solche leergefegten Plätze stoßen."

Sie setzten sich auf einige niedrige Felsblöcke, die am Rande der großen Erdfläche lagen, die gerade von der Natur zurückerobert wurde. Sie waren einer schmalen Straße gefolgt, die hier am Rand der offenbar neu entstandenen Brache abrupt endete. „Ich fasse mal zusammen", sagte Josh nach einer Weile. „Zuerst erscheinen die pelzigen Viecher und ermorden jeden Menschen, auf den sie treffen." Er unterbrach kurz und warf Ragna einen giftigen Blick zu. „Na ja, zumindest fast jeden Menschen. Dann taucht ein riesiges Ungeheuer aus dem Meer auf und verschlingt ganze Schiffe. Und nun lässt ein fliegender Schleimklumpen Städte verschwinden. Was wohl als Nächstes kommt?"

Esme ließ ein kurzes hartes Lachen hören. „Gute Frage, Großer. Ich habe immer mehr das Gefühl, mich in einer fremdartigen Welt zu befinden, in die ich eigentlich nicht mehr gehöre. Wir Menschen haben die Erde ja bisher immer als ‚unsere Welt' betrachtet; davon kann kaum noch die Rede sein."

„Das würde ich so nicht sagen." Ragna sah nachdenklich auf das sich langsam begrünende Gebiet vor ihnen. „Wir müssen uns nur an neue Gegebenheiten anpassen, die nicht wir bestimmt haben. Entweder wir schaffen das oder wir gehen unter. Das ist aber nichts Neues, betrachtet man die Entwicklungsgeschichte der Menschen. Bis zum Beginn der Sesshaftigkeit war unsere Art immer gezwungen gewesen, sich an die natürlichen Bedingungen anzupassen, wollte sie überleben. Wir müssen das eben wieder lernen."

Benny schüttelte angewidert den Kopf. „Du meinst, wir sollen wieder zu Sammlern und Jägern werden? Nun, derzeit leben wir ja tatsächlich auf diese Weise. Aber dauerhaft? Das würde mir nicht gefallen. Ich möchte irgendwann mal wieder ein Dach über dem Kopf haben, ein warmes Kaminfeuer, ein bequemes Bett, ohne Gefahr zu laufen, dass irgendwelche mordlustigen Biester durch das Fenster brechen und mich abmurksen wollen. Liz soll an einem Ort aufwachsen, an dem sie ohne Furcht leben und mit anderen Kindern spielen kann. Ob wir das überhaupt noch irgendwo finden werden?"

„Vielleicht in Carracán", erwiderte Ragna ohne große Hoffnung, was ihren Worten auch anzuhören war. Seufzend erhob sie sich und wies die Küste hinauf. „Wir sollten weitergehen. Es ist immer noch ein langer Weg und wir wissen nicht, ob wir weiterhin unbehelligt bleiben werden."

Es war Josh anzusehen, dass er eine bissige Bemerkung machen wollte, doch ein scharfer Blick von Sally ließ ihn die Worte hinunterschlucken und stumm der Gruppe folgen, die sich bereits auf den Weg gemacht hatte. Er schien sich noch immer nicht damit abgefunden zu haben, dass Sally für ihn unerreichbar war, und gab nach wie vor Ragna daran die Schuld. Als sie Mullaghmore erreichten, oder besser, wo es liegen sollte, bot sich ihnen der gleiche Anblick wie zuvor an der Bundoran Bay: eine Brache mit beginnendem Graswuchs, aber weder Häuser noch andere Anzeichen menschlicher Besiedlung. „Der Ort wurde ebenfalls ausradiert", flüsterte Benny fassungslos. „Wollen diese fliegenden Riesenamöben etwa alles auslöschen, was von uns Menschen errichtet wurde?"

„Scheint so", antwortete Esme und ergriff seine Hand. Jetzt, wo ihre Welt zunehmend zerfiel, bot nur noch die Nähe der Freunde ein wenig Halt. „Lasst uns weitergehen. Wir brauchen eine Unterkunft für die Nacht. Hier finden wir sie jedenfalls nicht mehr."

Das Bild wiederholte sich, je weiter sie die Küste entlanggingen, was sie dazu zwang, im Freien zu übernachten. Überall, wo eigentlich ein Ort hätte liegen sollen, fanden sie nur leere Flächen mit grünen Tupfern. Selbst Sligo, das immerhin beinahe 20.000 Einwohner gehabt hatte, war spurlos verschwunden. Erschüttert setzten sich die Freunde an einem Hang ins frische Gras, das bereits eine dichte Decke bildete, und sahen über das Land, das sich bis zur Bucht erstreckte, an der Sligo einst lag. Hinter ihnen erhob sich der majestätische Ben Bulben, das Wahrzeichen des Countys. Es kümmerte ihn nicht, ob an seinem Fuße Menschen wohnten oder nicht. Sein während der Eiszeit in die Form eines Tafelbergs geschliffenes altes Gestein hatte schon viele Arten kommen und gehen gesehen. Die Menschen waren nur eine weitere Art, die nun dabei war, zu verschwinden und mit ihnen offensichtlich auch ihre einstigen Siedlungen.

„Ich verstehe das nicht." Sally klang resigniert. Mechanisch aß sie kalten Eintopf aus einer Dose, da sie es nicht wagten, im offenen Gelände ein Feuer anzuzünden. „Dies waren doch hübsche kleine Orte ohne Industrie, soweit ich weiß. Da würden mir aber viele Städte einfallen, die ich lieber in Luft aufgelöst sehen würde."

Ragna sah zum Wasser hinunter, das in der Sonne glitzerte. „Vielleicht sind sie es ja inzwischen auch und wir wissen es nur nicht", sagte sie leise. „Unser Weg hat uns die letzten Monate größtenteils durch dünn besiedeltes Gebiet geführt. Wer weiß, was inzwischen in Großbritannien alles geschehen ist, ob zum Beispiel Birmingham überhaupt noch existiert."

„Mal nicht den Teufel an die Wand", brummte Josh missmutig. „Ich mochte Glasgow. Der Gedanke, dass die Stadt plötzlich nicht mehr da ist, gefällt mir nicht. Aber da sie nicht weit von Greenock liegt und der Häuserfresser in ihre Richtung davonzog, habe ich wenig Hoffnung, dass es noch vorhanden ist."

Esme wies zu einem Hügel hinüber, der auf der anderen Seite der weitgehend leeren Ebene lag, zu der Sligo geworden war. „Unsere Aufpasser sind wieder da. Ich sehe zwei von ihnen. Was die sich wohl davon versprechen, uns zu beobachten?"

Diese Frage konnte auch Ragna nicht beantworten. Wollten die Wesen sichergehen, dass sie keinen Unfug anstellten, oder bewachten sie die Freunde, damit ihnen nichts geschah? Das waren zwei Möglichkeiten, doch konnte es auch einen ganz anderen Grund dafür geben, dass sie gelegentlich von den Tieren begleitet wurden. Ragna traute sich nicht, Kontakt zu ihnen aufzunehmen und sie direkt zu fragen; sie befürchtete, dass sie dies übel nehmen könnten. Sie hatten ja bereits deutlich gemacht, dass sie von ihr erwarteten, selbst Antworten auf ihre Fragen zu finden.

Ein kühler Wind war aufgekommen und am Horizont zogen dunkle Wolken herauf. Es war erst kurz nach Mittag, doch die Sonne wärmte noch nicht ausreichend, um die Kälte des gerade erst beginnenden Frühlings zu vertreiben. Fröstelnd suchten die Freunde nach etwas, das ihnen Schutz bieten konnte; es würde bald regnen und der Wind frischte weiter auf. Da die Stadt verschwunden war, sahen sie sich zwischen den Hügeln um, doch ohne Erfolg. Mit gesenkten Köpfen stapften sie durch Gras und Geröllflächen, ohne auch nur einen Schuppen zu finden, der ihnen ein wenig Schutz geboten hätte.

„Wir sollten uns aufteilen und getrennt nach einer Unterkunft suchen", sagte Josh und sah zu einer landeinwärts gelegenen Hügelkette hinüber. „Es wird bald regnen, dann brauchen wir Schutz. Wenn wir überall gleichzeitig suchen, finden wir eher etwas."

Benny seufzte leise und zog seine kleine Schwester an sich, die ängstlich zu den Wolken hinaufsah. „Es gefällt mir zwar nicht, dass wir uns trennen, aber du hast sicher recht. So könnten wir deutlich schneller Erfolg haben, als wenn wir als geschlossene Gruppe durch die Gegend streifen."

Benny, Liz und Esme wollten sich im Süden umsehen, also in Richtung ihres angestrebten Zieles. „Ragna und ich kommen gut allein klar", sagte Josh. „Ihr beide", er wies auf Sally und Doyle, „sucht gemeinsam die Küste ab. Ich gehe nach Norden und Ragna in die Hügel im Osten. So decken wir ein möglichst großes Gebiet ab. Wir treffen uns in spätestens einer Stunde wieder hier; bis dahin sollte es noch trocken bleiben."

Das erschien allen als eine gute Lösung, und so machten sie sich auf den Weg. Doch trotz intensiver Suche entdeckte Ragna nicht einmal eine kleine Hütte, die sich vielleicht in einem Tal zwischen den Hügeln verbarg. Hatte der Häuserfresser auch derart kleine Bauwerke beseitigt oder hatte nur einfach niemand hier eine Unterkunft errichtet? Das erschien ihr ziemlich unwahrscheinlich; zumindest einen Viehunterstand oder einen Schuppen hätte sie irgendwo finden müssen.

Ragna durchquerte gerade eine Mulde zwischen zwei Hügeln, da schlugen ihre Instinkte plötzlich Alarm. Jemand beobachtete sie, jemand der ihr feindlich gesonnen war, wie sie spürte. Hektisch sah sie sich nach der Quelle der Gefahr um, versuchte herauszufinden, wer sie da belauerte, doch bevor sie reagieren und Deckung suchen konnte, durchbrach der Knall eines Schusses die Stille zwischen den Hügeln. Ragna taumelte mit schmerzverzerrtem Gesicht zurück; die Kugel hatte sie in die Brust getroffen und raubte ihr förmlich den Atem. Dann fiel ein zweiter Schuss, und ein brennender Schmerz an der Seite ihres Kopfes löschte ihr Bewusstsein aus und ließ sie besinnungslos in das hohe Gras sinken. Sie bekam nicht mehr mit, wie ihr verwundeter Körper hochgehoben und kurze Zeit später in eine verborgene Felsspalte geworfen wurde, die anschließend auch noch mit Ästen abgedeckt und so den Blicken zufällig Vorbeikommender entzogen wurde.

Die Freunde trafen sich zur vereinbarten Zeit am Ausgangspunkt ihrer Suche wieder. Benny und seine Begleiterinnen hatten tatsächlich einen noch halbwegs intakten Schuppen gefunden, der ihnen Schutz bieten konnte, und so warteten sie voller Ungeduld auf Ragnas Rückkehr. Vor allem Sally wurde zunehmend nervöser und suchte die Umgebung mit ihren Blicken ab. „Wo bleibt sie denn bloß?" fragte sie sorgenvoll. „Ragna ist doch diejenige von uns, die am wenigsten Gefahr läuft, von den Monsteraffen überfallen oder von Banditen überrascht zu werden."

Josh kratzte sich nachdenklich am Kopf und blickte zu den Hügeln hinüber. „Ich glaubte, Schüsse aus der Richtung zu hören", sagte er nach einer Weile. „Ich war mir aber nicht sicher, hab deshalb nicht nachgeschaut."

Ein Grollen übertönte die aufgeregten Rufe der Freunde, die nun alle angsterfüllt zu den Hügeln hinübersahen. Das Unwetter hatte sie erreicht; eiskalte Böen warfen sich gegen die ungeschützt auf der Ebene stehenden Menschen und die Wolken würden in Kürze damit beginnen, sintflutartigen Regen auf sie hinunterprasseln zu lassen. „Wir müssen zum Schuppen!" rief Josh energisch und drängte die Freunde, in Richtung Süden zu gehen. „Liz wird es nicht lange in diesem Unwetter aushalten, und auch Benny ist noch nicht wieder gesund. Ragna wird uns dort schon finden. Sollte sie nicht kommen suchen wir sie, sobald das Unwetter vorbei ist."

„Ich suche sie jetzt!" rief Sally und schob Joshs Hand zurück, der sie genau daran zu hindern versuchte. „Die anderen gehen vor und suchen Schutz in dem Schuppen. Ich bin Wetter wie dieses gewohnt; auf See habe ich Schlimmeres überstanden. Ihr habt ja gut beschrieben, wo der Schuppen liegt; ich komme dann mit Ragna dorthin, sobald ich sie gefunden habe."

Josh schüttelte seufzend den Kopf. „Dann muss ich wohl mitkommen. Ist allein zu gefährlich, wegen der Banditen und so. Wir treffen uns im Schuppen."

Es war Benny anzusehen, dass es ihm nicht gefiel, dass sich die Freunde erneut trennten, doch nicht nur seine kleine Schwester benötigte dringend Schutz vor dem immer heftiger werdenden Unwetter. Die noch nicht völlig abgeklungene Erkältung schwächte ihn, und so stapfte er mit gesenktem Kopf davon, Liz hinter sich herziehend und begleitet von Esme und Doyle, die immer wieder sorgenvolle Blicke zu den Hügeln hinüberwarfen, denen sich Sally und Josh mit weitausholenden Schritten näherten. Bald waren die beiden aus ihrem Blickfeld verschwunden, und die kleine Schar beeilte sich, den Schuppen zu erreichen, der den Regen von ihnen fernhalten würde, der nun auf sie herabzufallen begann.

Sally und Josh waren dem Unwetter dagegen schutzlos ausgeliefert. Sie stiegen einen Hügel hinauf und versuchten, sich von dort aus einen Überblick zu verschaffen, doch reduzierten der dichte Regenvorhang sowie das durch die Wolkendecke erzeugte Dämmerlicht ihre Sicht auf wenige Meter. Also rutschten sie durch das nasse Gras den Hügel wieder hinunter und folgten einer Vertiefung, die sich zwischen zwei Hügeln hindurchzog. Hügel um Hügel suchten sie ab, schauten in jede Rinne, jeden Graben, jedes Gebüsch, ohne auch nur eine Spur der vermissten Freundin zu entdecken. An der verborgenen Felsspalte liefen sie vorbei, ohne sie überhaupt zu bemerken.

Mit jeder erfolglosen Minute, die verging, wuchs Sallys Verzweiflung, und sie war kurz davor, laut nach der Freundin

418

zu rufen. Doch hielt sie die Vernunft gerade noch rechtzeitig davon ab, sich und Josh auf diese Weise in Gefahr zu bringen. Rufe konnten von den Affenwesen oder ihnen feindlich gesonnenen Menschen gehört werden und sie in große Schwierigkeiten bringen. Vielleicht würden diese sogar ihre im Schuppen verborgenen Gefährten aufstöbern und töten; diesmal war keine Ragna bei ihnen, die sie daran hindern konnte. Doch was war mit der Freundin geschehen? Sally war sich sicher, dass Ragna sie niemals im Stich lassen würde. Es musste ihr also etwas zugestoßen sein.

Joshs Hand, die sich beruhigend auf ihre Schulter legte, riss sie aus ihren finsteren Gedanken. „Wir suchen jetzt schon seit mehr als einer Stunde", sagte der Amerikaner sanft. „Noch weiter kann sie eigentlich nicht gekommen sein. Vielleicht ist sie schon längst im Schuppen und wir frieren uns hier grundlos den Hintern ab."

„Glaubst du wirklich?" Dankbar griff Sally nach diesem Strohhalm der Hoffnung und wischte sich den Regen aus den Augen, der sich dort mit einigen Tränen vermischt hatte. „Ja", erwiderte Josh und lächelte ihr aufmunternd zu, „Ich mag sie zwar nicht, gebe aber zu, dass sie ein zähes Luder ist und bestimmt gut klar kommt."

Als sie nach einer weiteren Stunde den Schuppen endlich erreichten, waren sie bis auf die Haut durchnässt. Zitternd ließen sie ihre Rucksäcke auf den Boden fallen und sahen sich suchend um, doch nur Benny, Esme, Liz und Doyle erwiderten ihre Blicke. Ragna hatte den Unterschlupf offensichtlich noch nicht erreicht, und sofort wollte Sally sich erneut in den Regen hinausbegeben, um die Suche fortzusetzen. Nur mit vereinten Kräften gelang es ihren Freunden, sie von diesem aussichtslosen Vorhaben abzubringen.

„Wir werden alle nach ihr suchen, sobald das Wetter besser geworden ist", sagte Doyle freundlich. „Bei diesem Regen und Dunkelheit könnten wir an ihr vorbeigehen, ohne sie zu bemerken. Ragna ist in der Wildnis aufgewachsen; sie findet sich hier besser zurecht als jeder andere von uns. Hab ein wenig Geduld, sie wird sicher bald wieder zu uns stoßen."

Widerwillig sank Sally auf eine Decke hinunter, die Esme dort für sie ausgebreitet hatte, und wechselte ihre nasse Kleidung gegen die trockene Ersatzkleidung aus dem Rucksack. Während der Regen auf das Dach des kleinen Gebäudes prasselte, versuchten die Freunde, ein wenig Schlaf zu finden. Josh erbot sich, die erste Wache zu übernehmen, was dankbar angenommen wurde, und schon bald verrieten tiefe Atemzüge, dass die Freunde ihrer Erschöpfung Tribut zollten. Nur Sally warf sich unruhig auf ihrer Decke herum und starrte mit offenen Augen in die sie umgebende Dunkelheit.

Das Unwetter tobte die ganze Nacht hindurch und erst am frühen Morgen ließen Wind und Regen endlich nach. Als schließlich die Wolkendecke über ihnen aufriss und es einigen Sonnenstrahlen gestattete, Licht und Wärme zur Erdoberfläche zu senden, packten die Freunde ihre Sachen zusammen und machten sich zum Aufbruch bereit. Ragna wurde noch immer vermisst, und sie hatten beschlossen, die Hügel noch einmal abzusuchen, diesmal gemeinsam und ein größeres Terrain abdeckend, als es Sally und Josh zuvor möglich gewesen war. Schon bald durchstreiften sie paarweise die Hügel, auf jedes kleinste Detail achtend, das ihnen vielleicht einen Hinweis auf Ragnas Verbleib geben konnte. Vor allem Sally ging dabei äußerst gründlich vor, und so war sie es, die die verborgene Felsspalte entdeckte, die nur noch teilweise von den Ästen bedeckt war. Ihr lauter Aufschrei alarmierte die Freunde, die so schnell wie möglich zu ihr eilten und schließlich ebenso fassungslos wie sie in die blutverschmierte Vertiefung starrten wie Sally, die laut aufschluchzend Ragnas Rucksack aus der Spalte zog, der dort blutbefleckt unter einigen dornigen Zweigen lag.

„Sie war hier!" Sally hielt benommen den Rucksack in ihren Händen und berührte immer wieder die eingetrockneten Blutflecke. „Wir sind gestern an ihr vorbeigegangen und haben sie nicht bemerkt. Dabei hätte sie dringend unsere Hilfe gebraucht." Mit tränenblinden Augen sah Sally zu ihren Gefährten hoch. „Doch wo ist sie jetzt? Sie ist offenbar verletzt; allein wird sie nicht weit gekommen sein."

„Wir haben alles gründlich abgesucht", sagte Benny verzweifelt. „Wir hätten sie finden müssen, irgendwo im Gras liegend. Hier gibt es doch kaum Verstecke."

Doyle starrte noch immer wie hypnotisiert in die tiefe Spalte. „Vielleicht hat sie jemand gefunden und mitgenommen", flüsterte er wie zu sich selbst. Im gleichen Moment bedauerte er seine Worte. Bilder von verwilderten Hunderudeln erschienen vor seinem geistigen Auge, Erinnerungen an Banden schießwütiger Plünderer und mordlustiger Kreaturen. Letztere konnten durchaus entschieden haben, dass eine schwer verwundete Ragna für sie nicht mehr von Nutzen war und es besser sei, sie nun doch umzubringen. Besonders beunruhigte ihn das Fehlen jeglicher Spuren, sah man einmal von denen in der Spalte ab. Ragna hatte die Spalte offenbar noch während des Regens verlassen; anderenfalls hätten sie Blut und andere Spuren finden müssen.

Seinen Freunden gingen offenbar ähnliche Gedanken durch den Kopf. „Weder Fußabdrücke noch andere Spuren sind zu sehen", sagte Esme bekümmert. „Nur das Blut und der Rucksack in der Spalte zeugen davon, dass sie überhaupt hier gewesen ist. Wer immer sie fortgebracht hat, muss dies zu Beginn des Regens getan haben, der dann alle Hinweise fortgespült hat. Sie selbst wird die Spalte wahrscheinlich nicht mehr aus eigener Kraft verlassen haben; dafür ist hier zu viel Blut zu sehen. Ihre Verwundung muss schwerwiegend sein."

„Ich hatte ja Schüsse gehört." Erschüttert sah Josh von einem blassen Gesicht zum nächsten. „Zumindest glaubte ich das. Ich hätte nachsehen müssen und habe es nicht getan, tut mir echt leid. Irgendwer hat ihr aufgelauert, sie niedergeschossen und hier reingeworfen. Bloß wer hat sie dann wieder rausgeholt und mitgenommen?"

Sally war auf den Hügel über der Spalte gestiegen und sah mit starrem Blick über das regennasse Land. Sie lauschte den Worten der Freunde nur mit halbem Ohr und suchte stattdessen die Gegend nach irgendeinem Hinweis ab, der ihr zeigen mochte, was mit der geliebten Freundin geschehen war, doch alles erreichte sie nur wie durch einen Schleier, eine Nebelwand, die sie umgab. Ihr Inneres war wie gelähmt, ihr Herz schlug hart und schmerzhaft, ertrug den furchtbaren Verlust nicht, den es erlitten hatte. Ein Rest von Vernunft, der ihr geblieben war, sagte ihr, dass die Freundin tot oder doch zumindest für sie verloren war. Selbst wenn sie weiter nach ihr suchen würden: Wo sollten sie damit anfangen? Die Hügel boten sich ohne jedes Zeichen für sie dar, schienen sie mit ihrer vom Regen gereinigten Leere zu verhöhnen.

Benny war ihr gefolgt und nahm sie sanft in den Arm. „Wir suchen weiter. Wir könnten uns wieder aufteilen und in allen Richtungen nach Spuren Ausschau halten. Mach dir keine Sorgen, wir lassen Ragna nicht im Stich."

Als sie am Abend erneut am Schuppen zusammenkamen, waren sie vollkommen erschöpft und hatten jede Hoffnung verloren, die Freundin doch noch zu finden. Nirgendwo hatten sie auch nur den kleinsten Hinweis gefunden, keinen Fußabdruck Fremder, keine Schleifspur, keine Blutstropfen. Ragna war wie vom Erdboden verschluckt.

„Es hat keinen Sinn mehr." Verbittert schleuderte Doyle seinen Rucksack auf den Boden. „Wir sind heute stundenlang in alle Richtungen gelaufen, haben jeden Stein umgedreht. Nirgendwo war auch nur das kleinste Fitzelchen von Ragna zu entdecken. Inzwischen hoffe ich sogar, dass sie es hinter sich hat und nicht mehr leiden muss."

Aller Augen richteten sich auf Sally, die mit leerem Blick auf den Boden starrte. Keine Empörung zeigte sich in ihrem Gesicht, weder Aufbegehren noch Zorn. Mechanisch kramte sie in ihrem Rucksack und zog eine Decke daraus hervor, in die sie sich wortlos einwickelte und den Freunden den Rücken zuwandte. Das war schlimmer, als wenn sie geschrien und getobt hätte; es zeigte ihren Gefährten deutlich, wie hart sie der Verlust der Freundin getroffen hatte. Still bereiteten nun auch die anderen ihr Nachtlager, aßen eine Kleinigkeit und legten sich schlafen, während Benny die erste Wache übernahm. Doch in dieser Nacht gelang es niemandem, wirklich Ruhe zu finden.

Auch das Frühstück verlief still und in niedergeschlagener Stimmung. Erst nachdem alle ihre Rucksäcke und Taschen gepackt hatten, schnitt Esme das heikle Thema an. „Wollen wir weitersuchen?" fragte sie behutsam und sah dabei in Sallys Richtung. „Wir könnten den Radius noch weiter ausdehnen."

„Wozu?" Sallys Stimme war kaum zu verstehen. „Wir haben auch nicht den Hauch einer Spur gefunden. Wie weit kann sich eine schwer verwundete Frau geschleppt haben? Und wenn sie getragen wurde: wohin? Vielleicht wurde sie sogar in einem Auto fortgebracht. Sollen wir ganz Irland nach ihr durchsuchen? Nein, es macht keinen Sinn, weiter im Gras herumzustochern."

Esme nahm sie sachte in den Arm und drückte sie an sich. „Vielleicht wäre es das Beste, weiter ihrem Plan zu folgen und nach Carracán zu gehen, außer jemandem fällt eine bessere Alternative ein. Wenn es ihr möglich ist, wird sie sicherlich auch dorthin kommen. Wäre das in Ordnung für dich?"

Sie erschauderte, als sie Sallys leeren mutlosen Blick bemerkte, doch die stämmige Frau nickte leicht und erhob sich mühsam vom Boden. „Also weiter nach Carracán", sagte Esme leise und sah fragend in die Runde. „Sind alle einverstanden?"

Da niemand wusste, was sie anstelle dessen tun sollten, machten sie sich kurze Zeit später wieder auf den Weg zur Halbinsel. Ohne Ragna würde es deutlich schwerer werden, Gefahren rechtzeitig zu erkennen, da niemand anderes ihre scharfen Sinne besaß. Auch mussten sie sich nun wieder vor den Monsteraffen in Acht nehmen: Diese hatten die kleine Gruppe bisher nur Ragna zuliebe verschont. Ob sie die Freundin jemals wiedersehen würden, vielleicht sogar in Carracán? Niemand glaubte wirklich daran, und doch war es ein Gedanke, der ihnen half, einen Fuß vor den anderen zu setzen und sich langsam aber sicher der Halbinsel zu nähern. Ob sie dort tatsächlich einen sicheren Hafen oder doch nur ein weiteres Schlachtfeld vorfinden würden, war ungewiss, doch es war ein Ziel in einer Zeit, die den Menschen kaum noch Hoffnung oder gar Sicherheit bot. Untergang oder Erlösung – sie würden es darauf ankommen lassen müssen.

Rakai

Warme erdige Dunkelheit umgab sie, Feuchtigkeit und von Fruchtbarkeit geschwängerte schwere Luft. Es schien ihr, als wäre ihr Körper in ein Gespinst aus feinen Wurzeln eingehüllt, tief unter der Erdoberfläche, die dort eine Höhlung ausgespart hatte, gerade groß genug für sie. Sie konnte sich kaum bewegen; jedes ihrer Gliedmaßen war umwunden von seltsam schleimigen Fäden, die auch ihren Brustkorb überspannten und eine Art Decke unter ihrem Rücken bildeten, wo sie ein Kribbeln erzeugten, das wie leichte Stromstöße ihren Körper durchzog. Panik erfasste sie, als sie durch blindes Herumtasten bemerkte, dass die Höhle keine Öffnung aufwies. Sie lag in einem Grab, umgeben von fremdartigem Leben, dem sie offenbar als Nahrung dienen würde. Pflanzen und Pilze waren geduldig; sie würden ihren Körper langsam auflösen und sich die darin enthaltenen Nährstoffe einverleiben, um selbst besser wachsen zu können.

Ragna erinnerte sich an die Schüsse, an die Schmerzen und das Erlöschen aller Gedanken. Hatten die Attentäter sie anschließend begraben? Für ein Verscharren erschien ihr der Hohlraum zu groß und gleichmäßig; die Höhlung musste bereits vorhanden gewesen sein und die Banditen hatten sie nur hineingelegt und den Hohlraum dann oben mit Erde abgedeckt. Wie lange lag sie bereits hier? Pilze bewegten sich nur langsam, und doch war ihr ganzer Körper von einem Pilzgeflecht umsponnen. Das hätte Tage in Anspruch genommen, die das bisschen Atemluft, das im Hohlraum vorhanden gewesen sein mochte, längst aufgebraucht hätten. Sie konnte noch immer atmen, auch wenn die Luft feucht und modrig roch.

Sie spürte keine Schmerzen, weder in der Brust noch am Kopf, wo sie eine der Kugeln gestreift hatte, nur eine alles beherrschende Schwäche, die ihr jeden Antrieb raubte. Es kostete sie viel Kraft, eine Hand zu heben und die rechte Brustseite zu berühren, wo sie getroffen worden war. Ein entsetzter Schrei entrang sich ihrer Kehle: Die Pilzfäden waren durch die Wunde in ihren Körper eingedrungen und füllten dort ihren Brustkorb aus! Ein sanftes Pulsieren ging von ihnen aus, das ihren Oberkörper durchzog, beruhigend, tröstend, als wollten diese Wesen sie ermutigen, sich ihnen hinzugeben und mit ihnen zu verschmelzen, eins mit ihnen zu werden, ganz Pilz, Wurzel und Erde.

Als sie mit der Hand ihr Gesicht berührte, fühlte sie auch dort den allgegenwärtigen Pilz. Er bedeckte ihre Augen, wuchs in Nase und Ohren hinein und füllte auch nahezu den ganzen Mund aus. Ragna zitterte unkontrolliert, fühlte ihre Hilflosigkeit, ihr Ausgeliefertsein wie eine tonnenschwere Last, die sie zu erdrücken drohte. Der Pilz war dabei, ihren ganzen Körper zu vereinnahmen. Doch weshalb war sie trotzdem in der Lage gewesen, einen Schrei auszustoßen? Weshalb konnte sie noch immer atmen? „Wir atmen für dich". Der Lichtfunke dieses Gedankens durchzuckte sie. „Wir leben für dich. Wir heilen dich. Kämpfe nicht gegen uns. Wir sind nicht deine Feinde."

Erschüttert ließ Ragna die Hand wieder sinken, wo sie auf einem Bett aus Pilzen landete, die sofort damit begannen, sie wie liebkosend einzuhüllen. Ragna wusste nicht viel über Pilze, doch erschien ihr die Geschwindigkeit, mit der sich diese Pilzart bewegte, ungewöhnlich hoch. Auch hatte sie nie gehört, dass Pilze über höhere geistige Fähigkeiten verfügten. War dieser Pilz bereits in ihr Gehirn eingedrungen und stimulierte dort die Gedanken, die sie zu hören geglaubt hatte? Bilder von Kernkeulen, die Ameisen und andere Insekten infiziert hatten und sie lenkten, bis sie starben, zogen vor ihrem geistigen Auge vorbei. Geschah hier nun das Gleiche mit ihr? Stellten diese Pilze sie ruhig und verhinderten so jede Gegenwehr, bis sie starb und ganz von ihnen aufgelöst wurde?

Wimmernd versuchte Ragna, sich herumzuwerfen und das Pilzgeflecht abzuschütteln, doch ihr fehlte die Kraft, auch nur den Arm zu heben. Das besänftigende Pulsieren wurde stärker, zog in warmen Wellen durch ihren Körper und führte schließlich dazu, dass Ragna still und völlig erschöpft liegen blieb und sich dem, was mit ihr geschah, ergab. Was hätte sie auch tun können? Sie konnte nicht sehen, sich kaum bewegen, geschweige denn sich aus dieser Erdhöhle befreien. Die einzige Hoffnung, die ihr blieb, war, dass es schnell vorbei sein würde und sie ohne großes Leiden starb.

Das Pulsieren erfüllte nun ihren ganzen Körper, wie leiser Trommelklang, der rhythmisch ihre Muskeln zum Schwingen brachte. Jeder Gedanke, den Ragna zu fassen versuchte, zerfiel schon im Ansatz, und bald trieb sie im Strom der Klänge, die aus der Erde selbst zu kommen schienen. Sie fühlte ihren Körper zerfallen, aufgesogen vom Pilz, der die darin gebundene Energie an das sie umgebende Leben weitergab. Mit jedem Stück von ihr, das von ihr abfiel, wurde sie mehr und mehr Teil des sie umgebenden Grabes. Sie floss in das Pilzgeflecht hinein, das zu ihrer Verwunderung nicht auf die Höhlung beschränkt war, sondern den ganzen Wald durchzog, in dem sich der Hohlraum offenbar befand. Die Pilze gaben ihre Essenz an die Wurzeln weiter, mit denen sie in Partnerschaft lebten, und über die Wurzeln stieg Ragna in die Stämme der Bäume hinauf, verteilte sich im Astgewirr und schließlich in den Blättern, die sich leicht im Wind bewegten.

Beinahe spielerisch sprang ihr Geist in den die Bäume liebkosenden Lufthauch hinein und ließ sich von ihm tragen. Wo immer der Wind einen Stein, einen Bach oder ein Lebewesen berührte, blieb ein Teil von ihr daran haften, drang darin ein. Im Felsen wurde sie kühl und schwer, doch zugleich war auch Veränderung zu spüren; Funken von Energie durchzogen das Gestein, während Wind und Wasser an der Oberfläche nagten und dem Stein langsam aber beständig eine neue Form gaben. Im Wasser eilte sie geschäftig dahin, weich jedes Hindernis umspülend und doch in der Lage, selbst schwere Barrieren niederzureißen, sollte sie in Wut geraten. Sie sprang mit dem Hirsch über den weichen Waldboden, grub mit dem Käfer im Laub und flog mit dem Vogel von Ast zu Ast. Je weiter Ragna sich verteilte, desto allumfassender wurde ihre Wahrnehmung der Welt: Sie lachte mit dem Wasserfall, brüllte mit dem Sturm, fauchte mit dem Vulkan und donnerte mit dem Erdbeben. Sie prasselte als Regen auf die Erde nieder, drang durch tiefe Spalten erneut in den Untergrund ein und begann über das Wurzelwerk der Bäume erneut den Kreislauf ihres Weges.

Jegliche Furcht war von ihr abgefallen; selbst ihr Sterben führte zu neuem Leben, in anderer Gestalt, zu einer anderen Zeit. Sie war vergänglich und zugleich ewig, fühlte jede Existenzform, als wäre es die einzige und ihre wahre Gestalt, nur um gleich darauf in eine andere Form hinüberzuwechseln und diese ebenso intensiv wie diejenige zu erleben, die sie gerade verlassen hatte. Sie war Erde, Luft, Wasser und Feuer, war Baum und Ameise, Grashalm und Rind, Distel und Rabe. Sie war ein Tropfen im Ozean und zugleich der Ozean selbst, der aus unzähligen Tropfen wie sie bestand. Nichts trennte sie mehr von der Schöpfung; sie war ein Atom in jeder Erscheinung der Erde, lebte und starb mit allem, ohne jemals ganz zu vergehen.

Und sie war auch immer noch Ragna, die merkwürdige junge Frau mit den Reißzähnen und Krallen, eines der unzähligen Wesen, die die Erde hervorgebracht hatte, auch wenn es ihr nun schwerfiel, sich ganz auf dieses spezielle Atom im Körper des Planeten zu konzentrieren. Ihr Rücken, in den schmerzhaft eine Baumwurzel drückte, rief sie in den Körper dieser Frau zurück, der – angelehnt an den Stamm – unter einem Baum saß, dessen noch lichte Krone bereits zahlreiche Knospen zeigte. Verwirrt strich Ragna sich über die Brust, die keinerlei Verletzung mehr aufwies, riss die Augen weit auf, nur um zu erkennen, dass sie nicht mehr von Pilzen am Sehen gehindert wurde. Tief sog sie die kühle Luft ein, die den Duft unzähliger Pflanzen mit sich trug, genoss die Wärme der Sonnenstrahlen, die sie kitzelten, und rieb sich die Schläfen, um sich zu konzentrieren und bewusst zu machen, dass Ragna noch immer da war und nicht aufgesogen wurde von unterirdischem Pilzgeflecht und hungrigen Wurzeln.

„Du hast es also endlich geschafft." Die Worte hallten als machtvoller Klang in ihrem Geist wider. „Manche Wesen benötigen offenbar stärkere Impulse als andere. Du musstest schwer verletzt werden, bevor du den Widerstand aufgegeben hast."

Auch ohne sich umzusehen wusste Ragna, wer zu ihr sprach. Sie waren zu dritt und saßen nicht weit entfernt von ihr auf dem laubbedeckten Waldboden. Überrascht bemerkte sie, dass feine grüne Fäden aus dem braunen Fell hervortraten und sich der Sonne entgegenreckten, während sich wurzelartige braune Fäden in den Erdboden senkten. Diese Wesen betrieben Photosynthese und zogen Nährstoffe direkt aus dem Boden! Jetzt wusste sie, weshalb keine der Leichen angefressen worden war, sie auch nie Hinweise entdeckt hatte, wie sich diese Wesen ernährten. Der grüne Flaum und die braunen Wurzeln zogen sich offenbar in das dichte braune Fell zurück, sobald sie nicht mehr für die Nahrungsaufnahme benötigt wurden. Hatte das Blut dieser Wesen nicht eher eine grünbraune Farbe gezeigt als eine rote? Bisher hatte sie nicht wirklich darauf geachtet, war einfach davon ausgegangen, dass sie Säugetiere waren und von daher auch rotes Blut haben müssten wie sie selbst. Doch standen diese Wesen den Pflanzen offenbar ebenso nahe wie den Tieren.

Ragna fühlte keine Furcht, als sie in die hellgrünen Augen blickte, sah zum ersten Mal in diesen Wesen keine Fremden mehr, sondern Verwandte, auch wenn sie eine andere äußere Gestalt besaßen als Ragna und ihre Biologie sehr verschieden war von der ihren. Ihr Geist war nun im Gleichklang; endlich nahm Ragna die Welt so wahr, wie es die Affenwesen taten und wohl auch von ihr seit der Begegnung auf Mainland erwartet hatten. Sie hatte von Anfang an das Potenzial besessen, sich aus dem Gefängnis ihrer menschlichen Identität zu befreien, und diese Wesen hatten das gespürt und sie deshalb verschont. Ragna schüttelte mit einem bitteren Lachen den Kopf. Musste sie wirklich erst niedergeschossen und zu diesem Schritt gezwungen werden? Ja, sie hatte eindeutig stärkere Impulse gebraucht, da sie sonst vielleicht nie den Mut aufgebracht hätte, sich selbst aufzugeben.

„Du bist nun Rakai, wie wir." Zum ersten Mal empfand Ragna das helle Grün der sie musternden Augen nicht mehr als kalt und mitleidlos, sondern hatte das Gefühl, in das Kronendach eines Waldes zu schauen, auf dessen Blättern das Sonnenlicht tanzte. „Du siehst die Welt jetzt auf die gleiche Weise, wie wir es tun. Es wird nach wie vor schwer für dich sein anzunehmen, was wir tun müssen, doch vielleicht verstehst du es nun besser."

Ragna nickte traurig. Während ihrer Reise durch die Welt hatte sie in Gestalt der Elemente und Lebewesen intensiv und sozusagen am eigenen Leib die zahlreichen Wunden gespürt, die dem Planeten durch das Handeln der Menschen geschlagen worden waren. Die Menschen durch die Rakai, wie Ragna die Wesen nun für sich nannte, auszulöschen war reine Notwehr der Erde. Hätte sie dies mit Hilfe von gewaltigen Naturkatastrophen herbeigeführt, wären auch zahlreiche andere Lebewesen in Mitleidenschaft gezogen worden. Die Rakai konnten dagegen selektiv handeln und richteten auf diese Weise deutlich weniger Schaden an, als es ein Megatsunami, ein Hypercane oder ein weiteres Trapp-Ereignis getan hätte.

„Deine Freunde sind auf dem Weg nach Carracán." Eines der Wesen hatte sich erhoben und stand nun vor Ragna, die niedergeschlagen auf ihre Hände starrte. „Ich werde dich dorthin führen, wenn du es wünschst."

„Danke, dass ihr sie verschont", flüsterte Ragna und sah zu dem vor ihr stehenden Rakai auf. „Megan und ihre Freunde fügen der Welt kaum Schaden zu und betrachten die Natur und andere Lebewesen als etwas, das sie respektieren und bewahren müssen. Meine Freunde hatten sich zuvor darüber kaum Gedanken gemacht."

„Sie stehen dir nahe, das respektieren wir." Der Rakai sah ihr ernst in die Augen. „Du solltest ihnen aber nicht zu blind vertrauen. Sie sind Menschen und handeln menschlich, auch im negativen Sinne. So sehr du dich ihnen auch verbunden fühlst, bleib wachsam."

Ragna hatte das Gefühl, dass der Rakai ihr etwas verschwieg. „Wer hat auf mich geschossen?" fragte sie leise, die Antwort fürchtend, da sie sicher war, sie zu kennen. Das braunfellige Wesen sah ihr nur ernst in die Augen, da wusste sie, dass sie sich nicht irrte. Auch wenn sie nahezu bewusstlos gewesen war, als ihr Angreifer sie hochgenommen und in die Spalte geworfen hatte: Sein Geruch war ihr vertraut gewesen und hatte sich in ihre Erinnerung eingebrannt. Josh war seiner Eifersucht offenbar nicht mehr Herr geworden und hatte beschlossen, seine Konkurrentin aus dem Weg zu räumen. Zorn mischte sich in ihr mit der Sorge, der Amerikaner könnte auch seinen anderen Begleitern gefährlich werden, vor allem dann, sollten diese jemals herausfinden, was er getan hatte. Und das werden sie, dachte Ragna grimmig, spätestens in Carracán, sollten wir es alle erreichen. Doch dort werde ich sie beschützen können, auch ohne Gewehr.

Der Rakai wandte sich von ihr ab und wies auf den nahen Waldrand. „Wenn du bereit bist, können wir gehen. Du willst dein Ziel sicher so schnell wie möglich erreichen."

Ragna nickte entschlossen und erhob sich ebenfalls. Während die beiden anderen Rakai zurückblieben, verließen sie und ihr Führer kurz darauf den Wald und folgten einem kleinen Fluss, der die Hügel durchschnitt. Schweigend schritten sie nebeneinander her, die Umgebung mit allen Sinnen aufsaugend und in ihrem Rhythmus mitschwingend, sodass es Ragna erschien, als würde sie mit dem Boden dahingleiten, sich mit dem Gras in Richtung ihres Weges beugen und mit dem Wind über die Hügel tanzen. Beinahe schwerelos kam sie voran, spürte, wie der Weg selbst sie nährte und stärkte, so als wäre sie es, die nun ihre Blätter der Sonne entgegenreckte und ihre Wurzeln in den Erdboden senkte, um Kraft daraus zu gewinnen. Ihr Begleiter bewegte sich auf die gleiche Weise fort, wie sie fühlen konnte, und so liefen sie Kilometer um Kilometer, ohne zu ermüden. Erst nach Sonnenuntergang suchten sie Schutz in einem dichten Gebüsch, dessen

Zweige sich über einem Hohlraum miteinander verflochten und auf diese Weise eine Art Höhle bildeten.

Während es dem Rakai offenbar genügte, seine Wurzeln in die Erde zu senken und still unter dem Dach aus Zweigen zu sitzen, fiel Ragna bald in einen tiefen Schlaf. Eingehüllt in die Wärme der Erde schien sie selbst zu fruchtbarem Humus zu werden, erfüllt von vielfältigem Leben und zugleich in sich ruhend. Die Wurzeln des Rakai durchzogen ihren Leib, gaben ihm Kraft und Halt und schufen eine derart tiefreichende Verbindung, dass Ragna und der Rakai aufhörten zu existieren und eine Einheit bildeten, geborgen in der Einheit allen Seins. Warum kann dies nicht immer so sein? Beinahe schüchtern hallte die Frage durch den Raum ihres Geistes. Aber es ist immer so, antwortete ihr der Geist des Rakai. Du hast dich nur noch nicht daran gewöhnt und trennst in Gedanken noch immer dein Sein von dem der Welt. Vertraue der großen Mutter, dann wirst du nie wieder das Gefühl der Trennung erleiden müssen. Lächelnd rollte sie sich zusammen und versank nun ganz in der Dunkelheit der Erde, die jeden weiteren Gedanken aufsog und sie traumlos durchschlafen ließ bis zum nächsten Morgen.

Ragna erwachte vom Licht der gerade über den Horizont gestiegenen Sonne, die ihr direkt ins Gesicht schien. Sie setzte sich auf und reckte ihre Glieder, um die Steifheit aus ihnen zu vertreiben. Der Rakai saß vor dem Gebüsch und sog die Strahlen der Sonne in sich hinein, das grüne Rankenfell deutlich aus dem braunen herausragend und sich leicht im Morgenwind wiegend wie Gras auf einer Wiese. Offenbar hatte er seinen Durst bereits in dem ganz in der Nähe des Gebüschs vorbeifließenden Bach gelöscht, da auf seinem Fell Wasser tautropfengleich glitzerte. Ragna folgte seinem Beispiel, trank ausgiebig von dem klaren Wasser und wusch sich das Gesicht. „Ich wünschte, ich könnte mich auch von Sonne und Erde ernähren", sagte sie leise und ließ sich ins Gras fallen. „Das, was ich an Vorräten dabei hatte, ist mit dem Rucksack in der Felsspalte zurückgeblieben, und für Beeren und andere essbare Pflanzen ist es noch zu früh im Jahr."

Anstelle einer Antwort reckte der Rakai ihr seine Wurzeln entgegen und berührte damit ihre Haut. Kurze Zeit später seufzte Ragna wohlig auf: Ein Strom purer Kraft durchfloss ihren Körper und vertrieb jedes Hungergefühl, nährte und stärkte sie auf eine Weise, wie es selbst die Erde während ihrer Wanderung nicht vermocht hatte. Es war, als wäre sie an eine Steckdose angeschlossen worden und würde von der daraus austretenden Energie förmlich aufgeladen. Als sie das Gefühl hatte, die Kraft müsste ihr bald aus den Ohren wieder herausfließen, zog der Rakai die Wurzeln zurück und senkte sie in die Erde, um seine eigenen Reserven wieder aufzufüllen.

„Danke." Ragna lächelte ihrem Begleiter schüchtern zu. „Das würde ich auch gerne können. Da aber meine Biologie anders geartet ist als die deine werde, ich wohl weiterhin feste Nahrung zu mir nehmen müssen."

Eine Ranke streichelte sanft ihre Wange, und zum ersten Mal empfand Ragna Liebe zu diesem Wesen. Sie musste sich mit Gewalt daran erinnern, dass die Rakai dabei waren, ihre Art nahezu auszulöschen, um sich nicht völlig ihrer menschlichen Natur zu entfremden, nicht ganz in dieser neuentdeckten Existenzform aufzugehen. „Es ist beides möglich." Die Worte des Rakai klangen aufmunternd. „Finde die Mitte, dann musst du weder deine universelle noch deine menschliche Natur verleugnen."

Eine Stunde später waren sie wieder unterwegs. Mit jedem Kilometer kamen sie ihrem Ziel näher, und Ragna hoffte inständig, dort ihre Freunde wiederzutreffen. Die Rakai waren offenbar keine Gefahr für sie, doch trieben sich noch immer Gruppen von teilweise schwer bewaffneten Menschen im Land herum, die ihre Freunde angreifen und verhindern konnten, dass sie Carracán erreichten. Und dann war da auch noch Josh... Ragna wusste, dass sie es nicht ertragen würde zu erfahren, dass ihren Gefährten etwas zugestoßen war. Sally, ich bin unterwegs zu dir, flüsterte sie in Gedanken und lächelte liebevoll, als das Gesicht der Freundin vor ihrem geistigen Auge erschien. Ihre Furcht, auch Carracán könnte sich inzwischen in ein Schlachtfeld verwandelt haben, verdrängte sie. Liam war fest davon überzeugt gewesen, dass diese geheimnisvolle Moira die Bewohner der Halbinsel in Sicherheit bringen würde. Hoffentlich behielt der Bauer recht und sie würde nicht auf eine leergefegte Ebene wie bei Sligo schauen müssen, wo zuvor noch ein Dorf mit einem gemütlichen, von einem redseligen Wirt geführten Pub gestanden hatte.

Carracán

„Carracán", sagte Doyle mit heiserer Stimme und wies auf ein verwittertes Schild, das schief und rostfleckig am Wegesrand stand. „Ich erkenne das Schild wieder. Es war auch damals schon in diesem Zustand gewesen."

Benny nickte ihm zu. „Du hast recht. Wir haben es endlich geschafft. Fragt sich nur, was wir hier vorfinden werden. Wenn ich mich richtig erinnere, werden wir eine ganze Weile brauchen, um auch nur den ersten Hof zu erreichen, vorausgesetzt es gibt hier noch Höfe. Überall sonst scheinen sie ja inzwischen verschwunden zu sein."

Sie hatten mehrere Tage benötigt, um die Halbinsel zu erreichen. Erschöpft und gesundheitlich angeschlagen standen sie nun an Carracáns Grenze und schauten über die trostlose Landschaft, die sich vor ihnen ausbreitete. Der Häuserfresser schien im Westen Irlands bereits ganze Arbeit geleistet zu haben. Nirgendwo waren sie auf Ansiedlungen gestoßen, weder auf Dörfer noch auf Höfe, dafür aber mehrfach auf offensichtlich erst kürzlich entstandene Brachen. Aus diesem Grund hatten sie im Freien schlafen müssen, was vor allem Benny, Liz und Doyle schwer zugesetzt hatte. Ihre Erkältung hatte sich deutlich verschlimmert, obwohl Esme alles in ihrer Macht Stehende tat, um den Freunden zu helfen.

„Ihr sagtet etwas von einem Dorf." Josh starrte mit zusammengekniffenen Augen auf die Straße, die vor ihnen lag. „Vielleicht versuchen wir es zuerst dort."

Für Benny und Doyle war es ein merkwürdiges Gefühl, wieder hier zu sein. Während ihres ersten Besuchs, der Exkursion mit Prof. Weatherby, war Ragna noch bei ihnen gewesen… Sally trottete mit ausdruckslosem Gesicht hinter ihnen her, schien nichts von ihrer Umgebung wahrzunehmen. Selbst das Wissen, endlich an dem Ort angekommen zu sein, zu dem Ragna sie hatte führen wollen, konnte ihre Apathie nicht durchbrechen.

Erneut zogen Regenwolken herauf und schon bald wurde aus dem anfänglichen Nieselregen ein starker Schauer. Nirgendwo war ein Schuppen oder wenigstens ein Unterstand zu sehen, sodass die Freunde mit eingezogenen Köpfen die schmale Straße entlanghasteten, die zum Dorf führte, durch immer tiefere Pfützen platschten und mehr als einmal beinahe auf dem Schlamm ausrutschten, den der Regen aus dem angrenzenden Moor auf das Pflaster spülte. Der hereinbrechende Abend vertiefte die Dunkelheit nur unwesentlich, zwang sie aber, ihre Taschenlampen herauszuholen, um überhaupt noch etwas erkennen zu können. Als schließlich die ersten Häuser vor ihnen auftauchten, atmeten alle erleichtert auf.

„Das Dorf existiert noch." Erschöpft blieb Benny am Dorfeingang stehen, schwer nach Atem ringend, da sich sein Husten stetig verschlimmerte. „Jetzt müssen wir in der Dunkelheit nur noch den Pub finden."

„Hoffentlich lebt hier überhaupt noch jemand", sagte Doyle leise und versuchte, in den Straßen irgendein Lebenszeichen zu entdecken. Sollten die Dorfbewohner tatsächlich noch im Ort und nicht geflohen oder umgebracht worden sein, so hielten sie sich verborgen, was aber auch an dem starken Regen liegen konnte, der nicht gerade zu abendlichen Spaziergängen einlud. Vorsichtig schlichen sie an den Häusern entlang, die Gewehre schussbereit in der Hand, doch kein Monsteraffe sprang ihnen aus einem Hauseingang entgegen, keiner der Dorfbewohner ließ sich blicken, auch wenn sie erkennen konnten, dass in einigen der Häuser Licht brannte. „Da ist der Pub", flüsterte Benny schließlich und wies auf das vor ihnen liegende Haus. „Vielleicht ist es besser, wenn erst einmal nur ich nachsehe, ob alles in Ordnung ist. Sollte das nicht der Fall sein, habt ihr die Chance zu verschwinden."

„Ich gehe." Joshs Stimme duldete keinen Widerspruch. „Du bist krank und könntest weder schnell fortlaufen noch dich zur Wehr setzen. Wartet hier. Ich bin gleich zurück." Mit diesen Worten lief er geduckt an der Hauswand entlang, sah sich auf der leeren Dorfstraße um und überquerte sie dann eilig, um diesmal im Schatten des Pubs in Deckung zu gehen.

Als er neben der Tür innehielt, um die Lage zu sondieren, hörte er durch das Holz hindurch Stimmen, Gespräche und Gelächter, wie man sie normalerweise in einem Pub vermuten würde, nur dass dies eben keine normale Zeit war. Gläser klirrten und eine Stimme rief nach einem weiteren Bier. Die gut gelaunte Antwort war durch die stabile Tür nicht zu verstehen, doch ließ ihr Tonfall vermuten, dass ein Scherz gemacht worden war, zumal lautes Gelächter aufbrandete und eine Weile anhielt. Wie kann das sein? fragte Josh sich verwirrt. Haben die Biester die Leute hier noch nicht gefunden? Die Gegend liegt ja am Arsch der Welt, aber trotzdem…

Er hing sich das Gewehr über die Schulter, um nicht den Eindruck zu erwecken, er wollte die Menschen im Pub angreifen, und öffnete vorsichtig die schwere Tür. Wärme und Bierdunst schlugen ihm entgegen, und nachdem er einige Schritte in den Raum hinein getan hatte, wurde es schlagartig still. Gut zwanzig Augenpaare starrten ihn verwundert an, dann kam der Wirt hinter dem Tresen hervor und ging zögernd auf ihn zu. „Wer… woher kommst du denn?" fragte er zutiefst erstaunt. „Aus Carracán stammst du nicht, das wüssten wir."

„Wir brauchen eine Unterkunft." Josh wischte sich den Regen aus der Stirn, der ihm in die Augen tropfte und sah sich wachsam um. Die Männer und Frauen, die an den Tischen saßen, schienen zur hiesigen Landbevölkerung zu gehören. Einige tuschelten jetzt in einer ihm unbekannten Sprache miteinander, vielleicht Irisch, das, wie er wusste, im Westen Irlands gelegentlich noch gesprochen wurde. Der Wirt blieb vor ihm stehen und sah zu dem Amerikaner hoch, der ihn um beinahe einen Kopf überragte. „Wir?" hakte er nach. „Da draußen sind noch mehr?" Als Josh bestätigend nickte, runzelte Frank nachdenklich die Stirn. „Wie viele seid ihr denn?" fragte er vorsichtig und mit deutlichem Misstrauen in der Stimme. Die Stimmung im Raum war angespannt; nicht nur der Wirt wirkte wachsam.

„Wir sind sechs Personen, drei Männer, zwei Frauen und ein kleines Mädchen." Unwillkürlich fasste Josh nach dem Gewehr, beherrschte sich aber gerade noch rechtzeitig und zog die Hand so unauffällig wie möglich wieder zurück. Sie benötigten die Hilfe dieser Menschen, und Waffengewalt wäre nicht gerade die beste Empfehlung für ihre kleine Gruppe.

„Wir haben die Schnauze voll von Fremden!" knurrte ein untersetzter Mann, der an einem der Tische saß. „Bringen nichts als Ärger, wollen uns beklauen und aus unseren Häusern verjagen. Sechs Männer haben wir bereits verloren an Eindringlinge wie euch, und beinahe hätten sich die Schweine auch noch an unseren Frauen vergangen. Verschwindet am besten gleich wieder; wir wollen euch hier nicht haben."

Zustimmendes Kopfnicken folgte diesen Worten; offenbar waren die meisten der Anwesenden der gleichen Meinung wie der Sprecher. Der Wirt zögerte noch, sich ihnen anzuschließen, doch bevor er Josh wieder fortschicken konnte, öffnete sich die Tür und eine Frau betrat die Schankstube, von deren Mantel der Regen auf den Boden tropfte. Sie mochte Mitte fünfzig sein und war beinahe ebenso groß wie Josh, wenn auch weniger stämmig. Ihr grau durchzogenes dunkelblondes Haar, das sichtbar wurde, als sie die Kapuze vom Kopf streifte, war streng nach hinten gekämmt und in einem Knoten zusammengefasst, und der Blick ihrer grauen Augen war klar und intensiv. Josh wich unwillkürlich einen Schritt zurück, als sie vor ihm stehen blieb und ihn eine Weile ernst musterte. Hier stand eine Anführerin vor ihm, kraftvoll und respekteinflößend, deren Blick bis auf den Grund seiner Seele zu dringen schien.

„Hol die anderen herein", befahl sie dem Wirt mit einer für eine Frau ungewöhnlich tiefen Stimme, in der Macht und

Autorität mitklangen. „Hier kann ich sie mir besser ansehen. Außerdem steht das kleine Mädchen kurz vor dem Erfrieren."

Frank beeilte sich, der Anordnung nachzukommen, und bald standen auch die übrigen fünf Gefährten in der Gaststube, tropfend und vor Kälte zitternd. „Ich bin Moira", stellte sich die Frau vor, während ihr strenger Blick jeden der Gefährten intensiv betrachtete. „Wer seid ihr und weshalb seid ihr nach Carracán gekommen? Bisher haben Fremde stets Ärger und Kummer bedeutet. Ihr müsst uns also schon einen triftigen Grund nennen, weshalb wir euch helfen sollen."

„Können… dürfen wir uns erst einmal setzen?" Benny schwankte leicht und seine heisere Stimme war kaum zu verstehen. Liz drückte sich verängstigt an ihn und zitterte so stark vor Kälte, dass es der Frau des Wirts schließlich zu viel wurde. „Lass sie sich doch erst einmal waschen und umziehen", wandte sie sich respektvoll, aber mit Nachdruck an Moira. „Eine heiße Dusche wird allen guttun. Fortjagen können wir sie immer noch, wenn uns nicht gefällt, was sie uns erzählen."

Moira nickte zustimmend, und kurze Zeit später genossen die Freunde die erste heiße Dusche seit Monaten. Nachdem sie ihre trockene Ersatzkleidung übergezogen hatten, wollten sie wieder hinuntergehen in die Gaststube, doch Kate hielt Benny, Liz und Doyle zurück. „Egal, was Moira sagt: Ihr gehört ins Bett. Die anderen können unsere Fragen beantworten."

Dankbar kuschelten sich die Kranken in die warmen Federbetten, die ihnen Kate zur Verfügung stellte, und nur Josh, Esme und Sally folgten der Wirtin wieder nach unten, wobei Sally von ihren Freunden mitgezogen werden musste. Die junge Frau nahm kaum Anteil an dem, was um sie herum geschah, und reagierte nur, wenn ihre Freunde sie dazu zwangen.

„Sally könnte am ausführlichsten berichten, was geschehen ist, aber sie spricht nicht mehr seit…" Esme brach ab und warf der Freundin einen besorgten Blick zu. „Dann erzähl du, soweit es dir möglich ist", forderte Moira sie auf, was Esme dann auch tat. Josh ergänzte gelegentlich ihren Bericht, während Sally nur ausdruckslos auf die Tischplatte starrte.

„Ihr habt viel durchgemacht." Moira winkte dem Wirt, den Gefährten etwas Warmes zum Essen zu bringen, und bald standen Teller mit Eintopf und Tee vor den Freunden. Doch bevor Esme ihren Löffel in den Teller tauchte, wies sie auf die nach oben führende Treppe. „Unsere Freunde benötigen Medizin. Ich habe leider keine mehr; was wir unterwegs gefunden hatten, ist aufgebraucht. Könnt ihr vielleicht etwas entbehren?"

„Kümmere du dich um die Kranken", wandte Moira sich an Kate, die augenblicklich nach oben verschwand. Doch anstatt den Gefährten weitere Fragen zu stellen, legte sie Sally eine Hand auf die Stirn und betrachtete sie konzentriert. Nach einer Weile zuckte die junge Frau heftig zusammen, begann stoßartig zu atmen und wandte sich mit weit aufgerissenen Augen der älteren Frau zu, die zufrieden nickte. „Gut, wiederbelebungsfähig", sagte Moira trocken. „Und jetzt hör auf, dich in deinem Schneckenhaus zu verkriechen. Das Leben geht weiter, auch wenn man es manchmal nicht glauben mag." Sie warf Josh einen finsteren Blick zu, der erschrocken zusammenzuckte. „Ich werde dir einen guten Grund geben, aus deiner Schockstarre herauszukommen. Weißt du, wer deine geliebte Ragna niedergeschossen hat? Nein? Er sitzt direkt neben dir. Das Schuldbewusstsein strömt förmlich aus ihm heraus und ist daher, zumindest für mich, nicht zu übersehen."

Wie von der Tarantel gestochen fuhr Sally zu Josh herum und starrte ihn ungläubig an. „Du?" Sie konnte offensichtlich nicht glauben, dass ihr treuer Gefährte, der so oft für seine Freunde gekämpft und ihnen immer wieder geholfen hatte, schwierige Situationen zu überstehen, zu einer solch abscheulichen Tat fähig war. „Du hast... Das ist nicht wahr! Sag mir, dass Moira sich irrt." Sie schrie nun beinahe; offensichtlich war es Moira gelungen, sie nachhaltig aus ihrer Apathie herauszureißen. „Oder warst du es tatsächlich? Sag es!"

Doch das brauchte Josh gar nicht mehr; sein Gesichtsausdruck, das Flehen um Verständnis, um Vergebung in seinen Augen war ihr Antwort genug. „Du... du Mörder!" schrie Sally ebenso verzweifelt wie wutentbrannt. „Wie konntest du mir das antun! Glaubst du allen Ernstes, ich würde mich jetzt dir zuwenden, wo Ragna aus dem Weg ist? Sie war die Liebe meines Lebens; das kann niemand ersetzen, und du schon gar nicht."

Der große Mann erzitterte unter ihren Worten wie unter Schlägen. Wenn er noch Zweifel daran gehabt hatte, dass er einen gewaltigen Fehler begangen hatte, dann wurden diese jetzt restlos ausgeräumt. Er würde nie einen Platz an Sallys Seite finden; ganz im Gegenteil verbrannten ihn ihr Zorn und Hass geradezu. Woher Moira von seiner Tat wusste, fragte er sich gar nicht erst. Zu schmerzhaft waren die Ablehnung und Wut der Frau, die er liebte und die ihn von nun an nur noch verabscheuen würde. Zutiefst erschüttert sprang er auf, stieß Frank, der vor dem Tisch stand, beiseite und stürmte aus der Gaststube in den Regen hinaus, der unverändert herabströmte und die Welt außerhalb des Pubs in einen sehr ungastlichen Ort verwandelte.

„Wir überlassen euch, was mit ihm geschehen soll." Moiras ruhige Stimme war wie Öl, das die Wogen glättete. „Er ist euer Gefährte und hat jemanden aus eurer Mitte erschossen. Ob ihr bleiben könnt, entscheiden wir später. Im Moment seid ihr unsere Gäste und werdet alles erhalten, was ihr braucht." Sie rief Frank zu sich, der immer noch verwirrt auf die Tür starrte, durch die der Amerikaner hinausgerannt war. „Kümmere dich um sie. Sally bringe ich bei mir zu Hause unter. Ich habe das Gefühl, sie benötigt noch ein wenig Aufbauhilfe, bis sie wieder ganz die Alte ist."

Das waren keine Vorschläge, sondern Anordnungen, und die Freundinnen verstanden es auch so, weshalb sie nur stumm nickten. Derzeit mochte keine von ihnen über Joshs Schicksal entscheiden. Der gepeinigte Ausdruck im Gesicht des Amerikaners hatte sich tief in sie eingebrannt, und wären sie nicht so entsetzt über seine Tat gewesen, sie hätten wohl Mitleid mit ihm empfunden. Wohin Josh sich geflüchtet hatte, wusste niemand, und die Freundinnen konnten nur hoffen, dass er vernünftig genug war, wieder in den Pub zurückzukehren, bevor auch er krank wurde.

Nachdem Moira mit Sally den Pub verlassen hatte, lebten die Gespräche der Dorfbewohner augenblicklich wieder auf. Es gab viel zu diskutieren, und das wurde mit großen Mengen Bier begossen. Frank musste schließlich die Gäste rauswerfen, um endlich ins Bett gehen zu können. Josh war nicht wieder aufgetaucht, und obwohl Frank die Straße mit den Augen absuchte, bevor er die Tür das letzte Mal für diesen Abend schloss, konnte er den Amerikaner nirgendwo entdecken. Achselzuckend zog er sich in seine Wohnung zurück, wo Kate schon auf ihn wartete.

Moira führte Sally in ihr schlicht, aber behaglich eingerichtetes Wohnzimmer und schürte das Kaminfeuer, das nahezu heruntergebrannt war. „Setz dich", wies sie die junge Frau an und zeigte auf einen Sessel, der nahe am Kamin stand. „Ich mache uns einen Tee. Und hör bitte auf, das personifizierte Leiden darstellen zu wollen. Das passt nicht zu dir."

Sally schluckte hörbar und nickte betreten. Sie war wirklich nicht leicht einzuschüchtern, doch Moira gelang dies mühelos. Als sie dann einen Becher Tee in der Hand hielt, an dem sie sich förmlich festklammerte, holte sie tief Atem und zwang sich, der Älteren fest in die Augen zu sehen. „Ich glaube nicht, dass ich Josh jemals verzeihen kann, was er getan hat. Auch hat Ragnas Tod eine Wunde in mein Herz gerissen, die nie mehr richtig verheilen wird. Aber Sie haben recht: Das Leben geht weiter, auch wenn ich es nicht mehr werde genießen können." Sie unterdrückte mühsam ein Schluchzen, das ihr in die Kehle steigen wollte. „Es ist anderen Menschen nur schwer zu erklären, was Ragna mir bedeutet hat. Sie war ein Teil von mir, ein Teil meiner Seele, meines Herzens, und nun gähnt dort eine unerträgliche Leere."

„Wer sagt denn, dass Ragna tot ist?" Moira hatte sich in einem Sessel Sally gegenüber niedergelassen und blies leicht in ihren Tee, um sich nicht die Zunge zu verbrennen. Als sie Sallys entgeisterten Blick bemerkte, schüttelte sie amüsiert den Kopf. „Ihr jungen Leute – immer Drama, immer grenzenloser Weltschmerz, immer alles so absolut betrachtet. Zwischentöne gibt es nicht. Mein Körper ist zwar manchmal anderer Ansicht, aber ich bin insgeheim froh, das Alter des Sturms und Drangs hinter mir zu haben."

„Sie… sie könnte noch leben?" Sallys ganze Fassungslosigkeit lag in dieser Frage, doch auch eine beinahe schon schmerzhafte Hoffnung. Moira seufzte und stellte ihren Becher auf den Tisch, um sich ganz auf Sally zu konzentrieren.

444

„Habt ihr Ragnas Leiche gefunden? Nein, habt ihr nicht. Es besteht also die Möglichkeit, dass sie gefunden wurde und Hilfe erhalten hat. Vielleicht ist sie ja wirklich tot, vielleicht aber auch auf dem Weg hierher. Ich an deiner Stelle würde die Hoffnung nicht so schnell aufgeben. Wenn sie in einigen Wochen noch immer nicht hier aufgetaucht ist, müssen wir sie wohl für tot erklären. Doch derzeit scheint es mir hierfür noch etwas früh zu sein."

Sally starrte sie mit großen Augen an. Es war, als wäre ein Teil ihrer früheren Kraft in sie zurückgekehrt, jetzt wo sie eine Möglichkeit sah, dass die geliebte Freundin vielleicht noch am Leben war. Sachte nahm Moira ihr den leeren Becher aus den Händen. „Ich zeige dir jetzt das Gästezimmer im Obergeschoss. Du brauchst offensichtlich dringend Schlaf. Morgen sprechen wir weiter."

Kurze Zeit später goss Moira sich einen weiteren Tee ein und setzte sich an den Kamin, um dessen Wärme zu genießen. „Komm ruhig herein", sagte sie in den Raum hinein, ohne sich umzudrehen. „Sally wird wohl schon schlafen; sie konnte kaum noch die Augen offenhalten. Hast du etwas von ihrer Freundin gehört?"

Der Rakai setzte sich zu ihr ans Feuer, wobei er sich auf dem flauschigen Teppich ausstreckte, der vor dem Kamin lag. Auf seinem Fell glitzerten Regentropfen, die schon bald zu verdunsten begannen, und er räkelte sich behaglich im Schein der Flammen. „Sie wurde geheilt und ein Gefährte begleitet sie hierher. Sie werden noch etwas Zeit brauchen; Ragnas Genesung und ihr Erwachen haben einige Tage in Anspruch genommen."

„Dann ist sie jetzt ebenfalls Rakai?" Sie spürte die Zustimmung ihres Gastes und nickte ihm lächelnd zu. „Es gibt leider nicht viele Menschen wie sie; ich wünschte, es wäre anders. Dann müsstet ihr nicht so viele unserer Art töten."

„Das tun wir nicht gerne." Der Rakai sprach im Geist zu ihr, doch Moira hörte seine Worte, als würde er sie laut aussprechen. „Wir mussten lernen, Hass und Wut in uns zu entwickeln und zu nähren, um derart grausam handeln zu können, doch der Anblick der furchtbaren Wunden, die dem Planeten von Angehörigen deiner Art geschlagen worden waren, half uns dabei. Besonders schwer war es, uns gegen den Schmerz und die Angst deiner Artgenossen abzuschirmen, um nicht an ihnen zu zerbrechen. Wir müssen uns immer wieder vor Augen führen, wie groß das Leid der nichtmenschlichen Lebewesen ist, das durch deine Art hervorgerufen wird, um selbst kleine Kinder töten zu können. Es wird noch eine Weile dauern, bis wir den Auftrag der Herrin vollständig erfüllt haben werden, trotz der Unterstützung unserer Gefährten im Meer und der Hilfe der Wiizu, die das Land von den Hinterlassenschaften der Menschen reinigen."

„Bedauerlich, dass es überhaupt so weit hat kommen müssen", erwiderte Moira traurig. „Dass die Erde euch hat herüberholen müssen in diese Dimension, um ihr zu helfen, das nichtmenschliche Leben vor dem Untergang zu bewahren und die fortschreitende Zerstörung der Lebensräume aufzuhalten."

„Wir bedauern es auch." Moira spürte die Aufrichtigkeit in seinen Worten. „Das Gift aus der von Menschen bewohnten Welt hatte bereits begonnen, in unsere vorzudringen, und nicht nur in diese. Wir sind dem Wunsch der Herrin daher auch aus eigenem Interesse nachgekommen. Sobald diese Dimension befreit und gereinigt ist, werden Menschen wie du ungestört und ohne die Feindseligkeit eurer Nachbarn in Frieden mit der Welt leben können. Wir finden immer wieder Menschen, die wir am Leben lassen dürfen, mehr als erwartet, auch wenn es im Verhältnis zur menschlichen Gesamtbevölkerungszahl wenige sind."

„Du sprichst wohl vor allem von den indigenen Völkern, zum Beispiel denen des Amazonas-Regenwaldes oder in Australien", sagte Moira nachdenklich. „Nur von denjenigen, die dem alten Weg ihrer Völker treu geblieben sind", kam die geistige Antwort. „Viele haben sich dem Leben der Eroberer angepasst und aufgehört, die Erde zu ehren und zu bewahren. Sie ähneln jetzt den Menschen, denen unser Zorn in erster Linie gilt."

„Dann werden wohl tatsächlich nicht viele übrig bleiben." Moira seufzte leise und schürte das Feuer, bevor sie ein weiteres Scheit in die Glut legte, da in diesem Moment ein zweiter Rakai das Wohnzimmer betrat und sich ebenfalls einen Platz am Feuer suchte. Sie spürte Verunsicherung in dem neu hinzugekommenen Wesen und sah es fragend an. „Frank hat uns kontaktiert und gesagt, dass der große Mann heimlich seine Sachen geholt und einige Lebensmittel aus dem Gasthaus gestohlen hat, bevor er gegangen ist. Er muss durch die Hintertür hereingekommen sein. Da noch viel Betrieb im Gastraum herrschte, haben Frank und seine Frau nichts davon bemerkt. Kate fiel irgendwann die offene Tür des Vorratsraumes auf und sie hatte gleich den richtigen Gedanken. Sollen wir den Mann verfolgen und aufhalten?"

Moira sah nachdenklich eine Weile ins Feuer, dann wandte sie sich dem Rakai zu. „Vielleicht ist es besser so. Ich glaube nicht, dass seine Gefährten wirklich in der Lage gewesen wären, über ihn ein Urteil zu sprechen. Offenbar hat dieser Josh ihnen sehr geholfen auf ihrem Weg hierher, ihnen mehr als einmal das Leben gerettet. Hat er auch ein Gewehr mitgenommen?" Der Rakai bestätigte dies. „Nun, er wird sich schützen müssen außerhalb Carracáns. Wir haben schon mehrfach Gruppen von Menschen abwehren müssen, die hier plündern wollten. Es wird Strafe genug für ihn sein, seine Gefährten verlassen und sich anderswo allein einen Platz suchen zu müssen."

„Wir haben uns vor ihm verborgen gehalten", sagte der Rakai, der als Letzter gekommen war. „Bisher weiß keiner eurer Gäste von unserer Anwesenheit in diesem Land. Willst du es ihnen sagen?"

„Sollten wir ihnen erlauben zu bleiben werden wir eure Besuche nicht lange geheim halten können", erwiderte Moira ernst. „Ich tendiere eigentlich dazu; das einzige diesbezügliche Fragezeichen betraf Josh und der ist nun freiwillig gegangen. Wie seht ihr das?"

„Die dunkelhäutige Frau lebte zuvor in einer Gemeinschaft, die wir verschont haben." Ein Bild Esmes erschien in Moiras Geist. „Die übrigen Menschen der Gruppe erscheinen uns gutartig und lernfähig. Ragna liebt sie, das sollten wir respektieren. Wir wären einverstanden, solltet ihr sie aufnehmen wollen."

Dass der Rakai für alle seine Artgenossen sprach, gleich wo sich diese gerade befanden, stand für Moira außer Frage. Diese Wesen waren ständig geistig miteinander verbunden und konnten sich sekundenschnell untereinander austauschen und auch Beschlüsse fassen. Sie erhob sich und wandte sich ihren Besuchern zu. „Ich werde jetzt zu Bett gehen. Ihr könnt gerne bleiben; legt einfach weiteres Holz auf das Feuer, wenn es zu weit heruntergebrannt ist."

Bald lag das Haus still da; die Rakai hatten Moiras Einladung gerne angenommen und es sich vor dem Feuer bequem gemacht, da es noch immer stark regnete. Gewöhnlich störte Regen sie nicht, doch es war auch angenehm, ihm mal für eine Weile zu entkommen. Ihre Gefährten, die gerade

Carracán besuchten, waren ebenfalls bei ihren menschlichen Freunden untergekommen und genossen den Schutz und die Wärme der Häuser. Nur ein einsamer Mann stapfte mit gesenktem Kopf durch den Regen, das Gewehr über die Schulter gehängt und in düstere Gedanken versunken. Es war Josh bewusst, dass er sich durch sein Verhalten selbst verbannt hatte aus dem Kreis seiner Gefährten, und doch wütete er innerlich gegen sein Schicksal, suchte einen Schuldigen, dem er die Last seiner Tat aufbürden konnte. Diese furchtbare Frau hatte ihn entlarvt; sie war der Grund dafür, dass Sally ihn nun hasste, dass seine Freunde ihn mieden. Sie hätte sicher auch dafür gesorgt, dass er bestraft worden wäre, vielleicht sogar mit dem Tod. Er würde sie dafür zahlen lassen, irgendwann, das schwor er sich. Während er sich schnell der Grenze Carracáns näherte, stand sein Entschluss, eines Tages zurückzukehren, wenn niemand mehr damit rechnete, bereits fest. Eines Tages, bald… Den Kopf voller Rachegedanken verließ er schließlich die Halbinsel und verschwand im Dunkel der Nacht.

Die Armee

Ragna und ihr Begleiter benötigten tatsächlich einige Tage mehr als die Gefährten der jungen Frau, bis sie der Halbinsel auch nur nahe kamen. Das lag vor allem an dem kühlen verregneten Wetter; die junge Frau verfügte nicht über ein wärmendes Fell, wie es die Rakai schützte, und so mussten sie mehrfach Schutz suchen in Höhlen oder den wenigen verbliebenen Gebäuden auf ihrem Weg. Immer seltener stießen sie auf Überbleibsel der menschlichen Zivilisation, die einst das Bild der Erde geprägt hatte. Ihr Begleiter erklärte Ragna, dass überall auf der Erde die Wiizu dabei waren, genau dies zu ändern. Es waren nicht nur Städte, Industrieanlagen, Dörfer, Höfe und andere Bauwerke sowie Straßen zu beseitigen, sondern auch weitaus gefährlichere Hinterlassenschaften der Menschen wie Atomanlagen und -deponien, Waffenarsenale, zahlreiche Gifte, Berge von Müll, unzählige Fahrzeuge und anderes, was auf der Erde lag wie ein tödliches Gewicht. Es würde wohl viele Jahre in Anspruch nehmen, dies alles aufzulösen und den Planeten vollständig zu reinigen.

Traurig dachte Ragna an ihre Zeit in London zurück, an die Universität, die Museen und Galerien, die sie gerne besucht hatte, die gemütlichen Lokale, in denen sie und ihre Freunde Stammgäste gewesen waren. All das würde bald verschwunden sein, ebenso wie Birmingham und die anderen Orte, die sie kannte. Was war mit ihren Professoren und Kommilitonen geschehen? Mit ihren ehemaligen Kameraden, den Wölfen? Mit Ben und den anderen Bewohnern der Holzfällersiedlung in den kanadischen Rockies? Wer von ihnen lebte noch, wer war inzwischen den Rakai zum Opfer gefallen? Sie würde bald auf einer Erde leben, die von den meisten Menschen und ihren Werken leer gefegt war. Ragna war sich nicht sicher, ob ihr das wirklich gefiel.

„Es war nicht alles schlecht", erklärte sie ihrem Begleiter, der geduldig neben ihr unter dem Felsüberhang hockte, unter dem sie Schutz vor dem herabprasselnden Regen gefunden hatten. „Poesie, Kunst und Musik, schöne Gebäude und Gärten mochte ich sehr. Und natürlich bestimmte Wissenschaften, die wirklich das Wissen um die Welt und das Leben mehrten, die Dinge schufen, die helfen und heilen wollten. All das wird nun mit eurem Feldzug gegen die Menschheit ebenfalls verschwinden."

„Wenn es bewahrenswert ist werden es die Menschen, die überleben, sicher auch bewahren", erwiderte der Rakai. „Und Neues schaffen, das ebenso schön ist. Ihr seid eine sehr kreative Art; es ist bedauerlich, dass ihr eure Kreativität so häufig eingesetzt habt, um Schaden anzurichten."

Ragna schossen Bilder von immer furchtbareren Waffen und raffinierteren Schachzügen von Politik und Wirtschaft sowie Errungenschaften, die Menschen zu Göttern machen sollten, durch den Kopf. „Da muss ich dir recht geben", sagte sie niedergeschlagen. „Viele gute Ansätze wurden gleich im Keim erstickt, wenn es den Mächtigen nicht passte, und dafür förderten sie das, was ihnen Macht und Geld einbrachte. Ich bedaure nicht, dass dieses böse Spiel nun bald vorbei sein wird. Es tut mir nur um... ach vergiss es. Die Überlebenden werden eben lernen müssen, ihre Welt diesmal im Einklang mit der Natur zu gestalten."

„Du lebst noch sehr in der Geisteswelt der Menschen." Keinerlei Tadel war in diesen Worten zu hören, nur eine Feststellung. „Du musst dich noch daran gewöhnen, übergeordnet zu sehen und zu denken. Doch das wird im Laufe der Zeit für dich immer selbstverständlicher werden. Du hast den Sprung ins Dasein eines Rakai gemacht, doch alte Gewohnheiten sind zäh und langlebig."

Ragna lachte unwillkürlich auf. „Wie wahr", sagte sie und verzog das Gesicht. „Da eine Mitte zu finden..." Sie brach abrupt ab und hob lauschend den Kopf. „Ich höre es auch", kam die geistige Antwort des Rakai, der in den Regen hinauswitterte. „Fahrzeuge, die den Hügel überqueren, vielleicht dreihundert Meter von hier entfernt."

„Viele Fahrzeuge und dazu schwere", flüsterte Ragna angespannt. „Eine ganze Kolonne. Gibt es vielleicht doch noch Militär hier im Land? Es hört sich fast danach an."

Sie huschten, jede Deckung nutzend, durch den Regen in Richtung der Geräusche, und bald lagen sie bäuchlings oberhalb einer alten, kaum gepflasterten Straße, die über den Hügel führte. Unter ihnen zogen gut dreißig Fahrzeuge vorbei, vor allem Lastwagen und Jeeps, aber auch zwei leichte Panzer, einige Pickups und sogar zwei Limousinen, die deutlich Mühe hatten, die schlammige Straße zu bewältigen. Obwohl zahlreiche Waffen zu sehen waren, wirkten die Menschen auf den Wagen nicht wie reguläre Soldaten. Eine bunt gemischte Truppe abenteuerlich aussehender Männer und Frauen bevölkerte die Fahrzeuge und sah sich wachsam um, während sie die Fahrzeuge vorsichtig die nahezu unbefestigte Straße hinaufführten. „Sie sind in Richtung Carracán unterwegs", hauchte Ragna alarmiert. „Bei der Geschwindigkeit werden sie es vor uns erreichen." Ihr Gefährte hatte ihr erzählt, dass die auf der Halbinsel lebenden Menschen zu denen gehörten, die von den Rakai verschont wurden, sodass Ragna allen Grund hatte, sich Sorgen um sie zu machen.

„Ich warne die Gefährten, die sich derzeit in Carracán befinden", erwiderte der Rakai. „Noch steht allerdings nicht fest, ob diese Menschen tatsächlich zur Halbinsel unterwegs sind. Sie fahren nur ungefähr in diese Richtung."

Nach einer Weile verschwand der letzte Wagen hinter der Hügelkuppe und die Motorgeräusche wurden ständig leiser. Die beiden Gefährten erhoben sich und folgten dem Konvoi, stets darauf bedacht, in Deckung zu bleiben und von den Menschen nicht gesehen zu werden. „Wie konnte eine derart große Gruppe bisher unbemerkt bleiben?" Auch Ragna kommunizierte nun auf geistigem Wege, eine Fähigkeit, die ihre neu entstandene enge Verbindung zu den Rakai möglich machte. „Dazu mit lauten Fahrzeugen, die in der Landschaft deutliche Spuren hinterlassen?"

„Es gibt sehr viele von euch", kam die lautlose Antwort. „Eure Anzahl übertrifft die unsere bei Weitem. Würden uns die Olkal und Wiizu nicht unterstützen, hätten wir es noch schwerer, unsere Mission zu erfüllen, wobei wir die Wiizu anleiten müssen, damit sie nicht alles zerstören, was sie vorfinden, also zum Beispiel auch Wälder. Es liegt in ihrer Natur, sich alles einzuverleiben, was sie vorfinden."

„Bei Greenock hatte ich das Gefühl, die Rakai würden dieses schwebende Riesending vor sich hertreiben wie Schäfer ihre Herde", erwiderte Ragna und sah den Rakai fragend an. Dieser ließ ein leises Schnarren hören, wohl eine Bestätigung ihrer Beobachtung. „Das bindet leider eine ganze Anzahl von uns. Es werden jeweils fünf Rakai benötigt, um einen Wiizu zu führen, und inzwischen sind gut hundert dieser Wesen in der Welt unterwegs. Wir dürfen sie keinen Augenblick aus den Augen lassen."

Ragna erschauderte unwillkürlich. Die Vorstellung, Hunderte dieser Riesenamöben würden unbeaufsichtigt über die Erde wandern und alles vernichten, auf das sie stießen, war beängstigend. Sie würden eine kahl gefressene Erde zurücklassen. „Wo kommen sie her?" fragte sie beunruhigt. „Könnten es noch mehr werden, so viele, dass ihr sie nicht mehr kontrollieren könnt?"

„Wir müssen sie aus ihrer Welt einzeln herüberholen", antwortete der Rakai. „Sie leben sozusagen in einer Parallelwelt und können diese nicht aus eigener Kraft verlassen. Wir holen nur so viele herüber, wie wir auch bewältigen können. Sobald sie ihre Aufgabe in dieser Welt erfüllt haben bringen wir sie wieder zurück. Sie selbst sind übrigens begeistert von der Möglichkeit, sich mal so richtig sattfressen zu können. Vielleicht lassen sie sich deshalb so leicht lenken. Ob sie später ebenso willig wieder in ihre Welt zurückkehren werden, bleibt abzuwarten."

Die letzte Bemerkung trug nicht gerade zu Ragnas Beruhigung bei; sie konnte nur hoffen, dass die Rakai wussten, was sie taten. „Und die Olkal? Ich nehme an, damit sind diese schwarzen Riesenschlangen mit den Tentakelköpfen gemeint, die Schiffe verschlingen."

„Sie stammen aus der gleichen Welt wie wir", antwortete ihr Gefährte. „Sie sind hochintelligent und stehen in regem geistigem Austausch mit uns. Als wir sie im Auftrag der Erde um Hilfe baten, waren sie sofort bereit, uns beizustehen."

„Ich wusste gar nicht, dass es auf der Erde noch andere Welten als diese gibt." Ragna war sichtlich erschüttert von dem, was sie gerade erfuhr. Bei ihrer Reise durch die Welt, als sie zu allem, was existierte, geworden war, hatte sich ihre Erfahrung auf diese Ebene der Erde beschränkt. Der Rakai sandte ihr tröstende Gefühle, doch Ragna spürte auch ein mentales Lächeln in seinem Geist. „Es gibt zahlreiche Ebenen", sagte er nach einer Weile. „Und in allen gibt es Leben, teilweise derart fremdartig, dass du es gar nicht als solches erkennen würdest. Sobald deine geistige Entwicklung weiter fortgeschritten ist, wirst du in der Lage sein, die Grenzen zu überschreiten und sie zumindest auf geistigem Wege zu besuchen. Und irgendwann kann vielleicht sogar dein Körper dem Geist folgen, wie es bei uns der Fall ist."

„Da steht mir aber noch viel Entwicklungsarbeit bevor", murrte sie. „Und ich dachte, ich hätte erreicht, was ihr von mir erwartet habt. Das war wohl ein Irrtum."

Der Rakai ersparte sich eine Antwort auf dieses kindische Verhalten und behielt lieber die Umgebung sorgfältig im Auge. Die Fahrzeuge waren nicht mehr zu sehen, doch konnten sie das Motorengeräusch in der Ferne hören. Sie waren dem

Konvoi bereits mehrere Kilometer weit gefolgt, da wurde der Lärm plötzlich wieder lauter, und kurz darauf sahen sie, wie die Fahrzeuge in einer Mulde zwischen mehreren Hügeln anhielten und eine Art Wagenburg bildeten. „Sie rasten hier", flüsterte Ragna und kauerte sich hinter ein dichtes Gebüsch auf einem der Hügel. Erschrocken wies sie auf einen Weg, der auf der ihnen gegenüberliegenden Seite ebenfalls in die Mulde führte. „Und da kommen noch mehr Wagen. Das ist ja eine ganze Armee."

Stumm beobachteten sie, wie noch einmal gut zwanzig Fahrzeuge zum Konvoi stießen und sich in die Wagenburg einreihten. In deren Mitte wurden Zelte aufgebaut und Feuer entzündet, und bald hingen Kessel und Töpfe über den Flammen und der Geruch von Essen zog zu den Beobachtern herüber. Jetzt waren auch Kinder zu sehen, die zwischen den Wagen hin- und herliefen. Der Regen ließ langsam nach, sodass sie bald im Freien spielen konnten. „Das sind gut 500 Menschen." Ragna schüttelte verblüfft den Kopf. „Darunter offenbar mehrere Familien. Und alle sind bewaffnet, manche mit Maschinengewehren. Ich sehe dort auch einige Granatwerfer, und die Geschütze der Panzer sowie auf einigen der Wagen dürften eine Menge Schaden anrichten, wenn sie auf Gegner abgefeuert werden. Sollte diese Armee tatsächlich in Carracán einfallen, sind die Menschen und Rakai dort in großer Gefahr."

Die Menschen schickten einige Männer auf die Hügel, die die Mulde umgaben, damit sie dort Wache hielten, und als einer von ihnen auf die beiden Beobachter zukam, zogen sich Ragna und der Rakai lautlos zurück. Sie fanden ein neues Versteck, von dem aus sie die Armee im Auge behalten konnten, und kauerten sich diesmal hinter einen Felsen, der weitab der Posten lag, aber einen unverstellten Blick auf die Mulde bot. Es war bereits dunkel geworden und nur die Feuer und einige an den Wagen aufgehängte batteriebetriebene Lampen erhellten den Platz, da hörten die Gefährten, wie eine der Wachen jemanden anrief, der offenbar gerade über den Hügel gekommen war. Ragnas nachtsichtige Augen erkannten einen einzelnen Wanderer, offenbar ein großer stämmiger Mann, der mit dem Posten sprach und schließlich in die Mulde hinuntergeführt wurde. Als er neben einem der Feuer auftauchte, erkannte sie erschrocken, dass es sich um Josh handelte.

Josh! Der Mann, der versucht hatte, sie zu töten! Weshalb war er nicht bei der Gruppe geblieben? Fragend sah Ragna den Rakai an, dessen Geist offensichtlich gerade Kontakt mit seinen Gefährten in Carracán aufnahm, um eine Antwort auf genau diese Frage zu erhalten. Nach einer Weile hörte sie seine Stimme in ihrem Geist. „Deine Freunde sind wohlbehalten in Carracán angekommen und wurden freundlich aufgenommen. Moira hat herausgefunden, was dieser Mann getan hat, und sie erzählte es deinen Freunden. Du kannst dir sicher vorstellen, wie sie reagiert haben, vor allem Sally. Daraufhin hat Josh die Halbinsel mitten in der Nacht heimlich verlassen. Sie ließen ihn gehen, da sie der Ansicht waren, es sei Strafe genug für ihn, sich nun allein durchschlagen zu müssen. Offenbar haben sie sich geirrt; wenn er auf Rache aus ist, könnte er mit Hilfe dieser Menschen tatsächlich zu einer Gefahr für die Bewohner Carracáns werden."

Ihre Befürchtung bewahrheitete sich nur zu bald: Nachdem Josh eine Weile mit den Anführern des Konvois gesprochen hatte wies der Amerikaner unmissverständlich in Richtung der Halbinsel. Wahrscheinlich hatte er den Männern berichtet, dass es dort unversehrte Unterkünfte und Vorräte gab. Die Rakai hatte er ja bisher nicht zu Gesicht bekommen, sodass er nicht vor ihnen warnen konnte. „Wir müssen etwas tun", flüsterte Ragna erschrocken. „Diese Armee darf nicht in Carracán einfallen."

„Wäre ein Wiizu in der Nähe würden wir ihn einfach den ganzen Konvoi auflösen lassen", antwortete der Rakai. „Das haben wir mit vielen Militäranlagen der Menschen gemacht, vor allem den Raketenstützpunkten und anderen besonders gefährlichen Anlagen. Doch das ist leider nicht der Fall und diese Wesen zeichnen sich nicht eben durch Schnelligkeit aus. Der Wiizu, der uns am nächsten ist, würde mehrere Tage bis hierher benötigen. Ich werde das Problem mit meinen Artgenossen besprechen; vielleicht fällt ihnen etwas ein."

Erneut sandte der Rakai seinen Geist in die Nacht hinaus, um mit seinen Freunden zu sprechen. Für Ragnas gerade erst erwachte Fähigkeiten lag dies noch weit außerhalb ihrer Möglichkeiten, was sie in diesem Moment sehr bedauerte. Ungeduldig wartete sie darauf, dass der Rakai ihr berichtete, was er und seine Gefährten beschlossen hatten. „Die Bewohner Carracáns sind gewarnt", hörte sie kurze Zeit später die Stimme des Rakai in ihrem Geist. „Sie werden Maßnahmen zum Schutz der Bevölkerung ergreifen. Wir sollen dem Konvoi heimlich folgen und ihnen alles berichten, was wir beobachten."

„Du meinst wohl, du wirst das tun", erwiderte Ragna ein wenig unwirsch. „Ich kann das noch nicht." Sie spürte erneut das mentale Lächeln ihres Gefährten. „Irgendwann wirst du dazu fähig sein", tröstete der Rakai die junge Frau. „Hab Geduld und lerne."

Obwohl der Rakai dies in der Dunkelheit nicht sehen konnte, nickte sie beschämt. Muss ich mich immer wie ein bockiges Kind verhalten? dachte sie. Ich verlange zu viel von mir und meinen Gefährten. Es ist, als würde ich von einem Neugeborenen verlangen, sofort laufen zu können. Um auf andere Gedanken zu kommen sah sie wieder in die Mulde hinab, wo Josh gerade mit einem der Anführer in einem Zelt verschwand. Wahrscheinlich wollten sie gemeinsam einen Schlachtplan entwickeln. Wenn ich doch nur Mäuschen spielen könnte, dachte sie. Das würde uns sicher helfen.

„Du schleichst dich nicht hinunter und begibst dich in Gefahr." Die geistige Stimme des Rakai klang fest und unnachgiebig. „Du bist dem Tod gerade erst entkommen; willst du deinen Freunden erneut Kummer bereiten?"

„Vor dir kann ich aber auch gar nichts verbergen", sagte Ragna zerknirscht. „Keine Sorge, ich begebe mich nicht in Gefahr. Aber du wirst zugeben müssen, dass es hilfreich sein könnte zu wissen, was die Männer besprechen."

„Um das zu erfahren muss keiner von uns hinuntergehen." Ragna spürte, wie der Rakai sich mit der Erde verband und seinen Geist über sie in das Lager sandte. Eine ganze Weile blieb er still, während Ragna nervös auf das Zelt starrte, dann wandte er sich ihr wieder zu. „Sie wollen morgen früh aufbrechen und zur Halbinsel fahren. Sie planen einen schnellen Überfall, bevor einer der Bewohner überhaupt merkt, was passiert." Der Rakai schüttelte den Kopf, eine sehr menschlich wirkende Geste, mit der er die folgenden Worte offenbar betonen wollte. „Sie haben nicht vor, die Leanunaithe am Leben zu lassen. Vielleicht einige junge Frauen…"

„Das war zu erwarten." In Ragnas Stimme klirrte Eis, gleichzeitig schienen ihre Augen in Flammen zu stehen. „Wir müssen sie aufhalten, irgendwie."

„Das werden wir." Der Rakai sah zur Wagenburg hinunter, dann konzentrierte er sich einmal mehr, um seine Gefährten in Carracán zu informieren. Nach einer Weile wandte er sich Ragna zu, die ihn ungeduldig beobachtet hatte. „Leider halten sich momentan nur wenige Rakai in Carracán auf, doch sie werden die Leanunaithe tatkräftig unterstützen. Die Menschen dort unten im Lager gehören nicht zu denen, die wir am Leben lassen würden. Wenn es nach uns geht, verlässt keiner von ihnen Carracán wieder."

Ragna nickte leicht, auch wenn es ihr um die Kinder leid tat. Sie trugen keine Schuld am Verhalten der Erwachsenen, würden aber mit darunter leiden. Der Rakai spürte, was in der jungen Frau vorging, doch ging er nicht darauf ein. Ragna würde lernen müssen zu akzeptieren, dass die Rakai keine andere Wahl hatten, wollten sie dem Auftrag der Erde nachkommen, so herzlos dies einem Menschen auch erscheinen mochte. Genau genommen spiegelte sich im Vorgehen der Rakai die Rücksichtslosigkeit der meisten Menschen allem anderen Leben gegenüber. Sie ernteten, was sie selbst gesät hatten, das war auch Ragna durchaus bewusst. Doch der Mensch in ihr haderte noch immer mit dieser Erkenntnis.

„Wenn sie durchfahren erreichen sie Carracán am Nachmittag", fuhr der Rakai fort und unterbrach damit Ragnas düstere Gedanken. „Da sie so schnell wie ihnen möglich fahren werden ist es unwahrscheinlich, dass wir mit ihnen Schritt halten können. Deshalb ist es besser, wir brechen jetzt auf und versuchen, einen Vorsprung zu gewinnen."

Kurze Zeit später eilten sie durch die Nacht in Richtung Carracán. Da sowohl Ragna wie auch der Rakai zäh und ausdauernd waren, benötigten sie kaum eine Rast, und bei Sonnenaufgang hatten sie bereits die halbe noch verbliebene Strecke bis zur Halbinsel zurückgelegt. Sie blieben in der Nähe der Route, die der Konvoi nehmen würde, um die Wagen nicht mehr aus den Augen zu verlieren, sobald sie auftauchten. Da sie selbst weiterliefen, als sich nun doch langsam Erschöpfung und Müdigkeit bemerkbar machten, befanden sie sich bereits kurz vor der Grenze zur Halbinsel, als sie

Motorgeräusche hinter sich hörten, die ständig lauter wurden. Der Konvoi hatte sie eingeholt und brauste mit voller Geschwindigkeit auf Carracán zu.

Hastig verbargen sich Ragna und ihr Gefährte hinter einem Felsen, der ein gutes Stück von der Straße entfernt lag, und sahen zu, wie die Fahrzeuge die Grenze überquerten und mit hoher Geschwindigkeit Richtung Dorf fuhren. Sie folgten dem Konvoi, so schnell sie es vermochten, was gar nicht so einfach war, da sie sich weiterhin verborgen halten mussten. Carracán war ein karges Land, das wenig Deckung bot. Sie liefen gerade durch ein ausgedehntes Moor, das die Straße zu beiden Seiten begrenzte, da hörten sie vor sich einen lauten Tumult. Irgendetwas hatte den Konvoi zum Stehen gebracht; Motoren heulten laut auf, ohne dass die Fahrzeuge von der Stelle zu kommen schienen. Vorsichtig schlichen die Gefährten näher und konnten schließlich sehen, was geschehen war.

Ein Straßenabschnitt war verschwunden und hatte sich in ein gut zwanzig Meter breites Moorloch verwandelt, in dem gerade einer der Panzer und mehrere andere Fahrzeuge versanken. Es lag direkt hinter einer unübersichtlichen Biegung der Straße, die hinter dem morastigen Abschnitt weiterführte, weshalb einige Fahrer es zu spät gesehen und ihre Fahrzeuge direkt in den Morast hineingefahren hatten. Die übrigen Fahrzeuge hatten rechtzeitig bremsen können, doch auch sie kamen nicht mehr weiter. Der versunkene Abschnitt der Straße war zu breit, als dass die schweren Fahrzeuge ihn überqueren konnten, zumal sich schnell herausstellte, dass dieses Moorloch ebenso bodenlos zu sein schien wie das die Straße umgebende Moor selbst. Fluchend halfen die Menschen ihren Kameraden, aus den versinkenden Fahrzeugen zu klettern und trockenes Land zu erreichen, dann starrten alle wütend in Richtung Dorf, das nun unerreichbar für sie zu sein schien.

„Davon hast du uns nichts gesagt!" schrie einer der Anführer Josh an, der am Rande des Moors stand und verblüfft auf die dunkle Schlammfläche sah. „Da kommen unsere Fahrzeuge nicht rüber; einige haben wir ja bereits verloren."

„Ich habe die Halbinsel erst vor Kurzem verlassen", verteidigte sich der Amerikaner und blickte sein Gegenüber finster an. „Da war hier noch kein Moor gewesen, zumindest nicht im Bereich der Straße. Keine Ahnung, was in der Zwischenzeit passiert ist."

Die zornigen und misstrauischen Blicke, die Josh zugeworfen wurden, zeigten ihm nur allzu deutlich, dass sich diese Menschen von ihm verraten fühlten. Das konnte übel für ihn ausgehen, weshalb er fieberhaft nach einer Lösung suchte. „Wir sollten versuchen, das Moor zu Fuß zu überqueren", sagte er schließlich. „Die Fahrzeuge müssen zwar zurückbleiben, aber die meisten Waffen können wir mitnehmen. Es wird in etwa drei Stunden dunkel; bis dahin können wir das Dorf erreicht haben. In der Dunkelheit ist das Anschleichen viel leichter."

Der Anführer nickte kurz und wies seine Leute an, breite Holzplatten aus den Lastwagen zu holen, die, an den Enden übereinander festgenagelt, als provisorischer Steg über das Moor dienen konnten. So schob sich langsam eine Art Brücke über den Morast, die schließlich auf der anderen Seite fest auf der Straße auflag. Für Fahrzeuge war sie nicht stabil genug, doch Menschen zu Fuß, selbst mit Waffen beladen, würden auf ihr den Sumpf überqueren können. Der Anführer der Nomaden misstraute dem Amerikaner zwar immer noch, doch war die Aussicht auf Vorräte und feste Unterkünfte zu verlockend, die bisherige Mühe zu groß gewesen, als dass sie jetzt unverrichteter Dinge umkehren wollten. Die meisten Frauen, die Kinder und einige ältere Männer würden bei den

Fahrzeugen zurückbleiben, während eine große Anzahl von Männern und einige kampferfahrene Frauen nun begannen, das Moor auf dem selbstgeschaffenen Weg zu überqueren. Bald war das Hindernis überwunden und mehr als dreihundert schwerbewaffnete Menschen bewegten sich zielstrebig auf das Dorf zu.

Der Kampf

„Komm hier entlang." Der Rakai führte Ragna auf einem Weg durch das Moor, den die junge Frau gar nicht bemerkt hatte. Er bot nicht nur eine sichere Überquerung des Morastes, sondern auch eine Abkürzung, sodass sie das Dorf eine halbe Stunde vor den Angreifern erreichten, zumal sie nicht durch schwere Waffen und andere Ausrüstung behindert wurden. Der Rakai lief direkt auf ein am Rande des Dorfes liegendes Haus zu, dessen Tür sich augenblicklich öffnete, sodass sie in den Flur huschen konnten. Dort erwartete sie eine hochgewachsene hagere Frau mit strengem Gesicht, die ihnen erleichtert zulächelte.

„Ihr habt es also geschafft." Moira führte sie in das Wohnzimmer und wies auf die Sessel und den Teppich vor dem Kamin. „Ihr müsst beide vollkommen erschöpft sein. Ruht euch aus; die Bewohner Carracáns sind bereit, die Angreifer zu empfangen. Ich muss jetzt zu ihnen gehen und sie unterstützen."

Ragna schüttelte energisch den Kopf, obwohl sie die Müdigkeit im ganzen Körper spürte. „Die Rakai haben mir gesagt, dass meine Freunde Carracán erreicht haben und von euch aufgenommen wurden. Dafür bin ich euch sehr dankbar. Ich werde euch in diesem Kampf unterstützen." Als sie

Moiras besorgten Blick bemerkte, rang sie sich ein Lächeln ab. „Ich kippe dir schon nicht um. Außerdem werdet ihr jede Hilfe brauchen können. Gut dreihundert schwer bewaffnete Angreifer sind auf dem Weg hierher."

„Viele von ihnen werden das Dorf nicht erreichen", erwiderte die ältere Frau mit grimmiger Miene. „Seit sie das Moorloch überquert haben werden sie heftig attackiert. Außerdem werden sie auf weitere Fallen treffen, die weniger offensichtlich sind als der Morast."

Ragnas Gefährte schloss sich den beiden Frauen an, als diese ins Dorf hintergingen, und bald erreichten sie den Dorfrand, den die Angreifer als Erstes erreichen würden, wenn sie weiter der Straße folgten. Ragna sah mehrere Gruppen bewaffneter Menschen und auch einige Rakai, doch obwohl sie jeden Winkel mit den Augen absuchte, entdeckte sie keinen ihrer Freunde. Moira deutete ihre suchenden Blicke richtig und beantwortete Ragnas Frage, bevor diese sie stellen konnte. „Benny, Doyle und Liz liegen mit einer schweren Erkältung im Bett, befinden sich aber bereits auf dem Weg der Besserung. Esme versorgt sie und wird während des Kampfes bei ihnen bleiben. Sie wollte mitkämpfen, doch eine ausgebildete Krankenschwester ist für uns zu wertvoll, als dass wir dies gestatten können. Sally hat sich einer der Gruppen angeschlossen, die den Angreifern in den Rücken fallen und sie immer wieder aus dem Hinterhalt heraus attackieren werden." Sie lächelte Ragna zu. „Eine mutige junge Frau, das muss ich wirklich sagen. Sie könnte glatt eine Leanunai sein. Seit ich angedeutet habe, dass du vielleicht noch leben könntest, sprüht sie förmlich vor Tatendrang."

Erst jetzt bemerkte Ragna, dass sich ebenso viele Frauen unter den Verteidigern befanden wie Männer. Sie hielten ihre Gewehre und anderen Waffen mit der gleichen Entschlossenheit in den Händen wie ihre männlichen Gefährten, ihre Gesichter zeigten den gleichen Zorn, die gleiche Härte. Wo sich wohl Liam gerade aufhielt? Kämpfte Molly an seiner Seite, die hübsche zierliche Molly mit dem herzlichen Lächeln? Dass die große strenge Frau, die sie hierher geführt hatte, die von Liam erwähnte Moira sein musste, stand für Ragna außer Frage, auch dass diese Frau die Leanunaithe anführte. Wann immer sie eine Anweisung gab, wurde diese augenblicklich und wie selbstverständlich befolgt.

„Bleib hier und warte mit den anderen auf das Eintreffen der Angreifer", sagte Moira mit einer Stimme, die keinen Widerspruch duldete. Sie ging gemeinsam mit dem Rakai zu einer kleinen Gruppe der braunfelligen Wesen hinüber, die sie bereits erwarteten, und begann, gemeinsam mit den Rakai die felsigen, nur spärlich mit Gras bewachsenen Flächen außerhalb des Dorfrands intensiv zu mustern. Ragnas Haut begann zu prickeln, die kleinen Härchen auf ihren Armen und im Nacken richteten sich auf, als eine Art elektrische Energie über sie hinwegstrich. Die Rakai und Moira, die dicht beieinander standen, schienen von einem Kraftfeld umgeben zu sein, das bis zu dem Ort zu spüren war, an dem sich Ragna gemeinsam mit einigen Leanunaithe verborgen hielt. „Was tun sie da?" flüsterte die junge Frau verwirrt. „Den Angreifern eine weitere Falle stellen, sobald sie das Dorf erreicht haben", erwiderte ein älterer Mann, der eine große Axt in den schwieligen Händen hielt. „Wären wir allein auf gewöhnliche Waffen angewiesen hätten wir keine Chance gegen eine derart große Zahl schwer bewaffneter Angreifer. Selbst die natürliche Kampfkraft der Rakai würde das nur teilweise ausgleichen. Zum Glück verfügen unsere pelzigen Freunde und die Fáidh noch über andere Möglichkeiten, den Banditen den Garaus zu machen."

„Die was?" Ragna starrte den Mann verblüfft an. Dieser betrachtete sie auf eine Weise, die überall auf der Welt von Einheimischen für unwissende Besucher verwendet wurde. „Das ist Irisch und bedeutet in etwa Weise, Prophetin", erklärte er geduldig. „Ist Tradition in Carracán; schon immer wurden wir von einer Fáidh geführt, früher gemeinsam mit dem König. Doch Könige gibt es hier schon seit fast dreihundert Jahren nicht mehr." Sein Gesichtsausdruck wurde grimmig. „Haben wir den verdammten Engländern zu verdanken. Zum Glück wussten sie nichts von den Fáidh und haben sie deshalb auch nicht verfolgt. Haben nur auf die Königsfamilie gestarrt und diese ausgerottet."

„Und was bedeutet Leanunaithe?" Ragna nutzte die gute Gelegenheit, Auskünfte zu bekommen, sofort aus. „Ich habe dieses Wort schon mehrfach gehört. Es scheint sich auf die Bewohner Carracáns zu beziehen."

„Ganz schön neugierig", brummte der Mann, lächelte aber dabei. „Nun, Moira und unsere pelzigen Freunde mögen dich offensichtlich, also kann ich dir wohl antworten." Er schwieg kurz und beobachtete aufmerksam die Straße, doch es zeigten sich noch keine Angreifer auf ihr, weshalb er sich erneut Ragna zuwandte. „Heißt übersetzt Gefolgsleute. Wir waren früher Gefolgsleute des Königs und nennen uns noch immer so, obwohl es in Carracán keine Könige mehr gibt. Sind eben altmodisch."

„Das muss ja nichts Schlechtes sein", erwiderte Ragna und beobachtete nun ebenfalls die Straße. Sie glaubte, näherkommende Schüsse und Schreie zu hören, doch noch war nichts zu sehen. „Ich bin übrigens Fergus", stellte sich der ältere Mann vor. „Ragna", erwiderte die junge Frau und schüttelte dem Mann die Hand. „Hab eigentlich Schmied gelernt", fuhr Fergus fort, „doch da gibt es kaum noch Jobs.

Deshalb kümmere ich mich jetzt um alle hier anfallenden Metallarbeiten." Er schniefte leicht und schüttelte bekümmert den Kopf. „Ist nicht viel zu tun, leider. Keiner von uns Leanunaithe hat viel Geld. Die meisten kommen so gerade eben über die Runden. Und der Feldzug der Rakai macht es für uns auch nicht leichter. Wir sind jetzt mehr als zuvor auf das angewiesen, was unser eigenes Land hergibt, was, wie du dir sicher denken kannst, nicht gerade viel ist. Die Rakai weisen uns gelegentlich auf etwas hin, das sich außerhalb von Carracán befindet und wir brauchen können. Dann holen wir es uns hierher. Das unterstützt uns ein wenig."

Das Gespräch half ihnen, ihre Nervosität zu beherrschen. Beide wussten, dass sie einem sehr gefährlichen Gegner gegenüberstanden und viel Glück brauchen würden, ihn besiegen zu können. Sie verbargen sich gemeinsam mit sechs weiteren Leanunaithe hinter einem Haus, die sich nun ebenfalls kurz vorstellten und dann ebenso nervös auf die Straße blickten wie Ragna und Fergus. Die Schüsse und Schreie, die Ragna zuvor zu hören geglaubt hatte, wurden lauter, und dann stürmten die ersten Angreifer auf das Dorf zu, schossen wild um sich und versuchten, die sie verfolgenden Verteidiger abzuwehren. Moira hatte sich nicht geirrt: Weniger als die Hälfte der Angreifer, die aufgebrochen waren, hatten das Dorf erreicht, doch es waren noch immer mehr als genug, um den Verteidigern ernsthafte Schwierigkeiten zu bereiten.

Eine Gruppe von gut fünfzig Männern stürmte auf den Dorfrand zu, während ihre Gefährten in Gefechte mit den sie verfolgenden Leanunaithe und Rakai verwickelt waren. Immer wieder bellte einer der Granatwerfer auf und schoss seine tödliche Fracht in Richtung der Verteidiger, die versuchten, den Geschossen auszuweichen und ihrerseits zurückschlugen. Nur noch zwei dieser schweren Waffen waren im Einsatz; die übrigen waren den Angreifern entrissen und unschädlich gemacht worden. Keiner der Leanunaithe konnte mit einer solchen Waffe umgehen, weshalb sie die erbeuteten Waffen lieber in tiefe Moorlöcher warfen, als sie gegen ihre ehemaligen Besitzer zu verwenden, da sie befürchteten, ihre eigenen Freunde mit den Geschossen zu treffen.

Die Gruppe der Angreifer hatte beinahe die ersten Häuser erreicht, da liefen schwere Erdstöße durch den Boden und genau unter den Füßen der Angreifer brach die Erde auf und ließ die Männer in einen scheinbar bodenlosen Graben stürzen, der die Straße und die an sie angrenzenden Bereiche umfasste. Das also hatten Moira und die Rakai mit dem von ihnen erzeugten Energiefeld bewirken wollen, dachte Ragna und sah zu der kleinen Gruppe hinüber, die jetzt ebenfalls Deckung suchte, da der Zweck ihres Zusammenwirkens erreicht worden war. Der einstürzende Bereich vergrößerte sich ständig und bildete bald über gut fünfzig Meter hinweg ein unüberwindliches Hindernis. Beinahe die gesamte Gruppe war hineingestürzt; der Einbruch war derart schnell vonstatten gegangen, dass sie nicht mehr hatten reagieren können. Die wenigen Überlebenden wichen vor der Einbruchzone zurück, doch als eine Gruppe ihrer nachrückenden Gefährten sie erreichte suchten sie sich einen Weg um das Hindernis herum und stürmten zwischen die Häuser, um die sich dort bisher verborgen gehaltenen Dorfbewohner anzugreifen.

Ragna fauchte wütend, als einige Männer auf sie zugerannt kamen, fuhr ihre Krallen aus und stürzte sich mit funkelnden Augen auf die Angreifer. Ihre Reißzähne fanden die Kehle eines Mannes, die rasiermesserscharfen Krallen durchbohrten das Herz eines anderen Angreifers. Immer heißer rann das Blut durch ihre Adern, ihr inneres Raubtier war ganz in seinem Element und genoss es offensichtlich, von der Leine gelassen zu werden. Instinktiv wich sie den Kugeln aus, die auf sie abgefeuert wurden, und schlug eine blutige Schneise in die Reihen der Angreifer, die schon bald entsetzt vor der wilden Bestie zurückwichen, in die Ragna sich verwandelt hatte. Eine Kugel durchschlug ihre Schulter, doch stachelte sie der Schmerz nur weiter an, befeuerte ihren rasenden Zorn, anstatt sie zu bremsen. Nur am Rande bemerkte sie, dass auch Fergus und die anderen Dorfbewohner sich tapfer schlugen. Die Rakai unterstützten ihre menschlichen Freunde nach Kräften, doch waren auch sie nicht unverwundbar, wurden verletzt oder sogar getötet. Die Leanunaithe und Rakai würden zahlreiche Opfer zu beklagen haben, sollten sie siegreich aus diesem Kampf hervorgehen.

Doch auch immer mehr Angreifer fielen dem unbeugsamen Willen der Leanunaithe, ihre Heimat zu verteidigen, sowie ihrem Mut und ihrer Kampfbereitschaft zum Opfer. Die Verteidiger attackierten sie aus allen Richtungen, schossen erbeutete Gewehre auf sie ab oder schlugen mit scharfen Werkzeugen auf sie ein. Als schließlich nur noch wenige Angreifer am Leben waren, wandten sich diese zur Flucht, rannten in Richtung ihrer Fahrzeuge davon, wobei sie von den Verteidigern verfolgt wurden. Die Leanunaithe und ihre braunfelligen Freunde wollten niemanden entkommen lassen; zu groß war die Gefahr, dass sich die Überlebenden außerhalb Carracáns neu formieren und erneut angreifen würden.

Josh gehörte zu der Gruppe, die das Dorf angriff, doch hatte er den Dorfrand noch nicht erreicht gehabt, als die Erde plötzlich unter den Angreifern einbrach. Er suchte gerade nach einem Weg um den Abgrund herum, da fiel sein Blick auf Ragna, die seine neuen Gefährten förmlich niedermähte. Völlig entgeistert starrte er die tot geglaubte Frau an, wollte seinen Augen nicht trauen. Wie hatte sie die schwere Wunde überlebt, wie war sie so schnell hierher gelangt? Entsetzt beobachtete Josh den gnadenlosen Kampf, der vor seinen Augen stattfand, und konnte sich nur zu gut vorstellen, was Ragna ihm antun würde, sollte sie ihm noch einmal begegnen. Dies war kein Mensch mehr, der da wütete, sondern ein blutbesudeltes, vor Wut brüllendes Raubtier, das ihn mühelos zerreißen würde, käme er in seine Nähe. Hastig verbarg er sich hinter einem neben der Straße wachsenden Gebüsch, und als er sah, dass die Nomaden den Kampf verlieren würden, floh er allein in die Dunkelheit.

Die wenigen überlebenden Angreifer, die auf ihrer Flucht der Straße folgten, um nicht versehentlich ins Moor zu geraten, wurden von den Bewohnern der Halbinsel und ihren bepelzten Freunden verfolgt und immer wieder angegriffen. Keiner von ihnen erreichte das die Straße blockierende Sumpfloch, und nun benutzten die Verteidiger die über den Morast gelegte Plankenbrücke, um die bei den Wagen verbliebenen Nomaden anzugreifen. Das hatte Josh vorausgesehen, weshalb er die Straße mied und versuchte, das Moor weiträumig zu umgehen, um auf festerem Boden die Grenze der Halbinsel zu erreichen. Er hatte noch etwa die Hälfte der Strecke vor sich, als er Schritte näherkommen hörte. Augenblicklich warf er sich hinter einem Felsen auf den Boden und starrte mit zusammengekniffenen Augen in die Dunkelheit, die nur schwach vom Mond beleuchtet wurde, der Mühe hatte, sein Licht durch die dichte Wolkendecke zu senden.

Es waren zwei Menschen, die langsam den Hügel herabkamen. Eine offensichtlich verwundete Frau stützte sich auf einen älteren Mann, der ihr half, auf den Beinen zu bleiben und zum Dorf zurückzukehren. Sally! fuhr es Josh durch den Kopf, als er die Frau erkannte, die stark hinkte und deren rechtes Bein provisorisch verbunden worden war. Grimmig beobachtete er die junge Frau, die nur mühsam vorankam. Er hatte alles verloren, und im Dorf wartete diese furchtbare Bestie auf die Frau, die er liebte. Diesmal nicht, schwor er sich und schob sich vorsichtig näher an den Ort heran, den die beiden passieren würden. Diesmal gehört Sally mir! Er hob einen schweren Stein auf, und als die beiden sein Versteck hinter sich gelassen hatten, schlich er sich von hinten an den älteren Mann heran und schlug ihm mit einem einzigen Hieb den Schädel ein.

Sally schrie auf und fiel zu Boden, als ihre Stütze plötzlich wegbrach. Erschrocken starrte sie auf den zertrümmerten Kopf ihres Begleiters und sah dann zu Josh hoch, der gerade den blutbesudelten Stein fortwarf. „Du kommst mit mir", knurrte der Amerikaner und zog Sally auf die Füße, deren Entsetzen nun in Zorn umschlug und die Joshs Hand mit einer heftigen Bewegung fortschlug. „Du Monster!" schrie Sally den Mann an. „Du verdammter Mörder! Glaubst du allen Ernstes, ich werde dich begleiten? Du hast Ragna niedergeschossen, die Nomaden auf uns gehetzt und jetzt auch noch den alten Malachy ermordet. Niemals werde ich…"

Jedes ihrer Worte schnitt ihm ins Herz, bis der Schmerz unerträglich wurde. Sie musste aufhören, ihn zu beschimpfen, ihn einen Mörder zu nennen; er hatte doch alles nur für sie getan. Mit einem Aufschrei schlug Josh ihr so unvermittelt die Faust gegen die Schläfe, dass Sally nicht mehr ausweichen oder auf andere Weise reagieren konnte. Dann legte er sich die bewusstlose Frau über die Schulter und folgte weiter seinem Weg in Richtung Grenze, ohne den Mann, den er erschlagen hatte, auch nur eines weiteren Blickes zu würdigen. Sein Inneres schien zu Eis erstarrt; er reagierte wie eine Maschine, die einem Programm folgte. Sallys Worte hatten ihn tief getroffen, und während er das karge Land durchquerte, hallten sie in seinem Geist wider wie ein Echo, das immer wieder an Felswänden abprallte und zurückgeworfen wurde. Mit gesenktem Blick stapfte er über den felsigen Untergrund, schwer unter der Last atmend und nur noch bestrebt, so schnell wie möglich die Halbinsel zu verlassen. Sally und er gehörten zusammen, rechtfertigte er immer wieder in Gedanken sein Handeln. Es war Schicksal gewesen, dass sie sich begegnet waren, und er hatte zu viel für sie riskiert, zu viel verloren bei seinen Versuchen, sie für sich zu gewinnen. Dass Sally ihn nur noch hassen und ihn bekämpfen würde, sobald sie dazu wieder in der Lage war, blendete er dabei völlig aus.

Ragna hatte gerade den letzten noch lebenden Angreifer, der ins Dorf eingedrungen war, getötet, da hob sie ruckartig den Kopf und starrte mit glühenden Augen in die Dunkelheit hinaus. All ihre Instinkte, ihre scharfen Sinne, ja das Land selbst schrien ihr zu, dass Sally in großer Gefahr war, und ohne zu zögern, rannte sie in die Richtung davon, aus der sie den geistigen Schrei gehört hatte. Ein drohendes Knurren entrang sich ihrer Kehle, als sie Joshs Witterung wahrnahm, und ohne zu zögern, folgte sie der Spur, die schon bald die Straße verließ und über die Hügel führte. Jeder ihrer Muskeln brannte vor Müdigkeit und Erschöpfung, doch sie achtete nicht darauf, sondern rannte so schnell es ihr möglich war über die Hügel, der wohlbekannten Witterung folgend, die stetig stärker wurde. Kurz vor der Grenze holte sie Josh schließlich ein.

Der Mann wankte unter der Last der bewusstlosen Freundin, versuchte aber trotzdem, so schnell wie möglich voranzukommen. Aus der Ferne waren Schreie und Schüsse zu hören; die Leanunaithe und Rakai griffen die bei den Wagen verbliebenen Menschen an, die sich verzweifelt wehrten. Ragnas Atem ging stoßweise, sie keuchte vor Anstrengung, doch ohne auch nur einen Augenblick zu zögern, griff sie Josh an und warf sich gegen den großen Mann, der ins Stolpern geriet und schließlich unter dem vereinten Gewicht von Sally und Ragna zu Boden ging. Dabei verlor er sein Gewehr, das Ragna mit einem heftigen Tritt aus seiner Reichweite beförderte. Schnell rollte Josh sich unter der bewusstlosen Frau hervor und hob abwehrend die Arme, um Ragna keine Gelegenheit zu geben, ihm ihre Reißzähne in die Kehle zu schlagen.

„Du Mistkerl!" Ragnas Augen brannten geradezu, die Worte stießen auf ihn herab wie Messer. Ihre Krallen schlitzten Joshs Unterarme auf, mit denen der Mann sich zu schützen versuchte, und laut aufschreiend schlug Josh nach seiner Angreiferin, die aufgrund ihrer Erschöpfung Mühe hatte, dem Schlag auszuweichen. Als Josh bemerkte, dass seine Gegnerin angeschlagen war, rollte er sich so weit zur Seite, dass er aufstehen und nun seinerseits Ragna angreifen konnte. Wäre Ragna weniger erschöpft gewesen, so hätten selbst Joshs überlegene Größe und Kraft ihm keinen nennenswerten Vorteil verschafft, doch die junge Frau stolperte inzwischen vor Müdigkeit und war kaum noch in der Lage, den Hieben des Amerikaners auszuweichen. Nur die Sorge um die bewusstlose Freundin hielt sie auf den Beinen, doch wurde sie zunehmend in die Defensive gedrängt. Als sie eine Lücke in Joshs Verteidigung sah, tauchte sie unter den stämmigen Armen hindurch, doch sie lief in eine Falle. Mit einem bösartigen Grinsen schmetterte der Mann ihr seine Faust gegen den Kopf und schleuderte sie dabei zu Boden, wo Ragna nahezu bewusstlos neben Sally zu liegen kam.

Stöhnend versuchte Ragna, sich wieder hochzustemmen, doch ein Klicken verriet ihr, dass Josh sein Gewehr aufgenommen hatte und nun auf sie anlegte. „Diesmal bist du dran, du Mistvieh", knurrte der Amerikaner hasserfüllt. „Noch einmal kommst du nicht davon. Fahr zur Hölle!"

Der auf sie gerichtete Lauf schien ständig zu wabern, die massige Gestalt des Mannes sich auflösen zu wollen, und verzweifelt versuchte Ragna, sich aus der Schusslinie zu rollen. Doch ihr Körper schien Tonnen zu wiegen; sie spürte nur noch Schmerz und Schwere. Alles schien sich immer mehr zu entfernen, und beinahe teilnahmslos beobachtete sie, wie sich der Finger des Mannes krümmte, um den tödlichen Schuss abzugeben. Doch er fiel nie; ein gewaltiger Schatten warf sich gegen den Amerikaner und riss ihn zu Boden. Das Gewehr wurde davongeschleudert, und erst jetzt löste sich der Schuss, die Kugel flog in die Nacht davon, ohne Schaden anzurichten. Als hätte der Knall ihr die letzte Kraft entzogen versank Ragnas Geist nun endgültig in der Dunkelheit. Sie bemerkte nicht mehr, wie sie behutsam aufgehoben und fortgetragen wurde.

Abschied

Sonnenschein weckte Ragna, der das Zimmer in goldenes Licht tauchte. Sie lag in einem Bett, ihre Wunden waren versorgt worden, doch als sie versuchte, sich zu bewegen, stöhnte sie unwillkürlich auf vor Schmerz. Ihr Körper schien noch immer viel zu schwer zu sein, die Schulterwunde sowie die Schnitte und Prellungen brannten und pochten. Mühsam wandte sie den Kopf in Richtung Fenster, das offen stand und milde Frühlingsluft ins Zimmer ließ. Sie sog die wohlriechende Luft tief in ihre Lungen, doch schon bald begann der Raum um sie herum zu verschwimmen und sie fiel erneut in tiefen Schlaf.

Sie erwachte davon, dass jemand ihre Verbände wechselte, und als sie die Augen öffnete, sah sie in Moiras ernstes Gesicht, die sich über sie beugte und gerade eine Mullbinde straffzog. Unwillkürlich verzog Ragna das Gesicht, als der Druck den Schmerz erneut aufflammen ließ, doch die Fáidh achtete nicht darauf, sondern beendete ruhig ihr Werk. „Schön, dass du wieder unter den Lebenden weilst", sagte sie ruhig. „Als dich der Rakai fand, warst du vollkommen weggetreten. Du neigst offenbar dazu, deine Kräfte zu überschätzen."

„Er wollte Sally entführen." Die Worte kamen ihr nur mühsam über die Lippen; noch immer beherrschten Schwäche und Erschöpfung ihren Körper. Zumindest ihr Geist blieb diesmal klar, und ruckartig versuchte sie, sich aufzurichten, sank jedoch stöhnend wieder auf das Kissen zurück. „Wo ist sie, Moira?" flüsterte sie voller Sorge. „Wo ist Sally? Geht es ihr gut? Sie war verletzt…"

„Es ist alles in Ordnung." Moira lächelte ihr beruhigend zu. „Sallys Wunde wurde versorgt, es wird ihr sicher bald besser gehen. Ist ein zähes Mädchen, die schafft das schon."

Tiefe Erleichterung durchströmte Ragna und sie erwiderte Moiras Lächeln. „War das einer der Rakai, der Josh daran gehindert hat, mich zu erschießen?" fragte sie. Moira nickte und schenkte der jungen Frau Tee aus einer neben dem Bett stehenden Kanne ein. „Hier, trink das", sagte sie. „Das wird dir helfen, wieder zu Kräften zu kommen. Ja, dein Gefährte hatte bemerkt, wie du davongestürmt bist, und folgte dir. Zu deinem und Sallys Glück, muss man wohl sagen. Er tötete den Amerikaner und trug dich zu meinem Haus. Einige Leanunaithe holten dann auch Sally. Sie liegt in einem der Gästezimmer im Pub; in meinem Haus gibt es nur ein Gästebett. Außerdem kann dort Esme nach ihr sehen."

Ragna verzog das Gesicht; der Tee war bitter und sie hatte das Gefühl, ihr Zahnfleisch würde sich zusammenziehen. „So, wie der schmeckt, muss er wirklich sehr gesund sein", murrte sie und wollte den Becher fortstellen. Als sie Moiras missbilligenden Blick bemerkte, zwang sie sich, einen weiteren Schluck zu trinken, der aber auch nicht besser schmeckte als der erste. „Was ist das für ein Zeug?" würgte sie zwischen den Zähnen hervor, nachdem es ihr endlich gelungen war, den Becher zu leeren. „Ich bin wirklich nicht empfindlich, aber dieser Tee ist eine Zumutung."

„Er wirkt." Moira erhob sich, um den Raum zu verlassen, doch an der Tür wandte sie sich noch einmal Ragna zu. „Ruhe dich aus. Schlaf wäre am besten, dann kann die Medizin ihre Arbeit tun. Wenn du das nächste Mal erwachst, solltest du dich deutlich besser fühlen." Mit diesen Worten schloss sie die Tür hinter sich und Ragna hörte sie die Treppe hinuntergehen.

Sie musste einen ganzen Tag geschlafen haben, denn als Ragna das nächste Mal erwachte, schien erneut die Morgensonne in das Zimmer. Moira hatte nicht gelogen: Sie fühlte sich deutlich kräftiger, und als sie sich versuchsweise aufsetzte und die Beine aus dem Bett schwang, gelang ihr das, ohne dass ein Schwindel sie erneut auf das Kissen zurückzwang. Moira musste einen sechsten Sinn besitzen, denn kaum saß Ragna auf der Bettkante, betrat sie auch schon das Zimmer. „Ich denke, du kannst dich waschen und anziehen", sagte sie energisch. „Die Schulterwunde verheilt gut und auch die Schnitte und Prellungen werden zwar noch eine Weile schmerzen, sollten dich aber nicht daran hindern, dich zu bewegen. Auch solltest du inzwischen wieder halbwegs bei Kräften sein."

„Ich würde einen Stepptanz hinlegen, wenn ich dadurch verhindern kann, diesen scheußlichen Tee noch einmal trinken zu müssen", erwiderte Ragna und stemmte sich in die Höhe. Tatsächlich gelang es ihr, ohne fremde Hilfe zu stehen und sogar einige Schritte zu gehen. „Was war denn bloß los? Normalerweise werfen mich Verletzungen wie diese nicht gleich zu Boden."

„Du hast deine Kräfte zu sehr beansprucht", antwortete Moira und half Ragna, in Richtung Badezimmer zu gehen. „Zuerst der lange kräftezehrende Lauf nach Carracán, kaum dass du von der Schussverletzung genesen warst, dann der heftige Kampf. Die nächsten Tage solltest du es langsam angehen lassen."

Tatsächlich benötigte Ragna die Hilfe der älteren Frau, um sich waschen und anziehen zu können, was ihr sehr unangenehm war. Als sie endlich die Küche betrat, wo bereits das Frühstück auf sie wartete, sank sie schwer atmend auf einen Stuhl und stützte sich mit beiden Händen an der Tischkante ab. „Verdammt", fluchte sie und schüttelte frustriert den Kopf. „Ich habe es wirklich übertrieben. So schwach habe ich mich zuletzt im Krankenhaus gefühlt, wo ich nach dem Kampf gegen einen Rakai schwer verwundet gelandet war."

„Und dabei geht es dir bereits besser als gestern", stimmte Moira ihr zu und schaufelte der jungen Frau eine große Portion Rührei mit Schinken auf den Teller. „Gegen Rakai wirst du wohl nicht mehr kämpfen müssen, falls dir das ein Trost ist."

Ragna schüttelte lächelnd den Kopf. „Nein, das ist wohl nicht zu erwarten. Sie haben mich seit Mainland verschont und meine Freunde ebenfalls. Da muss ihnen zum ersten Mal bewusst geworden sein, dass ich ihnen ähnlich bin. Hätte mir das allerdings zu dem Zeitpunkt jemand gesagt, ich hätte ihn für verrückt erklärt. Dort waren sie für mich noch ausschließlich menschenmordende Bestien."

„Es ist nicht leicht zu akzeptieren, was sie tun müssen." Moira setzte sich zu Ragna an den Tisch und schenkte Tee ein. „Ich hadere auch noch immer mit dieser Erkenntnis. Allerdings haben wir Leanunaithe die Welt schon immer anders betrachtet als die meisten anderen Menschen, was nicht selten Schwierigkeiten mit unseren Nachbarn jenseits von Carracáns Grenzen nach sich zog. Doch nur deshalb leben wir noch und die Rakai helfen uns sogar, wie du hast sehen können."

„Habt ihr große Verluste hinnehmen müssen?" fragte Ragna voller Sorge. Moira nickte und ihre Augen wurden dunkel vor Trauer. „Unsere Bevölkerung war nie besonders groß, und durch diesen Kampf haben wir beinahe einhundert Leanunaithe verloren. Dass wir die Angreifer vollständig haben vernichten können, ist dabei kein großer Trost. Auch die Hälfte der Rakai, die uns geholfen haben, wurde getötet. Nein, dein Gefährte ist nicht unter den Toten", ergänzte sie hastig, als sie den Schmerz in Ragnas Gesicht sah. „Und deinen Freunden geht es auch von Tag zu Tag besser."

Die Erleichterung war Ragna deutlich anzusehen. „Wir kamen hierher in der Hoffnung, bleiben zu dürfen. Wärt ihr denn damit einverstanden?"

„Bisher spricht nichts dagegen", antwortete Moira und schenkte Ragna Tee nach. „Ihr würdet zumindest einen kleinen Teil der Verluste wieder ausgleichen. Außerdem haben du und Sally tapfer an unserer Seite gekämpft und unsere Heimat verteidigt. Sie soll jetzt auch eure Heimat sein."

„Danke", flüsterte Ragna. „Ich… ich weiß aber nicht, ob mir das möglich ist. Ich glaube, die Rakai möchten, dass ich von ihnen lerne, vollständig ein Rakai zu werden. Ich stehe ja noch am Anfang dieses Weges."

„Das kann Moira dich ebenso gut lehren wie wir." Die Stimme erklang direkt in Ragnas Kopf und überrascht wandte sich die junge Frau zur Tür um. Ihr braunfelliger Gefährte hatte die Küche betreten und ließ sich nun neben Ragnas Stuhl nieder. Die hellgrünen Augen musterten sie freundlich und Ragna konnte ein mentales Lächeln spüren. „Sie ist eine Rakai, geistig unterscheidet sie sich kaum noch von uns. Sie wird dich unterweisen."

„Und du?" Ragna betrachtete das große Wesen neben sich beinahe schüchtern. „Musst du wieder gehen?" Sie räusperte sich und stellte nun endlich die Frage, die ihr schon lange auf der Seele gebrannt hatte. „Hast du eigentlich einen Namen? Ich möchte an dich nicht immer als ‚den Rakai mit dem hellen Fleck zwischen den Augen, der mich nach Carracán geführt hat' denken müssen."

Ein belustigtes Schnarren hallte durch die Küche. „Sobald du weiter fortgeschritten bist, wirst du wissen, dass wir keine Namen im Sinne menschlicher Namen haben. Wir benennen einander mit dem, was wir über den anderen wissen, und wenn wir einen Gefährten ansprechen, übermitteln wir dabei all unser Wissen über ihn mit einem einzigen Gefühl, das ihn sozusagen definiert, ihn ganz wiedergibt. Doch gib mir ruhig einen Namen, wenn das für dich leichter ist."

Ragna starrte lange nachdenklich auf ihren Teller, dann wandte sie sich wieder ihrem pelzigen Freund zu. „Wäre es für dich in Ordnung, wenn ich dich mit Fong anspreche? Onkel Fong hat mich großgezogen; ich verdanke ihm unendlich viel. Wenn ich dich so nennen dürfte, würde ich ihn damit ehren."

Die grünen Augen betrachteten sie eine Weile intensiv, dann drückte der Rakai seinen großen Kopf kurz gegen Ragnas Arm, eine Geste, die sie nie zuvor bei diesen Wesen beobachtet hatte. „Nenne mich ruhig so, wenn es dir so viel bedeutet", sagte ihr Gefährte freundlich. „Wenn ich dich Fong sagen höre weiß ich, dass du mich damit meinst."

In Ragnas Augen glänzten Tränen und spontan umarmte sie den Rakai, der die junge Frau gewähren ließ, auch wenn solche Gesten unter Rakai unüblich waren. „Danke, Fong", sagte sie mit heiserer Stimme. „Ja, das bedeutet mir viel. Onkel Fong war ein großartiger Mensch; ich glaube, du hättest ihn ebenfalls gern gehabt."

„Bleib heute noch nicht zu lange auf", unterbrach Moira das Gespräch, bevor dieser besondere Moment sich in Verlegenheit wandeln konnte. „Und iss deinen Teller leer. Dein Körper braucht Energie, um wieder zu Kräften zu kommen."

Ragna benötigte zwei weitere Tage, bis sie sich endlich in der Lage sah, zum Gasthaus hinüberzugehen und ihre Freunde zu besuchen. Sally saß in ihrem Bett, den Rücken an einige Kissen gelehnt, die sie stützten. Das Bein war verbunden, die leichteren Verletzungen behandelt worden. Zu Ragnas Überraschung befanden sich auch ihre übrigen Freunde im Krankenzimmer und lächelten ihr zu, als sie den Raum betrat. Kate hatte ihnen bereits erzählt, dass Ragna am Leben war, sodass ihr Auftauchen keine Überraschung für sie war. „Gut, dich zu sehen", sagte Benny herzlich. „Wir haben von deiner Heldentat gehört, die dich beinahe das Leben gekostet hätte. Wie tief kann ein Mensch eigentlich sinken! Was ist nur aus dem großartigen Kameraden geworden, der Josh früher war?"

Ragna setzte sich auf die Bettkante, wo Sally sie wortlos an sich zog und eine ganze Weile nicht mehr losließ. Ihre Freunde schwiegen und sahen verlegen zur Seite, freuten sich aber für die Freundinnen, die endlich wieder vereint waren. Doch irgendetwas stimmte nicht; ein ungewohnter Ernst, ja

Niedergeschlagenheit ging von Ragnas Freunden aus und füllte das Zimmer mit Schwermut. Verwirrt löste Ragna sich schließlich aus Sallys Umarmung und sah fragend in die Runde. „Was ist los mit euch? Ich verstehe, dass die Schlacht ein furchtbares Erlebnis für euch gewesen sein muss, auch wenn nur Sally aktiv daran teilgenommen hat. Doch wir haben es alle überstanden und die Menschen hier bieten uns ein neues Zuhause an."

„Das ist sehr freundlich von ihnen." Esme sah Ragna offen in die Augen. „Doch wir werden ihr Angebot ablehnen. Es war ein furchtbarer Schock für uns alle zu sehen, dass die Menschen hier mit den Affenwesen befreundet sind, sogar Seite an Seite mit ihnen gegen andere Menschen gekämpft haben. Die Nomaden haben doch nur ein neues Zuhause gesucht. Auch wenn ich ihr Verhalten missbillige – war es wirklich erforderlich, sie alle umzubringen? Sogar die Kinder? Und ich habe kein Wort des Bedauerns von den Einwohnern der Halbinsel darüber gehört."

„Es hieß sie oder wir", sagte Sally mit heiserer Stimme. „Deshalb habe ich an der Seite der Leanunaithe gekämpft. Ich werde mich aber nie daran gewöhnen können, mit diesen Monstern gemeinsame Sache zu machen. Oder hinzunehmen, dass die Bewohner der Halbinsel das tun. Ich kann hier nicht bleiben, an einem Ort, wo ich ständig mit diesen Bestien zu tun haben würde, wo von mir erwartet wird, dass ich mich ihnen gegenüber freundlich verhalte."

Erschrocken sah Ragna von einem Freund zum anderen und musste erkennen, dass sie Sallys Meinung teilten. „Aber wo wollt ihr denn hingehen?" fragte sie leise. „Die Wiizu vernichten die Städte und anderen Siedlungen, und diese Nomaden sind, wie ihr wisst, nicht die einzigen Menschen, die euch gefährlich werden könnten." Beinahe flehend blickte sie Benny an, der voller Unbehagen zu Boden sah. „Denke an Liz. Sie braucht ein sicheres Zuhause, einen Ort, an dem sie aufwachsen kann, ohne ständig in Furcht leben zu müssen."

„Wir haben bereits beschlossen, Carracán zu verlassen, sobald Sally wieder gesund ist", sagte Doyle mit ehrlichem Bedauern in der Stimme. „Wir kehren zu Megan und ihren Freunden zurück; irgendwo wird sich schon ein Hof finden lassen, den wir bewohnen und bewirtschaften können. Da diese Kreaturen Megan und die anderen Hofbewohner verschonen werden sie das vielleicht auch mit uns tun, besonders wenn du bei uns bist."

Es war, als würde eine eisige Hand nach Ragnas Herz greifen und es zusammenpressen. Nie waren ihr Worte so schwer gefallen wie die folgenden, die sie aussprechen musste. „Aber ich werde euch nicht begleiten", flüsterte sie mit Tränen in den Augen. „Ich kann es nicht. Ich bin eine Verpflichtung eingegangen, der ich mich nicht entziehen kann, die mich an Carracán bindet." Mit tränenfeuchtem Gesicht sah sie zur geliebten Freundin, deren Augen dunkel waren vor Schmerz. „Als die Rakai mir das Leben retteten taten sie dies auf eine Weise, die mich verändert hat. Ich bin nicht mehr die Ragna, die du kanntest."

„Du bist kein Mensch mehr?" flüsterte Sally, ihr Gesicht war qualvoll verzerrt. „Willst du das damit sagen? Du bist jetzt eine dieser menschenmordenden Bestien? Das will ich nicht glauben!"

Ragna schüttelte verzweifelt den Kopf. „Natürlich bin ich noch ein Mensch. Du weißt aber auch, dass ich schon immer anders war. Und jetzt bin ich… mehr geworden. Anders kann ich das nicht ausdrücken. Die Rakai erwarten von mir, dass ich diesen Weg weitergehe. Doch dafür brauche ich die Anleitung einer erfahrenen Lehrerin wie Moira." Sie schwieg kurz, dann fuhr sie leise fort. „Nicht erst seit Kintyre habe ich mich gefragt, was die Rakai eigentlich von mir wollen, weshalb sie mich verschont haben. Jetzt weiß ich es."

„Dann habe ich dich nur wiedergefunden, um dich gleich wieder zu verlieren?" Sally atmete heftig und sie presste ihre Fingernägel in die Handflächen, um zu verhindern, dass sie in Tränen ausbrach. „Was ist mit unserer Liebe? Zählt die gar nichts für dich? Sind dir diese Viecher wichtiger als ich?"

„Du bist für mich der wichtigste Mensch auf der Erde." Ragna griff nach Sallys Hand, doch die Freundin entzog sie ihr mit einem Ruck. Flehentlich sah sie Sally in das wie erstarrt wirkende Gesicht. „Ich kann nicht anders handeln. Dafür hätten weder Moira noch die Rakai Verständnis. Ist es denn wirklich so undenkbar für euch hierzubleiben? Die Rakai kommen nur gelegentlich zu Besuch; ihr würdet sie kaum sehen."

Esme schüttelte traurig den Kopf. „Darum geht es nicht, Ragna, das sollte dir inzwischen klar geworden sein. Wir wollen nicht unter Menschen leben, die dieses Morden gutheißen. Wir fragen uns sogar, ob das überhaupt noch Menschen sind. Sie verraten ihre eigene Art, anstatt diese Kreaturen zu bekämpfen." Der Blick, den sie Ragna zuwarf, war voller Unbehagen. „Ich habe dich vom Fenster aus kämpfen gesehen. Ich… ich wusste nicht, dass du so sein kannst. Kein Wunder, dass du mit diesen Tieren gut klarkommst."

Ragna erhob sich und ging zum Fenster hinüber, um den Freunden nicht ins Gesicht blicken zu müssen. „Ich hatte keine andere Wahl." Ihre Stimme klang hart, um den Schmerz, der in ihr tobte, zu verbergen. „Ich musste mein inneres Raubtier ganz von der Leine lassen, um mit der Überzahl an schwerbewaffneten Angreifern fertig zu werden. Und sag mir eins: Bekämpfen denn Megan und die anderen Hofbewohner die Rakai? Nein, tun sie nicht. Sie leben nur anders als die meisten anderen Menschen, weshalb sie von den Rakai verschont werden. Die Leanunaithe tun genau das Gleiche, und das schon seit unzähligen Generationen. Sie verstehen, weshalb die Rakai so handeln müssen, ich verstehe es. Das kann ich von euch nicht erwarten. Ich kann euch nicht vorwerfen, die Situation ausschließlich aus Sicht der Menschen zu betrachten, denn ihr kennt keine andere. Doch ich bin jetzt genau wie Moira nicht nur Mensch, ich bin auch Erde, Baum, Fluss, Wolken und alles andere, was existiert. Und ich fühle die Wunden, die diesem Planeten und dem Leben auf ihm von den Menschen geschlagen wurden, als wären sie mir zugefügt worden. Ich wünschte, es gäbe einen anderen Weg, doch ich sehe keinen. Die Erde sieht keinen."

Sie wandte sich wieder den Freunden zu, sah in fassungslose Gesichter, in denen sich Unverständnis, sogar Abwehr spiegelten. „Wenn ihr gehen müsst, dann tut es. Es würde mich glücklich machen, wenn ihr bleibt, aber da ihr es nicht ertragt, unter diesen Menschen zu leben, werde ich nicht versuchen, euch zurückzuhalten." Erneut stiegen ihr Tränen in die Augen und es gelang ihr nur unter Aufbietung ihrer ganzen Kraft, sie zurückzuhalten. „Sally", sprach sie die Freundin direkt an, wobei ihre Stimme leicht bebte. „Ich liebe dich von ganzem Herzen, aber ich kann nicht anders handeln. Bleib bei mir; dies kann auch dein Zuhause sein."

Sally hob mühsam den Kopf und der Zorn in ihren Augen war für Ragna wie ein Schlag ins Gesicht. „Als ich glauben musste, dass du tot bist, ist auch in mir etwas gestorben. Du warst ein Teil meiner Seele, meines Herzens, und ich glaubte, ohne dich nicht leben zu können. Dann erfuhr ich, dass du gerettet wurdest, und ich konnte es kaum erwarten, dich in die Arme zu schließen. Doch wen oder was habe ich jetzt umarmt? Ja, du warst schon immer anders, aber doch stets ein Mensch. Und nun? Was ist da eigentlich zu mir zurückgekehrt?" Ihre Augen spiegelten ihre Verzweiflung, aber auch Wut, und ihre Stimme klang schrill, als sie fortfuhr. „Ich habe mit ansehen müssen, wie diese Bestien kleine Kinder zerrissen haben. Deshalb war ich beinahe froh, als mich der Schuss traf und ich das Schlachtfeld verlassen konnte. Und die Menschen hier haben sie dabei unterstützt. Diese Rakai, wie du sie nennst, sind auch dafür verantwortlich, dass ich meine Familie und zahlreiche Freunde verloren habe. Nein, Ragna, ich werde nicht hierbleiben, nicht einmal dir zuliebe."

Ragna wusste jetzt, wie sich Josh gefühlt haben musste, als Sally ihn voller Zorn zurückgewiesen hatte, nur würde sie niemals versuchen, der Freundin ihren Willen aufzuzwingen. Sally war ihre eigene Herrin; wenn sie nicht ertragen konnte, was aus Ragna geworden war und dass sie hierbleiben würde, dann musste Ragna sie loslassen. Eine tiefe Müdigkeit erfasste sie, lähmte ihren Willen, weiter auf die Freundin einzureden. Stumm ging sie zur Tür, wandte sich dann aber noch einmal den Freunden zu. „Ich wünsche euch viel Glück. Passt auf euch auf. Die Leanunaithe werden euch alles geben, was ihr für die Reise braucht. Solltet ihr es euch eines Tages anders überlegen, werden euch diese Menschen sicher nicht zurückweisen." Dann verließ sie das Zimmer, ohne auf eine Antwort zu warten.

Moira erwartete sie bereits, als sie in das kleine Haus am Rande des Dorfes zurückkehrte. Offenbar wusste sie genau, was geschehen war, denn sie zog die junge Frau, die mit erstarrter Miene und wie betäubt in der Tür stand, an sich und hielt sie so lange in ihren Armen, bis endlich das Eis in Ragna brach und sie sich schluchzend an die Fáidh drückte, die ihr tröstend über das Haar strich. „Sie können es nicht verstehen", sagte Moira leise. „Niemand kann das, der die Welt nicht so sieht, wie wir es tun. Mache ihnen deshalb keine Vorwürfe. Wir werden ihnen alles geben, was sie für die Reise brauchen, und die Rakai werden sie verschonen, da du sie liebst. Vielleicht müssen sie tatsächlich einem anderen Weg folgen, als wir es tun."

Ragna löste sich aus Moiras Armen und sah in Richtung des Gasthauses. „Ja, vielleicht. Aber es schmerzt so furchtbar, Sally zu verlieren, alle meine Freunde zu verlieren, mit denen ich diesen schweren gefährlichen Weg gegangen bin."

„Eure Liebe war etwas Besonderes." Moiras Blick war voller Mitgefühl. „Aber du musst akzeptieren, dass sie dir auf deinem weiteren Weg nicht mehr folgen kann. Sie trägt nicht das Potenzial in sich, Rakai zu werden. Ich hoffe für sie, dass sie an einem anderen Ort ihr Glück finden wird."

Als ihre Freunde drei Wochen später Carracán verließen, brachte Ragna es nicht über sich, sie zu verabschieden. Sie hatte von Kate erfahren, dass Sally sie nicht mehr sehen wollte, und so beobachtete sie aus einiger Entfernung, wie die kleine Gruppe das Dorf verließ. Als Esme sich am Ortsrand noch einmal umdrehte, winkte Ragna ihr zu, doch Esme wandte sich wieder ab, ohne den Gruß zu erwidern. Bald war die kleine Gruppe außer Sicht, doch Ragna starrte noch lange auf die aus dem Dorf führende Straße, ohne sich zu rühren. Der pelzige Kopf, der sich sachte gegen ihren Oberarm drückte, riss sie schließlich aus ihrer Lähmung und sie erwiderte den Blick der grünen Augen, der auf ihr ruhte.

„Sie wird immer ein Teil von dir bleiben." Fongs Stimme hallte weich in Ragnas Geist wider. „Je weiter du dem Weg der Rakai folgst, desto deutlicher wirst du sie in dir spüren. Du bist nicht nur Erde, Felsen und Vogel, du bist auch Sally, Benny und deine anderen Freunde. Wann immer du dich bewusst mit unserer großen Mutter verbindest, wirst du es auch mit ihnen tun. Eines Tages wirst du in der Lage sein, die Atome deines Körpers, die deine Freunde sind, genau zu spüren, und wenn du es dann willst, kannst du sogar auf geistigem Wege Kontakt mit ihnen aufnehmen."

Ragna legte dem Freund die Arme um den Hals und drückte ihr Gesicht in das weiche Fell. „Dann will ich mir alle Mühe geben, von euch und Moira zu lernen. Der Mensch in mir schreit vor Schmerz, doch der Rakai in mir weiß, wovon du sprichst. Sie werden hoffentlich bald in Frieden miteinander leben können."

„Das werden sie, meine Freundin", erwiderte Fong und sein mentales Lächeln wärmte die junge Frau. „So wie in nicht allzu ferner Zukunft das natürliche Gleichgewicht in Körper und Geist unserer großen Mutter wieder hergestellt sein wird, so wirst auch du im Gleichklang mit dir selbst und allem anderen, das existiert, leben. Hab Geduld und Vertrauen."

Die junge Frau und der Rakai sahen noch eine Weile auf das karge Land, das sich jenseits der Dorfgrenze erstreckte, dann kehrten sie in Moiras Haus zurück, wo die Fáidh sie bereits erwartete. Dies war nun Ragnas Zuhause, doch mehr und mehr würde sich dieses Heim in das Land hinaus ausdehnen, würde die Grenzen der Halbinsel überwinden und bald jeden Winkel der Erde erreichen. Sie selbst würde dieses Heim sein, unendlich groß und alles umfassend, das wie sie diesen wundervollen Planeten ihr Zuhause nannte. Dies zu werden war es wert, alles dafür zu geben, und Ragna war nun bereit, genau dies zu tun.

Evolution

Gaagii kletterte vorsichtig über die Wurzeln, die sich fest in den Stein gekrallt hatten. Voller Unbehagen sah er zu den zahlreichen kleinen Löchern hinauf, die diese glatten Steinhänge durchzogen wie die Bauten der Präriehunde das weite Land. Niemand kam gerne hierher; obwohl die Schluchten zwischen den hochaufragenden Wänden dicht mit Bäumen, Büschen und anderen Pflanzen bewachsen waren, heulte der Wind durch die Öffnungen wie das Klagen ruheloser Geister, der ganze Ort atmete trotz des grünen Mantels Tod und Verfall. Hier hatten früher Menschen gelebt, so behauptete es zumindest der Schamane ihres Stammes, doch das konnte Gaagii sich nicht vorstellen. Wer würde denn an einem solchen Ort leben wollen?

Hatte er sich unbedingt gegenüber seinem Cousin aufspielen müssen, der ihn einen Feigling genannt hatte? Ahiga brüstete sich damit, eine der Eisennadeln hinaufgeklettert zu sein, und da hatte er nicht zurückstehen wollen und angekündigt, die Schlucht der toten Augen aufzusuchen. So wurde dieser Ort genannt, da die zahlreichen regelmäßigen Öffnungen wie Augen wirkten, die leer in die Ferne starrten. Gaagii balancierte eine Schräge hinauf und hielt sich dann am Ast eines Baums fest, um wieder zu Atem zu kommen.

Suchend blickte er sich um. Was sollte er als Beweis dafür, dass er die Schlucht tatsächlich besucht hatte, mitbringen? Wenn man lange suchte und ausreichend Mut aufbrachte, durch eines der toten Augen zu steigen, konnte man manchmal merkwürdige Dinge finden, von denen oft keiner wusste, wozu sie einmal gedient hatten. Der Schamane hatte ihnen erzählt, dass es früher viele dieser merkwürdigen Orte gegeben hatte, doch ihre Seelenfreunde hatten gewaltige schimmernde Wolken gerufen, die die bösen Orte auffraßen. Nur wenige waren zurückgeblieben. Seine Seelenfreundin Kai meinte, die Wolken seien schließlich zu hungrig geworden und hatten auch die lebenden Dinge wie Berge, Tiere und Pflanzen fressen wollen. Da hatten sie die Wolken wieder fortgeschickt und es der Natur überlassen, die wenigen verbliebenen toten Orte zu bedecken.

Wenn ich mich recke, kann ich den unteren Rand des steinernen Auges dort erreichen, dachte Gaagii und zog sich nach einigen Versuchen mühsam in die Öffnung hinein. Der Raum hinter dem Auge war angefüllt mit Schutt und zahllosen Pflanzen, deren Samen vom Wind hereingetragen worden waren. Der Junge bahnte sich einen Weg durch das Gestrüpp, wobei er das Wenige, was vom Boden zu sehen war, mit den Augen absuchte. Da leuchtete etwas Blaues aus dem Grün hervor, halb verborgen unter einer dornigen Pflanze. Vorsichtig hob Gaagii die beißenden Ranken mit Hilfe eines Stocks an und zog das blaue Ding heraus. Es war eine kleine Schale, doch konnte der Junge nicht erkennen, woraus sie gefertigt worden war. Das Blau wirkte unnatürlich und biss in seine Augen. Solch tote Dinge fand man gelegentlich an diesem unheimlichen Ort. Gaagii schob die kleine Schale in den Beutel, der an seinem Gürtel hing, und machte sich dann an den gefährlichen Abstieg.

Er hatte den Boden der Schlucht beinahe erreicht, da rutschte er auf einem glitschigen Ast aus und fiel in die schmale Spalte zwischen zwei Steinblöcken, die vor langer Zeit herabgefallen waren. Sein Aufschrei hallte durch die Schlucht und scheuchte eine Schar Vögel auf, die in den Bäumen gesessen hatten. Weitaus bedrohlicher jedoch war das Fauchen eines Pumas, das schnell näherkam. Für die Raubkatze würde er eine leichte Beute sein in dieser hilflosen

Lage. Sie musste ihn schon längere Zeit beobachtet haben und witterte nun ihre Chance.

„Ich bin gleich bei dir." Mit unendlicher Erleichterung hörte der Junge die Stimme seiner Seelenfreundin Kai in seinem Kopf, und kurze Zeit später fiel ihr Schatten in den Spalt, in dem Gaagii feststeckte. Der Puma fauchte noch einmal zornig, dann floh er in großen Sprüngen. Mit den großen braunfelligen Wesen legte sich kein Raubtier an, das noch bei klarem Verstand war. Als Gaagii schließlich neben der Freundin, die ihn mühelos hochgezogen hatte, auf einem Ast hockte und seinen blutenden Knöchel betastete, fühlte er sich endlich wieder sicher und geborgen. Mit Kai an seiner Seite würde ihm nichts Schlimmes zustoßen und sein Cousin würde ihn nie mehr einen Feigling nennen. Die fremdartige blaue Schale in seinem Beutel konnte nur von diesem Ort stammen. Gaagii sah noch einmal zu den steilen Wänden mit den toten Augen hinauf, dann folgte er Kai zurück zum Lager seines Stammes. Für heute hatte er genug Abenteuer erlebt.

Lachend rannte Fiona den Hügel hinunter, verlor dabei das Gleichgewicht und kugelte die letzten Meter durch das dichte Gras, bis sie am Fuß des Hügels angelangt war. Leider befand sich dort ein Bach, der jetzt im Frühling viel Wasser führte, und in diesem landete das Mädchen mit einem lauten Platschen. Prustend richtete sie sich auf und schüttelte das Wasser aus dem Haar. „Du hast mich geschubst, Finn", rief sie empört. „Das ist nicht fair."

Finns herzliches Lachen füllte ihren Geist, und eine mit braunem Fell bewachsene Pranke zog das Mädchen aus dem Wasser. „Gib nicht mir die Schuld für dein Ungeschick", sagte der Rakai und setzte sich neben seine Seelenschwester in das dichte Gras. „Ich habe dich gewarnt, diesen Hügel zu schnell hinunterzulaufen. Er ist steiler, als auf den ersten Blick zu sehen ist."

Carracán hatte sich sehr verändert in den letzten Jahrhunderten, und das war den Rakai zu verdanken. Nachdem sie die Aufgabe der Herrin erfüllt hatten, beschloss eine größere Anzahl von ihnen, nicht in die Welt zurückzukehren, aus der sie einst hierher gekommen waren, sondern sich den wenigen verbliebenen Menschen anzuschließen, um sie zu lehren und zu leiten. Ihre Kenntnisse und Fähigkeiten führten auch dazu, dass die Halbinsel in Irlands Westen nun grün und fruchtbar war und die dort lebenden Menschen keine Not leiden mussten. Sogar einige der Olkal waren in dieser Welt geblieben und spielten im seichten Wasser am Strand mit den Kindern der Menschen und Rakai, wobei vor allem die Menschenkinder schnell zu geschickten Schwimmern und Tauchern wurden. Sie liebten ihre vielarmigen Freunde und genossen die Zeit, die sie mit ihnen verbringen durften.

Fiona wrang ihre langen Haare aus und blickte mürrisch zum Dorf hinunter, das nicht weit entfernt von dem Hügel lag, auf dem das Mädchen und sein pelziger Freund saßen. „Großmutter wird schon auf mich warten", seufzte sie. „Dabei macht es bei dem schönen Wetter überhaupt keinen Spaß, in der Stube zu sitzen und zu lernen." Hoffnungsvoll blickte sie zu Finn hinüber. „Kannst du nicht ein gutes Wort für mich einlegen?"

„Die Fáidh möchte, dass du eines Tages ihre Nachfolge antrittst", erwiderte Finn geduldig. „Ragnas Erbe ist stark in dir, wie auch deine scharfen Zähne und Krallen beweisen. Sie war eine berühmte Fáidh, wie du weißt. Du solltest stolz darauf sein, in ihrer Nachfolge zu stehen."

„Ich weiß." Wieder ein tiefes Seufzen. „Es ist ja nicht so, dass ich nicht lernen will, eine gute Fáidh zu werden. Aber muss das ausgerechnet heute sein, wo die Sonne zum ersten Mal seit dem Ende des Winters wieder richtig wärmt? Ich würde viel lieber zum Strand hinuntergehen. Suzz soll zu Besuch gekommen sein."

Finns mentales Lächeln wärmte das Mädchen, doch sie spürte auch die Unnachgiebigkeit im Geist des Freundes. „Es ist ohnehin noch zu kalt, um mit den Olkal zu schwimmen. Geh jetzt nach Hause, ich begleite dich. Deine Großmutter hat es gerne, wenn ich sie beim Unterrichten unterstütze."

„Na gut, wenn du mitkommst…" Fiona erhob sich geschmeidig und bevor Finn etwas erwidern konnte, rannte sie schon lachend davon. Der Rakai hatte Mühe, dem Mädchen zu folgen, das wie eine Gazelle über niedrige Hecken sprang und sich mühelos durch schmale Lücken in den Steinmauern wand, die der Straße folgten. Auch das ist ein Erbe der Fáidh Ragna, dachte Finn bewundernd. Fiona ist dabei, wie sie eine menschliche Raubkatze zu werden. Und ihr geistiges Erbe wird sie auch antreten, davon bin ich überzeugt.

Mehrere Stunden angestrengtes Lernen lagen hinter Fiona, als sie sich schließlich auf ihrem Lager zusammenrollte, fest an ihren Freund Finn geschmiegt, der das Mädchen förmlich einhüllte mit seinem dichten Fell. Das Mädchen schlief beinahe sofort ein, doch die Gedanken des Rakai führten ihn in eine ferne Vergangenheit, zum Beginn dieser tiefen Freundschaft zwischen den Menschen Carracáns und seiner Art. Mehr Rakai als ursprünglich angenommen hatten beschlossen, in dieser Welt zu bleiben. Die Menschen benötigten Freunde wie sie, von denen sie lernen konnten, dass sie nicht Herrscher, sondern Teil dieser Welt und vom Wohlergehen allen anderen Lebens abhängig waren. Nie wieder durfte geschehen, was die Rakai auf grausame Weise hatten beenden müssen. Keiner von Ihnen wollte noch einmal gezwungen sein, so viel Leben vernichten zu müssen, um anderes Leben zu retten. Das zu verhindern war jede Anstrengung wert.

Alinga und ihr kleiner Bruder Dainan hockten im Schatten eines überhängenden Felsens und beobachteten fasziniert die großen Hüpfer, die mit weiten Sprüngen das Land durchquerten. Im Beutel des Mädchens befanden sich einige Knollen, die sie gefunden und ausgegraben hatte, der Bruder trug ein großes Büschel essbares Gras, dessen Samen ihnen Kraft geben würden. Es war nicht einfach, in dieser trockenen Landschaft Nahrungspflanzen zu finden, doch Alingas Volk war geübt darin, auch die kleinsten Anzeichen, die auf Nahrung hinwiesen, zu entdecken.

Die Hitze schien jegliche Lebenskraft aus dem Land ziehen zu wollen, und selbst die zähen Hüpfer suchten nun Schatten unter einem Baum. Einige der Tiere beleckten ihre Unterarme, um sich abzukühlen, andere streckten ihre langen Beine von sich und rührten sich eine ganze Weile nicht mehr, während die allgegenwärtigen Fliegen ihre Köpfe umschwirrten. Nur die großen Ohren wehrten gelegentlich die Plagegeister ab, die jedoch sofort wieder zurückkehrten und die großen Tiere weiter peinigten. Die rote Erde, mit der sich die Geschwister eingerieben hatten, bildete einen guten Schutz gegen die Insekten, und ruhig warteten sie darauf, dass die größte Hitze vorüberging und sie zu ihrem Clan zurückkehren konnten. Alinga freute sich auf das Abendessen am Feuer und beinahe noch mehr auf die Geschichten, die ihre Großeltern ihnen erzählen würden. Manche der Geschichten waren wunderschön und berichteten von der Entstehung des Landes und ihres Volkes, andere ließen sie mit offenem Mund den Erzählern lauschen, so merkwürdig war das Gehörte. Ob es sie tatsächlich gegeben hatte, die gewaltigen, von den Fremden

492

erbauten Gebirge, in denen sie wohnten und die nun spurlos wieder verschwunden waren? Großvater meinte, die Geister der Ahnen hätten die Große Wolke zu Hilfe gerufen und diese verschlang dann die künstlichen Gebirge. Doch er behauptete auch, dass es eine Zeit gegeben hatte, in der die Menschen wie Vögel hatten fliegen können, und das erschien Alinga doch zu unwahrscheinlich.

„Wo bist du?" Es war die Stimme ihres Freundes Kiah, die in ihrem Kopf erklang. Ihr Geistbruder musste sich ganz in der Nähe aufhalten, die Stimme war kraftvoll und klar. „Im Schatten des Eidechsenfelsen", antwortete sie auf die gleiche Weise. „Zusammen mit Dainan. Wir haben die Hüpfer beobachtet."

Nur wenige Minuten später setzte sich Kiah neben die Geschwister und machte es sich im Schatten des Felsens bequem. Die grünen Ranken, mit denen er zu anderen Zeiten die Sonne trank, waren nun im dichten braunen Fell verborgen; die große Hitze, die zu dieser Tageszeit herrschte, hätte sie schnell verdorren lassen. Alinga bewunderte Kiahs Fähigkeit, selbst in der trostlosesten Gegend noch Wasser finden zu können, doch auch ihr gelang dies immer besser. Kiah war ein guter Lehrer.

In einem Jahr würde Dainan alt genug sein für eine Geistschwester, die ihm helfen würde, das Land und seine Bewohner auf eine Weise zu verstehen, die kein Mensch ihm vermitteln konnte. Alle Mitglieder ihres Clans waren mit Geistgeschwistern aufgewachsen und die Menschen liebten sie ebenso sehr wie ihre leibliche Familie, nicht selten sogar mehr. Über ihre Geistgeschwister waren sie tiefer mit allem, was existierte, verbunden, als es ihnen ohne deren Vermittlung möglich gewesen wäre. Das half ihnen nicht unwesentlich bei der Nahrungs- und Wassersuche.

Langsam nahm die Kraft der Sonne ab, ein leichter Wind war aufgekommen. „Wir sollten jetzt gehen", sagte Kiah und erhob sich langsam. Die grünen Ranken reckten sich nun dem schwächer werdenden Licht entgegen. Er freute sich ebenso wie die Geschwister auf das Beisammensein am Feuer, auf die Berichte der Sammler, auf die Erzählungen der Alten. Sie woben die Linien des Lebens von der Vergangenheit in die Zukunft und knüpften das Band aller Wesen untereinander immer fester, bis alles, was existierte, ein einziges großes Geflecht bildete, in dem alles miteinander verbunden war, voneinander abhängig und sich zugleich gegenseitig stärkend und befruchtend. Ein einziges großes Lied, von unzähligen Kehlen gesungen, die alle ihre ganz eigenen Töne beisteuerten, und doch voller Harmonie. Kiah wusste, dass seine Ahnen einst aus einer anderen Welt hierher gekommen waren, doch er sehnte sich nicht dorthin zurück. Weshalb auch, wenn auch hier das gewaltige Lied des Lebens gesungen wurde, ungetrübt und voller Macht? Er war Teil davon, seine Geistschwester war es, seine Artgenossen und beider Familien. Das Gespinst des Lebens würde sich ständig erneuern, wachsen und vergehen. Er war zufrieden, seinen Teil beizutragen, bis auch sein Körper wieder in den großen Kreislauf zurückkehren und das nachkommende Leben nähren würde. Sein Geist aber würde Teil des Geistes der Mutter werden, unvergänglich und unermesslich groß, ein Ton im großen Gesang, der selbst dann nicht enden würde, wenn eines Tages auch der Körper der Mutter verging. Ihr Geist sang mit den Sternen.

Danksagung

Ich möchte meiner Schwester Gabriele Köckritz danken, die auch das schöne Coverfoto beisteuerte, sowie meinen Freundinnen Dr. Dorothee Lauer und Isolde Klaes, die sich die Mühe gemacht haben, diese Geschichte durchzulesen und mir wichtige Anregungen und Hinweise zu geben. Sie waren großartige Lektorinnen, die nicht unwesentlich zum „Feinschliff" des Buches beigetragen haben. Auch Gregor Weidt von der Firma Archivbit möchte ich danken für seine Hilfe beim Layout und der Publikation des Buches. Er hat diese technische Seite wie immer großartig bewältigt und war mir damit eine große Hilfe.